DE ZILVERBOOM

Ook verschenen van Lucinda Riley bij Xander Uitgevers

De zeven zussen (2017)
De zeven zussen – Storm (2018)
De zeven zussen – Schaduw (2018)
De zeven zussen – Parel (2018)
De zeven zussen – Maan (2019)
De zeven zussen – Zon (2020)

De nachtroos (2018)
De olijfboom (2019)
Het meisje op de rots (2019)
De lavendeltuin (2019)
Het Italiaanse meisje (2019)
De vlinderkamer (2020)
De orchideeëntuin (2020)

Lees meer over Lucinda Riley en al haar boeken
op www.lucindariley.nl

LUCINDA RILEY

De zilverboom

XANDER

Uitgegeven door Xander Uitgevers BV
www.xanderuitgevers.nl

Oorspronkelijke titel: *The Angel Tree*
Oorspronkelijke uitgever: Pan Macmillan
Vertaling: Erica Disco
Omslagontwerp: Studio Marlies Visser
Omslagbeeld: Getty Images & Trevillion Images
Auteursfoto: Boris Breuer
Zetwerk: Michiel Niesen, ZetProducties

Eerste druk 2020
Tweede druk 2020

ISBN 978 94 0161 307 1 | NUR 302

Voor mijn zus Georgia

KERSTAVOND 1985
MARCHMONT HALL
MONMOUTHSHIRE, WALES

1

Terwijl David Marchmont de auto over de smalle oprijlaan stuurde, wierp hij een blik op zijn passagier. Het sneeuwde nu flink door, waardoor de toch al gevaarlijk gladde weg nog onveiliger werd.

'Het is nu niet ver meer, Greta. Zo te zien zijn we net op tijd, morgenochtend zal er hier wel geen doorkomen meer aan zijn. Komt het je al bekend voor?' vroeg hij voorzichtig.

Greta draaide zich naar hem toe. Haar roomblanke huid was nog altijd glad, zelfs nu ze achtenvijftig was. Haar poppengezichtje werd gedomineerd door twee enorme blauwe ogen. Met de jaren waren die niet minder fel van kleur geworden, maar tegenwoordig schitterde er geen enkele emotie meer in. Het licht erin leek al lang te zijn gedoofd. Ze zagen er net zo wezenloos en onschuldig uit als bij de levenloze porseleinen poppen waaraan ze hem deed denken.

'Ik weet dat ik hier vroeger gewoond heb, maar ik kan me er niets van herinneren, David. Het spijt me.'

'Zit er maar niet mee,' troostte hij haar, want hij wist hoe vervelend ze het vond. Bovendien zou hij maar wat graag zijn eigen herinnering uitwissen aan die eerste, afschrikwekkende blik die hij na de brand had opgevangen van het huis waar hij was opgegroeid. De indringende lucht van verkoold hout en rook stond hem nog helder voor de geest. 'Marchmont is natuurlijk ook voor een groot deel opnieuw opgebouwd.'

'Ja, David, dat weet ik. Dat zei je vorige week ook al, toen je bij me kwam eten. Ik had lamskoteletjes gemaakt en we dronken er een fles sancerre bij,' zei ze afwerend. 'Je vertelde dat we in het huis zelf zouden verblijven.'

'Klopt helemaal.' Hij begreep heel goed dat Greta vaak de behoefte had recente gebeurtenissen tot in de details te benoemen, juist omdat de tijd voor haar ongeluk haar was ontschoten. Terwijl hij verder reed over de spekgladde oprijlaan, waarbij de banden moesten zwoegen om hun grip op de lichte helling niet te verliezen, vroeg hij zich af of het wel verstandig was om haar hier voor de kerst mee naartoe te nemen. Eerlijk gezegd was hij stomverbaasd geweest toen ze zijn uitnodiging aannam, nadat hij jaren had geprobeerd haar uit haar appartement in Londen te krijgen en steeds nul op het rekest had gekregen.

Na drie jaar flink verbouwen om het huis iets van zijn oude glorie terug te geven, had hij eindelijk het gevoel gehad dat dit het juiste moment was. Om de een of andere reden was ze het onverwachts met hem eens geweest. In elk geval was het huis nu warm en comfortabel. Maar wat het in emotioneel opzicht met haar zou doen – en gezien de omstandigheden ook met hem – was nog maar de vraag…

'Het wordt al donker,' merkte ze op. 'Het is nog maar net drie uur geweest.'

'Ja, maar hopelijk blijft het nog even licht, dan kunnen we Marchmont alvast zien.'

'Waar ik gewoond heb.'

'Ja.'

'Met Owen. Mijn man. Jouw oom.'

'Inderdaad.'

David wist dat ze simpelweg details opdreunde die ze uit haar hoofd had geleerd, alsof ze overhoord werd. Hij was haar leraar. De artsen hadden gezegd dat hij niet over traumatische gebeurtenissen moest beginnen, maar wel namen, datums en plaatsen moest noemen die iets in haar onderbewustzijn konden prikkelen en misschien de sleutel zouden zijn tot haar verloren geheugen. Zo nu en dan, als hij bij haar op bezoek kwam en met haar praatte, dacht hij een blik van herkenning te zien bij iets wat hij noemde. Alleen wist hij niet of dat kwam omdat hij het haar al eens eerder had verteld, of omdat ze het zich echt herinnerde. Aanvankelijk waren de artsen er nog van overtuigd geweest dat haar geheugen stukje bij beetje zou terugkomen, omdat er op de talloze hersenscans sinds het ongeluk niets te zien was wat op het tegendeel wees. Nu dachten ze aan selectief geheugenverlies, veroorzaakt door een traumatische gebeurtenis. Volgens hen wílde Greta het zich niet herinneren.

Hij stuurde de auto langzaam door de verraderlijke bocht in de oprijlaan, zich ervan bewust dat de poort naar Marchmont over een paar tellen in zicht zou komen. Hoewel hij de wettige eigenaar was en een fortuin aan de renovatie van het huis had uitgegeven, was hij eigenlijk slechts de huisbewaarder. Nu de verbouwing bijna klaar was, waren Greta's kleindochter Ava en haar man Simon vanuit het poortwachtershuis naar Marchmont Hall verhuisd. Na Davids dood zou Ava het landgoed erven. De timing kon niet beter, want over een paar weken verwachtte het stel hun eerste kindje. Heel misschien, dacht David, zou de komst van dat nieuwe leven eindelijk een eind maken aan de rampspoed waardoor de familie de afgelopen jaren geteisterd was.

Het werd er alleen niet eenvoudiger op door de gebeurtenissen die hadden plaatsgevonden sinds Greta aan geheugenverlies leed... Gebeurtenissen die hij voor haar had achtergehouden, uit angst dat het te zwaar voor haar zou zijn. Als ze al had verdrongen hoe het allemaal begonnen was, hoe zou ze de afloop dan aankunnen?

Het kwam erop neer dat hij net als Ava en Simon continu op zijn hoede was wanneer hij met Greta praatte. Hij wilde haar geheugen weer op gang brengen, maar lette erg goed op wat er in haar bijzijn werd besproken.

'Zie je het?' vroeg hij toen hij door de poort reed en Marchmont voor hen opdoemde.

Het huis was opgetrokken in elizabethaanse stijl en tekende zich laag en elegant af tegen de glooiende heuvels die overgingen in de majestueuze pieken van de Black Mountains erachter. Beneden door de vallei meanderde de rivier de Usk, de omringende velden lichtten op door het verse pak sneeuw. De vaalrode bakstenen van de oude gevels eindigden op het dak in drie punten, terwijl de ruiten in de vensters met verticale stijlen het laatste licht van de roze winterzon weerkaatsten.

De oude, gortdroge houten balken waren voer geweest voor de hongerige vlammen, waardoor het dak compleet in de as was gelegd.

Maar de buitenzijde van het huis had de brand overleefd. Volgens de brandweer kwam dat deels doordat het een uur na het eerste vonkje was gaan stortregenen. Alleen de natuur had Marchmont Hall voor de ondergang kunnen behoeden, zodat er tenminste nog iets te renoveren viel.

'O, David, het is veel mooier dan op de foto's die je me hebt laten zien,' zei Greta ademloos. 'Met al die sneeuw lijkt het wel een tafereel op een kerstkaart.'

Inderdaad, toen hij de auto zo dicht mogelijk bij de voordeur parkeerde, zag hij door een van de ramen de warme gloed van de lampen en de fonkelende lichtjes in de kerstboom. Het was zo anders dan de sombere sfeer uit zijn kindertijd, die nog steeds in zijn geheugen gegrift stond, dat er zich een euforisch gevoel van hem meester maakte nu hij deze transformatie eens goed in zich opnam. Misschien had de brand het verleden wel letterlijk en figuurlijk in rook laten opgaan. Was zijn moeder er nog maar, zodat ze deze opmerkelijke verandering kon zien.

'Het ligt er wel netjes bij, hè?' Hij deed het portier open, waardoor er een lading sneeuw van het dak gleed. 'Laten we maar snel naar binnen gaan. De koffers en de cadeaus haal ik straks wel.'

Nadat hij om de auto heen was gelopen om het portier voor haar open te houden, stapte ze voorzichtig uit. Haar instappers zakten samen met haar enkels weg in het dikke pak sneeuw. Toen ze opkeek naar het huis en haar blik vervolgens op haar in de sneeuw gezakte voeten richtte, kwam er opeens een herinnering los.

Ik ben hier eerder geweest...

Stokstijf bleef ze staan, geschokt omdat het eindelijk zover was, en probeerde zich uit alle macht aan de flard van een herinnering vast te klampen. Maar hij was alweer weg.

'Kom, Greta, je vriest hier nog dood.' David stak haar zijn arm toe en ze legden samen de laatste meters naar de voordeur van Marchmont Hall af.

Na de ontvangst door Mary, de huishoudster die hier al meer dan veertig jaar werkte, bracht hij Greta naar haar slaapkamer, zodat ze een dutje kon doen. Door de stress van haar besluit om voor het eerst in jaren haar woning te verlaten, in combinatie met de lange reis vanuit Londen, was ze vast uitgeput, redeneerde hij.

Daarna liep hij naar de keuken om Mary te zoeken. Die stond aan het nieuwe kookeiland het deeg voor de mince pies te rollen. Bewonderend keek hij om zich heen naar de glanzende granieten werkbladen en de strak vormgegeven kastjes aan de muren. Bij de renovatie had hij alleen in de keuken en de badkamer gekozen voor modern design. In alle andere vertrekken was het oorspronkelijke interieur in ere hersteld. Een helse klus waarvoor hij wekenlang research had gedaan, dagen achtereen archieffoto's in bibliotheken had zitten uitpluizen en uit zijn eigen herinneringen had moeten putten. Er was een heel leger aan plaatselijke ambachtslieden ingezet om te zorgen dat alles van de flagstones op de vloeren tot het meubilair in de kamers zo dicht mogelijk in de buurt kwam bij het oude Marchmont.

'Goedemiddag, meneer David.' Glimlachend keek Mary naar hem op. 'Jack belde tien minuten geleden om te zeggen dat Tors trein vertraging had door de sneeuw. Ze zullen er over een uurtje wel zijn. Hij heeft de Landrover meegenomen, dus de terugreis zou geen probleem moeten worden.'

'Heel fijn dat hij haar wilde ophalen. Ik weet hoe druk hij het heeft op het landgoed. Hoe bevalt de nieuwe keuken je?'

'Heel goed, *bach*. Alles is zo schoon en nieuw,' antwoordde ze met haar zachte Welshe accent. 'Het is niet te geloven dat dit hetzelfde huis is. Tegenwoordig is het hier zo warm dat ik amper nog de haard hoef aan te maken.'

'Is het goed toeven in je appartement?' Mary's echtgenoot Huw was een paar jaar geleden gestorven, en sindsdien had ze zich nogal eenzaam gevoeld in de cottage op het landgoed. Daarom had hij bij het maken van de plannen met de architect op de ruime zolder een suite voor haar laten inrichten. Na wat er gebeurd was, vond hij het een prettig idee dat hier altijd iemand aanwezig was als Ava en Simon er niet waren.

'Nou en of, dank je wel. Het uitzicht over de vallei is er ook prachtig. Hoe gaat het met Greta? Eerlijk gezegd stond ik er wel van te kijken toen je zei dat ze hier kerst zou komen vieren. Ik had nooit gedacht dat ik dat nog zou meemaken. Wat vindt ze ervan?'

'Ze was niet zo spraakzaam.' Hij was er niet zeker van of Mary doelde op Greta's reactie op de renovatie of op haar terugkeer naar het huis, na al die jaren. 'Ze is nu aan het rusten.'

'Zoals je wel gezien zult hebben, heb ik haar oude slaapkamer voor haar gereedgemaakt, om te kijken of die haar geheugen weer aan de praat zou krijgen. Al moet ik zeggen dat zelfs ik die kamer niet meer terug ken. Zou ze echt niet meer weten wie ik ben? Toen ze nog op Marchmont woonde, hebben we heel wat samen meegemaakt.'

'Trek het je alsjeblieft niet aan, Mary. Ik vrees dat het voor ons allemaal hetzelfde is.'

'Ach, misschien is het ook maar beter dat ze zich sommige dingen niet meer herinnert,' merkte ze op grimmige toon op.

'Ja,' verzuchtte hij. 'Hoe dan ook zal het wel een heel aparte kerst worden.'

'Zeg dat wel, bach. Ik betrap mezelf er nog steeds op dat ik je moeder soms zoek, hier in huis, voordat het tot me doordringt dat ze er niet meer is.' Ze slikte haar tranen weg. 'Maar voor jou is het natuurlijk nog veel erger.'

'Ach, het zal voor ons allemaal even wennen zijn. Gelukkig hebben we Ava en Simon, en hun kindje dat op komst is. Zij sleuren ons er wel doorheen.' Hij sloeg een troostende arm om haar schouder. 'Mag ik nu zo'n lekkere mince pie van je?'

Twintig minuten later kwamen Ava en Simon thuis. Ze voegden zich bij David in de salon, waar het naar verf en rook uit de enorme stenen haard geurde.

'Wat zie je er goed uit, Ava. Je blaakt echt van gezondheid.' David glimlachte toen hij haar omhelsde en Simon de hand schudde.

'De afgelopen maand ben ik tonnetjerond geworden. Het zal wel een rugbyspeler worden, of het nu een jongetje of een meisje is.' Ze wierp een liefdevolle blik op Simon.

'Zal ik vragen of Mary een pot thee voor ons zet?' vroeg David.

'Laat mij maar,' zei Simon. 'Schat, ga jij maar eens lekker bij je oom zitten, met je voeten omhoog.' Tegen David vervolgde hij: 'Ze werd midden in de nacht opgeroepen omdat een koe het moeilijk had tijdens de bevalling.' Met een mismoedig schouderophalen liep hij de kamer uit.

'Laten we hopen dat er voor mij ook iemand is, als ik het moeilijk krijg tijdens de bevalling,' riep Ava hem grinnikend na, terwijl ze zich in een van de opnieuw beklede fauteuils liet zakken. 'Hij blijft maar zeggen dat ik het rustiger aan moet doen, maar ik ben veearts. Ik kan mijn patiënten toch niet aan hun lot overlaten? Dat zou de verloskundige toch ook niet bij mij doen?'

'Nee, maar je bent wel over zes weken uitgerekend. Hij is gewoon bang dat je te veel hooi op je vork neemt.'

'Het zal wel makkelijker worden als de waarnemend arts er is, na de kerst. Al durf ik met dit weer niet te garanderen dat ik niet word opgeroepen om onderkoeld geraakte schapen op te warmen. De boeren zijn zo verstandig geweest ze uit de heuvels te halen voordat het weer omsloeg, maar er blijft er altijd wel eentje achter. Maar goed, oom David, hoe is het met jou?' Zo had Ava hem altijd genoemd, ook al was ze strikt genomen zijn achternichtje.

'Heel goed, lief dat je het vraagt. Ik heb mijn kerstconference in oktober opgenomen, en sindsdien...' Opeens kreeg hij rode wangen van schaamte. 'Ik ben mijn autobiografie aan het schrijven.'

'Echt waar? Dat is vast interessante kost.'

'Zeer zeker, dat is juist het probleem. Er zijn natuurlijk aspecten aan mijn leven waar ik het niet over kan hebben.'

'Ja.' Haar gezicht werd serieus. 'Om heel eerlijk te zijn, en je weet dat ik dat altijd ben, verbaast het me dat je ermee hebt ingestemd een autobiografie te schrijven. Ik bedoel, je hebt je privéleven altijd strikt privé gehouden.'

'Klopt, maar jammer genoeg heeft de een of andere riooljournalist besloten een onofficiële biografie over me uit te brengen, dus leek het me beter om hem voor te zijn. Voor zover dat gezien de omstandigheden mogelijk is, dan.'

'Ja, dan begrijp ik het wel,' verzuchtte ze. 'Hemel, ik mag dan wel een filmster als moeder en een beroemde komiek als achterneef hebben, maar ik moet er niet aan denken om zelf bekend te zijn. Je gaat toch niets schrijven over... wat er met mij is gebeurd, oom David? Dat overleef ik echt niet. Zeker niet na de vorige keer, toen ik samen met Cheska in vol ornaat op de voorpagina van de *Daily Mail* stond.'

'Natuurlijk niet, Ava. Ik doe mijn uiterste best om de familie erbuiten te houden. Het punt is alleen dat er verder niet zo veel te vertellen valt. Ik ben nooit in aanraking gekomen met drugs en heb nooit een zenuwinzinking, drankprobleem of een reputatie als rokkenjager gehad, dus het wordt maar een saai boek.' Hij zuchtte en wierp haar een spottend lachje toe. 'Over vrouwen gesproken, Tor zal er zo wel zijn.'

'Wat fijn dat ze komt, oom David. Ik mag haar heel graag. En hoe meer zielen, hoe meer vreugd.'

'In elk geval hebben we eindelijk je grootmoeder kunnen overhalen om kerst met ons te vieren.'

'Waar is ze?'

'Ze ligt boven te rusten.'

'Hoe gaat het met haar?'

'Nog hetzelfde, eigenlijk. Maar ik ben heel trots op haar omdat ze het heeft aangedurfd om hierheen te komen.' Er doemden koplampen op door het raam. 'Daar zul je Tor hebben. Ik ga haar even helpen met haar bagage.'

Toen hij de kamer uit was, bleef Ava nog even nadenken over zijn loyaliteit aan Greta. Ze wist dat die twee elkaar al eeuwen kenden, maar vroeg zich af wat hem nou zo in haar aansprak. Volgens Ava's oudtante, Davids moeder LJ, die nog maar een paar maanden geleden was gestorven, was haar zoon altijd al dol geweest op Greta. Die zag er nog steeds heel jeugdig uit, bijna alsof haar geheugenverlies de sporen van haar achtenvijftig jaar op deze aardbol had uitgewist.

Ava gaf het niet graag toe, maar ze vond haar grootmoeder nogal oppervlakkig en kinderlijk. Die paar keer dat ze Greta door de jaren heen had gezien, had ze altijd het gevoel gehad dat ze tegen een volmaakt gevormd, maar hol Fabergé-ei aan het praten was. Al kon het zijn dat haar diepgang en karakter door het ongeluk waren uitgewist. Greta leefde als een kluizenares, ze waagde zich zelden buiten haar appartement. Voor zover Ava wist, was dit de eerste keer dat ze langer dan een paar uur van huis was.

Eigenlijk zou ze niet zo hard moeten zijn voor haar grootmoeder, aangezien ze haar voor het ongeluk niet had gekend. Toch kon ze het niet laten om haar te vergelijken met LJ, die een levenslust bezat waarbij Greta, zelfs als je bedacht wat ze allemaal had meegemaakt, zwak en kleurloos afstak. En nu, dacht Ava, terwijl ze op haar lip beet, gaan we kerst vieren met Greta, en niet met LJ.

De brok in haar keel slikte ze snel weg, want ze wist dat haar oudtante niet zou willen dat er om haar getreurd werd. 'Gewoon je beste beentje voorzetten,' zei ze altijd, wanneer het noodlot toesloeg.

Toch wilde Ava vanuit de grond van haar hart dat LJ nog iets langer bij hen was gebleven, zodat ze haar kindje geboren had kunnen zien worden. In elk geval had ze nog wel meegemaakt dat Ava met Simon trouwde en was ze gestorven in de wetenschap dat Marchmont en Ava in goede handen waren.

David kwam weer de salon binnen met Tor.

'Hallo, Ava. Vrolijk kerstfeest, en dat soort dingen meer. Jeetje, wat is het koud. Wat een barre tocht!' Tor liep naar het haardvuur om haar handen te warmen.

'Je hebt het net op tijd gered. Volgens Jack rijden er de rest van de avond geen treinen meer naar Abergavenny,' zei David.

'Ja, ik had de kerstdagen niet graag doorgebracht in een bed and breakfast in Newport,' reageerde ze droogjes. 'Het huis ziet er geweldig uit, Ava. Simon en jij zullen wel in jullie nopjes zijn.'

'Nou en of,' beaamde Ava. 'Het is echt prachtig. We zijn je heel dankbaar, oom David. Simon en ik hadden die renovatie nooit zelf kunnen betalen.'

'Och ja, op een dag is het toch van jou.' David keek op omdat Simon de kamer binnenkwam. 'Ha, Simon. Lekker, zo'n verse pot thee. Daar zijn we allemaal wel aan toe, geloof ik.'

Toen Greta wakker werd, wist ze even niet waar ze was. Paniekerig tastte ze in het duister naar een lichtknopje en drukte erop. Door de indringende verflucht kwam haar geheugen weer op gang en ging ze rechtop in het comfortabele bed zitten, om de pas opgeknapte kamer te bewonderen.

Marchmont Hall... het huis waar ze door de jaren heen zo veel over gehoord had van David. Volgens Mary, de huishoudster, was dit vroeger Greta's slaapkamer geweest en had ze hier het leven geschonken aan Cheska.

Ze stond op en liep naar het raam. Het sneeuwde nog steeds. Ze probeerde de herinnering terug te halen die bij haar was opgekomen toen ze buiten had gestaan, maar slaakte een wanhopige zucht toen haar geest koppig weigerde zijn geheimen prijs te geven.

Nadat ze zich in de moderne badkamer en suite had opgefrist, trok ze de nieuwe crèmekleurige zijden blouse aan die ze een paar dagen daarvoor had aangeschaft. Ze stiftte haar lippen en staarde naar haar spiegelbeeld, gespannen bij de gedachte dat ze de beslotenheid van haar slaapkamer zou moeten verlaten.

Het had haar alles gekost wat ze nog in zich had om de beslissing te nemen hier op Marchmont kerst te vieren met haar familie. Het was zelfs zo erg dat ze nadat ze ja had gezegd en had gezien hoe verbaasd David daarover was, ernstige paniekaanvallen had gekregen waardoor ze 's nachts niet had kunnen slapen en tot in de kleine uurtjes zwetend en rillend in bed had gelegen. De arts had haar bètablokkers en kalmeringstabletten voorgeschreven. Door hem aangemoedigd, en door de gedachte aan weer zo'n ellendige kerst in haar eentje, was ze erin geslaagd haar spullen te pakken, bij David in de auto te stappen en hierheen te komen.

De artsen zouden vast anders denken over haar beweegredenen. Die zouden in hun gebruikelijke psychologische gewauwel beweren dat ze er eindelijk aan toe was, dat haar onderbewuste aangaf dat ze het aankon om terug te gaan. En inderdaad, sinds haar besluit vaststond, had ze voor het eerst sinds het ongeluk weer levensechte dromen. Niet dat die ergens op sloegen natuurlijk, maar door die flashback toen ze een paar uur geleden uit de auto was gestapt en Marchmont Hall had bekeken, begon ze toch te vermoeden dat er een kern van waarheid in de analyse van de artsen zat.

Ze wist dat ze nog heel wat hindernissen te overwinnen had. Om te beginnen het gezelschap van andere mensen, en dan ook nog voor een langere tijd. Van iedereen die zich hier verzameld had voor de feestdagen, was er één iemand bij wie ze echt opzag tegen het weerzien: Tor, de vriendin van David.

Hoewel ze haar wel vaker had gezien, als David haar meenam om thee te drinken in Greta's appartement in Mayfair, had ze nooit langer dan een paar uur met haar doorgebracht. Op het eerste gezicht leek Tor heel vriendelijk, beleefd en geïnteresseerd in wat ze te zeggen had – wat niet veel was – maar toch voelde Greta zich door haar betutteld, alsof Tor haar als een geestelijk onbekwaam, seniel oud vrouwtje behandelde.

Greta bekeek zichzelf in de spiegel. Je kon veel van haar zeggen, maar seniel was ze niet.

Tor was lid van de wetenschappelijke staf op Oxford. Intellectueel, onafhankelijk, aantrekkelijk; maar op een efficiënte manier, als je het Greta vroeg. Al vond ze het niet zo fraai van zichzelf dat ze haar instinctief als een vrouwelijke rivale bespotte.

Het kwam erop neer dat Tor alles was wat Greta niet was, maar David was gelukkig met haar en Greta wist dat ze daar blij om moest zijn.

In elk geval had hij wel gezegd dat Ava er ook zou zijn, met haar man Simon. Ava, haar kleindochter...

Als iets aan haar geheugenverlies haar van streek maakte, was het Ava wel. Haar eigen vlees en bloed, de dochter van haar dochter... Hoewel ze Ava de afgelopen twintig jaar zo nu en dan had gezien en haar graag mocht, voelde ze zich schuldig omdat ze geen band met haar had, zoals het hoorde met je kleindochter. Zou ze niet instinctief een diepe emotionele klik moeten voelen, ook al had ze niets van haar geboorte meegekregen?

Greta dacht dat Ava, net als LJ toen ze nog leefde, haar ervan verdacht dat ze zich meer kon herinneren dan ze prijsgaf en op de een of andere manier deed alsof. Maar ondanks jaren van sessies met psychologen, hypnotherapeuten en andere hulpverleners die geheugenverlies te lijf gingen met methoden waarover ze gelezen had, kwam er niets los. Het voelde alsof ze in een leegte leefde, alsof ze niet meer dan een toeschouwer was van al die andere mensen die er geen enkele moeite mee hadden zich dingen te herinneren.

Ze voelde zich nog het nauwst verbonden met David. Die schat was er voor haar geweest toen ze na negen maanden coma eindelijk haar ogen had geopend en had de vierentwintig jaar daarna zo goed mogelijk voor haar gezorgd. Zonder hem zou ze in dit lege bestaan vast en zeker al vele jaren geleden de moed hebben verloren.

David had haar verteld dat ze elkaar veertig jaar geleden hadden ontmoet, toen zij achttien was en vlak na de oorlog in het Londense Windmill Theatre werkte. Kennelijk had ze hem ooit toevertrouwd dat haar ouders waren omgekomen tijdens de blitzkrieg, maar had ze het nooit over andere familieleden gehad. Volgens hem waren ze erg goed bevriend geraakt, en uit zijn woorden had Greta opgemaakt dat hun relatie nooit verder was gegaan dan dat. Daarnaast had hij haar nog verteld dat ze kort na hun ontmoeting met zijn oom was getrouwd, ene Owen, de voormalige landheer van Marchmont.

Door de jaren heen had ze vaak gewenst dat hun relatie verder was gegaan dan de vriendschap die hij had beschreven. Ze hield intens veel van hem; niet vanwege hun band voorafgaand aan het ongeluk, maar omdat hij nu zo veel voor haar betekende. Natuurlijk wist ze best dat die gevoelens niet wederzijds waren; niets wees erop dat dat ooit anders was geweest. David was een beroemde, succesvolle komiek, en nog steeds extreem aantrekkelijk. Bovendien had hij sinds zes jaar een relatie met Tor, die op benefietgala's en prijsuitreikingen steevast aan zijn arm hing.

Op haar somberste momenten voelde Greta zich een blok aan zijn been. Dan dacht ze dat hij alleen zijn plicht vervulde, omdat hij een goed mens was en omdat ze aangetrouwde familie van elkaar waren.

Toen ze na anderhalf jaar eindelijk uit het ziekenhuis werd ontslagen en weer in haar appartement in Mayfair ging wonen, was David de enige die regelmatig op bezoek kwam. Door de jaren heen was ze zich steeds schuldiger gaan voelen omdat ze zo afhankelijk van hem was. Hoewel hij beweerde dat hij het helemaal niet erg vond om bij haar langs te komen, wilde ze hem niet te veel belasten. Daarom verzon ze vaak een smoesje, ook al had ze niets beters te doen.

Ze maakte zich los van haar spiegelbeeld, in de wetenschap dat ze haar moed bij elkaar moest rapen om naar haar familie te gaan. Ze deed de deur open, liep de overloop op en bleef bovenaan de indrukwekkende, donkere eiken trap staan. De uit houtsnijwerk vervaardigde balustrades en eikelvormige pinakels glansden zacht in het licht van de kroonluchter. Ze keek naar de grote kerstboom in de hal beneden, rook de frisse, aangename geur van de spar en voelde weer dat er zich iets roerde in haar binnenste. Ze deed haar ogen dicht en ademde zoals de artsen haar hadden geleerd diep in, in een poging de vage herinnering toe te laten.

Op kerstochtend werden de bewoners van Marchmont Hall wakker te midden van een idyllisch sneeuwlandschap. Tijdens de lunch smulden ze van een gans en groenten die op het landgoed verbouwd waren. Na afloop gingen ze in de salon bij de haard zitten om hun cadeaus open te maken.

'O, oma,' zei Ava toen ze een zacht, wit babydekentje uitpakte. 'Dit komt heel goed van pas. Dank je wel.'

'Tor en ik wilden heel graag een kinderwagen voor jullie kopen, maar omdat we geen van beiden een idee hebben wat er tegenwoordig in de mode is, hebben we maar een cheque uitgeschreven.' David overhandigde die aan Ava.

'Wat aardig van jullie, David,' zei Simon, terwijl hij zijn glas nog eens bijschonk.

Greta was geroerd door Ava's cadeau, een ingelijste foto van hen tweeën, gemaakt toen Ava een baby'tje was en Greta nog in het ziekenhuis lag.

'Dat is een voorproefje van wat er komen gaat,' zei Ava glimlachend. 'Jeetje, je wordt overgrootmoeder!'

'Inderdaad, zeg.' Greta grinnikte bij de gedachte.

'En je ziet er amper een dag ouder uit dan de eerste keer dat ik je zag,' merkte David hoffelijk op.

Greta zat op de bank en keek tevreden naar haar familie. Misschien kwam het doordat ze bij de lunch veel meer wijn had gedronken dan ze gewend was, maar voor de verandering voelde ze zich geen buitenbeentje.

Nadat alle cadeaus waren uitgepakt, stond Simon erop dat Ava met hem naar boven ging om even uit te rusten en gingen David en Tor een wandeling maken. David vroeg Greta om mee te gaan, maar dat wees ze beleefd af. Die twee hadden tijd met elkaar nodig, en ze wilde niet het vijfde wiel aan de wagen zijn. Een tijdlang bleef ze bij de haard zitten doezelen. Toen ze weer wakker werd, zag ze door het raam dat de zon laag aan de hemel stond en de sneeuw liet schitteren.

In een opwelling bedacht ze dat ze zelf ook wel wat frisse lucht kon gebruiken, ging op zoek naar Mary en vroeg of ze misschien laarzen en een dikke jas kon lenen.

Vijf minuten later liep ze, gekleed in veel te grote rubberlaarzen en een oude parka, de ongerepte sneeuw in en snoof de heerlijk schone lucht op. Ze bleef staan om te bedenken welke kant ze op zou gaan, in de hoop dat haar intuïtie haar ergens naartoe zou leiden. Het zou een boswandeling worden, besloot ze. Terwijl ze liep, keek ze naar de diepblauwe lucht boven haar. Opeens werd ze overmand door blijdschap, gewoon omdat het zo mooi was. Dat gevoel was voor haar zo zeldzaam dat ze bijna begon te huppelen terwijl ze kriskras tussen de bomen door liep.

Ze kwam aan bij een open plek, met in het midden een indrukwekkende spar. Het weelderige groen van de met sneeuw beladen takken stak opvallend af tegen de hoge, kale beuken in de rest van het bos. Toen ze erheen liep, zag ze dat er een grafsteen onder stond. Het opschrift was bedolven onder de sneeuw. Ze wist vrijwel zeker dat het het graf van een huisdier van de familie moest zijn, misschien wel een huisdier dat zij nog had gekend, en veegde met haar in een handschoen gestoken hand de hard geworden, ijzige vlokken opzij.

Langzaam kwam het opschrift in zicht.

Jonathan (Jonny) Marchmont
Geliefde zoon van Owen en Greta
Broer van Francesca
Geboren 2 juni 1946
Gestorven 6 juni 1949
Moge God Zijn kleine engel naar de hemel begeleiden

Greta las en herlas het opschrift en liet zich met bonkend hart op haar knieën in de sneeuw vallen.

Jonny...

Als ze het opschrift op de grafsteen moest geloven, was het dode kindje háár zoon!

Ze wist dat ze een dochter had die Francesca, ofwel Cheska, heette, maar over een zoontje had ze nooit iets gehoord. Volgens het opschrift was hij nog maar drie geweest...

Huilend van frustratie en schrik keek ze omhoog en zag dat het al donker begon te worden. Hulpeloos keek ze om zich heen, alsof de bomen antwoord konden geven op haar vragen. Terwijl ze daar op haar knieën zat, hoorde ze in de verte een hond blaffen. Als een echo van een ander moment kwam er een beeld bij haar op. Ze was hier vaker geweest en had toen ook een hond horen blaffen... Ja... ja...

Ze concentreerde zich weer op het graf. 'Jonny... mijn zoon... zorg alsjeblieft dat ik het me herinner. Laat me in godsnaam herinneren wat er gebeurd is!' schreeuwde ze, verstikt door haar tranen.

Het geluid van de blaffende hond stierf weg en ze sloot haar ogen. Meteen drong er zich een levendig beeld aan haar op van een piepklein baby'tje in haar armen, tegen haar borst genesteld.

'Mijn lieve Jonny... Mijn kindje...'

Terwijl de zon achter de bomen en in de vallei erachter verdween, als een voorbode van de nacht, stak ze haar armen uit naar de grafsteen en begon het zich eindelijk te herinneren.

GRETA
LONDEN, OKTOBER 1945

2

De bekrompen kleedkamer in het Windmill Theatre rook naar Leichner No. 5-foundation en zweet. Omdat er niet genoeg spiegels waren, verdrongen de meisjes zich om hun lippen te stiften en hun krullen boven op hun hoofd te touperen en in model te houden door er suikerwater op te spuiten.

'Halfnaakt optreden heeft zo zijn voordelen, zo hoef je tenminste niet bang te zijn voor ladders in je kousen,' zei een aantrekkelijke brunette lachend, terwijl ze in de spiegel keek en haar borsten nog wat verder omhoogduwde in haar laag uitgesneden, met pailletten bedekte kostuum.

'Ja, maar je huid knapt er niet bepaald van op als je al die make-up er met carbolzeep af schrobt, hè, Doris?' bemoeide een ander meisje zich ermee.

Er werd op de deur geklopt en er tuurde een jonge man de kleedkamer in, schijnbaar zonder acht te slaan op de schaars geklede lichamen daarbinnen. 'Nog vijf minuten, dames!' riep hij, alvorens zich weer terug te trekken.

'Ach ja,' verzuchtte Doris. 'Dat wordt weer even schudden voor een shilling.' Ze stond op. 'Ik ben allang blij dat er geen luchtaanvallen meer zijn. Een paar jaar geleden was het pas afzien in die kelder, in niet veel meer dan je ondergoed. Ik had er gewoon blauwe billen van. Kom op, meiden, dan geven we het publiek iets om van te dromen.'

Doris liep de kleedkamer uit en de anderen gingen vrolijk kletsend achter haar aan, tot er nog maar één meisje over was, dat snel rode lippenstift aanbracht met een kwastje.

Greta Simpson kwam nooit te laat, maar vandaag was ze pas na tien uur wakker geworden, terwijl ze om elf uur al in het theater werd verwacht. Maar het was het waard geweest om bijna een kilometer naar de bushalte te moeten rennen, dacht ze, terwijl ze dromerig in de spiegel staarde. De afgelopen nacht met Max, waarin ze tot in de kleine uurtjes hadden gedanst en hand in hand langs de Theems wandelend de zon boven Londen hadden zien opkomen, maakte alles goed. Bij de herinnering aan zijn omhelzingen en hartstochtelijke zoenen sloeg ze haar armen om zich heen.

Ze had Max vier weken geleden leren kennen in nachtclub Feldman's. Meestal was ze na vijf optredens in het Windmill zó uitgeput dat ze meteen naar huis en naar bed ging, maar Doris had haar gesmeekt mee te gaan om haar eenentwintigste verjaardag te vieren, en na lang twijfelen had ze ingestemd. De twee meiden verschilden als dag en nacht van elkaar. Greta was stil en gereserveerd, Doris uitgesproken en een tikje ordinair, met een luid cockneyaccent. Toch waren ze bevriend geraakt, en Greta had haar niet willen teleurstellen.

Voor het korte ritje naar Oxford Street hadden ze zichzelf op een taxi getrakteerd. Feldman's zat vol met afgezwaaide Britse en Amerikaanse militairen en met mensen uit de Londense societykringen, die wel vaker te vinden waren in de populairste club van de stad.

Doris had een tafeltje in de hoek bemachtigd en voor hen allebei een gin met rode vermout besteld. Greta keek om zich heen en verwonderde zich erover hoe de sfeer in Londen was veranderd sinds de capitulatie van Duitsland, nog maar vijf maanden geleden. Er overheerste een gevoel van euforie. In juli was er een nieuwe Labourregering gekozen, met Clement Attlee aan het roer. Hun partijleus, *Let us face the future,* vatte de hoop van het Britse volk heel goed samen.

Toen Greta van haar cocktail nipte en de sfeer in de club in zich opnam, voelde ze zich opeens licht in het hoofd. Na vijf lange jaren was de oorlog voorbij. Ze glimlachte in zichzelf. Ze was jong, ze was mooi en het was een tijd van opwinding en opnieuw beginnen. God wist dat ze daar wel aan toe was...

Terwijl ze om zich heen keek, zag ze een opvallend knappe man bij een groepje militairen aan de bar staan. Ze maakte Doris op hem attent.

'Die is vast zo geil als boter. Dat zijn al die yanks.' Doris ving de blik van een van de soldaten op en glimlachte breed naar hem.

In het Windmill was het een publiek geheim dat Doris niet gierig was als het op de liefde aankwam. Vijf minuten later verscheen er een ober aan hun tafeltje met een fles champagne, 'met de complimenten van de heren aan de bar'.

'Een fluitje van een cent, als je weet hoe het moet, schat,' fluisterde Doris tegen Greta toen de ober de champagne voor hen inschonk. 'Deze avond hoeft ons geen cent te kosten.' Ze knipoogde samenzweerderig en gaf de ober opdracht om de 'heren' naar hen toe te sturen, zodat ze hen persoonlijk konden bedanken.

Twee uur later zwierde Greta dronken van de champagne in Max' armen over de dansvloer. Inmiddels was ze te weten gekomen dat hij een Amerikaanse stafofficier was en voor de Britse regering werkte.

'De meeste mannen zijn alweer onderweg naar huis, en over een paar weken vertrek ik ook,' legde hij uit. 'Eerst moeten we nog wat zaken afhandelen. Maar jeetje, ik ga Londen wel missen, hoor. Wat een prachtige stad is dit.'

Hij keek verbaasd toen Greta hem vertelde dat ze in 'de showbusiness' werkte. 'Op het toneel, bedoel je? Als actrice?' vroeg hij met gefronst voorhoofd.

Ze voelde meteen aan dat ze hiermee geen indruk op hem kon maken, dus paste ze snel haar verhaal aan. 'Ik werk als receptioniste voor een theaterimpresario,' legde ze snel uit.

'O, op die manier.' Zijn gezicht ontspande zich meteen. 'De showbusiness past niet bij je, Greta. Jij bent wat mijn moeder een echte dame zou noemen.'

Een half uur later maakte ze zich uit zijn armen los en zei dat ze naar huis moest.

Hij knikte beleefd en liep mee naar buiten om een taxi aan te houden. 'Ik heb een heerlijke avond gehad,' zei hij toen hij haar hielp bij het instappen. 'Zullen we nog eens afspreken?'

'Graag,' zei ze, voordat ze zich kon inhouden.

'Fijn. Ik zou morgenavond weer hiernaartoe kunnen komen.'

'Dat kan, maar ik ben pas om half elf klaar. Ik moet naar een voorstelling waar een van onze cliënten in speelt,' loog ze.

'Oké, dan zorg ik dat ik hier om elf uur ben. Welterusten, Greta. Laat me niet wachten, morgen.'

'Natuurlijk niet.'

Met gemengde gevoelens reed ze in de taxi naar huis. Ze wist dat het eigenlijk geen zin had om een relatie aan te gaan met een man die nog maar een paar weken in Londen zou blijven, maar Max leek haar een echte heer. Dat was een aangename afwisseling van het vaak nogal luidruchtige mannelijke publiek in het Windmill.

Somber dacht ze terug aan de omstandigheden waardoor ze nog geen vier maanden geleden bij de artiesteningang van het Windmill had aangeklopt. In de tijdschriften en kranten die ze als tiener had gelezen, hadden 'The Windmill Girls' altijd heel glamoureus geleken, in hun prachtige kostuums en poserend met allerlei Britse beroemdheden. Na haar haastige aftocht uit de compleet andere wereld waarin ze eerst had verkeerd, was ze in Londen regelrecht naar het Windmill gegaan.

Alleen wist ze nu dat het daar in werkelijkheid heel anders was dan ze had gedacht...

Toen ze weer in het logement was aangekomen en in haar smalle bed was gestapt, met een vest over haar pyjama getrokken tegen de herfstkilte in de onverwarmde kamer, had ze zich gerealiseerd dat Max haar uitweg kon zijn. Wat er ook voor nodig was om hem ervan te overtuigen dat ze het meisje van zijn dromen was, ze zou het doen.

Zoals afgesproken troffen Max en Greta elkaar de volgende avond bij Feldman's, en sindsdien hadden ze elkaar bijna elke avond gezien. Hoewel Doris haar had gewaarschuwd voor overbetaalde en oversekste yanks, had Max zich altijd als een echte heer gedragen. Een paar dagen geleden had hij Greta meegenomen naar een diner dansant in het Savoy. Toen ze daar aan die tafel in de grote balzaal had zitten luisteren naar Roberto Inglez en zijn orkest, had ze beseft hoe heerlijk ze het vond om in de watten gelegd te worden door haar rijke, knappe Amerikaanse officier. En dat ze ook steeds meer op hem gesteld begon te raken.

Door hun gesprekken was ze tot het besef gekomen dat Max een heel bevoorrecht, maar enigszins beschermd leventje had geleid, voordat hij een paar maanden geleden in Londen was aangekomen. Hij had haar verteld dat hij in South Carolina geboren was, als enige zoon van rijke ouders, en even buiten de stad Charleston was opgegroeid. Haar adem stokte toen hij haar een foto liet zien van het elegante witte huis met de zuilenrij waar ze woonden. Hij vertelde dat zijn vader de eigenaar was van meerdere lucratieve ondernemingen in het diepe zuiden van Amerika, waaronder een grote autofabriek die tijdens de oorlogsjaren kennelijk goede zaken had gedaan. Na zijn vertrek uit Engeland zou Max thuis in het familiebedrijf gaan werken.

Door alle bloemen, kousen en dure etentjes die hij betaalde, wist ze dat hij geld als water had. Dus toen hij begon over 'onze' toekomst, kreeg ze een sprankje hoop dat er daadwerkelijk een toekomst voor hen samen was weggelegd.

Vanavond had hij haar uitgenodigd voor een etentje in het Dorchester, met de opmerking dat ze iets moois moest aantrekken. Nog een paar dagen, dan ging hij weer naar Amerika. Hij had keer op keer gezegd hoe erg hij haar zou missen. Misschien zou hij haar nog eens komen opzoeken in Londen, of misschien, heel misschien, kon ze genoeg sparen voor een reisje naar de Verenigde Staten om hem weer te zien...

Haar romantische overpeinzingen werden onderbroken door een klopje op de deur. Toen ze opkeek, verscheen er een bekend, vriendelijk gezicht in de deuropening.

'Ben je zover, Greta?' vroeg David Marchmont.

Zoals altijd verbaasde ze zich over het afgemeten, bekakte Engelse accent dat totaal niet paste bij de rol die hij op het podium speelde. David werkte niet alleen als assistent-toneelmeester, maar ook als komiek in het Windmill, onder de naam Taffy. Die artiestennaam verwees naar zijn Welshe roots, en iedereen in het theater noemde hem zo. Tijdens zijn komische act sprak hij met een zwaar Welsh accent.

'Hebben we nog twee minuten?' vroeg ze, omdat haar ineens weer te binnen schoot wat haar vanavond te doen stond.

'Hooguit, vrees ik. Ik loop met je mee naar de coulissen, om je rekwisieten aan te geven.' Hij keek haar een beetje bedenkelijk aan. 'Weet je zeker dat je het wel ziet zitten? Je bent lijkbleek.'

'Het gaat wel, hoor,' loog ze, ook al sloeg haar hart op hol. 'Ik kom er zo aan.'

Toen hij de deur dichtdeed, slaakte ze een diepe zucht en legde de laatste hand aan haar make-up.

Het werk in het Windmill was veel moeilijker dan ze had gedacht. *Revudeville* werd vijf keer per dag opgevoerd en als de meisjes niet hoefden op te treden, waren ze wel aan het repeteren. Iedereen wist dat de meeste mannen in het publiek niet voor de komieken of de andere acts in de variétéshow kwamen, maar om zich te vergapen aan de beeldschone meisjes die in hun weinig verhullende kostuums over het podium paradeerden.

Ze trok een gezicht en keek schuldbewust naar haar prachtige, getailleerde kersenrode jas aan het haakje bij de deur. Die had ze niet kunnen laten hangen toen ze geld over de balk aan het smijten was bij Selfridges, omdat ze er voor Max op haar best wilde uitzien. De rode jas deed haar iets te veel denken aan de geldproblemen waardoor ze hier was beland. Ze slikte moeizaam bij de gedachte dat ze zo meteen vrijwel naakt voor honderden loerende mannen moest dansen.

Een paar dagen geleden, toen meneer Van Damm haar had gevraagd op te treden in de pikante tableaux vivants – wat inhield dat ze roerloos in een elegante pose moest blijven staan, terwijl de andere Windmill Girls om haar heen liepen – had ze nog tegengestribbeld bij het idee dat ze bijna helemaal uit de kleren moest. Alleen twee tepellapjes en een piepklein stringetje moesten haar waardigheid intact houden. Maar aangemoedigd door Doris, die al een jaar optrad in de tableaux, en door de gedachte aan de huur die ze nog moest betalen, had ze toch met tegenzin ingestemd.

Ze huiverde bij de gedachte aan wat Max van haar promotie zou denken. Inmiddels wist ze namelijk dat hij uit een doopsgezinde familie kwam die nogal streng in de leer was. Maar ja, ze kon de extra inkomsten heel goed gebruiken.

Ze wierp een blik op de klok aan de wand en besefte dat ze maar beter kon voortmaken. De voorstelling was al begonnen; over minder dan tien minuten zou zij haar opwachting moeten maken. Ze trok de lade van de kaptafel open en nam snel een slok uit de heupfles die Doris daar had verstopt, om zich moed in te drinken.

Er werd alweer op de deur geklopt. 'Ik wil je niet opjagen, maar we kunnen maar beter gaan,' riep Taffy haar toe.

Na een laatste blik op haar spiegelbeeld stapte ze de zwak verlichte gang in, met haar kamerjas stijf om zich heen getrokken.

Toen Taffy haar ongeruste blik opving, deed hij een stap naar voren en pakte haar handen voorzichtig beet. 'Ik snap dat je nerveus bent, maar als je eenmaal op het podium staat, zul je zien dat het meevalt.'

'Echt? Beloof je dat?'

'Ja, ik beloof het. Doe gewoon alsof je model staat voor een kunstenaar in een atelier in Parijs, alsof hij een prachtig schilderij van je maakt. Schijnbaar gaan ze daar bij het minste of geringste uit de kleren,' zei hij in een poging haar op te beuren.

'Dank je, Taffy. Wat zou ik toch zonder je moeten?' Ze glimlachte dankbaar en liet zich door hem meevoeren naar de coulissen.

Zeven uur en drie zenuwslopende optredens later was Greta weer in de kleedkamer. Haar tableau vivant was erg in de smaak gevallen en dankzij Taffy's goede raad was ze erin geslaagd haar angst te overwinnen en met opgeheven hoofd in het voetlicht te treden.

'Zo, het ergste is achter de rug. De eerste keer is altijd het moeilijkst,' zei Doris met een knipoog toen ze naast elkaar zaten. Greta verwijderde haar zware make-up, terwijl Doris de hare bijwerkte voor de avondvoorstelling. 'Nu hoef je alleen nog maar te zorgen dat je er vanavond op je mooist uitziet. Hoe laat heb je afgesproken met die Amerikaan van je?'

'Om acht uur, in het Dorchester.'

'Zozo, het kan weer niet op.' Doris grijnsde in de spiegel naar Greta, stond op en pakte haar verentooi. 'Nou, ik moet zo weer de planken op, terwijl jij weer als Assepoester het West End in trekt met je knappe prins.' Ze gaf een kneepje in Greta's schouder. 'Veel plezier, schat.'

'Dank je,' riep Greta haar na, terwijl Doris de kleedkamer uit liep.

Greta wist dat ze geluk had gehad dat ze vanavond vrij had kunnen krijgen. In ruil daarvoor had ze meneer Van Damm moeten beloven dat ze volgende week zou overwerken. Opgewonden trok ze de nieuwe cocktailjurk aan die ze had gekocht als voorschotje op de opslag die ze door haar promotie zou krijgen. Daarna maakte ze zich zorgvuldig opnieuw op, trok haar geliefde rode jas aan en haastte zich het theater uit.

Max zat haar in de lobby van het Dorchester op te wachten. Hij pakte haar handen beet en keek haar doordringend aan. 'Wat zie je er weer prachtig uit, Greta. Ik voel me de grootste geluksvogel van heel Londen. Zullen we?' Hij stak haar zijn arm toe en ze liepen langzaam in de richting van het restaurant.

Pas toen ze hun dessert op hadden, kwam de vraag waarnaar ze zo had verlangd over zijn lippen.

'Je wilt met me trouwen? Ik... O, Max, maar we kennen elkaar nog maar net! Weet je het wel zeker?'

'Heel zeker. Ik voel gewoon dat het goed zit. Het zal wel even wennen voor je zijn in Charleston, maar het zal je aan niets ontbreken, dat beloof ik. Zeg alsjeblieft ja, Greta. Dan zal ik de rest van mijn leven proberen je gelukkig te maken.'

Ze keek naar zijn knappe, oprechte gezicht en gaf hem het antwoord dat ze allebei wilden horen.

'Het spijt me dat ik nog geen ring voor je heb.' Teder pakte hij haar linkerhand beet, en hij glimlachte. 'Maar ik zou je in de Verenigde Staten graag de verlovingsring van mijn grootmoeder geven.'

Ze glimlachte gelukzalig terug. 'Dat doet er niet toe, als we maar bij elkaar kunnen zijn.'

Tijdens de koffie begonnen ze plannen te maken. Hij zou over twee dagen naar huis varen, en zij zou hem achternakomen zodra ze haar opzegtermijn had afgemaakt en haar schamele bezittingen had ingepakt.

Later die avond, op de dansvloer, duizelig van de romantiek en euforie, trok Max haar dichter tegen zich aan. 'Greta, ik begrijp het volkomen als je dit ongepast vindt, maar aangezien we nu verloofd zijn en ik binnenkort alweer vertrek, wil ik je toch vragen of je meegaat naar mijn hotel. Ik zweer dat ik je niet in verlegenheid zal brengen, maar daar kunnen we tenminste onder vier ogen met elkaar praten...' Hij bloosde.

Uit alles wat hij tegen haar had gezegd, maakte ze op dat hij nog maagd was. En als hij haar man zou worden, kon een beetje kussen en knuffelen toch geen kwaad?

Later, in zijn hotel in St. James's, sloeg hij zijn armen om haar heen. Ze voelde zijn opwinding en merkte dat ze zelf ook opgewonden raakte.

'Mag ik?' vroeg hij aarzelend, met zijn vingers op de drie knoopjes onderaan haar nek.

Ze hield zich voor dat ze een paar uur geleden nog bijna naakt voor een stel mannen die ze niet eens kende, had gestaan. Dan hoefde ze zich toch niet opgelaten te voelen dat ze voor haar aanstaande afstand deed van haar onschuld?

De volgende dag, toen Greta in de kleedkamer van het Windmill haar haren vastzette met een paar schuifspeldjes, was ze ondanks alles gespannen. Deed ze er wel goed aan om met Max in het huwelijksbootje te stappen?

Zo lang ze zich kon herinneren, ambieerde ze al een carrière op het witte doek. Haar moeder had haar daar nooit van proberen te weerhouden. Die was zelf zo geobsedeerd door het filmwereldje dat ze haar enige dochter naar de legendarische Greta Garbo had vernoemd. Niet alleen had ze Greta meegenomen naar talloze matineevoorstellingen in het Odeon in Manchester, ze had ook betaald voor spraak- en acteerlessen.

Maar als er een carrière als filmster voor haar in het verschiet lag, was ze nu toch al wel ontdekt? Er kwamen heel vaak regisseurs langs om de beroemde Windmill Girls te bekijken. In de vier maanden dat ze hier nu werkte, waren al twee van haar vriendinnen weggekaapt door een filmmaatschappij. Dat was voor veel meisjes, ook voor haarzelf, de reden dat ze hier werkten. Ze hoopten allemaal dat er een keer op de deur van de kleedkamer geklopt zou worden en dat ze dan te horen zouden krijgen dat een of andere filmbons met hen wilde praten.

Hoofdschuddend stond ze op en maakte aanstalten om de kleedkamer te verlaten. Hoe kon ze nu overwegen om niet met Max te trouwen? Als ze in Londen bleef, zou ze over een jaar of twee, of drie, of vier, misschien nog steeds de vernederingen van het werk in het Windmill moeten ondergaan en tot over haar oren in de schulden zitten. In de oorlog waren er zo veel jonge mannen gesneuveld dat ze wist dat ze bofte dat er een man van haar leek te houden en haar een stabiel en comfortabel leven wilde bieden.

Vandaag was Max' laatste dag in Londen. Hij zou morgenochtend weer op de boot naar Amerika stappen. Vanavond hadden ze afgesproken in het Mayfair Hotel, om te eten en de plannen voor Greta's overtocht rond te maken. Daarna zouden ze voor het laatst de nacht met elkaar doorbrengen, voordat hij bij het krieken van de dag moest inschepen. Hoewel ze hem zou missen, zou het ook een opluchting zijn om niet meer te hoeven liegen over wat ze voor de kost deed. Ze vond het vreselijk om hem zo te misleiden, om te doen alsof ze een veeleisende baas had die haar vaak dwong om over te werken.

'Greta, het doek gaat zo op!' onderbrak Taffy haar overpeinzingen.

'Rustig maar, ik kom al!' Ze glimlachte en liep achter hem aan door de zwak verlichte gang richting het podium.

'Heb je straks misschien zin om iets met me te gaan drinken?' fluisterde hij toen hij achter haar in de coulissen stond. 'Ik sprak meneer Van Damm net en ik krijg een vaste plaats in het programma. Dat moet gevierd worden!'

'O, Taffy, wat een heerlijk nieuws!' Ze was oprecht blij voor hem.

‘Dat heb je dik verdiend. Je hebt echt veel talent.’ Ze ging op haar tenen staan om hem te omhelzen. Met zijn ruim een meter tachtig, warrige zandkleurige haar en sprankelende groene ogen had ze hem altijd aantrekkelijk gevonden en ze vermoedde dat hij ook een zwak voor haar had. Zo nu en dan gingen ze samen een hapje eten. Dan probeerde hij zijn nieuwste grappen op haar uit. Ze voelde zich schuldig omdat ze hem nog niet over haar verloving had verteld.

‘Dank je. Dus je gaat mee?’

‘Het spijt me, Taffy. Vanavond kan ik niet.’

‘Volgende week dan?’

‘Ja, dat is goed.’

‘Greta, we moeten zo op!’ riep Doris.

‘Sorry, ik moet ervandoor.’

Met een zucht keek hij haar na. Ze hadden samen al heel wat leuke avondjes doorgebracht, maar net toen hij het idee kreeg dat zijn gevoelens voor haar wederzijds waren, ging ze hun afspraken afzeggen. Hij wist wel waarom, net als iedereen in het theater. Ze had een rijke Amerikaanse officier op het oog. En hoe kon een slechtbetaalde komiek, die als voornaamste doel had de wereld na al die sombere jaren weer aan het lachen te maken, nu op tegen een knappe Amerikaan in uniform? Hij haalde zijn schouders op. Als die yank eenmaal naar huis was… Nou ja, zijn tijd kwam nog wel.

Max Landers ging zitten en keek slecht op zijn gemak om zich heen naar het luidruchtige publiek dat geheel uit mannen bestond. Hij had er weinig zin in gehad om naar de show te gaan, maar de mannen van kantoor wilden hun laatste avond in Londen vieren en waren al een beetje aangeschoten. Zij vonden dat ze voor vertrek echt nog de voorstelling in het Windmill moesten zien.

Max luisterde niet naar de komieken of de zangers, maar telde de minuten af tot hij ertussenuit kon knijpen om zijn lieve Greta vanavond weer te zien. Het zou nog zwaar voor haar worden als hij morgen uitvoer. En natuurlijk zou hij nog flink op zijn ouders moeten inpraten, die wilden dat hij met Anna-Mae trouwde, zijn liefje van de middelbare school. Ze moesten maar begrijpen dat hij veranderd was. Bij vertrek was hij nog een jongen geweest, maar nu was hij een man, een verliefde man. Trouwens, Greta was een echte Engelse dame. Hij wist zeker dat ze met haar charmes indruk op hen zou maken.

Hij keek amper op toen er applaus opsteeg in het theater en het doek viel voor de openingsact.

'Hé!' Zijn vriend Bart stootte hem aan. 'Het volgende gedeelte moet je echt zien. Daar zijn we voor gekomen.' Met zijn handen tekende hij een vrouwelijk silhouet in de lucht. 'Het schijnt heel pikant te zijn,' zei hij grijnzend.

Max knikte. 'Ja, Bart. Ik ben benieuwd.'

Het doek ging weer op, onder een daverend applaus en schril gefluit. Max keek op naar de vrijwel naakte meisjes op het podium. Als je het hem vroeg, waren ze geen haar beter dan een stel hoertjes.

'Geweldig, toch?' vroeg Bart met een verlekkerde blik in zijn ogen. 'Moet je die griet in het midden zien. Wauw! Bijna spiernaakt, en dan toch zo'n lieve glimlach.'

Max staarde naar het meisje dat er zo stil als een standbeeld bij stond. Ze leek een beetje op... Hij leunde naar voren en keek nog eens goed. 'Jezus christus!' vloekte hij binnensmonds. Zijn hart ging tekeer bij het zien van die grote blauwe ogen die boven het publiek uit staarden, die welgevormde lippen en het dikke, hoog opgestoken blonde haar. Hij kon het bijna niet verdragen om naar die bekende volle borsten te kijken, waarvan de pronte tepels alleen schuilgingen achter een paar pailletten. Of naar die verleidelijke welving van haar buik, die uitkwam op haar meest intieme plekje...

Hij twijfelde er niet aan dat dit zijn Greta was. Toen hij naast zich keek, zag hij dat Bart zich aan het lichaam van zijn verloofde zat te vergapen.

Max kreeg het gevoel dat hij moest overgeven, stond op en liep snel de zaal uit.

Greta pakte een derde sigaret uit het zilveren doosje dat ze van Max had gekregen en stak hem op. Voor de zoveelste keer keek ze op haar horloge. Hij was al meer dan een uur te laat. Waar zat hij toch? De ober bleef maar achterdochtige blikken op haar werpen, omdat ze alleen aan een tafeltje in de cocktailbar zat. Ze kon wel raden wat hij dacht.

Ze rookte de sigaret op, drukte hem uit en keek nog eens op haar horloge. Als Max er om middernacht nog niet was, zou ze naar huis gaan en daar op hem wachten. Hij wist waar ze woonde; hij had haar een paar keer bij haar logement opgehaald. Ze wist zeker dat hij een goede reden had om niet te komen opdagen.

Het werd twaalf uur, de cocktailbar stroomde leeg. Langzaam stond ze op en ging ook weg. Toen ze thuiskwam, zag ze tot haar teleurstelling dat Max niet buiten op haar stond te wachten. Ze ging naar binnen en zette de fluitketel op het kleine fornuis.

'Geen paniek,' zei ze tegen zichzelf, terwijl ze een piepklein beetje van het dure koffiepoeder dat ze van Max had gekregen in een kopje schepte. 'Hij zal zo wel komen.'

Stijfjes ging ze op de rand van het bed zitten. Telkens als ze buiten voetstappen hoorde, schoot ze overeind en wenste vurig dat ze stil zouden houden en de trap op zouden komen. Ze wilde zich niet verkleden of haar make-up verwijderen, voor het geval dat er werd aangebeld. Pas om drie uur 's nachts ging ze op het bed liggen, rillend van de kou en de angst. De tranen sprongen haar in de ogen toen ze naar het vochtige, loslatende behang keek.

Paniek maakte zich van haar meester. Ze had geen idee hoe ze Max kon bereiken. Zijn schip vertrok vanuit Southampton en ze wist dat hij zich daar die ochtend om tien uur moest melden. Stel nu dat hij voor die tijd geen contact met haar opnam? Ze had zijn adres in Amerika niet eens. Hij had beloofd haar alle details van zijn reisschema tijdens het etentje te geven.

Terwijl de sterren vervaagden in de opkomende zon, vervlogen ook haar dromen van een ander leven. Ze wist nu zeker dat Max niet meer kwam. Hij zou wel op weg zijn naar Southampton, klaar om voorgoed uit haar leven te vertrekken.

Die ochtend kwam ze uitgeput en lamgeslagen bij het Windmill aan.

'Wat is er, schat? Mis je je soldaatje?' koerde Doris.

'Laat me met rust!' riep Greta bits. 'Trouwens, hij is geen soldaatje, hij is officier.'

'Rustig maar, het was maar een vraag.' Doris keek haar aan, duidelijk beledigd. 'Wat vond Max gisteren van de voorstelling?'

'Ik... Hoe bedoel je?'

'Je vriendje zat gisteravond in het publiek.' Doris draaide zich weer naar de spiegel toe en concentreerde zich op het aanbrengen van haar eyeliner. 'Ik dacht dat jij hem had uitgenodigd.'

Greta slikte. Aan de ene kant wilde ze niet laten merken dat ze niet had geweten dat Max hier was geweest, aan de andere kant wilde ze zeker weten of Doris de waarheid sprak.

'Ja, ik... natuurlijk. Maar ik kijk nooit naar het publiek. Waar zat hij?'

'O, aan de linkerkant. Hij viel me op, omdat hij vlak na onze opkomst opstond en de zaal uit liep.' Ze haalde haar schouders op. 'Mannen zijn rare wezens.'

Die avond ging Greta terug naar haar kamer, in de vaste overtuiging dat ze nooit meer iets van Max Landers zou horen.

3

Acht weken later besefte Greta dat Max iets voor haar had achtergelaten waardoor ze hun korte, maar hartstochtelijke affaire nooit meer zou vergeten. Ze wist zeker dat ze zwanger was.

Moedeloos sjokte ze via de artiesteningang het Windmill binnen. Ze voelde zich hondsberoerd. Vanochtend vroeg was ze vreselijk misselijk geweest, en tussen het almaar naar de toiletpot rennen door had ze geprobeerd te bedenken hoe het nu verder moest. Alleen al in puur praktisch opzicht zou ze over een paar weken niet meer in het Windmill kunnen werken, als haar buik eenmaal begon op te bollen.

Afgelopen nacht had ze geen oog dichtgedaan door de angst die als een baksteen op haar maag lag. Al woelend had ze zelfs overwogen terug naar huis te gaan. Hoewel ze diep in haar hart ook wel wist dat dat geen optie was.

Huiverend sloot ze zich af voor de herinnering die zich aan haar opdrong. Eerst moest ze zich maar eens op haar huidige situatie concentreren. Voor de spiegel in de kleedkamer sloeg de wanhoop genadeloos toe. Het had haar wel wat geleken om het Windmill te verruilen voor de armen van een rijke Amerikaanse echtgenoot, maar nu kon ze hooguit hopen op een plaatsje in een tehuis voor vrouwen in haar positie. Hoewel de directie van het theater best vriendelijk was, hielden ze strikt vast aan de regels voor de meisjes die er werkten. Ongehuwd zwanger zijn was de grootste zonde die je kon begaan.

Ze wist dat haar leven in duigen lag. Dit kind maakte al haar plannen om te trouwen of een carrière als filmster te krijgen onmogelijk. Tenzij... In de spiegel zag ze dat ze er doodsbang uitzag, maar er zat niets anders op. Ze zou aan Doris moeten vragen of die geen adresje wist waar ze haar konden helpen. Dat was toch veel beter voor haar ongeboren kind? Ze had het niets te bieden: geen huis, geen geld en geen vader.

Toen het doek om kwart voor elf viel, liepen de meisjes vermoeid terug naar de kleedkamer.

'Doris,' fluisterde Greta, 'kan ik je even spreken?'

'Natuurlijk, schat.'

Greta wachtte tot de andere meisjes in de kleedkamer waren en vroeg zo rustig mogelijk om het adres dat ze nodig had.

Met haar kraaloogjes nam Doris haar onderzoekend op. 'O jee. Heeft dat soldaatje een afscheidscadeau voor je achtergelaten?'

Greta liet haar hoofd hangen en knikte.

Met een zucht legde Doris een hand op haar arm. Soms kon ze spijkerhard zijn, maar achter al die branie ging een hart van goud schuil. 'Natuurlijk kun je dat adres van me krijgen. Maar dit gaat je wel geld kosten, dat weet je toch?'

'Hoeveel?'

'Dat hangt ervan af. Als je zegt dat ik je gestuurd heb, krijg je misschien wel korting.'

Greta rilde. Als je Doris zo hoorde, leek het net of ze een permanentje wilde nemen. 'Is het veilig?' vroeg ze.

'Nou, bij mij is het twee keer gedaan en ik kan het nog navertellen, maar ik heb weleens anders gehoord,' gaf Doris toe. 'Na afloop moet je naar huis gaan en blijven liggen tot het bloeden ophoudt. Als dat niet gebeurt, moet je snel naar een ziekenhuis gaan. Kom, dan schrijf ik het adres voor je op. Ga morgen maar bij hem langs om een afspraak te maken. Wil je dat ik meega?'

'Nee, ik red me wel. Maar bedankt voor het aanbod,' zei Greta dankbaar.

'Geen punt. Wij meiden moeten een beetje op elkaar passen, nietwaar? Denk erom, je bent niet de eerste die dit overkomt en zult ook zeker niet de laatste zijn.'

De volgende ochtend nam Greta de bus van Edgware Road naar Cricklewood. Ze vond de straat waar Doris' mannetje woonde en liep langzaam naar het juiste adres. Voor het tuinhek bleef ze staan om naar het huisje van rode baksteen te kijken. Ze haalde diep adem, maakte het tuinhek open en liep over het pad naar de voordeur om aan te kloppen. Na een tijdje zag ze de vitrage bewegen en hoorde dat er een grendel werd opengeschoven.

'Ja?'

Een tengere man, die een akelige gelijkenis vertoonde met de plaatjes van Repelsteeltje uit de boeken uit haar kindertijd, deed de deur open.

'Hallo. Ik, eh... Doris heeft me gestuurd.'

'Kom dan maar binnen.' De man hield de deur verder open, en ze liep een smoezelig halletje in.

'Wacht daar maar even. Ik ben nog even bezig met een patiënt.' Hij wees naar een spaarzaam ingerichte woonkamer.

Met opgetrokken neus omdat het er naar katten en oude vloerbedekking rook, ging ze in een fauteuil vol vlekken zitten en begon in een beduimeld vrouwenblad te bladeren. Toen ze op een breipatroon voor een babyvestje stuitte, sloeg ze het blad snel dicht. Ze leunde achterover in de stoel en staarde met bonkend hart naar het plafond.

Een paar minuten later hoorde ze iemand in een andere kamer zacht kermen. Ze slikte moeizaam toen de man de woonkamer in kwam en de deur dichtdeed.

'Zo, jongedame, wat kan ik voor je betekenen?'

Dat was een stomme vraag, dat wisten ze allebei. Ondanks de dichte deur was het gekerm nog steeds hoorbaar.

Greta was op van de zenuwen. 'Doris zei dat u me misschien kunt helpen met mijn, eh... probleem.'

'Misschien wel.' De man keek haar doordringend aan. Zijn vingers gingen naar zijn hoofd, om de paar vettige bruine strengen over zijn kale plek glad te strijken. 'Hoe ver ben je?'

'Ongeveer acht weken, denk ik.'

'Dat is mooi, heel mooi.' Hij knikte.

'Wat gaat het kosten?'

'Normaal gesproken vraag ik drie pond, maar voor een vriendin van Doris is twee wel genoeg.'

Ze zette haar nagels in de armleuningen en knikte instemmend.

'Mooi. Als je nog een half uurtje kunt wachten, kan ik je meteen helpen. Van uitstel komt afstel, nietwaar?'

'Kan ik morgen dan wel naar mijn werk?'

'Dat hangt ervan af. Sommige meisjes verliezen veel bloed, andere heel weinig.'

Er werd aangeklopt en een onvriendelijk uitziende vrouw stak haar hoofd door de deuropening. Zonder acht te slaan op Greta wenkte ze de man.

'Neem me niet kwalijk, ik moet naar mijn patiënt toe.' Hij stond op en liep abrupt de kamer uit.

Greta legde haar hoofd in haar handen. Sommige meisjes verliezen veel bloed, andere heel weinig...

Ze stond op, strompelde de sombere woonkamer uit en rende de hal in naar de voordeur. Snel schoof ze de roestige grendel opzij, draaide de knop om en trok de deur open.

'Juffrouw! Waar gaat u...'

Ze sloeg de deur achter zich dicht en vluchtte de straat op, in een waas van tranen.

Na de voorstelling van die avond zocht Doris haar op. 'Ben je bij hem geweest?'

Greta knikte.

'Wanneer is het zover?'

'Ik... Volgende week.'

Doris klopte op haar schouder. 'Het komt wel goed, schat. Echt waar.'

Greta bleef roerloos zitten, tot de andere meisjes de kleedkamer uit waren. Zodra ze alleen was, legde ze haar hoofd op de kaptafel en barstte in tranen uit. Het gekerm van de vrouw liet haar niet meer los sinds ze uit dat ellendige huis was vertrokken. Hoewel ze wist dat ze zichzelf tot een onzeker bestaan veroordeelde, wist ze ook dat ze geen abortus kon laten plegen.

Ze hoorde niet dat er zacht op de deur van de kleedkamer werd geklopt en schrok zich een hoedje toen er een hand op haar schouder werd gelegd.

'Hé! Rustig maar, ik ben het, Taffy. Ik wilde je niet laten schrikken. Ik kwam alleen even kijken of jullie allemaal al weg waren. Wat is er, Greta?'

In de spiegel zag ze zijn vriendelijke gezicht, dat nu meelevend naar haar keek, en ze zocht iets om haar loopneus mee af te vegen. Zijn bezorgdheid raakte haar, zeker aangezien ze hem sinds ze Max had leren kennen amper nog een blik waardig had gekeurd.

Hij gaf haar een smetteloze zakdoek. 'Alsjeblieft. Wil je dat ik wegga?' Weifelend bleef hij achter haar staan.

'Ja, eh, nee... O, Taffy...' Ze snikte het uit. 'Ik heb mezelf zo in de nesten gewerkt!'

'Vertel dan maar eens wat je op je lever hebt. Daar knap je vast van op, wat er ook is.'

Hoofdschuddend keek ze hem aan. 'Ik verdien geen medeleven,' jammerde ze.

'Doe niet zo mal. Kom hier, dan krijg je een knuffel.' Hij sloeg zijn sterke armen om haar schouders en hield haar vast tot ze alleen nog een beetje nahikte. Daarna veegde hij de uitgelopen make-up van haar wangen. 'Moet je ons nu eens zien. Maar zoals mijn ouwe grootmoeder altijd zei: het is nooit zo erg als het lijkt.'

Opeens voelde ze zich opgelaten, en ze maakte zich van hem los. 'Het spijt me, Taffy. Het gaat alweer.'

Hij leek niet overtuigd. 'Heb je wel iets gegeten? Je zou je hart bij me kunnen uitstorten onder het genot van een lekkere pastei met aardappelpuree. Dat helpt bij mij altijd tegen hartzeer. Althans, ik neem aan dat daar het probleem zit.'

'Nee, het zit iets lager,' mompelde ze, maar daar had ze meteen spijt van.

Hij deed zijn best om zijn emoties niet te laten blijken. 'Ik begrijp het. En die yank heeft jou zeker met de gebakken peren laten zitten?'

'Ja, maar...' Verbluft keek ze hem aan. 'Hoe weet jij van hem?'

'Greta, je werkt in een theater. Hier weet iedereen alles van elkaar, van de portier tot de directeur. Zelfs een non die een zwijggelofte heeft afgelegd, zou hier nog geen geheim kunnen bewaren.'

'Het spijt me dat ik je niet over hem heb verteld. Dat had ik wel moeten doen, maar...'

'Zand erover. Ik wacht buiten tot je je hebt omgekleed, dan neem ik je mee uit eten.'

'Maar Taffy, ik...'

'Ja?'

Zwakjes glimlachte ze naar hem. 'Bedankt dat je zo lief voor me bent.'

'Daar heb je toch vrienden voor?'

Hij nam haar mee naar hun gebruikelijke stek tegenover het theater. Ze merkte dat ze uitgehongerd was en schrokte haar pastei met aardappelpuree naar binnen, terwijl ze haar hart bij hem uitstortte.

'Ik heb dus een adres gekregen van Doris en ben er vanmorgen naartoe gegaan. Maar Taffy, je hebt geen idee hoe het daar is. Dat mannetje van haar... Hij had vuile vingernagels. Ik kan niet... Ik kan niet...'

'Ik begrijp het wel,' troostte hij haar. 'Dus die Amerikaan weet niet dat je zwanger bent?'

'Nee. Hij is vertrokken op de ochtend nadat hij naar het Windmill kwam en mij daar poedelnaakt aantrof. Ik heb zijn adres in Amerika niet. En zelfs al had ik dat, dan betwijfel ik of hij me nog terug wil, nadat hij me op de bühne heeft gezien. Hij komt uit een heel traditioneel gezin.'

'Weet je waar in de Verenigde Staten hij woont?'

'In een stadje dat Charleston heet. Ergens in het zuiden, geloof ik. O, Taffy, ik was zo benieuwd naar het uitgaansleven in New York.'

'Greta, als Max echt in Charleston woont, betwijfel ik of je New York ooit te zien had gekregen. Dat ligt honderden kilometers bij Charleston vandaan, bijna net zo ver als de afstand van Londen tot Italië. Amerika is heel groot.'

'Dat weet ik, maar alle Amerikanen die ik tot nu toe heb leren kennen, lijken me veel ruimdenkender dan de meeste Britten. Volgens mij had ik me daar wel thuis gevoeld.'

Hij staarde haar aan met een mengelmoes van irritatie en medeleven omdat ze zo naïef was. 'Lieverd, misschien voel je je iets beter als je weet dat het stadje waar je naartoe wilde verhuizen midden in de zogenaamde Biblebelt ligt. De mensen daar houden zich precies aan de Heilige Schrift. Vergeleken met hen lijkt zelfs de vroomste Engelsman nog heel ongedwongen.'

'Max zei wel dat hij baptist was,' mijmerde ze hardop.

'Zie je wel. Ik weet dat het een schrale troost is, maar het verschil tussen Charleston en New York is ongeveer net zo groot als het verschil tussen mijn ouderlijk huis in de bergen van Wales en Londen. Je zou je daar als een vis op het droge hebben gevoeld, zeker na het leven dat je hier hebt geleid. Als je het mij vraagt, ben je goed weggekomen.'

'Misschien wel.' Ze begreep dat hij haar wilde troosten, maar iedereen wist dat Amerika de Nieuwe Wereld was, het land van de onbegrensde mogelijkheden, waar in dat land je ook woonde. 'Maar als ze volgens jou zo streng in de leer zijn, waarom heeft Max dan... Je weet wel...' Ze bloosde.

'Misschien dacht hij dat hij de regels naar zijn hand kon zetten, omdat jullie verloofd waren,' gokte hij.

'Ik dacht echt dat hij van me hield. Als hij me niet ten huwelijk had gevraagd, had ik nooit...' Uit pure schaamte kon ze haar zin niet afmaken.

Hij pakte haar hand en kneep er even in. 'Dat weet ik,' zei hij zacht.

'Ik ben niet zoals Doris, echt niet. Max was mijn eerste.' De tranen sprongen haar in de ogen. 'Waarom gaat bij mij toch altijd alles verkeerd?'

'Is dat zo? Wil je erover praten?'

'Nee,' antwoordde ze snel. 'Ik zit mezelf gewoon te beklagen omdat ik zo'n grote fout heb gemaakt.'

Terwijl Taffy naar haar geforceerde glimlach keek, vroeg hij zich af hoe zij – een meisje dat duidelijk onderwijs had genoten en aan haar accent te horen uit een gegoede familie kwam – in het Windmill was beland. Vergeleken met de andere meiden was ze een klasse apart, daarom voelde hij zich ook tot haar aangetrokken. Maar dit was duidelijk niet het moment om ernaar te vragen, dus veranderde hij van onderwerp. 'Wil je het kindje houden?'

'Dat weet ik eerlijk gezegd niet, Taffy. Ik ben zo bang en in de war. En ik schaam me. Ik dacht echt dat Max van me hield. Waarom heb ik nu toch...' Haar stem stierf weg. 'Toen ik in dat verschrikkelijke huis op Doris' mannetje zat te wachten, ging ik er niet vandoor omdat ik bang was voor de ingreep. Ik moest steeds denken aan dat wezentje in mijn buik. Op weg naar huis kwam ik een paar keer een moeder achter een kinderwagen tegen. Hoe klein mijn kindje nu ook is, het leeft al, toch?'

'Inderdaad.'

'Kan ik dan zomaar een moord plegen omdat ik een fout heb gemaakt? Dat kindje het recht ontzeggen om te leven? Ik ben niet gelovig, maar volgens mij zou ik mezelf dat nooit vergeven. Aan de andere kant vraag ik me af wat voor toekomst we hebben als ik het kindje wel ter wereld laat komen. Geen enkele man zal me nog een blik waardig keuren. Op je achttiende al als Windmill Girl werken doet je reputatie bepaald geen goed.'

'Ik stel voor dat je er nog een nachtje over slaapt. Het voornaamste is nu dat je niet alleen bent. En...' Hij bracht onder woorden wat hem al bezighield sinds hij haar had aangehoord. 'Misschien kan ik wel iets voor je regelen. Een dak boven je hoofd bedoel ik dan, als je besluit het kindje toch te krijgen. Dat mannetje van Doris klinkt niet zo fris, vind je wel? Straks moeten jullie het allebei nog met de dood bekopen.'

'Daar ben ik ook bang voor, maar ik weet nog steeds niet of ik wel een keus heb.'

'Geloof me, je hebt altijd een keus. Kun je niet met meneer Van Damm gaan praten? Die heeft vast wel vaker met dit soort dingen te maken gehad.'

'Nee, zeg! Dat kan echt niet! Ik weet dat hij aardig is, maar hij verwacht dat zijn meisjes van onbesproken gedrag zijn. Het imago van het Windmill gaat bij hem vóór alles. Hij zou me meteen ontslaan.'

'Rustig maar, het was maar een idee.' Hij stond op om af te rekenen. 'Nu ga ik je in een taxi zetten. Ga naar huis, rust een beetje uit. Je ziet er doodmoe uit.'

'Laat maar, ik ga wel met de bus.'

'Ik sta erop.'

Buiten hield hij een taxi aan, drukte haar wat kleingeld in de hand en legde zijn vinger tegen haar lippen toen ze weer bezwaar wilde maken. 'Alsjeblieft, anders maak ik me alleen maar ongerust over je. Slaap lekker, Greta. Maak je geen zorgen, ik ben er voor je.'

'Nogmaals bedankt dat je zo lief voor me bent.'

Terwijl David de taxi nawuifde, vroeg hij zich af waarom hij haar probeerde te helpen. Het antwoord was eenvoudig. Wat ze ook had gedaan, hij had vanaf het eerste moment geweten dat hij van haar hield.

4

De volgende ochtend zaten ze weer in het cafeetje tegenover het Windmill. Greta was er bij de repetities tussenuit geknepen om David te zien. Ze had gezegd dat ze zich niet lekker voelde en frisse lucht nodig had, wat niet ver van de waarheid lag.

'Wat zie je bleek,' merkte hij op. 'Gaat het wel?'

Ze nam een slok van haar slappe thee en deed er nog een suikerklontje in. 'Ik ben gewoon moe.'

'Dat verbaast me niets. Hier, neem de helft van mijn sandwich maar.'

'Nee, dank je.' Van de geur alleen al werd ze misselijk. 'Ik eet straks wel iets.'

'Dat is je geraden.' Verwachtingsvol keek hij haar aan. 'En?'

'Ik heb besloten dat ik de... ingreep niet door kan zetten, dus heb ik geen keus. Ik laat het kindje komen en zie wel wat de gevolgen zijn.'

'Juist.' Langzaam knikte hij. 'Nu je besluit vaststaat, zal ik je vertellen hoe ik je misschien kan helpen. Je hebt een dak boven je hoofd nodig, en een beetje rust en privacy totdat de baby komt. Toch?'

'Ja, maar...'

'Laat me even uitpraten. Ik heb een cottage in Monmouthshire tot mijn beschikking, aan de grens met Wales. Daar zou je een tijdje naartoe kunnen gaan. Ben je weleens eerder in die regio geweest?'

'Nee, nog nooit.'

'Dan weet je dus ook niet hoe bijzonder het er is.' Hij glimlachte. 'De cottage staat op een groot landgoed, Marchmont genaamd. Het ligt in de buurt van de Black Mountains, in een prachtige vallei op een steenworp afstand van Abergavenny.'

'Wat een grappige naam.' Ze wist een halfbakken glimlachje op te brengen.

'Je raakt gewend aan de taal als je er bent opgegroeid. Hoe dan ook, nu ik in Londen werk, heb ik de cottage voorlopig niet nodig. Mijn moeder woont ook op het landgoed. Ik heb haar gisteravond gebeld en ze is bereid een beetje op je te passen. Een groot deel van het landgoed is in gebruik als landbouwgrond, dus er zijn genoeg verse producten om je de winter door te helpen. De cottage is klein, maar wel schoon en gezellig. Op die manier zou je bij het Windmill weg kunnen gaan, het kind kunnen krijgen en, als je dat wilt, terug naar Londen kunnen komen, zonder dat iemand er iets van hoeft te weten. Nou, wat vind je ervan?'

'Dat klinkt geweldig, maar...'

'Greta, ik kan je alleen maar een alternatief bieden,' zei hij bij het zien van de twijfel en angst in haar ogen. 'En ja, het is daar heel anders dan in Londen. Er is geen uitgaansleven, er is 's avonds niets te doen, misschien zul je je er eenzaam voelen. Maar in elk geval ben je daar wel op een veilige, warme plek.'

'Ben je op dat landgoed opgegroeid?'

'Ja, hoewel ik vanaf mijn elfde naar een kostschool ging en daarna ben gaan studeren. Nog later brak de oorlog uit en moest ik in het leger, dus ik heb er niet zoveel tijd door kunnen brengen als ik zou willen. Maar er gaat echt niets boven een zonsondergang boven Marchmont. We bezitten meer dan vijfhonderd hectare, het huis ligt midden in een bos waar allerlei planten en dieren voorkomen en er stroomt een rivier met zalmen doorheen. Het is er prachtig.'

Zijn voorstel gaf haar een nieuw sprankje hoop. 'Vindt je moeder het dan niet erg als ik kom logeren? Weet ze het... van de baby?'

'Ja, maar daar hoef je je geen zorgen over te maken, Greta. Mijn moeder is heel ruimdenkend. Eerlijk gezegd denk ik dat ze je gezelschap wel op prijs zou stellen. Het landhuis was tijdens de oorlog in gebruik als herstellingsoord. Nu het personeel en de patiënten vertrokken zijn, mist ze de drukte.'

'Dit is echt heel aardig van je, Taffy, maar ik wil niemand tot last zijn. Ik kan nauwelijks huur betalen. Of liever gezegd, helemaal geen.'

'Dat hoeft ook niet. Je verblijft daar als mijn gast,' stelde hij haar gerust. 'Zoals ik al zei, de cottage staat leeg. Als je wilt, kun je er zo intrekken.'

'Wat gul van je.' Hoe die cottage er ook uitzag, het moest daar beter zijn dan in een opvang voor ongehuwde moeders. Langzaam voegde ze eraan toe: 'Als ik je aanbod aanneem... wanneer kan ik er dan heen gaan?'

'Wanneer je maar wilt.'

Twee dagen later ging Greta naar meneer Van Damm om haar ontslag in te dienen. Toen hij naar de reden vroeg, vermoedde ze dat hij die allang kende, maar ze zei dat haar moeder ziek was en dat ze naar huis moest om voor haar te zorgen. Hoewel ze erg gespannen was, voelde ze zich na afloop beter omdat ze de knoop had doorgehakt. Nog diezelfde dag zegde ze haar kamer op en vertelde haar hospita dat ze aan het eind van de week zou vertrekken. Haar laatste dagen in het theater probeerde ze zich geen zorgen te maken over de toekomst. Alle meiden ondertekenden een kaart voor haar en Doris omhelsde haar bij wijze van afscheid, terwijl ze haar discreet een envelop overhandigde met daarin een paar piepkleine babyslofjes.

Binnen een mum van tijd had Greta haar schamele bezittingen in twee kleine koffers gepakt. Daarna betaalde ze de hospita en nam afscheid van de kamer waar ze het afgelopen half jaar had gewoond.

David bracht haar op een mistige decemberochtend naar Paddington Station, voor de lange reis naar Abergavenny.

'O, Taffy, kon je maar met me mee,' zei ze, uit het raampje geleund, terwijl hij op het perron stond.

'Er kan je daar niets gebeuren, Greta. Vertrouw me maar. Ik zou toch nooit toestaan dat jou iets zou overkomen?'

'Komt je moeder me van het station halen?' vroeg ze gespannen, voor de derde keer.

'Ja, ze zal er zijn. Nog een waarschuwing vooraf, vergeet niet om me daar David te noemen. Ik kan je verzekeren dat ze niet blij zal zijn met mijn bijnaam in het Windmill,' zei hij grinnikend. 'Ik kom je zo snel mogelijk opzoeken, dat beloof ik. Hier, ik heb nog iets voor je.' Op het moment dat de conducteur op zijn fluitje blies, drukte hij haar een envelop in de hand. 'Dag, lieve schat. Goede reis, en pas goed op jezelf en de kleine.'

Toen hij haar op elke wang een kus gaf, deed ze hem denken aan een tienjarige oorlogsvluchteling die naar een onbekende bestemming werd afgevoerd.

Greta zwaaide tot hij nog maar een stipje op het perron was, liep naar haar coupé en nam plaats tussen een groep afgezwaaide soldaten. Ze zaten te roken en praatten honderduit over vrienden en familie die ze in geen maanden hadden gezien. Het contrast met haar situatie was schrijnend. Zij keerden terug naar hun dierbaren, zij begon aan een reis naar het onbekende. Ze maakte de envelop open die David haar had gegeven. Er zat wat geld in, met een briefje waarin stond dat het voor noodgevallen bedoeld was.

Terwijl ze de bekende Londense gebouwen zag plaatsmaken voor glooiende weilanden, werd ze steeds banger. Ze troostte zich met de gedachte dat als Davids moeder krankzinnig bleek te zijn en de cottage niet meer dan een kippenhok was, ze nu in elk geval genoeg geld had om terug te gaan naar Londen en nieuwe plannen te maken. Op weg naar het westen deed de trein meerdere stations aan. De soldaten stapten een voor een uit om op het perron herenigd te worden met hun blije ouders, echtgenotes en vriendinnen. Tegen de tijd dat ze in New-Port moest overstappen, was er nog maar een handjevol passagiers over. Een tijdje later had ze de coupé helemaal voor zichzelf. Nu ze uit het raam naar het onbekende landschap van Wales staarde, voelde ze zich iets rustiger. Ze werd zich bewust van een subtiele verandering in het landschap onder de langzaam ondergaande zon. Het was ruiger en veel spectaculairder dan ze het ooit in Engeland had gezien. De trein boemelde verder in de richting van Abergavenny, en aan de donker wordende horizon doemden besneeuwde bergtoppen op.

Het was vijf uur geweest en al aardedonker toen ze eindelijk op haar bestemming aankwam. Ze pakte haar koffers uit het bagagerek, zette haar hoed recht en stapte het perron op. Daar trok ze haar jas dichter om zich heen tegen de straffe wind. Onzeker liep ze richting de uitgang, om zich heen kijkend of ze iemand zag die op haar wachtte. Ze ging op een bankje buiten het stationnetje zitten, terwijl haar medepassagiers de mensen begroetten door wie ze werden opgehaald en in de donkere avond verdwenen.

Tien minuten later was het pleintje voor het station vrijwel verlaten. Nadat ze nog een paar minuten rillend op het bankje had gezeten, stond ze op en liep de betrekkelijke warmte van het station weer in. De beambte zat nog in zijn hokje, en ze tikte op het raam.

'Neem me niet kwalijk, meneer.'

'Ja, *fach*?'

'Kunt u me vertellen wanneer de volgende trein richting Londen vertrekt?'

De beambte schudde zijn hoofd. 'Vanavond rijden er geen treinen meer. De volgende gaat morgenochtend pas.'

'O.' Ze beet op haar lip en voelde tranen in haar ogen prikken.

'Het spijt me, juffrouw. Kunt u vannacht ergens terecht?'

'Er zou iemand komen om me naar een plek te brengen die Marchmont heet.'

De beambte wreef over zijn voorhoofd. 'Hm, dat is best een eindje hiervandaan. Niet op loopafstand. En Tom de Taxi is vanavond met zijn vrouw in Monmouth.'

'O jee.'

'Geen paniek, hoor, ik ben hier nog wel een half uur,' zei hij vriendelijk.

Ze knikte en liep weer naar het bankje. 'Lieve hemel,' verzuchtte ze, en ze blies in haar handen om ze warm te houden. Het volgende moment hoorde ze een auto aan komen rijden. Er werd luid getoeterd en ze werd verblind door de koplampen. Nadat het luidruchtige voertuig voor haar tot stilstand was gekomen, riep een vrouwenstem: 'Verdorie toch! Hallo, daar! Ben jij Greta Simpson?'

Ze probeerde te zien wie er achter het stuur van de auto met open dak zat. De ogen van de bestuurder gingen schuil achter een enorme leren motorbril.

'Ja. Bent u de moeder van Taff... David Marchmont?'

'Dat klopt. Spring er maar gauw in. Het spijt me dat ik zo laat ben. Ik kreeg een klapband en moest die in het donker verwisselen.'

'Eh... juist.' Greta stond op, pakte haar koffers en sleepte ze naar de auto.

'Gooi ze maar achterin, liefje. Zet deze op en trek die deken over je heen. Het kan een beetje fris worden als dit ouwe besje harder dan dertig kilometer per uur rijdt.'

Greta nam de aangeboden bril en deken aan. Na een paar valse starts kwam de motor tot leven en reed de bestuurder snel het plein af, waarbij ze op een haar na een lantaarnpaal raakten.

'Ik dacht dat u niet zou komen,' gaf Greta toe toen de auto de open weg op reed en angstaanjagend veel vaart maakte.

'Zeg maar niets, schattebout. Ik kan er toch geen woord van verstaan met al dat lawaai!' riep de bestuurder.

Het half uur daarna bracht Greta met stijf dichtgeknepen ogen en gebalde vuisten door. Haar knokkels werden wit van de spanning. Eindelijk minderde de auto vaart en kwam abrupt tot stilstand, waardoor Greta bijna over de kleine voorruit op de motorkap werd geslingerd.

'Zou jij zo goed willen zijn om de poort even open te doen?'

Bibberig stapte Greta uit. Ze liep het licht van de koplampen in en duwde de enorme smeedijzeren poortdeuren open. Op de muur aan de ene kant hing een rijkelijk bewerkte bronzen plaquette met het woord 'Marchmont' erin gegraveerd. De auto reed door de poort en Greta sloot de deuren weer achter hen.

'Instappen maar. We zijn er bijna,' riep de bestuurder boven de brullende motor uit.

Greta haastte zich weer de auto in en ze reden de hobbelige oprit op.

'Kijk eens aan. Dit is Lark Cottage.' De auto kwam schokkend tot stilstand en de bestuurder sprong eruit en pakte Greta's bagage van de achterbank. 'Oost west, thuis best.'

Toen Greta uitstapte, zag ze dat de vrouw over een open plek tussen de bomen liep. Nerveus ging ze achter haar aan. Ze slaakte een zucht van opluchting omdat er een kleine cottage in zicht kwam. Binnen werd de cottage verlicht door olielampen, die een zachtgeel schijnsel afgaven. De vrouw deed de voordeur open en ze gingen naar binnen.

'Zo.' De vrouw zette haar bril af en wendde zich tot Greta. 'Dit is het dan. Wat vind je ervan?'

Voor het eerst kon Greta haar metgezel eens goed bekijken. Het viel haar meteen op hoeveel de vrouw op haar zoon leek. Ze was erg lang, met lange armen en benen, doordringende groene ogen en een volle bos kortgeknipt, verwaaid grijs haar. In haar ribbroek, kniehoge leren laarzen en een op maat gemaakt tweed jasje zag ze er vreemd genoeg zowel mannelijk als elegant uit. Greta keek om zich heen naar de knusse inrichting en was blij te zien dat de haard al brandde.

'Het is heel mooi.'

'Fijn. Het is een beetje primitief, ben ik bang. Er is nog geen elektriciteit aangelegd. Dat wilden we net doen toen de oorlog uitbrak. Het privaat is buiten. In de keuken staat een tinnen badkuip voor speciale gelegenheden, maar het duurt zo verrekte lang om die te vullen dat je je beter bij de gootsteen kunt wassen.'

De vrouw beende naar de haard, pookte het vuur op en gooide er nog drie stukken hout uit de mand naast de haard in. 'Ziezo. Ik had hem al aangemaakt voordat ik jou ging halen. De olie voor de lampen staat in een blik in het privaat, de houtblokken liggen in de schuur hierachter en ik heb melk, vers brood en kaas in de voorraadkast gezet voor het avondeten. Je zult wel dorst hebben. Als je de ketel op het fornuis zet, is die binnen de kortste keren warm. Vergeet niet het fornuis elke ochtend op te stoken. Dat ding vreet hout, als ik het me goed herinner. Nu moet ik ervandoor, vrees ik. We zijn namelijk een ooi kwijt. In een greppel gevallen, vermoeden we. Volgens David kun je je eigen boontjes wel doppen, maar ik kom morgen nog wel even kijken of je je draai gevonden hebt. Ik ben Laura-Jane Marchmont, trouwens.' Ze stak haar hand naar Greta uit. 'Maar iedereen noemt me LJ. Doe jij dat ook maar. Fijne avond.'

De deur sloeg dicht, en weg was ze.

Verward schudde Greta haar hoofd. Met een zucht liet ze zich in de tot op de draad versleten, maar comfortabele fauteuil bij de haard zakken. Ze had honger en snakte naar een kop thee, maar eerst moest ze een paar minuten bijkomen van alles wat ze vandaag had meegemaakt.

Ze staarde in het vuur en dacht na over de vrouw die zojuist vertrokken was. Wat voor beeld ze ook had gehad van Taffy's moeder, Laura-Jane Marchmont voldeed daar niet aan. Ze had zich eerder een boerse weduwe voorgesteld met bolle, blozende wangen en brede heupen. Ze keek om zich heen en besloot haar nieuwe optrekje maar eens te gaan verkennen. De woonkamer was knus, met een mooi balkenplafond en een grote schouw die bijna een hele muur in beslag nam. Meubels stonden er amper: alleen de fauteuil en hier en daar een tafeltje en een scheve plank vol slordig neergezette boeken. Ze duwde een deur open en liep twee treden af naar een kleine keuken. Er was een gootsteen, een buffetkast vol bij elkaar geraapt servies, een geboende grenen tafel met twee stoelen en een voorraadkast, waarin ze een vers brood, een stuk kaas, boter, een paar blikken soep en zes appels aantrof. Daarna trok ze de achterdeur open en zag links van haar de ijskast die voor een toiletgebouw moest doorgaan.

Vanuit de keuken leidde er een krakende trap naar een deur boven, waarachter zich de slaapkamer bevond. Het vertrek had een laag plafond en werd bijna helemaal in beslag genomen door een robuust smeedijzeren bed met een kleurrijke lappendeken erop. Een olielamp hulde de kamer in een warme gloed. Greta wierp een verlangende blik op het bed, maar ze wist dat ze voor haar eigen bestwil en die van de baby beter iets kon eten voordat ze ging slapen.

Na een maaltje van brood, soep en kaas voor het haardvuur begon ze te geeuwen. Ze deed haar best om zich bij de gootsteen op te frissen, maar bedacht dat ze voortaan water zou moeten koken als ze warm water wilde. Uiteindelijk pakte ze huiverend haar koffers en liep de trap op.

Ze trok haar nachtjapon aan, met nog een trui eroverheen, sloeg de deken terug en plofte dankbaar neer op het comfortabele bed. Daarna deed ze haar ogen dicht en wachtte tot de slaap haar zou overmannen. Na haar lawaaiige kamer in Londen was de stilte hier oorverdovend. Even later sloeg de uitputting toe en viel ze in een droomloze slaap.

5

De volgende ochtend werd Greta wakker van twee duiven die buiten haar slaapkamerraam zaten te koeren. Gedesoriënteerd greep ze naar haar horloge en zag dat het al tien uur was geweest. Ze stond op, deed de gordijnen open en tuurde uit het raam.

De lucht was zachtblauw en de rijp van de vorige avond was weggesmolten door het waterige winterzonnetje, waardoor er alleen dauw was achtergebleven. Onder haar strekte zich een vallei uit waarvan de zijkanten dichtbegroeid waren met bomen, die er in dit jaargetijde allemaal kaal bij stonden. Aan het geluid van stromend water te horen moest er een beekje in de buurt zijn. De heuvel aan de overkant van de rivier die door de vallei stroomde, bestond uit glooiende weides, vol witte stipjes die wel schapen moesten zijn. Links van haar hield een laag, rood bakstenen huis de wacht over de vallei. Het werd omringd door ruime gazons en gelaagde stenen terrassen. De vele ramen met verticale stijlen glinsterden in de zon en er steeg rook op uit twee van de vier indrukwekkende schoorstenen. Dat moest Marchmont Hall zijn. Rechts van het landhuis stonden boerenschuren en nog meer bijgebouwen.

De aanblik van het vredige natuurlandschap vervulde haar met een onverwacht genoegen. Snel kleedde ze zich aan, ernaar snakkend om buiten op verkenningstocht te gaan. Terwijl ze de smalle trap af liep, werd er op de voordeur geklopt. Ze haastte zich om open te doen.

'Goedemorgen. Ik kom alleen even kijken of je al gesetteld bent.'

'Hallo, LJ,' zei Greta zelfbewust. 'Het gaat prima, dank je wel. Ik ben nog maar net wakker.'

'Lieve hemel! Ik was al om vijf uur uit de veren, om die ooi te verzorgen. Ze was inderdaad in een greppel gevallen en de mannen zijn uren bezig geweest om haar weer naar boven te lokken. Maar het lijkt erop dat ze het wel gaat halen. Zo, we hebben nog wel het een en ander te bespreken over de details nu je hier logeert, dus ik stel voor dat je vanavond een hapje bij me komt eten,' nodigde LJ haar uit.

'Heel graag, maar ik wil je niet tot last zijn.'

'Het is geen enkele moeite. Eerlijk gezegd vind ik het wel fijn, een beetje vrouwelijk gezelschap om me heen.'

'Woon je in dat grote huis daar?' vroeg Greta.

'Vroeger wel, lieve schat, vroeger wel. Nu woon ik in het poortwachtershuis, bij de hoofdpoort. Het bevalt me prima. Je hoeft hier alleen maar rechts af te slaan en het pad te volgen. Vijf minuten stevig doorlopen, en je bent er. In de voorraadkast staat een stormlantaarn. Die zul je nodig hebben. Het wordt hier 's avonds pikkedonker, zoals je gisteren wel gezien hebt. Maar goed, ik moet er weer vandoor. Ik zie je om zeven uur.'

'Ik kijk ernaar uit. Bedankt.'

LJ glimlachte naar Greta, draaide zich om en zwaaide terwijl ze kwiek wegliep over het pad.

Die dag installeerde Greta zich in haar nieuwe huis. Ze pakte haar koffers uit en ging een wandeling maken, het geluid van stromend water achterna. Na een poos vond ze het beekje en ging op haar knieën zitten om een slok van het kristalheldere water te nemen. Het was bitter koud, maar de zon scheen en de gevallen boombladeren vormden een zacht tapijt onder haar voeten. Toen ze terugkwam was ze moe, maar had ze ook blosjes op haar anders zo bleke wangen. Ze trok haar beste rok en jasje aan en verheugde zich al op haar etentje met LJ.

Om vijf voor zeven klopte Greta op de deur van het poortwachtershuis. In het zwakke maanlicht zag ze dat het een bescheiden, maar fraai gebouw van rode baksteen was, waarvan de voorgevel een afspiegeling was van Marchmont Hall zelf. De kleine voortuin was keurig onderhouden.

Een paar tellen later deed LJ de deur open. 'Precies op tijd, zo zie ik het graag. Ik ben nogal punctueel. Kom binnen, liefje.' Ze nam de stormlamp van Greta over en doofde die voordat ze haar uit haar jas hielp.

Daarna liep Greta haar achterna door de hal naar een formele, maar geruststellend rommelige woonkamer.

'Ga zitten. Iets te drinken?'

'Ja, lekker. Iets fris, graag.'

'Ik schenk wel een beetje gin voor je in. Kan helemaal geen kwaad voor jou en de kleine. Ik werkte de ene na de andere naar binnen toen ik in verwachting was van David, en moet je zien wat een reus hij is geworden! Momentje.'

Ze liep de kamer uit en Greta ging op een stoel bij het vuur zitten. Ze keek om zich heen naar de mahoniehouten buffetkast, gevuld met duur uitziend porselein, en naar de ingelijste schilderijen met lugubere jachttaferelen. Het was duidelijk dat het meubilair kostbaar was, maar zijn beste tijd had gehad.

'Ziezo.' LJ gaf haar een groot glas en ging in de leunstoel tegenover haar zitten. 'Welkom op Marchmont, liefje. Ik hoop dat je het hier goed naar je zin zult hebben.' Ze nam een flinke slok gin, terwijl Greta aarzelend van de hare nipte.

'Dank je. Ik ben heel blij dat ik hier mag logeren. Als je zoon er niet was geweest, had ik me geen raad geweten,' mompelde ze verlegen.

'Hij heeft altijd al een zwak gehad voor dames in nood.'

'Taffy doet het ook heel goed in het Windmill,' vertelde Greta. 'Meneer Van Damm heeft hem een vaste aanstelling gegeven. Zijn sketch is echt heel grappig. De andere meiden en ik liggen altijd in een deuk als we ernaar luisteren.'

'Ja, nou, mag ik je om één gunst vragen? Zou je hem zolang je hier bent bij zijn echte voornaam willen noemen? Ik kan het niet uitstaan dat hij zo'n fantasieloze artiestennaam heeft uitgekozen. Zeker aangezien hij maar voor de helft Welsh is.'

'Natuurlijk. Neem me niet kwalijk, LJ. Dus zijn vader is Welsh, neem ik aan?'

'Ja, zoals je misschien al geraden had, ben ik net zo Engels als jij. Jammer genoeg heeft David zijn vader amper gekend. Mijn man Robin is tijdens het paardrijden verongelukt toen David twaalf was.'

'O, wat erg,' mompelde Greta.

'Ik was er kapot van. Maar als je op een landgoed zoals dit woont, leer je vanzelf dat de dood net zozeer bij het leven hoort als het leven zelf.'

Greta nam nog een slokje gin. 'Zei je vanmorgen nu dat jullie vroeger in het landhuis gewoond hebben?'

'Dat klopt. David is er geboren. Toen het huis tijdens de oorlog in gebruik werd genomen als herstellingsoord, ben ik in het poortwachtershuis getrokken. Daar beviel het me veel beter, en ik ben niet meer teruggegaan, zeker niet omdat...' Ze zweeg abrupt. 'De oudere broer van mijn man woont er nu.'

'Ik begrijp het. Het ziet er wel prachtig uit,' probeerde Greta nog, zich bewust van de plotseling gespannen sfeer.

'Dat zal wel. Het is vooral enorm en de energierekening is een nachtmerrie. Het heeft een fortuin gekost om er elektriciteit aan te laten leggen. Maar met tien grote slaapkamers deed het wel goed dienst als herstellingsoord. Op een gegeven moment verbleven er twintig officieren en nog eens acht verpleegsters. Toen kwam het pas goed tot zijn recht, als je het mij vraagt.'

'Help je nu het landgoed draaiende te houden?'

'Nee, niet meer. Na de dood van mijn man wel. Ik zorgde dat het goed onderhouden werd. Daar heb je een dagtaak aan, kan ik je vertellen. Owen, de broer van Robin, zat in Kenia, maar kwam toen de oorlog uitbrak weer naar huis en nam het dagelijkse reilen en zeilen van me over. Op de boerderij werden melk en vlees voor het ministerie van Landbouw geproduceerd, en dat betekende dat we zelfvoorzienend waren. We merkten er amper iets van dat alles op rantsoen werd gesteld. Het was wel aanpoten, hoor. Ik was van zonsopgang tot zonsondergang aan het werk op de boerderij. Toen het huis werd gevorderd als herstellingsoord, ging ik het medisch personeel een handje helpen. Ik weet dat ik opgelucht zou moeten zijn dat de oorlog voorbij is, maar ik vond al die drukte wel prettig. Nu voelt het een beetje alsof ik op stal ben gezet.' Ze slaakte een zucht.

'Maar je helpt nog steeds op de boerderij?'

'Voorlopig wel, ja. Veel van de jonge mannen uit de buurt zijn nog niet terug, dus de opzichter komt altijd handen tekort. Als het nodig is, help ik bij het melken van de koeien of ga ik op zoek naar een vermist schaap. Er komt heel wat bij kijken om te zorgen dat de boerderij winstgevend blijft. Door de melk en het vlees dat we produceren, verdienen we genoeg om het landgoed draaiende te houden. Maar genoeg over mij. Vertel eens iets over jezelf.'

'Zo veel valt er niet te vertellen. Ik werkte bij Taff... bij David in het theater, zo zijn we bevriend geraakt.'

'Dus je was een van de Windmill Girls?'

Ze knikte blozend. 'Ja, maar slechts een paar maanden.'

'Daar hoef je je niet voor te schamen, lieve schat. Een vrouw moet de kost verdienen. Tot de wereld wakker wordt en ziet hoe sterk wij vrouwen zijn, moeten we maar proberen het hoofd boven water te houden. Neem mij nu. Op en top een Engelse uit de hogere klasse. Ik had zelfs een adellijke titel. Maar als meisje moest ik thuisblijven en leren borduren, terwijl mijn broers, die zo dom als het achtereind van een varken zijn, mochten studeren aan Eton en Oxford. De een is nu een dronkenlap en heeft het familiefortuin er in een paar jaar tijd doorheen gejaagd, de ander is doodgeschoten tijdens het jagen in Afrika.'

'O, wat vreselijk.'

'Welnee, het was zijn verdiende loon,' zei LJ bruusk. 'De afgelopen dertig jaar heb ik de handen uit de mouwen gestoken op Marchmont, en het was de mooiste tijd van mijn leven. Hoe dan ook, nu gaat het weer over mij. Mijn schuld, ik dwaal altijd af. Een slechte gewoonte van me, vrees ik. We hadden het over jou. Ik wil me nergens mee bemoeien, maar wat zijn David en jij precies van elkaar?' Haar haviksneus trilde bijna van nieuwsgierigheid.

'Gewoon goede vrienden, meer niet.'

'Vind je me heel brutaal als ik zeg dat hij volgens mij wel meer voor je voelt? Hij staat zijn cottage immers niet zomaar af aan een meisje in nood.'

'Zoals ik al zei, we zijn goede vrienden.' Greta bloosde. 'David heeft me geholpen omdat ik verder niemand heb.'

'Hoe zit het met je familie?'

'Ik... Die zijn omgekomen tijdens de blitzkrieg,' loog ze.

'Ik begrijp het. Wat erg voor je. En de baby?'

'De vader is een Amerikaanse officier. Ik dacht dat hij van me hield, maar...'

LJ knikte. 'Altijd hetzelfde liedje. Daar zal wel nooit verandering in komen, denk ik. En dan zijn er nog veel vrouwen die slechter wegkomen dan jij, liefje. In elk geval heb je dankzij mijn zoon een dak boven je hoofd.'

'Ik ben hem eeuwig dankbaar,' zei Greta. Opeens voelde ze zich emotioneel en overweldigd.

'Je vindt het toch niet erg als we hier met een bord op schoot eten?' veranderde LJ van onderwerp. 'In de eetkamer is het zo verrekte koud en somber. Wat mij betreft, wordt die alleen voor uitvaarten gebruikt.'

'Geen probleem.'

'Mooi, dan ga ik het eten maar eens halen.'

Binnen de kortste keren was ze terug met twee goedgevulde borden met een stevige runderstoofpot en aardappelpuree met veel boter.

'Dit is heerlijk,' zei Greta, die hongerig aanviel. 'Wat we thuis tijdens de oorlog te eten kregen, smaakte voor geen meter.'

'De smaak van eipoeder schijnt wel even wennen te zijn, ja.' LJ trok haar wenkbrauwen op. 'Nou, hier is er aan verse producten geen gebrek. We hebben schapen, pluimvee, gevleugeld wild en groenten uit eigen tuin. Plus de zuivel, natuurlijk.'

'Jeminee! Ik verging van de honger,' zei Greta een paar minuten later, toen ze haar bestek op het lege bord legde.

'Dat komt door de frisse lucht en je zwangerschap. Help je me even met de afwas? Ik heb er een hekel aan om 's ochtends bij het opstaan vuile vaat aan te treffen.'

Greta pakte haar bord en liep achter haar aan naar de keuken.

'Over eten gesproken, ik zal je elke week eieren, melk, groenten en vlees komen brengen. Als je verder nog iets wilt, kun je de bus nemen naar Crickhowell, het dichtstbijzijnde dorp. Niet dat ze daar veel luxeproducten hebben, maar er is wel een winkel die goede wol verkoopt. Misschien kun je wat babykleertjes breien, of iets voor jezelf. Je kunt wel wat warmere kleding gebruiken, want in de winter kan het hier bitter koud worden.' Ze wierp een blik op Greta's dunne jasje en rok.

'Ik weet niet hoe dat moet.'

'Dan zal ik het je moeten leren. Tijdens de oorlog heb ik denk ik wel honderd truien gebreid voor onze jongens. Het is verbazingwekkend wat je allemaal kunt leren als het niet anders kan. En David heeft een hele stapel boeken waardoor je je niet hoeft te vervelen. Ik heb net *De boerderij der dieren* uit, van die George Orwell. Prachtig boek. Je mag het wel een keer lenen, als je wilt.'

Greta knikte gretig. Ze was altijd al een boekenwurm geweest.

Na de afwas gingen ze terug naar de woonkamer, dronken warme chocolademelk en luisterden op de radio naar het journaal van negen uur.

'Dat lelijke apparaat is onze reddingslijn,' vertelde LJ. 'Ik ben behoorlijk verslingerd geraakt aan Tommy Handley en zijn radioprogramma *ITMA*, en David is idolaat van hem.'

'Mag ik vragen waarom hij hier is weggegaan om in Londen te gaan werken?' vroeg Greta. 'Als ik hier was geboren, was ik nooit weggegaan.'

LJ zuchtte. 'Om te beginnen woont hij al heel lang niet meer op Marchmont. Hij heeft op de kostschool in Winchester gezeten en zat in zijn laatste jaar aan Oxford toen de oorlog uitbrak. Hoewel het niet verplicht was, ging hij meteen in dienst, en een paar maanden later raakte hij gewond in Duinkerke. Na zijn herstel werd hij op Bletchley Park gestationeerd. Het schijnt dat hij daar aan allerlei strikt geheime zaken werkte. Een slimme knul, onze David. Een echte uitblinker op school. Jammer dat hij niet de kans heeft gekregen om zijn opleiding af te maken en dat hij geen carrière heeft gekozen waarvoor hij zijn hersens aan het werk moet zetten.'

'Nou, ik heb hem zien optreden. Ik vind het heel knap hoe hij elke avond zijn riedel afsteekt. Volgens mij moet je heel slim zijn om een goede komiek te kunnen worden,' nam Greta het voor hem op.

'Ach, het is niet echt wat ik voor hem in gedachten had, maar hij droomde al van kleins af aan van een leven in de schijnwerpers. God weet van wie hij dat heeft. Het optreden zit niet bij mij of zijn vader in de familie,' legde LJ uit. 'Ik dacht nog dat hij door zijn tijd in het leger misschien van gedachten zou veranderen, maar nee hoor. Acht maanden geleden werd hij uit actieve dienst ontslagen. Toen kwam hij naar huis en vertelde me dat hij naar Londen ging om te proberen het te maken op het podium.'

'Misschien is het een troost om te weten dat hij het echt goed doet. Iedereen in het Windmill denkt dat hij het nog ver gaat schoppen.'

'Dat is inderdaad een hele geruststelling. Als je over een paar maanden een kleintje hebt, zul je wel begrijpen hoe zwaar het soms is om iemands ouder te zijn. Hoewel ik iets anders voor David in gedachten had toen hij nog jonger was, ben ik allang dankbaar dat hij de oorlog heeft overleefd en zijn dromen nog kan najagen. Nu hoop ik vooral dat hij gelukkig is.' Opeens begon ze te geeuwen. 'Sorry, hoor. Ik ben doodmoe van dat gedoe met die ooi, afgelopen nacht. Het spijt me dat ik je eruit moet gooien, maar morgen moet ik weer vroeg op om de koeien te melken. Kun je alleen de weg terug naar huis vinden?'

'Dat moet wel lukken.'

'Mooi zo. Ik kom weer bij je langs zodra het kan. Als je iets nodig hebt, ben ik altijd in de buurt.' Ze liep de gang in en pakte Greta's jas van de trapleuning. Daarna bukte ze zich om een paar rubberlaarzen te pakken. 'Hier, neem deze maar mee. Ze zullen je wel te groot zijn, maar op die stadsschoenen van jou houd je het hier hooguit een paar dagen uit.'

Greta trok haar jas aan en nam de laarzen in ontvangst. 'Heel erg bedankt voor het eten. Ik ben je heel dankbaar dat je zo goed voor me zorgt.'

'Ik heb David nooit iets kunnen weigeren.' Haar gezicht werd zachter toen ze de stormlamp weer aanstak en teruggaf. 'Binnenkort zul je wel begrijpen wat ik bedoel.' Ze wees naar Greta's buik. 'Welterusten, Greta.'

'Welterusten.'

LJ bleef in de deuropening staan en keek het meisje na, dat voorzichtig haar weg over het pad zocht. Daarna deed ze in gedachten verzonken de deur dicht en ging in haar favoriete leunstoel bij de haard zitten om te bedenken waarom ze zich zo ongerust voelde.

Toen David haar had gebeld om te zeggen dat hij Greta in zijn cottage wilde laten logeren, was het haar opgevallen hoe hartelijk hij over haar sprak. Misschien hoopte hij dat Greta's dankbaarheid zou uitgroeien tot iets meer, dat zijn gevoelens voor haar op een dag wederzijds zouden zijn. Maar hoewel Greta haar best aardig leek, zag LJ wel dat ze niet verliefd was op haar zoon.

Toen ze de trap op liep om naar bed te gaan, bad ze dat haar lieve David geen spijt zou krijgen van zijn ruimhartige daad.

Ze had een sterk voorgevoel dat Greta's komst naar Marchmont bepalend zou zijn voor het verdere verloop van zijn leven. En, om onverklaarbare redenen, ook voor dat van haarzelf.

6

Na een week op Marchmont, in de week voor Kerstmis, besefte Greta dat verveling de komende maanden haar grootste vijand zou zijn. Zelfreflectie had haar nooit erg aangesproken. Sterker nog, ze was er doodsbang voor. Ze moest er niet aan denken om alle tijd van de wereld te hebben om stil te staan bij haar leven en de puinhoop die ze ervan had gemaakt. Maar hier had ze niets anders te doen dan boeken lezen. De klassieke tragedies van Charles Dickens en Thomas Hardy zorgden er alleen maar voor dat ze nog meer aan haar eigen ellende moest denken. Dus keek ze vooral op de klok in de hoop dat de tijd dan sneller voorbij zou gaan.

Ze dacht urenlang aan Max, waar hij was, wat hij nu deed. Ze speelde zelfs met de gedachte om zijn oude werkplek in Londen te benaderen in een poging hem op te sporen, maar dat leek haar weinig zin te hebben. Hij wilde haar nu toch niet meer.

Ze miste hem. Niet de cadeaus of het leven dat ze had kunnen hebben, maar de man zelf. Zijn lijzige zuidelijke accent, zijn lach, zijn zachte aanrakingen toen hij de liefde met haar had bedreven…

'S Middags had ze er een gewoonte van gemaakt om lange wandelingen te maken, puur om even weg te zijn uit de cottage. Dan liep ze langs het poortwachtershuis, in de hoop dat de bewoonster haar door het raam zou zien en binnen zou vragen. Een paar dagen geleden was LJ langsgekomen met verse etenswaren, een stel breinaalden en wat wol. Een uur lang had ze geduldig geprobeerd Greta de basisbeginselen van het breien bij te brengen, maar sindsdien had Greta haar niet meer gezien en trok ze er maar alleen op uit in het bos.

Tot gisteren, toen LJ was langsgekomen met een mand vol lekkernijen.

'Over een uurtje vertrek ik naar mijn zus in Gloucestershire. Op tweede kerstdag ben ik 's ochtends vroeg weer terug,' zei ze bruusk als altijd. 'Hiermee kun je het wel een tijdje uitzingen. Ik heb aan Mervyn, de boerenknecht, gevraagd om je vers brood en melk te brengen zolang ik weg ben. Alvast een vrolijk kerstfeest, lieve schat. Voor morgen wordt er sneeuw voorspeld, dus zorg ervoor dat je de haard goed op gang houdt.'

Toen Greta de oudere vrouw had zien vertrekken, had ze zich nog eenzamer gevoeld. En toen het zoals LJ al had voorspeld op kerstavond begon te sneeuwen, hadden zelfs een verse mince pie en een glaasje zoete sherry uit de mand haar niet kunnen opvrolijken.

'We staan er alleen voor, kleintje,' had ze tegen haar buik gefluisterd toen de kerkklokken in de buurt middernacht hadden geslagen. 'Vrolijk kerstfeest.'

Op eerste kerstdag trok Greta de gordijnen open en trof buiten een sprookjeslandschap aan.

Die nacht had de sneeuw het landschap compleet veranderd. Elke tak van elke boom was bedekt met het witte poeder, alsof iemand ze met poedersuiker had bestrooid. De grond in het bos, waar her en der een donker twijgje door de onberispelijke deken van sneeuw omhoogstak, deed denken aan een hermelijnen mantel. Een dikke laag rijp liet het idyllische landschap schitteren, terwijl de ochtendzon opklom boven de bevroren vallei.

Op weg naar beneden bedacht Greta dat ze op elke andere kerstochtend dolblij zou zijn geweest dat het had gesneeuwd. Maar terwijl ze de haard opnieuw aanmaakte en de fluitketel op het fornuis zette, dacht ze niet dat ze zich ooit zo ongelukkig had gevoeld.

Later, toen ze de kip die LJ voor haar had achtergelaten, bereidde en opat en de rest van de mince pies soldaat maakte – de afgelopen dagen was ze onverzadigbaar – dacht ze terug aan hoe anders kerst in het verleden was geweest.

Daar wilde ze niet op terugkijken, maar zonder afleiding lukte het haar niet om de stortvloed aan herinneringen tegen te houden. Dus trok ze haar jas en rubberlaarzen aan, zette haar hoed op en begon aan haar middagwandeling.

Ze deed de achterdeur open, stapte naar buiten, de krakend verse sneeuw in, en zag dat haar adem witte wolkjes vormde in de ijskoude lucht. Tijdens haar omzwervingen door het bos klaarde haar humeur een beetje op. Ze genoot van de magische omgeving en bleef zo nu en dan staan om de glinsterende ijsfiguren te bekijken, die zich op boomstammen en gevallen takken hadden gevormd. Het duurde echter niet lang voor haar gedachten weer afdwaalden. Misschien, dacht ze, voelde ze zich zo bedrukt omdat het vandaag precies een jaar geleden was dat het probleem waardoor ze abrupt naar Londen was verhuisd, was ontstaan.

Ze had een gelukkige jeugd gehad, in een respectabele buitenwijk van Manchester, als enig kind van liefhebbende ouders. Tot op een vreselijke dag toen ze dertien was de Duitse luchtaanvallen waren losgebarsten. Haar vader was vertrokken in zijn zwarte Ford en niet meer teruggekomen. Een dag later had haar moeder haar hysterisch snikkend verteld dat hij was omgekomen bij een bombardement op het Manchester Royal Exchange-theater. Nog een week later had Greta het stoffelijk overschot van haar geliefde vader in de grond zien zakken.

De twee jaar daarna had ze in spanning geleefd omdat de oorlog onverminderd verder raasde. Haar moeder was in een diepe depressie terechtgekomen. Soms kwam ze wekenlang haar bed niet uit, terwijl Greta zich op haar schoolwerk stortte en met haar neus in de boeken zat. Haar enige andere troost was de bioscoop, waar ze vaak met haar moeder naartoe was gegaan. De fantasiewereld in die films, waarin iedereen beeldschoon was en bijna alle verhalen goed afliepen, was een welkome afwisseling geweest van de realiteit. Daarom had ze ook besloten dat ze later actrice wilde worden.

Op haar vijftiende werd alles anders. Op een avond kwam haar moeder thuis in een grote auto met een zwaarlijvige, grijsharige man en vertelde ze Greta dat dit haar nieuwe vader was. Drie maanden later waren ze verhuisd naar het enorme huis van haar stiefvader in Altrincham, een van de populairste stadjes in Cheshire. Haar moeder was opgelucht dat ze een man had die voor haar kon zorgen en werd weer de oude. Net als vroeger was het huis gevuld met gasten en het geluid van lachende mensen. Een tijdlang was Greta gelukkig.

Haar nieuwe stiefvader, een norse, maar rijke industrieel uit Manchester, was een afstandelijk type dat Greta in het begin amper zag staan. Naarmate ze was uitgegroeid tot een jonge vrouw, was zijn blik echter steeds vaker van zijn echtgenote naar haar jonge, mooiere dochter gedwaald. Als ze alleen thuis waren, maakte hij er een gewoonte van om haar op te zoeken. Vorig jaar op eerste kerstdag werd de situatie pas echt penibel, toen ze thuis een feestje hadden gegeven en hij haar naar boven was gevolgd, terwijl haar moeder beneden de gasten bezighield.

Ze rilde bij de herinnering aan zijn stinkende adem, aan zijn zware lichaam waarmee hij haar tegen een muur had gedrukt om haar borsten te kunnen betasten en zijn natte lippen op de hare te drukken.

Gelukkig hoorde hij voetstappen op de trap en durfde hij niet verder te gaan. Greta vluchtte doodsbang naar haar kamer en bad dat het een eenmalig incident was, ingegeven door een teveel aan drank.

Maar helaas. In de maanden daarna had ze de grootste moeite om de avances van haar stiefvader af te weren. Op een warme juniavond kwam hij haar slaapkamer binnengestormd, net toen ze haar kousen uittrok om naar bed te gaan. Hij pakte haar van achteren beet en stortte zich samen met haar op het matras, met zijn hand voor haar mond om te voorkomen dat ze het uitschreeuwde. Op de een of andere manier slaagde ze erin haar knie op te trekken en toen ze een beetje ruimte kreeg omdat hij de knopen van zijn broek probeerde los te krijgen, raakte ze hem hard in zijn kruis.

Met een harde schreeuw rolde hij van het bed en strompelde vloekend naar de deur.

Greta wist dat ze geen kant op kon en pakte haar koffer in. Na middernacht, toen het huis in stilte was gehuld, sloop ze naar beneden. Eén keer had haar stiefvader haar bij zich geroepen in zijn studeerkamer en erop gestaan dat ze op zijn knie kwam zitten. Hoewel ze had gegruwd bij de gedachte, had ze zich zijn woede niet op de hals willen halen, dus had ze gehoorzaamd. Hij had een sleutel uit een lade gepakt, zijn kluis geopend en haar een diamanten halsketting laten zien die ze volgens hem zou krijgen als ze een brave meid was. Het was haar opgevallen dat de kluis vol lag met contanten. Dus liep ze die noodlottige nacht regelrecht naar de lade, pakte de sleutel uit zijn verstopplaats, maakte de kluis open en haalde er een dikke stapel bankbiljetten uit.

Daarna had ze de voordeur achter zich dichtgetrokken, was naar het treinstation in Altrincham gelopen en had op het perron gewacht tot ze met de trein van vijf uur mee kon naar Manchester. Van daaruit was ze op de trein naar Londen gestapt en meteen naar het Windmill gegaan om te solliciteren.

Greta keek op naar de snel donkerder wordende lucht en vroeg zich af of haar moeder ooit had geprobeerd haar te zoeken nadat ze was vertrokken. Soms overwoog ze haar te schrijven, maar hoe kon ze haar plotselinge vertrek verklaren? Al zou haar moeder haar geloven, wat ze betwijfelde, dan zou de waarheid alleen maar haar hart breken.

Overmand door verdriet bleef ze staan op een open plek. Opeens drong het tot haar door dat ze zó in gedachten verzonken was geweest, dat ze niet had opgelet waar ze heen ging. Tussen de hoge bomen die glinsterden in het vager wordende licht, zocht ze naar een herkenningspunt om de weg naar huis te kunnen vinden. Maar alles wat haar bekend zou kunnen voorkomen, ging schuil onder het wit van de sneeuw.

'O god,' fluisterde ze, terwijl ze een rondje om haar as draaide, in een wanhopige poging zich te oriënteren.

Ze zette haar kraag op tegen de kou en bedacht koortsachtig welke kant ze op zou lopen, toen ze in de buurt een hond hoorde blaffen. Ze bleef staan, keek over haar schouder en zag een enorme zwarte hond op haar afstormen. Aan de grond genageld van angst zag ze het dier steeds dichterbij komen, zonder vaart te minderen. Het kostte haar de grootste moeite om in beweging te komen, maar toen draaide ze zich om en zette het op een lopen.

'O god! O god!' riep ze, want ze hoorde de hond vlak achter haar hijgen. Het was nu bijna donker en ze kon niet goed zien waar ze liep. Op haar te grote rubberlaarzen was het moeilijk om grip te krijgen op de ijzige sneeuw. Ze struikelde en stootte haar hoofd tegen de wortel van een boom. Alles werd zwart.

Ze kwam bij doordat ze warme adem op haar gezicht voelde en een ruwe tong langs haar wang voelde strijken. Haar ogen vlogen open en ze slaakte een ijselijke kreet, want ze staarde recht in de grote rode ogen van de hond.

'Morgan! Morgan! Af!'

De hond liet haar meteen met rust en rende gehoorzaam naar een lange gestalte toe die snel op haar afkwam. Ze probeerde te gaan zitten, maar werd meteen duizelig. Met een kreun deed ze haar ogen dicht en liet zich achterover zakken.

'Is alles in orde?' vroeg een diepe mannenstem.

'Ik...' Ze deed haar ogen weer open en zag een man over haar heen gebogen staan. 'Dat weet ik niet,' fluisterde ze, terwijl ze ongecontroleerd begon te beven.

De man bukte zich nog verder. 'Ben je gevallen? Je hebt een lelijke jaap in je voorhoofd.' Hij stak zijn hand uit om haar haren opzij te duwen, bestudeerde de snee en pakte een zakdoek om het bloed weg te vegen.

'Ja. Die hond zat achter me aan. Ik dacht dat hij me ging vermoorden!'

'Morgan? Iemand vermoorden? Dat lijkt me sterk. Al zou het kunnen dat hij je iets te enthousiast wilde begroeten,' zei hij bruusk. 'Kun je lopen? Je moet naar het huis, zodat je je kunt afdrogen en we eens goed naar die wond kunnen kijken. Het is hier te donker om te zien hoe het er precies voor staat.'

Greta deed een dappere poging om op te staan, maar toen ze haar gewicht op haar rechterenkel probeerde te zetten, slaakte ze een kreet van de pijn. Ze zakte weer in elkaar en schudde zielig haar hoofd.

'Goed, dan zit er niets anders op. Ik zal je moeten dragen. Sla je armen maar om mijn nek.' De man knielde naast haar en ze deed wat haar was gevraagd. Zonder moeite tilde hij haar op. 'Hou je goed vast. Nog even, dan kun je weer de warmte in.'

Greta drukte haar gezicht tegen de in wasdoek gehulde schouder van haar redder in nood. Ze was zo duizelig dat ze uit alle macht probeerde niet weer flauw te vallen. Tien minuten later keek ze op en zag dat ze het bos uit waren en in de richting van het schijnsel van het landhuis liepen.

Toen ze bij de ingang aankwamen, duwde de man de grote eiken deur met zijn schouder open. 'Mary! Mary, waar zit je?' riep hij in de spelonkachtige ontvangsthal. In een waas van pijn zag Greta de enorme kerstboom staan, omringd door de statige elizabethaanse trap. Het licht van de kaarsjes, weerkaatst in de glazen kerstballen, danste hypnotiserend voor haar ogen en er hing een heerlijke dennengeur. De man droeg haar een ruime salon in, waar een vuur brandde in de enorme stenen haard. Voorzichtig legde hij haar op een van de twee grote fluwelen banken.

'Neem me niet kwalijk, meneer Owen. Riep u?' In de deuropening verscheen een mollige jonge vrouw in een schort.

'Ja! Ga warm water, een handdoek, een deken en een groot glas brandy halen.'

'Ja, meneer. Komt voor elkaar.' Mary maakte zich snel uit de voeten.

De man schudde zijn jas van zich af, gooide die over een stoel en begon het vuur op te poken. Al snel kwam de warmte Greta tegemoet. Stilletjes sloeg ze hem gade, terwijl ze probeerde niet meer zo te rillen. Hij was niet zo lang als ze hem vanaf de grond in het bos had ingeschat. Zijn verweerde, knappe gezicht was gebruind en werd omlijst door dik, grijs, krullend haar. Hij had zich praktisch gekleed op het buitenleven, in een broek van Engels leer en een tweedjasje met een wollen coltrui eronder. Ze vermoedde dat hij halverwege de vijftig was.

'Alstublieft, meneer.' De dienstmeid haastte zich de kamer in en legde alles waar hij om had gevraagd op de vloer naast de bank. 'Ik zal de brandy nog even uit de bibliotheek halen.'

'Dank je, Mary.' Hij knielde naast Greta neer en doopte een punt van de handdoek in het water. 'Zo, laten we eerst die wond maar eens schoonmaken, dan kan Mary daarna droge kleren voor je zoeken.' Hij bette de snee in haar voorhoofd en ze kromp ineen. 'Je bent toch geen stroper, hè? Niet dat je er zo uitziet, maar tegenwoordig weet je het maar nooit.'

'Nee.'

'Dat kan wel zo zijn, maar je bevond je wel op verboden terrein. Dit is privéterrein.' Hij spoelde de met bloed bevlekte handdoek uit en drukte hem weer tegen haar slaap.

'Nee hoor,' wist ze uit te brengen. 'Ik woon hier op het landgoed.'

Verbaasd trok hij een van zijn dikke bruine wenkbrauwen op. 'Is dat zo?'

'Ja, in Lark Cottage. Dat is van David Marchmont en ik mag er een tijdje logeren.'

De man keek haar bedenkelijk aan. 'Ik begrijp het. Ben je zijn vriendinnetje?'

'O, nee hoor, helemaal niet.'

'Tja, het zou wel prettig zijn als Laura-Jane me inlichtte als haar zoon een cottage op Marchmont uitleent aan een jongedame. Ik ben trouwens Owen Marchmont, Davids oom. Dit landgoed is van mij.'

'Dan spijt het me dat u niet wist dat ik hier was.'

'Daar kun jij niets aan doen, maar het is wel typisch. Heel typisch,' bromde hij. 'Ah, daar zul je de brandy hebben. Dank je, Mary. Ga jij even iets droogs zoeken wat deze jongedame kan aantrekken en help haar dan uit die natte kleren.' Tegen Greta vervolgde hij: 'Ik kom zo terug om naar die enkel te kijken.' Na een kort knikje liep hij het vertrek uit, met Mary in zijn kielzog.

Greta liet zich achterover tegen de armleuning van de bank zakken. Haar hoofd bonkte nog steeds, maar ze voelde zich gelukkig niet meer zo zwak. Ze keek om zich heen in de chique, comfortabele kamer en zag dat die was ingericht met een mengelmoes van smaakvol antiek meubilair. De oude stenen vloer werd opgefleurd door meerdere vale Aubusson-tapijten, voor de hoge ramen hingen donkerrode zijden gordijnen. Het plafond werd gestut door een enorme balk en de met eikenpanelen beklede wanden waren behangen met olieverfschilderijen.

Al snel kwam Mary terug. Ze hielp Greta zich uit te kleden en pakte haar stevig in in een dikke wollen kamerjas.

'Dank je,' zei Greta toen de vrouw haar het glas brandy in de handen drukte. 'Het spijt me dat ik zo'n lastpost ben.'

'Rust nu maar uit, fach. U hebt een lelijke smak gemaakt, ziet u? Meneer Owen komt zo terug om naar uw enkel te kijken,' zei Mary vriendelijk, voordat ze zich weer terugtrok.

Een paar minuten later kwam Owen binnen en liep naar Greta toe. 'Zo beter?' informeerde hij.

'Ik denk het,' zei ze onzeker, en ze nam voorzichtig een slokje brandy.

'Laat me eens kijken.' Hij ging op de bank zitten om haar enkel te onderzoeken. 'Hij is erg opgezwollen, maar ik denk niet dat hij gebroken is, want je kunt hem wel bewegen. Volgens mij is het een ernstige verstuiking. Daar is niets aan te doen, behalve rusten. Vanwege de sneeuw lijkt het me beter als je een nachtje hier blijft. Je hebt het zwaar te verduren gehad en het is nu niet goed om je enkel te belasten.'

'O nee, meneer, ik... Ik wil niemand tot last zijn. Ik...'

'Onzin! Er staan hier negen slaapkamers leeg en Mary hoeft zich alleen om mij te bekommeren. Ik zal haar de haard laten aanmaken in een van de logeerkamers. Heb je trek?'

Ze schudde haar hoofd. Ze was nog steeds misselijk.

Owen riep Mary en toen ze terugkwam, gaf hij haar verdere instructies. Daarna nam hij tegenover Greta plaats in een leunstoel.

'Zo, dit had ik allemaal niet verwacht op eerste kerstdag. Mijn gasten zijn een paar uur geleden na de lunch vertrokken, maar nu heb ik er weer een, geloof ik. Wat deed je eigenlijk in het bos terwijl het al begon te schemeren? Je was een heel eind bij Lark Cottage vandaan toen Morgan je vond. Ik betwijfel of je de weg naar huis nog had kunnen vinden. Je had wel dood kunnen vriezen.'

‘Ik… was verdwaald,’ gaf ze toe.

‘Dan ben je er ondanks die verstuikte enkel nog goed vanaf gekomen.’

‘Ja, heel erg bedankt dat u me gered hebt.’ Ze onderdrukte een geeuw.

‘Zo te zien wordt het hoog tijd om jou in bed te stoppen. Zal ik je de trap op dragen?’

Een kwartier later droeg ze een schone pyjama van Owen en kroop ze in een groot, comfortabel hemelbed. Dat bed en de kamer zelf, met de zware damasten gordijnen, de oosterse tapijten en het verfijnde meubilair van notenhout, deden haar denken aan een plek waar een koningin zou kunnen slapen.

‘Als er iets is, hoef je maar te bellen en dan komt Mary naar je toe. Welterusten, juffrouw…’

‘Simpson, Greta Simpson. Het spijt me echt dat ik u zo veel last bezorg, meneer. Morgen gaat het vast weer beter.’

‘Natuurlijk. En ik heb liever dat je Owen zegt.’ Hij wierp haar een ietwat beschaamd glimlachje toe en liep de kamer uit.

Nadat Mary haar nog een kop warme chocolademelk had gebracht, waarvan Greta maar een paar slokjes kon nemen, werd ze overspoeld door vermoeidheid. Ze deed haar ogen dicht en viel in slaap.

De volgende ochtend klopte Mary aan en kwam zachtjes de kamer binnen. Ze zette een dienblad met ontbijt neer en schoof de gordijnen open. ‘Goedemorgen, juffrouw. Hoe voelt u zich vandaag?’

Greta werd net wakker en rekte zich eens lekker uit. ‘Nu je het zegt, ik heb in lange tijd niet zo goed geslapen.’ Met een glimlachje keek ze naar Mary, die zich bukte om de haard aan te maken. ‘Ik moet naar het toilet.’ Ze duwde de dekens van zich af en stapte uit bed. ‘Au!’ Er trok een enorme pijnscheut door haar enkel, waardoor ze steun moest zoeken bij de bedrand.

‘O jee.’ Mary stond meteen naast haar en hielp haar weer op het bed te gaan zitten. Ze bestudeerde de enkel, die gedurende de nacht donkerpaars was geworden. ‘Ik help u wel even naar het toilet, maar ik denk dat ik meneer maar beter kan vragen om dokter Evans te laten komen.'

Een tijdje later stond Owen op van achter zijn bureau en schudde de dokter de hand. 'Bedankt dat u zo snel kon komen, dokter. Hoe luidt het oordeel?'

'Ik heb haar grondig onderzocht en de hoofdwond is minder erg dan die eruitziet, maar haar enkel is zwaar verstuikt. Het lijkt me het beste als ze de komende dagen het bed houdt. Zeker gezien de omstandigheden.'

'Hoe bedoelt u?'

'Ik schat in dat de jongedame nog net geen drie maanden zwanger is. Zeker met dit weer is het risico te groot dat ze weer ten val komt en dat haar ongeboren kind daar schade van ondervindt. Strikte bedrust lijkt mij het beste. Over een paar dagen kom ik terug om te kijken hoe het met haar gaat.'

Owen keek hem uitdrukkingsloos aan. 'Dank u, dokter. Ik ga ervan uit dat u hier discreet mee omgaat.'

'Uiteraard.'

Nadat de dokter was vertrokken, liep Owen de trap op en de hal door naar Greta's slaapkamer. Hij klopte zachtjes aan en deed de deur open. Toen hij zag dat ze lag te slapen, bleef hij even bij het voeteneind naar haar staan kijken. Zoals ze daar lag, zag ze er heel klein en kwetsbaar uit, en hij besefte dat ze zelf nog niet veel meer dan een kind was.

Hij ging in een stoel bij het raam zitten om na te denken over de omstandigheden die Greta naar zijn landgoed hadden gebracht. Door het raam staarde hij naar het landgoed, dat, zoals het er nu voor stond, na zijn dood in handen van zijn neefje zou vallen.

Tien minuten later liep hij de slaapkamer uit, de trap af en naar buiten.

LJ was de laatste koeien in de stal aan het melken en keek op omdat ze voetstappen hoorde. Toen ze zag wie er naderde, fronste ze haar voorhoofd. 'Hallo, Owen. Het is me ter ore gekomen dat je een onverwachte gast hebt. Hoe gaat het met de patiënt?'

'Met haar enkel gaat het niet al te best, helaas. De dokter heeft complete bedrust voorgeschreven, dus de komende dagen blijft ze bij mij. Ze kan nu echt niet in haar eentje terug naar de cottage. Die arme meid kan amper op haar benen staan.'

'O jee,' verzuchtte ze. 'Wat vervelend.'

'Ik neem aan dat je op de hoogte bent van... haar toestand?'

'Ja, natuurlijk.'

'Is het kind van David?'

'Gut, nee! Ze is in de steek gelaten door een soldaat en David is haar te hulp geschoten. Ze kon nergens anders terecht.'

'Ik begrijp het. Heel ruimhartig van hem, gezien de omstandigheden.'

'David is ook een ruimhartige jongen.'

'Dus ze heeft geen familie?'

'Kennelijk niet,' zei ze kortaf, en ze stond op. 'Als je het niet erg vindt...'

'Natuurlijk. Ik zal je op de hoogte houden. Het is wel een knappe meid, hè?'

'Ja, dat zal wel.'

'Dag, Laura-Jane.' Owen draaide zich om en liep het erf weer op.

Verward keek ze hem na. Ze pakte de emmer op, die tot aan de rand gevuld was met verse melk, en deed het gesprek af als het zoveelste voorbeeld van de complexe persoonlijkheid van Owen Marchmont.

Pas die nacht, toen ze tegen haar gewoonte in nog tot in de kleine uurtjes wakker lag, drong het belang van wat hij over Greta had gezegd tot haar door.

'Nee... het zal toch niet?' kreunde ze, vol afgrijzen bij de gedachte die in haar opkwam.

7

Het duurde vier dagen voordat Greta zonder hulp door de kamer kon strompelen. Eigenlijk beviel het haar best, rechtop in de kussens van het comfortabele bed, met uitzicht op de prachtige vallei en met Mary die haar op haar wenken bediende. Elke middag kwam Owen kijken hoe het met haar ging. Omdat hij had gemerkt dat ze dol was op boeken, had hij er een gewoonte van gemaakt haar voor te lezen. Zijn aanwezigheid troostte haar en ze was dol op zijn diepe stemgeluid.

Toen Owen *Woeste Hoogten* uit had en het boek dichtsloeg, zag hij dat er tranen in haar ogen stonden. 'Wat is er, lieve Greta?'

'Neem me niet kwalijk. Het is ook zo'n mooi verhaal. Ik bedoel, zo van iemand houden, maar daar nooit iets mee kunnen...' Haar stem stierf weg.

Hij stond op en gaf zacht een klopje op haar hand. 'Ja.' Hij knikte, getroffen door haar ontroering. 'Maar het is maar een verhaal. Morgen beginnen we in *David Copperfield.* Dat is een van mijn favorieten.' Hij glimlachte en liep de kamer uit.

Greta liet zich weer in de kussens zakken en bedacht hoe heerlijk het zou zijn als ze nooit meer terug hoefde naar haar eenzame bestaan in de kleine, oude cottage. Hier voelde ze zich geborgen. Ze vroeg zich af waarom Owen niet getrouwd was. Hij was belezen, intelligent en zelfs op zijn leeftijd nog erg aantrekkelijk. Onwillekeurig vroeg ze zich af hoe het zou zijn om zijn echtgenote te zijn; de meesteres van dit huis en dit landgoed, de rest van haar leven veilig en beschermd. Maar natuurlijk was dat maar een droom. Binnenkort zou ze de werkelijkheid weer onder ogen moeten zien: dat ze geen cent te makken had en een buitenechtelijk kind verwachtte.

De volgende middag, nadat Owen een stuk had voorgelezen uit *David Copperfield,* rekte Greta zich uit en slaakte een diepe zucht.

'Wat is er?' vroeg hij.

'Niets, alleen... Nou, je bent heel goed voor me geweest, maar ik wil je echt niet langer tot last zijn. De sneeuw is aan het smelten en het gaat beter met mijn enkel, dus ik moet maar eens terug naar Lark Cottage.'

'Welnee! Ik geniet juist van je gezelschap. Sinds de laatste officier een paar maanden geleden vertrokken is, ligt het huis er maar verlaten bij. De cottage van mijn neefje is kil, vochtig en in mijn ogen compleet ongeschikt tot je volledig hersteld bent. Hoe moet je in vredesnaam 's avonds de trap naar je slaapkamer op?'

'Dat lukt vast wel.'

'Ik sta erop dat je minstens nog een week hier blijft, tot je weer op de been bent. Per slot van rekening is dit allemaal mijn schuld. Het minste wat ik kan doen, is je hier opvangen tot je helemaal beter bent.'

'Weet je het zeker?' Ze probeerde niet te laten blijken hoe blij ze was dat haar verblijf werd verlengd.

'Absoluut. Ik vind het heerlijk dat je hier bent.' Hij glimlachte hartelijk en stond op. 'Zo, rust nu maar weer even uit.' Bij de deur draaide hij zich om. 'Als je denkt dat je het aankunt, zou je dan vanavond beneden met mij willen dineren?'

'Ik... Ja, heel graag, Owen.'

'Dan zie ik je om acht uur.'

Die avond genoot Greta van een goedgevuld warm bad. Daarna ging ze in de slaapkamer voor de kaptafel zitten en deed haar best om haar haren in model te brengen. Zo onopgemaakt en met haar rode koontjes door het bad zag ze er piepjong uit.

Een kwartier later liep ze naar de salon, in een fris gewassen blouse en een rok van bouclé, steunend op een kruk die Owen voor haar had gevonden.

'Goedenavond, Greta.' Hij stond op om haar bij de arm te nemen en naar een van de leunstoelen te begeleiden. 'Wat zie je er mooi uit, vanavond.'

'Dank je. Zoals ik al zei, voel ik me stukken beter. Ik voel me een beetje een aansteller omdat ik de hele dag in bed lig.'

'Wil je een borrel?'

'Nee, dank je. Ik denk dat de alcohol nu meteen naar mijn hoofd zou stijgen.'

'Misschien een beetje wijn bij het eten, dan.'

'Ja.' Het was kil in het vertrek, en ze hield haar handen bij het vuur.

'Heb je het koud? Mary heeft de haard een tijdje geleden al aangemaakt, maar ik gebruik deze kamer niet vaak. Als ik alleen ben, vind ik de bibliotheek een stuk praktischer.'

'Nee, het gaat best.'

'Sigaret?' Hij hield haar een zilveren doosje voor.

'Graag.'

Hij stak de sigaret voor haar aan. 'Vertel eens iets over jezelf.'

'Er valt niet veel te vertellen.' Nerveus nam ze een trekje.

'Volgens Laura-Jane werkte je samen met David in een theater in Londen. Ben je actrice?'

'Ik... Ja, dat klopt.'

'Ik heb nooit veel tijd gehad om naar het theater te gaan. Eerlijk gezegd ben ik liever in de natuur. Maar vertel eens, in wat voor stukken heb je gespeeld?'

'Nou, ik was niet echt actrice. Eerder... een danseres.'

'O, je danst in de revue? Ik vind die Noël Coward wel goed. Hij maakt van die vrolijke liedjes. Dus tijdens de oorlog zat je in Londen?'

'Ja,' loog ze.

'Dat moet vreselijk geweest zijn toen de bommen vielen.'

'Ja, maar we hadden veel steun aan elkaar. Dat moet ook wel, als je een hele nacht op elkaar gepropt op het perron van het metrostation bij Piccadilly Circus zit,' diste ze moeiteloos Doris' beschrijving van die nacht op.

'Prachtig, die Britse instelling. Als je het mij vraagt, hebben we daardoor de oorlog doorstaan en gewonnen. Zullen we nu gaan eten?'

Owen hielp haar naar de eetkamer, die net als de andere vertrekken die ze tot nu toe had gezien prachtig was ingericht. Er hingen kandelaars aan de muren en er stond een lange, blinkend gepoetste tafel. Aan een kant was er voor twee personen gedekt. Hij trok een stoel voor haar naar achteren, en ze ging zitten.

'Dit huis is echt heel mooi, maar ook erg groot. Vind je het nooit eenzaam om hier in je eentje te wonen?'

'Jawel, zeker nadat ik eraan gewend was geraakt dat het hier vol zat met patiënten en verpleegkundigen. In de winter is het ook erg tochtig. Het kost een fortuin aan stookkosten, maar ik hou niet van kou. Voor de oorlog woonde ik in Kenia. Het klimaat daar beviel me een stuk beter, maar de manier van leven niet bepaald.'

'Ga je nog terug?' wilde ze weten.

'Nee, ik heb mijn schepen daar achter me verbrand. Trouwens, ik heb Marchmont al lang genoeg aan Laura-Jane overgelaten. Nu vind ik dat ik mijn plicht moet vervullen.'

Ze keken allebei op omdat Mary binnenkwam. 'Ah, daar is de soep. Mary, wil jij de wijn voor ons inschenken?'

'Natuurlijk, meneer.'

Hij wachtte tot ze de kamer weer uit was en zei toen: 'Ik wil niet nieuwsgierig overkomen, maar waarom heeft zo'n knap, jong ding als jij Londen verruild voor de wildernis van Monmouthshire?'

'O, dat is een lang verhaal,' reageerde Greta ontwijkend, en ze pakte haar glas.

'We hebben de tijd.'

'Nou,' begon ze, want ze besefte dat hij het er niet bij zou laten zitten, 'ik had genoeg van Londen en was toe aan iets anders. Toen David me zijn cottage aanbood, leek dat me een goede plek om wat dingen op een rijtje te zetten.'

'Ik begrijp het.' Hij keek hoe ze de soep naar binnen lepelde, in het volle besef dat ze tegen hem loog. 'Misschien is dit een ongepaste vraag, maar was er ook een jongeman in het spel?'

Ze legde haar lepel met een hard gekletter neer en bedacht dat ontkennen geen zin had. 'Ja.'

'Ach, dan weet hij niet wat hij mist. Die kerel moet wel blind zijn geweest.'

Met tranen in haar ogen staarde ze in haar soepkom en liet langzaam haar adem ontsnappen. 'Er is nog een reden.'

Zonder iets te zeggen, wachtte hij af.

'Ik ben zwanger.'

'Aha.'

'Ik begrijp het best als je me nu liever ziet vertrekken.' Ze trok een zakdoekje uit haar mouw en bette haar neus.

'Rustig maar, lieverd. Maak je niet zo druk. Dit sterkt me alleen maar in de overtuiging dat je nu iemand nodig hebt die voor je zorgt.'

Verrast keek ze op. 'Ben je dan niet gechoqueerd?'

'Greta, ik mag dan in een niemandsland leven, ik heb heus wel wat levenservaring opgedaan. Het is heel verdrietig, maar die dingen gebeuren. Zeker in oorlogstijd.'

'Hij was een Amerikaanse officier,' fluisterde ze, alsof dat het minder erg maakte.

'Weet hij van het kindje af?'

'Nee, en dat zal ook nooit gebeuren. Hij... Hij vroeg me ten huwelijk. Ik zei ja, maar vervolgens ging hij terug naar Amerika, zonder afscheid te nemen.'

'Ik begrijp het.'

'Zonder David had ik me geen raad geweten.'

'Zijn jullie...'

'Absoluut niet,' zei ze resoluut. 'We zijn gewoon goed bevriend. David is heel aardig voor me geweest.'

'Wat zijn nu je toekomstplannen?'

'Geen flauw idee. Eerlijk gezegd heb ik sinds ik hier ben geprobeerd daar niet aan te denken.'

'Hoe zit het met je familie?' vroeg hij toen Mary weer de kamer in liep met een zilveren presenteerblad met rosbief, dat ze op de dientafel zette alvorens de soepkommen af te ruimen.

'Die heb ik niet. Mijn ouders zijn omgekomen in de blitzkrieg.' Ze sloeg haar ogen neer, voor het geval dat hij haar leugen zou doorzien.

‘Wat erg voor je. Maar het is me wel duidelijk dat je een goede opleiding genoten hebt. Je weet erg veel van literatuur.’

‘Ja, ik ben altijd dol geweest op boeken. Ik heb geluk gehad. Voordat mijn ouders stierven, zat ik op een particuliere meisjesschool.’ Dat laatste was in elk geval niet gelogen.

‘Dus nu ben je echt alleen op de wereld?’ Aarzelend legde hij zijn hand op de hare. ‘Maak je maar geen zorgen. Ik beloof dat ik mijn best zal doen om voor je te zorgen.’

Naarmate de avond vorderde en het gesprek niet meer over het verleden ging, begon Greta zich een beetje te ontspannen. Na het eten trokken ze zich weer terug in de salon en ging ze bij het vuur zitten om Morgan te aaien, de zwarte labrador die zich naast de haard had uitgestrekt. Owen dronk whisky en vertelde over zijn leven in de Keniaanse wildernis. Hij zei dat hij daar de eigenaar was geweest van een grote boerderij in de buurt van Nyeri, in de centrale hooglanden. Hij was dol geweest op het ruige landschap en de plaatselijke bevolking.

‘Maar ik begon het losbandige leven van de andere emigranten daar beu te worden. “Happy Valley”, zoals het genoemd werd, mag dan in een niemandsland liggen, ze vonden er toch wel manieren om zich te vermaken, als je begrijpt wat ik bedoel.’ Hij trok een wenkbrauw op. ‘Als vrijgezelle man was ik een makkelijke prooi voor bepaalde vrouwelijke aasgieren. Het deed me goed om hier weer mensen met normale normen en waarden aan te treffen.’

‘Ben je nooit getrouwd geweest?’

‘O, er was wel iemand, heel lang geleden. We waren verloofd, maar...’ Hij zuchtte. ‘Hoe dan ook, je kunt wel stellen dat ik sindsdien nooit meer de behoefte heb gevoeld om iemand ten huwelijk te vragen. Trouwens, wie zit er nu op zo’n ouwe knorrepot als ik te wachten?’

Ik, dacht ze, maar dat idee drukte ze meteen de kop in. De wijn en de warmte van het vuur maakten haar slaperig, en ze geeuwde.

‘Het is bedtijd voor jou, jongedame. Je ziet er doodmoe uit. Ik laat Mary wel even komen, dan kan ze je naar je kamer brengen.’ Hij trok aan het schellekoord.

'Dat klopt, neem me niet kwalijk. Het is al een tijdje geleden dat ik zo lang ben opgebleven.'

'Daar hoef je je niet voor te verontschuldigen. Bedankt voor de gezellige avond. Hopelijk heb ik je niet verveeld.'

'Nee, helemaal niet.' Ze stond op toen Mary binnenkwam.

'Zou je dan morgenavond weer met me willen dineren?'

'Heel graag. Dank je, Owen. Welterusten.'

'Greta?'

'Ja?'

'Denk erom, je staat er niet meer alleen voor.'

'Dank je.'

Langzaam liep ze met Mary de trap op. Terwijl het meisje haar druk kletsend in bed hielp, probeerde Greta wijs te worden uit de afgelopen avond. Ze had durven zweren dat Owen haar anders zou behandelen zodra hij hoorde dat ze in verwachting was. Maar toen ze onder de dekens kroop en Mary de kamer uit liep, drong het tot haar door dat hij op zijn eigen bruuske manier met haar geflirt had. Hij zou toch niet in haar geïnteresseerd zijn nu hij de waarheid kende?

In de daaropvolgende week, waarin het nieuwe jaar aanbrak, aten Greta en Owen elke avond samen. Nu het beter ging met haar enkel, las hij haar 's middags niet meer voor, maar maakten ze korte wandelingen over het landgoed. Het was wel duidelijk dat hij op zijn ouderwetse manier bezig was haar het hof te maken. Alleen begreep ze daar niets van. De landheer van Marchmont kon toch niet trouwen met een vrouw die het kind van een ander droeg?

Toch wist ze zeker dat hij niet wilde dat ze wegging, want hoewel ze had gezegd dat ze beter terug kon gaan naar Lark Cottage, woonde ze na bijna een maand nog steeds in het landhuis.

Op een avond zaten ze na het eten in de salon over *David Copperfield* te praten. Owen sloeg het boek dicht, en er viel een stilte. Opeens werd de uitdrukking op zijn gezicht heel serieus.

'Greta, ik wil je iets vragen.'

'Toch niets ergs, hoop ik?'

'Nee... althans, ik hoop van niet.' Hij schraapte zijn keel. 'Het zit zo, lieverd. In de korte tijd dat je hier bent, ben ik erg gesteld op je geraakt. Je hebt een energie en een levenslust bij me opgeroepen die ik allang kwijt dacht te zijn. Het komt erop neer dat ik niet wil dat je weggaat. Dus... ik wil je vragen of je met me zou willen trouwen.'

Met open mond staarde ze hem aan.

'Natuurlijk begrijp ik het volkomen als je er niet aan moet denken om met een man die zoveel ouder is dan jij in het huwelijksbootje te stappen. Maar ik denk dat ik je veel te bieden heb. Ik kan een vader zijn voor je kind en jullie allebei een veilige omgeving bieden.'

Ze hervond haar stem. 'Ik... Bedoel je dat je bereid bent mijn kind groot te brengen alsof jij de vader bent?'

'Natuurlijk. Niemand hoeft toch te weten dat het niet van mij is?'

'En LJ en David dan? Die weten hoe het echt zit.'

'Maak je om hen maar geen zorgen,' wuifde hij haar bezwaren weg. 'Wat zeg je ervan, lieve Greta?'

Ze zweeg.

'Je vraagt je zeker af waarom ik dit wil?'

'Eigenlijk wel.'

'Zou het al te eenvoudig zijn als ik zei dat ik door jouw aanwezigheid hier ben gaan inzien hoe eenzaam ik was? Dat ik een genegenheid voor je voel die ik niet voor mogelijk had gehouden? Marchmont heeft behoefte aan jeugdigheid, aan nieuw leven, anders kwijnt het samen met mij weg. Ik denk dat we elkaar kunnen bieden wat we missen in het leven.'

'Ja, maar...'

'Je hoeft niet meteen te beslissen,' zei hij haastig. 'Denk er maar rustig over na. Als je wilt, kun je teruggaan naar Lark Cottage.'

'Ja. Nee... Ik...' Ze wreef over haar voorhoofd. 'Wil je me excuseren, Owen? Ik ben heel erg moe.'

'Natuurlijk.'

Ze stonden op. Owen pakte haar hand beet en drukte er zacht een kus op. 'Denk er maar eens goed over na. Wat je ook beslist, ik heb ervan genoten dat je hier was. Welterusten.'

In bed bleef ze maar over Owens aanzoek malen. Als ze het aanvaardde, zou haar kindje een vader krijgen en zouden ze allebei ontsnappen aan het stigma dat buitenechtelijke kinderen en hun moeders achtervolgde. Ze zou de vrouw des huizes worden in dit prachtige huis en zich nooit meer zorgen hoeven te maken over waar ze haar volgende maaltje vandaan moest halen.

Het enige waar het haar aan zou ontbreken, was een man van wie ze hield. Ook al was Owen nog zo aardig, attent en op zijn eigen manier aantrekkelijk, als ze heel eerlijk was, keek ze er niet naar uit het bed met hem te delen.

Maar als ze weigerde, moest ze terug naar de cottage om in haar eentje dit kind op de wereld te zetten. Hoe zou het daarna verdergaan? Hoe groot was de kans dat ze de komende jaren de ware liefde zou vinden waar ze zo naar snakte? Laat staan dat ze goed voor zichzelf en haar kind zou kunnen zorgen?

Het beeld van Max kwam bij haar op, maar ze schudde snel haar hoofd om het te verdringen. Hij kwam nooit meer terug. Ze moest het samen met haar kind zien te rooien.

Wat zouden David en LJ hiervan zeggen? Ze hoopte maar dat die het zouden begrijpen. Trouwens, ze had nu niet de luxe om rekening te houden met andermans gevoelens.

'Verder hebben we niemand die voor ons kan zorgen, hè?' vroeg ze met een klopje op haar buik.

De volgende avond ging ze beneden dineren en zei tegen Owen dat ze zijn aanzoek accepteerde.

Twee dagen later, toen Owen zat te ontbijten en *The Times* zat te lezen, kwam Mary de eetkamer in gesneld. 'Neem me niet kwalijk, maar mevrouw Marchmont wil u spreken.'

'Zeg maar dat ze moet wachten tot ik klaar ben met mijn ont...'

'Dit kan niet wachten, Owen.' LJ verscheen achter Mary in de deuropening en werkte zich langs haar heen.

Hij kreunde. 'Goed dan. Dank je, Mary. Doe je de deur achter je dicht?'

'Ja, meneer.' Ze liep de kamer uit.

LJ ging aan de andere kant van de tafel staan en keek hem boos aan.

Hij veegde rustig zijn mond af aan zijn servet en vouwde zijn krant netjes dicht. 'Zo, wat is er zo dringend?'

'Dat weet je best,' siste ze.

'Ben je van streek omdat ik met Greta ga trouwen?'

Ze plofte op een stoel aan de andere kant van de tafel neer en slaakte een diepe zucht. 'Owen, ik kan natuurlijk niet in je hart kijken en ik heb niets over je te zeggen, maar in vredesnaam, zeg. Je weet niets van dat meisje.'

Hij pakte een snee geroosterd brood uit het rekje en smeerde er boter op. 'Ik weet genoeg.'

'Echt? Dus je vindt het geen probleem dat de nieuwe mevrouw Marchmont vroeger de kost verdiende door bijna poedelnaakt over het podium in het Windmill te paraderen?'

'Ik heb het een en ander uitgezocht en ik weet wat ze deed voordat ze hierheen kwam. Ik ben gewoon blij dat ik iemand heb gevonden die me gelukkig maakt. Dat had ik niet meer verwacht.'

'Dus je houdt van haar? Of ben je gewoon verblind door haar knappe gezichtje?'

'Zoals je net al aangaf, zijn dat jouw zaken niet, Laura-Jane.'

'Wel als dit betekent dat haar buitenechtelijke kind later Marchmont erft, in plaats van mijn zoon!' Haar stem trilde van emotie. 'Als dit jouw manier is om mij te straffen, heb je je doel bereikt.'

'Die zoon van je lijkt anders weinig belangstelling te hebben voor deze plek, vind je ook niet?'

'Hij heeft er recht op, Owen. Dat weet je net zo goed als ik.'

'Ik vrees van niet, Laura-Jane. Als ik kinderen krijg, laat ik Marchmont aan hen na. Behalve David en jij weet niemand dat Greta's kind niet van mij is. Er zullen misschien wel speculaties ontstaan dat het kind verwekt is voor het huwelijk en dat we snel hebben moeten trouwen, maar meer ook niet.'

'Denk je dat?' Haar handen trilden omdat ze haar woede probeerde te beheersen. 'Dus je verwacht dat ik gewoon toekijk, terwijl de erfenis van mijn zoon naar het bastaardkind van de een of andere soldaat gaat?'

'Het is jouw woord tegen het onze. Maar als je hiermee naar de rechter wilt stappen, ga gerust je gang,' reageerde hij bedaard. 'Er is geen bewijs, dus ik vermoed dat de mensen zullen denken dat je gewoon jaloers bent. Dat soort schandalen, daar zijn de kranten dol op. Onze reputatie zal door het slijk worden gehaald, maar doe wat je niet laten kunt.'

'Ik snap gewoon niet hoe je David dit kunt aandoen, Owen. Na alles wat er...'

'Snap jíj niet hoe ík dit kan doen?' Hij lachte spottend. 'Denk even terug aan dertig jaar geleden, Laura-Jane. Aan wat jíj míj toen hebt aangedaan.'

Met stomheid geslagen staarde ze hem aan. Uiteindelijk slaakte ze een zucht. 'Dus daar draait dit allemaal om? Om wraak?'

'Nee, maar je moet je wel realiseren dat je je dit zelf op de hals hebt gehaald. Als jij niet met mijn jongere broer was getrouwd toen ik weg was om te vechten voor volk en vaderland, hadden wíj misschien een zoon gekregen en hadden we nu niet in deze situatie gezeten.'

'Owen, je bent bijna vijf jaar weggeweest en drie daarvan dacht iedereen dat je dood was!'

'Had je dan niet op me kunnen wachten? Per slot van rekening had ik je voor vertrek ten huwelijk gevraagd en je had mijn aanzoek geaccepteerd. Je droeg zelfs mijn verlovingsring! Kun je je voorstellen hoe ik me voelde toen ik vanuit dat vreselijke krijgsgevangenenkamp in Ingolstadt terugkwam naar Wales en erachter kwam dat mijn verloofde met mijn broer getrouwd was en in het landhuis van mijn familie woonde? En dan was je ook nog eens zwanger van hem. Goeie god, Laura-Jane! Die oorlog heeft me bijna de das omgedaan. Ik bleef alleen op de been door de gedachte dat jij hier op me wachtte.'

'Denk je soms dat ik dat mezelf niet kwalijk heb genomen?' Wanhopig wrong ze in haar handen. 'Maar je zou een hekel aan mij moeten hebben, niet aan David. Hij verdient het niet om zo behandeld te worden. Je kunt het niet eens verdragen om naar hem te kijken!'

'Nee, daar zal nooit verandering in komen.'

'Je mag gerust vinden dat ik je verraden heb, maar vind je niet dat ik wel genoeg gestraft ben doordat ik met dat schuldgevoel moet leven en moet aanzien hoe je over David denkt? En nu dit weer!'

'Waarom blijf je hier dan?'

'Wil je soms dat ik wegga?'

Grinnikend schudde hij zijn hoofd. 'Nee, Laura-Jane. Doe nu niet alsof ik hier de boeman ben. Marchmont is net zo goed jouw thuis als het mijne. Denk erom, het was je eigen beslissing om in het poortwachtershuis te trekken toen ik terugkwam uit Kenia.'

Vermoeid legde ze haar hoofd in haar handen. 'Alsjeblieft, Owen. Ik smeek je. Ontzeg David niet de erfenis waar hij recht op heeft, alleen om mij te straffen. Je weet dat ik nooit openlijk tegen je in zou gaan, maar laat je geweten alsjeblieft spreken. Dit is niet alleen oneerlijk tegenover David, maar het gaat wel erg ver om wraak te nemen door Marchmont over te dragen aan een kind zonder een druppel Marchmont-bloed.' Langzaam stond ze op. 'Meer heb ik niet te zeggen, behalve dan dat je gelijk hebt. Ik moet hier weg. Over een week ben ik vertrokken. Er is niets meer wat me hier houdt, zeker nu.'

'Zoals je wilt.'

'Je hebt geen antwoord gegeven op mijn vraag. Hou je van Greta?'

Hij keek haar recht in de ogen en aarzelde maar een tel. 'Ja.'

'Vaarwel, Owen.' Zonder om te kijken beende ze de kamer uit.

Hij keek haar na. De elegantie die hem had betoverd toen ze een meisje van zestien was, was nog steeds in haar tred terug te zien. In die tijd was ze echt een mooie vrouw geweest en hij had zielsveel van haar gehouden.

Hij stond op, liep naar het raam en zag haar bij het huis vandaan lopen. Voor de zoveelste keer voelde hij een steek van spijt. Hij was naar Kenia vertrokken om te ontsnappen aan de pijn van haar verraad, want hij kon het niet verdragen om zijn broer en zijn voormalige verloofde samen te zien. Toen hij jaren geleden had gehoord dat

Robin was omgekomen tijdens het paardrijden, had hij best terug kunnen gaan naar Marchmont om haar ten huwelijk te vragen. Zijn trots had hem daar echter van weerhouden. Dus was hij weggebleven tot hij zich vanwege de oorlog gedwongen had gezien om naar huis te gaan.

Toch werd hij verdrietig bij de gedachte dat ze wegging. Moest hij achter haar aan gaan, opbiechten dat hij nog steeds van haar hield? Dat hij nooit getrouwd was omdat hij zelfs na wat ze hem had aangedaan alleen maar háár had gewild?

Ga nu, snel! Zeg het tegen haar, voordat het te laat is, drong een stemmetje in zijn binnenste aan. Vergeet Greta en ga naar Laura-Jane toe. Haal alles uit de jaren die jullie nog resten...

Hij liet zich in een stoel bij het raam zakken. Jammerend schudde hij zijn hoofd, want wat zijn hart hem ook ingaf, de trots die tot nu toe had overheerst en zijn leven had vergald, zorgde er ook nu weer voor dat hij niet achter de vrouw van wie hij hield aan ging.

8

Davids carrière als stand-upcomedian begon echt van de grond te komen. Zijn contract bij het Windmill was verlengd en met de lovende reacties van het publiek nam ook zijn zelfvertrouwen toe. Hij had nu een goede impresario, die hem een keer had zien optreden en dacht dat hij nog veel meer kon bereiken. Met het vaste inkomen van het Windmill had hij zijn kamer in Swiss Cottage kunnen verruilen voor een flat met één slaapkamer in Soho, dichter bij het theater. Door die verhuizing en zijn afmattende werkschema had hij geen tijd gezien om zoals gepland bij zijn moeder en Greta langs te gaan op Marchmont, maar hij was vastbesloten om komend weekend te gaan.

Toen hij opstond, zich aankleedde, het bed netjes opmaakte en een verdwaalde sok en een stropdas opruimde, voelde hij zijn hart iets sneller slaan dan gewoonlijk. Vanochtend werd hij verwacht bij de BBC aan Portland Place, om voor het eerst een sketch op te nemen voor een comedyprogramma dat elke vrijdagavond om zeven uur zou worden uitgezonden – op primetime, dus. In het programma kreeg aanstormend komisch talent een kans en hij wist dat veel bekende komieken het als opstapje naar roem en rijkdom hadden gebruikt.

Hij liep zijn piepkleine keukentje in en zette de fluitketel op het fornuis. Toen hoorde hij de brievenbus en kuierde de gang in om zijn post op te rapen. Eenmaal terug in de keuken keek hij verbaasd naar de envelop. Het handschrift van zijn moeder herkende hij uit duizenden, maar de brief was afgestempeld in Stroud, niet in Monmouth.

Hij zette een pot thee voor zichzelf, ging aan het tafeltje zitten en begon te lezen.

Lansdown Road 72
Stroud
Gloucestershire

7 februari 1946

Lieve David,

Het zal je al wel zijn opgevallen dat ik niet vanaf Marchmont schrijf, maar vanuit het huis van mijn zuster Dorothy. Om maar meteen ter zake te komen, ik woon niet meer in het poortwachtershuis en logeer hier tot ik weet hoe het verder moet. Ik zal je niet vervelen met de details, maar laten we het erop houden dat ik heb besloten dat het tijd is om verder te gaan. Om opnieuw te beginnen, zogezegd. Hoe dan ook, maak je om mij maar geen zorgen. Het gaat prima en bij Dorothy voel ik me heel welkom en heb ik het erg goed naar mijn zin. Sinds William vorig jaar is overleden, komen de muren op haar af in dit grote huis, en op deze manier kunnen we elkaar gezelschap houden. Misschien blijf ik hier wel, misschien ook niet. De tijd zal het leren, maar ik ga in elk geval niet meer terug naar Marchmont.
Ik heb nog meer nieuws, lieve jongen. Owen heeft warme gevoelens gekregen voor je vriendin Greta. Hij heeft haar een aanzoek gedaan en dat heeft ze geaccepteerd. Helaas hebben we daar onenigheid over gehad. Je weet hoe koppig je oom kan zijn. Hoe dan ook hoop ik dat je hier niet te erg van schrikt. Ik ben bang dat je meer voor Greta voelt dan alleen vriendschap. Maar nu ik haar van een afstandje heb meegemaakt, denk ik dat ze heeft gedaan wat het beste is voor haar en haar kindje. We zijn allebei uitgenodigd voor de bruiloft, en jouw uitnodiging stuur ik meteen mee. Zelf ga ik niet.
Hopelijk heb je binnenkort eens tijd om bij me langs te komen, of misschien kom ik zelf wel met de trein naar Londen om je op te zoeken.

Ik hoop dat het goed met je gaat. Laat alsjeblieft iets van je horen, als je tijd hebt.

Heel veel liefs,
Ma x

Hij las de brief nog eens en schudde ongelovig zijn hoofd.

Greta ging met Owen trouwen…

Onverwacht prikten er tranen in zijn ogen. Natuurlijk begreep hij wel wat erachter zat. Zijn oom kon Greta alles geven wat ze nodig had. Ze zou toch niet echt verliefd op hem zijn geworden? Hij had haar vader wel kunnen zijn. In gedachten sprak hij zichzelf bestraffend toe omdat hij niet duidelijker was geweest over zijn gevoelens voor haar. Anders was hij nu misschien met haar naar het altaar geschreden. Waarschijnlijk was hij haar nu voorgoed kwijt.

Dat zijn moeder Marchmont had verlaten… Onwillekeurig vroeg hij zich af of dat iets met het voorgenomen huwelijk te maken had. Hij wist hoe dol ze was op haar leven daar en dat ze er niet zomaar afscheid van zou nemen. Met Owen botste het nogal eens en ze gingen altijd kil en afstandelijk met elkaar om, maar hij had altijd gedacht dat ze elkaar gewoon niet mochten.

Hij keek op zijn horloge en schonk nog een kop thee in. Terwijl hij daarvan nipte, kwam er een gedachte bij hem op. Als Greta met Owen ging trouwen en hij zich over haar baby ontfermde, betekende dat dan dat haar kind op een dag Marchmont zou erven? Waarschijnlijk wel. Verrassend genoeg deed dat hem weinig. Van kleins af aan had hij al geweten dat zijn toekomst niet op het familielandgoed lag. Alles wat hij in materieel opzicht begeerde, wilde hij graag zelf verdienen door middel van hard werken en zijn talent. Toch was hij zich ervan bewust hoe belangrijk het voor zijn moeder was dat hij het landgoed zou erven. Zij zou het niet kunnen verkroppen dat de erfenis waar hij recht op had naar het kind van een onbekende Amerikaan ging.

Hij slaakte een diepe zucht. Onder deze omstandigheden had het weinig zin om naar Marchmont af te reizen, dus besloot hij in plaats daarvan dit weekend naar Gloucestershire te gaan of met zijn moeder in Londen af te spreken, op neutraler terrein.

'Verdorie!' riep hij uit toen het tot hem doordrong dat hij nog maar een kwartier had om Portland Place te bereiken.

Snel trok hij zijn winterjas aan, propte de brief in zijn zak en rende naar buiten, waarbij hij de deur achter zich dichtsloeg.

Tien weken nadat Owen Jonathan Marchmont en Greta Harriet Simpson elkaar voor het eerst in het bos hadden gezien, trad hij met haar in het huwelijk. Op een grauwe dag in maart legden ze de huwelijksgeloften af in de kapel op het landgoed, in het bijzijn van een klein groepje genodigden.

Greta had niemand uitgenodigd. Ze had een lieve brief ontvangen van David, waarin hij de uitnodiging van haar aanstaande afsloeg, maar haar het allerbeste wenste. Ook LJ was er niet. Die was een maand geleden zonder afscheid te nemen uit het poortwachtershuis vertrokken. Greta voelde zich een beetje schuldig, want waarschijnlijk was de verloving voor LJ de reden geweest om weg te gaan, maar ondanks alles was ze ook opgelucht. Door LJ's aanwezigheid en merkbare afkeuring zou ze zich alleen nog maar minder op haar gemak hebben gevoeld.

Nu LJ weg was, was Greta vastbesloten om niet meer aan het verleden te denken. De bruiloft luidde een nieuw begin in, een kans om zich op de toekomst te richten. Terwijl ze naast Owen voor het altaar stond, bad ze uit alle macht dat dat zou lukken. Haar brokaten bruidsjurk was zo gemaakt dat hij onder haar borsten wijd uitliep. Je moest wel heel goed kijken om haar opbollende buikje te zien. Van nu af aan, dacht ze toen Owen haar de kapel uit begeleidde, was de baby in haar buik van hem.

Tijdens de bruiloftslunch op Marchmont Hall keek ze naar de gasten die champagne dronken en met elkaar kletsten, met het gevoel dat het niet echt om haar draaide. Owen had drie officieren uit zijn oude regiment uitgenodigd, dokter Evans, een paar verre neven en vier boeren uit de buurt. Meneer Glenwilliam, Owens notaris, had opgetreden als zijn getuige.

Hoewel de gasten best vriendelijk voor haar waren, kon ze bijna hun verbazing ruiken omdat Owen na al die jaren toch nog getrouwd was. Met zo'n jonge vrouw, nog wel. Ze zag nu al voor zich hoe ze veelbetekenend zouden knikken wanneer de baby veel minder dan negen maanden na de bruiloft ter wereld kwam.

'Alles in orde, schat?' Owen gaf haar een glas champagne.

'Ja hoor, dank je.'

'Mooi zo. Ik ga het woord tot de gasten richten, om hen te bedanken voor hun komst.'

'Natuurlijk.'

Toen hij opstond, vielen de gasten stil en draaiden zich naar hem toe.

'Geachte aanwezigen, heel erg bedankt dat jullie zijn gekomen om deze mooie dag te vieren met mij en mijn vrouw.' Bij dat laatste woord keek hij vol genegenheid naar Greta. 'Sommigen van jullie waren misschien verrast door de uitnodiging, maar nu jullie Greta hebben ontmoet, begrijpen jullie vast wel waarom ik haar ten huwelijk heb gevraagd. Ik heb er bijna zestig jaar over gedaan om zover te komen en ben mijn kersverse vrouw ontzettend dankbaar dat ze op mijn aanzoek is ingegaan. Jullie moesten eens weten hoeveel moed ik heb moeten verzamelen om haar te vragen!' zei hij gekscherend. 'Tot slot wil ik mijn labrador Morgan bedanken, omdat hij ervoor gezorgd heeft dat we elkaar hebben leren kennen. Komt dat ouwe beest toch nog van pas!'

Er klonk applaus en meneer Glenwilliam hief zijn glas. 'Op het bruidspaar!'

'Op het bruidspaar!' klonk het in koor.

Greta nam een slokje champagne en glimlachte naar Owen, haar redder in nood.

De gasten vertrokken vroeg in de avond en Greta en Owen dronken de rest van de champagne op bij het vuur in de salon.

'Zo, mevrouw Marchmont, hoe voelt het nu om een getrouwde vrouw te zijn?'

'Doodvermoeiend!'

'Natuurlijk, het zal wel een inspannende dag voor je geweest zijn. Waarom ga je niet alvast naar je kamer? Dan laat ik Mary je je avondeten op bed brengen.' Hij zag haar verraste blik. 'Liefste, gezien je huidige toestand zou het niet eerlijk van me zijn om te verwachten dat ons huwelijk nu al geconsummeerd wordt. Ik stel voor dat we voorlopig ieder op onze eigen kamer blijven slapen. Als je eenmaal... onbezwaard bent, kunnen we er nog eens over nadenken.'

'Als jij het zo wilt, Owen,' reageerde ze bedeesd.

'Zeker. Ga nu maar.'

Ze stond op en liep naar hem toe om hem een kus op zijn wang te geven. 'Welterusten. Bedankt voor de heerlijke dag.'

'Ik heb er ook van genoten. Welterusten, Greta.'

Toen ze de kamer uit was, schonk Owen een glas whisky voor zichzelf in en staarde somber in het vuur. Op het moment dat hij de ring om Greta's vinger schoof, had hij er alleen maar aan kunnen denken dat Laura-Jane naast hem had moeten staan, dat zij elkaar eeuwige trouw hadden moeten beloven. Hij miste haar vreselijk sinds ze Marchmont had verlaten. Niet voor het eerst vroeg hij zich af of hij er wel goed aan had gedaan om met Greta te trouwen.

Maar gedane zaken nemen geen keer en hij nam zich heilig voor om Greta nooit iets van zijn ware gevoelens te laten blijken. Ze kon alles krijgen wat ze nodig had.

Behalve zijn hart.

Terwijl het laatste beetje sneeuw wegsmolt en april de eerste frisse voorjaarslucht met zich meebracht, zag Greta haar aanvankelijk zo bescheiden buikje almaar dikker worden. Ze zat steeds minder lekker in haar vel en kon 's nachts moeilijk de slaap vatten. Ook merkte ze dat haar enkels dikker werden en dat ze heel snel buiten adem raakte. Toen Owen zag hoe onprettig ze zich voelde, stond hij erop dokter Evans te laten komen.

De arts onderzocht haar voorzichtig, drukte op haar buik en luisterde door een instrument dat op een oorhoorn leek.

‘Is alles in orde?’ vroeg Greta gespannen toen hij zijn dokterstas weer inpakte.

‘Ja, helemaal. Maar ik hoop wel dat u er over een paar maanden klaar voor bent om dubbel zo hard aan de slag te gaan. Volgens mij bent u in verwachting van een tweeling, mevrouw Marchmont. Daarom valt de zwangerschap u zo zwaar. Ik raad u aan om u vanaf nu zo rustig mogelijk te houden. Voorlopig kunt u beter in bed blijven, tot de zwelling in uw enkels is afgenomen. U bent erg tenger, dus uw lichaam wordt flink belast door die twee baby’s. Verder voorzie ik geen problemen, want de hartjes van beide kindjes kloppen heel krachtig en zelf bent u ook goed gezond. Misschien zult u de laatste weken van uw zwangerschap in de kliniek moeten doorbrengen, maar dat zien we tegen die tijd wel weer. Ik ga naar beneden om de vader het blijde nieuws te vertellen.’ Hoewel hij vriendelijk lachte, ontging de ironie in zijn blik haar niet. ‘Over een paar dagen kom ik weer langs om te kijken hoe het gaat.’

‘Dank u, dokter.’ Ze leunde achterover en slaakte een zucht van opluchting. Als ze al haar twijfels had gehad over haar huwelijk met Owen, waren die nu weggenomen. Een tweeling. Twee kindjes om te voeden, te kleden en te verzorgen. God mocht weten wat er van hen drieën geworden was als ze er alleen voor had gestaan.

Tien minuten later werd er op de deur geklopt. Owen kwam de kamer binnen, ging op de rand van het bed zitten en pakte haar handen vast. ‘De dokter heeft me het nieuws verteld, lieve schat. Nu is het zaak om goed voor jezelf te zorgen en uit te rusten. Ik zal tegen Mary zeggen dat ze voortaan al je maaltijden naar je kamer moet brengen.’

‘Het spijt me, Owen.’ De tranen sprongen haar in de ogen en ze wendde haar gezicht af.

‘Wat spijt je?’

‘Je bent gewoon zo goed voor me geweest. Je had er vast niet op gerekend dat je met twee baby’s opgezadeld zou worden.’

‘Kom nu toch. Je hebt me juist een groot plezier gedaan door met me te trouwen. Een tweeling, dus? Dat zal wel leven in de brouwerij brengen! Bovendien hebben we nu dubbel zoveel kans om een jongen te krijgen.' Hij gaf haar een kus op haar wang. 'Ik moet nu naar Abergavenny, maar wil je dat ik straks naar je toe kom om je voor te lezen?'

'Graag, als je daar tijd voor hebt. En Owen, zou je misschien wat breipatronen en wol voor me kunnen meenemen? Ik wil proberen babykleertjes te breien. Mary zei dat ze me zou helpen.'

'Wat een goed idee. Dan heb je meteen iets omhanden.'

Toen Owen weg was, dacht ze na over wat hij had gezegd. Het was niet de eerste keer dat hij erop zinspeelde dat hij heel blij zou zijn met een jongen. Dat was typisch iets voor mannen, dacht ze.

'Alstublieft, God,' fluisterde ze. 'Laat me alstublieft een zoon krijgen.'

Greta's weeën begonnen midden in de nacht, een maand voor de uitgerekende datum. Dokter Evans werd erbij geroepen, net als de vroedvrouw uit het dorp, Megan. De dokter wilde Greta het liefst overbrengen naar de kliniek, maar bij aankomst zag hij meteen dat het niet verstandig was om haar te verplaatsen.

Vijf uur later beviel Greta van een piepklein meisje van vierenhalve pond. Twintig minuten later kwam er nog een jongetje van iets meer dan vier pond. Terwijl Greta uitgeput met haar dochtertje in haar armen lag, zag ze dokter Evans een pets op de billetjes van haar zoon geven.

'Kom op nu,' mompelde hij, en uiteindelijk liet het ventje een kuch en een jammerkreet horen. Dokter Evans maakte hem schoon, wikkelde hem stevig in een deken en legde hem in haar armen. 'Kijk eens aan, mevrouw Marchmont. Twee wolken van baby's.'

De tranen stroomden over haar wangen bij de aanblik van de twee volmaakte mensjes die ze op de wereld had gezet. Ze werd overspoeld door een vertedering die zo hevig was dat die haar de adem benam. 'Zijn ze wel gezond?' vroeg ze gespannen.

'Zeker, maar als u ze zo even geknuffeld hebt, ga ik ze nog wat beter onderzoeken. Het jongetje is heel klein en heeft extra zorg nodig. Ik ga aan uw man voorstellen dat hij voor de komende weken een kindermeisje in dienst neemt om u te helpen. Rust nu maar uit. Megan blijft bij u en zal u verzorgen.'

Met tegenzin gaf ze eerst haar zoontje en daarna haar dochtertje aan dokter Evans. 'Niet te lang wegblijven, hè?' zei ze. Daarna leunde ze achterover in de kussens en klemde haar kaken op elkaar omdat de vroedvrouw haar moest hechten.

Later, net toen ze bijna indommelde, voelde ze iets ruws tegen haar wang. Ze deed haar ogen open en zag Owen naar haar glimlachen. 'Meisje van me, wat ben je toch dapper. We hebben een prachtige zoon.'

'En een dochter.'

'Uiteraard. Zou je het goed vinden als we het jongetje de naam Jonathan, roepnaam Jonny, geven, naar mij en mijn vader?'

'Ja, natuurlijk. Hoe zullen we het meisje noemen?'

'Dat wilde ik aan jou overlaten.'

'Francesca Rose,' zei ze zacht. 'Roepnaam Cheska.'

'Wat je maar wilt, liefste.'

'Hoe gaat het met de baby's?'

'Prima. Ze liggen allebei lekker te slapen in de kinderkamer.'

'Mag ik naar ze toe?'

'Nu even niet. Eerst moet je tot rust komen, heeft de dokter gezegd.'

'Goed dan, maar laat me alsjeblieft niet te lang wachten.'

'Dat spreekt vanzelf.' Hij drukte een kus op haar voorhoofd en liep de kamer uit.

De achtenveertig uur daarna kreeg Greta haar zoontje niet te zien. Omdat ze te zwak was om op te staan, smeekte ze het kindermeisje dat Owen in dienst had genomen, om Jonny naar haar toe te brengen. Dat weigerde ze echter, ze bracht alleen Cheska.

'Hij is ziek, hè?' vroeg Greta gespannen.

'Nee, hij heeft alleen lichte verhoging en de dokter wil niet dat hij verplaatst wordt.'

'Maar ik ben zijn moeder. Ik moet hem zien! Hij heeft me nodig!'

Met een gefrustreerde kreet liet ze zich achterover in de kussens vallen.

'Alles op zijn tijd, mevrouw Marchmont,' antwoordde de verpleegster kortaf.

Later die avond slaagde Greta erin overeind te komen en zichzelf uit bed te slepen. Ze strompelde door de gang naar de kinderkamer, waar ze Owen zachtjes koerend aantrof met haar jammerende zoontje in zijn armen. Cheska lag vredig te slapen in haar ledikantje.

'Wat doe jij uit bed?' vroeg Owen met een gefronst voorhoofd.

'Ik wil mijn zoon zien. Is alles in orde met hem? Het kindermeisje wilde er niets over zeggen. Ik mag hem niet eens een flesje geven.' Ze stak haar handen uit naar de baby.

Owen hield hem echter beschermend vast. 'Nee, Greta. Je bent te zwak. Straks laat je hem nog vallen. Hij had een beetje verhoging, maar nu niet meer, volgens de dokter. Waarom ga je niet terug naar bed, liefje? Je hebt je rust hard nodig.'

'Nee! Ik wil Jonny vasthouden.' Ze stak haar handen naar haar man uit en moest de baby zo'n beetje uit zijn greep losrukken. Toen bekeek ze haar kind eens goed. Ze was vergeten hoe klein hij was en zag dat zijn wangetjes een beetje rood waren. 'Ik neem hem mee naar bed,' zei ze resoluut.

Achter haar kwam het kindermeisje de kamer binnen. 'Doe niet zo mal, mevrouw Marchmont. De baby is in goede handen en u moet weer op krachten komen.'

'Maar ik...' Opeens verging alle vechtlust haar. Ze liet het kindermeisje Jonny van haar overnemen en terug in zijn bedje leggen, terwijl Owen haar als een ondeugend kind terugbracht naar haar slaapkamer. Eenmaal in bed begon ze onbeheerst te huilen.

'Ik ga het kindermeisje wel halen, liefste.' Hij wist zich duidelijk geen raad nu ze zo emotioneel reageerde en liep abrupt de kamer uit.

'Rustig maar, mevrouw Marchmont. Zo voelen alle moeders zich in het begin. Hier.' Ze gaf Greta een pil en een kopje water. 'Hier wordt u rustig van. Het zal u helpen te slapen.'

De slaap wilde echter niet komen. Greta lag daar maar in het donker voor zich uit te staren, met haar gedachten bij de beschermende blik in Owens ogen toen ze had gevraagd of ze haar zoon mocht vasthouden.

Niet voor het eerst vroeg ze zich af of hij daarop had gehoopt toen hij met haar trouwde: een erfgenaam voor het landgoed.

Nu had ze hem gegeven wat hij wilde.

De dagen daarna kwam Greta weer wat op krachten en hervond ze haar evenwicht. Ze begon zich actief te bemoeien met de zorg voor haar kinderen, zonder acht te slaan op de bezwaren van het kindermeisje. Tot haar grote blijdschap zag ze hen elke dag een beetje sterker worden. Haar leven werd een aaneenschakeling van voeden, verschonen en slapen wanneer ze kon. Hoewel ze Mary en het kindermeisje had om haar te helpen, wilde ze zoveel mogelijk zelf doen.

Haar eigen behoeften deden er niet meer toe. Bij het minste geluidje stond ze bij haar baby's om hen te troosten, verzorgen en beschermen. Ze besefte dat ze nog nooit zo gelukkig was geweest. Haar leven had een heel nieuwe betekenis gekregen, puur omdat ze zich nuttig voelde. Deze twee mensjes konden haar helemaal niet missen. Dat vond ze niet overweldigend, maar juist heerlijk, en de tweeling bloeide op onder haar goede zorgen.

Je kon er de klok op gelijkzetten dat Owen 's middags om twee uur naar de kinderkamer kwam. Naar Cheska keek hij amper om, maar Jonny nam hij vaak mee, en dan bleef hij rustig een uur of twee weg. Soms trof Greta het jochie in de bibliotheek op Owens schoot aan of keek ze naar buiten en zag haar man de grote, zware kinderwagen over het grind duwen, met Morgan aan zijn zijde.

'Voor jou heeft hij niet veel oog, hè, lieverd?' Greta drukte een kus op de blonde donshaartjes van haar dochter. 'Zit er maar niet mee, hoor. Mama houdt van jou. Heel erg veel.'

Met het verstrijken van de maanden ging Greta steeds meer vraagtekens zetten bij de relatie met haar man. 's Ochtends had ze het druk met de tweeling, terwijl Owen op het landgoed bezig was of voor zaken de stad in ging. Elke middag bracht hij minstens een paar uur met Jonny door en bleef zij met Cheska in de kinderkamer, dus overdag zagen ze elkaar amper. 's Avonds aten ze nog steeds samen aan de lange, blinkend gepoetste tafel in de eetkamer, maar het viel haar op dat hun gesprekken steeds stijver werden. Het enige wat ze met elkaar gemeen hadden, waren de kinderen. Zijn ogen lichtten op als hij vertelde dat Jonny aan Morgans staart had getrokken of begon te kraaien van plezier als hij werd gekieteld, maar verder vielen er lange stiltes. Meestal trok Greta zich direct na het eten terug in haar kamer, uitgeput en dankbaar dat Owen nog niet had voorgesteld dat ze voortaan bij hem zou slapen.

Soms, wanneer ze midden in de nacht in de kinderkamer bij Jonny zat te waken, omdat hij regelmatig kouvatte of een beetje verhoging had, piekerde ze over hun vreemde thuissituatie. Ze had het gevoel dat ze Owen sinds de dag dat ze hem had ontmoet, niet beter had leren kennen. Hij was nog steeds vriendelijk en attent, maar ze voelde zich eerder een nichtje dat hij in de watten legde dan zijn vrouw. Soms vroeg ze zich zelfs af of ze was getrouwd met de vaderfiguur die ze als kind zo gemist had.

Ze droomde regelmatig dat ze in een paar jonge, sterke armen lag. Maar wanneer ze wakker werd, vond ze nog steeds dat het gebrek daaraan een klein offer was. Haar kindjes hadden een vader, ze hadden allemaal een dak boven hun hoofd en hoefden de rest van hun leven in materieel opzicht niets tekort te komen. Haar eigen heimelijke verlangens vielen daarbij in het niet.

Er ging een jaar voorbij, en nog een. Vol verrukking keek Greta toe, terwijl Jonny en Cheska hun eerste woordjes zeiden en hun eerste stapjes zetten. De tweeling had een hechte band met elkaar. Ze communiceerden in hun eigen, vaak niet te ontcijferen taaltje en konden urenlang tevreden met elkaar spelen. Het liefst speelden ze Hans en Grietje na. Dan deden ze alsof ze de broer en zus uit hun lievelingssprookje waren en fantaseerden ze dat het beruchte snoephuisje van de heks op een open plek in het bos op Marchmont stond. Na afloop renden ze naar hun moeder terug, gillend van angst en opwinding om de afloop van het verhaal, Jonny met Cheska's handje stevig in het zijne geklemd.

Greta vond het gelach van haar kinderen het mooiste geluid dat er was. Ze vond het geweldig dat Jonny zo beschermend was tegenover zijn zusje, en dat Cheska zo zorgzaam was voor haar broertje wanneer hij weer eens kou had gevat.

Ook de relatie tussen Owen en Jonny bloeide op. Wanneer Owen de kinderkamer binnenkwam, glimlachte Jonny altijd stralend naar 'Da', zoals hij hem noemde, en stak hij zijn armpjes uit om geknuffeld te worden. Greta keek vaak van achter het raam toe als haar man en haar zoon het bos in liepen, hand in hand, terwijl Jonny's kleine beentjes moeite hadden het tempo van Owen bij te houden. Als ze het al vervelend vond dat Owen haar zoontje zo voortrok, liet ze daar niets van merken. In plaats daarvan bouwde ze een band op met haar engelachtige dochtertje met haar gouden lokken.

Soms kregen ze bezoek. Dan kwam meneer Glenwilliam eten met zijn vrouw of at Jack Wallace, de opzichter, op zondag een hapje mee tijdens de lunch. Eén keer kwam er een stel van Owens oude vrienden uit het leger een weekend logeren, maar Greta had altijd geweten dat hij niet veel om sociale contacten gaf.

Tussen Greta en Mary ontstond een hechte vriendschap, ook al was zij de vrouw des huizes en Mary de bediende. Mary had haar toevertrouwd dat Huw Jones, een jonge boerenknecht op het landgoed, haar al een paar maanden het hof maakte. Ze bekende dat ze zich tijdens hun laatste ontmoeting door hem had laten zoenen en dat heel fijn had gevonden. Soms was Greta een beetje jaloers op Mary's jonge aanbidder, maar toch genoot ze vanaf de zijlijn van hun romance. Ze zaten vaak samen naar alle filmsterren in de nieuwste editie van *Picturegoer* te kijken, of te giechelen om de fratsen van de tweeling. Greta was dankbaar dat Mary er was, de enige jonge vriendin die ze had.

9

'Jongen van me! Wat heerlijk om je te zien! Wat zie je er goed uit!' LJ ging op haar tenen staan om haar zoon op elke wang een zoen te geven.

'Het is ook fijn om jou te zien, ma. Zullen we naar binnen gaan?'

'Weet je wel zeker dat je dit kunt betalen?' Op weg naar de Grill Room keek ze om zich heen in de lobby van het Savoy Hotel.

'Heel zeker. Het gaat me de laatste tijd voor de wind, ma. Ik heb heel lang gewacht tot ik dit kon doen,' reageerde hij grijnzend.

Verbaasd merkte LJ op dat de maître d'hôtel haar zoon hartelijk begroette, voordat hij hen naar een zitje in een hoek van het vertrek begeleidde.

'Kom je hier vaak, David?'

'Leon, mijn impresario, neemt me hier altijd mee uit lunchen. Zal ik champagne bestellen?'

'Zou je dat wel doen? Die is vast schreeuwend duur,' zei LJ, terwijl ze het zichzelf gemakkelijk maakte.

Hij wenkte een ober. 'Een fles Veuve Clicquot, graag. We hebben vandaag iets te vieren.'

'Wat dan, schat?'

'De BBC heeft in al zijn wijsheid besloten dat ik een eigen radioprogramma krijg.'

'O, David!' Ze klapte verrukt in haar handen. 'Wat een geweldig nieuws! Ik ben dolblij voor je.'

'Dank je, ma. Mijn programma wordt op maandagavond uitgezonden, tussen zes en zeven. Ik ben de conferencier en elke week komen er andere gastkomieken en crooners.'

'Je zult wel iets goed doen als je je moeder op een lunch met champagne kunt trakteren in het restaurant van het Savoy.'

'Dat komt niet door de BBC, moet ik erbij zeggen. Er is nog nooit iemand rijk geworden door daar te werken,' reageerde hij met een vleugje ironie in zijn stem. 'Het komt door de dingen die ik ernaast doe. Die tikken flink aan. Leon denkt dat ik een rolletje krijg in een film die in Shepperton Studios wordt opgenomen, en dan is er nog het Windmill...'

'Werk je daar nog steeds? Je weet dat ik dat nooit een prettig idee heb gevonden.'

'Voorlopig nog wel. Vergeet niet dat zij me een kans hebben gegeven toen niemand anders dat wilde doen, ma. Hoe dan ook, ik wil geen onnodige risico's nemen tot ik ervan op aan kan dat ik voor minstens een half jaar werk heb en het radioprogramma goed aanslaat. Alleen zal de naam van het programma je wel niet bevallen.'

'Niet? Hoe heet het dan?'

'Taffy's Ticklers.'

'Goeie genade! Die ellendige naam is wel blijven hangen, hè? Nou, voor mij blijf je altijd gewoon David, lieverd.'

De champagne werd gebracht en de ober schonk twee glazen in. David hief het zijne. 'Op jou, ma. Omdat je altijd achter me gestaan hebt.'

'Doe niet zo mal! Ik heb helemaal niets gedaan. Je hebt het op eigen houtje zover geschopt.'

'Dat moet je niet zeggen. Toen ik je vertelde dat ik komiek wilde worden, lachte je me niet uit, hoe belachelijk het toen misschien ook klonk. En toen ik na de oorlog mijn geluk in Londen ging beproeven, heb je me nooit de les gelezen omdat ik me onverantwoordelijk gedroeg.'

'Nou, ik ben heel blij dat het allemaal zo goed heeft uitgepakt. Op jou, schat. Ad fundum, zoals ze dan zeggen.' Ze nam een slokje champagne. Daarna kreeg ze een serieuze uitdrukking op haar gezicht. 'Heb je nog nagedacht over die toestand met Greta en Owen? Jij weet net zo goed als ik dat het misdadig is, zoals ze de boel bedriegen. Daarmee hebben ze jou de erfenis waar je recht op hebt ontnomen. Als je hier een zaak van maakt, denk ik dat je heel sterk staat. Per slot van rekening zijn die kinderen nog geen half jaar nadat Owen Greta voor het eerst zag, geboren. Dokter Evans zal ook wel weten hoe het echt zit. Die heeft de tweeling immers ter wereld geholpen.'

'Nee, ma,' zei hij ferm. 'We weten allebei dat dokter Evans zich nooit tegen Owen zou uitspreken. Die twee kennen elkaar al jaren. Trouwens, nu het met mijn carrière eindelijk de goede kant op gaat, zou zo'n schandaal daar meteen korte metten mee kunnen maken. Hoe dan ook, ik ben heel tevreden met mijn leven zoals het nu is. Marchmont verlaten is de beste beslissing die ik ooit heb genomen. Ik heb hier alles wat ik nodig heb. Hoe is het met Owen en Greta?'

'Geen flauw idee. Sinds mijn vertrek heb ik geen contact meer met Owen gehad. Mary schrijft me zo nu en dan, maar van haar heb ik ook al maanden niets meer gehoord. Eerlijk gezegd begrijp ik niet dat je hier zo rustig onder blijft, David. Mij lukt dat niet.' Ze nam een flinke slok champagne.

'Misschien komt het doordat ik toch al nooit verwachtte dat ik Marchmont zou erven. Als kind was het me al wel duidelijk dat Owen me niet mocht. Al heb ik nooit begrepen waar dat aan lag.'

LJ klemde haar kaken op elkaar. Ze had haar zoon nooit verteld over haar relatie met Owen, of uitgelegd waarom hij zo'n afkeer had van David. Dat was ze nu ook niet van plan. 'Ik zou het echt niet weten, jongen. Laten we het er maar op houden dat het een verschrikkelijke situatie is. Zullen we nu iets te eten bestellen? Ik verga van de honger.'

Onder het genot van kreeftensoep, lamsrack en een fruitsalade kletsten ze over Davids radioprogramma.

'Hoe gaat het eigenlijk met de dames? Heb je de laatste tijd nog verschoppelingetjes onder je hoede genomen?' vroeg ze met een opgetrokken wenkbrauw.

'Nee, ma, ik heb het veel te druk met mijn werk om ook maar te overwegen een relatie te beginnen. Vertel eens, hoe bevalt het in Gloucestershire?'

'Nou, ik ben nooit echt een type geweest voor bridgepartijtjes en het geroddel in de buitenwijken, maar ik mag niet klagen.'

'Geef het nu maar toe, ma.' Hij keek haar doordringend aan. 'Je mist Marchmont, hè?'

'Misschien. Er zullen niet veel vrouwen van mijn leeftijd zijn die het zouden missen om om vijf uur op te staan om die verrekte koeien te melken, maar daardoor had ik tenminste iets omhanden. Nu ik zo veel vrije tijd heb, kruipen de dagen voorbij. Ik mag dan niet meer de jongste zijn, ik ben nog lang niet seniel. Begrijp me niet verkeerd, Dorothy is een grote steun voor me.' Na een korte aarzeling zuchtte ze. 'Ja, verdorie! Ik mis het daar echt vreselijk. Ik mis het om 's ochtends wakker te worden, naar buiten te kijken en de mist boven de heuvels te zien en het beekje te horen stromen. Het is daar zo mooi, en...' Ze maakte haar zin niet af.

David zag dat ze tranen in haar ogen had. 'Wat erg voor je, ma.' Hij legde zijn hand op de hare. 'Als het echt zo veel voor je betekent, kan ik natuurlijk wel voor Marchmont vechten. Het spijt me dat ik zo egoïstisch was. Jij hebt je daar altijd meer thuis gevoeld dan ik. Nu ben je het kwijt, en dat allemaal omdat ik Greta naar je toe heb gestuurd.'

'Ach, je moet het jezelf niet kwalijk nemen dat je een dame in nood wilde helpen. Dit had niemand kunnen voorzien. Hoe dan ook...' Ze pakte een zakdoek uit haar tas en bette zo onopvallend mogelijk haar ogen. 'Let maar niet op mij. Ik heb veel te veel champagne gedronken en gedraag me nu als een dwaze oude vrouw die vastzit in het verleden.'

'Weet je zeker dat je niet terug kunt naar Marchmont?'

'Dat nooit.' Ze staarde hem aan en kreeg opeens een harde blik in haar ogen. 'Zo, nu moet ik echt naar het station om de trein naar huis te nemen. Het is al drie uur geweest en Dorothy raakt in paniek als ik niet op de afgesproken tijd terug ben.'

'Natuurlijk.' Hij wenkte de ober om de rekening te vragen. Het was vreselijk om zijn moeder zo verdrietig te zien. 'Ik vond het heel fijn dat je er was.'

Vijf minuten later liep hij met zijn moeder naar buiten en hielp haar in een taxi. 'Zorg alsjeblieft goed voor jezelf, ma,' zei hij, en hij gaf haar een kus.

'Natuurlijk doe ik dat. Maak je om mij maar geen zorgen, schat. Ik ben een pittige tante.'

Toen David de taxi nakeek, voelde hij zich een beetje neerslachtig. Door de jaren heen had hij vaak het gevoel gehad dat er meer achter zijn moeders kille verstandhouding met Owen zat dan je op het eerste gezicht zou zeggen.

Wist hij maar wat het was.

10

Op de middag van de derde verjaardag van de tweeling organiseerde Greta een theekransje op het terras. Owen, Mary, Jonny, Cheska en zijzelf deden er twee uur over om alle sandwiches en chocoladetaart op te eten en gingen daarna blindemannetje en verstoppertje spelen in het bos.

Tegen bedtijd voelde Greta aan Jonny's voorhoofd, want zijn wangen waren haar iets te roodgekleurd. Ze verkruimelde een half aspirientje in een beetje sap en liet hem dat opdrinken. Meestal was dat genoeg om de koorts omlaag te krijgen. Hij had een akelige hoest door de aanval van bronchitis die hij een week daarvoor had gehad, maar die middag was hij heel vrolijk geweest.

Toen hij eindelijk in slaap was gevallen en ze bij haar man aanschoof voor het avondeten, sprak ze haar zorgen uit.

'Het zal wel door de opwinding van vandaag komen,' zei Owen met een liefdevolle glimlach. 'Als hij morgen op zijn nieuwe driewieler mag rijden, gaat het vast weer een stuk beter. Hij wordt al een flinke jongen. Over een paar maanden zal ik hem eens meenemen voor een ritje op een pony.'

Ondanks zijn geruststellende woorden kon ze die avond de slaap niet vatten. Hoewel ze het gewend was dat Jonny zich vaak niet lekker voelde, werkte haar moederinstinct deze keer op volle toeren. Ze liep naar de kinderkamer en trof Jonny woelend aan in zijn bedje. Het gehoest had een diep, raspend randje gekregen. Toen ze haar hand op zijn voorhoofd legde, voelde ze meteen dat hij gloeiend heet was. Ze kleedde hem uit en sponsde hem voorzichtig af, maar ook daar werd de koorts niet minder van. Een tijdlang bleef ze naast hem zitten en probeerde niet in paniek te raken. Per slot van rekening had Jonny wel vaker koorts, dus wilde ze niet overdrijven. Maar een uur later, toen ze zich weer over zijn ledikantje boog om aan zijn voorhoofd te voelen, deed hij zijn ogen niet open bij haar aanraking. Hij bleef gewoon liggen, hoestend en onsamenhangend in zichzelf mompelend.

'Jonny is heel erg ziek, ik weet het zeker!' riep ze uit toen ze Owens slaapkamer binnenstormde.

Haar man schoot meteen wakker, met zijn ogen vol angst. 'Wat heeft hij dan?'

'Dat weet ik niet,' zei ze met een brok in haar keel, 'maar ik heb hem er nog nooit zo slecht aan toe gezien. Bel alsjeblieft dokter Evans. Nu meteen!'

Veertig minuten later stond de huisarts over Jonny's bedje gebogen. Hij nam zijn temperatuur op en luisterde door zijn stethoscoop naar de oppervlakkige ademhaling van de peuter.

'Wat heeft hij, dokter?' wilde Greta weten.

'Zware bronchitis. Het zou weleens kunnen uitlopen op een longontsteking.'

'Het komt toch wel goed met hem?' vroeg Owen, zijn gezicht grauw van angst.

'Ik stel voor dat we hem naar het ziekenhuis in Abergavenny brengen. Zijn longen klinken niet goed. Zo te horen zit er vocht in.'

'O god,' verzuchtte Owen handenwringend.

'Probeer niet in paniek te raken. Het is maar uit voorzorg. Kunt u rijden, meneer Marchmont? Dat gaat sneller dan dat ik een ambulance moet laten komen. Ik zal het ziekenhuis laten weten dat jullie eraan komen met Jonny, dan zie ik jullie daar.'

Owen knikte, terwijl Greta haar zoontje oppakte, waarna ze zich met zijn drieën de trap af haastten, en de auto in. Op weg naar het ziekenhuis, met haar zieke kind in haar armen, zag Greta de handen van haar man trillen op het stuur.

De achtenveertig uur daarna ging Jonny snel achteruit. Ondanks de verwoede pogingen van de artsen en verpleegkundigen werd hij almaar zwakker en moest Greta hulpeloos aanhoren dat hij het steeds benauwder kreeg. Het voelde alsof haar hart zou breken van wanhoop.

Owen zat stilletjes aan de andere kant van Jonny's bed. Ze waren beiden niet in staat om de ander te troosten.

Om vier uur 's nachts overleed Jonny, drie dagen na zijn derde verjaardag.

Greta hield haar zoontje voor de laatste keer vast en bekeek elk detail van het gezichtje waar ze zo van hield, het perfecte rooskleurige mondje, de hoge jukbeenderen die zo op die van zijn vader leken.

Zwijgend reden ze naar huis, te verslagen om iets te kunnen zeggen. Greta ging regelrecht naar de kinderkamer, trok Cheska tegen zich aan en huilde in haar haren. 'O, mijn lieve schat... Mijn lieve schat, waarom nou hij? Waarom nou?'

Later die dag strompelde ze de trap af om Owen te zoeken. Hij zat in de bibliotheek, met een fles whisky naast zich en zijn hoofd in zijn handen. Hij huilde met angstaanjagend diepe, raspende halen.

'Alsjeblieft, Owen... Niet huilen.' Ze liep naar hem toe en sloeg haar armen om zijn schouders.

'Ik... Ik hield zo veel van hem. Ik weet dat hij niet van mij was, maar al vanaf de eerste keer dat ik hem vasthield...' Doodongelukkig haalde hij zijn schouders op. 'Het voelde echt alsof hij mijn zoon was.'

'Dat wás hij ook. Hij aanbad je, Owen. Hij had zich geen betere vader kunnen wensen.'

'Dat hij zo'n pijnlijke dood heeft moeten sterven...' Hij legde zijn hoofd weer in zijn handen. 'Ik kan gewoon niet geloven dat hij er niet meer is. Waarom nou toch? Hij had zijn hele leven nog voor zich. En hier zit ik dan, met mijn negenenvijftig jaar. Ik had het moeten zijn, Greta!' Hij keek op. 'Wat heb ik nu nog om voor te leven?'

Ze slaakte een diepe zucht. 'Je hebt Cheska.'

Greta hoopte dat de begrafenis haar man en haarzelf zou helpen bij de verwerking. Owen zag eruit alsof hij in tien dagen tijd tien jaar ouder was geworden, en ze moest hem ondersteunen toen ze bij het graf stonden en het kleine kistje in de grond zagen zakken.

Ze had aan Owen en de dominee voorgesteld om Jonny te ruste te leggen op de open plek in het bos waar hij zo graag met zijn zusje had gespeeld. 'Ik heb liever dat hij omringd wordt door bomen dan door oude botten op een begraafplaats,' had ze eraan toegevoegd.

'Wat je maar wilt,' had Owen gemompeld. 'Hij is dood. Voor mij doet het er niet toe waar hij begraven wordt.'

Greta had niet goed geweten of ze Cheska moest meenemen naar de begrafenis. Het meisje begreep niet echt waar haar broertje was gebleven. 'Waar is Jonny?' vroeg ze steeds, met haar blauwe ogen vol tranen. 'Komt Jonny snel weer terug?'

Dan schudde Greta voor de zoveelste keer haar hoofd en legde uit dat Jonny naar de hemel was gegaan en nu een engeltje was dat over hen waakte vanaf een grote, donzige wolk.

Uiteindelijk had ze besloten dat het voor Cheska beter was als ze haar geliefde broertje niet onder de grond zag verdwijnen. Een paar dagen na de begrafenis nam ze haar dochter mee het bos in en wees het plekje aan. Ze had er een kleine spar geplant zodat Jonny toch een gedenkteken had zolang er nog geen grafsteen was.

'Dit is een bijzondere boom,' legde ze Cheska uit. 'Jonny was dol op het bos, en nu komt hij hier met de andere engeltjes naartoe om te spelen.'

'O,' zei Cheska. Langzaam liep ze erheen en raakte de tere takjes aan. 'Is Jonny dan hier?'

'Ja, lieverd. De mensen van wie we houden gaan nooit bij ons weg.'

'De boom met de engeltjes,' fluisterde Cheska opeens. 'Hij is hier, mama, hij is hier. Zie je hem, in de takken?'

Voor het eerst in twee weken tijd zag Greta haar dochtertje weer glimlachen.

Hoewel Greta kapot was van het verlies van haar zoon, wist ze dat ze voor haar dochter de schijn van een normaal leven moest ophouden. Owen begon echter steeds vaker en meer te drinken. Tijdens het ontbijt rook ze de alcohol in zijn adem al en 's avonds rond etenstijd kon hij amper nog rechtop blijven zitten. Na de eerste schok was hij somber en in zichzelf gekeerd geraakt. Het was onmogelijk om een rationeel gesprek met hem te voeren. Greta maakte er een gewoonte van de avondmaaltijd in haar slaapkamer te gebruiken en hoopte dat hij zichzelf na verloop van tijd, als het verdriet iets minder werd, weer in de hand zou krijgen. Maar maanden later, toen de herfst aanbrak, werd het haar duidelijk dat haar man alleen maar verder achteruitging.

Op een ochtend hoorde ze een kreet uit de hal komen. Toen ze erheen rende, trof ze Mary buiten Owens slaapkamer aan, met een gezwollen wang.

'Wat is er gebeurd?' vroeg ze verschrikt.

'Meneer heeft een boek naar mijn hoofd geslingerd. Hij zei dat ik zijn ei niet goed had klaargemaakt. Dat heb ik wél gedaan, Greta. Dat zweer ik.'

'Ga maar iets kouds tegen je wang leggen, Mary. Ik praat wel met mijn man.' Ze klopte op de deur en liep Owens kamer binnen.

'Wat moet je?' vroeg hij agressief. Hij zat in een stoel, met Morgan aan zijn voeten. Zijn ontbijt was onaangeroerd en hij schonk een glas whisky voor zichzelf in uit een vrijwel lege fles.

'Is het daar niet een beetje vroeg voor?' Ze wees naar het glas en merkte op hoe mager hij eruitzag in zijn pyjama.

'Bemoei je met je eigen zaken, ja? Mag een man in zijn eigen huis geen borrel nemen als hij daar zin in heeft?'

'Mary is heel erg overstuur. Ze zal een lelijke blauwe plek op haar wang overhouden aan dat boek dat je naar haar hoofd hebt gegooid.'

Hij wendde zijn blik af.

'Vind je niet dat we moeten praten, Owen? Het gaat niet goed met je.'

'Natuurlijk wel!' bulderde hij. Hij dronk zijn glas leeg en greep weer naar de fles.

'Volgens mij heb je wel genoeg gehad voor vandaag,' zei ze zacht, en ze liep naar hem toe.

'O, vind jij dat? En wat geeft jou het recht om een oordeel over mij te vellen?'

'Niets, ik... Ik vind het gewoon niet prettig om je zo te zien, dat is alles.'

'Nou, dat is je eigen schuld.' Hij leunde achterover in zijn stoel. 'Als ik niet met jou getrouwd was en me over die twee bastaardkinderen van je had ontfermd, hoefde ik het nu niet op een zuipen te zetten, of wel soms?'

'Owen, alsjeblieft!' riep ze verschrikt. 'Je moet Jonny geen bastaard noemen! Je hield van hem.'

'O ja?' Hij leunde naar voren en pakte haar bij haar polsen. 'Waarom zou ik van zo'n buitenechtelijk etterbakje houden?' Hij begon haar door elkaar te schudden. Eerst langzaam, toen steeds feller.

Morgan begon te grommen.

'Hou op! Je doet me pijn. Hou op!'

'Waarom zou ik?' brulde Owen. Hij liet een van haar polsen los en gaf haar een harde klap in haar gezicht. 'Je bent toch maar een stomme hoer! Of niet soms?'

'Hou op!' Het lukte haar zich los te wurmen en ze rende huilend van de schrik naar de deur.

Hij keek haar aan, met een doffe blik door de alcohol. Toen begon hij te lachen. Het was een hard, wreed geluid dat haar de kamer uit joeg, haar eigen slaapkamer in. Daar liet ze zich op het bed zakken en legde wanhopig haar hoofd in haar handen.

Owens gedrag werd steeds erger. Het kwam steeds minder vaak voor dat hij nog helder was. Greta's aanwezigheid leek hem woedend te maken en Mary was de enige die hij nog in zijn buurt duldde.

Nadat hij zich nog een paar keer van zijn gewelddadige kant had laten zien, belde Greta dokter Evans, want ze was bang dat het uit de hand zou lopen. Ook de dokter werd echter uit Owens slaapkamer verjaagd door een regen van boeken, glazen en alles wat haar man maar in zijn handen kon krijgen.

'Hij heeft hulp nodig, mevrouw Marchmont,' zei dokter Evans toen Greta hem een kop koffie aanbood. 'Door de dood van Jonny is hij depressief geworden, en hij zoekt troost in de fles. Tijdens de

Eerste Wereldoorlog is hij bijna omgekomen, weet u. Toen hij hier terugkwam, voordat hij naar Kenia vertrok, verkeerde hij in shocktoestand. Misschien heeft dit verlies die oude wonden opengereten.'

'Wat moet ik nu?' Ten einde raad wreef ze over haar voorhoofd. 'Telkens als hij me ziet, valt hij me aan, en ik maak me zorgen of Cheska hier nog wel veilig is. Hij eet niets, hij giet alleen de ene na de andere fles whisky naar binnen.'

'Kunt u een tijdje ergens anders gaan logeren? Bij familie, bijvoorbeeld? Als u weggaat, schrikt hij daar misschien wel zo van dat hij zichzelf weer in de hand krijgt.'

'Nee, ik kan nergens naartoe. Trouwens, ik kan hem zo toch niet achterlaten?'

'Mary lijkt hier goed mee om te gaan. Volgens mij is zij de enige die hem aankan. Natuurlijk zou het het beste zijn als hij ergens heen ging om hulp te zoeken, maar...'

'Hij zal Marchmont in geen miljoen jaar verlaten.'

'Dan rest ons alleen nog de mogelijkheid van een gedwongen opname, maar daarvoor moeten we wel toestemming zien te krijgen van een rechter. Als u het mij vraagt, is hij niet krankzinnig, maar gewoon depressief en verslaafd aan de drank. Ik zou willen dat ik meer voor u kon betekenen. Ik maak me echt zorgen om u en uw dochter. Denk alstublieft nog eens na of u ergens anders terechtkunt en aarzel niet om me te bellen als u hulp of advies nodig hebt.'

'Dat zal ik doen, dokter. Dank u wel.'

Elke nacht hoorde Greta haar man luid snurken in zijn slaapkamer en nam ze zich heilig voor om de volgende ochtend haar koffers te pakken en er met Cheska vandoor te gaan. Maar bij het aanbreken van de dageraad drong steeds de werkelijkheid weer tot haar door. Waar moest ze naartoe? Ze had niets, geen geld, geen eigen huis. Alles wat ze bezat, was hier, bij Owen.

Uiteindelijk waren het niet Owens fysieke en mentale mishandelingen die haar de knoop deden doorhakken.

Op een middag, toen ze haar hoofd door de deuropening van de kinderkamer stak om te kijken of Cheska nog lag te slapen, zag ze dat haar bedje leeg was.

'Cheska!' riep ze.

Er kwam geen reactie.

Ze rende de hal in en wilde net op de deur van Owens slaapkamer kloppen toen ze daarbinnen gegiechel hoorde. Zo zachtjes mogelijk draaide ze de deurknop om.

Toen ze door de kier gluurde, rilde ze van afgrijzen. Owen zat in zijn stoel een verhaaltje voor te lezen aan Cheska, die tevreden op zijn schoot zat.

Het was een heel vredig tafereeltje.

Ware het niet dat Cheska van top tot teen gehuld was in de kleren van haar overleden broertje.

11

Toen Greta op een kille, mistige oktoberochtend samen met Cheska terugkeerde in Londen, besefte ze dat ze bijna vier jaar was weggeweest. Ze had één koffer meegenomen, met daarin wat kleren voor zichzelf en haar dochter en vijftig pond aan contanten – het geld dat David haar had gegeven toen ze uit Londen vertrok, plus twintig pond die ze uit Owens portefeuille had gepakt.

Nadat ze Cheska in Jonny's kleren had aangetroffen, was het eindelijk tot haar doorgedrongen dat ze daar weg moest. De dagen daarna had ze veel gepiekerd en Mary in vertrouwen genomen. Ze voelde zich schuldig omdat ze haar alleen liet met Owen, maar vond dat ze weinig keus had.

'Ga nu maar, Greta. Als je het niet voor jezelf doet, doe het dan voor Cheska. Laat meneer maar aan mij over. Als hij me dingen naar het hoofd slingert, buk ik gewoon!' Mary had dapper geglimlacht. 'En als ik dokter Evans bel, komt hij direct, nietwaar?'

Owen had zoals gewoonlijk in zijn slaapkamer gezeten, net als elke dag hard op weg om dronken te worden. Greta had op zijn deur geklopt en gezegd dat ze met Cheska ging winkelen in Abergavenny en misschien wel de hele dag weg zou blijven. Hij had haar wazig aangekeken. Ze betwijfelde zelfs of hij haar wel gehoord had. Huw, Mary's vrijer, had hen naar het station van Abergavenny gebracht. Greta had hem uitvoerig bedankt, twee treinkaartjes naar Londen gekocht en was in de wachtende trein gestapt.

Toen de trein Wales en de puinhopen van haar huwelijk achter zich liet, staarde Greta als verdoofd uit het raam. Hoewel ze geen idee had waar ze die nacht met haar dochter zou slapen, leek alles beter dan constant met de angst voor haar steeds labielere echtgenoot te moeten leven. Hoewel ze zo veel verloren had, kon ze het zich niet veroorloven om te lang bij het verleden stil te blijven staan. Cheska hing lui tegen haar aan, met haar lappenpop onder haar arm geklemd. Greta sloeg haar armen beschermend om het enige kind dat ze nog had. Hoewel ze wist dat ze terugging naar Londen met weinig meer dan waarmee ze vertrokken was, voelde ze zich verrassend sterk en onbevreesd.

Toen de trein eindelijk aankwam op Paddington Station, stapte ze het perron op. Het kostte haar de nodige moeite om de slaperige, verwarde Cheska en hun koffer te dragen. Ze liep naar de taxistandplaats en vroeg de chauffeur hen naar het Basil Street Hotel in Knightsbridge te brengen. Daar was ze een keer met Max geweest, en ze wist dat het een keurig hotel was, al was het wel duur.

Nu ze de stilte op Marchmont gewend was, dreunde het lawaai van de drukke Londense straten in haar oren toen ze de taxichauffeur betaalde en de lobby van het hotel in liep. Gelukkig bood de kenmerkende sfeer in het hotel haar een beetje troost. Ze werden naar hun kamer met aparte bedden gebracht en ze bestelde bij de kruier meteen twee sandwiches en een pot thee.

'Kijk eens aan, lieverd.' Greta installeerde Cheska aan een tafeltje. 'Kaas en tomaat, je lievelingskostje.'

'Lust ik niet!' Het meisje schudde haar hoofd en begon te huilen.

Al snel gaf Greta het op om haar dochter aan het eten te krijgen. In plaats daarvan pakte ze de koffer uit en trok haar een nachtjapon aan. 'Zo, lieverd. Is dat niet boffen? In een hotel logeren en samen met mama op één kamer slapen?'

Ze schudde haar hoofd. 'Cheska wil naar huis,' jammerde ze.

'Ga maar lekker in bed liggen, dan leest mama nog een verhaaltje voor.'

Dat leek haar wat op te vrolijken en Greta begon voor te lezen uit *De sprookjes van Grimm*. Dat was het lievelingsboek van haar dochtertje – en het was ook het lievelingsboek van haar zoontje geweest, dacht ze verdrietig. Uiteindelijk werden Cheska's oogleden zwaar en vielen dicht. Greta bleef nog een hele tijd op het bed naar haar dochter zitten kijken. Haar hoge jukbeenderen, wipneusje en rooskleurige mond werden omlijst door een hartvormig gezicht. Ze hoefde 's nachts geen krulspelden te dragen, want haar goudblonde lokken vielen van nature in pijpenkrullen tot op haar schouders. Lange, donkere wimpers rustten tegen de volmaakte, vlekkeloze huid onder haar ogen. Nu ze lag te slapen, leek ze wel een engeltje.

Greta werd overspoeld door een golf van liefde. Cheska was nooit veeleisend geweest. Ze had zich er altijd zonder vragen te stellen bij neergelegd dat Owen Jonny adoreerde en haar niet zag staan. Hoewel Greta nog elke dag verdriet had om het verlies van haar zoontje, verachtte ze zichzelf omdat ze in zekere zin bijna dankbaar was dat hij haar was afgenomen in plaats van haar geliefde dochter.

Nadat Greta zich had omgekleed voor de nacht, bukte ze zich om haar dochtertje zacht op haar wang te kussen. 'Welterusten, lieve schat. Slaap lekker.' Ze klauterde in haar eigen bed en deed het licht uit.

Ondanks Greta's goede voornemen vielen de eerste dagen in Londen haar zwaar. Om te beginnen moest ze een woning zien te vinden, maar Cheska werd het al snel beu om van de ene naar de andere flat te worden meegesleept en werd knorrig en prikkelbaar. Greta vond het maar niets hoe argwanend de potentiële hospita's naar haar keken wanneer ze uitlegde dat ze weduwe was, maar ze zou toch moeten wennen aan het stigma dat het alleenstaande moederschap met zich meebracht.

Na drie dagen vond ze een schoon, licht appartement op de bovenste verdieping van een huis in de buurt waar ze ook had gewoond voordat ze naar Wales was gevlucht. Kendal Street lag vlak bij Edgware Road, en het gaf haar een zelfverzekerd gevoel dat ze weer op bekend terrein was. Het andere voordeel was de hospita, die heel meelevend reageerde toen Greta vertelde dat Cheska's vader kort na de oorlog was gestorven.

'Ik ben zelf mijn man en mijn zoon kwijtgeraakt, mevrouw Simpson. Vreselijk.' Ze zuchtte. 'Al die kinderen die opgroeien zonder vader. Gelukkig heeft mijn man me dit huis nagelaten en kan ik daar mijn kostje mee bij elkaar scharrelen. Ik ben wel op mijn rust gesteld, moet ik erbij zeggen. Zelf woon ik in het souterrain en op de begane grond woont nog een stel oudere dames. Hopelijk is uw dochtertje niet te druk?'

'Nee hoor, ze is heel zoet. Toch, Cheska?'

Cheska knikte en glimlachte breed naar de hospita.

'Wat een schat van een dochtertje hebt u, mevrouw Simpson. Wanneer wilt u hier intrekken?' De hospita was duidelijk van het meisje gecharmeerd.

'Zo snel mogelijk, graag.'

Greta betaalde de borg en een maand huur. Twee dagen later trokken ze in het appartement. Een van de bedden zette ze in de woonkamer, zodat Cheska een eigen slaapkamer had en 's nachts rustig kon slapen.

Die eerste avond in de flat stopte ze Cheska in bed en ging in haar woonkamer annex slaapkamer in een fauteuil zitten. Nu ze al die ruimte in het landhuis op Marchmont gewend was, voelde het hier akelig claustrofobisch aan. Voorlopig zou ze het er echter mee moeten doen. Ze raakte snel door haar geld heen en wist dat ze binnenkort een baan zou moeten vinden.

Ze pakte het exemplaar van *The Evening News* dat ze eerder die dag had gekocht en sloeg het katern met vacatures open. Ze las de advertenties door en omcirkelde er een paar met een potlood. Terneergeslagen door het gebrek aan passende vacatures en haar eigen gebrek aan kwalificaties liep ze naar de keuken, zette een kop thee en stak een sigaret op. Haar werk in het Windmill was bepaald niet iets om prat op te gaan tegen een potentiële werkgever. Haar oude baan wilde ze ook niet terug, want dan zou ze Cheska in de avonden lange tijd alleen moeten laten. Het mooiste zou zijn als ze een administratieve functie kon bemachtigen op een kantoor in de City of het West End. Als ze eenmaal een betrekking had gevonden, zou ze een advertentie moeten plaatsen om een oppas voor Cheska te zoeken voor wanneer zij aan het werk was.

De volgende dag kocht Greta een reep chocolade voor Cheska en sleepte haar vervolgens mee naar een telefooncel om sollicitatiegesprekken te regelen. Ze loog dat ze barstte. Zo zei ze tegen haar mogelijke werkgevers dat ze kon typen en kantoorervaring had. Toen ze eenmaal twee afspraken had gemaakt voor de volgende ochtend, restte nog het probleem waar ze Cheska in de tussentijd zou moeten laten. Langzaam liep ze naar huis. Ze moest haar dochtertje met zich meeslepen en voelde zich behoorlijk uit het veld geslagen.

In de hal stond een oudere dame de bladeren op te rapen die vanaf de straat naar binnen waren gewaaid. 'Hallo, daar. Bent u hier nieuw?'

'Ja, we zijn gisteren op de bovenste verdieping komen wonen. Ik ben Greta Simpson en dit is mijn dochter Cheska.'

De blik van de oude dame viel op het meisje. 'Heb je chocolade gegeten, liefje?'

Cheska knikte verlegen.

'Hier.' De vrouw trok een zakdoek uit haar mouw en veegde Cheska's gezicht schoon. Verrassend genoeg liet het meisje dat zonder morren toe. 'Ziezo, dat is beter, hè? Ik ben trouwens Mabel Brierley. Ik woon op nummer twee. Is uw man aan het werk?'

'Nee, ik ben weduwe.'

'Ik ook, lieverd. Is hij in de oorlog gesneuveld?'

'Ja. Nou ja, vlak daarna. Hij is gewond geraakt tijdens de invasie van Normandië en er nooit meer bovenop gekomen. Vlak na de Duitse capitulatie is hij gestorven.'

'Ach, wat naar. Ik ben mijn man kwijtgeraakt tijdens de Eerste Wereldoorlog. Het zijn barre tijden, nietwaar?'

'Zeg dat wel,' beaamde Greta somber.

'Als u een keer zin hebt in een kop thee en een beetje gezelschap, dan ben ik er. Het is fijn om zo'n kleintje in huis te hebben. En nog zo'n mooie meid ook.' Glimlachend bukte ze zich om Cheska onder haar kin te kriebelen.

Toen Greta haar dochter naar Mabel terug zag glimlachen, besloot ze de koe bij de hoorns te vatten. 'Mevrouw Brierley, weet u misschien iemand die morgenochtend een paar uurtjes op Cheska zou kunnen passen? Ik heb een sollicitatiegesprek en kan haar echt niet meenemen.'

'Eens even denken.' Mabel krabde op haar hoofd. 'Nee, ik geloof het niet. Tenzij...' Ze keek naar het meisje. 'Ik kan wel op haar passen, als het niet te lang duurt.'

'O, zou u dat willen doen? Ik zou u eeuwig dankbaar zijn, en ik ben voor de lunch weer terug. Natuurlijk kan ik u ook betalen.'

'Dat is dan afgesproken. Wij weduwes moeten elkaar een beetje helpen, nietwaar? Hoe laat?'

'Zou ik haar om negen uur kunnen brengen?'

'Prima, dan zie ik u dan.'

Opgelucht droeg Greta haar dochtertje de trap naar hun flat op.

Gekleed in het enige nette pakje en de hoed die ze had meegenomen, bracht Greta Cheska de volgende ochtend naar Mabel toe. Het meisje begon te jammeren toen haar moeder uitlegde dat ze weg moest, maar voor de lunch weer terug zou zijn.

'Maak u maar geen zorgen, mevrouw Simpson. Cheska en ik redden ons wel,' stelde Mabel haar gerust.

Greta ging snel weg, voordat ze de tranen kon zien die onvermijdelijk zouden komen.

Voor haar eerste sollicitatiegesprek nam ze de bus naar Old Street. Het ging om een vacature bij een bank. Er werd van haar verwacht dat ze klusjes zou doen zoals archiveren, gecombineerd met wat tikwerk. Greta was nerveus en het liegen ging haar slecht af. Toen ze wegging, wist ze al dat ze niets meer van de filiaalmanager zou horen.

Het volgende gesprek ging om een functie als verkoopassistente op de parfumafdeling in het warenhuis Swan & Edgar op Piccadilly Circus. Haar potentiële werkgever was een vrouw van halverwege de veertig met scherpe gelaatstrekken, keurig gekleed in een mannelijk mantelpak. Toen ze Greta naar haar privéomstandigheden vroeg, ging het liegen haar al iets vlotter af, maar toch verliet ze de winkel in de wetenschap dat het een wonder mocht heten als ze de baan kreeg. Somber liep ze naar een kiosk om een krant te kopen.

Een week lang bracht ze haar dochter elke dag 's ochtends naar Mabel om te gaan solliciteren. Ze was tot het besef gekomen dat de naoorlogse massawerkloosheid, een probleem dat op Marchmont ver van haar bed had geleken, het heel moeilijk zou maken om een baan te vinden. Toch ploeterde ze door, aangespoord door de gedachte aan Wales en Owen.

Op vrijdag zette ze Cheska zoals gewoonlijk bij Mabel af en nam de bus naar Mayfair. Ze had geen hoge verwachtingen van het sollicitatiegesprek voor de functie van receptioniste bij een advocatenfirma. Een dag eerder had ze bij wijze van test tijdens een sollicitatiegesprek een stukje moeten uittypen, en daar had ze jammerlijk in gefaald.

Ze haalde diep adem en drukte op de bel naast de imposante zwarte voordeur.

'Kan ik u helpen?' Er werd opengedaan door een jonge vrouw met een vriendelijke glimlach.

'Ja, ik heb om half twaalf een afspraak met meneer Pickering.'

'Goed, loopt u maar mee.'

Greta liep het meisje achterna naar de receptie. Het vertrek was ingericht met een eikenhouten lambrisering, een dik tapijt en leren fauteuils.

Het meisje wees naar een van de stoelen. 'Ga zitten, dan zeg ik tegen meneer Pickering dat u er bent.'

'Bedankt.' Greta zag het meisje door een deur achter in de ruimte vertrekken. Ze vroeg zich af of het de moeite waard was om te blijven. Bij zo'n chique firma zochten ze vast iemand met veel ervaring.

Ze keek op toen de deur achterin weer openging.

'Greta Simpson, neem ik aan?'

Ze stond op, met haar hand uitgestoken naar een lange, erg aantrekkelijke man. Zo te zien was hij halverwege de dertig, en hij was gekleed in een onberispelijk krijtstreeppak. Hij had doordringende blauwe ogen en dik zwart haar dat bij de slapen iets begon te wijken. 'Dat klopt. Hoe maakt u het?'

Meneer Pickering schudde haar stevig de hand. 'Heel goed, dank u. Loopt u even met me mee?'

'Graag.' Samen liepen ze naar de andere kant van het vertrek, waar hij de deur voor haar openhield.

'Hier is het.' Hij voerde haar mee naar een groot, rommelig kantoor. Het bureau lag bezaaid met papieren en op de planken erachter stonden zware wetboeken. 'Gaat u zitten, mevrouw Simpson. Neem me niet kwalijk dat het zo'n puinhoop is, maar dat is de enige manier waarop ik mijn werk goed kan doen.' Met een innemende glimlach nam hij tegenover haar achter het bureau plaats. 'Vertel eens wat over uzelf.'

Greta stak haar verhaal af, maar liet Cheska buiten beschouwing.

'Juist. Hebt u kantoorervaring?'

Na een week lang gelogen te hebben, besloot ze maar eens eerlijk te zijn. 'Nee, maar ik wil alles aanpakken en ben erg leergierig.'

'Wel...' Meneer Pickering tikte met een potlood op zijn bureau. 'Het gaat niet echt om specialistisch werk. Onze clientèle bestaat veelal uit rijke, belangrijke mensen, en we willen graag dat die bij binnenkomst goed worden opgevangen. Het is de bedoeling dat u de cliënten begroet, thee aanbiedt en bovenal discreet bent. De meeste cliënten komen bij ons met problemen van... persoonlijke aard. U zou de telefoon bij de receptie moeten aannemen en de afspraken bijhouden voor mijzelf en mijn vennoot, meneer Sallis. Onze secretaresse Moira doet het tikwerk en houdt de administratie keurig bij, maar het zou kunnen dat u af en toe even moet bijspringen. U zou hier in de plaats komen van mevrouw Forbes, die u net heeft ontvangen. Het spijt ons dat we afscheid van haar moeten nemen, maar ze verwacht in het nieuwe jaar een kindje. U, eh... hebt toch geen plannen in die richting, mevrouw Simpson?'

Ze slaagde erin hem geschokt aan te kijken. 'Gezien mijn status als weduwe lijkt me dat niet waarschijnlijk.'

'Mooi zo. Vastigheid is belangrijk, ziet u. De cliënten bouwen graag een vertrouwensrelatie op. En ik weet zeker dat u met uw knappe gezichtje indruk zult maken. Zou u het erop willen wagen? U zou maandag kunnen beginnen.'

'Ik...' Ze was met stomheid geslagen.
'Of denkt u er liever nog even over na?'
'Nee, nee,' zei ze snel. 'Ik wil deze baan heel graag.'
'Uitstekend. Volgens mij bent u er geknipt voor.' Hij stond op. 'Neem me niet kwalijk, maar ik heb een lunchafspraak. Als u nog meer wilt weten, kunt u dat het beste aan Sally vragen... Aan mevrouw Forbes, bedoel ik. Het salaris bedraagt tweehonderdvijftig pond per jaar. Is dat acceptabel?'
'O ja, absoluut.' Ze stond ook op en stak hem haar hand toe. 'Ontzettend bedankt, meneer Pickering. Ik beloof dat ik u niet zal teleurstellen.'
'Dat geloof ik graag. Een prettige dag nog, mevrouw Simpson.'
Toen ze vanuit het kantoor de receptie weer in liep, werd ze overspoeld door een vlaag van euforie. Na nog geen drie weken in Londen had ze al een appartement gevonden, en een manier om zichzelf en haar dochter te onderhouden.
'Hoe ging het?' vroeg Sally.
'Hij heeft me de baan aangeboden. Ik begin maandag.'
'De hemel zij dank! Hij heeft al heel wat gesprekken gevoerd, weet je. Ik begon al te vrezen dat ik achter mijn bureau zou moeten bevallen als hij niet snel iemand vond. Niemand leek hem charmant genoeg, als je begrijpt wat ik bedoel.'
'Ik denk het wel. Werkte je hier graag?'
'Heel graag. Meneer Pickering is geen veeleisende baas, en die ouwe... Sorry, ik bedoel meneer Sallis, de oudste vennoot, is een schat. Als ik jou was, zou ik wel een beetje uitkijken voor Veronica, de dochter van meneer Sallis. Die is met meneer Pickering getrouwd, en ze is echt een ouwe tang! Zo nu en dan komt ze hier binnenvallen, op weg naar de een of andere chique lunch. Ze houdt haar echtgenoot goed onder de duim en is in feite degene die het hier voor het zeggen heeft. Als zij je niet mag, lig je eruit. Mijn voorganger is vanwege haar vertrokken.'
'Ik begrijp het.'
'Maar maak je maar geen zorgen. Gelukkig komt Hare Majesteit

hier niet al te vaak langs. Wil je nog meer weten, nu je hier toch bent?'

Greta stelde nog een paar vragen, die Sally uitgebreid beantwoordde, en keek toen op haar horloge. 'O jee, ik wist niet dat het al zo laat was! Ik moet ervandoor.'

'Nou, het was fijn je te ontmoeten. Ik blijf nog een paar dagen nadat je begonnen bent, om je in te werken, maar ik heb er alle vertrouwen in dat dat wel goed komt.'

'Dank je. Wanneer ben je uitgerekend? Ik...' Greta kon zich nog net inhouden voordat ze vertelde dat ze heel goed wist hoe vermoeiend de laatste loodjes van een zwangerschap konden zijn. 'Tot maandag, dan maar.'

Gehaast liep ze de straat op, en ze trakteerde zichzelf op een taxi om maar zo snel mogelijk thuis te kunnen zijn. Ze nam zich voor om Mabel te vragen of ze voortaan overdag op Cheska wilde passen. Zo niet, dan zou ze een advertentie moeten ophangen bij de plaatselijke kiosk.

Toen ze thuiskwam, werd ze begroet door een glimlachende Cheska, die met een met chocolade besmeurd gezicht Mabels flat uit gerend kwam.

'Hallo, lieverd.' Greta tilde haar dochter op. 'Heb je het naar je zin gehad?'

'We hebben cupcakes gebakken, mama.' Cheska kroop tegen haar moeder aan.

'Is ze zoet geweest?' vroeg Greta aan Mabel, die in de deuropening was verschenen.

'Heel zoet. U hebt een schat van een dochter, mevrouw Simpson.'

'Zeg maar Greta, hoor. Heb je misschien nog een paar minuten, Mabel? Ik wil je iets vragen.'

'Ja, kom maar binnen, lieverd. Ik heb net een pot thee gezet.'

Greta tilde Cheska op en droeg haar Mabels flat binnen, die vol stond met zwaar, ouderwets meubilair. Het rook er vaag naar viooltjes en ontsmettingsmiddel.

Mabel zei dat ze in de woonkamer konden gaan zitten en kwam

aanzetten met een dienblad met daarop een theepot onder een felgekleurde, gebreide theemuts en een schaal nogal aangebrande cupcakes.

'Alsjeblieft.' Mabel gaf haar een kop sterke thee. 'Wat wilde je me vragen, schat?'

'Nou, vanmorgen heb ik een baan gevonden bij een advocatenfirma in Mayfair.'

'Zozo, ik wist niet dat je zo'n bolleboos was. Zelf heb ik nooit leren lezen en schrijven. Dat deden vrouwen vroeger niet, weet je.'

'Het punt is alleen dat ik met Cheska zit. Ik moet de kost verdienen, maar ik kan haar natuurlijk niet meenemen.'

'Nee, natuurlijk niet.'

'Daarom vroeg ik me af of jij misschien haar vaste oppas zou willen worden. Tegen betaling, natuurlijk.'

'Nou, eens even zien. Om hoeveel uur gaat het?'

'Ik zou om half negen vertrekken en niet voor zes uur terug zijn.'

'Vijf dagen in de week?'

'Ja.'

'Ach, we kunnen het proberen, nietwaar?' Mabel glimlachte naar Cheska, die tevreden bij haar moeder op schoot een cakeje zat op te peuzelen. 'Ze is prettig gezelschap.'

Ze spraken een salaris van vijftien shilling per week af.

'Dat is prima,' zei Mabel. 'Ik kan wel een extra zakcentje gebruiken. Van het pensioen van mijn man kan ik maar net de huur en de boodschappen betalen.'

'Ik ben je heel erg dankbaar. Enfin, we zullen je niet langer ophouden. Kom mee, Cheska, het is tijd voor de lunch.' Greta stond op.

'Weet je wat jij zou moeten doen, schat?' zei Mabel toen ze hen uitliet.

'Nou?'

'Een nieuwe man zoeken. Zo'n knappe meid als jij kan vast wel een rijke kerel vinden die zich over jullie tweeën wil ontfermen. Als moeder zou je niet buiten de deur moeten werken.'

'Dat is heel aardig van je, maar ik denk niet dat er veel mannen zitten te wachten op een weduwe met een dochter,' zei Greta met een treurig glimlachje. 'Tot maandag.'

'Ja, lieverd. Pas goed op jezelf.'

Op weg naar boven dacht Greta na over wat Mabel had gezegd. Zelfs als ze ongebonden was geweest, betwijfelde ze of ze ooit nog zou hertrouwen.

12

Die zaterdagmiddag gingen Greta en Cheska gezellig winkelen in het West End. In Wales waren de trendy boetieks ver te zoeken geweest, maar op Marchmont had ze toch alleen warme, praktische kleding nodig gehad.

Nu hingen de winkels vol met het soort kleding dat ze al sinds voor de oorlog niet meer had gezien. Cheska was gefascineerd door de grote warenhuizen en stapte met een verwonderd gezichtje achter haar moeder aan. Greta kocht twee niet al te dure mantelpakjes en drie blouses voor haar werk, en voor Cheska een crèmekleurige kabeltrui en een geruite wollen kilt.

Op zondagavond vertelde ze haar dochter dat mama voortaan moest gaan werken, zodat ze lekkere dingen te eten hadden en mooie jurken konden kopen. Ze zei dat Mabel overdag op haar zou passen, maar dat mama elke avond op tijd thuis zou zijn om haar in bed te stoppen. Cheska deed er niet moeilijk over. Ze zei dat ze Mabel lief vond en lekkere chocolade van haar kreeg.

De volgende ochtend bracht Greta haar naar Mabels flat, en bij het afscheid liet Cheska geen traan. Opgelucht stapte Greta in de bus naar haar werk.

Tegen het eind van de eerste week was ze al aardig gewend en vond ze het werk echt leuk. De cliënten waren vriendelijk en beleefd. Moira, de secretaresse van middelbare leeftijd, was erg behulpzaam en Terrence, de loopjongen, had met zijn cockneyaccent altijd wel iets spitsvondigs te zeggen. De oude meneer Sallis zag ze amper, want die werkte maar drie dagen in de week. Meneer Pickering was meestal druk bezig met een cliënt, of weg voor een lunchafspraak. Tot haar opluchting liet de gevreesde Veronica zich niet zien.

Cheska leek best tevreden met haar nieuwe leventje en hoewel

Greta na een dag werken vaak moe was, vond ze altijd de energie om lekker te koken en haar dochter nog een uurtje voor te lezen voordat ze naar bed ging.

Ook al hadden ze het niet zo breed, van de weekenden probeerde Greta altijd iets bijzonders te maken. Soms gingen ze naar de speelgoedwinkel en daarna theedrinken bij Lyons' Corner House. Eén keer nam ze Cheska zelfs mee naar de London Zoo om de leeuwen en de tijgers te bekijken.

Het verraste Greta hoe makkelijk ze zich allebei hadden aangepast aan hun nieuwe leven in Londen. Cheska had het nog maar zelden over Marchmont en voor Greta betekende haar drukke schema dat ze veel minder tijd had om bij het verlies van haar zoontje stil te staan. Wel voelde ze zich telkens schuldig als ze een brief vol spelfouten kreeg van Mary, die vertelde dat Owen steeds verder achteruitging. Hij had een paar keer een lelijke smak gemaakt en dokter Evans had geprobeerd hem te laten opnemen in een ziekenhuis, maar dat had Owen geweigerd. Een tijdje geleden was zijn geliefde labrador Morgan gestorven, waardoor hij kennelijk nog meer was gaan drinken. Omdat hij te ziek was om het landgoed te beheren, werd die taak waargenomen door meneer Glenwilliam, zijn notaris.

Mary bleef volhouden dat Greta zich geen zorgen moest maken, dat het voor Cheska het beste was geweest om te vertrekken. Greta vroeg zich af wanneer Mary haar ontslag zou indienen. Zeker aangezien Huw, de jonge knecht die haar het hof maakte, haar ten huwelijk had gevraagd. Nu waren ze verloofd en spaarden ze voor de bruiloft, maar voorlopig leek Mary het wispelturige gedrag van haar baas nog voor lief te nemen.

Een maand nadat Greta met haar nieuwe baan was begonnen, zag ze de vrouw van meneer Pickering voor het eerst. Ze was net terug van haar lunchpauze en ging achter haar bureau zitten toen een elegante vrouw in een chique bontjas met bijpassende muts zonder aan te bellen door de voordeur de receptie binnenliep.

Greta glimlachte. 'Goedemiddag, mevrouw. Kan ik u helpen?'

'Wie mag jij dan wel wezen?' De vrouw nam haar grondig op.

'Ik ben mevrouw Simpson. Ik vervang mevrouw Forbes sinds een paar weken. Hebt u een afspraak?' vroeg Greta beleefd.

'Ik geloof niet dat ik een afspraak nodig heb om mijn man of mijn vader te zien, jij wel?'

'Nee, natuurlijk niet. Neem me niet kwalijk, mevrouw Pickering. Wie van hen had u graag willen zien?'

'Bespaar je de moeite, ik ga zelf wel naar mijn man toe.' Ze keek naar Greta's handen. 'Schaf eens een vijl aan. Je nagels zien er vies en onverzorgd uit. Onze cliënten mogen toch niet denken dat we hier tuig in dienst hebben?' Ze wierp Greta nog een neerbuigende blik toe, draaide zich om en liep de deur naar het kantoor van haar echtgenoot door.

Greta keek omlaag naar haar schone, maar ongemanicuurde vingernagels en beet op haar lip. Het volgende moment kwam er een cliënt binnen en ging ze aan de slag om thee te zetten en een praatje met hem te maken.

Tien minuten later kwam mevrouw Pickering weer tevoorschijn, met haar man in haar kielzog. 'Neem jij de telefoontjes van meneer Pickering maar aan, Griselda. Wij gaan een kerstcadeau voor mij kopen, nietwaar, lieveling?'

'Ja, schat. Ik ben om vier uur terug, Greta.'

Op weg naar de voordeur wendde Veronica Pickering zich tot haar man. 'Ik weet het zo net nog niet met dat accent van haar, James. Leren ze tegenwoordig op school soms geen algemeen beschaafd Engels meer?'

Greta klemde haar kiezen op elkaar toen de deur achter hen dichtviel.

De rest van de dag was ze uit haar doen door de ontmoeting met Veronica. Meneer Pickering kwam niet meer terug naar kantoor. Ze zag hem de volgende ochtend pas weer.

Bij haar bureau bleef hij staan. 'Goedemorgen, Greta.'

'Goedemorgen, meneer.'

'Ik wil me even verontschuldigen namens mijn vrouw. Zo zit ze nu eenmaal in elkaar, vrees ik. Trek je er maar niets van aan. We… Me-

neer Sallis en ik, bedoel ik dan, zijn tot nu toe erg tevreden over je.'
'Dank u, meneer.'
'Goed, dan zal ik je niet langer ophouden.' Hij glimlachte innemend en Greta vroeg zich af waarom hij in vredesnaam met zo'n akelig mens getrouwd was.
Vanaf die tijd kwam hij regelmatig een praatje met haar maken, alsof hij haar ervan wilde verzekeren dat hij niet hetzelfde over haar dacht als zijn vrouw. Tijdens een van hun gesprekjes vroeg Greta of ze een typemachine kon krijgen, zodat ze kon bijspringen als er veel brieven uitgetikt moesten worden. Dat vond hij goed, en onder Moira's geduldige begeleiding begon ze zichzelf te leren typen.

Over een paar dagen was het al kerst en Greta verheugde zich erop dat ze met de feestdagen een week vrij had. Ze had al veel te veel uitgegeven aan kerstcadeaus voor Cheska, omdat ze niet wilde dat haar dochtertje dacht dat de Kerstman haar had overgeslagen. Daarnaast had ze twee kaartjes gereserveerd voor het Scala Theatre om Margaret Lockwood in *Peter Pan* te zien spelen. Ze was vastbesloten ervoor te zorgen dat hun eerste kerst zonder Owen en Jonny zo vrolijk mogelijk zou worden.
'De Kerstman zal me toch wel weten te vinden, mama?' vroeg Cheska zorgelijk toen Greta haar 's avonds instopte.
'Natuurlijk, schat. Ik heb naar de Noordpool geschreven om hem ons nieuwe adres te geven. Volgende week gaan we een boom kopen en die mooi versieren. Lijkt je dat leuk?'
'Ja, mama.' Cheska glimlachte tevreden en nestelde zich lekker onder de dekens.

De volgende middag werd Moira naar huis gestuurd omdat ze zich grieperig voelde en gaf meneer Pickering Greta stapels papieren om uit te tikken. 'Het spijt me, maar er moeten voor de kerst nog veel losse eindjes weggewerkt worden. Meneer Sallis is al vertrokken naar zijn buitenhuis, dus ik sta er alleen voor. Zou je morgenavond misschien kunnen overwerken? Tegen een extra vergoeding, uiteraard.'

'Ja, ik denk dat dat wel lukt,' antwoordde ze.

Die avond vroeg ze aan Mabel of die Cheska de volgende avond te eten wilde geven, haar in bed wilde stoppen en bij haar wilde blijven tot Greta weer thuis was. 'Ik zou je eeuwig dankbaar zijn, Mabel. Ik heb bij Hamleys een prachtige pop gezien die ik Cheska zou willen geven, en met het extra geld moet dat net lukken. Met kerst kom je toch wel bij ons lunchen? Cheska vroeg of jij ook kwam. Ze is dol op je.'

'Dan help ik je graag uit de brand. Als je er maar geen gewoonte van maakt.'

De volgende avond was het al zeven uur geweest toen de laatste brief netjes was uitgetikt, klaar om ondertekend te worden door meneer Pickering. Greta pakte de stapel op en klopte bij hem aan.

'Kom binnen!'

'Alstublieft, meneer. Het is allemaal af.' Ze legde de papieren op zijn bureau.

'Dank je, Greta. Je bent een engel. Ik zou niet weten wat ik zonder je moest.' Hij zette zijn handtekening onderaan elke brief en gaf ze aan haar terug. 'Nou, dat was het voor vandaag, denk ik. Zal ik je nu op een drankje trakteren, als dank voor het harde werk en om alvast in de kerststemming te komen?'

'Heel graag, maar...' Ze wilde bijna zeggen dat ze naar huis moest om voor Cheska te zorgen, maar kon zich nog net inhouden.

'We zouden naar het Athenaeum kunnen gaan.' Meneer Pickering pakte zijn winterjas al. 'Ik kan niet lang blijven, want over een uur heb ik met Veronica afgesproken om naar een feestje te gaan.'

Hoewel Greta wist dat ze beter meteen naar huis kon gaan, was het al heel lang geleden dat ze 's avonds iets leuks had gedaan. Trouwens, ze mocht meneer Pickering graag. 'Goed dan,' zei ze.

'Mooi. Pak je jas, dan zie ik je buiten.'

'Prima, maar ik moet deze brieven nog in enveloppen doen en frankeren.'

'Natuurlijk. We doen ze onderweg wel op de bus.'

Tien minuten later liepen ze samen via Piccadilly naar het Athenaeum. Het was een drukte van belang in de cocktailbar, maar ze wisten nog een plaatsje te bemachtigen en meneer Pickering bestelde twee glazen roze gin voor hen.

'Wat ga je met kerst doen?' vroeg hij, terwijl hij een sigaret opstak. 'Trouwens, buiten werktijd mag je wel James zeggen.'

'O, niet veel bijzonders,' antwoordde ze.

'Ga je op familiebezoek?'

'Eh... ja.'

Hun drankjes werden gebracht en ze nam een slokje.

'Woont je familie in Londen?'

'Ja. Wat zijn jouw plannen?'

'Ach, hetzelfde als altijd. Morgen geven we een feestje bij ons thuis om kerstavond te vieren, daarna gaan we tot het nieuwe jaar naar het huis van meneer en mevrouw Sallis in Sussex.'

'Zo te horen heb je er niet veel zin in om je schoonfamilie te zien,' flapte ze eruit.

'Is dat zo? O jee, dat zegt Veronica ook altijd.'

'Hou je niet van kerst?'

'Als kind wel, maar tegenwoordig lijkt het wel een aaneenschakeling van sociale verplichtingen met mensen die ik helemaal niet mag. Misschien zou het anders zijn als we kinderen hadden. Daar is kerst eigenlijk voor bedoeld, nietwaar?'

'Ja,' vond ze. 'Hebben jullie... Ik bedoel, zijn mevrouw Pickering en jij van plan om kinderen te krijgen?'

'Dat zou ik wel graag willen, maar mijn vrouw is niet bepaald een moederlijk type,' verzuchtte hij. 'Maar goed, vertel eens wat meer over jezelf.'

'Zo veel valt er niet te vertellen.'

'Zo'n aantrekkelijke, intelligente vrouw als jij moet toch wel een relatie hebben?'

'Nee, ik ben momenteel vrijgezel.'

'Dat kan ik maar moeilijk geloven. Als ik vrijgezel was, zou ik je maar moeilijk kunnen weerstaan.' Hij nam een slokje van zijn gin en keek haar over de rand van het glas heen aan.

Door de alcohol voelde ze zich een beetje licht in het hoofd. Ze bloosde en besefte dat ze genoot van de aandacht. 'Wat deed je tijdens de oorlog?'

'Door mijn astma mocht ik niet in het leger. In plaats daarvan werkte ik voor het ministerie van Defensie en studeerde ik in de avonden rechten. Meneer Sallis heeft me tot vennoot benoemd op de dag dat de Duitsers zich overgaven, kort nadat ik mijn studie had afgerond.'

'Scheelde het dat je zijn schoonzoon was?'

'Natuurlijk, maar ik ben ook echt een goede advocaat, hoor.' Hij glimlachte en leek haar opmerking sportief op te vatten.

'O, daar twijfel ik geen moment aan. Hoe heb je je vrouw eigenlijk leren kennen?'

'Op een feestje, kort voor de oorlog, toen ik verlof had van Cambridge. Veronica richtte haar pijlen op me en...' Hij lachte. 'Eerlijk gezegd had ik geen schijn van kans.'

Er viel een korte stilte, waarin ze deze informatie op zich liet inwerken. 'Volgens mij mag ze me niet zo. Ze zei dat ik er slordig uitzie en een accent heb.'

'Dat is pure jaloezie, Greta. Veronica is de jongste niet meer en heeft een hekel aan iedereen die dat wel is. Zeker aan vrouwen die zo mooi zijn als jij. Nou, ik moet er helaas vandoor. De cocktailparty begint over een kwartier en ik wil niet te laat komen, want daarvoor is mijn leven me te lief.' Hij rekende af en gaf haar wat kleingeld. 'Hier, neem maar een taxi naar huis.'

Ze stonden op en liepen de lobby door en naar buiten.

'Dat was gezellig,' zei hij. 'Wil je misschien een keer met me uit eten?'

'Wellicht.'

'Voor nu wens ik je een vrolijk kerstfeest, Greta.'

'Jij ook, James.'

Hij liep haastig weg en zwaaide nog eens.

De portier hield een taxi voor haar aan, en ze stapte in. Tijdens de rit dacht ze nog eens terug aan het gesprek. Ze vond James aantrekkelijk en het was wel duidelijk dat dat wederzijds was. Het was lang geleden dat ze complimentjes had gekregen van een man. Even stelde ze zich voor dat hij haar in zijn armen zou nemen en zou zoenen… maar het volgende moment sprak ze zichzelf streng toe.

Het was waanzin om er zelfs maar aan te denken. Hij was getrouwd. Om nog maar te zwijgen van het feit dat hij haar baas was.

En toch, toen ze die avond alleen in bed lag, tintelend van verlangen naar hem, wist ze dat ze waarschijnlijk geen weerstand aan hem zou kunnen bieden.

13

Tijdens de kerstdagen deed Greta haar best om haar gedachten aan James opzij te zetten en haar dochter een zo fijn mogelijke kerst te geven. Op kerstochtend pakte Cheska met een stralend gezicht haar cadeautjes uit, waaronder de pop van Hamleys waarvan de ogen open- en dichtgingen. Mabel kwam naar boven om mee te eten van de bescheiden gegrilde kip en het was een heerlijke dag. Maar toen Cheska naar bed was en Mabel weer was vertrokken, werd Greta overspoeld door een gevoel van leegte. Ze keek op naar de sterren en fluisterde tegen haar verloren zoon: 'Vrolijk kerstfeest, Jonny, waar je ook bent.'

Op tweede kerstdag ging ze met Cheska naar *Peter Pan* in het Scala Theatre.

'Geloven jullie in elfjes?' riep Peter Pan.

In haar enthousiasme om Tinkelbel te redden sprong Cheska op. 'Ja! Ja!' riep ze, net als alle andere kinderen in het theater.

Greta keek meer naar het gezicht van haar dochtertje dan naar het toneel. Die aanblik gaf haar een warm gevoel vanbinnen en maakte alles wat ze had opgeofferd de moeite waard.

Toen ze in het nieuwe jaar weer aan het werk ging, was James nog niet terug van het platteland.

Een week later kwam hij de receptie binnenlopen en haar hart sloeg over.

'Hallo, Greta. Gelukkig nieuwjaar.' Met die woorden liep hij naar zijn kantoor en trok de deur achter zich dicht.

Moedeloos vroeg ze zich af of ze zich maar had ingebeeld hoe hij zich in het Athenaeum had gedragen.

Tien dagen later ging de telefoon op haar bureau.

'Hallo, Greta, met James. Is meneer Jarvis er al?'

'Nee, die heeft net gebeld om te zeggen dat hij iets verlaat is.'

'Prima. Heb je vanavond iets te doen?'

'Nee.'

'Dan wil ik je graag mee uit eten nemen, zoals beloofd.'

'Dat lijkt me heerlijk.'

'Mooi. Ik heb om zes uur nog een afspraak, dus wacht hier maar op me tot ik klaar ben.'

Met wild bonkend hart van opwinding belde ze naar Mabel, die zei dat ze wel wilde oppassen.

Die avond, na de afspraak van James, liep ze samen met hem de hoek om naar Jermyn Street.

In het knusse, door kaarsen verlichte restaurant kregen ze ieder een grote, in leer gebonden menukaart overhandigd.

'Een fles sancerre, graag. En de specialiteit van de dag.' Toen de ober vertrokken was, vervolgde hij met een glimlach: 'Dat is hier altijd een aanrader. Trouwens, ik heb iets voor je.' Uit de zak van zijn jasje haalde hij een prachtig ingepakt cadeautje tevoorschijn. 'Een kleine attentie voor kerst, al is het iets aan de late kant.'

'Hemel, James, dat had je niet hoeven doen.'

'Onzin, ik wilde het graag. Kom op, maak maar open.'

Dat deed ze. Uit de doos van Harrods kwam een felgekleurde zijden sjaal tevoorschijn. 'Wat mooi, dank je wel.'

Tijdens het etentje praatten ze honderduit, al luisterde Greta in het begin vooral. Naarmate ze meer van de heerlijke wijn dronk, begon ze zich te ontspannen. Toch was ze zich ervan bewust dat ze scherp moest blijven, omdat ze hem had voorgelogen om deze baan te krijgen.

'Heb je een fijne kerst gehad?' vroeg ze.

'Ja, het was... prima. Een beetje te formeel naar mijn smaak.'

'Gaat met Veronica alles goed?'

'Voor zover ik weet wel. Ze is nog steeds bij haar ouders in Sussex. Ik heb het vermoeden dat meneer Sallis binnenkort met pensioen gaat en dat ik het stokje dan overneem.'

'Daar zul je wel blij mee zijn.'

'Ja. In veel opzichten is de firma in de middeleeuwen blijven steken. Het mag allemaal wel wat moderner, maar voorlopig ben ik aan handen en voeten gebonden.'

Nu ze hem zo aanhoorde, las ze tussen de regels door dat hij niet erg blij was met zijn leven. Hij had iets sombers over zich, wat haar enorm aansprak.

'Greta, zou je als je je koffie op hebt bij mij thuis nog een slaapmutsje willen komen drinken?'

Ze wist dat ze zou moeten weigeren, maar wilde wanhopig graag ja zeggen. Op haar horloge zag ze dat het al tien uur was, en ze had Mabel gezworen dat ze voor elf uur thuis zou zijn. 'Woon je hier ver vandaan?'

'Nee, hooguit vijf minuten.'

Toen ze aankwamen, deed James de voordeur open en het licht in de hal aan. 'Kom, dan neem ik je jas aan.'

Hij voerde haar mee naar een imposante salon. Die was spaarzaam, maar stijlvol ingericht, met drie crèmekleurige leren banken in een U-vorm rondom een grote haard, waarboven een felgekleurd modern schilderij hing.

'Ga zitten, dan schenk ik een glas brandy voor ons in.'

'Wat een prachtig huis heb je, James.'

Hij pakte een karaf van een dienblad. 'Ja, het was een huwelijkscadeau van Geoffrey... Meneer Sallis, bedoel ik. De inrichting is niet helemaal mijn smaak. Van mij mag het allemaal wel iets gezelliger, maar Veronica vindt dit mooi.' Hij ging veel dichter bij Greta zitten dan gezien de breedte van de bank noodzakelijk was.

Na tien minuten over koetjes en kalfjes te hebben gepraat, waarbij James haar de hele tijd bleef aankijken, stond Greta op. Ze werd nerveus omdat ze het ongepast vond om hier te zijn, om nog maar te zwijgen van de onmiskenbare seksuele spanning die er tussen hen in hing. 'Bedankt voor het eten, maar ik moet nu echt naar huis.'

'Natuurlijk. Ik heb echt genoten vanavond. Dat zou ik graag nog eens overdoen.' Hij stond ook op en nam haar handen in de zijne.

'Heel graag, zelfs.' Toen boog hij zich naar haar toe en drukte een zachte kus op haar mond.

Greta voelde zijn armen om haar middel, die haar dicht tegen zich aan trokken. Na een korte aarzeling beantwoordde ze zijn zoen en voelde een lang vergeten warmte door haar lichaam stromen.

James begon de knopen van haar jasje los te maken. Zijn hand gleed onder haar blouse en zijn vingers sloten zich om een van haar borsten. 'O god... hier droom ik al van sinds ik je voor het eerst zag,' mompelde hij, en hij trok haar mee omlaag op het kleed.

Het was al bijna middernacht toen Greta een taxi aanhield en zich schrap zette voor Mabels commentaar wanneer ze thuiskwam. Gelukkig was Mabel in een stoel in slaap gevallen en lag ze luid te snurken. Greta schudde haar voorzichtig wakker en omdat Mabel nog versuft was van de slaap, klaagde ze niet dat het al zo laat was. Daarna ging Greta bij haar dochter kijken, die vredig lag te slapen, met haar armen stevig om haar nieuwe pop geklemd. Uiteindelijk kleedde ze zich voor de tweede keer die avond uit en stapte in bed.

Zijn geur hing nog op haar huid en ze voelde zich ontspannen en voldaan.

Terwijl ze daar lag en de slaap niet kon vatten, besloot ze deze affaire op een volwassen manier aan te gaan. Ze zou nemen wat ze nodig had en James gebruiken, net zoals hij haar gebruikte. Ze zou zich niet afhankelijk van hem maken of, erger nog, verliefd op hem worden.

Toen ze eindelijk in slaap viel, krulden haar mondhoeken zich in een tevreden glimlach omhoog.

Op een zonnige ochtend in juni drong het tot Greta door dat haar affaire met James al bijna een half jaar aan de gang was. Ze kon niet ontkennen dat hij erg belangrijk voor haar was geworden en dat ze hem enorm zou missen als hij er niet meer was. Ze zagen elkaar elke keer dat zijn vrouw de stad uit was, wat regelmatig gebeurde.

Laatst had Greta nog tegen hem gezegd dat ze het verkeerd vond waar ze mee bezig waren en dat ze er beter mee konden stoppen. Op dat soort momenten zei hij altijd hoe ongelukkig hij met Veronica was en dat hij een toekomst met Greta wilde opbouwen. Hij zou een praktijk openen in Wiltshire, vertelde hij, zodat ze samen opnieuw konden beginnen. Het was alleen nog een kwestie van het juiste moment afwachten om het Veronica te vertellen. Maar dat ging hij absoluut doen, beweerde hij. Binnenkort.

Hoewel ze aanvankelijk haar bedenkingen had, begon ze hem te geloven. De gedachte dat ze een man zou hebben die voor haar en Cheska kon zorgen, was gewoon te aanlokkelijk. Ze wist zeker dat hij het niet erg zou vinden dat ze al een dochtertje had.

Ook al had ze zichzelf nog zo ingeprent dat ze zich ervoor moest afsluiten, haar goede voornemens begonnen langzaam af te brokkelen. Ze was verliefd op hem geworden.

Veronica zat op handen en knieën in de salon om de dure oorbel te zoeken die ze net op de grond had laten vallen. Straks ging ze met James uit eten, maar ze kon het ding nergens vinden. Ze stak haar hand onder de bank en tastte in het rond. Haar vingers raakten iets zachts en ze haalde het tevoorschijn. Het was de zijden sjaal die James haar met kerst had gegeven. Wat vreemd, dacht ze, want ze had durven zweren dat ze die eerder vandaag nog had opgevouwen en in de la gelegd. Ze pakte hem op, legde hem op de bank en zocht verder naar haar verdwenen oorbel.

De volgende ochtend trok ze een la open en zag haar zijden sjaal precies op de plek liggen waar ze hem gisteren had neergelegd. Ze haalde hem eruit en liep naar de salon beneden om de sjaal op te rapen die ze onder de bank had gevonden. Dit exemplaar stonk naar goedkoop parfum.

Ze wist meteen van wie de sjaal was.

Greta keek op toen Veronica binnenkwam. 'Goedemorgen, mevrouw Pickering. Hoe maakt u het vandaag?' vroeg ze zo vriendelijk als ze kon.

'Ik kom iets terugbrengen wat van jou is.' Veronica trok de sjaal uit

haar jaszak en liet die op het bureau vallen. 'Deze is toch van jou?'
Greta voelde dat ze bloosde.

'Wil je weten waar ik hem gevonden heb? Dat zal ik je vertellen. Onder de bank in mijn woonkamer.' Haar stem klonk laag en kil. 'Hoe lang is dit al gaande? Je beseft toch wel dat je niet de eerste bent? Je bent gewoon de zoveelste in een lange reeks sloeries die het ego van mijn man moeten strelen.'

'Zo zit het helemaal niet. Trouwens, het maakt ook niet uit dat u het nu weet. Hij was toch van plan het u vanavond te vertellen.'

'Echt? Wat dan precies?' vroeg Veronica spottend. 'Dat hij me voor jou gaat verlaten?'

'Ja.'

'Zegt hij dat? Ja, dat doet hij wel vaker. Nou, ik zal jou eens wat vertellen, schat. Hij gaat nooit bij me weg. Daarvoor heeft hij veel te hard nodig wat ik hem te bieden heb. Zelf heeft hij geen rooie cent, weet je. Hij is met niets dit huwelijk ingegaan. Ik stel voor dat je je spullen pakt en hier meteen vertrekt. Ik zou niet weten waarom we dit niet op een beschaafde manier zouden kunnen afhandelen.'

'Dat bepaalt u niet! Ik werk voor James,' zei Greta boos.

'Ja, schat, maar als mijn vader met pensioen gaat, draagt hij de praktijk over aan James en mij. Dan zijn we allebei eigenaar, en ik weet zeker dat hij pal achter me zal staan als ik zeg dat ik wil dat je nu vertrekt.'

'We gaan allebei toch al weg. Hij houdt van me. We hebben plannen!'

'Is dat zo?' Veronica trok een perfect geëpileerde wenkbrauw naar haar op. 'Zullen we dan naar zijn kantoor gaan? Dan kan hij ons zelf vertellen wat hij van plan is.'

Greta liep achter Veronica aan het kantoor van James binnen.

Geschrokken keek hij op. 'Hallo, liefste. En Greta. Wat kan ik voor jullie doen?'

'Nou, het punt is dat ik erachter ben gekomen dat jullie het achter mijn rug om met elkaar hebben aangelegd. Ik heb tegen Greta gezegd dat ze maar beter in stilte kan vertrekken, maar ze wil het met alle geweld uit jouw mond horen.' Veronica klonk uiterst beheerst, verveeld bijna. 'Zeg het maar tegen haar, schat, dan kunnen we gaan lunchen.'

Onderzoekend keek Greta naar James. Ze vroeg zich af waarom hij niets zei, maar toen hij haar aankeek, zag ze zijn spijtige blik. Daarna keek hij weg en wist ze dat ze verloren had.

Uiteindelijk schraapte hij zijn keel. 'Ja, het... Het lijkt me het beste als je vertrekt, Greta. Natuurlijk betalen we je salaris van deze week nog uit.'

'Geen sprake van!' viel Veronica uit. 'Ze heeft haar eigen billen gebrand, en nu moet ze op de blaren zitten. Volgens mij zijn we haar niets verschuldigd, vind je wel?'

Hij keek zijn vrouw aan en even zag Greta de onzekerheid in zijn ogen. Daarna vervaagde die en leek zijn hele lichaam in te zakken. Verdrietig schudde hij zijn hoofd.

Greta vluchtte zijn kantoor uit, pakte haar jas en tas en verliet het gebouw.

14

Die middag dwaalde Greta door Green Park. Ze voelde zich niet in staat om naar huis te gaan en Cheska onder ogen te komen, of aan Mabel uit te leggen waarom ze zo vroeg thuis was. Ze ging op een bankje in de zon zitten en keek naar de mensen die voorbijliepen: kindermeisjes die kletsend een kinderwagen voortduwden, zakenmannen met aktetassen, jonge stelletjes die hand in hand liepen.

'Godallemachtig,' kreunde ze, terwijl ze haar hoofd in haar handen legde. Sinds Max haar had verlaten, had ze zich niet meer zo alleen gevoeld. Dat had ze alleen aan zichzelf te danken. Ze had vanaf het begin moeten weten dat haar affaire met James niet goed zou aflopen.

Waarom koos ze toch steeds de verkeerde mannen uit? Andere vrouwen slaagden er wel in een partner voor het leven te vinden, dus waarom zij niet? Waar had ze dit allemaal aan verdiend? Ondanks alles wist ze dat ze streng voor zichzelf moest zijn. Het was haar eigen zwakte waardoor ze steeds in deze situatie terechtkwam. Ze leek wel een mot, hulpeloos aangetrokken tot de vlam van een kaars die uiteindelijk haar ondergang zou worden.

Ze bleef voor zich uit staren. De gedachte dat ze op zoek zou moeten naar een andere baan, zonder hoop dat ze ooit de liefde en geborgenheid zou vinden waar ze zo naar snakte, leek te veel om te bevatten.

Maar ze moest zichzelf vermannen en blijven vechten. Als ze het niet voor zichzelf kon opbrengen, dan moest ze het maar voor haar dochter doen.

Eén ding stond vast: ze was voorgoed klaar met mannen. Ze zou nooit meer een man dichtbij genoeg laten komen om haar leven overhoop te halen. Van nu af aan was haar liefde alleen nog maar voor Cheska bestemd.

Ze stond op en slenterde naar Piccadilly. Terwijl ze de straat overstak naar het Windmill, vroeg ze zich af of ze naar binnen moest gaan en om werk moest vragen, in plaats van weer een hele reeks zinloze sollicitatiegesprekken te voeren. Als ze niet betaald kreeg voor de afgelopen week, kon ze maar beter snel zorgen dat ze weer wat ging verdienen. Ja, besloot ze, dat was het beste. Geen referenties nodig, geen lastige vragen. Ze duwde de artiesteningang open en vroeg aan de portier of ze meneer Van Damm kon spreken.

Een kwartier later stond ze weer buiten, nu nog somberder. Meneer Van Damm had tot zijn spijt geen werk voor haar. Hij had haar nieuwe adres genoteerd en beloofd haar te schrijven zodra er iets vrijkwam, maar ze wist dat hij dat niet zou doen. Inmiddels was ze vijf jaar ouder dan toen ze voor het eerst bij het theater was aangekomen. En dankzij de geruchtenmachine in het theater wist hij dat ze een kind had gekregen.

Diep ongelukkig bleef ze buiten de artiesteningang staan en keek naar het groepje prostituees dat in de deuropening aan de overkant van Archer Street stond te kletsen. Ze herkende een paar gezichten die er ook al waren geweest toen ze nog in het Windmill werkte. Ze had altijd op hen neergekeken, maar was zij wel een haar beter? Per slot van rekening had zij zichzelf gratis aan James gegeven, maar dezelfde functie vervuld. Ze had voorzien in een behoefte waaraan zijn vrouw niet kon voldoen.

'Greta! Ben je het echt?' Er werd een hand op haar schouder gelegd.

Bij het horen van de bekende stem draaide ze zich om. 'Taffy!' Haar gezicht lichtte op. 'Ik bedoel... David.' Ondanks alles moest ze grinniken.

'Ik dacht al dat ik jou uit het kantoor van meneer Van Damm zag komen. Wat doe jij hier in vredesnaam?'

'Ik... Nou, eigenlijk wilde ik mijn oude baan terug.'

'Aha. Mijn moeder vertelde al dat je Owen een paar maanden geleden hebt verlaten, maar we hadden geen idee waar je was. We waren allebei doodongerust om jou en die kleine van je. Heb je misschien tijd om een kop thee te gaan drinken? We hebben heel wat bij te praten.'

Op haar horloge zag ze dat het tien voor vier was. Ze had nog even voordat ze naar huis moest. 'Op één voorwaarde.'

'Wat je maar wilt,' zei hij glimlachend.

'Dat je niet tegen je moeder, of tegen wie dan ook, zegt dat je me hebt gezien,' zei ze met klem.

'Afgesproken.' Hij stak haar zijn arm toe.

Ze haakte haar arm erdoor en ze liepen als vanouds naar een café-tje verderop in de straat.

Terwijl hij een pot thee bestelde, stak Greta een sigaret op en vroeg zich af hoeveel David wist van haar vertrek van Marchmont.

'Waar heb je uitgehangen sinds je weer in Londen bent?' wilde hij weten.

'In de buurt van waar ik eerst woonde. Cheska en ik wonen in een klein flatje.'

'Aha. Ik heb begrepen dat je bij Owen bent weggegaan vanwege zijn... probleem.'

'Ja. Na de dood van Jonny is hij volledig ingestort.'

'Ik vond het heel erg om te horen dat je kleine jochie het niet heeft gered. Daar moet je kapot van zijn geweest.'

'Het was... verschrikkelijk.' Ze kreeg een brok in haar keel. 'En toen Owen gewelddadig werd, kon ik geen kant meer op. Ik voel me heel schuldig omdat ik hem zo achtergelaten heb, maar wat moest ik dan?'

'Om te beginnen had je mij kunnen opzoeken toen je weer in Londen was,' zei hij vermanend.

'O, David, je had al zo veel gedaan om me te helpen. Ik kon je echt niet weer om een gunst vragen.'

'Had dat maar wel gedaan. Zo te horen weet mijn oom van voren niet meer dat hij van achteren leeft. Glenwilliam, de notaris, heeft me telefonisch laten weten dat oom Owen na een stevige drinkpartij ten val is gekomen en nu in een rolstoel zit omdat hij zijn bekken heeft gebroken.'

'O jee, wat vreselijk.' Schuldbewust staarde ze in haar theekopje. 'Ik had bij hem moeten blijven, hè?'

'Nee, Greta. Je hebt er goed aan gedaan. Door wat Glenwilliam me heeft verteld, weet ik dat Cheska en jij daar wel weg moesten. Hoe heb je het financieel gered?'

'Ik heb... Ik hád een baan, tot vanochtend. Maar ik ben vertrokken omdat ik een geschil had met mijn baas. Daarom was ik net bij het Windmill, om te kijken of ze daar werk voor me hadden.'

David keek haar aan. Hoewel ze nog net zo mooi was als in zijn herinnering, waren haar ogen rood van het huilen en zag ze er uitgeput uit. 'Arme jij. Je had me moeten opzoeken. Ik had je graag willen helpen.'

'Dat is lief van je, maar...'

'Maar je dacht dat ik boos op je was omdat je met mijn oom bent getrouwd,' maakte hij haar zin af.

'Ja.'

'Voordat we verder praten, moet je weten dat ik je helemaal niets kwalijk neem. Al kan ik niet beweren dat ik weet wat je destijds voor oom Owen voelde.'

'Ik hield niet van hem, als je dat bedoelt, David. Ik was wanhopig en in het begin was hij erg lief voor me,' gaf ze eerlijk toe. 'Dat gezegd hebbende denk ik dat Owen mij ook gebruikt heeft. Na verloop van tijd ben ik tot het besef gekomen dat hij alleen met me getrouwd is omdat hij een erfgenaam voor Marchmont wilde.'

'Jammer genoeg denk ik dat daar een kern van waarheid in zit. Hij vond het nooit een prettige gedachte dat het landgoed na zijn dood op mij zou overgaan,' zei hij met een wrang lachje.

'Je moet me geloven als ik zeg dat ik daar allemaal niets van afwist toen hij me het hof begon te maken. Ik heb sterk het vermoeden dat je moeder daar is weggegaan omdat ik met hem ging trouwen. Daar voel ik me ook heel schuldig over.'

'Ach, ik heb altijd het gevoel gehad dat mijn moeder iets voor me achterhield over haar relatie met mijn oom. Maar mocht het een troost voor je zijn, ze heeft het goed naar haar zin bij haar zus in Gloucestershire.'

'David, het spijt me zo wat ik jou en je familie allemaal heb aangedaan. Jij was zo goed om me te helpen, en ik heb jullie allemaal in de ellende gestort. O, help, waarom moet ik toch altijd huilen als ik bij jou ben?'

'Ik weet niet of ik dat als een compliment of als een belediging moet opvatten. Hier.' Hij gaf haar zijn zakdoek. 'Even iets vrolijkers, dan. Wanneer mag ik eens kennismaken met... Ja, wat is Cheska eigenlijk van me? Eh...' Hij krabde zich op zijn hoofd. 'Mijn nichtje, denk ik. Of mijn achternichtje? Ik heb altijd al een achter-familielid willen hebben!'

Ze giechelde en snoot haar neus. 'Je moest eens weten hoe fijn ik het vind om je weer te zien.'

'Insgelijks, Greta. Wat ga je doen om de kost te verdienen, nu je je baan kwijt bent?'

'Ander werk zoeken, denk ik. Maar vertel eens, hoe gaat het met jou?'

'Heel goed, eigenlijk. Volgende week is mijn laatste week bij het Windmill. Ik heb mijn eigen radioprogramma op de BBC en volgende maand beginnen de opnames van mijn eerste speelfilm, in Shepperton Studios. Ik heb een heel leuk rolletje, als onfortuinlijke broodkaarter. Ik ben altijd al waardeloos geweest in kaartspelletjes,' zei hij grijnzend.

'Jeetje, dat is geweldig.'

'Ik mag zeker niet klagen. Hoor eens, waarom komen Cheska en jij zondag niet bij me lunchen? Ik wil haar graag leren kennen. Mijn impresario komt ook. We vieren dat ik wegga bij het Windmill en in een film mag spelen.'

'Heel graag, als het niet te veel moeite is.'

'Welnee.' Hij krabbelde het adres op een papiertje. 'Het is hier vlak om de hoek. Ik heb mijn telefoonnummer er ook bij geschreven. Als je iets nodig hebt, hoef je me maar te bellen. Per slot van rekening zijn we familie, op een rare manier.'

'Dank je. Dan zie ik je zondag.' Ze stond op. 'Nu moet ik ervandoor, anders vraagt Cheska's oppas zich af waar ik blijf.'

'Natuurlijk. Tot zondag.'

Nadat David de rekening had betaald, stak hij de weg over naar de artiesteningang. In zijn kleedkamer drong het tot hem door dat hij aan het fluiten was. Hij staarde naar zijn spiegelbeeld en zag een schittering in zijn ogen, die niets met zijn ontluikende carrière te maken had.

Die was veroorzaakt door Greta.

Het lot had haar bij hem teruggebracht, net toen hij dacht haar voorgoed kwijt te zijn.

Deze keer zou hij haar niet laten gaan.

Die zondag trok Greta haar dochtertje haar mooiste blauwe jurk aan en deed een bijpassend lint in haar blonde krullen.

'Waar gaan we naartoe, mama?' wilde Cheska weten toen ze de flat uit liepen.

'Naar je oom David. Hij is een beroemde komiek. Dat betekent dat hij heel grappig is. Binnenkort mag hij in een film spelen.'

Met grote ogen van verwachting stapte Cheska in de bus. Ze stapten uit bij Seven Dials en liepen via Floral Street naar het adres dat David aan Greta had gegeven.

'Kom binnen, kom binnen!' begroette David hen hartelijk bij de voordeur. Hij liet zich op zijn hurken zakken en keek Cheska aan. 'Hallo. Ik ben je neef David, of misschien je achterneef...' Hij knipoogde naar Greta. 'Maar je mag wel oom David tegen me zeggen. Wat een mooie pop heb je daar. Hoe heet ze?'

'Polly,' zei Cheska verlegen.

'Polly de pop. Dat past goed bij haar. Je bent wel een mooie meid, zeg. Net als je mama.' Hij stak zijn armen naar Cheska uit en tilde haar op. 'Kom maar mee,' zei hij, en ze gingen met zijn drieën naar de lichte, ruime woonkamer waar al een man van middelbare leeftijd aan de whisky zat.

'Dit zijn mijn nichtje Cheska en haar moeder Greta. Greta, dit is Leon Bronowski, mijn impresario.'

De man stond op en stak Greta zijn hand toe. 'Aangenaam,' zei hij met een licht buitenlands accent.

David zette Cheska op de bank en nam Greta's jas aan. 'Wat kan ik voor jullie inschenken?'

'Voor mij graag een glas gin en voor Cheska limonade, als je dat hebt.'

Hij verdween naar de keuken.

'Hebt u David ontdekt in het Windmill, meneer Bronowski?' vroeg Greta toen ze ging zitten.

'Zeg maar Leon, hoor. En inderdaad. Hij heeft veel talent en ik denk dat hij het nog ver zal schoppen. Begreep ik nu goed dat jij daar ook hebt gewerkt?'

'Ja, al lijkt dat nu wel een heel ander leven.'

'Er komt daar opvallend veel talent vandaan. Er zijn veel danseressen die zijn uitgegroeid tot succesvolle filmsterren. Dat was ook jouw bedoeling, neem ik aan?'

'Door de komst van Cheska is het anders gelopen, maar natuurlijk droomde ik daar wel van. Dat doen alle meisjes, nietwaar?'

Hij knikte bedachtzaam en keek naar Cheska. 'Uiteraard.'

Hun gastheer kwam terug met twee glazen.

'Dank je. Op jou, David. Ik ben trots op je. Je zult er wel naar uitkijken om die film te maken.' Greta hief haar glas.

'Zeker, maar het is allemaal Leons verdienste. Zonder hem was ik nu waarschijnlijk nog steeds aan het ploeteren in het Windmill, wachtend op mijn grote doorbraak. Neem me niet kwalijk, maar ik moet naar het lamsvlees kijken.'

Even later zette David een smakelijk braadstuk op de tafel in een hoek van de woonkamer, waar ze met zijn vieren van aten. Gloeiend van trots zag Greta dat Cheska rustig bleef zitten, terwijl David en Leon de laatste showbizzroddels doornamen.

Toen ze na het eten aan de koffie zaten, viel Leons blik weer op het meisje, dat van tafel was gegaan en nu in kleermakerszit bij de haard in haar favoriete boek, *De sprookjes van Grimm*, zat te bladeren. 'Is ze altijd zo zoet?'

'Meestal wel. Al is ze natuurlijk ook weleens ondeugend, dat hoort erbij.'

'Ze is beeldschoon. Met die gouden krullen en die prachtige ogen lijkt ze net een engeltje,' mijmerde hij hardop. 'Heb je weleens een carrière als actrice voor haar overwogen?'

'Nee, daar is ze toch nog veel te jong voor?'

'Hoe oud is ze dan?'

'Nog maar net vier.'

'Nou, Greta, ik vraag het omdat de regisseur van de film waar David in gaat spelen nog op zoek is naar een meisje voor de rol van de dochter van de hoofdrolspeelster. Het is geen grote rol, twee of drie scènes maar. Maar Cheska lijkt op Jane Fuller, de vrouw die de moeder speelt.'

'Jane Fuller is beeldschoon,' merkte Greta op.

'Nu je het zegt, Leon,' vond ook David.

Ze keken alle drie naar Cheska, die opkeek en lief naar hen lachte.

'Wat zou je ervan vinden als ik tegen de regisseur zeg dat ik een meisje ken dat weleens geschikt zou kunnen zijn voor die rol?'

'Geen idee.' Greta keek naar David. 'Wat vind jij ervan?'

'Nou, als Cheska de rol krijgt, kan haar oom David op de set in elk geval een oogje in het zeil houden. Toch, lieverd?' Hij knipoogde naar het meisje.

'Denk er maar eens over na, Greta. Volgens mij kan ik wel regelen dat je wordt aangenomen als haar chaperonne. Dat betaalt goed en op die manier weet je zeker dat ze goed wordt behandeld. Natuurlijk is het wel afwachten of Charles Day, de regisseur, haar geschikt vindt. Misschien heeft hij al een ander kind op het oog, want de opnames beginnen binnenkort al.'

'Ach, het kan vast geen kwaad om Cheska aan hem voor te stellen. Ik neem aan dat zij er ook voor betaald krijgt? Niet dat het daarom gaat, natuurlijk.'

'Absoluut. Zal ik Charles morgenochtend eens bellen om te vragen of de rol nog beschikbaar is? Zo ja, dan zal ik een afspraak voor jullie maken.'

'Prima, waarom ook niet?'

'Hier heb je mijn kaartje. Bel me morgen rond het middaguur

maar, dan zal ik wel meer weten. Het spijt me dat ik nu alweer weg moet, maar ik heb nog met een andere cliënt van me afgesproken in het Dorchester.' Hij stond op. 'De lunch was weer heerlijk, David.' Hij liep naar Cheska toe, ging op zijn knieën naast haar zitten en stak zijn hand uit, die ze netjes schudde. 'Tot ziens,' zei hij.

'Tot ziens, meneer.'

Grinnikend stond Leon op. 'Wie zou daar nou niet voor smelten? Volgens mij heb je een echte ster te pakken, Greta. Tot ziens, allemaal.'

Greta en David brachten de vuile vaat naar het keukentje. David deed de afwas, Greta en Cheska droogden af. Daarna gingen ze weer naar de woonkamer. David klopte op zijn schoot, Cheska klauterde erop, stak haar duim in haar mond en viel pardoes in slaap.

Greta ging op het kleed zitten en zag hem vol genegenheid naar haar dochtertje kijken. Door de wijn die ze bij de lunch had gedronken en omdat het een zwoele dag was, voelde ze zich loom en ontspannen. Ze geeuwde en rekte zich uit als een kat, ongewoon kalm. 'Wat een heerlijk appartement heb je, David. Je hebt hier helemaal niet het gevoel dat je in hartje Londen zit.' Toen hij niet reageerde, keek ze hem van opzij aan.

'Het spijt me, ik was er met mijn gedachten niet bij. Wat zei je?'

'Niets belangrijks. Alleen dat het hier zo rustig is.'

'Dat is het zeker, maar toch overweeg ik te verhuizen. Ik heb inmiddels een aardige bankrekening en mijn accountant heeft me aangeraden in onroerend goed te investeren. Dit is maar een huurwoning. Misschien zoek ik wel iets aan de rand van Londen. Door mijn kindertijd op Marchmont snak ik naar iets met meer ruimte buiten mijn voordeur.'

'Als ik genoeg geld had, zou ik een groot appartement in Mayfair kopen, met twee pilaren buiten en een trap naar de voordeur,' zei ze dromerig, terwijl ze aan het huis van James dacht. 'Maar goed, ik ga maar eens naar huis om Cheska in bad te doen.'

'Ik breng jullie wel met de auto. Cheska is moe,' stelde hij voor toen het meisje slaperig haar ogen opendeed.

'Heel graag, als je het niet vervelend vindt.'

‘Wil je nog binnenkomen voor een kop koffie?’ vroeg Greta toen ze een kwartier later voor haar huis tot stilstand kwamen. ‘Stel je er niet te veel van voor, hoor.’

‘Nee, bedankt. Ik moet het script voor de show van morgenavond nog doornemen. Luister er maar eens naar, als je tijd hebt.’

‘Natuurlijk,’ zei ze, te beschaamd om toe te geven dat ze zich geen radio kon veroorloven. ‘Kom mee, schat,’ vervolgde ze tegen haar dochter.

‘Welterusten, Cheska.’ David bukte zich en drukte een kus op haar wang.

‘Welterusten, oom David. Bedankt voor het lekkere eten.’

‘Graag gedaan, liefje. Ik vond het fijn dat je er was.’ Tegen Greta zei hij: ‘Bel me maar als je weet of ik met haar ga samenwerken.’

‘Dat zal ik doen. Bedankt, David. Ik heb het al in tijden niet meer zo goed naar mijn zin gehad.’

‘Denk eraan, als er problemen zijn, laat je het me weten.’

Ze knikte dankbaar en ging naar binnen.

15

De volgende dag belde Greta rond het middaguur vanuit een telefooncel naar Leons kantoor. 's Avonds had ze nog lang gepiekerd of ze er wel goed aan deed om Cheska op zo'n jonge leeftijd in een film te laten spelen. Maar als het doorging, zou Greta meer tijd met haar kunnen doorbrengen dan wanneer ze een baan zocht. En ze wist hoe goed acteerwerk betaalde.

'Greta, fijn dat je belt,' zei Leon. 'Ik heb voor morgenochtend om tien uur een afspraak voor jou en Cheska gemaakt met Charles Day, de regisseur. Als je me je adres geeft, stuur ik mijn chauffeur om negen uur naar je toe om jullie naar Shepperton Studios te brengen. Met het openbaar vervoer is het een hele onderneming.'

'Dat is heel attent van je, Leon.'

'Ach, het is niks. Kan ik je thuis bereiken als ik iets heb gehoord? De beslissing zal wel snel vallen, aangezien de opnames al bijna van start gaan.'

'Dat moet dan via het nummer van mijn buurvrouw. Ik heb momenteel zelf geen telefoon.'

'Prima.' Hij noteerde het telefoonnummer van Mabel en hun adres. 'Als alles goed gaat, kun je je binnenkort wel een telefoon veroorloven. Die zal nog goed van pas komen. Trek Cheska morgen maar dezelfde jurk aan als gisteren, en wens haar toitoitoi van me.'

Huiverend van opwinding hing ze op. Cheska stond geduldig te wachten tot haar moeder de verbinding had verbroken. Ze tilde haar dochter op en omhelsde haar. 'Wat zeg je ervan om thee te gaan drinken bij Lyons' Corner House?'

'Ja, mama, heel graag!' Cheska's ogen begonnen te stralen.

De volgende ochtend was Greta al vroeg uit de veren. Terwijl Cheska nog lag te slapen, waste zij haar haren, bracht ze in model en trok haar beste werkkleding aan. Daarna ging ze haar dochter wakker maken, maakte een ontbijt voor haar klaar en trok haar de blauwe jurk aan.

'Waar gaan we naartoe, mama?' Het was Cheska niet ontgaan dat haar moeder in een uitgelaten stemming was en dat zij weer haar zondagse goed droeg.

Op dat moment werd er aangebeld.

'We gaan met de auto naar een heel aardige man toe. Hij wil misschien dat je in een film gaat spelen.'

'Net als Shirley Temple?'

'Ja, lieverd.'

Toen ze achter in de zwarte auto stapten, zette Cheska grote ogen op bij het zien van de zachte leren bekleding. Op weg door de straten van Londen en door de groene buitenwijken van Surrey luisterde het meisje toen Greta zei dat ze haar beste beentje voor moest zetten.

Greta voelde zich net een filmster toen de auto tot stilstand kwam bij de poort van Rainbow Pictures en de chauffeur hun namen doorgaf aan de bewaker. Ze mochten doorrijden en ze keek gefascineerd door het raampje naar wat eruitzag als een stel grote vliegtuighangars. Bij de gedachte aan haar oude droom om hier op auditie te mogen komen, ging er een tinteling door haar heen.

De chauffeur bracht de auto voor de receptie tot stilstand. 'Ik wacht hier tot jullie klaar zijn. Succes, dametje.' Hij tikte tegen zijn hoed en glimlachte naar Cheska toen ze uitstapten.

Greta nam haar dochter bij de hand, liep naar binnen en legde aan de receptioniste uit wie ze waren.

'Neemt u daar maar even plaats, mevrouw Simpson. De secretaresse van meneer Day komt u zo halen,' zei de receptioniste, terwijl ze naar een bank wees.

'Dank u.' Greta voerde Cheska mee naar de kleine wachtruimte en keek naar de filmfoto's aan de wanden. Ze hield zichzelf voor dat ze de verwachtingen voor zichzelf en Cheska niet te hoog moest maken. Na een tijdje kwam er een keurig uitziende jonge vrouw met een klembord uit een lift op hen afgestapt. 'Mevrouw Simpson en Cheska?'

'Ja.'

'Lopen jullie met me mee?'

Greta streek vlug de krullen van haar dochter in model en kneep in haar hand, waarna ze een ruim kantoor in werden geloodst dat werd gedomineerd door een groot bureau waarachter een man van een jaar of vijfendertig zat.

'Mevrouw Simpson en Cheska, meneer,' kondigde de secretaresse aan.

'Dank je, Janet.' De man stond op. 'Aangenaam kennis te maken, mevrouw Simpson. Ik ben Charles Day, de regisseur van *Dark Horse*. Gaat u zitten.' Hij gebaarde naar twee stoelen voor zijn bureau.

Greta zette Cheska op de ene stoel en nam zelf op de andere plaats.

'En dit is Cheska, neem ik aan?'

'Hoe maakt u het, meneer?' zei Cheska zachtjes.

In zijn ogen verschenen pretlichtjes. 'Heel goed, dank je wel. Zo, jongedame. Weet je waarom je hier bent?'

'Ja hoor. Zodat ik in een film kan spelen en mooie jurken aan mag, net als Shirley Temple.'

'Dat klopt. Zou je dat graag willen?'

'Ja, meneer.'

Hij richtte zich tot Greta. 'Leon Bronowski heeft volkomen gelijk. Uw dochter lijkt als twee druppels water op Jane Fuller. Zou je eens naar je mama kunnen kijken, Cheska?'

Toen ze dat deed, nam hij haar onderzoekend op. 'En profil lijkt ze ook op haar. Mooi, heel mooi. Zo, mevrouw Simpson, volgens meneer Bronowski bent u bereid als chaperonne op te treden voor uw dochter?'

'Zeer zeker, ja.'

'De opnames beginnen maandag over een week al, maar de scènes van Cheska worden pas een paar weken later opgenomen. We kunnen haar een contract van een maand aanbieden, al hoeft ze uiteraard niet meer dan enkele uren per dag te werken. Schikt dat?'

Ze knikte. 'Ja, dat lijkt me prima.'

'Uitstekend. Meneer Bronowski heeft me verteld dat Cheska zich als een engeltje gedraagt.'

'Ze is heel zoet, ja.'

'Dat is een groot voordeel. Er is niets erger dan een verwend nest dat een driftbui krijgt wanneer de camera's draaien. Tijd is geld. Ben jij een zoet meisje, Cheska?'

'Ik denk het wel, meneer.'

'Volgens mij ook. Als we je een rol in deze film geven, moet je wel beloven dat je je beste beentje voorzet.'

'Dat beloof ik, meneer.'

'Goed, ik heb wel genoeg gezien, mevrouw Simpson. Er komen vanochtend nog twee meisjes op gesprek, dus ik zal contact met Leon opnemen als mijn beslissing vaststaat. Ontzettend bedankt dat jullie helemaal hiernaartoe gekomen zijn. Het was heel aangenaam kennis met jullie te maken. Tot ziens.'

'Dank u, meneer Day.' Greta stond op. 'Kom mee, schat.'

Cheska schoof van de stoel af en ging uit eigen beweging op haar tenen staan en leunde naar het bureau toe. Toen ze haar hand uitstak, schudde Charles die lachend. 'Tot ziens, meneer,' zei ze, en daarna huppelde ze achter haar moeder aan de kamer uit.

'Charles Day aan de telefoon voor je, Leon.'

'Dank je, Barbara. Hallo?'

'Leon, met Charles. Dat meisje dat je vandaag naar me toe hebt gestuurd, was precies zoals je al zei. Als ze ook nog kan acteren, hebben we de Engelse Shirley Temple in handen.'

'Wat een schatje, hè?'

'Aanbiddelijk. Ze ziet er niet alleen uit als een engel, ze heeft ook dat kwetsbare van een jonge Margaret O'Brien of Elizabeth Taylor. Het mag duidelijk zijn dat we haar graag willen voor de rol. Het is een bijrol, maar daardoor krijgt de studio de kans om te zien hoe ze overkomt op camera, zonder dat het voor haarzelf al te belastend wordt. Staat ze al bij je onder contract?'

'Nee, ik was eerst benieuwd wat jij te zeggen had.'

'Als ik jou was, zou ik niet langer wachten. Misschien zit ik ernaast, maar Cheska zou weleens een grote ster kunnen worden. Je weet hoe zeldzaam dat is. Ik voorzie een gouden toekomst voor haar.'

'Ik ook.'

'We moeten wel iets aan die achternaam doen. Simpson is veel te saai.'

'Goed, ik zal er eens over nadenken.'

Omdat Leon hoorde hoe enthousiast Charles was, begon hij meteen met onderhandelen en wist een royale vergoeding voor Cheska en haar chaperonne los te peuteren. Toen hij de telefoon neerlegde, voelde hij de roes die hij alleen kreeg als zijn neus voor talent gelijk kreeg.

Die middag om half vier klopte Mabel bij Greta aan, buiten adem omdat ze de trap op was gerend.

'Er is ene Leon Bronosk... iemand voor je aan de telefoon.'

'Dank je, Mabel. Zou jij een paar minuten op Cheska willen passen, terwijl ik met hem praat?' Ze haastte zich naar Mabels flat en pakte de hoorn op. 'Hallo?'

'Greta, met Leon. Charles Day heeft net gebeld en hij wil Cheska in zijn film.'

'O, wat een goed nieuws!'

'Fijn dat je er blij mee bent. Charles was erg onder de indruk. Hij denkt dat Cheska een grote ontdekking kan zijn.'

'Weet je zeker dat dit geen kwaad kan, Leon? Ik bedoel, ze is nog zo jong.'

'Shirley Temple was nog jonger toen ze in haar eerste film speelde. Trouwens, Charles Day mag dan wel enthousiast zijn, maar we zullen nog maar niet te ver doordraven voordat we gezien hebben hoe ze op het witte doek overkomt. Het valt nog te bezien hoe fotogeniek ze is.'

'Natuurlijk.'

'Ik denk dat je wel tevreden zult zijn over de vergoeding die ik voor

Cheska heb weten te bedingen. Als ze het goed doet, wil Rainbow Pictures misschien wel een vast contract met haar. Dan wordt het pas echt interessant. Maar hoe klinkt vijfhonderd pond je voorlopig in de oren?'

Als twee jaar hard werken op mijn oude werkplek, dacht ze. 'Prima,' wist ze uit te brengen. 'Dank je.'

'Mooi. Daarnaast krijg jij als Cheska's chaperonne nog tien pond per dag. Zou je vrijdagochtend bij me op kantoor kunnen langskomen? Je zult namens haar een contract moeten ondertekenen. O, en Greta, Charles Day wil haar achternaam veranderen in iets met wat meer allure. Daar heb je toch geen bezwaar tegen?'

'Nee, helemaal niet.' Simpson was toch niet Cheska's echte achternaam.

'Dan zie ik je vrijdag. Tot dan.'

Ze legde de hoorn neer, deed een vreugdedansje in Mabels halletje en rende weer naar boven om haar dochter het goede nieuws te vertellen.

'Dus je gaat in een film spelen? Jeetje, straks voel je je nog veel te goed om met iemand als ik te praten.' Mabel glimlachte naar Cheska en gaf een liefdevol kneepje in haar wang.

Even later kwam David met een grote chocoladereep voor Cheska en een fles champagne voor Greta aanzetten.

'Wat een knappe meid ben jij, zeg.' Hij tilde Cheska op om haar te omhelzen. 'Ik wist wel dat het haar zou lukken. Ze is net een engeltje. Ja toch, liefje?'

'Ja, oom David.' Cheska knikte ernstig, waarop de volwassenen moesten lachen.

'Het is bedtijd voor jou, jongedame. Nu niet meteen gaan denken dat je Elizabeth Taylor bent, hoor.' Greta knipoogde naar David.

Nadat ze haar dochter in bed had gestopt, vertelde David Cheska nog een verhaal waarbij hij alle personages een eigen stemmetje gaf, wat een hoop gegiechel vanuit de slaapkamer opleverde. Daarna ging hij met Greta in de kleine woonkamer zitten en dronken ze van de champagne.

‘Doe ik hier wel goed aan?’ vroeg Greta.

‘De opnames duren maar een paar dagen. Als Cheska er niets aan vindt, hoeft ze het nooit meer te doen. Maar ik denk dat de anderen haar zo in de watten zullen leggen dat ze zich prima zal vermaken. En laten we wel wezen, het geld komt jullie ook wel goed van pas, toch?’ Het was hem niet ontgaan dat de flat er nogal sjofel uitzag en dat haar rok en blouse tot op de draad versleten waren.

‘Ja, maar ik voel me wel schuldig dat Cheska de kost moet verdienen.’

‘In elk geval kun je haar nu vaker zien dan wanneer je haar de hele dag bij je buurvrouw moet onderbrengen.’

‘Ja, je zult wel gelijk hebben.’

‘Mooi. Maak je nu maar geen zorgen en neem nog een glas champagne.’

Op vrijdagochtend om half twaalf kwam Greta met Cheska aan op Leons impresariaat aan Golden Square in Soho. Toen ze bij hem binnen werden geroepen, keek ze naar de foto’s aan de wand van zijn ruime kantoor. ‘Dat ben jij met Jane Fuller, toch?’

‘Ja, op de set van haar eerste film, tien jaar geleden,’ antwoordde hij. ‘Laten we maar meteen ter zake komen.’

Hij vertelde dat hij Cheska’s manager wilde worden, in ruil voor tien procent van haar inkomsten. Toen Greta haar handtekening onder het contract zette, glimlachte hij. ‘Zo, nu hoeven we alleen nog een nieuwe achternaam voor Cheska te verzinnen. Anders doet de studio het, en ik vind dat jij het recht hebt om te kiezen. Wat denk je van iets binnen de familie? Wat was de meisjesnaam van je moeder?’

‘Hammond.’

‘Cheska Hammond, dat klinkt goed. We zullen bij de studio navragen wat zij ervan vinden. Nou, dat was het volgens mij wel.’ Hij stond op, ten teken dat de bespreking voorbij was. ‘Ik neem contact met je op zodra ik weet wanneer ze op de set wordt verwacht, en ik zal je een script toesturen. Bedankt voor je komst, Greta. Cheska zal ons vast allebei heel trots maken, denk je ook niet?’

‘Ja, meneer Leon,’ antwoordde Cheska. ‘Tot ziens.’

Drie weken later stond Cheska voor het eerst voor de camera. Greta keek buiten de set toe hoe haar dochter bij Jane Fuller op schoot zat.

'Stilte op de vloer!' riep Charles. 'Oké, we gaan kijken hoe het gaat als Cheska tekst heeft. Cheska, als ik "actie" roep, kun jij dan je armen om Janes nek slaan en "Ik hou van je, mammie" zeggen?'

'Ja, meneer Day.'

'Goed zo, meisje. Vooruit, dan gaan we opnemen.'

Het werd stil in de studio.

'Scène tien, take één.' De filmklapper werd dichtgeklapt en Charles glimlachte bemoedigend naar Cheska. 'Actie!'

Cheska sloeg haar armen om de elegante nek van Jane Fuller en omhelsde haar. 'Ik hou van je, mammie,' zei ze, terwijl ze opkeek naar de actrice en de camera inzoomde op haar gezichtje.

Met tranen in haar ogen keek Greta toe. 'Ik hou ook van jou, Cheska,' fluisterde ze.

Charles Day bekeek het ruwe opnamemateriaal met een studiobaas van Rainbow Pictures. Cheska Hammond was de meest ongekunstelde, charmante actrice van die leeftijd die ze beiden ooit hadden gezien.

'Zei je dat ze teksten kan onthouden als je ze aan haar voorzegt?' vroeg de studiobaas.

'Vandaag in elk geval wel.'

'Goed, probeer haar zoveel korte zinnetjes te geven als je kunt, zonder Jane te beledigen, natuurlijk. Laat haar maar niet horen dat ze finaal wordt weggespeeld door een kind van vier,' zei hij grinnikend.

Fragment uit Picturegoer Monthly
Maart 1951

Dark Horse *is de nieuwste titel van Rainbow Pictures. De regisseur, Charles Day, wordt nu al de nieuwe Engelse Selznick genoemd. Die bijnaam doet hij eer aan met wat alleen maar omschreven kan worden als een oersterke, ontroerende film.*

De hoofdrollen zijn weggelegd voor Jane Fuller en Roger Curtis, die uitstekend gestalte geven aan een van elkaar vervreemd echtpaar. Komiek David (Taffy) Marchmont maakt zijn filmdebuut en voegt een vleugje humor toe aan zijn rol als mislukte broodkaarter. Maar het aloude gezegde dat je nooit moet acteren met kinderen of dieren, wordt hier genadeloos doorgeprikt. De vierjarige Cheska Hammond steelt de show als het dochtertje van het stel. Naar verluidt is haar rol uitgebreid zodra Charles Day zag wat ze in haar mars had. Rainbow Pictures heeft een driejarig contract met haar getekend en haar volgende film is al in de maak.
Dark Horse *is een film die je gezien moet hebben. Ik durf te wedden dat niemand het droog houdt bij de laatste, indringende scène van juffrouw Hammond. Als je het mij vraagt, gaat ze een gouden toekomst tegemoet.*

EERSTE KERSTDAG 1985
MARCHMONT HALL,
MONMOUTHSHIRE, WALES

16

'Mary, weet jij misschien waar Greta uithangt?' vroeg David toen hij de keuken binnenkwam, waar de huishoudster koude kalkoen en ham met tafelzuur en salade op een schaal rangschikte.

'De laatste keer dat ik haar gezien heb, was een paar uur geleden. Toen vroeg ze me om laarzen en een jas omdat ze een wandeling wilde gaan maken. Misschien is ze alweer terug en is ze een dutje gaan doen.'

'Ja, dat zal wel.'

'Zal ik het avondeten nu opdienen, of straks pas?'

Op zijn horloge zag hij dat het bijna half acht was. 'Laat het hier maar staan, dan kunnen we zelf opscheppen. Je hebt een lange dag achter de rug, het wordt hoog tijd dat je een beetje rust neemt.'

'Weet je het zeker?'

'Heel zeker.'

'Goed, meneer David, dan doe ik dat,' zei ze dankbaar. 'Nog bedankt voor dat kasjmieren vest. Ik heb nog nooit zoiets chics gehad.'

'Het is je gegund, Mary. Ik weet niet wat we zonder jou hadden gemoeten.' Hij glimlachte en liep naar boven om te kijken of Greta daar was.

Toen er geen reactie kwam op zijn klop op de slaapkamerdeur, duwde hij hem zachtjes open. 'Greta?' Het was donker in de kamer en hij tastte langs de muur naar het lichtknopje. Er was niemand en aan het keurig opgemaakte bed te zien was Greta hier niet meer geweest om een dutje te doen. Zijn hart sloeg over. Hij doorzocht alle kamers boven en vroeg aan Ava of zij haar grootmoeder had gezien. Ze zei van niet, dus zocht hij beneden verder.

'Zoek je iets, David?' Tor keek op van de biografie van Mao Zedong, die hij haar voor kerst had gegeven.

‘Ik kan Greta nergens vinden. Ze is een tijd geleden een wandeling gaan maken en niet meer teruggekomen.’

‘Zullen we haar samen gaan zoeken?’

‘Nee, het is ijskoud buiten. Ze zal vast niet ver weg zijn. Zo terug.’ Toen hij de voordeur opentrok, voelde hij zich veel ongeruster dan hij aan Tor had laten blijken. Als Greta halverwege de middag was vertrokken en verdwaald was, kon ze inmiddels wel ernstig onderkoeld zijn.

Hij knipte de krachtige zaklamp die hij had meegenomen aan en banjerde weg door de sneeuw. Het ijskoude goedje kraakte onder het gewicht van zijn laarzen.

‘Denk na, David, denk na… Waar kan ze naartoe zijn gegaan?’ mompelde hij in zichzelf.

Overal naartoe. Want als Greta zich Marchmont niet herinnerde, was ze waarschijnlijk niet met een bepaald doel in gedachten vertrokken. Nadat hij de voor- en de achtertuin had gecontroleerd, besloot hij het bos in te lopen. Als hij dan toch ergens moest zoeken, kon hij net zo goed daar beginnen.

Hij herinnerde zich dat Greta lang geleden op eerste kerstdag haar enkel had verstuikt in het bos en liep met een gevoel van déjà vu tussen de bomen door. In het schijnsel van zijn zaklamp werd het schitterende sprookjeslandschap om hem heen zichtbaar. Het leek niet te passen bij het gevaar waarin Greta verkeerde als ze hier nog ergens was.

Op de open plek met Jonny’s graf riep hij Greta en tot zijn opluchting werd er zacht teruggeroepen.

‘Greta, is alles in orde? Blijf praten, dan loop ik in de richting van je stem!’

Even later viel het licht van zijn zaklamp op haar. Ze strompelde door de sneeuw op hem af. Hij rende naar haar toe en zag dat ze onbeheerst rilde. Over haar wangen liepen strepen mascara.

‘Wat heb je hier nu toch te zoeken, lieverd?’ Hij trok zijn dikke skijack uit, sloeg het om haar schouders en sloot haar in zijn armen om te proberen haar warm te krijgen.

'David, mijn geheugen is terug! Ik weet alles weer, van mijn ouders, Jonny, de reden dat ik naar Marchmont ben gegaan, en...' Snikkend zakte ze door haar knieën, in zijn armen.

Hij tilde haar op en droeg haar door het bos terug naar het huis.

Ondertussen bleef ze hem vertellen wat ze allemaal wist. De woorden kwamen er in een onsamenhangende stroom uit. 'Ik weet het weer van die soldaat, van het werk in het Windmill en waarom ik daar terechtkwam en... alles! O god, David, ik weet alles weer. Tot aan Marchmont dan, en Jonny's dood. Daarna is het allemaal nog een beetje vaag.'

'Juist.' Hij droeg haar de keuken in, waar Tor, Ava en Simon net hun avondeten opschepten. 'Greta was verdwaald in het bos, dus ik neem haar mee naar boven voor een warm bad. Tor, zou jij een warme kruik en een kop sterke thee met suiker kunnen maken en naar boven brengen?'

'Natuurlijk. Verder nog iets?'

'Even niet. Eerst moet ze maar eens opwarmen, en daarna heeft ze misschien wel heel mooi nieuws voor ons allemaal.'

Boven hielp hij Greta uit haar kleding, want ze bibberde nog steeds heel erg. Daarna deed hij de badkamerdeur achter zich dicht. Toen hij zich omdraaide, zag hij Tor met de thee in de slaapkamer staan.

'Wat is er gebeurd? Je zag er bijna euforisch uit toen je terugkwam. Niet bepaald de reactie die ik zou verwachten nadat je iemand op het nippertje hebt gered van de dood door onderkoeling.'

'Tor,' fluisterde hij, zodat Greta het niet zou horen. 'Ik weet het fijne er nog niet van, maar Greta vertelde me net dat haar geheugen terug is. Deels, tenminste. Is dat niet geweldig? Na al die jaren.'

Ze zag dat hij vreugdetranen in zijn ogen had. 'Ja, dat is het zeker. Een heus kerstwonder.'

'Het zal wel komen doordat ze terug is op Marchmont. Jeetje, had ik haar maar veel eerder kunnen overhalen om hierheen te komen...'

'Misschien was ze er toen niet aan toe. Hoe dan ook, ik kan niet wachten om het allemaal te horen. Godzijdank dat ze niet is doodgevroren. Ik denk dat je er net op tijd bij bent geweest.'

'Waarschijnlijk zat ze zo vol met adrenaline dat ze in beweging is gebleven en is dat haar redding geweest. Ga jij maar naar beneden om iets te eten. Ik blijf hier op haar wachten.'

Ze knikte en liep de kamer uit.

David liet zich op de rand van het bed zakken en tien minuten later kwam Greta in haar badjas de badkamer uit. 'Is het rillen opgehouden?' vroeg hij, terwijl hij probeerde in te schatten hoe ze zich voelde.

'Ja hoor. Ik heb het helemaal niet koud.'

'Hoe voel je je dan?'

'Ik weet het niet... Niet echt. Er zijn me in bad nog een paar dingen te binnen geschoten, maar ik moet er nog orde in zien aan te brengen. Kun jij me daarbij helpen?'

'Natuurlijk.'

'Maar vanavond niet. Ik wil eerst proberen er zelf nog wat meer wijs uit te worden. Ga jij maar naar beneden, naar de familie. Het laatste wat ik wil, is de kerstdagen bederven of iemand tot last zijn, al is dat laatste jammer genoeg al gebeurd.'

'Doe niet zo raar, Greta! Dit is een enorme doorbraak voor je. Wil je niet dat ik blijf?'

'Nee, ik kan nu beter alleen zijn.' Ze keken elkaar aan en begrepen allebei hoe belangrijk dit was.

'Goed dan. Er staat thee op je nachtkastje en er ligt een warme kruik in bed. Zal ik je een dienblad komen brengen? Het zou wel goed zijn als je iets at.'

'Ik hoef even niets, dank je. O, David, ik ben helemaal in de war, maar dit is toch geweldig?'

Hij keek naar haar prachtige blauwe ogen en zag ze voor het eerst in vierentwintig jaar weer stralen. 'Dat is het zeker.'

Toen Greta de volgende ochtend aan het ontbijt verscheen, werd ze omhelsd en gefeliciteerd door haar familie.

'Het spijt me dat ik er zo'n dramatische toestand van heb gemaakt,' zei ze met een schuldbewuste blik op Tor.

'Weet je wat de aanleiding is geweest?' vroeg Ava, niet alleen gefascineerd door wat er gebeurd was, maar ook door de fysieke transformatie die haar grootmoeder had ondergaan. Het leek wel of ze jarenlang vanbinnen bevroren was geweest en dat nu de dooi had ingezet, waardoor haar ogen weer sprankelden en haar wangen roze waren.

'Toen ik op kerstavond uit de auto stapte, had ik heel even een flashback, en nog één toen ik vanaf de overloop naar beneden keek en de kerstboom in de hal zag staan. Gisteren ging ik op goed geluk het bos in, want ik wist de weg natuurlijk niet meer, en kwam uit bij het graf van Jonny. Misschien voelde ik intuïtief dat ik daarheen moest, maar zo begon het. Vraag me alleen niet wat ik me wel en niet herinner, want het is allemaal nogal een rommeltje in mijn hoofd. In elk geval wist ik vanmorgen toen ik Mary zag precies wie ze was. En ook hoe lief ze voor me was toen ik hier woonde. Net als jij natuurlijk, David.'

'Herinner je je mij ook al, oma?'

'Geef haar even de tijd, Ava,' waarschuwde David haar vriendelijk toen hij iets van angst over Greta's gezicht zag flitsen. 'Ik weet zeker dat dit nog maar het begin was, Greta. Nu de spreekwoordelijke deur openstaat, zullen de herinneringen wel blijven komen.'

'Misschien zou je naar een psychotherapeut moeten gaan,' merkte Tor op. 'Ik heb niet veel verstand van dit soort dingen, maar ik kan me voorstellen dat dit allemaal nogal overweldigend voor je is.'

'Dank je, maar vooralsnog gaat het goed. Ik ga maar eens een wandelingetje maken, nu de zon nog schijnt. Deze keer zal ik niet verdwalen, beloofd.' Dat laatste zei ze met een ironisch lachje.

David wilde aanbieden om mee te gaan, maar bedacht zich net op tijd.

'Ik heb tegen Mary gezegd dat ik zou helpen de lunch klaar te maken. Ze ziet er doodmoe uit,' zei Tor, terwijl ze opstond. 'Ik stel voor dat we haar de rest van de dag vrij geven. Zonder haar moeten we het toch ook wel redden?'

'Als niemand er bezwaar tegen heeft,' zei Simon, 'ga ik naar mijn muziekstudio. Ik moet nog twee nummers schrijven voor Rogers nieuwe album.'

'Natuurlijk niet, schat,' zei Ava. 'Blijf maar zo lang weg als je wilt.'

'Als jij maar goed uitrust.' Hij gaf zijn vrouw een kus en liep de kamer uit.

'Dus de studio bevalt goed?' vroeg David.

'Nou en of. Volgens mij zou Simon er het liefst overnachten.' Ava grinnikte. 'Ik weet dat je niet op al die bedankjes zit te wachten, maar het was echt een geniale inval om een van de oude stallen om te bouwen tot een studio. De artiesten komen hier graag, omdat het zo rustig en mooi is. Nu Simon en ik verhuisd zijn, zullen ze het wel fijn vinden om in het poortwachtershuis te overnachten. Hij gaat je terugbetalen, hoor. Waarschijnlijk sneller dan je denkt. De studio is voor het komende half jaar volgeboekt.'

'Dat zal voor jou wel een vloek en een zegen in één zijn.'

'Ja,' beaamde ze, getroost door het medeleven van haar oom. 'Het was wel prettig geweest als Simon de komende maanden wat meer vrije tijd had, maar het is niet anders. Ach, als hij maar gelukkig is. Net als jij waarschijnlijk, na oma's openbaring gisteravond.'

'Eerlijk gezegd kan ik het nog maar moeilijk bevatten. Na al die jaren is het een hele schok.'

'Dat zeker, maar ik heb nu voor het eerst een glimp opgevangen van hoe ze vóór het ongeluk geweest moet zijn. Ik denk ook dat het goed zou zijn als ze er met iemand over zou praten. Nu is ze nog door het dolle heen, maar als haar herinneringen echt terugkomen, zal ze het nog moeilijk krijgen. Zeker als je bedenkt wat ze zich nog moet herinneren,' zei ze zacht.

'Dat weet ik, maar hier heeft ze tenminste steun aan ons allemaal.'

'Vanmorgen zei ze dat ze zich alles herinnerde tot en met haar leven op Marchmont. Dat moet een moeilijke tijd zijn geweest. Het lijkt me al zwaar genoeg om erachter te komen dat je een zoontje hebt gehad dat maar drie is geworden.' Ze huiverde en legde beschermend een hand op haar buik. 'Maar de rest... Ik kan alleen maar hopen dat ze het aankan.'

'Dat is wel zo, maar nadat ze zo lang op halve kracht heeft geleefd, moet dit toch wel een verbetering zijn?'

‘Wat ik me afvraag... Zelfs als ze zich de avond van het ongeluk weer herinnert, dan hoeft ze nog niet de hele waarheid te kennen?’

‘Ik begrijp wat je bedoelt. Het lijkt mij het beste om gewoon maar af te wachten. Greta is een doorzetter. Als iemand dit aankan, is zij het wel. Maak je maar niet te veel zorgen om je oma, ik hou een oogje in het zeil. Zorg jij nu maar goed voor jezelf. Goed, ik ga de elementen maar eens trotseren in de Landrover om een *Telegraph* te kopen in het dorp.’

Toen Ava hem nakeek, vroeg ze zich af of zij de enige van dit gezelschap was die zag wat hij echt voor Greta voelde. Voor Tor hoopte ze maar van wel.

Later die dag liep David de salon in en trof Greta daar in haar eentje aan, starend naar de laatste sintels in de haard. ‘Mag ik erbij komen zitten? De rest is allemaal weg of een dutje aan het doen.’

‘Je mag de haard wel even voor me oppoken.’ Ze glimlachte.

‘Natuurlijk. Hoe voel je je?’ vroeg hij, terwijl hij met haardblokken en aanmaakhout in de weer ging.

‘Is het erg als ik zeg dat ik dat eigenlijk even niet weet?’

‘Nee, helemaal niet. Volgens mij zijn er geen regels voor wat jij nu doormaakt. En ook al zijn die er wel, dan mag je die gerust overtreden.’ Hij ging tegenover haar zitten en keek naar het oplaaiende vuur. ‘Ik ben hier om te luisteren, niet om te oordelen. Ik wil je helpen waar ik maar kan.’

‘Dat weet ik,’ zei ze dankbaar. ‘Nu je het zegt, ik wil je iets vragen. Waarom heb je me niet verteld over Jonny en dat hij zo jong is gestorven?’

‘De artsen zeiden dat ik niets moest zeggen wat traumatisch voor je zou kunnen zijn. Neem het me alsjeblieft niet kwalijk. Misschien had ik het wel moeten doen, maar...’

‘Je hoeft je niet te verontschuldigen, ik weet dat je me wilde beschermen,’ zei ze haastig. ‘Misschien kun je je wel indenken dat ik het een eng idee vind wat voor herinneringen me nog meer te wachten staan. Maar David, wat heb je altijd goed voor me gezorgd. Ik weet weer wat je voor me hebt gedaan toen ik zwanger was en geen kant op kon. Bedankt daarvoor. Ik heb nu wel het gevoel dat ik weer helemaal opnieuw moet verwerken dat ik mijn zoontje heb verloren, maar toen ik vandaag weer naar Jonny's graf ging, kwamen er nog meer herinneringen naar boven. Over...' Ze slikte moeizaam. 'Daarna.'

'Zoals?'

'Cheska. David, kun jij me helpen het me te herinneren, zelfs al is het voor mij pijnlijk om te horen? Ik moet de puzzelstukjes in elkaar zien te passen, want tot nu toe kan ik er geen touw aan vastknopen. Begrijp je?'

'Volgens mij wel,' antwoordde hij aarzelend, 'maar denk je niet dat je het beter vanzelf kunt laten gebeuren? Moeten we niet aan een professional vragen wat het beste voor je is?'

'Ik heb al jarenlang te maken met allerlei zielenknijpers. Neem maar van mij aan dat ik beter weet hoe ik in elkaar zit dan wie dan ook,' reageerde ze resoluut. 'Als ik dacht dat ik het niet aankon, zou ik je niet vragen de leemtes in te vullen. Trouwens, ik kan je al een heleboel vertellen. Zo weet ik bijvoorbeeld, of denk ik te weten, dat Owen alcoholist was en dat ik daarom met Cheska van Marchmont weg heb moeten vluchten. Ik ben naar Londen gegaan en ik weet nog vrij veel van wat er daar is gebeurd, dingen die ik gedaan heb waar ik niet bepaald trots op ben. Maar als jij me meer kunt vertellen, en dan bedoel ik de absolute waarheid, zou ik daar echt veel aan hebben. Alsjeblieft, David. Ik moet het weten.'

'Goed, als je denkt dat je het aankunt.'

'Dan moet je wel zweren dat je niets voor me achterhoudt. Anders kan ik er niet op vertrouwen dat het echt is gebeurd en dat mijn fantasie geen loopje met me neemt. De hele waarheid, alsjeblieft,' drong ze aan. 'Dat is de enige manier.'

Hij kreeg dringend behoefte aan een glas whisky, maar hield zich in omdat het nog maar drie uur 's middags was.

Waarschijnlijk merkte ze zijn aarzeling op, want ze zei: 'Ik weet al dat er vreselijke dingen bij zijn, dus je hoeft niet bang te zijn om me te choqueren.'

'Goed dan,' verzuchtte hij. 'Je zei dat je je nog herinnert dat je naar Londen ging. Weet je ook nog dat ik voor Cheska een auditie geregeld heb voor haar eerste film?'

'Inderdaad, ja. Begin daar maar, David, want daarna wordt het allemaal nogal wazig...'

CHESKA
LONDEN, JUNI 1956

17

Soms droomde Cheska. Het was altijd dezelfde droom, waaruit ze bibberend van angst wakker schrok. De droom speelde zich af in een groot, donker bos met heel veel hoge bomen. Er kwam een jongetje in voor dat precies op haar leek en met wie ze verstoppertje speelde. Soms was er ook een oudere man bij. Hij wilde altijd met het jongetje knuffelen, maar nooit met haar.

Op dat punt veranderde de droom en werd het nacht. De oudere man, die vreselijk uit zijn mond stonk, dwong haar in een doodskist te kijken, naar het jongetje. Zijn gezichtje was wit en zijn lippen grauw, het was duidelijk dat hij dood was. De man kleedde het jongetje uit, draaide zich naar haar toe, en het volgende moment had zíj die kleren aan. Ze roken muf en er kwam een grote spin uit gekropen, die langs het voorpand van het jasje naar haar gezicht kriebelde. Dan werd er op haar schouder getikt. Als ze zich omdraaide, staarde ze recht in de verstarde ogen van het jongetje. Het leek wel of hij uit de schaduwen van een kleine spar kwam. Rillend van de kou stak hij zijn hand naar haar uit...

Op dat moment werd ze met een kreet wakker en zocht naar de lamp op het nachtkastje. Als die eenmaal aan was, bleef ze rechtop in bed om zich heen zitten kijken naar de vertrouwde, knusse kamer, om zich ervan te verzekeren dat alles nog precies hetzelfde was als toen ze was gaan slapen. Ze zocht Polly, die meestal op de grond naast het bed lag, knuffelde haar en stak schuldbewust haar duim in haar mond. Mama zei altijd dat als ze niet stopte met dat babygedrag, haar tanden naar voren zouden gaan staan en ze haar carrière als filmster wel op haar buik kon schrijven.

Na een tijdje vervaagde de droom en ging ze in de kussens naar de mooie baldakijn van wit kant boven haar hoofd liggen staren. Uiteindelijk vielen haar ogen dicht en dommelde ze weer in.

Ze vertelde haar moeder niets over die droom. Die zou waarschijnlijk zeggen dat ze niet zo raar moest doen, dat dode mensen niet meer tot leven konden komen. Maar Cheska wist wel beter.

Op haar tiende was Cheska Hammond een van de bekendste gezichten van Groot-Brittannië. Ze had net haar zevende film afgerond, en in de laatste drie had haar naam bovenaan de titelrol gestaan. Filmrecensenten hadden haar al vroeg in haar carrière 'De Engel' gedoopt, een bijnaam die was blijven hangen. Haar nieuwe film kwam over vier weken uit en mama had beloofd dat ze een witte bontjas voor haar zou kopen om naar de première in het Odeon aan Leicester Square te dragen.

Cheska wist dat ze zou moeten genieten van de premières van haar films, maar eigenlijk vond ze die maar eng. Er stonden altijd zo veel mensen buiten de bioscoop als ze in de auto aankwam, en ze moest snel door grote mannen door de menigte worden geloodst. Eén keer had een vrouw haar arm beetgepakt en geprobeerd haar bij haar moeder weg te trekken. Later was haar verteld dat de vrouw was afgevoerd door de politie.

Mama zei altijd wat een bofkont ze was: ze had geld in overvloed, een prachtig appartement in Mayfair en hordes trouwe fans. Haar moeder had vast gelijk, maar Cheska wist eigenlijk niet beter.

Tijdens de opnames van haar laatste film, *Little Girl Lost,* die zich afspeelde in een weeshuis, was ze bevriend geraakt met een van de meisjes die een bijrol vertolkten. Melody had een grappig accent en Cheska hoorde haar altijd gefascineerd aan als ze het over haar broers en zusjes had. Ze zei dat ze met haar zusje in één bed sliep, omdat er in hun flatje in Oost-Londen niet genoeg ruimte was voor aparte bedden. Ook vertelde ze over het kattenkwaad dat haar vier broers uithaalden en over de grote kerstvieringen met de hele familie. Cheska luisterde er altijd geboeid naar, terwijl ze dacht aan de elegante, maar nogal saaie lunches die mama en zij meestal met Leon en oom David hadden.

Melody stelde haar voor aan een paar van de andere meisjes, die samen met haar op de toneelschool bleken te zitten. Dat klonk leuk. Zelf had Cheska een knorrige oude privéleraar die meneer Benny heette en die haar zo vaak les gaf als haar werkschema toeliet. Dan zaten ze samen in de kleedkamer in de studio of in de woonkamer bij haar thuis, waar ze sommen moest oplossen en saaie gedichten uit haar hoofd moest leren.

Melody gaf haar kauwgom en ze deden achter het decor een wedstrijdje wie de grootste bel kon blazen. Cheska vond haar de aardigste persoon die ze ooit had ontmoet. Ze had aan mama gevraagd of zij ook naar de toneelschool mocht, net als de andere kinderen, maar mama had gezegd dat dat niet nodig was. Op de toneelschool leerde je hoe je een ster moest worden, en Cheska was dat al.

Melody had een keer gevraagd of ze zin had om bij haar te komen eten. Dat had Cheska dolgraag gewild, maar het mocht niet van mama. Toen ze had gevraagd waarom niet, was de mond van haar moeder vertrokken tot een smalle streep, een teken dat haar besluit vaststond. Ze had gezegd dat filmsterren zoals Cheska geen vriendinnen konden zijn met ordinaire figuranten als Melody.

Hoewel Cheska niet zeker wist wat 'ordinair' betekende, wist ze wel dat zij dat later ook wilde worden.

Nadat Melody's opnames erop zaten, ging ze weer terug naar school. De twee hadden adressen uitgewisseld en beloofd elkaar te schrijven. Cheska had al heel vaak een brief geschreven en aan mama gegeven om op de post te doen, maar er was nooit een reactie gekomen. Ze miste Melody. Zij was de enige vriendin die ze ooit had gehad.

'Kom, schat, tijd om op te staan.' Mama's stem brak in haar dromen in. 'We hebben een drukke dag voor de boeg. Om twaalf uur gaan we met Leon lunchen, en daarna gaan we je nieuwe jas ophalen bij Harrods. Leuk, hè?'

'Ja, mama.' Cheska knikte halfhartig.

Haar moeder liep naar de grote, op maat gemaakte kleerkast die een hele wand van haar grote slaapkamer in beslag nam. 'Welke jurk wil je aan naar de lunch?'

Cheska zuchtte. Lunchen met Leon duurde lang en was saai. Ze gingen altijd naar het Savoy, waar zij stil moest blijven zitten terwijl mama met Leon over belangrijke zaken praatte.

Haar moeder trok de kast open. Daarin hingen wel dertig feestjurken, allemaal met de hand voor haar gemaakt uit de fijnste zijde, mousseline en taf, zorgvuldig verpakt in polyetheen. Haar moeder haalde er een tevoorschijn. 'Wat denk je hiervan? Deze heb je nog nooit gedragen, en hij is heel mooi.'

Cheska staarde naar de roze jurk met de laagjes tule van de petticoat die onder de rok uit piepten. Ze vond het vreselijk om zulke jurken te dragen. De tule kriebelde aan haar benen en bezorgde haar rode vlekken op haar middel.

'Je hebt ook nog een paar roze satijnen muiltjes die hier heel mooi bij passen.' Greta legde de jurk op het bed en dook weer de kast in, op zoek naar de schoenen.

Cheska deed haar ogen dicht en vroeg zich af hoe het zou zijn om de hele dag lekker te kunnen spelen. Er stond een prachtig poppenhuis met een keurig uitgesneden houten poppenfamilie op de vloer van haar kamer, maar ze had nooit tijd om ervan te genieten. Als ze met een film bezig was, werd ze 's ochtends om zes uur opgehaald om naar de studio te gaan en was ze zelden voor half zeven 's avonds thuis, wanneer het tijd was voor het eten en haar bad. Daarna moest ze haar huiswerk nog afmaken en haar tekst doornemen met mama, zodat ze die de volgende dag uit haar hoofd zou kennen. Mama had gezegd dat het een doodzonde was om je tekst te vergeten tijdens de opnames. Tot nu toe had Cheska nog nooit met haar mond vol tanden gestaan, zoals veel van de volwassen acteurs wel gebeurde.

'Hup, jongedame! Je pap wordt koud.'

Toen Greta de dekens van haar aftrok, zwaaide Cheska haar benen over de rand van het bed. Ze stak haar armen in de kamerjas die haar moeder voor haar ophield en liep achter haar aan de kamer uit.

In de hoek van de woonkamer ging ze op haar vaste plek aan de grote, geboende tafel zitten en keek naar het bord pap dat voor haar stond. 'Moet ik dit echt eten, mama? Je weet hoe smerig ik dit vind. Melody hoeft van haar moeder nooit te ontbijten, en...'

'Begin je nu weer?' verzuchtte Greta, terwijl ze tegenover haar dochter plaatsnam. 'Het is de hele tijd Melody voor en Melody na. En ja, natuurlijk moet je je pap opeten. Als je zo'n druk leven leidt als jij, is het belangrijk om de dag met een volle maag te beginnen.'

'Maar ik lust het niet!' Ze stak haar lepel in de dikke brij, schepte een kwak op en liet die weer in het bord vallen. De pap spetterde over de tafel.

'Ophouden met dat divagedrag, jongedame! Je bent nog niet zo'n grote ster dat ik je niet over mijn knie kan leggen om je billenkoek te geven. Eet je pap op!'

Cheska lepelde lusteloos de pap naar binnen.

'Ik heb genoeg,' zei ze na een tijdje. 'Mag ik van tafel?'

'Ga je maar aankleden, dan kom ik zo je haar borstelen.'

'Ja, mama.'

Greta keek haar dochter na toen ze de kamer uit liep en glimlachte. Op een enkele driftbui na, zoals te verwachten viel van een jong meisje, gedroeg haar dochter zich echt als een engeltje. Greta was ervan overtuigd dat haar voorbeeldige manieren deels de reden waren van haar succes.

Cheska was een ster door haar beeldschone, fotogenieke gezicht en haar acteertalent, maar ook doordat Greta haar had bijgebracht dat ze tijdens het werk altijd een en al discipline en professionaliteit moest zijn. Hun grote, prachtig ingerichte appartement in Mayfair en de kasten vol kleren mochten dan wel betaald zijn van Cheska's salaris, maar het was Greta die de carrière van haar dochter had opgebouwd. In het begin had het haar moeite gekost om assertief te zijn tijdens gesprekken met studiobazen en regisseurs, maar door haar angst om terug te moeten naar hun oude leven had ze snel bijgeleerd. Het verbaasde haar hoe goed ze zich had aangepast aan haar rol van manager.

Greta ging erover welke scripts ze aannamen, want zij wist beter dan wie dan ook in wat voor films haar dochter het beste tot haar recht kwam. Tot nu toe had haar intuïtie haar nog nooit in de steek gelaten. Ook was ze er bedreven in geraakt om financieel het onderste uit de kan te halen. Dan vroeg ze Leon om verder te onderhandelen, omdat ze geen contract zou ondertekenen namens Cheska tenzij de studio akkoord ging met het bedrag dat zij vroeg. Daarna braken er een paar spannende dagen aan, maar uiteindelijk stemde de studio altijd in. Ze wilden Cheska koste wat kost houden, daar was Greta zich heel goed van bewust.

Door haar keiharde onderhandelen was Cheska nu steenrijk. Ze hadden het goed voor elkaar en konden kopen wat ze maar wilden, al gaven ze lang niet alles uit wat Cheska verdiende. De rest van het geld had Greta zorgvuldig geïnvesteerd, voor de toekomst van haar dochter.

Haar ingewikkelde verleden was nog maar een vage herinnering. Ze had haar leven aan Cheska's carrière gewijd, en wat maakte het uit als ze daardoor wat harder was geworden? Nu werd ze in elk geval niet meer genegeerd en liet ze niet meer over zich heen lopen, zoals vroeger. Het gebeurde nog steeds weleens dat ze twijfelde of spijt had omdat ze zo'n eenzaam bestaan leidde, maar naar buiten toe was ze een vrouw met wie je rekening moest houden. Ze was de manager van een van de meest gewilde Britse filmsterren. Ze was de moeder van De Engel.

Soms voelde Greta zich wel schuldig wanneer David vroeg of ze dacht dat Cheska gelukkig was. Dan schoot ze in de verdediging. Welk meisje zou nou niet gelukkig zijn met al die aandacht en complimentjes? David was toch ook een grote ster? Hij genoot toch ook van alles wat hij had bereikt? Op zulke momenten knikte hij langzaam en bood zijn excuses aan omdat hij aan haar inschattingsvermogen had getwijfeld.

Ze pakte een filmtijdschrift van tafel en bladerde erdoorheen, tot ze bij de grote advertentie voor *Little Girl Lost* aankwam. Met een glimlach keek ze naar het kwetsbare gezicht van haar dochter. Op de foto hield ze een tot op de draad versleten teddybeer vast en was ze in lompen gehuld. Ja, hier zouden de mensen met drommen op afkomen. Dat deed haar eraan denken dat ze straks nog een bespreking had met mevrouw Stevens, de voorzitter van Cheska's fanclub. Ze moesten bedenken welk beeld uit de nieuwe film ze zouden gebruiken voor een filmfoto om naar haar legertje fans te sturen.

Met een zucht sloeg ze het blad dicht. Geen wonder dat er al zo lang geen man meer in haar leven was. Zelfs al had ze het anders gewild, ze had haar handen vol met het beheren van de agenda van een filmster.

Haar leven draaide om Cheska, daar was geen ontkomen meer aan.

18

David stapte bij het krieken van de dag uit bed. Hoe laat hij ook ging slapen, en na een optreden kon dat behoorlijk laat zijn, hij werd altijd stipt om half zeven wakker.

Vandaag was hij zo vrij als een vogeltje. Zijn reeks optredens in het Palladium was een week geleden ten einde gekomen, met zijn radioprogramma zat hij in de zomerstop en hij hoefde de komende maanden geen nieuw materiaal te schrijven.

Toen hij uit het raam naar de felle zon keek, voelde hij opeens een steek van heimwee naar het platteland. Hoewel de tuin van zijn mooie cottage in Hampstead Garden voor stedelijke begrippen groot was, voelde die toch kunstmatig aan. Er was niets ruigs of gevaarlijks aan het landschap of het klimaat. Als man in Londen liep je het risico dat je je oerinstincten kwijtraakte, bedacht hij.

Misschien moest hij deze zomer maar eens lang op vakantie gaan. Hij was uitgenodigd in de villa van een vriend in Zuid-Frankrijk, maar het stond hem tegen dat hij dan niet bij Greta in de buurt kon zijn.

Hij deed de openslaande deuren open en stapte de tuin in. Met zijn handen in zijn zakken wandelde hij rond om de goed onderhouden bloemperken te bewonderen. De weelderige rozen en de uitbundige lobelia's boden een kleurrijk contrast aan het keurig gemaaide, smaragdgroene gazon.

Hoewel hij zichzelf als een intelligent en rationeel man beschouwde, wist hij dat alle logica de deur uit ging als het op Greta aankwam. De afgelopen zes jaar hadden ze elkaar regelmatig gezien. Op zondag ging hij vaak bij haar thuis lunchen met haar en die lieve Cheska. Zo nu en dan nam hij Greta daarna nog mee naar het theater en uit eten.

Met het verstrijken van de jaren waren ze zich steeds meer bij elkaar op hun gemak gaan voelen. Bijna alsof ze broer en zus waren, dacht hij somber. Hij fungeerde als klankbord over Cheska's carrière en wist dat Greta hem als een goede vriend beschouwde. Het had nooit het juiste moment geleken om te proberen er iets meer van te maken dan alleen vriendschap. In al die jaren sinds ze weer in zijn leven was gekomen, had hij nog steeds niet genoeg moed verzameld om haar te vertellen dat hij zielsveel van haar hield.

Met een zucht plukte hij een verwelkte bloem uit een van de rozenstruiken. Zijn enige troost was dat er voor zover hij wist geen andere mannen waren geweest. Natuurlijk was ze strikt genomen nog met Owen getrouwd, ook al hadden ze al zeven jaar geen contact meer met elkaar. Trouwens, hij wist dat ze al haar energie en liefde in Cheska stak. Er was gewoonweg geen ruimte voor iemand anders.

Haar obsessie voor haar dochter baarde hem zorgen. Ze beleefde haar dromen via haar en dat was niet alleen ongezond voor haarzelf, maar ook voor Cheska. Als hij naar het magere lichaam en bleke gezicht van het meisje keek, vreesde hij vaak voor haar toekomst. Het kon toch niet goed zijn voor een kind om onder zo'n grote druk op te groeien in een bubbel van roem? Hij voelde zich schuldig omdat hij Greta had aangemoedigd om Cheska auditie te laten doen voor een film, maar hoe had hij nu kunnen weten dat ze zo'n grote ster zou worden? Op dat moment had hij het eerder als een lolletje gezien, waaraan ze ook nog een leuk zakcentje konden overhouden.

Als hij op zondag bij hen ging lunchen, moest Cheska van haar moeder altijd een chique feestjurk aan, ook als ze maar met zijn drietjes waren. Aan tafel leek ze dan zo slecht op haar gemak dat hij haar het liefst zou optillen en mee zou nemen naar het dichtstbijzijnde park of een speeltuin. Hij zou graag zien dat het meisje zich eens uitleefde, dat ze haar mooie jurk vuilmaakte. En vooral dat ze eens zou gillen van plezier, zoals kinderen dat nu eenmaal deden.

Soms vroeg hij voorzichtig aan Greta of ze niet vond dat Cheska met andere kinderen moest spelen, omdat ze zo veel tijd met volwassenen doorbracht. Dan schudde ze resoluut haar hoofd en zei dat Cheska door haar drukke schema geen tijd had voor dat soort dingen.

Hij drong nooit aan. Hoewel Greta door het succes van Cheska nu rijk was, begreep hij dat ze geen makkelijk leven had gehad. Ze probeerde gewoon te doen wat het beste was voor haar dochter. Het leed geen twijfel dat ze van haar hield en goed voor haar zorgde. Trouwens, hij kon het niet aanzien hoe ze naar hem keek als hij aan haar twijfelde.

Toen hij terugliep naar het huis, bedacht hij dat hij misschien toch maar naar Zuid-Frankrijk moest gaan. Hij was aan vakantie toe. Zolang hij niet de moed had om Greta te vertellen wat hij voor haar voelde, sloeg het nergens op om zijn leven naar haar in te richten.

Hij hoorde de telefoon in zijn studeerkamer overgaan en haastte zich naar binnen. 'Hallo?'

'David, met je moeder.'

'Hallo, ma. Wat fijn dat je belt.'

'Ja, nou, ik zeg altijd dat dit ding alleen wordt gebruikt om slecht nieuws te brengen,' zei ze op grimmige toon.

'Wat is er dan?'

'Het gaat om je oom. Dokter Evans heeft me net gebeld. Zoals je weet, is Owen al een tijd ziek, maar de afgelopen maand is hij hard achteruitgegaan. Hij wil me graag zien. Dokter Evans moest van hem vragen of ik zo snel mogelijk naar Marchmont kom.'

'Ga je?'

'Volgens mij heb ik weinig keus. Ik vroeg me af of je misschien met me mee wilt gaan om me te steunen, als je het niet te druk hebt. Zou je me kunnen oppikken van Paddington Station en er met me naartoe rijden? Het spijt me, maar ik geloof gewoon niet dat ik het aankan om in mijn eentje terug te gaan.'

'Natuurlijk, ma. De komende weken heb ik toch niets te doen.'

'Dank je, daar ben ik heel blij om. Zou het morgen al kunnen? Volgens de dokter heeft Owen niet lang meer te leven.'

'Ik begrijp het. Zal ik Greta inlichten?'

'Nee,' zei ze scherp. 'Owen heeft niet naar haar gevraagd. Laten we maar geen slapende honden wakker maken.'

Ze praatten nog even over de treintijden en spraken af dat David haar om half elf zou ophalen en meteen met haar zou doorrijden naar Wales. Toen hij had opgehangen, ging hij diep in gedachten verzonken achter zijn bureau zitten.

Hij vond dat Greta moest weten dat Owen zo ziek was. Per slot van rekening was ze officieel nog altijd zijn vrouw. Toch wilde hij geen onrust zaaien, niet nu zijn moeder al zo van slag was door de gedachte dat ze terug zou gaan naar Marchmont en Owen weer zou zien. Toen hij opstond, vroeg hij zich ook af wat Cheska precies over haar vader verteld was.

De lange rit naar Wales werd makkelijker gemaakt door het mooie weer en het rustige verkeer. Onderweg konden David en LJ fijn bijpraten.

'Het voelt wel raar om terug te gaan, hè?' vroeg ze tijdens het laatste stuk, over de door weilanden geflankeerde kronkelweg door de vallei.

'Ja, voor jou is het al meer dan tien jaar geleden, als ik me niet vergis.'

'Ik sta wel versteld van mijn eigen aanpassingsvermogen. Inmiddels ben ik een bekend gezicht in Stroud en ook nog eens een fervent bridger. Als het niet gaat zoals het moet, dan moet het maar zoals het gaat, zeg ik altijd maar.'

'Nou, het lijkt wel bij je te passen. Je ziet er goed uit.'

'Al die vrije tijd doet wonderen voor je huid, maar niet per se voor je geest.'

Er viel een stilte toen ze vanaf de valleiweg de smalle oprijlaan naar Marchmont op reden. Nadat ze de poort door waren, slaakte LJ een zucht bij het zien van het huis in al zijn pracht. Op deze warme junimiddag blonken de ramen in de felle zon, alsof ze haar welkom thuis heetten.

David bracht de auto voor het huis tot stilstand en zette de motor af.

Meteen ging de voordeur open en kwam Mary naar buiten gerend.

'Meneer David! Wat heerlijk je na al die jaren weer te zien! Ik mis nooit een aflevering van je radioprogramma! En je bent nog geen spat veranderd, bach.'

'Hallo, Mary.' Hij omhelsde haar innig. 'Dat is lief van je, maar ik geloof dat ik sinds de vorige keer wel een paar pondjes ben aangekomen, hoor. Je weet dat ik nooit nee kan zeggen tegen een koekje of een stuk taart.'

'Dat past bij je, met jouw lengte.'

LJ stapte uit en liep om de auto heen om haar te begroeten. 'Hoe gaat het, lieve schat?'

'Heel goed, dank u, mevrouw Marchmont. Helemaal nu ik u weer zie, waar u thuishoort.'

Met zijn drieën liepen ze naar binnen.

In de hal kon David de spanning bij zijn moeder voelen. 'Het was een lange rit, Mary. Zou jij misschien thee kunnen zetten voordat mijn moeder naar mijn oom toe gaat?'

'Natuurlijk, meneer David. Dokter Evans is nu bij hem. Hij heeft een slechte nacht achter de rug. Gaan jullie maar alvast naar de salon, dan laat ik de dokter weten dat jullie er zijn en kom ik zo de thee brengen.'

Toen Mary naar boven verdween, liepen David en LJ door de hal de salon in.

'Goeie god, wat is het hier bedompt. Zou Mary deze kamers nooit luchten? Het ziet eruit alsof er al maanden niet meer is schoongemaakt.'

'Er zal wel niet veel tijd overblijven voor het huishouden nu ze voor Owen zorgt, ma.' Maar ze had wel gelijk. Het statige vertrek, dat in zijn herinnering altijd smetteloos was geweest, met prachtig geboende meubels, lag er nu slordig en verwaarloosd bij.

'Natuurlijk. Het is bewonderenswaardig dat ze al die tijd bij hem is gebleven.' Ze liep naar een van de openslaande deuren, schoof de grendel eraf en zette de deur wagenwijd open. Samen stapten ze het terras op om de frisse lucht op te snuiven.

'Help me eens een handje, jongen. Als we deze stoelen afstoffen, kunnen we onze thee hier opdrinken. Binnen is het me veel te somber.'

Toen Mary een paar minuten later de thee kwam brengen, was LJ bezig een roestige, smeedijzeren stoel te verschuiven. 'Zet de thee maar neer, dan schenken we zelf wel in, schat.'

'Prima, mevrouw Marchmont. Ik heb tegen dokter Evans gezegd dat jullie er zijn.'

'Dank je. Zou je willen vragen of hij een kop thee met ons komt drinken?'

'Dat zal ik doen, mevrouw.' Mary liep weer naar binnen.

In stilte nipten ze van hun thee.

'Hoe kan ik hier ooit zijn weggegaan?' mompelde LJ met haar blik op het idyllische uitzicht gericht. Door de bomen op de heuvel heen glinsterde het zonlicht op het glasachtige oppervlak van de rivier, die rustig door de zomers groene vallei kabbelde.

'Ik weet wat je bedoelt.' Hij zuchtte en gaf een klopje op haar hand. 'Het geluid van stromend water doet me altijd aan mijn kindertijd denken.'

Toen ze voetstappen achter zich hoorden, draaiden ze zich allebei om. 'Blijf maar zitten, hoor, Laura-Jane, David. Bedankt dat jullie zo snel gekomen zijn.' Dokter Evans, inmiddels met grijs doorspekt haar, glimlachte naar hen.

LJ schonk een kop thee voor hem in en hij ging zitten. 'Hoe gaat het met Owen, dokter?'

'Niet zo goed, vrees ik. Zoals jullie weten, is meneer Marchmont al jarenlang zwaar alcoholist. Ik heb al zo vaak tegen hem gezegd dat hij ermee moest stoppen, maar daar heeft hij jammer genoeg niet naar geluisterd. Door de jaren heen is hij talloze keren ten val gekomen, en nu laat zijn lever hem ook nog in de steek.'

'Hoe lang heeft hij nog?'

David sloeg zijn moeder nauwlettend gade. Haar gezicht verraadde geen enkele emotie, zoals altijd stelde ze zich nuchter op. Maar het ontging hem niet dat ze haar handen wrong in haar schoot.

'Eerlijk gezegd sta ik ervan te kijken dat hij het nog zo lang heeft volgehouden. Een week, hooguit twee... Het spijt me, het is niet anders. Ik zou hem in het ziekenhuis kunnen laten opnemen, maar daar kunnen ze ook weinig voor hem doen. Trouwens, hij weigert Marchmont te verlaten.'

'Ja. Bedankt dat u zo eerlijk tegen ons bent. Dat heb ik het liefst, zoals u weet.'

'Hij weet dat je er bent, Laura-Jane, en hij wil je het liefst zo snel mogelijk zien. Op dit moment is hij helder, dus ik stel voor dat je niet te lang wacht.'

'Daar zit wat in.' Ze stond op en David zag haar diep inademen. 'Gaat u maar voor.'

Een paar minuten later stapte ze Owens slaapkamer binnen. Het licht werd grotendeels buitengesloten doordat de gordijnen voor de helft waren dichtgetrokken. Owen lag in zijn grote bed, een breekbare, verschrompelde oude man. Zijn ogen waren dicht, zijn adem oppervlakkig. Ze ging naast het bed staan en staarde naar het gezicht van de man die ze ooit had liefgehad. Vroeger had ze altijd gedacht dat er nog een tijd zou komen om het bij te leggen. Ze zouden elkaar hun excuses aanbieden en hun emoties de vrije loop laten. Nu schrok ze ervan hoe definitief deze situatie was. Voor Owen en voor hen samen was er geen toekomst meer weggelegd.

Haar hand vloog naar haar mond, omdat haar een snik ontsnapte. Zijn ogen fladderden open en ze zag dat hij probeerde scherp te stellen. Ze ging op de rand van het bed zitten en boog zich naar hem toe, zodat hij haar kon zien.

Bibberig bracht hij een hand omhoog en raakte haar arm aan. 'Ver... Vergeef me...'

Ze pakte zijn hand en drukte er een kus op, maar reageerde verder niet.

'Ik... moet het uitleggen.' Het leek hem niet alleen fysiek, maar ook mentaal moeite te kosten de juiste woorden te vinden. 'Ik... hou van jou... altijd al... nooit van iemand anders gehouden.' Er biggelde een traan uit zijn ooghoek. 'Jaloezie is... iets vreselijks... wilde je kwetsen... vergeef me.'

'Owen, ouwe dwaas, ik dacht dat je me niet kon uitstaan! Daarom ben ik hier weggegaan,' zei ze stomverbaasd.

'Wilde je straffen omdat je met mijn broer bent getrouwd. Wilde je ten huwelijk vragen toen hij was gestorven... maar mijn trots... ik kon het niet.'

Haar keel werd samengeknepen door de emoties. 'O god, Owen, waarom heb je dat niet gezegd? Al die verspilde jaren, jaren waarin we zo gelukkig hadden kunnen zijn. Ben je vanwege mij naar Kenia vertrokken?'

'Kon het niet aan om je met het kind van mijn broer te zien. Zeg tegen David dat het me spijt. Was zijn schuld niet.'

'Weet je dan niet wat voor doodsangsten ik heb uitgestaan toen die brief van het ministerie van Oorlog kwam, waarin stond dat je vermist was geraakt aan het front? Ik heb drie jaar gewacht en gebeden dat je nog leefde. Maar iedereen zei dat ik de draad moest oppakken. Je familie wilde dat ik met Robin trouwde. Wat moest ik anders?' vroeg ze wanhopig. 'Je weet dat ik nooit van hem heb gehouden zoals ik van jou hield. Dat moet je geloven, Owen. Goeie god, als je na Robins dood naar huis was gekomen en me ten huwelijk had gevraagd, had ik meteen ja gezegd.'

'Dat wilde ik wel, maar...' Zijn gezicht trok samen van de pijn. 'In de oorlog heb ik zo vaak de dood in de ogen gekeken, en toch ben ik nu bang, zo bang.' Hij pakte haar hand beet. 'Blijf je tot het einde bij me, alsjeblieft? Ik heb je nodig, Laura-Jane.'

Waren deze laatste dagen genoeg om het leven dat ze waren misgelopen goed te maken? Nee, maar meer zouden ze niet krijgen.

'Ja, lieve schat,' zei ze zacht. 'Ik zal tot het einde bij je blijven.'

19

Greta zat in bad toen de telefoon ging.

'Verdorie!' Ze sloeg een handdoek om zich heen, haastte zich de badkamer uit en liep de woonkamer in om op te nemen. 'Hallo?'

'Met mij, David. Stoor ik?'

'Nee, ik zat alleen in bad.'

'Ik heb helaas slecht nieuws. Ik bel vanaf Marchmont. Owen is een uur geleden gestorven.'

'Wat erg voor je, David.' Ze beet op haar lip en wist niet wat ze verder nog moest zeggen.

'De begrafenis is donderdagmiddag, hier op Marchmont. Ik zeg het maar even, voor het geval dat je erbij wilt zijn.'

'Eh... bedankt, maar ik kan helaas niet. Cheska moet die dag nieuwe foto's laten maken.'

'Ik begrijp het. Maar ook al kom je niet naar de begrafenis, je moet er wel bij zijn als het testament wordt voorgelezen. Daar heeft Owen vlak voor zijn dood nog op aangedrongen. Door wat hij tegen mijn moeder heeft gezegd, denk ik dat het weleens in je voordeel kan uitpakken.'

'Moet dat echt? Ik bedoel, we hebben geld genoeg. Eerlijk gezegd heb ik er weinig trek in om terug te gaan naar Marchmont, zoals je je misschien wel kunt voorstellen.'

'Zo dachten mijn moeder en ik er ook over, toen we hier een paar weken geleden aankwamen. We hebben allemaal onaangename herinneringen aan deze plek. Maar nu ik hier wat langer ben, vind ik het ondanks de omstandigheden jammer dat ik straks weer naar Londen moet. Ik was vergeten hoe mooi het hier is.'

'Laat ik er maar niet omheen draaien, David. Ik word er nerveus van. En hoe moet het met Cheska? Die heeft nooit ergens naar gevraagd, dus heb ik haar nooit over Owen verteld. Ik wist gewoon niet wat ik moest zeggen.'

'Misschien wordt het dan eens tijd dat je haar inlicht. Op een dag zal ze er toch wel naar vragen, dus je kunt het maar achter de rug hebben. Hoe dan ook zou het haar misschien wel goeddoen om een tijdje uit Londen weg te zijn.'

'Misschien wel.' Ze klonk niet erg overtuigd.

'Ik weet hoe je erover denkt, maar juridisch gezien ben je nog steeds Owens vrouw en is Cheska zijn kind. Zonder jou erbij leest de notaris het testament niet voor. Als jij niet hiernaartoe komt, zullen mijn moeder en ik naar Londen moeten komen. Ma heeft de afgelopen weken bijna non-stop voor Owen gezorgd en zit er helemaal doorheen. Ik handel dit het liefst zo snel mogelijk af, zodat ze het een en ander kan verwerken.'

'Wil zij mij er ook bij hebben?'

'Ze vindt dat je moet komen, ja.'

Greta zuchtte. 'Goed dan. Die fotosessie kan ik vast nog wel verzetten. De begrafenis is alleen voor familie, toch?'

'Ja.'

'Hoe laat begint het?'

'Om half vier.'

'Ik zal vragen of de studio een auto met chauffeur voor ons regelt. Dan vertrekken we donderdagochtend vroeg.'

'Zoals je wilt. En Greta?'

'Ja?'

'Maak je maar geen zorgen, ik ben er voor je.'

'Dank je.' Ze hing op, liep naar de drankenkast en schonk een beetje whisky voor zichzelf in uit de fles die ze in huis had voor als David op bezoek kwam. Nog steeds in de handdoek gewikkeld liet ze zich op de bank zakken en vroeg zich af wat ze Cheska in vredesnaam over Owen moest vertellen. En over Marchmont.

'Liefje, ik... Ik ben gisteravond gebeld.' Greta keek naar haar dochter, die pap zat te eten. 'Met slecht nieuws, helaas.'

'O jee, wat is er dan?'

'Nou, morgen moeten we voor een paar dagen de stad uit. Papa is namelijk overleden, lieverd.'

Verbaasd keek Cheska haar aan. 'Ik wist niet dat ik een papa had. Hoe heette hij?'

'Owen Marchmont.'

'O. Waarom is hij overleden?'

'Omdat hij een stuk ouder was dan ik en ziek is geworden. Je weet dat er voor iedereen een tijd komt om te sterven. Wil je verder nog iets over hem weten?'

'Waar woont... Ik bedoel, waar woonde hij?'

'In Wales, waar oom David vandaan komt. Het is er heel mooi. Hij woonde in een prachtig huis, daar gaan wij nu ook naartoe.'

Cheska's gezicht klaarde op. 'Komt oom David dan ook?'

'Ja. En nu zullen we maar eens wat vrijetijdskleding voor je gaan kopen. Marchmont is niet geschikt voor feestjurken.'

'Mag ik dan ook een tuinbroek, zoals Melody altijd droeg?'

'We zullen eens kijken wat we kunnen vinden.'

'Dank je wel, mama.' Cheska liet zich van haar stoel glijden en sloeg spontaan haar armen om haar moeder heen. 'Ben je verdrietig omdat papa gestorven is?'

'Natuurlijk. Mensen zijn altijd verdrietig als er iemand sterft.'

'Ja, dat zijn ze in mijn films ook altijd. Ik ga wel naar mijn kamer om te wachten tot je mijn haar komt borstelen.'

'Goed zo, meisje.'

Toen Greta haar nakeek, besefte ze dat ze voor hun beider bestwil al haar moed bij elkaar zou moeten rapen om het verleden onder ogen te zien.

De avond voor de begrafenis stond David naar de oude boeken in de bibliotheek te kijken toen zijn moeder binnenkwam.

'Mary en ik zijn zo klaar met het eten voor morgen. Zullen we over een kwartiertje samen iets drinken? Ik... moet met je praten, David.'

'Natuurlijk.'

Zijn moeder glimlachte flauwtjes en liep de kamer uit.

Hij slenterde naar de drankenkast om de inhoud te inspecteren. Er stonden volop flessen, maar die waren allemaal leeg. Helemaal achterin vond hij een whiskyfles waar nog een bodempje in zat. Hij pakte twee glazen en verdeelde de inhoud erover.

Zijn moeder en hij hadden overal in huis lege whiskyflessen gevonden, verstopt achter de banken, in kasten en onder Owens bed. Het verbaasde hem dat zijn oom het nog zo lang had volgehouden. Hij installeerde zich met zijn glas in een luie stoel en wachtte tot zijn moeder erbij kwam zitten.

'Dus zo zit het, David,' zei LJ met een diepe zucht. Het afgelopen kwartier had ze aan haar zoon uitgelegd waarom Owen altijd zo'n hekel aan hem had gehad. 'Je moet niet denken dat ik niet van je vader hield. Ik was er kapot van toen hij stierf. Maar Owen en ik...' Ze weifelde. 'Hij was mijn eerste liefde en als je het mij vraagt, gaat zo'n eerste liefde nooit echt over.'

Tot zijn verbazing was hij niet geschokt door zijn moeders onthulling, alleen verdrietig. 'Waarom heeft Owen je na de dood van pa niet ten huwelijk gevraagd?'

'Daar was hij te trots voor. Het komt eigenlijk allemaal neer op een gebrek aan communicatie.' Ze staarde voor zich uit. 'Het heeft veertig jaar geduurd voordat hij durfde te zeggen dat hij nog steeds van me hield. Een heel leven, zomaar weggegooid.' Somber schudde ze haar hoofd. 'Ik troost me maar met de gedachte dat we op het laatst nog twee kostbare weken met elkaar hebben gehad.'

'Dus een van de redenen dat hij Greta ten huwelijk vroeg, was om jou te kwetsen?'

'Ongetwijfeld, ja. En hij kon de gedachte niet verdragen dat jij Marchmont zou erven.'

'Hoe zit het nu met het landgoed? Wordt dat van Greta? Per slot van rekening was ze officieel nog steeds met hem getrouwd.'

'Daar wilde hij niets over kwijt, dus dat horen we pas als het testament wordt voorgelezen. Ik heb geen idee wat hij besloten heeft.'

'Waarom is het leven toch zo ingewikkeld?'

'Ach, jongen, dat heb ik me de afgelopen veertig jaar al zo vaak afgevraagd. Maar als ik iets heb geleerd, is het wel dat je geen dag moet verspillen. En vooral dat je voor je gevoelens uit moet komen als je van iemand houdt.' Ze keek hem doordringend aan. 'Ik zou niet willen dat jij het zo zwaar zou hebben als ik het heb gehad.'

Hij had het fatsoen om te blozen. 'Nee, natuurlijk niet.'

'Neem me niet kwalijk, maar ik ga maar eens naar bed. Morgen hebben we een lange dag voor de boeg en de afgelopen weken hebben hun tol geëist.' Ze stond op en gaf hem een kus op zijn voorhoofd. 'Welterusten, jongen. Slaap lekker.'

Hij keek zijn moeder na en bleef nog een tijdje zitten piekeren over wat ze hem had verteld.

Liefde kon je lot veranderen en je leven beheersen. Dat was bij hem ook het geval.

Ma had gelijk, daar was het leven te kort voor.

Het ergste wat hem kon gebeuren, was dat Greta nee zei.

20

Cheska keek vanaf de achterbank van de limousine die de studio gestuurd had naar de skyline van Londen, die plaatsmaakte voor groene weilanden. Stilletjes bleef ze uit het raam zitten staren, tot het gedrein van de motor haar in slaap wiegde.

'Liefje, we zijn er bijna.'

Cheska voelde dat haar moeder haar zachtjes wakker schudde en deed haar ogen open.

'Dit is Marchmont,' zei Greta toen de auto dichter bij het huis kwam.

De voordeur ging open en David kwam naar buiten en liep vlug naar de auto. 'Hallo, schat.' Hij tilde Cheska op.

'Heeft mijn papa hier echt gewoond?' fluisterde ze tegen hem, terwijl ze vol ontzag naar het enorme huis keek.

'Jazeker. Hallo, Greta.' Hij gaf haar op elke wang een kus en keek haar bewonderend aan. Haar korte, zwarte jurk met een A-lijnrok accentueerde haar slanke figuurtje en haar nieuwe kapsel à la Audrey Hepburn paste goed bij haar tere gelaatstrekken. 'Wat zie je er mooi uit.'

'Dank je. Jij ziet er ook netjes uit.'

'Het is inderdaad een mooi pak, maar helaas kan ik het alleen aan tijdens sombere gelegenheden.'

De chauffeur had haar koffer uit de kofferbak gepakt en stond nu op verdere instructies te wachten.

'Bedankt voor de prettige rit,' zei ze tegen hem. 'Wilt u misschien een kop thee voordat u weer vertrekt?'

'Nee, dank u. Ik ga zo mijn neef opzoeken, in Penarth. Een aangenaam verblijf gewenst, beiden.'

Het ontging David niet dat ze eraan gewend was geraakt om op haar wenken bediend te worden. Een wereld van verschil met de nerveuze, onzekere jonge vrouw die hij jaren geleden op de trein naar Marchmont had gezet. 'Kom, dan gaan we naar binnen,' zei hij. 'Ma verwacht je al.'

Ze pakte Cheska's hand en liep achter hem aan naar de voordeur. 'Hier ben je geboren, liefje,' legde ze uit.

'Jeetje!' riep Cheska. 'Het is net zo groot als Buckingham Palace!'

'Bijna wel.' Boven haar hoofd knipoogde David naar Greta.

'Zijn dat echte schapen?' Cheska wees naar de witte stipjes op de mistige heuvel in de verte.

'Zeker.'

'Jeetje! Zou ik er een van dichtbij mogen zien?'

'Dat valt vast wel te regelen,' zei David glimlachend.

Nerveus liep Greta met David en Cheska naar binnen. Dezelfde geur van honden en rook als haar de eerste keer was opgevallen, drong haar neusgaten binnen. Toen ze de salon in liepen, stond LJ op. Sinds de laatste keer dat ze elkaar hadden gezien, waren haar haren sneeuwwit geworden, maar ze stond nog steeds kaarsrecht en zag er verder niet uit alsof ze al op leeftijd was.

'Greta! Wat fijn je te zien.' LJ liep naar haar toe en gaf haar op elke wang een kus. 'Was het een vervelende rit?'

'Nee, het was heel comfortabel, dank je wel,' antwoordde Greta, dankbaar voor het hartelijke welkom.

'Dan moet dit Cheska zijn.' Ze stak haar hand uit naar het meisje.

'Aangenaam kennis te maken,' zei Cheska netjes, terwijl ze elkaar de hand schudden.

'Wat een goede manieren. De auto's komen om drie uur, dus we hebben nog ongeveer een half uur. Je zult je wel willen opfrissen na die lange reis, Greta. Ik heb je oude kamer voor je klaargemaakt en dacht dat Cheska wel in haar oude kinderkamer kon slapen.' Ze keek naar het meisje. 'Heb je trek, Cheska?'

'Ja, best wel. We hebben nog niet geluncht.'

'Kom maar mee naar de keuken, dan kun je meteen kennismaken met Mary. Die is razend benieuwd hoe je er nu uitziet.'

'Ja, graag.'

LJ stak haar hand uit naar Cheska, die hem vrolijk aannam. Toen ze de kamer uit liepen, hoorde Greta haar dochter honderduit kletsen.

Ze ging de trap op naar de slaapkamer waar haar twee kindjes waren geboren. Terwijl de herinneringen aan Jonny weer bij haar bovenkwamen, huiverde ze. Het voelde helemaal niet goed om weer terug te zijn. Hoe eerder dit achter de rug was en ze hun gewone leven weer konden oppakken, hoe beter.

Cheska keek naar de kist die in de grond zakte. Misschien zou ze nu verdrietig moeten zijn. Toen ze in haar laatste film aan het graf van haar vader had gestaan, had de regisseur haar gevraagd om te huilen.

Eigenlijk begreep ze niet goed wat het inhield als er iemand doodging. Alleen dat je diegene dan nooit meer zag en dat hij naar een plek ging die de hemel werd genoemd, op een donzige wolk bij God. Toen ze naar haar moeder keek, zag ze dat die niet huilde. Ze staarde in de verte, niet in het grote, donkere gat in de grond.

De kist deed Cheska denken aan de nachtmerrie die ze zo vaak had. Ze wendde haar blik af en leunde met haar hoofd tegen de arm van haar moeder, in de hoop dat het allemaal snel achter de rug zou zijn en dat ze dan weer naar huis konden.

'Tijd om naar bed te gaan, jongedame.'

'Goed, mama,' zei Cheska vanaf haar comfortabele plekje op Davids schoot, in de bibliotheek.

'Zal ik als mama je je nachtjapon heeft aangetrokken naar boven komen om je een van mijn speciale verhaaltjes te vertellen?' vroeg hij.

'O ja, heel graag, oom David.'

'Dan zie ik je zo.'

'Welterusten, tante LJ.' Ze liet zich van Davids knie glijden en gaf haar tante een kus op haar wang.

'Welterusten, lieverd. Niet te veel schaapjes tellen, hè?'

'Nee hoor.' Ze giechelde en liep met Greta de kamer uit. 'Ik vind het hier fijn, mama. Tante LJ is echt heel aardig. Ik ben blij dat ik er een familielid bij heb. Zou ze al heel oud zijn?' vroeg ze toen ze de trap op liepen.

'Nee, dat valt wel mee.'

'Ouder dan papa?'

'Een beetje jonger, denk ik.' Greta loodste haar mee naar de kinderkamer en hoopte maar dat het meisje niet aanvoelde hoe erg ze ertegenop zag om de kamer in te gaan waar ze zo veel tijd met de tweeling had doorgebracht. 'Hier is het, liefje.' Ze probeerde opgewekt te klinken en glimlachte geforceerd. 'Hier sliep je dus, toen je nog een baby was. Hé, wat is er nou?' Ze keek naar haar dochter, die in de deuropening was blijven staan. Alle kleur was uit haar gezicht getrokken.

'Ik... Mama, mag ik vannacht bij jou slapen?'

'Je bent nu een grote meid, en trouwens, deze kamer is heel gezellig. Kijk, hier staat nog een pop van je.'

Cheska bleef stokstijf staan.

'Doe niet zo dwars, Cheska. Mama heeft een heel lange dag achter de rug. Kom, trek je nachtjapon aan.'

'Mama, mag ik alsjebliéft bij jou slapen? Ik vind het hier niet fijn,' smeekte ze.

'Kleed je nu maar gewoon om en ga in bed liggen, dan komt oom David je nog een verhaaltje vertellen. Als je daarna nog steeds niet hier wilt slapen, mag je bij mij in bed. Wat zeg je daarvan?'

Cheska knikte en liep aarzelend de kamer in.

Met een zucht van opluchting hielp Greta haar met uitkleden. Toen dat gebeurd was, stopte ze haar in het smalle bed en ging op de rand zitten. 'Zie je wel? Dit is gewoon een heel gezellige kamer.'

Maar Cheska staarde over Greta's schouder. 'Mama, waarom staan daar twee ledikantjes? Was een daarvan van Jonny?'

Greta draaide zich om en zag ze ook staan. Omdat ze haar dochter niet van streek wilde maken, slikte ze haar emoties weg. 'Ja, dat klopt.'

‘Waarom staan ze hier dan nog?’

‘Mary zal wel vergeten zijn ze op te ruimen nadat we waren weggegaan.’

‘Waarom zijn we dan weggegaan?’

Greta slaakte een zucht, leunde voorover en gaf Cheska een kus op haar voorhoofd. ‘Dat vertel ik morgen wel, schat.’

‘Alsjeblieft, niet weggaan tot oom David hier is. Alsjeblíéft, mama.’

‘Goed, schat. Ik blijf wel.’

‘Ligt mijn lievelingsmeisje al lekker in bed?’ David verscheen in de deuropening.

Cheska wist een glimlachje op te brengen en Greta stond op. ‘Welterusten, schat.’ Op weg naar de deur mompelde ze: ‘Geen enge verhalen vertellen, hoor. Ze is een beetje uit haar doen.’

‘Natuurlijk niet. Ik ga Cheska alles vertellen over de beroemde Welshe kabouter Shuni, die in een grot in de heuvels woont, niet zo ver hiervandaan.’

Greta zag dat hij op de rand van het bed ging zitten en ze bleef nog even in de deuropening staan luisteren naar het begin van het verhaal, voordat ze zachtjes naar beneden liep.

In de loop van het verhaal begon Cheska zich te ontspannen, en ze giechelde om het grappige stemmetje dat David opzette voor de kabouter.

‘En ze leefden allemaal…’

‘Nog lang en gelukkig!’

’Nou en of. Nu wordt het tijd om te gaan slapen.’

‘Oom David?’

‘Ja, lieverd.’

‘Waarom gaan in sprookjes en films alleen de slechte mensen dood?’

‘Dat hoort nu eenmaal bij dat soort verhalen. Het goede leeft voort en het slechte niet.’

‘Was mijn papa dan ook slecht?’

‘Nee, lieverd.’

‘Waarom is hij dan doodgegaan?’

'Omdat hij een echt mens was, geen verzinsel.'

'O. Oom David?'

'Ja?'

'Bestaat er zoiets als spoken?'

'Nee, die komen ook alleen in sprookjes voor. Slaap lekker, Cheska.' Hij gaf een kus op haar wang en liep naar de deur.

'Niet dichtdoen, alsjeblieft!'

'Dat doe ik niet. Mama komt straks nog wel even bij je kijken.'

Hij liep naar beneden en voegde zich bij LJ en Greta in de bibliotheek.

'Ik weet niet of het wel zo'n goed idee was om Cheska vandaag bij de begrafenis te laten zijn,' verzuchtte hij. 'Ze stelde me net allerlei rare vragen.'

'Ze deed ook heel moeilijk toen ik wilde dat ze in de kinderkamer ging slapen. Dat is helemaal niets voor haar,' viel Greta hem bij. 'Als we op locatie zijn voor een film, gaat ze in het hotel zonder morren naar bed. Maar ze is nog maar zo klein. Volgens mij begrijpt ze niet echt wat er vandaag gebeurd is.'

'Zo klein is ze niet meer. Nog even, dan zit ze in de puberteit,' merkte LJ op.

'Misschien is ze inderdaad al volwassener dan ik denk,' gaf Greta toe. 'In haar films speelt ze meestal meisjes van zeven of acht.'

'Greta, zou Cheska het verschil wel begrijpen tussen de fantasiewereld in haar films en de realiteit?' vroeg David voorzichtig.

'Natuurlijk wel! Waarom vraag je dat?'

'O, door iets wat ze net zei.'

'Wat het ook was, ik zou er niet te veel achter zoeken. Door die lange autorit en de begrafenis zijn we allebei uitgeput.' Ze stond op. 'Ik denk dat ik maar eens naar boven ga om een bad te nemen.'

'Hoef je niets meer te eten, liefje?' vroeg LJ.

'Nee, dank je. Ik zit nog vol van de sandwiches van vanmiddag. Welterusten.' Snel liep ze de kamer uit.

Met een zucht wendde David zich tot zijn moeder. 'Ik heb haar gekwetst. Ze vindt het vreselijk als mensen kritiek leveren op Cheska.'

‘Het is wel een eigenaardig kind, vind je niet?’

‘Sorry, wat zei je?’ Hij schudde zijn gedachten van zich af en ging in een leren fauteuil tegenover zijn moeder zitten.

‘Dat Cheska een eigenaardig kind is. Maar dat zal wel komen doordat ze zo’n eigenaardig leven leidt.’

‘Ja, dat is zo.’

‘Persoonlijk vind ik die filmwereld helemaal niet geschikt voor zo’n jong kind. Ze zou moeten rondrennen in de frisse lucht, wat kleur op haar wangen krijgen en wat vlees op haar botten.’

‘Volgens Greta vindt ze het leuk om te acteren.’

‘Als je het mij vraagt, heeft ze weinig keus. Of liever gezegd, ze weet niet beter.’

‘Ik weet zeker dat Greta haar niets zou laten doen waar ze ongelukkig van wordt, ma.’

‘Misschien niet,’ snufte ze. ‘Arme meid. Tot voor kort wist ze niet eens dat ze een vader had, laat staan dat hij niet haar biologische vader was.’

‘Kom op, ma. Daar is het nu echt het moment niet voor.’

‘Volgens mij heeft Greta dat kind amper iets over haar verleden verteld,’ hield ze vol. ‘Wat zou ze nou eigenlijk van haar tweelingbroertje weten?’

‘Dat weet ik niet precies. Ma, probeer nou te begrijpen dat Greta haar zo weinig over het verleden heeft verteld omdat dat haar het beste leek. Toen ze met Cheska naar Londen vertrok, had ze hier een heel zware tijd achter de rug en wilde ze een frisse start maken. Het had geen zin om Cheska te vertellen wat er was gebeurd. Daar was ze nog veel te jong voor.’

‘Besef je wel dat je het altijd voor Greta opneemt?’ vroeg ze zacht. ‘Volgens mij heb je niet eens door hoe kil ze geworden is sinds ze Marchmont heeft verlaten. Vroeger was ze zo zachtaardig.’

‘Als ze kil is geworden, komt dat doordat ze zo veel voor haar kiezen heeft gehad. Daar kan zij toch ook niets aan doen?’

‘Kijk, nu doe je het weer. Uit ervaring weet ik dat het niets oplost als je je hart voor niemand openstelt, alleen omdat je in het verleden gekwetst bent. Het heeft ook geen zin om al die opgekropte liefde op één kind te botvieren.' Opeens veranderde ze van onderwerp. 'Waarom vraag je niet of ze nog een tijdje hier blijven? Als Owen het landgoed inderdaad aan Greta heeft nagelaten, zoals we vermoeden, heeft ze tijd nodig om orde op zaken te stellen. Op die manier krijgt Cheska de gelegenheid om een paar dagen als een normaal meisje door te brengen.'

'Ik betwijfel of Greta hier langer zal willen blijven dan noodzakelijk,' zei hij. 'Laten we maar even afwachten wat er morgen gebeurt.'

'Nou, als ze inderdaad het landgoed heeft geërfd, zou het gezien jouw gevoelens voor haar de ideale oplossing zijn om met haar te trouwen. Zij heeft een man nodig, jij een vrouw, en de kleine Cheska heeft behoefte aan een vader en een evenwichtiger bestaan. Marchmont heeft een heer des huizes nodig, het liefst één die een bloedband met het huis heeft.'

'Hou op met dat gekonkel, ma!' waarschuwde hij haar. 'Om over al het andere nog maar te zwijgen heb ik geen enkele behoefte om het beheer van Marchmont over te nemen, zelfs niet om jou een plezier te doen.'

Toen ze de woede in zijn ogen zag, wist ze dat ze te ver was gegaan. 'Neem me niet kwalijk, David. Ik wil alleen maar dat je gelukkig bent.'

'Dat wil ik ook voor jou. En nu houden we erover op,' zei hij streng. 'Kom, dan gaan we eten.'

Cheska had die droom weer. Híj was er weer, naast haar... het jongetje dat op haar leek. Zijn gezicht was lijkbleek en hij fluisterde dingen die ze niet begreep. Ze wist dat ze alleen maar wakker hoefde te worden en de lamp aan hoefde te doen om haar eigen gezellige slaapkamer weer te zien en de nachtmerrie te laten verdwijnen. Maar toen ze naar de lamp op het nachtkastje tastte, greep ze in het niets. Wanhopig graaide ze door de lucht, terwijl haar hart steeds wilder begon te bonken.

'Toe nou, toe nou,' jammerde ze, maar toen haar ogen aan het doffe grijs van de vroege ochtend gewend raakten, zag ze niet haar vertrouwde slaapkamer om zich heen. Dit was de kamer uit haar droom.

Ze begon te schreeuwen. 'Mama! Mama! Mama!'

Ze wist dat ze uit bed moest stappen en de kamer moest verlaten, omdat de nachtmerries dan zouden ophouden. Maar ze durfde zich niet te verroeren, uit angst dat die spookachtige silhouetten hun klamme, dode handen naar haar zouden uitsteken en...

Het licht ging aan en haar moeder verscheen in de deuropening.

Cheska sprong uit bed, rende de kamer door en wierp zich in haar armen. 'Mama, mama! Haal me hier weg!' snikte ze.

'Schatje, toch, wat is er?'

Cheska duwde haar de kamer uit, de hal in, en sloeg de deur van de kinderkamer achter zich dicht. 'Dwing me alsjeblieft niet om daar weer naar binnen te gaan. Alsjeblíéft, mama!' smeekte ze.

'Goed dan, schat. Rustig maar. Kom maar bij mama in bed en vertel eens waarom je zo geschrokken bent.' Ze loodste Cheska door de hal mee naar haar slaapkamer. Toen ze haar op het bed zette, drukte het meisje haar gezicht tegen haar nachtjapon. 'Heb je soms een nare droom gehad?'

'Ja.' Met oprechte angst in haar ogen keek ze op. 'Maar het was geen droom. Het was echt. Hij is daar nog...' Ze huiverde. 'In die kamer.'

'In de kinderkamer? Wie bedoel je?'

Ze schudde haar hoofd en drukte haar gezicht tegen de borst van haar moeder.

'Rustig maar, schat.' Greta streelde troostend over haar haren. 'Iedereen heeft weleens nachtmerries. Die zijn niet echt. Je fantasie neemt gewoon een loopje met je als je slaapt, dat is alles.'

'Nee, nee, het was echt.' Cheska's stem klonk gedempt. 'Ik wil naar huis.'

'Morgen gaan we, dat beloof ik. Zullen we nu maar in mijn bed kruipen? Het is frisjes. Straks vat je nog kou.' Ze ging met Cheska onder de dekens liggen en hield haar stevig vast. 'Zo beter?'

'Een beetje.'

'Mama zorgt dat je niets overkomt,' murmelde Greta, terwijl ze de armen van haar dochter steeds slapper voelde worden. Toch maakte ze zich zorgen om Cheska's reactie in de kinderkamer en vroeg ze zich af hoeveel ze zich nog van Jonny kon herinneren. Het deed er niet toe, hield ze zichzelf voor. Morgen om deze tijd zouden ze weer veilig in Londen zijn en kon ze haar dochter afschermen voor het verleden.

21

'Vind je het echt niet vervelend om op Cheska te passen?' vroeg Greta de volgende dag aan Mary. Ze keek nog eens goed naar haar dochter, om te zien of ze nog steeds zo bang was.

'Welnee! Wij hebben het hier prima naar ons zin, toch, fach?'

Cheska knikte. Ze zat op een kruk aan de keukentafel tot aan haar ellebogen in het meel van het deeg dat ze met Mary aan het maken was.

'Ik blijf niet lang weg. Red je het hier echt wel?'

'Ja, mama,' zei Cheska een tikje geërgerd.

'Tot straks, dan.' Ze liep de keuken uit, opgelucht dat Cheska niet eens meer opkeek.

David en LJ zaten al in de auto op haar te wachten.

'Hoe gaat het met haar?' LJ had het meisje de afgelopen nacht horen gillen.

'Geen vuiltje aan de lucht,' antwoordde Greta gespannen. 'Volgens mij heeft ze gewoon een erge nachtmerrie gehad. Nu lijkt ze het weer helemaal vergeten.'

'Nou, ze zal het vast heel gezellig vinden bij Mary, dus dan gaan we maar.'

David reed de paar kilometer naar Monmouth en ze liepen in een gespannen stilte door de pittoreske hoofdstraat naar het kantoor van meneer Glenwilliam.

'Dag, Greta, David, mevrouw Marchmont.' Glenwilliam schudde hun allemaal de hand. 'Nog bedankt voor al het lekkere eten, gisteren na de begrafenis. Daar had Owen trots op kunnen zijn. Loop maar mee naar mijn kantoor, dan kunnen we meteen ter zake komen.'

Ze liepen achter hem aan en installeerden zich in de stoelen voor zijn bureau.

Hij maakte een grote kluis open en haalde er een dik pak papier uit dat met een rood lint was dichtgebonden. Toen hij achter zijn bureau zat, maakte hij het lint los. 'Vooraf wil ik nog even zeggen dat ik ongeveer zes weken geleden op Owens verzoek bij hem ben geweest om een nieuw testament op te stellen en dat hiermee eventuele vorige testamenten komen te vervallen. Hoewel hij er slecht aan toe was, kan ik bevestigen dat hij op dat moment niet dronken of in de war was, en dus bij zijn volle verstand was. Hij was heel stellig over wat er in zijn testament moest komen te staan en heeft in grote lijnen uitgelegd hoe gevoelig deze kwestie ligt.' Hij kuchte nerveus. 'Het lijkt me het beste als ik het gewoon voorlees, dan kunnen we er naderhand dieper op ingaan.'

'Kom maar op,' verwoordde LJ wat ze allemaal dachten.

Meneer Glenwilliam schraapte zijn keel en begon voor te lezen.

Ik, Owen Marchmont, verklaar dat ik gezond van lichaam en geest ben en dat dit mijn laatste wil en testament is. Ik laat het landgoed Marchmont in zijn geheel na aan Laura-Jane Marchmont. De enige voorwaarde die ik daaraan stel, is dat zij er de rest van haar leven blijft wonen. Het is aan haar om te bepalen wat er na haar dood met het landgoed gebeurt, al zou het me plezier doen als ze het naliet aan David Robin Marchmont, mijn neef.

Het geld op de bankrekening van Marchmont gaat ook naar Laura-Jane Marchmont en is bestemd voor het onderhoud en de overige kosten van het landgoed. Het geld op mijn privébankrekening verdeel ik als volgt.

Aan mijn dochter, Francesca Rose Marchmont, laat ik, op voorwaarde dat zij tot haar eenentwintigste levensjaar minstens één keer per jaar op bezoek komt op Marchmont, een bedrag van vijftigduizend pond na, dat in een trustfonds ondergebracht dient te worden tot zij meerderjarig is. Dit trustfonds zal worden beheerd door Laura-Jane Marchmont.

Aan David Robin Marchmont laat ik tienduizend pond na.

Aan mijn vrouw, Greta, eveneens tienduizend pond.

Aan Mary-Jane Goughy, als dank omdat zij in mijn laatste jaren voor me heeft gezorgd, laat ik vijfduizend pond na, plus het recht om zo lang ze dat wil in River Cottage op het landgoed Marchmont te blijven wonen.

Zo ging meneer Glenwilliam nog even verder over wat minder belangrijke begunstigden, maar de andere drie mensen in het vertrek luisterden al niet meer en waren ieder in hun eigen gedachten verzonken.

LJ verzette zich tegen de brok in haar keel. Ze huilde nooit in het openbaar.

David keek naar zijn moeder en bedacht dat het recht eindelijk had gezegevierd.

Greta was vooral opgelucht dat het voorbij was, dat Cheska en zij zestigduizend pond rijker terug konden naar Londen en dat ze per jaar maar één kort bezoekje aan Marchmont hoefden te doorstaan.

Meneer Glenwilliam was bij het einde van het testament aanbeland en zette zijn bril af. 'Eén ding nog. Owen heeft een persoonlijke brief voor je achtergelaten, Greta. Alsjeblieft.' Hij schoof de envelop over het bureau naar haar toe. 'Zijn er nog vragen?'

Greta wist dat hij verwachtte dat ze zou zeggen dat het landgoed naar haar had moeten gaan, maar ze zweeg.

'Zou u ons een paar minuten alleen kunnen laten?' vroeg LJ zacht.

'Maar natuurlijk.'

Toen de notaris de kamer uit was, wendde LJ zich tot Greta. 'Liefje, ik denk dat je heel sterk staat als je dit testament aanvecht omdat Owen niet helder van geest was toen hij het liet opstellen. Per slot van rekening ben je zijn weduwe. Als je het wilt aanvechten, zullen David en ik je geen strobreed in de weg leggen, nietwaar, David?'

'Natuurlijk niet.'

'Nee, LJ. Owen heeft het gedaan zoals het hoort. Dit is het beste voor iedereen. Sterker nog, ik ben opgelucht. Cheska en ik hebben ons eigen leven in Londen. Je weet net zo goed als ik dat ze niet Owens biologische kind is en dat ons huwelijk geen succes was. Als je het mij vraagt, is Owen gezien de omstandigheden nog heel royaal geweest ten opzichte van ons. Eerlijk gezegd ben ik blij dat het allemaal achter de rug is.'

Met hernieuwd respect keek LJ haar aan. 'Laten we er geen doekjes om winden, Greta. We weten allemaal waarom je met Owen getrouwd bent. Behalve dat je hem graag mocht,' voegde ze er snel aan toe. 'Misschien voel je je daar een beetje schuldig over.'

'Dat klopt.'

'Maar je bent ook een intelligente vrouw en je zult inmiddels ook wel inzien dat het hem ook goed uitkwam. Door jullie huwelijk kreeg hij weer iets om voor te leven. En, als Jonny was blijven leven, een erfgenaam voor Marchmont, wat voor hem het allerbelangrijkste was. Dus je hoeft je echt niet schuldig te voelen of te denken dat ik je iets kwalijk neem. Tot op zekere hoogte was je maar een onschuldige pion in een spelletje waar je niets van wist.'

'LJ, het is echt goed zo. Ik ben blij dat het landgoed naar jou gaat. Ik zou niet weten wat ik ermee aan zou moeten.'

'Weet je het echt zeker? Je begrijpt toch wel dat ik in mijn testament laat opnemen dat het landgoed na mijn dood naar David gaat? Dat is zijn goed recht.'

'Absoluut.'

'Goed dan. Maar denk erom, je bent altijd welkom op Marchmont. Owen vond het belangrijk dat Cheska en jij contact met ons houden.'

'Dank je, LJ. Ik zal eraan denken.'

David riep meneer Glenwilliam weer de kamer in.

'Is alles hier naar wens?' vroeg hij.

'Ja. Greta heeft besloten het testament niet aan te vechten,' antwoordde David.

Meneer Glenwilliam leek opgelucht. 'Er zijn natuurlijk nog wat juridische kwesties die ik moet afhandelen en er moeten successierechten worden betaald over de bedragen die Owen heeft nagelaten. Mevrouw Marchmont, u moet nog een keer terugkomen om wat documenten te ondertekenen. Ik sta voor u klaar als u in de toekomst hulp nodig hebt bij het beheer van het landgoed. Zoals u weet, hield ik me al een flinke tijd bezig met de zakelijke kant.'

'Dank u. Ik stel het erg op prijs wat u allemaal hebt gedaan, en het zou fijn zijn als u me zou willen helpen.'

'Heel graag.'

Daarna stonden ze alle drie op en verlieten zijn kantoor.

'Mama, mama! Raad eens? Mary heeft me meegenomen naar de wei en ik heb een schaap geaaid!' riep Cheska uitgelaten toen Mary haar weer naar de salon bracht nadat de anderen waren teruggekeerd uit Monmouth.

'Wat enig.'

'De boer zei dat ik hem morgenochtend mag helpen de koeien te melken. Alleen moet ik dan wel om vijf uur opstaan.'

'Maar lieverd, we gaan vanmiddag terug naar Londen.'

'O.' Haar gezicht betrok.

'Ik dacht dat je naar huis wilde?'

'Ja, dat is wel zo...' Ze beet op haar lip. '... maar kunnen we niet nog een dagje blijven?'

'Het wordt echt tijd dat we teruggaan, Cheska. Maandag worden er foto's van je gemaakt, dan mag je er echt niet moe uitzien.'

'Eén dagje nog. Alsjeblíéft, mama.'

'Blijf toch nog een tijdje, lieverd. Volgens mij zou het jullie allebei goeddoen. Moet je eens zien wat een kleur Cheska op haar wangen heeft. David en ik zouden het alleen maar gezellig vinden,' bemoeide LJ zich ermee.

Greta was verbijsterd over de plotselinge ommezwaai van haar dochter. 'Als je vanavond maar niet weer van die fratsen uithaalt als je naar bed moet, jongedame.'

'Dat beloof ik, mama. Dank je wel!' Ze rende naar haar moeder toe, sloeg haar armen om haar heen en gaf haar een kus op haar wang.

'Nou, dat is dan geregeld,' merkte LJ op. 'Dan ga ik Mary maar eens het goede nieuws vertellen over River Cottage en haar erfenis. Daar zullen zij en haar verloofde vast blij mee zijn. Hij wacht al jaren op haar. Hopelijk gaan ze nu eindelijk een boterbriefje halen. David, schenk jij alvast wat te drinken in? Ik heb dorst als een paard!'

Die avond zag Greta dat Cheska diep in slaap was in de slaapkamer naast de hare. Na de vorige nacht had het haar niet verstandig geleken om haar weer in de kinderkamer te laten slapen. Zelf stapte ze ook in bed en maakte de brief van Owen open.

Marchmont
Monmouthshire

2 mei 1956

Lieve Greta,

Ik schrijf deze brief in de wetenschap dat je deze pas zult lezen als ik dood ben, wat nogal een raar idee is. Nu je echter weet wat er in mijn testament staat, vind ik dat ik je een verklaring schuldig ben. Ik heb Marchmont niet alleen aan Laura-Jane nagelaten omdat ze echt van het landgoed houdt, maar ook omdat ik dat aan haar en David verschuldigd ben. Na lang nadenken ben ik tot het inzicht gekomen dat het voor jou alleen maar een belasting zou zijn als ik het landgoed aan je zou nalaten en dat je het vrijwel zeker zou verkopen. Dat zou mijn hart breken, net als dat van Laura-Jane.
Ik weet dat je het hier niet makkelijk hebt gehad en dat dat grotendeels te wijten is aan mijn onvergeeflijke gedrag, waar ik oprecht spijt van heb. Ik was zwak en jij bent meegesleept in iets wat vele jaren daarvoor was gebeurd. Hopelijk kun je het opbrengen om me te vergeven en Marchmont als een toevluchtsoord te gaan zien, waar Cheska en jij altijd terechtkunnen om jullie drukke leven in Londen te ontvluchten.
Je moet weten dat ik erg veel om jou en de kinderen gaf, ook al waren ze niet mijn vlees en bloed. Jonny, Cheska en jij gaven me weer iets om voor te leven, daar ben ik jullie erg dankbaar voor.

Het spijt me dat er door mijn verdriet om Jonny's dood een eind kwam aan die tijd. Ik ben er niet voor je geweest en geef toe dat ik me egoïstisch heb gedragen.
Zeg alsjeblieft tegen Cheska dat ik van haar hield alsof ze mijn eigen kind was. Mary vertelde dat ze haar in een bioscoopfilm heeft gezien en dat ze nu beroemd is. Het stemt me trots dat ik een vader voor haar heb mogen zijn, al was het dan maar even. Mijn enige troost nu ik de dood in de ogen kijk, is dat ik binnenkort mijn lieve Jonny weer zal zien.
Ik wens jullie allebei een lang en gelukkig leven toe.

Owen

Ze deed de brief weer in de envelop en stopte die in haar handtas. Er welde een golf van emoties in haar op, maar die verdrong ze resoluut. Max, Owen, James… Ze behoorden allemaal tot haar verleden. Ze mocht zich niet meer door hen laten raken.

22

Cheska lag op haar rug naar de grote takken van de eik boven zich te staren, afgetekend tegen de wolkeloze blauwe lucht. Ze slaakte een tevreden zucht. De filmstudio leek heel ver weg, er was hier niemand die haar kon herkennen. Voor het eerst in haar korte leven had ze het gevoel dat ze helemaal alleen en vrij was. Ze voelde zich hier veilig. Sinds ze niet meer in de kinderkamer sliep, was de droom niet meer teruggekomen.

Ze ging zitten en tuurde in de verte. Ze zag dat mama en oom David op het terras zaten te lunchen. Inmiddels waren ze een week op Marchmont, omdat ze mama steeds aan haar hoofd had gezeurd dat ze langer wilde blijven. Ze ging weer liggen en bedacht hoe fijn het zou zijn als mama en oom David verliefd op elkaar werden, trouwden en hier voorgoed bleven wonen. Dan kon zij elke ochtend helpen de koeien te melken, in de keuken ontbijten met Mary en net als de andere jongens en meisjes naar school gaan in het dorp.

Meer dan een droom zou het echter niet worden, want morgen moesten ze weer terug naar Londen.

Ze stond op, keek nog eens of mama haar niet zocht en wandelde in de richting van het bos, met haar handen in de zakken van haar nieuwe tuinbroek. Ze luisterde naar het gezang van de vogels en vroeg zich af waarom dat hier zoveel mooier klonk dan in Londen.

De boswandeling deed haar denken aan de set van *Hansel and Gretel,* een film die ze vorig jaar had gemaakt en waarvan mama had gezegd dat het met Kerstmis een enorm succes was geweest. Toen ze dieper het bos in liep, verwachtte ze elk moment een snoephuisje te zien staan, waar een boze heks op haar wachtte. Maar op de open plek die ze bereikte, zag ze alleen een kleine spar met een stuk steen eronder.

Toen ze dichterbij kwam, besefte ze dat het een grafsteen was en huiverde bij de gedachte dat hier iemand onder de grond lag. Ze ging er op haar knieën voor zitten. De inscriptie bestond uit vergulde letters en was heel duidelijk.

Jonathan (Jonny) Marchmont
Geliefde zoon van Owen en Greta
Broer van Francesca
Geboren 2 juni 1946
Gestorven 6 juni 1949
Moge God Zijn kleine engel naar de hemel begeleiden

Haar adem stokte.

Jonny…

Er kwamen flarden van herinneringen bij haar op, maar ze kreeg er geen grip op.

Jonny… Jonny…

Op dat moment hoorde ze iemand fluisteren.

Cheska, Cheska…

Het was de stem van het jongetje uit haar droom. Het dode jongetje dat in zijn kist lag. Het jongetje dat die nacht in de kinderkamer naar haar toe was gekomen.

Cheska, Cheska… kom met me spelen.

'Nee!'

Ze stond op, drukte haar handen tegen haar oren en rende zo hard ze kon het bos uit.

'Greta, omdat dit je laatste dag hier is, wil ik je vanavond graag mee uit eten nemen in Monmouth,' stelde David voor toen ze op het terras koffie zaten te drinken.

'Ik… Hemel, Cheska ziet eruit alsof de duivel haar op de hielen zit!' riep ze uit toen ze haar dochter op hen af zag rennen.

Hijgend kwam Cheska bij haar moeder aan en wierp zich in haar armen.

'Schat toch, wat is er?'

Cheska keek naar haar en schudde resoluut haar hoofd. 'Niets, het gaat alweer. Sorry, mama. Mag ik naar Mary in de keuken toe? Ze zei dat ik haar mocht helpen een taart te bakken die we kunnen meenemen naar Londen.'

'Ja, natuurlijk mag dat. Cheska?'

'Ja, mama?'

'Weet je wel zeker dat het goed gaat?'

'Ja hoor, mama.' Ze knikte en liep naar binnen.

Toen David en Greta The Griffin Arms binnenkwamen, was het restaurant gehuld in de zachte gloed van kaarsen. Ze werden naar een knus zitje in een hoek gebracht, onder de oeroude dakspanten. De tafel was gedekt met glanzend gepoetst zilverwerk en tere kristallen wijnglazen.

'Meneer, mevrouw, kan ik iets voor u te drinken inschenken?' vroeg de hoofdkelner.

'Ja, we willen graag een fles van uw beste champagne,' zei David.

'Komt eraan, meneer.' Hij overhandigde hun allebei een menukaart. 'Ik kan de garnalen aanbevelen, die zijn vandaag vers gevangen, en het Welshe lamsvlees. En meneer, ik wil graag ook nog even zeggen dat ik enorm genoten heb van uw laatste film.'

'Wat aardig, bedankt.' Zoals altijd geneerde David zich omdat hij herkend werd.

Nadat ze hadden besteld wat de hoofdkelner had aanbevolen, nipten ze van de champagne en kletsten wat over LJ en Marchmont.

'Wat jammer dat Cheska morgen alweer terug moet naar Londen. De afgelopen dagen is ze zo opgebloeid,' merkte David op.

'Ja, ze is er zeker van opgeknapt, maar we kunnen haar fans niet teleurstellen, hè?'

'Dat zal wel niet, nee.' Hij hoopte dat ze het ironisch bedoelde, maar vreesde van niet. 'Trouwens, vanochtend las ik in *The Telegraph* dat Marilyn Monroe met Arthur Miller getrouwd is. Nu komen ze naar Londen, omdat ze een film gaat maken met Larry Olivier.'

'Echt? Wat een onwaarschijnlijk stel,' zei ze toen de ober hun garnalen kwam brengen. 'Het lijkt wel of iedereen op dit moment trouwt. Heb je eerder dit jaar de bruiloft van Grace Kelly en prins Rainier op televisie gezien? Cheska was er volkomen van in de ban.'

Tijdens het eten was David zo nerveus dat zijn normaal gesproken zo gezonde eetlust hem in de steek liet. Hij raakte zijn eten amper aan en sloeg zelfs een dessert af. In plaats daarvan dronk hij het laatste beetje van de champagne op, terwijl Greta verse aardbeien at. Nadat ze koffie en twee glazen brandy hadden besteld, besefte hij dat de tijd drong. Het was nu of nooit.

'Greta, ik... Nou ja, ik wil je iets vragen.'

'Wat is er dan?' Ze keek hem vragend aan.

'Het zit zo...' De volgende zinnen had hij keer op keer in zijn hoofd gerepeteerd, maar nu hij ze eindelijk hardop moest zeggen, kon hij zich er geen woord meer van herinneren.

'Nou, eh... Het zit zo dat... Ik hou van je, Greta. Dat heb ik altijd gedaan en dat zal ik altijd blijven doen. Voor mij zal er nooit een ander zijn. Zou je... Ik bedoel, wil je... erover nadenken met me te trouwen?'

Stomverbaasd staarde ze naar zijn ernstige gezicht en blozende wangen. Zijn vriendelijke ogen straalden een en al hoop uit. Ze slikte moeizaam en pakte een sigaret. David was haar beste vriend. Ja, ze hield heel veel van hem, maar niet op de manier die hij van haar verlangde. Ze had zichzelf heilig voorgenomen om nooit meer op die manier van iemand te houden.

'Het punt is,' ploeterde hij verder, 'volgens mij heb je iemand nodig die voor je zorgt. En Cheska heeft een vader nodig. Marchmont is jouw thuis en als we trouwen, zou het landgoed op een dag van ons worden. Daarmee zou toch alles op zijn plaats vallen? Natuurlijk hoeven we er nu nog niet te gaan wonen. Jullie zouden bij mij in Hampstead kunnen intrekken, en...' Hij maakte zijn zin niet af, want ze stak haar hand op.

'Houd alsjeblieft op. O, ik kan dit bijna niet verdragen!' Ze legde haar hoofd in haar handen en begon te huilen.

'Niet huilen, alsjeblieft. Het laatste wat ik wil, is je van streek maken.'

'David, lieve David.' Na een tijdje keek ze op en gebruikte de zakdoek die hij haar aanbood om haar tranen te drogen. Wat ze nu ook zei, het zou hem diep kwetsen. 'Laat me het alsjeblieft uitleggen. Toen ik al die jaren geleden Max leerde kennen en hij me zwanger achterliet, was ik nog jong genoeg om, met jouw hulp, de scherven bijeen te rapen en opnieuw te beginnen. Daarna ging ik naar Marchmont en trouwde met Owen, simpelweg omdat ik bang en alleen was en op het punt stond om moeder te worden. Ik had vastigheid nodig en die vond ik ook een tijdje bij hem. Maar dat ging voorbij en Cheska en ik zijn er bijna aan onderdoor gegaan dat ik zo afhankelijk van hem was. Toen gingen we weer naar Londen en werd ik verliefd op mijn baas, een getrouwde man. Misschien kwam het door die jaren met Owen, maar ik snakte naar een beetje romantiek, naar voldoening op lichamelijk vlak.' Ze bloosde om haar eigen woorden. 'Owen en ik hebben ons huwelijk nooit geconsummeerd. James, zo heette mijn baas, zei dat hij zijn vrouw voor mij zou verlaten. Stom genoeg trapte ik daarin. Na een tijdje kwam zijn vrouw erachter dat we een affaire hadden en bleek hij een egoïstische slappeling te zijn die mijn liefde helemaal niet waard was. Door al dat gedoe raakte ik ook nog mijn baan kwijt. Dat was de dag dat ik jou weer terugzag, bij het Windmill.'

'Ik begrijp het,' zei hij, al kostte het hem moeite om te bevatten wat ze hem allemaal vertelde.

'Hoe dan ook...' Ze trok een bedenkelijk gezicht. 'Na die vreselijke toestand met James heb ik mezelf iets beloofd. Ik zou nooit meer een man zo dichtbij laten komen. Niet in romantische zin, althans. Die mannen hebben me alleen maar hartzeer bezorgd. Ik vertrouwde erop dat zij me zouden geven wat ik dacht nodig te hebben. Maar de afgelopen zes jaar ben ik in sommige opzichten gelukkiger dan ooit geweest. Cheska is mijn leven en er is in mijn hart geen plaats voor een man.'

'Ik begrijp het.'

'Je moet weten dat ik heel veel om je geef, David. Op Cheska na is er niemand zo belangrijk voor me als jij, maar ik zou nooit met je kunnen trouwen. Ik zou alleen maar bang zijn dat het weer misging, en trouwens...' Ze schudde haar hoofd. 'Volgens mij ben ik niet meer in staat om op die manier van iemand te houden. Begrijp je?'

'Ik begrijp dat je diep gekwetst bent, maar ík heb je nog nooit gekwetst. Ik hou van je, Greta. Dat moet je geloven.'

'Dat geloof ik ook wel, echt waar. Je bent altijd zo goed voor me geweest. Maar het zou verkeerd zijn om je aanzoek te accepteren, want mijn hart staat niet open voor de liefde. Het voelt alsof ik verdoofd ben. Ik denk niet dat daar ooit verandering in komt.'

'Je zegt dat je voor Cheska leeft, maar zij wordt ook ouder en zal een eigen leven krijgen. Wat ga je dan doen?' vroeg hij zacht.

'Cheska zal me altijd nodig hebben,' zei ze resoluut. 'David...' Haar stem werd zachter. 'Dit overweldigt me nogal. Ik had geen idee dat je zulke gevoelens voor me had. Als ik wilde trouwen, zou jij de enige zijn die daarvoor in aanmerking kwam. Maar ik wil het niet. Nu niet, en later ook niet.'

Van verdriet kon hij geen woord uitbrengen. Het leek weinig zin te hebben om er nog over door te praten. Zijn dromen waren uiteengespat en hij zou nooit meer een tweede kans krijgen. 'Ik had met je moeten trouwen toen je zwanger was.'

'Nee, niet waar. Begrijp je het dan niet? Wat wij hebben, is veel meer waard dan een huwelijk. Dit is echte vriendschap. Ik hoop alleen dat dat na vanavond nog steeds zo is. We blijven toch wel vrienden?'

Boven tafel legde hij zijn hand op de hare. Hoewel hij gehoopt had dat hij nu de ring in zijn zak om haar vinger kon schuiven, wist hij een verdrietig glimlachje op te brengen. 'Natuurlijk wel, Greta.'

Even later verlieten ze het restaurant en liepen zonder iets te zeggen terug naar de auto.

LJ dacht dat ze boven stemmen hoorde. Ze liet de bibliotheek en de grootboeken van Marchmont voor wat ze waren en sloop de trap op om een blik in Cheska's kamer te werpen. Het bed was leeg. Ze klopte op de deur van de badkamer, duwde hem open en zag dat het vertrek in duisternis gehuld was. Snel keek ze in Greta's kamer en de andere slaapkamers in de hal, tot alleen de kinderkamer overbleef. De deur was dicht, maar vanuit de kamer hoorde ze een hoog gegiechel komen. Langzaam deed ze de deur open.

Haar adem stokte en haar hand vloog naar haar mond.

Cheska zat op de vloer, met haar rug naar de deur. Terwijl het leek alsof ze met iemand zat te praten, rukte ze het hoofd van een oude teddybeer en begon de vulling eruit te trekken. Daarna draaide ze net zolang aan de arm van de beer tot die helemaal loskwam. Tot slot pakte ze het hoofd van de beer er weer bij en begon aan de twee knopen die als ogen dienden te pulken. Toen er een loskwam, stak ze haar vinger door het gat dat de knoop had achtergelaten en lachte. Het was een huiveringwekkend geluid.

LJ bleef als verstijfd staan, vol afgrijzen dat een kind zo gewelddadig kon zijn. Na een tijdje ging ze de kamer binnen, liep zachtjes naar het meisje toe en ging voor haar staan.

Cheska leek het niet te merken. Ze probeerde nog steeds het andere oog van het gezicht van de teddybeer te trekken en zat in zichzelf te mompelen. Haar ogen waren glazig, alsof ze in een soort trance verkeerde.

LJ boog zich voorover. 'Cheska,' fluisterde ze. 'Cheska!'

Het kind keek geschrokken op, waarna haar ogen helder werden. 'Is het al bedtijd, mama?'

'Ik ben mama niet, ik ben tante LJ. Wat heb je met die arme teddybeer gedaan?'

'Ik geloof dat ik beter naar bed kan gaan. Ik ben moe, en mijn vriendje ook. Hij gaat ook naar bed.' Ze liet wat er overgebleven was van de teddybeer vallen en stak haar armen uit naar LJ, die haar met enige moeite optilde. Cheska legde haar hoofd op haar schouder en viel prompt in slaap. Ook toen LJ haar de gang in droeg, in bed legde en de deur achter zich dichtdeed, gaf het meisje geen kik.

LJ ging terug naar de kinderkamer en begon vol afkeer de stukjes vulling en stof van de ooit zo geliefde kinderknuffel op te rapen. De restanten gooide ze weg in de keuken.

Toen ze weer in de bibliotheek zat, deed ze een schietgebedje dat Greta op het aanzoek van haar zoon zou ingaan. Toen David zei dat hij eindelijk van plan was om haar ten huwelijk te vragen, had ze hem de verlovingsring gegeven die ze van Robin had gekregen. Het was een erfstuk, bedoeld voor haar zoon om aan zijn aanstaande te geven.

Hoewel Greta niet haar eerste keus voor David was, was het duidelijk dat hij van haar hield en een vrouw nodig had. En Cheska had niet alleen behoefte aan een vader, maar ook aan iets normaals in de rare fantasiewereld waarin ze leefde. Na wat LJ zojuist gezien had, vroeg ze zich af of ze misschien ook psychische hulp nodig had.

Later hoorde ze de deur opengaan. Toen David de bibliotheek binnenkwam, kwam ze overeind en nam hem nerveus op. Bij het zien van zijn verdrietige glimlachje en zijn korte schouderophalen liep ze naar hem toe en sloeg haar armen om hem heen. 'Wat erg voor je, jongen.'

'Ach ja, ik heb het tenminste gevraagd. Meer kon ik niet doen.'

'Waar is Greta?'

'Naar bed. Zij en Cheska vertrekken morgenochtend vroeg.'

'Ik wil haar nog even spreken over iets wat ik Cheska heb zien doen toen jullie weg waren.'

'Als ze stout is geweest, geef ik haar groot gelijk. Het zou eens tijd worden dat ze een eigen willetje krijgt,' zei hij. 'Zeg maar niets tegen Greta, ma. Die gelooft je toch niet, en het levert alleen maar spanningen op.'

'Het was niet zozeer stout, maar wel vreemd. Eerlijk gezegd vrees ik dat dat kind niet helemaal spoort.'

'Zoals je zelf al zei, heeft Cheska het gewoon nodig om zich af en toe als een gewoon meisje te kunnen gedragen. Er zijn zo veel kinderen die weleens rare dingen doen. Laat het alsjeblieft rusten, oké? Ik wil dat Greta hier nog eens terugkomt, en dan helpt het niet als jij kritiek levert op haar dochter.'

'Als jij het zegt,' verzuchtte ze.

'Dank je, ma.'

'Er zijn nog meer vrouwen, weet je.'

'Misschien wel, maar niet één zoals zij.' Hij drukte een kus op haar voorhoofd. 'Welterusten, ma.'

23

De verandering bij Cheska voltrok zich zo langzaam en subtiel dat Greta toen ze dertien was niet meer kon zeggen wanneer het was begonnen. In de tweeënhalf jaar na Owens dood had ze haar dochter zien veranderen van een vrolijk meisje in een somber, in zichzelf gekeerd kind dat alleen glimlachte als er een camera op haar gericht werd.

Cheska deed afstandelijk, wilde niet meer knuffelen en liet zelden blijken dat ze van haar moeder hield. Soms hoorde Greta haar midden in de nacht in zichzelf praten en kermen. Dan sloop ze door de hal en deed de deur open. Meestal draaide Cheska zich op dat moment om en werd weer stil. Greta vroeg haar talloze keren of alles in orde was, of ze ergens over wilde praten, maar dan schudde ze steevast haar hoofd en zei dat het prima met haar ging, dat ze een vriendje had dat niet gelukkig was. Als Greta vroeg wie dat vriendje dan wel mocht zijn, haalde Cheska zonder iets te zeggen haar schouders op.

Greta wist nog dat ze als kind ook een denkbeeldig vriendinnetje had gehad, om de eenzame uurtjes te doden die ze als enig kind had gekend. Daarom besloot ze maar gewoon te wachten tot Cheska eroverheen groeide. Haar dochter was kerngezond, ze at en sliep, maar de schittering was uit haar ogen verdwenen.

Verder leek niemand de verandering op te merken, en ze was allang blij dat Cheska's kenmerkende frons en toonloze manier van praten verdwenen zodra ze op de set aankwam.

Ook in fysiek opzicht begon ze te veranderen. Bij het zien van haar ontluikende vrouwelijkheid gingen bij Greta alle alarmbellen af. Ze stond erop dat ze strakke, dikke truien ging dragen die haar borst platdrukten. Als ze eens een puistje op haar neus of kin had, werd het meteen ontsmet en verstopt onder een laag make-up. Chocolade en vet voedsel werden uit haar dieet geschrapt.

Hoewel Leon haar had verzekerd dat er geen reden was om aan te nemen dat Cheska niet zou kunnen uitgroeien tot een volwassen actrice, wist Greta dat hoe langer Cheska in staat bleef om onschuldige meisjes te spelen, hoe tevredener het publiek zou zijn.

Voor de dertiende verjaardag van haar dochter had Greta besloten een feest bij hen thuis te organiseren. Ze nodigde niet alleen de cast van Cheska's laatste film uit, maar ook David, Leon en Charles Day, Cheska's hoofdregisseur. Ze huurde een cateringbedrijf in en regelde dat er foto's van het feest in *Movie Week* zouden worden gepubliceerd. Een paar dagen van tevoren nam ze Cheska mee naar Harrods om een nieuwe satijnen feestjurk aan te schaffen, die ze bij de uitgebreide collectie in de kleerkast hing.

Op de ochtend van de grote dag bracht ze haar dochter ontbijt op bed. 'Hartelijk gefeliciteerd, lieverd. Hier, ik heb jus d'orange voor je, en die broodjes waar je zo gek op bent. Voor deze ene keer kan dat geen kwaad!'

'Dank je, mama.' Cheska ging rechtop zitten.

'Voel je je wel goed, schat? Je ziet zo bleek.'

'Jawel, alleen heb ik niet zo goed geslapen.'

'Nou, hier vrolijk je vast van op.' Greta liep de gang in en kwam terug met een grote, in cadeaupapier verpakte doos die ze voor haar dochter neerzette. 'Toe, maak maar open.'

Cheska scheurde het papier eraf en maakte de doos open. Er zat een grote pop in.

'Vind je haar niet prachtig? Herken je het gezicht? En de kleren? Ik heb haar speciaal laten maken.'

Cheska knikte zonder enthousiasme.

'Jij bent het, als Melissa in je laatste film! Ik heb de poppenmaker een foto van je gegeven, zodat hij jouw gezicht kon namaken. Dat heeft hij heel knap gedaan, vind je niet?'

Stilletjes staarde Cheska naar de pop.

'Je vindt hem toch wel mooi?'

'Ja, mama. Heel erg bedankt,' antwoordde ze werktuiglijk.

'Eet nu je ontbijt maar op. Ik moet nog even iets speciaals ophalen voor het feest van vanmiddag. Ik ben zo terug. Ga jij na het ontbijt maar alvast in bad.'

Cheska knikte. Toen ze de voordeur hoorde dichtgaan, smeet ze de pop op de vloer, drukte haar gezicht in het hoofdkussen en begon te huilen.

Ze had zo graag een radio gewild. Hoewel ze al wekenlang hints gaf, had haar moeder haar toch een stomme pop gegeven, een cadeau voor een klein kind. Ze wás geen klein kind meer, maar dat leek haar moeder niet te willen begrijpen.

Ze ging weer zitten en keek naar de satijnen jurk die klaar hing aan de deur van haar kleerkast.

Het was een prachtige jurk... voor een klein meisje.

De stem die ze voor het eerst op Marchmont had gehoord, begon weer in haar hoofd te fluisteren.

Greta haalde de verjaardagstaart op bij Fortnum & Mason en droeg hem voorzichtig naar de wachtende taxi. Tijdens de korte rit naar huis nam ze in gedachten door wat ze allemaal nog moest doen voordat de gasten om vier uur aankwamen.

Ze deed de voordeur van het appartement open, haastte zich naar de keuken en zette de taart in een kastje, uit het zicht. 'Schat, ik ben thuis!'

Toen er geen reactie kwam, klopte ze op de deur van de badkamer. De laatste tijd stond Cheska erop dat ze dat deed. Ze vond niets zo erg als wanneer Greta binnen kwam stormen als ze naakt was.

'Mag ik binnenkomen?' Er kwam weer geen reactie, en ze draaide de knop van de deur om. Het vertrek bleek leeg te zijn. 'Ik dacht dat je in bad zou gaan!' riep ze toen ze weer de gang in liep en Cheska's slaapkamerdeur opendeed. 'We hebben nog heel veel te doen voordat...' Halverwege de zin viel ze stil.

Haar dochter zat op de grond in een verfrommelde hoop satijn, zijde en tule, met een schaar in haar hand. Voor de ogen van Greta hield ze de restanten van haar prachtige nieuwe feestjurk omhoog en bleef de delicate stof giechelend in repen knippen.

'Waar ben jij in vredesnaam mee bezig?' Greta beende de kamer in. 'Hier met die schaar! Nú!'

Met een wezenloze blik in haar ogen keek Cheska op.

'Hier met die schaar!' herhaalde Greta, en ze pakte de schaar van Cheska af.

Cheska bleef haar nog net zo uitdrukkingsloos aanstaren.

Met haar ogen vol tranen liet Greta zich op de vloer zakken. Ze keek naar de open deur van de kleerkast en zag dat die leeg was. Toen ze de kamer afzocht, zag ze de verknipte restanten van een prachtige collectie jurken op een stapel op het bed liggen. 'Waarom, Cheska? Waarom?' vroeg ze, maar het meisje bleef maar met die nietsziende blik voor zich uit staren. Greta pakte haar schouders beet en rammelde haar door elkaar. 'Geef antwoord, verdomme!'

Door de aanraking leek Cheska uit haar trance te ontwaken. Met een angstige blik staarde ze haar moeder aan. Toen keek ze om zich heen naar de vernielde jurken, alsof het nu pas tot haar doordrong wat ze had gedaan.

'Waarom? Wáárom!' Greta bleef haar door elkaar schudden.

Cheska begon met lange, gierende uithalen te huilen. Ze liet zich tegen haar moeder aan zakken, maar Greta sloeg haar armen niet om haar heen. 'Hij was het, mijn vriendje. Hij zei dat ik het moest doen. Het spijt me. Het spijt me zo, het spijt me zo.' Ze bleef het maar herhalen.

'Wie is híj?'

'Dat kan ik niet zeggen. Dat heb ik hem beloofd!'

'Maar Cheska, hoe kan hij nou je vriend zijn als hij je tot dit soort dingen aanzet?'

Haar dochter schudde slechts haar hoofd en kreunde tegen Greta's schouder. 'Ik heb zo'n hoofdpijn,' jammerde ze.

'Het is al goed, mama is niet boos meer. Kom, dan gaan we de rommel opruimen. We moeten je klaarmaken voor het feest.' Greta haastte zich naar de keuken en kwam terug met haar armen vol vuilniszakken, die ze begon vol te proppen met de treurige overblijfselen van de garderobe van haar dochter. Ze zou de stomerij moeten bellen om te vragen of ze een van Cheska's andere jurken konden bezorgen, zodat ze die vanmiddag aan kon trekken naar het feest.

Terwijl ze de laatste verknipte jurk van de grond opraapte, stokte haar adem omdat ze het hoofd van de pop die ze Cheska voor haar verjaardag had gegeven, naar zich zag staren. Het hoofd was van de romp gerukt en het haar was zonder pardon afgeknipt.

Greta zag een arm onder het bed uit steken. Langzaam kroop ze over de vloer om de ledematen van de pop bij elkaar te zoeken, terwijl de tranen over haar wangen rolden. Ze propte de ledematen bij de jurken in de vuilniszakken en liet zich met haar hoofd in haar handen op haar knieën zakken.

Zo ging het niet langer.

Cheska had dringend hulp nodig.

'Wat denkt u ervan, dokter?' Greta ging nerveus verzitten in de chique doktespraktijk aan Harley Street.

'Het goede nieuws is dat Cheska in lichamelijk opzicht kerngezond is.'

'Godzijdank,' mompelde ze. Terwijl de dokter met zijn onderzoek bezig was, had ze zich van alles in haar hoofd gehaald.

'Alleen denk ik dat ze er in psychisch opzicht minder goed aan toe is.'

'Hoe bedoelt u?'

'Nou, mevrouw Simpson, ik heb haar naar die denkbeeldige vriend van haar gevraagd. Ze zegt dat hij de hele tijd tegen haar praat, vooral 's nachts. Kennelijk is hij degene die haar vraagt die... onaangename dingen te doen. Ze heeft me ook verteld dat ze vaak dezelfde nachtmerrie heeft en last heeft van erge hoofdpijn.'

'Ja,' zei Greta ongeduldig, 'maar wat is de oorzaak van al die problemen?'

'Het zou kunnen dat haar fantasie een loopje met haar neemt vanwege alle stress. Per slot van rekening staat ze al vanaf haar vierde in de schijnwerpers. Door wat Cheska en u me hebben verteld, acht ik het echter ook goed mogelijk dat uw dochter lijdt aan een aandoening die schizofrenie heet. Daarom verwijs ik haar door naar een psychiater, die haar grondig kan onderzoeken.'

'Godallemachtig!' Ze had die term eerder gehoord en wist precies wat die inhield. 'Wilt u nou zeggen dat ze misschien krankzinnig is?'

'Schizofrenie is een ziekte, mevrouw Simpson. Tegenwoordig noemen we mensen die eraan lijden niet meer krankzinnig,' wees de dokter haar terecht. 'Trouwens, ze moet eerst door een deskundige onderzocht worden, voordat de diagnose bevestigd kan worden. Vergeet niet dat Cheska ook te maken heeft met de puberteit, een lastige periode voor alle jonge meisjes. Het enige wat ik u wel met klem wil aanraden, is dat ze per direct een poos vrijaf neemt. Neem haar een paar maanden mee naar een rustige plek. Geef haar de tijd om tot rust te komen en in de luwte op te groeien.'

'Maar dokter, ze heeft net een contract getekend voor twee nieuwe films. De opnames voor de eerste daarvan beginnen over een paar weken al. Ze kan niet zomaar een paar maanden vrij nemen. Trouwens, ze doet het graag. Het is ons... háár leven.'

'Mevrouw Simpson, u betaalt me om u advies te geven, en ik raad deze behandeling aan. Ik zal contact opnemen met mijn collega en meteen een afspraak met hem maken voor jullie. In de tussentijd zal ik een licht kalmeringsmiddel voorschrijven. Dat mag u alleen geven als ze erg overstuur lijkt. Ze zal er rustiger van worden, zonder dat het haar belemmert in haar normale functioneren.'

'Denkt u echt dat ze naar een psychiater moet? Zoals u al zei, gedraagt ze zich misschien wel zo door de puberteit en doordat ze te veel hooi op haar vork heeft genomen.'

'Toch raad ik het u aan. Misschien heeft ze nog aanvullende medicatie nodig, zoals chloorpromazine, en ik neem graag het zekere voor het onzekere. Hier is het recept voor de kalmeringstabletten.' De arts gaf het haar. 'Zal ik tegen Cheska zeggen wat ik tegen u heb gezegd?'

'Nee, dank u. Ik leg het haar zelf wel uit,' zei ze snel.

'Goed. En denk erom, mevrouw Simpson, tot ze bij de psychiater is geweest, moet ze volledige rust nemen. Ik bel u als de afspraak is gemaakt.'

'Ja. Dank u, dokter. Tot ziens.'

Greta liep de spreekkamer uit en nam de bleke Cheska mee naar buiten, Harley Street op, waar ze een taxi aanhield.

'Wat is er volgens de dokter met me aan de hand, mama?' vroeg Cheska op weg naar huis zacht.

Greta kneep in haar hand. 'Helemaal niets, schat. Volgens hem ben je kerngezond.'

'Maar die hoofdpijn dan? En die... gekke dromen?'

'Volgens de dokter heb je gewoon te hard gewerkt. Niets om je druk om te maken. Hij heeft pillen voorgeschreven om je te helpen te ontspannen. Verder zei hij nog dat je aan vakantie toe bent. Dus ik dacht dat we wel een paar weken naar Marchmont konden gaan.'

Cheska's gezicht klaarde op. 'O, dat lijkt me heerlijk! Komt oom David dan ook?'

'Dat betwijfel ik, maar we kunnen bij tante LJ en Mary logeren, zodat je weer helemaal uitgerust bent als de opnames van je nieuwe film beginnen.'

'Ja, mama.'

Greta wierp een blik op haar dochter en zag tot haar opluchting dat de ogen van haar dochter meer straalden dan in dagen het geval was geweest.

Die avond, nadat Greta haar dochter een van de pillen had gegeven en in bed had gestopt, ging ze met een glaasje whisky in de woonkamer zitten. De dokter had nog gebeld om te zeggen dat Cheska over twee dagen een afspraak met de psychiater had. Greta had hem bedankt en hem verzekerd dat ze zou gaan, maar haar besluit stond al vast. Morgen zou ze Cheska meenemen naar Marchmont, en dan zou ze afwachten hoe het ging als ze er een tijdje tussenuit was geweest. Het was geen optie om de film uit te stellen, zelfs al zouden ze niet aan een contract gebonden zijn. Bij filmliefhebbers was het uit het oog, uit het hart. Zeker nu Cheska in de puberteit zat. Als ze een tijd niet op het witte doek verscheen, was het over en uit.

Wat de dokter ook zei, wat Greta betrof, kwam de diagnose schizofrenie nog steeds neer op krankzinnigheid, en dat was gewoonweg belachelijk. Haar volmaakte dochter was mooi, getalenteerd, een enorme ster...

Die arme meid had gewoon even rust nodig, meer niet. En Greta zou ervoor zorgen dat ze die kreeg.

Na twee weken op Marchmont kwam Cheska rustiger, verkwikt en op twee kalmeringstabletten per dag terug. Hoewel ze iets stiller leek dan normaal, had ze geen last meer van hoofdpijn en nachtmerries. Greta belde de dokter in Harley Street om te vragen of hij een herhaalrecept wilde voorschrijven voor het kalmeringsmiddel. Dat weigerde hij, tot Cheska bij de psychiater was geweest. Ze legde uit dat het stukken beter met haar dochter ging nu ze twee weken vakantie had genomen en dat ze haar niet overstuur wilde maken door haar nog verder te laten onderzoeken. De arts hield echter vol dat kalmeringstabletten, hoe licht de dosis ook was, maar een tijdelijke oplossing waren en niet voor de lange termijn waren bedoeld. Geërgerd belde ze haar eigen huisarts en maakte een afspraak. Later die week ging ze naar hem toe en zei dat ze overspannen was. Ze vroeg om de kalmeringstabletten die Cheska had gekregen, zogenaamd omdat een vriendin die haar had aangeraden. De dokter schreef ze meteen voor, zonder verder te vragen.

Een week later stond Cheska op de set van haar nieuwe film. Greta verhoogde de dosis naar drie tabletten per dag.

Cheska zat in haar kleedkamer een artikel te lezen over Bobby Cross, de nieuwste Britse popsensatie. Ze vond hem nog leuker dan Cliff Richard, ook al draaide ze *Living Doll* helemaal grijs, sinds ze een grammofoon had gekregen. Dromerig raakte ze de foto van Bobby's gezicht aan en vroeg zich af of ze haar moeder ooit zou kunnen overhalen om haar naar een concert van hem te laten gaan.

Met een zucht legde ze het blad neer en stak haar hand uit naar de enorme stapel fanmail die Greta voor haar had neergelegd. Ze trok er op goed geluk een brief uit en begon te lezen.

St. Benet's Road 5
Longmeadow
Cheshire

Beste juffrouw Hammond,

Ik schrijf om u te laten weten hoezeer ik genoten heb van uw film Little Girl Lost. *Ik heb ernaar gekeken met een lach en een traan, en ik vind u de mooiste en meest getalenteerde filmster op het witte doek. Het fijnste van alles vond ik dat de film goed afliep en dat u uw verloren gewaande vader vond.*
Ik zou graag een gesigneerde foto van u ontvangen.

Met vriendelijke groet,
Miriam Maverly (53 jaar)

Ze legde de brief neer en staarde naar haar spiegelbeeld. Sinds ze die tabletten innam, ging het beter. De hoofdpijn en de stem die haar in haar dromen had belaagd en haar tot nare dingen had aangezet, waren verdwenen.

Maar nu voelde ze niets meer. Het leek wel of ze niet echt bestond, alsof ze alleen maar deed alsof ze een mens van vlees en bloed was. Vanbinnen voelde ze zich verdoofd, waardoor het leek alsof ze van een afstandje naar zichzelf en anderen keek.

Toen ze haar wang aanraakte, gaf het een beetje troost dat die warm aanvoelde.

Ze slaakte een diepe zucht. Ze had duizenden trouwe fans en een succesvolle carrière waardoor ze privileges had waar anderen alleen van konden dromen. De meeste mensen waren hun hele leven bezig om te bereiken wat haar op haar vierde al was gelukt. Maar nu ze dertien was, voelde ze zich stokoud. Niets leek nog zin te hebben.

Er werd op de deur geklopt.

'Ze zijn klaar voor u, juffrouw Hammond.'

'Ik kom eraan.'

Ze stond op, klaar om zich een uurtje over te geven aan de illusie die zoveel echter aanvoelde dan haar eigen bestaan. Terwijl ze de kleedkamer verliet, vroeg ze zich af of haar eigen leven een goede afloop zou kennen.

24

Leon liet Greta en Cheska binnen in zijn kantoor en begroette hen allebei hartelijk met een zoen. 'Jullie zien er goed uit. Ga lekker zitten. Cheska, zoals je weet, hebben je moeder en ik het er de afgelopen maanden vaak over gehad hoe het nu verder moet met je carrière. Nu je al vijftien bent, zijn we het erover eens dat het tijd wordt om een andere draai aan je imago te geven.'

'Ja, Leon,' zei Cheska verveeld.

'Voor een kindsterretje kan het best lastig zijn om de overstap naar volwassen rollen te maken, maar ik denk dat Rainbow Pictures precies de juiste rol heeft gevonden om je op weg te helpen.' Hij glimlachte weer en schoof een script over zijn bureau naar haar toe.

Ze pakte het aan en bekeek de titel: *Please, Sir, I Love You.* Voordat ze het voorblad had kunnen omslaan, werd het script al door haar moeder uit haar handen gegrist.

Greta keek Leon boos aan. 'We hadden toch afgesproken dat je scripts altijd eerst aan mij zou voorleggen?'

'Neem me niet kwalijk, dit is gisteravond pas bezorgd.'

'Wie heeft het geschreven?' vroeg ze bits.

'Peter Booth, een nieuwe scriptschrijver die het volgens Rainbow Pictures nog ver kan schoppen.'

'En Cheska zou de hoofdrol krijgen?'

'Natuurlijk,' verzekerde hij haar. 'Het ziet ernaar uit dat Charles Day Bobby Cross, die popzanger, als haar tegenspeler heeft weten te strikken. Het wordt zijn eerste film.'

'Maar Cheska's naam komt wel bovenaan de titelrol te staan?'

'Het zou op zijn minst een gedeelde eerste plaats worden met Bobby,' zei hij tactvol. 'Met deze film kan ze een heel leger nieuwe fans aanboren. Ieder tienermeisje wil Bobby Cross zien en hun vriendjes zullen weg zijn van Cheska. Het is een prachtig script, heel anders dan wat ze tot nu toe heeft gedaan. Je krijgt je eerste filmkus,' zei hij met een knipoog naar Cheska.

'Bedoel je dat ik dan met Bobby Cross moet zoenen?' Ze bloosde en haar ogen lichtten op.

'Ja, meerdere keren, volgens mij.'

'Leon, hier staat een vloekwoord. Dat moet eruit,' zei Greta, die het script doorbladerde.

'Greta, het is 1961. De wereld is aan het veranderen en de filmwereld moet daarin meegaan. Over een paar weken komt *A Taste of Honey* uit. Daarin speelt Rita Tushingham een vrouw die ongehuwd zwanger raakt, en...'

'Leon! Niet waar Cheska bij is.'

'Oké, oké. Het spijt me, maar ik wil maar zeggen dat tienermeisjes niet meer aan moeders rokken hangen, thuisblijven en leren koken tot er zich een geschikte echtgenoot aandient. Volgend jaar brengt MGM de filmversie van *Lolita* uit en Alan Bates gaat de hoofdrol vertolken in *A Kind of Loving.* Rainbow Pictures wil ook met zijn tijd meegaan. Tegenwoordig gaan er vooral jongeren naar de bioscoop. Tranentrekkers, oorlogsfilms en kostuumdrama's zijn passé. De jongeren willen zich kunnen herkennen in wat ze op het witte doek zien.'

'Bedankt voor de preek, Leon,' zei Greta. 'Ik ben me er heel goed van bewust dat de tijden veranderen. Zo oud ben ik nog niet. Waar gaat deze film precies over?'

'Over een tienermeisje dat verliefd wordt op haar knappe, jonge muziekleraar. Ze lopen samen weg en de leraar richt een band op. Ondertussen worden ze op de hielen gezeten door de autoriteiten...'

'Dat is belachelijk, Cheska is nog maar vijftien!'

'Rustig maar, Greta. Het personage in de film is zestien en tegen de tijd dat de film komende zomer in première gaat is Cheska dat ook. Trouwens, het onderwerp klinkt misschien een tikje gewaagd, maar op een enkele zoen na komen er geen, eh... fysieke dingen in voor. Het is een luchtige film en alle muziek is geschreven door

Bobby Cross. De opnames vinden op locatie plaats, om er dat beetje realisme aan te geven dat nu zo populair is.'

'Dat klinkt toch goed, mama?' vroeg Cheska gretig.

'Ik zal het script thuis doorlezen en daarna beslissen we pas,' zei Greta streng.

'Nou, aarzel niet te lang. We weten allebei dat Cheska's carrière zich op een kritiek punt bevindt. Er staan volop andere mooie jonge meisjes bij de studio onder contract.'

'Maar niet een van hen heeft zoveel fans als Cheska. Dat trekt mensen naar de bioscoop,' bracht Greta hem in herinnering. 'Kom, Cheska, we moeten naar huis.' Ze stond op en gebaarde dat haar dochter dat ook moest doen.

'Dag, lieverd.'

'Dag, Leon,' zei Cheska somber toen ze achter haar moeder aan het kantoor verliet.

Na hun vertrek leunde Leon achterover in zijn stoel en dacht erover na hoe het gesprek was verlopen. Hij had altijd bewondering gehad voor Greta, omdat ze zich er zo in had vastgebeten om haar dochter succesvol te maken. De laatste tijd werd ze echter steeds dominanter. Hoewel Cheska dan een grote ster mocht zijn, had ze vooral bewonderaars binnen de oudere generatie. Ze was geen klein meisje meer en was daarmee de onschuld kwijtgeraakt waardoor ze zo beroemd was geworden. Haar laatste film was minder goed bezocht dan die daarvoor en ze had al negen maanden geen script meer aangeboden gekregen. Nu moest ze de studio en een heel nieuw publiek ervan overtuigen dat ze ook als volwassene nog steeds de moeite van het kopen van een bioscoopkaartje waard was. Greta moest maar eens gaan inzien dat zij niet alles meer voor het zeggen had.

Hij was in elk geval wel opgelucht dat Cheska van een beeldschoon kind in een prachtige jonge vrouw veranderde. Met haar ranke figuurtje, lange blonde haar en tere gelaatstrekken zou ze ieder puisterig jochie wekenlang kunnen laten kwijlen. Haar toekomst hing ervan af of ze uitgroeide tot een vrouw die mannen kon opwinden.

Hij vroeg zich alleen af of haar moeder dat zou laten gebeuren.

'Alsjeblíéft, mama. Het is zo'n mooi script. Ik vind het helemaal te gek!'

'Sla niet van die rare taal uit.'

Ze zaten aan de ontbijttafel. Gisteravond had Cheska het script in bed gelezen. Haar eerste uurtjes slaap waren gevuld met dromen waarin ze Bobby Cross zoende. Voor het eerst in jaren was ze ergens enthousiast over.

'Ik weet het niet, Cheska,' vervolgde haar moeder. 'Ik heb het script ook gelezen en ik denk gewoon niet dat je fans je graag in korte rokjes en met valse wimpers willen zien.'

'Maar moeder, ik kan geen kleine meisjes blijven spelen. Daar ben ik te oud voor, dat zeggen de recensenten ook al.'

'Ja, maar misschien moeten we eerst nog wat andere scripts bekijken, voordat we de knoop doorhakken. Hier zit een scène in waarin je personage in haar ondergoed de slaapkamer uit komt!'

'Nou en? Ik schaam me niet voor mijn lichaam. Het is veel natuurlijker om naakt te zijn dan om kleren te dragen, hoor.' Dat had ze laatst in een tijdschrift gelezen.

'Kom nou toch, Cheska! Je voelt je misschien al heel wat, maar je bent nog niet eens zestien. Mijn mening telt ook mee!'

'Er zijn zat meisjes die niet veel ouder zijn dan ik en die al op zichzelf wonen, een vriendje hebben en... en... nog veel meer!'

'Wat weet jij nou van vriendjes af, jongedame?'

'Ik weet alleen dat andere meiden vriendjes hebben en dat ik deze film wil doen!' Ze stond op, beende naar haar kamer en sloeg de deur achter zich dicht.

Greta nam zich voor om de dokter te bellen voor een nieuw voorraadje kalmeringstabletten. Daarna liep ze naar de telefoon en draaide Leons nummer. 'Leon, met Greta. Ik heb het script gelezen en maak me zorgen. Als de halfnaakte scènes en de straattaal eruit gaan, zullen we erover nadenken.'

'Dat zal niet gaan. Cheska moet de rol aannemen zoals die nu is, of niet.'

'Dan moeten we de rol helaas afslaan. Kun je geen andere scripts voor haar zoeken?'

'Greta, je moet goed begrijpen dat het wat de studio betreft dit is, of anders niets. Zal ik zeggen dat ze iemand anders moeten zoeken?'

Greta viel stil. Ze kon geen kant op, dat wist ze.

'Hoe zit het met Cheska?' vroeg hij. 'Wil zij het doen?'

'Ja, maar ze heeft haar bedenkingen.'

Je kunt me nog meer vertellen, dacht hij. Hij had heus wel de opwinding in Cheska's ogen gezien toen hij over Bobby Cross begon. 'Goed, dan bel ik Charles om te zeggen dat ze de rol aanneemt, voordat zijn geduld opraakt en hij iemand anders zoekt. De details werken we later wel uit. Toe nou, Greta,' smeekte hij. 'We werken al zo lang samen. Jij ziet toch ook wel dat dit een prachtkans is?'

Aan haar kant van de lijn bleef het lang stil. 'Goed dan.'

'Fantastisch! Je zult er geen spijt van krijgen, dat beloof ik.'

'Dat hoop ik dan maar,' mompelde ze in zichzelf toen ze ophing. Daarna ging ze het nieuws aan Cheska vertellen.

Zo gelukkig had ze haar dochter al heel lang niet meer gezien. 'Dank je, mama. Ik weet zeker dat we hier goed aan doen. Ik ben zo blij!'

En dat stemde Greta dan ook weer tevreden.

'Oké, helemaal klaar.' De visagiste trok de tissue uit Cheska's kraag. 'Ze zijn over een kwartiertje klaar voor je. Wil je koffie?'

'Nee, bedankt.' Ze schudde haar hoofd en staarde naar zichzelf in de spiegel, die tegen een muur op een lessenaar stond. Haar gezicht was bedekt met foundation en haar ogen waren zwart omlijnd. Ze droeg valse wimpers en haar grote ogen werden geaccentueerd door blauwe oogschaduw. Haar lippen waren roze gestift, waardoor haar parelwitte tanden nog beter uitkwamen. Haar hoofd voelde vreemd licht aan, want het lange haar waaraan ze gewend was, was nu in een pagekopje geknipt en hing vlak boven haar schouders in een goudkleurige stralenkrans.

Ze droeg een traditioneel schooluniform met een blazer, een plooirok en een stropdas, maar de rok hield tien centimeter boven de knie op, waardoor haar lange benen tot aan haar enkelsokken en schoenen zichtbaar waren.

Ze giechelde. Mama zou een rolberoerte krijgen als ze haar zo zag, maar dat kon haar niets schelen. Ze voelde zich heerlijk.

De floormanager kwam binnen om haar mee naar de set te nemen. 'Je ziet er geweldig uit, Cheska,' zei ze glimlachend. 'Ik kan amper geloven dat jij het bent.'

Cheska liep achter haar aan de tochtige hal en de grote aula in.

'Weet je welke scène we als eerste gaan opnemen?'

'Ja.' Haar blik schoot door de aula, op zoek naar een glimp van Bobby Cross. 'De scène waarin de nieuwe muziekleraar aan de leerlingen wordt voorgesteld.'

'Inderdaad. Ga hier maar zitten, dan roepen we je als we zover zijn.'

Het vertrek stond vol met kletsende meisjes, allemaal gekleed in hetzelfde uniform als dat van Cheska. Het werd in één klap stil. De deuren van de aula gingen open en Bobby Cross kwam binnen met Charles Day. Net als de rest draaide Cheska zich om en voelde haar adem stokken toen ze hem voor het eerst in levenden lijve zag. Zijn donkerblonde haar was in een vetkuif gekamd en zijn kastanjebruine ogen werden omlijst door lange, gekrulde wimpers. Zijn slanke lichaam, met die beruchte draaiende heupen, ging schuil onder een eenvoudig grijs pak.

'Hoi, meiden, hoe gaat-ie?' riep hij met zijn ondeugend klinkende cockneyaccent, waarbij hij zijn beroemde glimlach liet zien.

Er ging een collectieve zucht door de aula heen.

'Kom, dan stel ik je voor aan Cheska Hammond, je tegenspeelster,' zei Charles Day.

Cheska bleef als aan de grond genageld staan toen Bobby op haar afliep. 'Hallo, schat. Ik denk dat wij het samen heel gezellig zullen hebben, denk je ook niet?'

Het lukte haar om te knikken en 'ja' te mompelen. Er steeg een blos naar haar wangen toen zijn blik van haar enkelsokken omhooggleed en nadrukkelijk op de welving van haar borsten bleef hangen.

Tegen Charles Day zei hij: 'Zo te zien zijn mijn gebeden verhoord!'

'Hallo. Ik ben Cheska's moeder, Greta Simpson. Aangenaam kennis te maken.' Greta wurmde zich langs Cheska heen en stak hem een hand toe.

'Hé, daar,' reageerde hij zonder haar de hand te schudden. 'Ik zie je op de set.' Hij knipoogde naar Cheska en liep samen met Charles weg. 'Is die draak er de hele tijd bij? Cheska is het lekkerste mokkel dat ik in maanden heb gezien. Die moeder bederft alle lol,' zei hij, zo luid dat ze hem allebei konden horen.

Greta hield haar gezicht strak in de plooi.

Cheska kon wel door de grond zakken, maar voelde behalve schaamte ook een zekere voldoening.

'Goed, allemaal.' Charles Day klapte in zijn handen. 'Aan de slag.'

'Mama, ik wil voortaan in mijn eentje naar de studio.' Cheska, die net uit bad was gekomen en haar nachthemd al aanhad, liep de woonkamer in.

Met een star gezicht keek Greta op van het tijdschrift dat ze zat te lezen. 'Waarom in vredesnaam?'

'Omdat ik bijna zestien ben en geen chaperonne meer nodig heb.'

'Maar Cheska, ik ga altijd met je mee! Je hebt iemand nodig die eventuele problemen kan oplossen, dat weet je.'

Cheska ging naast haar moeder op de bank zitten en pakte haar hand. 'Mama, ik wil niet dat je denkt dat ik je er niet bij wil hebben, maar de andere meisjes in de film hebben geen van allen hun moeder bij zich. Ik voel me net een klein kind. Iedereen lacht me uit.'

'Daar geloof ik niets van.'

'Maar je hebt al zo lang voor me gezorgd,' gooide ze het over een andere boeg. 'Je bent zelf pas vierendertig. Je zult toch ook weleens tijd voor jezelf willen? Trouwens...' Ze zuchtte. 'Ik moet een keer op eigen benen leren staan.'

'Heel lief dat je aan me denkt, maar ik ga juist graag naar de studio. Dit is net zo goed mijn leven als het jouwe.'

'Nou, zou je het heel erg vinden als ik het een paar dagen probeer, om te kijken hoe het gaat?'

'Maar hoe moet het dan als je op locatie filmt? Dan heb je iemand nodig die op je let.'

'Misschien. Mag ik het alsjeblieft proberen, mama? Het is heel belangrijk voor me.'

Greta aarzelde en keek in de smekende ogen van haar dochter. 'Goed dan, als je het zo graag wilt. Maar niet langer dan een paar dagen.'

'Dank je, mama.' Ze gaf haar moeder een zeldzame knuffel. 'Dan ga ik maar eens naar bed. Ik heb morgen een lange dag voor de boeg. Welterusten.' Ze gaf Greta een zoen op haar wang en liep de woonkamer uit.

De volgende ochtend keek Greta haar dochter na toen ze om acht uur werd opgehaald door de auto van de studio. Ze nam een lang, ontspannend bad, maakte de bedden op en de keuken aan kant, ook al kwam er drie keer per week een schoonmaakster. Toen ze koffie had gezet, zag ze dat het nog maar net tien uur was geweest. Ze nam een slokje en vroeg zich af hoe ze de uren moest doorkomen tot Cheska weer thuiskwam. Ze zou kunnen gaan winkelen, maar zonder haar dochter erbij om samen kleren te passen, had ze daar niet zo'n zin in. Uiteindelijk besloot ze David te bellen om te vragen of hij tijd had om met haar te lunchen.

Hoewel ze had gehoopt dat hun relatie na zijn aanzoek niet zou veranderen, was dat natuurlijk wel gebeurd. De jaren daarna hadden ze contact gehouden, maar elkaar veel minder gezien dan voorheen. Hij had het altijd razend druk. Inmiddels had hij zijn eigen avondprogramma op de nieuwe commerciële televisiezender ITV en was hij een landelijke bekendheid geworden. Hoewel ze hem miste, begreep ze het wel. Hij moest een eigen toekomst opbouwen, andere vrouwen leren kennen.

Maar vandaag had ze hem nodig, dus pakte ze de telefoon en draaide zijn nummer.

Hij nam meteen op. 'Hallo?'

'David, met Greta.'

'Greta!' riep hij hartelijk. 'Hoe gaat het met je?'
'Heel goed, dank je.'
'En met Cheska?'
'Ook prima. Ze is een paar dagen geleden begonnen met de opnames van haar nieuwe film.'
'O? Moet je dan niet mee naar de set?'
'Eh... nee, vandaag niet. Ik had nog wat dingen te doen, dus heeft Cheska me een dagje vrijgegeven. Wat ik me afvroeg, heb je misschien zin om met me te gaan lunchen? Ik moet nog wat inkopen doen in de stad. We zouden naar het Savoy kunnen gaan. Ik trakteer.'
'Ik zou wel willen, maar ik heb helaas al een afspraak.'
'Geeft niets. Volgende week dan, misschien?'
'O jee, dat gaat ook niet lukken. Ik heb het momenteel erg druk met mijn televisieprogramma, maar ik wil je heel graag zien zodra het weer wat rustiger is. Kan ik je later deze week bellen om een afspraak te maken?'
'Oké.'
'Fijn. Het spijt me, maar ik moet ophangen. De auto van de studio rijdt net voor. Tot ziens, Greta.'
'Ja, tot ziens.'
Ze legde de hoorn neer, liep langzaam naar het raam en staarde naar de straat beneden. Op haar horloge zag ze dat het nog maar vijf voor elf was. Zonder Cheska had ze niets.
En ze wist dat ze haar kwijtraakte.

25

De twee weken daarna bracht Cheska door in een waas van verliefdheid en verwarring.

De meeste van haar scènes waren met Bobby Cross. Hij was praatgraag en een enorme flirt, en hij behandelde haar als een volwassene. Het liefst zou ze gevat reageren, maar telkens als ze tussen twee takes door samen stonden te wachten, stond ze met haar mond vol tanden. In tegenstelling tot de andere meiden, die met hun wimpers lonkten en terug flirtten, wist zij zich geen houding te geven.

Nu ze overdag haar vrijheid had, voelde ze zich 's avonds thuis bij haar moeder nog minder op haar gemak. Als ze na een dag filmen terugkwam in het appartement, keek Greta al reikhalzend naar haar uit en moest Cheska de rest van de avond precies vertellen wat er die dag was gebeurd. Er werd haar een heerlijk diner voorgezet en ze deed haar best alles op te eten, ook al had ze op de set al stevig geluncht. De sfeer was beklemmend en ze was altijd blij als ze aan het eind van de avond haar slaapkamerdeur achter zich dicht kon trekken om over Bobby te dromen.

'Oké, mensen, het staat erop. Maandagochtend vroeg zien we elkaar in de foyer van het Grand Hotel in Brighton. Als jullie je reisschema nog niet op orde hebben, moet je bij Zoe zijn. Die heeft alle details.'

'Dat wordt genieten, hè?'

'Sorry?' Cheska draaide zich naar Bobby toe.

'Ik zei dat het genieten wordt in Brighton. We logeren in hetzelfde hotel.' Hij knipoogde.

'Ja,' zei ze, hevig blozend.

Op dat moment kwam Zoe naar hen toe. 'Cheska, ik heb een kamer met gescheiden bedden gereserveerd voor jou en je moeder. De auto komt jullie zondagmiddag om vier uur oppikken.'

Toen Cheska zich omdraaide, zag ze Bobby bedenkelijk kijken.

'Eh... nee, Zoe, ik heb geen kamer met gescheiden bedden nodig. Mijn moeder gaat niet mee.'

Bobby glimlachte goedkeurend. 'Dan zie ik je zondagavond, schat.'

'Oké,' zei Zoe. 'Als er problemen zijn, kun je me thuis bereiken.'

Die avond had ze voor het eerst echt ruzie met haar moeder. Cheska stond erop alleen naar Brighton te gaan, en haar moeder hield al net zo stug vol dat ze mee wilde.

'Je bent te jong om in je eentje naar een vreemde stad te gaan, Cheska! Het spijt me, er komt niets van in.'

'Moeder, begrijp je nu echt niet dat ik geen klein kind meer ben? Waarom laat je me niet volwassen worden? Als ik niet in mijn eentje mag, ga ik helemaal niet!' Cheska barstte in tranen uit, rende de woonkamer uit en sloeg de deur van haar slaapkamer achter zich dicht.

Wanhopig pakte Greta de telefoon en belde Leon thuis. Hij luisterde meelevend toen ze hem het probleem voorlegde. 'Cheska is te jong om voor zichzelf te zorgen, Leon. Ze mag dan wel denken dat ze volwassen is, maar dat is ze niet. Ze zegt dat ze niet gaat als ik mijn zin doordrijf.'

'Greta, ik snap dat je bezorgd bent, maar Brighton ligt nu ook weer niet aan de andere kant van de wereld, toch? Het is maar een uur rijden vanuit Londen en Cheska verblijft daar in een hotel vol andere leden van de cast en crew. Trouwens, ik ga er volgende week zelf naartoe, dus dan kan ik een oogje in het zeil houden. Waarschijnlijk gedraagt ze zich gewoon als een opstandige puber. Als ik jou was, zou ik haar laten gaan. Dan merkt ze vanzelf hoe erg ze je mist. En eerlijk gezegd willen we met het oog op de film dat Cheska zo gelukkig en ontspannen mogelijk is. Volgens Charles doet ze het tot nu toe geweldig.'

'Goed dan,' gaf ze toe. 'Ik zeg wel tegen haar dat het mag. Maar dan moet je me beloven dat je ervoor zorgt dat ze elke avond om tien uur in haar bed ligt. Geen avondjes uit. Ik weet hoe die feestjes op locatie kunnen zijn.'

'Dat beloof ik. Probeer je nu maar geen zorgen te maken, Cheska redt zich wel. Trouwens, heb je de komende weken een keer tijd om met me te lunchen? Ik heb een heel interessant telefoontje gekregen van een Amerikaanse producent. Hij werkt vanuit LA, maar hij is een vriend van Charles en is sinds een paar dagen in de stad. Door het ruwe materiaal dat hij heeft gezien, denkt hij dat Cheska het in zich heeft om een grote Hollywoodster te worden.'

'Deze week heb ik al een paar afspraken,' loog ze om niet te gretig over te komen, 'maar aanstaande maandag zou wel kunnen.'

'Mooi zo, dan zien we elkaar om één uur in het Ivy. Maak je geen zorgen, ik let wel op Cheska.'

Toen ze ophing, vroeg ze zich af wat ze in vredesnaam zou moeten doen als Cheska weg was.

Cheska zat in het bad van haar suite in het Grand Hotel in Brighton. Terwijl ze haar benen inzeepte, voelde ze zich ellendig en gedeprimeerd. De opnames waren vandaag een nachtmerrie geweest. Ze hadden geprobeerd de scène op het strand te schieten, waarin Bobby en zij voor het eerst met elkaar zoenden. Het was vreselijk slecht weer geweest, de wind had om hun oren gegierd, en ze was zo nerveus over De Zoen geweest dat ze steeds haar tekst vergat.

Uiteindelijk had Charles Day de opnames vervroegd stilgelegd, omdat het weer en de stemming er niet beter op werden.

'Zit er maar niet mee,' had hij nog gezegd, toen ze over de promenade terug naar het hotel liepen. 'Eerst maar eens zorgen dat we vannacht goed slapen, dan proberen we het morgen nog een keer, oké?'

Ze had geknikt, was naar haar suite gerend en had zichzelf huilend op het bed laten vallen.

'O, Jimmy, wat heerlijk. Ik ben nog nooit zo gelukkig geweest!' zei ze de eenvoudige tekst die aan de zoen voorafging nog eens op, terwijl ze uit het bad stapte en zich afdroogde. De rest van de cast en crew zat beneden aan het diner, maar zij had geen zin. Ze kon wel door de grond zakken. Dus had ze besloten een paar sandwiches te bestellen bij de roomservice en vroeg naar bed te gaan.

De telefoon in haar slaapkamer ging over, en ze liep ernaartoe om op te nemen. 'Hallo?'

'Schat, je spreekt met mama. Hoe gaat het?'

'Prima.'

'Hoe gingen de opnames vandaag?'

'Heel goed.'

'Mooi zo. Eet je wel goed?'

'Natuurlijk!'

'Je hoeft niet zo te schreeuwen, Cheska. Ik maak me gewoon zorgen om je.'

'Mama, ik ben nog maar een dag weg.'

'Je bent toch niet te eenzaam, zo in je eentje?'

'Nee. Ik moet zo ophangen, want ik moet mijn tekst voor morgen nog leren.'

'Ja, natuurlijk. Als het maar goed met je gaat.'

'Ja, het gaat goed.'

'O, en Cheska, je vergeet toch niet je pillen in te nemen, hè?'

'Nee, mama. Welterusten.' Ze legde de hoorn op de haak en liet zich geërgerd achterover op het bed vallen.

Charles Day zat in de hotelbar een borrel te drinken met Bobby. Hun gesprek werd steeds verstoord door blozende tieners die met vodjes papier kwamen aanzetten om Bobby om een handtekening te vragen.

'Het is gewoon jammer dat de chemie tussen jou en Cheska ontbreekt. Dit is haar eerste volwassen rol, en die valt haar zwaar. Telkens wanneer je haar vandaag probeerde te zoenen voor de camera, keek ze doodsbang.'

'Ja, het mag allemaal wel wat losser,' beaamde Bobby.

'De film draait juist om de seksuele spanning tussen jullie. Als die niet van het doek af spat, wordt de film een flop. Misschien is ze morgen wel wat rustiger. Cheska is een geweldige actrice, maar ze is het gewend om verschoppelingetjes te spelen, geen sekspoezen.'

'Ik wed dat ze er onder al dat stijve gedoe wel pap van lust,' mompelde Bobby. 'Hoor eens, moeten we die strandscène per se morgen opnemen?'

Charles haalde zijn schouders op. 'Dat zou later deze week ook nog wel kunnen. Hoezo?'

'Geef me een paar dagen, dan kan ik je probleempje misschien wel voor je oplossen.'

'Goed, maar pak het voorzichtig aan. Cheska mag er dan wel uitzien als een blonde seksbom, ze is zo groen als gras. Tot nu toe heeft haar moeder haar achter slot en grendel gehouden.'

'Ik zal haar met fluwelen handschoentjes aanpakken,' mompelde Bobby grijnzend.

Om half tien ging de telefoon in Cheska's kamer weer, net toen ze het licht had uitgedaan.

'Hallo?'

'Cheska, met Bobby. Waar zat je vanavond?'

'O...' Ze slikte verschrikt toen ze zijn stem hoorde. 'Ik was gewoon moe.'

'Nou, nu heb je even kunnen uitrusten, dus maak dat je naar beneden komt. Ik neem je mee op stap.'

'Nou ja, ik... Ik heb mijn nachthemd al aan, ik...'

'Klinkt goed. Hou maar aan. Ik zie je over tien minuten in de bar beneden. Tot zo.' Met die woorden hing hij op.

'Hé, schatje! Geweldige outfit!'

Toen Cheska naar beneden kwam, stond Bobby met een paar leden van de crew aan de bar.

Ze bloosde om zijn opmerking over haar corduroy overgooier en wollen kousen. 'Ik had het koud,' zei ze zacht.

'Kom eens hier.' Hij spreidde zijn armen. 'Bij mij ben je zo weer warm. Kom maar, ik bijt niet.'

Aarzelend kwam ze dichterbij.

Hij trok haar naar zich toe. 'Je zou dat prachtige lichaam niet moeten verstoppen,' fluisterde hij in haar oor. 'Nou, Ben de elektrotechnicus ken je al. De meeste mensen noemen hem Sparks. En dit is Jimmy, ook wel bekend als Boom, onze geluidsman.'

'Hoe is het?' Sparks stak een sigaret op.

'Iets te drinken?' vroeg Bobby.

'Eh... doe maar een cola.'

'Eén cola, alsjeblieft, met een scheutje rum om haar warm te krijgen,' zei hij tegen de barman.

'O, dat lijkt me niet...'

'Toe nou, Cheska. Probeer het eens. Je bent nu een grote meid.' Hij gaf haar het glas en trok er een kruk bij.

Daar ging ze ongemakkelijk op zitten, terwijl hij verder praatte met Sparks en Boom.

'Gaat het, liefje?' Bobby glimlachte naar haar.

'Ja, prima.'

'Oké, drink maar op, dan gaan we zo. Heb je een jas?'

'In mijn kamer.'

'Dan moet je maar dicht tegen me aan kruipen, denk je ook niet?' Hij hielp haar van de kruk af en ze liepen achter Sparks en Boom de lobby uit en de kille avond in. Bobby sloeg zijn arm om haar heen, en ze kuierden weg over de boulevard.

'Waar gaan we naartoe?' wilde ze weten.

'Naar een club die ik ken. Je vindt het er vast leuk. Toen ik nog een onbekende zanger was, liet de eigenaar me er optreden. Het is een geweldige tent.'

Een paar honderd meter verderop liep ze achter hem aan een trap af. De ruimte was tot de nok toe gevuld met mensen die dansten op een nummer van Elvis Presley, gespeeld door een band op een klein podium.

'Ga zitten, dan haal ik iets te drinken voor je.' Hij wees naar een tafeltje in de hoek en liep met Boom naar de bar.

Cheska ging zitten en Sparks nam naast haar plaats. Hij maakte een blikken doosje open, verkruimelde iets bruins tussen zijn vingers en liet het op een vloeitje vallen. Daarna deed hij er shag bij, rolde de sigaret op en stak hem aan.

'Trekje?' bood hij aan.

'Nee, dank je, ik rook niet.'

Hij haalde zijn schouders op, nam een flinke hijs van de joint en liet de rook langzaam via zijn neusgaten ontsnappen. Daarna knikte hij tevreden. 'Goed spul.'

Bobby kwam terug met de drankjes en ging naast haar zitten. 'Alles goed, schat?'

Ze knikte met grote ogen en pakte haar drankje aan.

Bezitterig sloeg hij een arm om haar schouder. 'Weet je, ik wacht al een tijdje mijn kans af om met jou alleen te kunnen zijn.'

'Is dat zo?' vroeg ze verbaasd.

'Ja. Je bent een van de leukste meiden die ik in jaren heb gezien. Kom mee.' Hij trok haar overeind. 'Dan gaan we dansen.'

Toen ze de drukke vloer op stapten, werd er een langzame melodie ingezet.

'Dit nummer heet 'Moon River'. Het is het themanummer van die nieuwe film, *Breakfast at Tiffany's*. Ik heb de versie gehoord die ze hier volgende maand gaan uitbrengen. Dat wordt een enorme hit.' Bobby hield haar dicht tegen zich aan en bromde de woorden in haar oor. 'Misschien neem ik je wel mee naar de film. Die Audrey Hepburn is best oké.'

Toen het nummer afgelopen was, maakten ze zich van elkaar los en applaudisseerden.

'Heb je het naar je zin?' vroeg hij.

'Ja, dank je.'

'Dames en heren,' klonk er opeens een stem door de microfoon. 'Het is jullie vast niet ontgaan dat we een ster in ons midden hebben. Tot mijn trots kan ik zeggen dat Bobby Cross in deze club zijn grote doorbraak heeft beleefd. Bobby, zou je nu iets voor ons terug willen doen en iets willen zingen?'

Er steeg gejuich op toen Bobby bescheiden zwaaide en het podium op liep.

Cheska ging terug naar het tafeltje.

Hij pakte de microfoon. 'Dank jullie wel, allemaal. Ik wil graag mijn nieuwe nummer voor jullie spelen. Het heet 'The Madness of Love', en ik draag het op aan een vriendin van me, de lieftallige juffrouw Cheska Hammond.' Hij zwaaide een geleende gitaar over zijn schouder en begon de langzame ballad te zingen. '*Yes, that's the madness of love...*' croonde hij, en hij staarde haar recht aan.

Cheska keek gebiologeerd toe, niet in staat het oogcontact te verbreken.

Toen het nummer afgelopen was, werd er luid geapplaudisseerd en om een toegift geroepen, waarop Bobby een van zijn hits inzette: een swingend nummer waardoor de dansvloer al snel volliep.

Terwijl Cheska haar glas pakte, zag ze Bobby naar haar knipogen. Zou hij in haar geïnteresseerd zijn? Daar leek het wel op. Ze giechelde om het gelukzalige gevoel dat er in haar opborrelde.

Bobby kwam naar haar toe en trok haar overeind om te dansen. 'Heb je het naar je zin, liefje?'

'Nou en of. Het is hier geweldig.'

'Vind ik ook.' Zachtjes streelde hij haar middel. 'Weet je wel hoe mooi je bent?'

Nadat ze een paar nummers lang heerlijk in zijn armen had gezwierd, stelde hij haar voor aan Bill, de eigenaar van de club.

'Ik weet nog dat ik jou gezien heb in *Little Girl Lost.* Sindsdien ben je wel een stukje gegroeid, hè?' zei hij goedkeurend.

'Zeker weten.' Bobby knikte en streek met zijn hand over haar rug.

De club begon al leeg te stromen en toen Cheska en Bobby weer bij hun tafeltje kwamen, waren Boom en Sparks weg.

'Die zullen er wel met een paar grietjes vandoor zijn gegaan,' merkte Bobby op toen hij haar bij de hand pakte en de trap naar buiten op voerde.

Het waaide nu harder en Cheska's haar werd om haar gezicht geblazen.

'Kom, dan lopen we terug naar het hotel. Ik vind het heerlijk, dat stormachtige weer.' Hij trok haar mee naar de overkant van de straat en leunde over de reling om over het strand uit te kijken. 'Moet je zien hoe krachtig die golven zijn. We denken misschien dat wij alles onder controle hebben, maar tegen dat geweld is niemand opgewassen.' Hij wees naar de donkere, kolkende zee.

Onwillekeurig huiverde ze, niet alleen door de wind, maar ook van de opwinding.

'Sorry, liefje. Hier.' Hij trok zijn jasje uit, sloeg het om haar schouders en tilde haar kin een stukje naar hem op. 'Je bent echt een plaatje, weet je dat? Ik begrijp wel waarom Jimmy in de film alles voor je wil opofferen. Ben je al eens gezoend?'

'Nee.'

'Mag ik dan de eer om je eerste te zijn?' Hij bracht zijn mond naar de hare en beroerde zachtjes haar lippen.

Ze voelde de spanning uit haar lichaam wegvloeien toen hij plagerig haar mond openduwde. Aarzelend tastte ze met haar tong de zijne af. Zodra ze doorhad dat ze niet meer hoefde te kunnen dan dat, ontspande ze en begon ervan te genieten.

Uiteindelijk verbrak hij de kus. 'Jeetje, jij leert snel,' zei hij gekscherend, terwijl hij zijn armen om haar heen sloeg. 'Romantisch, vind je niet? Met zijn tweeën op een verlaten boulevard, midden in de nacht, met de gierende wind en het gebeuk van de golven in onze oren. Je eerste zoen vergeet je nooit, Cheska.'

'Waar heb jij dan voor het eerst gezoend?'

'Dat weet ik niet meer.' Hij schoot in de lach. 'Kom mee, anders liggen we morgen allebei met een dubbele longontsteking in bed! Al zou ik dat helemaal niet zo erg vinden als ik tegen jou aan mocht kruipen.'

Ze renden terug naar de warme lobby van het hotel.

Bobby bracht haar naar haar suite. 'Ik zou heel graag mee naar binnen gaan, maar ik zal je niet opjagen, liefje. Zullen we morgenavond samen eten?' Hij drukte een zachte kus op haar voorhoofd.

Ze kon alleen maar knikken.

'Slaap lekker.' Hij zwaaide nog even en liep weg door de gang.

In haar kamer trok ze haar nachthemd weer aan. Toen ze ging zitten om haar haren te borstelen, keek ze naar het kalmeringstablet en het glas water op het nachtkastje.

Die ging ze niet innemen. Daar voelde ze zich vannacht veel te goed voor, en dat gevoel wilde ze niet verdoven. Ze ging in het koude bed liggen en trok de lakens over haar hoofd om warm te worden, terwijl ze elke seconde van deze heerlijke avond in gedachten nog eens de revue liet passeren.

26

'Goed, Bobby, ik wil dat je een rondje draait met Cheska in je armen. Cheska, jij gooit je hoofd achterover, lacht en kijkt Bobby in de ogen. En Bobby, dan leun jij naar voren om haar te kussen.'

Op het stormachtige ijskoude strand knipoogde Bobby naar Cheska.

'Oké, beginnen maar, voordat het begint te gieten.' Charles keek naar de lucht.

'Gaat het, liefje? Zo te zien heb je het ijskoud. Kom hier,' zei Bobby, en hij trok haar tegen zich aan.

In zijn armen ontspande ze zich. Haar voeten waren gevoelloos, de wind liet haar ogen tranen, maar ze was nog nooit zo gelukkig geweest.

'Scène vijf, take één.' De filmklapper werd voor hun gezicht dichtgeklapt.

'Actie!' riep Charles.

Bobby tilde Cheska op en draaide met haar in zijn armen een rondje. Ze gooide lachend haar hoofd achterover en keek hem daarna in zijn ogen. Met een glimlachje bracht hij zijn mond naar de hare toe. Ze huiverde onwillekeurig toen hij haar zoende, sloeg haar armen om zijn nek en deed haar ogen dicht.

'Cut! Ik zei "cut", luitjes,' zei Charles lachend.

Bobby en Cheska maakten zich eindelijk van elkaar los.

Cheska bloosde toen ze het grootste deel van de crew naar haar zag grijnzen. Ze wierp een blik op Leon, die achter de camera stond. Met een knipoog stak hij zijn duim op.

'Ik zal de beelden even terugkijken, maar als die er goed uitzien, staat het erop. Goed werk, allebei,' zei Charles terwijl hij naar hen toe liep. 'Cheska, voor jou zit het erop voor vandaag. Ga maar terug naar het hotel en neem een warm bad. Ik wil niet dat die impresario van je me aanklaagt wegens nalatigheid.'

'Ik loop wel met haar mee,' bood Leon aan. Hij sloeg een arm om haar schouder en leidde haar weg.

Ze draaide zich om en zwaaide nog even naar Bobby.

'Tot straks, liefje,' riep hij, alvorens zich grijnzend naar Charles toe te draaien. 'Ik zei toch dat ik het zou regelen? Niet dat ik er zelf niet van genoten heb, hoor.'

'Bedankt, maar pas een beetje op. Gezien je, eh... situatie, willen we niemand overstuur maken.'

'Ik ben de discretie zelve, Charles. Dat weet je.'

'Ik bedoel alleen dat Cheska overduidelijk stapelverliefd op je is. We willen niet dat de productie stil komt te liggen als jullie ruzie krijgen.'

'De komende weken zal ik haar behandelen als een kostbaar stuk porselein, dat beloof ik.' Bobby knikte naar Charles en liep over het strand naar de opbollende tent van de visagie.

'Charles is erg over je te spreken,' merkte Leon op toen hij met Cheska door de zeewind richting het hotel geduwd werd. 'Volgens hem acteer je beter dan ooit. Ik heb het er met je moeder al over gehad dat ik ben gebeld door een Amerikaanse producent. Als deze film zo'n groot succes wordt als iedereen verwacht, denk ik dat Hollywood lonkt.'

'Ik dacht dat Hollywood geen interesse in me had.'

'Toen je nog jonger was niet. Ze hadden zelf al genoeg kindsterretjes. Maar nu je volwassen bent, staan de zaken er anders voor. Moet je zien wat een grote ster Liz Taylor daar is geworden. Je moeder is bezig een paspoort voor jullie aan te vragen, en ik regel de visums. Zodra de opnames erop staan, vliegen we.'

'Leon...' Ze streek haar haren uit haar gezicht. 'Ik ga dit weekend niet naar huis.'

'Oké. Weet je moeder dat al?'

'Nee. Ik vroeg me af... Zou jij het haar kunnen vertellen? Misschien kun je zeggen dat de opnames uitlopen en dat we zaterdag en zondag door moeten werken?'

'Dus je wilt dat ik voor je lieg?'

Ze bleef staan en keek hem aan. 'Alsjeblieft, Leon! Je weet toch hoe mijn moeder is? Ze verstikt me.'

'Ik neem aan dat je eigenlijk in Brighton wil blijven vanwege je tegenspeler?'

'Een beetje wel, maar het lijkt me vooral fijn om voor het eerst in mijn leven een heel weekend voor mezelf te hebben.'

Hij nam zijn cliënt bedachtzaam op. Nu Greta er niet was om namens haar te spreken, kwam Cheska's eigen persoonlijkheid langzaam naar voren. Er was duidelijk chemie tussen haar en Bobby. Hij wist dat hij haar zou moeten inlichten, haar zou moeten waarschuwen waar ze aan begon en het haar uit haar hoofd praten. Maar, hield hij zichzelf voor, ze zou er hooguit een gebroken hart aan overhouden. Iedereen moest een keer voor het eerst verliefd worden en het kon geen kwaad als ze die emoties in haar acteerwerk stopte. Bovendien ging haar privéleven hem niets aan.

'Goed dan,' zei hij na een poosje. 'Ik zal het tegen je moeder zeggen.'

'Hoe dan ook, Cheska vroeg of ik je de groeten wilde doen en je haar verontschuldigingen wilde aanbieden. Ze zei dat jullie elkaar volgende week weer zien.'

'Vroeg ze niet of ik naar Brighton kwam?' Nerveus stak Greta een sigaret op. Dat deed ze de laatste tijd wel vaker, uit pure verveling.

'Het is daar verschrikkelijk slecht weer, waardoor het draaischema in de war is geschopt. De komende dagen zijn ze vooral op locatie aan het filmen, soms zelfs 's nachts.' De leugens rolden gladjes over zijn lippen. 'Als ik jou was, zou ik lekker binnenblijven in Londen.'

'Je zult wel gelijk hebben. Als je maar zeker weet dat het goed gaat met mijn kleine meid en als je maar belooft dat je een oogje in het zeil houdt.'

'Het gaat prima, geloof me. Ze doet het geweldig. Zie ik je dan maandag in het Ivy?'

'Ja, dank je, Leon. Tot dan.'

Greta legde de hoorn op de haak en luisterde naar de stilte in het appartement, die alleen werd verbroken door de klok op de schoorsteenmantel waarop de seconden langzaam wegtikten. De afgelopen dagen hadden eindeloos geduurd. Alleen de gedachte dat Cheska vanavond naar huis zou komen, had haar nog een beetje kunnen opfleuren. Ze had een *shepherd's pie* gemaakt, Cheska's lievelingskostje, waardoor er nu een heerlijke geur uit de keuken naar haar toe dreef. De tafel was al gedekt voor twee.

Ze had geen vriendinnen die ze kon bellen, had niets te doen en kon nergens heen. Even gingen haar gedachten naar David. Misschien was het stom geweest om zijn aanzoek af te wijzen, om haar leven aan Cheska's carrière te wijden, terwijl ze misschien, heel misschien, ook zelf het geluk had kunnen vinden. Maar nee, hield ze zichzelf voor. Ze had dat hoofdstuk bewust afgesloten en zou het nooit meer openslaan.

Alleen moest ze nu wel de harde realiteit onder ogen zien dat Cheska haar na bijna zestien jaar trouwe dienst afdankte.

Greta had gedacht dat dit haar nooit meer zou overkomen. Maar het leek erop dat ze er weer eens helemaal alleen voor stond.

'O, liefje, je moest eens weten hoe ik hiernaar heb verlangd,' fluisterde Bobby in Cheska's oor toen hij haar slanke, jonge lichaam van het laatste kledingstuk ontdeed. 'Laat me je eens bekijken.'

Hij ging schrijlings op haar zitten op zijn hotelbed en keek naar de prille vormen van haar heupen, taille en borsten. Het zachte licht wierp schaduwen over haar roomblanke huid. Normaal gesproken hield hij van vrouwen met wat meer vlees op de botten, maar Cheska's ontluikende lichaam kon hem toch ook wel bekoren.

Met een verlegen glimlachje keek ze toe, terwijl hij zijn shirt, broek en ondergoed uittrok. Hij leunde naar voren en likte aan haar oorlelletje. 'We gaan het rustig aan doen. Ik wil van alles aan jou genieten.'

Haar ogen vielen dicht toen zijn tong van haar oor langs haar hals omlaaggleed. Ze voelde zijn tanden zacht over haar huid glijden, en hij dwaalde steeds verder naar beneden om haar borsten een voor een te liefkozen. Ze vroeg zich af of het niet verkeerd was wat ze hem liet doen, maar haar lichaam gaf aan dat het juist heel natuurlijk was.

Hij richtte zich weer op en pakte iets van het nachtkastje. 'Het moet natuurlijk wel veilig, liefje,' zei hij. 'Goed, ben je er klaar voor?'

Toen hij op haar kwam liggen, keek ze op. 'Bobby?'

'Ja?'

'Hou je van me?'

'Tuurlijk, liefje. Je bent zo mooi.' Toen kuste hij haar hard op de mond, en op hetzelfde moment voelde ze hem bij zich naar binnen dringen.

Ze slaakte een kreetje omdat er een scherpe pijn door haar heen trok.

'Van nu af aan wordt het alleen maar beter, dat zul je zien,' stelde hij haar gerust. 'O, schatje, wat ben je lekker.'

Ze keek naar zijn gezicht, een paar centimeter boven het hare, terwijl hij steeds sneller begon te bewegen, met zijn gespierde armen aan weerszijden van haar. Opeens kreunde hij, rolde van haar af en liet zich naast haar in de kussens vallen.

Ze lag naar de flakkerende vlammen in de haard te kijken en vroeg zich af of het zo hoorde te gaan.

Een hand streelde haar borst. 'Gaat het? Je bent zo stil.'

'Ik denk het wel.'

'Maak je maar geen zorgen. De eerste keer is altijd het ergste, maar de avond is nog jong. Ik zal je laten zien hoe het ook kan zijn.'

Die maandagochtend kwam Cheska op de set aan met het gevoel dat ze was meegesleurd door een tornado en neergekomen in het Land van Oz. Haar lichaam was helemaal beurs, omdat ze in het heetst van de strijd met hun ellebogen en knieën tegen elkaar hadden gebeukt. Na achtenveertig uur in bed met Bobby voelde ze zich vanbinnen kwetsbaar en rauw. Haar benen waren wiebelig, alsof ze van drilpudding waren.

‘Hoi, Cheska. Heb je een fijn weekend gehad?’ Charles keek naar haar glinsterende ogen en dieprode kleur.

‘O ja, lief dat je het vraagt,’ stelde ze hem gerust. ‘Het was het mooiste weekend van mijn leven.’

27

'Ik ben vandaag pas laat thuis, mama. We hebben vanavond ook nog opnames. Dag!' Cheska deed de voordeur open en sloeg die weer achter zich dicht, voordat Greta de kans kreeg om te reageren.

Met een zucht van opluchting liet ze zich op de zachte, boterkleurige leren bekleding van de wachtende auto zakken. Nu ze in Brighton van de vrijheid had geproefd, was het beklemmender dan ooit om terug te zijn bij haar moeder in Londen. 's Ochtends kon ze niet wachten tot ze daar weg kon. Bobby had een kleine bed and breakfast voor hen gevonden in Bethnal Green, dicht bij de school die als filmlocatie diende. Aan het eind van de dag gingen ze daar samen heen om te vrijen. Meestal zei Cheska tegen haar moeder dat ze moest overwerken. Het was een tweede natuur geworden om tegen haar te liegen.

Een half uur later hield de auto stil voor de schoolpoort. Cheska bekeek zichzelf in het achteruitkijkspiegeltje en stapte uit, met bonkend hart omdat ze Bobby weer zou zien.

'Zou het niet heerlijk zijn als we de hele nacht samen konden zijn, net als in Brighton?' mijmerde Cheska.

'Ja,' reageerde Bobby, en hij gooide haar ondergoed naar haar toe, op het bed. 'Schiet eens op, schatje. Ik moet ervandoor.'

'Waarnaartoe?'

'Ik heb met een paar mensen afgesproken.'

'Mag ik mee?'

'Vanavond niet. Trouwens, die moeder van je lust je rauw als je niet om tien uur thuis bent.'

'Zullen we nog een keer samen uitgaan? Je weet wel, naar een club?' Met tegenzin stapte ze uit bed en begon zich aan te kleden.

'Misschien.'

'Wanneer dan?'

'Binnenkort.' Hij klonk geïrriteerd.

'De opnames zitten er bijna op. Nog maar een week te gaan. Hoe gaan we daarna verder?'

'Dat zien we nog wel. Kom op, Cheska. Het is al half tien geweest.'

'Sorry, Bobby.' Gehoorzaam liep ze achter hem aan de kamer uit en de trap af.

'Tot morgen.' Hij kuste haar op haar wang en hield een taxi voor haar aan.

'Ik hou van je,' fluisterde ze voordat ze instapte.

'Ik ook. Dag, schatje.'

Toen ze door de achterruit van de taxi naar hem zwaaide, vroeg ze zich af waar hij naartoe ging. Eigenlijk wist ze maar heel weinig van hem, bedacht ze. Zelfs zijn adres had ze niet. Maar binnenkort zou ze alles van hem weten. Dan zouden ze hun leven met elkaar delen en zou ze niet slechts een klein stukje van dat van hem zijn.

Ze was ervan overtuigd dat hij haar ten huwelijk zou vragen. In al haar films was trouwen immers de volgende stap als twee mensen verliefd op elkaar werden.

Terug bij het appartement stak ze de sleutel in het slot en hoopte dat haar moeder al naar bed was. Met een zucht zag ze echter dat het licht in de woonkamer nog brandde. Greta zat in haar kamerjas op de bank televisie te kijken.

'Hallo, mama.'

Haar moeder glimlachte stijfjes. 'Zware avond gehad?'

'Ja.' Ze gaapte. 'Zou je het heel erg vinden als ik meteen naar bed ging? Ik ben doodop.'

'Kom even zitten, dan zet ik een kop thee voor je. Ik wil iets met je bespreken.'

Cheska slaakte een zucht toen Greta de keuken in liep en de ketel vulde. Ze ging op de bank zitten en wenste dat het morgen geen weekend was. Nu duurde het nog twee hele dagen voordat ze Bobby weer zou zien.

Greta kwam de woonkamer weer in, met een dienblad waarop een theepot, een melkkannetje en twee kopjes stonden. Ze zette het neer en schonk de thee en de melk heel langzaam in. 'Alsjeblieft, hier zul je wel van opknappen na een lange avond in de kou. Je had toch opnames in de buitenlucht?'

'Ja, het was ijskoud.' Cheska huiverde en nam een slokje van de thee.

'Wat raar, want ik ben vanavond gebeld door Charles Day. Om een uur of zeven.'

'O? Waarom dan?'

'Het schema voor volgende week is aangepast. De actrice die je moeder speelt, heeft buikgriep. Ze willen haar scènes pas aan het eind van de week opnemen, zodat ze tijd heeft om aan te sterken.'

'O.'

'Wel vreemd, vind je niet?' Greta nipte van haar thee.

'Wat precies?'

'Dat Charles Day hiernaartoe belt om iets aan jou door te geven, terwijl hij je op datzelfde moment aan het regisseren is.'

'O, nou, Charles voelde zich vanavond ook niet zo lekker, dus zijn assistent had het overgenomen,' loog Cheska erop los.

'O ja? En de afgelopen twee weken dan? Ik heb Charles gevraagd of jullie 's avonds opnames hebben gehad, en volgens hem was dat niet zo. Dus als je niet op de set was, waar zat je dan in vredesnaam?'

'Gewoon, uit,' antwoordde Cheska zacht.

'Gewoon uit? Met wie, als ik vragen mag?'

'Mensen van de film. Vrienden. Je weet wel.'

'Valt Bobby Cross daar toevallig ook onder?'

'Soms.'

'Lieg niet tegen me! Ik ben niet van gisteren!'

'Ik lieg niet, mama.'

'Kom nou toch, Cheska. Het is al erg genoeg dat ik me dankzij jou voor schut heb gezet tegenover Charles Day, maar dat je nu gewoon keihard in mijn gezicht zit te liegen...'

'Goed dan!' Cheska stond op. 'Ja, ik was bij Bobby! Ik hou van hem en hij houdt van mij, en op een dag gaan we trouwen! Ik heb niets tegen je gezegd omdat ik wist dat je het nog in geen miljoen jaar goed zou vinden als ik zoiets normaals zou hebben als een vriendje!'

'Een vriendje? Zo zou ik meneer Cross niet willen noemen. Hij is zeker tien jaar ouder dan jij!'

'Wat doet dat er nu toe? En mijn vader dan? Je hebt zelf gezegd dat hij veel ouder was dan jij. Als je van iemand houdt, speelt leeftijd toch geen rol?' beet Cheska haar toe.

'Laten we ons allebei een beetje inhouden, oké?' In een poging haar woede weer in bedwang te krijgen streek Greta over haar voorhoofd. 'Hoor eens, schat, je moet begrijpen dat ik gekwetst ben omdat je niet eerlijk tegen me bent geweest. Ik dacht dat wij elkaar alles konden vertellen.'

'Zie je dan niet dat ik volwassen word? Ik mag heus wel een paar geheimpjes hebben.'

'Dat weet ik. Ik ben me ervan bewust dat je je eigen leven hebt en dat ik daar van nu af aan nog maar een klein rolletje in speel.'

'Alsjeblieft, zeg! Probeer me nu geen schuldgevoel aan te praten. Ik ga naar bed.' Cheska maakte aanstalten om naar de deur te lopen.

'Het spijt me, zo bedoelde ik het niet,' zei Greta snel. Als ze het nu niet over een andere boeg gooide, liep ze het risico haar dochter helemaal kwijt te raken. Dus glimlachte ze geforceerd. 'Vertel me eens wat meer over Bobby.'

Cheska bleef staan en draaide zich om. Bij het horen van zijn naam kreeg ze een warme blik in haar ogen. 'Wat wil je weten?'

'Hoe hij is, wat jullie samen doen. Ik begrijp dat je volwassen wordt. Ik zou graag een vriendin voor je zijn, niet alleen je moeder.'

'Nou...' begon ze aarzelend. Toen haar moeder bemoedigend glimlachte, stortte ze haar hart uit en vertelde precies wat ze voor Bobby voelde.

'Dus je bent vanwege hem dat weekend in Brighton gebleven?'

'Ja. Het spijt me heel erg, mama. We wilden gewoon bij elkaar zijn, dat is alles.'

'Wist Leon hiervan?'

'Nee, eh... niet echt,' reageerde Cheska ontwijkend. 'Je moet hem niet de schuld geven. Ik heb hem gevraagd je te bellen.'

'Dus je denkt dat je van Bobby houdt?'

'Ja, dat weet ik zeker.'

'Denk je dat hij ook van jou houdt?'

'Daar ben ik van overtuigd.'

'Cheska, je... Je deelt toch niet het bed met hem?'

'Natuurlijk niet!' Cheska's jarenlange acteerervaring speelde op, en ze slaagde erin ontzet te kijken.

'Nou, dat valt dan weer mee. Mannen zijn vreemde wezens, weet je. Misschien geldt het niet voor Bobby, maar je moet je ervan bewust zijn dat de meeste mannen maar één ding willen. Ook al zijn de tijden veranderd, het is nog steeds beter om een poosje te wachten, tot je heel zeker van je zaak bent.'

'Natuurlijk, mama.'

'Je zegt het toch wel tegen me als Bobby vraagt of je met hem naar bed wilt?'

Blozend sloeg Cheska haar ogen neer. 'Ja.'

'We hebben het nooit over de bloemetjes en de bijtjes gehad, maar ik neem aan dat je inmiddels wel weet hoe alles werkt. En wat er kan gebeuren als je niet voorzichtig bent. Als jou iets... overkomt, kan dat je toekomst vergallen. Kom eens bij me zitten, schat.' Ze klopte naast zich op de bank. Toen Cheska naast haar kwam zitten, sloeg ze haar armen om haar heen en streelde haar haren. 'Ik kan me mijn eerste liefde nog goed herinneren. Volgens mij vergeet je die nooit.'

'Zoiets zei Bobby ook al. Wie was jouw eerste liefde?'

'Een Amerikaanse officier die tijdens de oorlog hier in Londen gestationeerd was. Toen hij wegging, was ik daar kapot van. Ik dacht dat ik er nooit overheen zou komen. Dat gebeurde natuurlijk wel, na verloop van tijd. Oom David heeft me erg geholpen.'

'Hou je van oom David? Vroeger zag je hem heel vaak, maar nu niet meer.'

'Ja, ik hou van hem, Cheska. We kennen elkaar al heel lang. Maar we zijn ook goed bevriend, dat is ook heel belangrijk.'

'Dus je houdt van hem als van een broer?'

'Zoiets, ja. Eerlijk gezegd heb ik nooit veel geluk gehad met mannen. Ze hebben me meer problemen bezorgd dan wat anders. Liefde is iets heel aparts, Cheska. Die kan je leven veranderen en je dingen laten doen waarvan je achteraf beseft dat het verkeerd was.'

'"The Madness of Love",' mijmerde Cheska. 'Zo heet Bobby's nieuwe liedje.'

'Hopelijk begrijp je dat ik niet wil dat het jou hetzelfde vergaat als mij. Je mag best verliefd worden, maar houd altijd een stukje van jezelf vast. Werk aan je eigen toekomst, zonder je afhankelijk te maken van een man. Zo, nu wordt het echt tijd dat je naar bed gaat.'

Cheska ging rechtop zitten. 'Dank je wel, mama, dat je zo... begripvol was. Het spijt me dat ik tegen je heb gelogen.'

'Dat weet ik, schat. Als je maar onthoudt dat ik je vriendin ben, niet de vijand. Als je het ergens over wilt hebben, sta ik voor je klaar.'

In een opwelling omhelsde Cheska haar moeder. 'Ik hou van je, mama.'

'Ik ook van jou. En nu hup, naar bed.'

'Welterusten dan maar.' Ze stond op van de bank.

'Trouwens, onze paspoorten zijn vanmorgen bezorgd en Leon is de visums voor Amerika aan het regelen. Wel spannend dat we naar Hollywood gaan, hè?'

'Ja,' antwoordde Cheska niet al te enthousiast.

'Welterusten, schat. Vergeet niet je pil in te nemen.'

'Natuurlijk niet.'

Toen Greta haar dochter langzaam de woonkamer uit zag lopen, deed ze opgelucht haar ogen dicht, kalmer dan ze zich in weken had gevoeld. Het was belangrijk dat Cheska haar vertrouwde. Als haar relatie met Bobby Cross op de klippen liep, en Greta was ervan overtuigd dat dat zou gebeuren, zou zij de brokstukken aan elkaar lijmen. Haar dochter zou bij haar komen uithuilen. En dan had ze haar weer precies waar ze haar hebben wilde.

Nadat Cheska de pil door het toilet had gespoeld, ging ze in bed liggen nadenken over wat haar moeder had gezegd. Zo'n volwassen gesprek hadden ze nog nooit met elkaar gevoerd. Ze glimlachte. Bobby had geen wig tussen hen gedreven, maar hen juist dichter bij elkaar gebracht. Dat was een mooie gedachte. Als ze eenmaal getrouwd waren, zou ze natuurlijk bij Bobby intrekken, maar ze zag niet in waarom haar moeder geen grote rol kon blijven spelen in haar leven.

Eén opmerking van haar moeder zat haar wel dwars.

Houd altijd een stukje van jezelf vast…

Met een zucht draaide ze zich om. Dat was onmogelijk, ze was helemaal van Bobby. Als hij haar morgen vroeg haar carrière op te geven en met hem naar de andere kant van de wereld te verhuizen, zou ze dat zonder aarzelen doen.

Bobby Cross was voor haar bestemd. Ze behoorde aan hem toe, met hart en ziel.

28

Die zondagavond kreeg Cheska last van hetzelfde buikvirus als de actrice die in de film haar moeder speelde. Het grootste deel van de nacht hing ze brakend boven de toiletpot.

Op maandagochtend om zeven uur, terwijl ze zwak en ellendig in bed lag, kwam Greta haar slaapkamer binnen. 'Ik heb Charles gebeld en gezegd dat je te ziek bent om te werken. Hij wenst je beterschap en ik moest zeggen dat je je geen zorgen hoeft te maken. De komende dagen kunnen ze wel zonder jou vooruit.'

'O, maar...' De tranen sprongen Cheska in de ogen bij de gedachte dat ze Bobby nog eens achtenveertig uur niet kon zien.

'Rustig maar, schat. Zou het lukken om je pil door te slikken?' Greta hield hem haar voor, samen met een glas water.

Ze schudde haar hoofd en draaide zich om.

Nadat Greta haar opnieuw had ingestopt, streek ze het samengeklitte haar van haar voorhoofd. 'Probeer maar een beetje te slapen, schat. Dan ben je vast zo weer beter.'

De volgende dag was Cheska al wat opgeknapt en op woensdag zei ze tegen haar moeder dat ze zich goed genoeg voelde om te gaan werken.

'Maar je hebt al twee dagen niets gegeten. Volgens mij kun je beter nog een dag in bed blijven.'

'Nee, mama, ik ga. Op vrijdag zitten de opnames erop, en ze hebben het schema al voor mij moeten aanpassen. Ik ben professioneel, weet je nog? Dat heb ik van jou geleerd.'

Daar kon Greta niets tegen inbrengen, dus stond Cheska op en kleedde zich aan. Hoe beroerd ze zich ook voelde, het was nog veel erger om Bobby nóg een dag niet te kunnen zien. Ze vroeg zich af hoe het moest als de opnames klaar waren en ze hem niet meer dagelijks zag.

Die dag sloeg ze zich wankelend door de opnames heen, duizelig en zwak. Tot Charles naar haar toe kwam, een arm om haar schouders sloeg en zei dat ze beter naar huis kon gaan. 'Kruip vanavond maar vroeg onder de wol, lieverd. We kunnen nog wel wat buitenopnames maken met Bobby.'

Cheska keek naar Bobby, die stond te lachen met een van de visagistes. Ze had gehoopt dat hij zou voorstellen er samen tussenuit te knijpen, maar hij had de hele dag amper een woord tegen haar gezegd. Nu zag ze hem een arm om het meisje slaan, haar omhelzen en weglopen. Ze rende achter hem aan. 'Bobby!'

Hij bleef staan en draaide zich om. 'Hallo, schatje. Goh, wat zie jij er belabberd uit.'

'Het gaat wel. Zullen we vanavond naar de bed and breakfast gaan?'

'Ik dacht dat Charles je naar huis zou sturen?'

'Klopt, maar we zouden daar kunnen afspreken.'

'Zodat jij me kunt aansteken? Liever niet.' Hij grinnikte. 'Sorry, schat, zo bedoelde ik het niet. Hoor eens, ga gewoon naar huis en kruip onder de wol.'

'Morgenavond, dan?'

'Nou, het lijkt erop dat we morgenavond moeten overwerken om de achterstand in te halen. Maar vrijdag is er een feestje om te vieren dat de opnames erop zitten. Dan zie ik je daar, oké?'

'Oké.' Ze voelde zich lamgeslagen. Op het feest zou de rest van de cast en crew er ook zijn. Niet helemaal wat ze in gedachten had.

'Dag, schat.' Hij zwaaide nonchalant en liep weg.

Die vrijdag om twaalf uur 's middags zaten al Cheska's scènes erop, gaf Charles haar een knuffel en zei dat ze het goed had gedaan. Tijdens de lunch bleef ze nog rondhangen in de hoop dat Bobby er zou zijn, maar hij was nergens te bekennen. Met een zucht liep ze het schoolgebouw uit en stapte in de auto die al op haar stond te wachten.

‘Naar huis, juffrouw?’ vroeg de chauffeur.

‘Ja, eh... nee. Zou u me naar het West End kunnen brengen?’

‘Natuurlijk.’ Hij startte de motor.

Onderweg staarde ze uit het raampje naar Regent Street. Het winkelend publiek had zich dik ingepakt tegen de kille oktobermiddag.

‘We zijn er, meisje. Pas goed op jezelf.’

‘Bedankt,’ zei Cheska, en ze stapte uit. ‘Waar zal ik beginnen?’ mompelde ze in zichzelf. Ze keek in de etalage van Marshall & Snelgrove en besloot daar maar meteen de koe bij de hoorns te vatten.

Anderhalf uur later ging ze gebukt onder het gewicht van de tassen die ze droeg. Ze had het prima naar haar zin gehad. Ze had haar eerste spijkerbroek gekocht, een felgekleurde skibroek die strak om haar slanke heupen zat, en twee coltruien. Bij Mary Quant had ze een prachtige outfit aangeschaft voor het feest van vanavond: een strak zwart jurkje, net zoiets als ze Audrey Hepburn had zien dragen in het promotiemateriaal voor *Breakfast at Tiffany's.*

Toen ze een taxi aanhield om naar huis te gaan, vroeg ze zich af wat haar moeder van haar aankopen zou zeggen.

‘Wat vind je ervan?’ Cheska liep de woonkamer in en draaide een rondje voor Greta.

Die slikte moeizaam. Haar dochter zag er adembenemend uit. Het zwarte jurkje benadrukte haar goede figuur en door de manier waarop ze haar haren had opgestoken, kreeg ze iets elegants.

‘Je ziet er beeldschoon uit, maar er moeten nog wel sieraden bij. Wacht even.’ Greta stond op, liep haar slaapkamer in en kwam terug met een parelsnoer. ‘Hier.’ Ze deed het om Cheska's hals. ‘Heb je een jas? Je vriest nog dood in die jurk.’

‘Ja, mama.’

‘Waar is het feest?’

‘In The Village aan Lower Sloane Street.’

‘Daar heb ik al veel over gehoord. Nou, veel plezier dan maar. Hoe laat ben je thuis?’

‘Weet ik niet. Laat. Wacht maar niet op me. Dag, mama.’

'Dag, schat.' Greta klemde haar kiezen op elkaar toen de voordeur dichtging. Weer een hele avond alleen. Voor de zoveelste keer bedacht ze hoe moeilijk het was om haar dochter volwassen te zien worden.

Tijdens de lange, eenzame dagen dat Cheska aan het werk was, had Greta volop tijd om na te denken. Een groot deel van die tijd had ze haar gevoelens voor David onder de loep genomen.

Het was begonnen op de avond dat Cheska haar in vertrouwen had genomen over Bobby en had gevraagd of ze van David hield. Sindsdien moest Greta vaak denken aan hoe hecht ze ooit waren geweest. Voordat hij haar een aanzoek had gedaan, had hij een heel belangrijke rol in haar leven gespeeld. Ze moest toegeven dat ze hem de afgelopen vijf jaar ontzettend had gemist. Hij was er altijd voor haar geweest, nooit veeleisend en haar altijd tot steun. Nu besefte ze pas dat ze hem en zijn vriendschap voor lief had genomen.

Op het moment dat hij haar ten huwelijk had gevraagd, was het haar voor de wind gegaan en had ze genoeg gehad aan Cheska. Daardoor, en door haar vaste voornemen om nooit meer een man in haar hart te sluiten, had ze zo hardnekkig geweigerd.

De vraag die haar vooral bezighield, was of ze hem miste omdat Cheska er niet meer was en ze een leegte in haar leven voelde, of omdat ze hém miste.

Greta dacht aan de tijd die ze door de jaren heen met elkaar hadden doorgebracht. David had niet alleen een luisterend oor en goede raad geboden, hij was er ook altijd in geslaagd haar op te vrolijken als ze in de put zat. Als ze bij hem was, voelde ze zich beter. Op dit moment snakte ze naar de luchtige noot die hij aan haar leven had toegevoegd.

Ook had ze een beter beeld gekregen van hoe ze de afgelopen jaren was geweest: haar koppige vastberadenheid om een ster van Cheska te maken, om controle uit te oefenen over haar en haar carrière, ten koste van al het andere. Sinds ze haar hart had afgesloten, was ze hard geworden. Alle zachtheid waardoor ze keer op keer in de problemen was gekomen, was weg. Hoewel ze hierdoor niet meer gekwetst kon worden, was ze ook nog maar zelden blij. Ze kon zich niet heugen wanneer ze voor het laatst had gelachen.

David kon haar aan het lachen maken. Zijn overtuiging dat elke situatie, hoe akelig ook, wel iets van humor bevatte, was de perfecte tegenhanger van haar eigen hang naar het serieuze.

Naarmate ze uit haar emotionele verdoving begon te ontwaken, ging ze inzien dat ze liefde altijd had beschouwd als onvervalste, allesverterende hartstocht. Precies wat Cheska nu voor Bobby Cross voelde. Maar ze had ook wel door dat haar dochter zich liet meeslepen in het moment, dat het alleen om lichamelijke aantrekkingskracht draaide.

Ze besefte dat zij dat vroeger ook had gedaan.

David riep heel andere gevoelens bij haar op. Een heerlijke, warme gewaarwording die haar tevreden stemde en maakte dat ze zich geborgen en geliefd voelde. Ze hoefde zich niet anders voor te doen dan ze was, zoals ze bij andere mannen wel had gedaan. Bij David was ze volkomen zichzelf. Hij kende haar door en door, compleet met al haar tekortkomingen, en toch hield hij van haar.

Maar... Ze sloot haar ogen. Kreeg ze wel die o zo belangrijke kriebels in haar buik als ze aan hem dacht? Ze hadden zelfs nog nooit met elkaar gezoend. Ze dacht eraan wat ze voelde wanneer ze hem op televisie zag. Laatst nog was het haar opgevallen hoe knap hij was geworden. Maar misschien was hij dat altijd al geweest en had ze er gewoon geen oog voor gehad omdat ze zo met zichzelf bezig was geweest.

Ze voelde zich in elk geval wel bezitterig naar hem toe. Een paar weken geleden had ze nog een steek van jaloezie gevoeld toen ze hem op een foto in de krant had zien staan, op een première met een beeldschone actrice aan zijn arm.

Haar leven voelde hol aan... leeg, sinds ze hem had afgewezen. Ze kon niet ontkennen dat ze al jaren ongelukkig was. Zolang ze bezig was geweest met Cheska's carrière, had ze de barstjes nog wel kunnen lijmen, maar nu...

Met een zucht stond ze op en liep naar de keuken om net als elke avond een beker ovomaltine voor zichzelf te maken. Ze stelde zich voor dat David bij haar was, dat hij ergens de draak mee stak, dat hij zijn armen om haar heen sloeg om haar een stevige knuffel te geven en te zoenen…

Bij die gedachte kreeg ze kriebels in haar buik.

'O god,' mompelde ze, 'wat heb ik gedaan?'

De jurk had precies het effect waar Cheska op had gehoopt. Toen ze via de houten trap de door kaarsen verlichte bar in liep, draaiden alle hoofden binnen zich naar haar om.

Tegen de tijd dat ze beneden aankwam, stond Bobby haar al op te wachten. Hij draaide een rondje met haar in zijn armen en drukte een kus op haar wang. 'Hé, schatje. Wat zie je er goed uit!' Zijn handen gleden langs haar lichaam. 'Mijn kleine meid wordt volwassen,' fluisterde hij met zijn gezicht in haar hals. 'Kom, dan gaan we een drankje voor je halen.'

De rest van de avond was hij net zo attent als die eerste week in Brighton. Hij week niet van haar zijde en hield haar hand vast als ze van het ene groepje mensen naar het andere liepen. Ze dronk elk drankje op dat ze aangeboden kreeg en nam zelfs een trekje van de joint die haar werd voorgehouden.

Bobby moest lachen toen ze een hoestbui kreeg. 'Het went nog wel.'

Terwijl ze met hem over de dansvloer zwierde, viel haar blik op de visagiste die ze eerder met Bobby had zien praten. Het gaf veel voldoening om de teleurstelling in haar ogen te zien.

'Ik ga je missen,' mompelde Bobby heen en weer wiegend, met haar dicht tegen zich aan.

'Hoe bedoel je?' zei ze, terwijl ze zich van hem losmaakte.

'Ik bedoel, als we elkaar niet meer elke dag zien op de set.'

'Dat ga ik ook missen. Maar we kunnen elkaar toch wel vaak blijven zien?'

'Natuurlijk wel. Alleen moet ik een tijdje weg, liefje. Een paar weken maar.'

'Waarheen dan?'

'Naar Frankrijk. Daar heb ik een aantal optredens. Bij mijn platenmaatschappij willen ze dat ik meer bekendheid krijg op het Europese vasteland.'

'O.' Er stonden tranen in haar ogen. 'Wanneer kom je terug?'

'Voor kerst, hoop ik.'

'Mag ik ook mee?'

'Dat lijkt me niet verstandig. Ik moet de hele tijd van hot naar her reizen. Je zou je stierlijk vervelen.'

'Dat vind ik niet erg, als ik maar bij jou ben.' Ze legde haar hoofd op zijn schouder en snoof zijn bekende, kruidige aftershave op.

'Zeg, liefje, aangezien we elkaar hierna een tijdje niet meer zien... Wat denk je van een snel afscheidscadeautje?' Zijn handen gleden langs haar lichaam.

'Waar dan?' vroeg ze, licht in haar hoofd door de alcohol en de opwinding.

'Kom maar mee.' Hij trok haar mee de dansvloer af, het zaaltje uit en een schemerige gang in. Daar nam hij haar mee een kantoortje in, deed de deur achter zich op slot en duwde haar tegen de muur. Terwijl hij haar zoende, stroopte hij haar jurk al omhoog en omvatte hij met zijn andere hand haar borst. 'Je bent fantastisch,' kreunde hij, terwijl hij haar benen uit elkaar duwde en bij haar naar binnen stootte.

'Bobby, moeten we geen...'

'Alles onder controle, maak je geen zorgen.' Hij tilde haar op en ze sloeg automatisch haar benen om zijn middel. 'Dat voelt toch goed?' kreunde hij, terwijl hij ritmisch in haar bewoog.

Of het nu kwam door de alcohol, de angst om betrapt te worden of gewoon door Bobby, ze had zich nog nooit zo gelukkig, vrij en ongeremd gevoeld. Er zwol een golf van opwinding aan in haar buik. Ze kreunde van extase, paste haar ritme aan het zijne aan en voelde haar lichaam om ontlading smeken. Er ontsnapte haar een kreet van genot toen ze gelijktijdig hun hoogtepunt bereikten.

Hijgend lieten ze zich op de stoffige vloer zakken.

'Ik hou van je, Bobby,' fluisterde ze.

'Het spijt me, ik had mezelf niet meer in de hand.' Hij keek haar aan en streek haar haar naar achteren. 'Dit was niet de bedoeling, maar jeetje, jij bent een van de meest sexy meiden die ik ooit ontmoet heb.'

'Hoezo was dit niet de bedoeling?'

'Laat maar, liefje.' Hij stond op, stopte zijn overhemd in zijn broek en deed zijn gulp dicht. 'Ik had gewoon niet verwacht dat ik verliefd zou worden op mijn tegenspeelster. Kom mee.' Hij trok haar overeind en deed de deur van het slot, terwijl zij haastig haar jurk rechttrok.

'Je belt me toch wel als je terug bent uit Frankrijk?'

'Natuurlijk.' Hij drukte een kus op haar neus. 'Nu moet ik ervandoor. Een vriend van me treedt met zijn band op in een andere club. Ik heb daar met een paar mensen afgesproken om te gaan kijken. Dag, liefje. Het was me een waar genoegen.'

'Maar Bobby, je hebt mijn telefoonnum...'

Voordat ze haar zin kon afmaken, was hij alweer de gang uit en in de menigte verdwenen. Haar euforische gevoel verdween als sneeuw voor de zon. Ze liep naar de toiletten, ging in een hokje op het wc-deksel zitten en legde haar hoofd in haar handen.

Bij de gedachte dat ze Bobby de komende weken niet zou zien, stroomden de tranen over haar wangen. Hoe moest ze die tijd toch doorkomen?

29

Greta besteedde er veel meer tijd dan anders aan om zich klaar te maken voor haar afspraak met David in het Savoy. De afgelopen weken, waarin Cheska moedeloos in het appartement had rondgehangen en naar Bobby Cross had zitten smachten, was Greta steeds overtuigder geraakt van haar gevoelens voor David.

Ze hield echt van hem, precies zoals ze al tegen Cheska had gezegd. Maar nu ze voor het eerst vlinders in haar buik voelde, wist ze dat die liefde niet alleen vriendschappelijk was.

'Hoe kan het toch dat ik hem nooit zag staan?' sprak ze haar spiegelbeeld toe. 'Stom mens dat ik ben!'

Sinds ze de tralies rondom haar hart had weggehaald, durfde ze zich voorzichtig voor te stellen hoe haar leven met David eruit had kunnen zien. Hun ongedwongen manier van met elkaar omgaan had haar de voldoening kunnen geven waarnaar ze zo snakte. Wat had ze veel liefde en genegenheid kunnen krijgen. Hij had haar kunnen beschermen en steunen, ze hadden samen van de eenvoudige geneugten des levens kunnen genieten, terwijl ze zich er nu koppig in haar eentje doorheen worstelde.

'Zou het al te laat zijn?' vroeg ze aan haar spiegelbeeld.

Ze wist het niet. Dus zou ze een manier moeten vinden om het hem te vragen.

Toen Greta de Grill Room binnenkwam, stond David op. Hij glimlachte en gaf haar een hartelijke zoen. 'Hoe gaat het met je, Greta? Wat fijn je te zien. Je ziet er prachtig uit.'

'O, eh… dank je. Jij ook,' zei ze nerveus.

'Was het lastig om hier te komen? Gisteren stond zowat heel Londen stil door de smog.'

'Ik ben komen lopen. Het was onmogelijk om een taxi te krijgen. Had ik nu die nieuwe schoenen maar niet aangetrokken. Mijn voeten doen pijn.' Ze wees naar de puntschoenen van Charles Jourdan die Cheska voor haar had gekocht.

'Morgenochtend schijnt het weer beter te worden,' merkte hij op, terwijl ze gingen zitten.

'Laten we het hopen.'

'Gaat het wel? Je ziet er een beetje gejaagd uit.'

'O, jawel hoor.' Ze wist dat ze een paar glazen wijn nodig had voordat ze haar nieuwe inzichten met hem zou durven bespreken. 'Het is gewoon even lastig met Cheska.'

'Ze is toch niet ziek?' Hij wenkte de ober en bestelde een fles chablis.

'Nee, ze is niet ziek. Denk ik, althans.'

'Wilt u al bestellen, meneer?' vroeg de ober beleefd. 'De soep van de dag is tomaat en basilicum.'

Greta keek op de menukaart. 'Voor mij de soep en de tong uit Dover, graag.'

'Goede keus. Doe mij maar hetzelfde.'

De ober knikte en liet hen met rust.

'Wat is er dan precies aan de hand?'

'L-I-E-F-D-E,' spelde ze voor hem. 'Ze heeft het zwaar te pakken, voor het eerst.'

'Aha,' zei David. 'Ik moet toegeven dat het moeilijk is om me voor te stellen dat Cheska al zulke volwassen gevoelens heeft. Ik beschouw haar nog steeds als een kind.'

'Ja, de afgelopen maanden is ze heel snel volwassen geworden. Sinds de opnames van *Please, Sir, I Love You* erop zitten, zit ze in zak en as. Ze wil alleen maar in haar slaapkamer zitten en dat nieuwe plaatje van Bobby Cross draaien.'

'O, "The Madness of Love"? Goed nummer wel, hè?'

'Als je het net als ik vijftig keer per dag moet aanhoren, is de lol er snel af.' Ze trok haar wenkbrauwen op.

David grinnikte toen de ober de wijn kwam brengen. Hij maakte de fles open en schonk twee glazen in.

Greta nam een flinke slok.

'Zijn de gevoelens wederzijds?'

'Geen idee. Hij is al een paar weken weg, daarom gedraagt ze zich zo. Misschien is hij niet helemaal het type dat ik voor haar in gedachten had, maar eerlijk gezegd vind ik alles beter dan haar zo ongelukkig te zien. Ze zegt dat ze zeker weet dat hij ooit met haar gaat trouwen.'

'Ik begrijp het. Denk jij dat hij serieuze bedoelingen heeft?'

'Wie zal het zeggen? Cheska denkt van wel, maar dat is natuurlijk belachelijk. Ze moet nota bene nog zestien worden, en hij is een volwassen man.'

'Wie is het dan precies?'

'O, sorry, ik dacht dat ik dat al had gezegd. Het is haar tegenspeler, de zanger van dat akelige nummer, Bobby Cross.'

Hij trok een bedenkelijk gezicht. 'O jee,' verzuchtte hij.

'Ik weet dat hij niet bepaald de ideale schoonzoon is, maar waarom zeg je dat zo? Ken je hem soms?'

'Nou, ik zou hem niet tot mijn vrienden rekenen, maar ik heb hem weleens ontmoet. Een tijdje terug was hij te gast in mijn televisieprogramma, en hij is op een paar feestjes van Leon geweest. Die vertegenwoordigt hem sinds hij aan zijn filmcarrière is begonnen. Toevallig weet ik ook dat hij getrouwd is,' zei hij langzaam.

'Lieve help.' Ze slikte moeizaam en wreef over haar voorhoofd. 'Weet je dat zeker? Ik durf te wedden dat Cheska daar niet van op de hoogte is.'

'Dat verbaast me niets. Het is een goed bewaard geheim, net als het feit dat Bobby twee jonge kinderen heeft.'

Alles wat ze hem zo graag had willen vertellen, verdween naar de achtergrond. Ze pakte haar glas weer en zag haar handen beven. 'Ik weet niet wat ik moet zeggen...'

'Het spijt me, Greta, maar je kunt het maar beter weten. Net als Cheska, trouwens. Bobby is heel jong getrouwd, al voordat hij beroemd werd. Toen zijn muziek begon te verkopen, leek het de mensen bij zijn platenmaatschappij beter als hij niet in het openbaar over zijn vrouw en kinderen zou praten. Ze wilden dat zijn jonge vrouwelijke fans zouden denken dat hij beschikbaar was.'

'Maar ik zie zo vaak foto's in de bladen waarop hij met allerlei modellen en actrices staat! Ik begrijp het gewoon niet.'

'Zoals Leon het zegt, hebben Bobby en zijn vrouw bepaalde afspraken met elkaar. Hij is inmiddels natuurlijk steenrijk en zij is gesteld op haar comfortabele leventje buiten de schijnwerpers. Als hij maar niet van haar scheidt, vindt ze het niet erg om hem met andere vrouwen te zien. Ze is namelijk streng katholiek. Ze heeft tegen hem gezegd dat ze alles openbaar maakt als hij probeert van haar te scheiden. Een soort pact met de duivel, zogezegd.'

'Goeie genade! Als ik dat had geweten...' Ze wrong haar handen. 'Dus Leon weet hoe het met Bobby zit?'

'Natuurlijk.'

'Wat een hufter!' Greta kwam zelden grof uit de hoek, maar nu was ze buiten zichzelf van woede. 'Hoe durft hij?'

De ober kwam hun soep opdienen, en ze wachtten stilletjes af tot hij weer weg was. Daarna vervolgde ze: 'Leon wist van het begin af aan dat Cheska een relatie met Bobby had. Hij heeft het zelfs aangemoedigd. Cheska heeft toegegeven dat ze hem gevraagd heeft mij te bellen en tegen me te liegen omdat ze een weekend in Brighton wilde blijven. Hij moet geweten hebben dat ze toen naar Bobby zou gaan.'

'Waarom zou hij dat doen? Hij weet dat Cheska minderjarig is.'

'Ik weet het niet, David. Tenzij hij mij dwars wilde zitten. Hij kan het niet hebben dat Cheska wel naar mij luistert, maar niet naar hem. Misschien zag hij zijn kans schoon om tussen ons in te komen. Om haar vertrouweling te worden, haar medeplichtige. Wat een walgelijke vent!'

'Ik weet niet wat ik moet zeggen. Als hij die affaire echt heeft aangemoedigd, is dat onvergeeflijk. Ze is nog zo groen als gras, ze weet totaal niet hoe ze met mannen moet omgaan. Zeker niet met zo'n zelfingenomen type als Cross. Wanneer ga je het aan haar vertellen?'

'Zo snel mogelijk. Er is een producent in LA die wil dat ze voor een screentest naar Amerika komt, maar daar wil ze niet eens over nadenken zolang ze nog niets van Bobby heeft gehoord. Ze is door hem geobsedeerd, David. Ze denkt echt dat hij met haar gaat trouwen en dat ze dan nog lang en gelukkig zullen leven.'

'Ik weet dat Bobby talloze affaires heeft gehad, maar nooit meer dan dat. Hij kan het risico niet nemen dat zijn vrouw de vuile was buiten hangt. Dan zou iedereen weten wat een charlatan hij is.'

'Gelukkig is Cheska niet zo ver gegaan. Ik heb gevraagd of ze met Bobby naar bed is geweest en ze zei van niet.'

'Geloof je dat?'

'Ze heeft het gezworen. Ik denk echt dat het maar een kalverliefde is. Dat hoop ik althans.'

'Pas wel goed op,' raadde hij haar aan. 'Zoals je al zei, heeft Cheska het flink te pakken. Zo'n eerste liefde kan zwaarder wegen dan alle normen en waarden die jij haar hebt bijgebracht. Ze is in emotioneel opzicht altijd al kwetsbaar geweest, en...'

'Hoe bedoel je?'

'Nou, ze is nog zo jong en beïnvloedbaar. Een makkelijke prooi voor een ervaren casanova als Cross.'

'Zeg dat wel,' mompelde ze. 'Moet je horen, Cheska komt aan het begin van de avond hiernaartoe om iets te drinken voordat we naar het theater gaan. Dan wil ik het haar vertellen, maar ik betwijfel of ze me zal geloven. Zou jij erbij willen blijven? Ze is altijd zo op je gesteld geweest. Misschien luistert ze wel naar jou.'

'Natuurlijk, als je denkt dat dat helpt. Na de lunch heb ik nog een afspraak met de producent van mijn radioshow, maar dat is hier vlakbij, dus ik kan rond kwart voor zes terug zijn.'

'Heel erg bedankt. Ik geloof niet dat ik dit alleen kan.' Ze legde haar hand op die van hem.

Hoewel hij al jaren over zijn gevoelens voor Greta heen probeerde te stappen, omdat hij wel inzag dat daar geen toekomst in zat, liet het hem niet onberoerd dat ze nu weer steun bij hem zocht, dus kneep hij stevig in haar hand.

Door zijn aanraking dacht ze weer aan wat ze hem had willen vertellen. 'Eigenlijk is er, eh... nog iets wat ik met je wil bespreken, David.'

'Echt? Ga je gang.'

'Ik...' Opeens durfde ze niet meer, en ze slaakte een zucht. 'Door wat je me net hebt verteld, is dit misschien niet het juiste moment. Kunnen we begin volgende week nog eens samen lunchen?'

'Natuurlijk. Is er iets mis?'

'Nee, zeker niet. Alleen...' Ze haalde haar schouders op. 'Ik leg het volgende week wel uit, nadat we dat probleem met Cheska hebben opgelost.' Ze raapte zichzelf weer bij elkaar en glimlachte zwakjes. 'Enfin, hoe gaat het met je televisieserie?'

Cheska zat nerveus in de wachtkamer. Ze pakte een tijdschrift van de stapel op de salontafel vol krassen en bladerde het zonder iets te zien door.

De afgelopen weken waren verschrikkelijk geweest. Sinds de avond van het feest, nu bijna twee maanden geleden, had Bobby niets meer van zich laten horen. Ze snapte dat hij het druk had in Frankrijk, maar hij kon toch wel even bellen? Ze had zich van alles in het hoofd gehaald: dat hij met andere meisjes ging, dat hij niet meer van haar hield, dat hij was gestorven... Haar enige troost was dat hij haar toezong vanaf haar grammofoon, net als die avond in Brighton. Bij die herinnering voelde ze zich meteen beter. Bovendien was het bijna kerst. Daarvoor zou hij toch wel terugkomen naar Engeland?

Maar de stem was teruggekeerd om haar te kwellen wanneer ze wakker was en haar nachtmerries te bezorgen als het haar lukte in slaap te vallen.

Bobby is weg... Hij houdt niet meer van je...

Ze vroeg zich af of ze weer die vreselijke hoofdpijn had en die stem hoorde omdat ze haar pillen al een tijdje niet meer slikte, maar ze dacht van niet. Het kwam vast omdat Bobby er niet meer was.

Ook bleef haar menstruatie uit. De eerste keer had ze er geen acht op geslagen, maar toen het vorige week weer gebeurde, wist ze dat ze naar de dokter moest. Misschien was ze wel stervende, en in dat geval moest ze Bobby inlichten.

Vier dagen geleden had ze een afspraak gemaakt bij een andere dokter dan haar vaste huisarts. Dokter Ferguson, een vrouw van middelbare leeftijd, had haar meegenomen naar haar spreekkamer en allerlei vragen gesteld die Cheska aan het blozen hadden gemaakt. Tijdens het gesprek werd haar duidelijk hoe weinig ze eigenlijk wist van haar eigen lichaam. De dokter had haar ook onderworpen aan een grondig lichamelijk onderzoek, bloed afgenomen en haar een zwangerschapstest aangeraden. Cheska was zich rot geschrokken, maar had er toch mee ingestemd. Sindsdien lag ze elke nacht te woelen in haar bed en te piekeren over wat er met haar aan de hand kon zijn.

Als ze wel sliep, kwamen de nachtmerries terug en hoorde ze de stem. Ze wist dat alleen Bobby dat allemaal weg zou kunnen nemen. Bij hem voelde ze zich beter.

Nadat haar moeder vanochtend was vertrokken voor de lunch met David, had Cheska door haar slaapkamer geijsbeerd. Ze moest om half drie bij de dokter zijn voor de uitslag van het bloedonderzoek, maar ze was zo in de war dat ze nog geen seconde stil kon blijven zitten. Toen was er iets vreselijks gebeurd. Ze was naar de spiegel gelopen om haar haren te borstelen, maar haar spiegelbeeld was er niet.

Ze was onzichtbaar.

Ingehouden snikkend was ze de flat uit gerend, regelrecht naar de praktijk van de dokter. Onderweg durfde ze niet naar zichzelf te kijken in de ruiten waar ze langsliep.

'Cheska Hammond?'

Toen de receptioniste eindelijk haar naam riep, stond ze op. Omdat ze zo vroeg was vertrokken, zat ze al bijna een uur in de wachtkamer.

'Dokter Ferguson kan je nu ontvangen.'

Met bonkend hart liep ze langzaam naar de spreekkamer en klopte aan. 'Goedemiddag, dokter Ferguson,' zei ze toen ze binnenkwam.

'Dag, Cheska. Ga zitten. Ik heb de uitslagen van het bloedonderzoek inmiddels binnen. Het zal je wel goeddoen om te horen dat je niet ziek of stervende bent. Maar de tests hebben wel mijn oorspronkelijke vermoeden bevestigd. Je bent zwanger.'

Cheska barstte in tranen uit.

'Rustig maar, het komt wel goed.' De dokter gaf haar een tissue. 'Vorige week zei je dat je niet getrouwd bent, klopt dat?'

'Ja.'

'Maar je hebt wel een vaste vriend?'

'Ja.'

'Denk je dat hij zijn verantwoordelijkheid zal nemen als hij het hoort? Dat zou natuurlijk het allerbeste zijn voor jou en de baby.'

'Ik... Moet ik het houden?'

'Nou, ja. Misschien weet je het niet, liefje, maar abortus plegen, dus een ongewenste zwangerschap laten beëindigen, is verboden in Groot-Brittannië. Dus je hebt helaas geen keus.'

Cheska slikte haar tranen weg, niet in staat om te bevatten wat de dokter haar vertelde. Het volgende moment begon ze zich echter voor te stellen hoe het zou gaan als ze Bobby vertelde dat ze zijn kind droeg. Hun kindje, uit liefde ontstaan. Hoe kon ze er nu aan twijfelen dat hij met haar zou trouwen? Opeens voelde ze zich heel rustig worden. Haar hart ging langzamer slaan en ze glimlachte. 'Ja, ik weet zeker dat hij me zal steunen en met me zal trouwen.'

'Dat is tenminste goed nieuws. Ik stel voor dat je met hem gaat praten en dat je bij mij op controle blijft komen, zodat we je voor de bevalling kunnen laten opnemen in een ziekenhuis in de buurt. Heb je nog meer familie?'

'Ik woon bij mijn moeder.'

'Dan zou ik haar ook inlichten. Gezien de omstandigheden is het het beste als je iemand hebt die aan jouw kant staat. Ze zal misschien wel schrikken, maar ik weet zeker dat je veel steun aan haar zult hebben.'

'Ja, dokter. Dank u.' Ze stond op. 'Tot ziens.'

Verdwaasd liep ze de praktijk uit. Het verkeer stond muurvast, want er hing nog steeds veel smog. Het begon al te schemeren en het motregende.

Ze wilde ergens heen waar ze kon nadenken. Dus liep ze via Piccadilly door de doolhof van straatjes in Soho en dook de eerste de beste koffietent in. Nadat ze een espresso had besteld, haalde ze een pakje

Embassy-sigaretten uit haar handtas en stak er een op. Dit merk rookte Bobby, en zij was er sinds kort ook mee begonnen. De geur van de rook deed haar aan hem denken en bood troost. Ze graaide naar haar poederdoos. 'God, laat me er alstublieft nog zijn,' smeekte ze toen ze hem openklapte. Met een zucht van opluchting zag ze haar eigen gezicht terug staren vanuit de spiegel.

Niets aan de hand, helemaal niets. Ze was toch niet onzichtbaar. Het kwam vast doordat ze zo zenuwachtig was voor haar afspraak met de dokter.

Haar koffie werd gebracht en ze nipte ervan, terwijl ze probeerde zichzelf voor te houden dat dit kindje het mooiste was wat haar ooit was overkomen. Nu zou Bobby toch wel met haar trouwen en haar diepste wens in vervulling laten gaan? Voor haar geestesoog verscheen een droombeeld van hen samen: Bobby, zij en de baby. Een levend aandenken aan hoeveel hij van haar hield en zou blijven houden.

Ze wist dat ze over de praktische kant moest nadenken. Het leek haar het beste om haar moeder die avond in het Savoy in te lichten, omdat ze wist dat Greta in een hotel geen scène zou schoppen. Ze zou haar verzekeren dat ze zo snel mogelijk met Bobby zou gaan trouwen. Misschien zou haar moeder wel boos zijn omdat ze had gelogen, maar ze zou haar vast wel vergeven als ze besefte dat ze oma werd en er binnenkort een prachtig kindje kwam waar ze haar liefde aan kon geven. De screentest in Hollywood zou op de lange baan moeten worden geschoven, maar wat stelde zo'n film nu voor, vergeleken bij haar liefde voor Bobby en hun kind?

Eerst zou ze Leon moeten bellen, om Bobby's telefoonnummer in Frankrijk te vragen. Ze dronk haar koffie op, liep naar de betaaltelefoon achter in de zaak en draaide zijn nummer.

'Hallo, Cheska, wat leuk om iets van je te horen. Weet je al wanneer je naar Amerika gaat?'

'Nee, nog niet echt.'

'Toch zul je snel de knoop moeten doorhakken. Ze blijven niet eeuwig op je wachten.'

'Dat weet ik. Leon, ik bel eigenlijk omdat ik op zoek ben naar Bobby.'

'Welke Bobby?'

'Bobby Cross, natuurlijk,' zei ze ongeduldig. 'Weet jij waar ik hem in Frankrijk kan bereiken?'

'In Frankrijk?' Hij klonk verrast.

'Ja, daar zit hij toch?'

'O, eh... ja. Natuurlijk.'

'Ik moet hem heel dringend spreken.'

'Ik begrijp het. Weet je wat, laat het maar aan mij over. Hij, eh... is momenteel veel op reis, maar de volgende keer dat hij me belt, zal ik zeggen dat hij meteen contact met je moet opnemen.'

'Goed dan. Maar zeg alsjeblieft tegen hem dat het dringend is.'

'Zal ik doen. Is alles wel goed met je?'

'Ja, prima. Tot ziens.' Ze hing op en keek op haar horloge. Over twintig minuten moest ze in het Savoy zijn.

30

Greta zat in de American Bar een gin-tonic te drinken en een sigaret te roken. Het afgelopen uur had ze zich suf gepiekerd over hoe ze Cheska het vreselijke nieuws over Bobby Cross moest vertellen.

Toen ze haar dochter binnen zag komen, sloeg haar hart over. Het viel haar op dat alle mannen in de bar haar nakeken. Ze werd echt een mooie vrouw. Als ze dit maar achter zich kon laten, had ze de mannen voor het uitkiezen. Die gedachte gaf Greta moed.

'Hallo, mama.' Cheska ging tegenover haar zitten.

Greta zag dat haar ogen iets te fel schitterden en dat ze een kleur op haar normaal gesproken zo bleke wangen had.

'Was het gezellig met oom David?' vroeg Cheska.

'Heel gezellig. Trouwens, hij komt zo ook een drankje met ons drinken.'

'O. Het zal fijn zijn hem weer te zien.'

'Zal ik iets voor je bestellen?'

'Jus d'orange, graag.'

'Goed.' Nadat Greta haar bestelling had doorgegeven aan de ober, draaide ze zich naar haar dochter toe, zich afvragend hoe ze moest beginnen.

Toen deed Cheska haar mond open. 'Mama, ik... moet je iets vertellen. Je zult het niet leuk vinden, maar ik wil dat je weet dat het allemaal goedkomt.'

'Wat is er dan?'

'Vanmiddag ben ik erachter gekomen dat Bobby en ik een kindje verwachten.' Het kwam er gehaast uit en voordat Greta kans zag om te reageren, ging Cheska verder: 'Alsjeblieft niet boos op me zijn, mama. Ik weet dat ik tegen je gelogen heb over Bobby en de relatie die we met elkaar hebben, maar ik wist dat je je alleen maar zorgen zou maken als ik je de waarheid vertelde. De baby was een ongelukje, maar nu het eenmaal zover is, ben ik er dolblij mee. Dit wil ik graag, en Bobby zal er ook heel gelukkig mee zijn. Ik weet zeker dat hij zo snel mogelijk met me zal willen trouwen.'

Cheska zag haar moeder bleek worden van schrik.

'Ik... O, Cheska.' Er biggelde een traan over haar wang.

'Niet huilen, alsjeblieft. Het komt heus allemaal wel goed.'

'Neem me niet kwalijk, lieverd. Ik moet even mijn neus poederen.' Greta stond op, beende door de bar en liep de trap af om de toiletten op te zoeken. In de beslotenheid van het hokje werd ze misselijk en gaf over.

Toen ze niets meer in haar maag had, ging ze hijgend tegen de muur geleund staan.

Ze had er alles aan gedaan, álles, om haar kind te beschermen, om te zorgen dat haar dochter de liefde, financiële zekerheid en carrière kreeg die zij nooit had gehad. En toch, na al die moeite, herhaalde de geschiedenis zich. Cheska was zwanger van een man die niet van haar hield en nooit met haar zou trouwen, zelfs niet als hij beschikbaar was geweest.

'Waarom nu toch?' jammerde ze.

'Mama? Ben je daar? Gaat het wel?' Het was Cheska.

'Ja, schat, het gaat prima.' Greta rechtte haar rug en trok het toilet door. Daarna haalde ze diep adem, want ze wist dat ze sterk moest zijn voor haar dochter. Misschien viel er nog wat te redden, maar dan moest ze snel nadenken. Met een glimlach op haar gezicht deed ze de deur open. Daar stond Cheska, handenwringend, zoals altijd wanneer ze nerveus of overstuur was. Greta liep naar de wasbak, waste haar handen en werkte haar lippenstift bij.

Cheska sloeg haar stilletjes gade.

'Het spijt me, schat. Het was even schrikken, wat je me net vertelde. Ik voelde me een beetje licht in het hoofd, maar het gaat alweer. Zullen we weer naar binnen gaan? We hebben nog een hoop te bespreken.'

Samen liepen ze terug naar de bar. Greta nam een grote slok van haar gin en hoopte dat David snel zou komen.

'Mama, zeg alsjeblieft dat je niet boos op me bent. Ik wilde je echt niet overstuur maken. Dat ben ik ook niet. Ik ben juist gelukkig.'

Vermoeid schudde Greta haar hoofd. 'Nee, schat. Ik ben niet boos, ik maak me alleen zorgen om je.'

'Dat hoeft niet. Zoals ik al zei, komt het allemaal wel goed.'

'Weet Bobby het al?'

'Nog niet. Hij zit nog in Frankrijk, maar vanmiddag heb ik Leon gebeld, en hij zorgt dat Bobby me zo snel mogelijk terugbelt. Toch weet ik gewoon dat hij dolblij zal zijn. Dit betekent alleen dat we nu sneller gaan trouwen dan gepland.'

'Heeft Bobby je dan al een aanzoek gedaan?'

'Niet met zoveel woorden, maar ik weet zeker dat hij het wil. Hij houdt van me, mama, en ik hou van hem. Denk je eens in, je wordt grootmoeder!'

Hoewel Greta erin slaagde haar gezicht in de plooi te houden, brak haar hart. Toen ze zag hoe zeker van haar zaak haar dochter was, vroeg ze zich af of ze echt een beetje labiel was. Was dit haar schuld, omdat ze Cheska zo beschermd had opgevoed? Wat de reden ook mocht zijn, het verbaasde haar hoe naïef Cheska was. Ze ging er gewoon van uit dat alles op zijn pootjes terecht zou komen, net als in haar films.

Ze besloot dat ze niet meer op David kon wachten, haalde diep adem en pakte de hand van haar dochter. 'Schat, ik moet je iets vertellen. Misschien zul je me niet geloven, maar als oom David zo komt, kan hij bevestigen dat ik niet tegen je lieg. Ik had je vanavond iets willen vertellen, maar na wat je zojuist tegen me hebt gezegd, is het nog belangrijker dat je de waarheid kent.'

Cheska's gezichtsuitdrukking was al harder geworden en er lag een gespannen trek om haar mond. 'Welke waarheid?'

'Voordat ik het vertel, moet je weten dat ik meer van jou hou dan van wat ook op deze wereld en dat ik je nooit met opzet zou kwetsen. Ik zou er alles voor over hebben om je hiertegen in bescherming te nemen, maar dat kan ik niet. Je wilt dat ik je als een volwassene behandel, dus dan moet je ook dapper genoeg zijn om je zo te gedragen. Begrijp je wat ik bedoel?'

'Ja, mama. Zeg het nu maar gewoon. Is er iets met jou? Ben je ziek?'

'In zekere zin zou ik willen dat het zo eenvoudig was. Probeer nu maar heel dapper te zijn en eraan te denken dat ik aan jouw kant sta en je zal helpen waar ik kan.'

'Zeg nu maar wat er is, mama. Alsjeblieft!'

'Liefje, Bobby Cross is getrouwd. Al een hele tijd. Hij heeft twee kleine kinderen.'

Zonder iets te zeggen staarde Cheska haar moeder aan, met een wezenloze uitdrukking op haar gezicht.

'Dat vertelde oom David me vandaag tijdens de lunch,' vervolgde Greta. 'Kennelijk is het een van de best bewaarde geheimen in de showbusiness. Een vrouw en kinderen waren niet goed voor zijn imago als droomprins, dus zijn ze buiten de publiciteit gehouden. Zelfs als hij met je zou willen trouwen, dan zou dat niet kunnen, want zijn vrouw weigert van hem te scheiden. Het is onvergeeflijk wat hij je heeft aangedaan, Cheska, maar volgens oom David ben je niet de eerste en zul je zeker ook niet de laatste zijn. Het spijt me, schat.' Greta zweeg even om de reactie van haar dochter te peilen.

Cheska keek niet meer naar haar moeder, maar staarde nietsziend voor zich uit.

'Liefje, geloof me alsjeblieft als ik zeg dat dit niet het einde van de wereld is, ook al is het nu nog zo ingewikkeld. We kunnen je probleem oplossen. Je zult vast wel weten dat daar bepaalde manieren voor zijn. Daarna kunnen we naar Amerika gaan voor die screentest. Als je film daar eenmaal in première gaat, zal elke studio met je willen samenwerken. Voordat je het weet, ben je Bobby weer vergeten en...'

'Nee, nee, nee! Ik luister niet naar je. Je liegt tegen me! Je liegt!' Cheska sloeg haar handen voor haar oren en begon haar hoofd te schudden.

Meerdere mensen keken hun kant op.

'Schat, probeer alsjeblieft rustig te blijven. Ik zweer dat ik niet tegen je lieg. Waarom zou ik?'

Cheska haalde haar handen van haar oren en staarde haar aan. 'Omdat je de gedachte niet kunt verdragen dat je me kwijtraakt, dáárom. Omdat je wilt dat ik altijd je kleine meisje blijf en omdat je me voor jezelf wilt houden. Je wilt helemaal niet dat ik een eigen leven opbouw met Bobby of met welke man dan ook. Nou, dat gaat mooi niet gebeuren, mama. Ik hou van Bobby en ik ga met hem trouwen en een kind van hem krijgen. Als jij daar niet mee kunt omgaan, is dat jouw probleem, niet het mijne!'

Greta huiverde bij het zien van Cheska's dreigende gezicht. Haar zeldzame schoonheid was weggevaagd door haar maniakale uitdrukking. 'Luister nou, liefje. Ik snap dat je overstuur bent, maar...'

'Overstuur? Nee hoor! Ik ben niet overstuur! Ik heb gewoon medelijden met je, dat is alles. Ben je soms bang dat je voor de rest van je leven eenzaam zult zijn?'

'Nu is de maat vol!' Greta's zelfbeheersing brokkelde af door de gal die haar dochter over haar uitspuwde. 'Ik zal je eens wat vertellen over mezelf en mijn eenzame leventje. Ik was achttien toen ik zwanger raakte. Je vader was een Amerikaanse officier die mij in de steek liet en naar de Verenigde Staten vertrok zonder ook maar afscheid te nemen. Ik was straatarm en dakloos, maar oom David schoot me te hulp en stuurde me naar Wales. Daar leerde ik Owen Marchmont kennen en trouwde met hem, zodat mijn kindje een vader zou hebben. Toen Owen te veel begon te drinken, vluchtte ik met jou naar Londen en heb ik er alles aan gedaan om te zorgen dat we een dak boven ons hoofd hadden. Ik heb altijd alleen maar geprobeerd om jou te geven wat ik zelf nooit heb gehad. Dat heb ik allemaal voor jou gedaan, Cheska. Ik hoef er niets voor terug, maar ik vraag je wel het fatsoen op te brengen om te geloven dat ik eerlijk tegen je ben!'

Cheska glimlachte, maar haar blik stond vol haat. 'Oké, mama. Leg me dan eens uit hoe ik moet geloven wat je me net over Bobby hebt verteld, terwijl je me kennelijk al jaren voorliegt over mijn echte vader.'

Greta kromp ineen en voelde alle energie uit zich wegvloeien. Langzaam pakte ze wat geld uit haar tas om de rekening te betalen. 'Ik ga nu. Ik stel voor dat je hier op oom David wacht, zodat hij kan bevestigen wat ik je net heb verteld. Verder kan ik alleen maar zeggen dat ik er altijd voor je zal zijn als je me nodig hebt, dat ik heel veel van je hou en altijd heb geprobeerd te doen wat het beste voor jou was.' Ze stond op. 'Tot ziens, Cheska.'

Toen Cheska haar moeder de bar uit zag lopen, begon dat geniepige stemmetje weer te fluisteren.

Ze liegt, ze liegt... Bobby houdt van je.. Zij haat je, ze wil je kapotmaken...

Cheska schudde haar hoofd en deed haar ogen dicht en weer open. Alles wat ze zag, ging schuil achter een paarse mist.

Ze stond op en liep achter haar moeder aan het hotel uit.

David haastte zich vanaf Bush House over de Strand. Zijn bespreking was uitgelopen en hij was laat voor zijn afspraak met Greta en Cheska. De smog was nog steeds vreselijk, maar begon op sommige plekken tenminste al wat op te trekken. Op weg naar het Savoy vroeg hij zich af of Greta haar dochter al had ingelicht over Bobby Cross. Tegenover het hotel bleef hij staan en loerde door de ijskoude mist op een kansje om de drukke weg over te steken.

Voordat hij zich kon verroeren, hoorde hij gierende banden op het natte wegdek. Er klonk een harde klap en daarna een oorverdovend gegil. Het verkeer kwam abrupt tot stilstand.

Tussen de stilstaande auto's door stak hij de straat over. Er had zich een groepje mensen verzameld voor de auto aan de overkant van de weg. Ze keken omlaag naar iemand die daar op straat lag.

'Lieve help!'

'Is ze dood?'

'Bel een ambulance!'

'Ze zal wel gestruikeld zijn. Het ene moment stond ze nog op het trottoir en het volgende moment...'

'Ik kon het niet zien, door de smog!'

Net voordat David bij het kringetje mensen aankwam, struikelde hij bijna over een voorwerp op de weg. Hij bukte zich en raapte het op.

Er ontsnapte hem een jammerkreet toen hij de puntschoen zag die hij in zijn hand hield. 'Nee... alsjeblieft!' Hij baande zich een weg tussen de mensen door en ging op zijn knieën naast het lichaam zitten dat daar zo roerloos lag. Toen hij Greta's gezicht naar zich toe draaide, zag hij dat er vrijwel geen krasje op zat, alleen een smerige veeg en een lichte schaafwond op de wang waarop ze was gevallen. Hij voelde aan haar pols. Die was zó zwak dat hij vermoedde dat het leven langzaam uit haar wegsijpelde.

'Greta, lieve Greta,' fluisterde hij zacht in haar oor, terwijl hij zijn wang tegen de hare drukte. 'Laat me alsjeblieft niet in de steek. Ik hou van je, ik hou van je...'

Hij had geen idee hoe lang het duurde voordat er een ambulance met flitsende zwaailampen naast hem tot stilstand kwam.

'Neem me niet kwalijk, meneer, mogen we haar even onderzoeken?' vroeg de ambulancebroeder.

'Ze heeft nog een polsslag, maar... wees alstublieft voorzichtig met haar,' zei David huilend.

'Wij nemen het wel over, meneer. Gaat u even aan de kant?'

Radeloos stond hij op, in de wetenschap dat hij weinig kon doen. Van een afstandje keek hij toe hoe ze Greta voorzichtig op een brancard legden. Op dat moment zag hij Cheska in haar eentje onder een straatlantaarn staan, een eindje verderop. Hij liep naar haar toe. 'Cheska,' zei hij zacht. Toen ze niet reageerde, zei hij nog eens: 'Cheska.' Hij sloeg een arm om haar schouders. 'Het is al goed. Oom David is bij je.'

Ze keek op en hij zag iets van herkenning in haar ogen.

'Wat is er gebeurd?' Ze schudde haar hoofd even en keek om zich heen, alsof ze zich probeerde te herinneren waar ze was. 'Waar is mama?' Wanhopig speurde ze de straat af.

'Cheska, ik...' Hij wees naar de ambulance.

Ze maakte zich van hem los en rende erheen.

Greta lag nog buiten op de brancard, terwijl de ambulancebroeders zich klaarmaakten om haar in de ambulance te leggen. Haar gezicht had de kleur en het glasachtige uiterlijk van porselein.

Met een kreet stortte Cheska zich op de brancard en sloeg haar armen om Greta's levenloze lichaam. 'Mama! Mama! Ik bedoelde het niet zo! O god! Nee!'

David kwam achter haar staan en hoorde haar tegen Greta's borst murmelen en hysterisch snikken. Hij knielde naast haar en probeerde haar weg te trekken, maar ze klampte zich uit alle macht vast en bleef gedempt mompelen.

'Kom mee, Cheska. Kom, liefje. Mama moet naar het ziekenhuis.'

Ze draaide zich naar David toe, met onverholen angst in haar ogen. Daarna viel ze in zijn armen flauw.

31

De eerste dagen na het ongeluk stond David constant onder hoogspanning en verdeelde hij zijn tijd tussen Greta op de intensive care en Cheska, die was opgenomen op een vrouwenafdeling in hetzelfde ziekenhuis.

Nadat Cheska die noodlottige avond op straat was flauwgevallen, vond David dat er weinig anders op zat dan bij haar te blijven, ook al maakte hij zich doodongerust over Greta. Een van de ambulancebroeders was achtergebleven om voor Cheska te zorgen, maar tijdens het onderzoek kwam ze weer bij haar positieven en begon eerst keihard te gillen en vervolgens iets onsamenhangends te brabbelen over geesten, heksen en doodskisten. Toen David haar probeerde te kalmeren, haalde ze wild naar hem uit. Uiteindelijk had de ambulancebroeder geen andere keus dan haar een kalmerend middel toe te dienen, terwijl ze op een tweede ambulance wachtten.

Toen David met eigen ogen had gezien dat Cheska rustig lag te slapen op de afdeling, had hij aan de verpleegster gevraagd waar hij Greta kon vinden. Met angst in zijn hart was hij in de lift naar de intensive care gestapt, zonder te weten of ze nog leefde. Hij kreeg te horen dat ze in coma lag en dat haar toestand kritiek, maar stabiel was. Bezoek mocht ze niet ontvangen.

Urenlang had hij niets anders kunnen doen dan door de gang ijsberen en op angstige toon vragen stellen aan het medisch personeel dat zich naar binnen en buiten haastte. Ze konden hem niets vertellen, behalve wat hij al wist: dat Greta er ernstig aan toe was.

Pas na twee dagen, waarin de artsen de lippen stijf op elkaar hadden gehouden over haar toestand, mocht hij bij haar. Toen hij haar voor het eerst zag, aangesloten op allerlei apparaten, met slangen uit haar mond en neus en met een opgezwollen gezicht vol blauwe plekken, moest hij huilen.

'Word alsjeblieft weer beter, lieve schat,' fluisterde hij steeds opnieuw tegen haar, vanaf zijn plekje naast haar bed. 'Alsjeblieft, Greta, kom bij me terug.'

'Ha, meneer Marchmont.' De specialist stond op en schudde hem de hand. 'Ik ben dokter Neville. Ga toch zitten. Ik neem aan dat u familie bent van Greta?'

'Aangetrouwde familie, inderdaad. Ze is ook een goede vriendin van me.'

'Dan kan ik u vertellen wat we tot nu toe weten. Door de aanrijding met die auto heeft ze een gecompliceerde dijbeenbreuk opgelopen, plus ernstig hoofdletsel waardoor ze in coma is geraakt. Het hoofdletsel is onze grootste zorg, vooral aangezien ze nog niet bij bewustzijn is geweest, zelfs niet even.'

'Ze wordt toch nog wel wakker?'

'We zijn bezig haar te onderzoeken, maar helaas is er nog geen uitsluitsel. Als we niets vinden, wordt ze misschien voor verder onderzoek overgeplaatst naar Addenbrooke's Hospital in Cambridge. Daar zijn ze gespecialiseerd in hoofdtrauma's.'

'Wat is de prognose op dit moment, dokter?'

'Voor zover ik kan inschatten, lopen we niet het risico om haar kwijt te raken, als u dat bedoelt. Haar vitale functies zien er goed uit en we zijn er nu van overtuigd dat er geen inwendige bloedingen zijn. Wat de coma betreft... De tijd zal het leren. Het spijt me.'

David liep met tegenstrijdige gevoelens de spreekkamer van de arts uit. Hoewel hij intens opgelucht was dat Greta buiten levensgevaar was, was hij kapot van wat de dokter hem verder had verteld. Hij wist niet wat erger was, de gedachte dat Greta misschien nooit meer uit haar coma zou ontwaken, of dat haar hersenletsel misschien zo ernstig was dat ze hoe dan ook geen menswaardig bestaan meer zou kunnen leiden.

Later die middag ging hij met tegenzin naar boven voor zijn dagelijkse bezoekje aan Cheska. Zoals gewoonlijk gaf ze geen blijk van herkenning en bleef ze bewegingloos naar een vast punt op het plafond liggen turen.

David probeerde een reactie bij haar uit te lokken, maar tevergeefs. Als hij in de wachtkamer zijn ogen dichtdeed om een paar minuten te slapen, lieten haar glazige, starende ogen hem geen moment los. De specialist had hem verteld dat Cheska last had van catatonie, vermoedelijk veroorzaakt door het emotionele trauma dat ze had opgelopen omdat ze getuige was geweest van haar moeders ongeluk.

De week daarna werd Greta, die nog steeds in coma lag, overgeplaatst naar Addenbrooke's Hospital. David kreeg te horen dat hij de artsen het beste een paar dagen de tijd kon geven om haar te onderzoeken voordat hij erheen ging om haar te zien. Als er nieuws was, zouden ze hem bellen.

Verzwakt door het slaapgebrek en de emotionele belasting die de zorg voor de twee vrouwen van wie hij hield met zich meebracht, ging hij voor het eerst in dagen naar huis en sliep vierentwintig uur achter elkaar door. Toen hij, verkwikt, terugkwam om Cheska te zien, riep haar specialist hem bij zich in zijn spreekkamer.

'Gaat u zitten, meneer Marchmont.'

'Dank u.'

'Ik wil het met u over Cheska hebben. Toen ze hier werd opgenomen, gingen we ervan uit dat de schrik die veroorzaakt was door het ongeluk van haar moeder, wel zou wegebben en dat ze daardoor zou opknappen. Tot nu toe is dat helaas niet het geval. Als medische afdeling zijn we niet op dit soort gevallen ingesteld. Ik heb haar door onze psychiater laten onderzoeken en hij is van mening dat ze naar een psychiatrische afdeling overgeplaatst moet worden. Zeker gezien de omstandigheden.'

'Welke omstandigheden bedoelt u?'

'Cheska is ruim twee maanden zwanger.'

'Goeie god!' David kreunde en vroeg zich af hoeveel klappen hij nog kon opvangen.

'Ik dacht al dat u er niet van op de hoogte was. Strikt genomen schend ik de vertrouwensband met mijn patiënt door u in te lichten, maar aangezien Cheska dat zelf niet kan en haar moeder er ook niet toe in staat is, beschouw ik u als haar naaste familie. Het leek me belangrijk dat u van alle details op de hoogte was.'

'Natuurlijk,' reageerde hij zwakjes.

'Omdat Cheska een beroemdheid is, stel ik een discrete privékliniek voor.'

'Is zo'n opname echt nodig?'

'Momenteel zal Cheska er waarschijnlijk geen blijk van geven als het niet goed met haar gaat. Daarom moet ze tijdens haar zwangerschap onder strenge medische controle worden gehouden.'

'Ik begrijp het.'

'Laat me maar weten naar welk deel van het land u haar het liefst wilt sturen, dan vraag ik onze psychiater contact op te nemen met instellingen die in aanmerking komen.'

'Dank u.' David liep langzaam de hal door, terug naar Cheska.

Die zat in haar stoel uit het raam te staren.

Hij ging voor haar op zijn knieën zitten en pakte haar handen beet. 'Cheska, had nou maar tegen me gezegd dat je een kindje krijgt.'

Geen reactie.

'Een kindje van Bobby,' zei hij in een opwelling.

Ze draaide haar hoofd iets naar hem toe en glimlachte opeens. 'Een kindje van Bobby,' herhaalde ze.

Hij legde zijn hoofd in zijn handen en begon te huilen.

'Is Leon er?' vroeg David aan de receptioniste, terwijl hij doelbewust op de dichte deur van het kantoor af stevende.

'Ja, maar...'

Toen David zonder aan te kloppen naar binnen liep, legde Leon de telefoon neer. 'Hallo, David. Vrolijk kerstfeest! Hoe gaat het met Greta en Cheska?'

David liep naar hem toe en leunde met zijn handen op het bureau, waarbij hij zich zo lang en zo breed mogelijk maakte. 'Iets beter, maar dat is niet aan jou te danken. Wist jij dat Cheska een affaire had met Bobby Cross? Waarom heb je haar dan niet gewaarschuwd dat hij getrouwd is?'

Leon dook op zijn stoel in elkaar. Normaal gesproken was David heel zachtaardig, maar nu kwam hij echt dreigend over. 'Ik... Ik...'

'Dus je wist ervan?'

'Ja, ik had wel een vaag vermoeden dat er iets tussen die twee speelde.'

'Kom nou toch, Leon! Volgens Greta heb je haar gebeld om te zeggen dat Cheska een weekend in Brighton moest blijven. Later heeft Cheska aan haar moeder opgebiecht dat er dat weekend geen opnames waren. Je hebt voor haar gelogen, Leon. Waarom in vredesnaam? Uitgerekend jij zou toch moeten weten hoe Bobby in elkaar zit!'

'Oké, oké! Ga alsjeblieft zitten, David. Je lijkt zo wel een gangster.'

David bleef staan en sloeg zijn armen over elkaar. 'Ik wil weten waarom je het gedaan hebt.'

'Hoor eens, ik zweer dat ik niets gedaan heb om die relatie aan te moedigen, al weet ik dat Charles Day dat wel wilde, in het belang van de film. Cheska had moeite met de overstap naar volwassen rollen en Charles dacht dat het geen kwaad kon als ze een beetje romantiek beleefde met haar tegenspeler. Dat ze daar misschien wat volwassener van zou worden. Haar acteerprestaties gingen ook met sprongen vooruit. Je zou het ruwe materiaal eens moeten zien. Cheska is fantastisch!'

Vol walging staarde David hem aan. 'Dus je wilt zeggen dat je Charles omwille van een paar goede close-ups geholpen hebt een emotioneel onvolwassen tienermeisje, een minderjarig meisje dus, in de armen te drijven van een getrouwde man aan wiens reputatie een nog groter luchtje zit dan aan jouw normen en waarden? In godsnaam, Leon! Ik wist al wel dat zaken bij jou altijd voorgaan, maar ik had niet door dat je zo meedogenloos was!'

Leon wuifde het weg. 'Kom nou toch. Ze hebben een korte flirt gehad, meer niet. Waarschijnlijk is er niet veel meer gebeurd dan een kus en een knuffel. Goed, ze is nog geen zestien, maar wat maken die paar maanden nu uit? Je zit lang genoeg in de showbusiness om te weten dat dit soort dingen aan de lopende band gebeuren. Wat had ik dan moeten doen? Cheska verbieden om Bobby te zien? Dat was al lang aan de gang toen ik in Brighton aankwam. Als je het mij vraagt, kan zoiets helemaal geen kwaad.'

'Geen kwaad?' David schudde radeloos zijn hoofd. 'Hoe kun je zo naïef zijn? Cheska is verliefd geworden op Bobby, om over de rest nog maar te zwijgen.'

'Daar komt ze wel overheen. Iedereen wordt een keer verliefd.'

'Zo eenvoudig is het niet. Het is natuurlijk gissen, maar volgens mij komt het deels doordat haar moeder haar heeft verteld dat Bobby Cross getrouwd is dat Cheska nu in catatonische toestand in het ziekenhuis ligt.'

Leon leunde naar voren. 'Weet je, dat is altijd het probleem geweest met Cheska. Ze is zo beschermd opgevoed dat ze nooit de werkelijkheid onder ogen heeft hoeven zien of zelf beslissingen heeft hoeven nemen...'

'Zo praat je niet over Greta!' David boog zich weer dreigend naar voren. Zijn handen jeukten om Leon bij zijn strot te grijpen en die zelfingenomen grijns van zijn gezicht te vegen.

'Het spijt me, David. Echt waar. Dat was niet netjes van me, gezien de omstandigheden. Ik bedoelde alleen dat Cheska volwassen aan het worden is. Ze zal zelf dingen moeten ervaren en met tegenslagen moeten leren omgaan, net als ieder ander. De afgelopen weken heeft ze het zwaar te verduren gehad, maar ik weet zeker dat ze wel over Bobby heen zal komen.'

'Dat zou haar misschien wel gelukt zijn, ware het niet dat ze zwanger van hem is.'

'Allejezus!'

Nu ging David dan toch zitten.

Er viel een drukkende stilte, terwijl Leon het nieuws eens goed op zich liet inwerken.

'Wat erg, David. Ik... Verdomme! Ik had nooit gedacht...'

‘Daar geloof ik niks van, Leon. Je hebt er gewoon voor gekozen om er verder niet bij stil te staan, omdat dat jou beter uitkwam.’

‘Wil ze het kind houden?’

‘Op dit moment is ze niet in staat om rationele beslissingen te nemen. Over twee dagen wordt ze naar een privékliniek in de buurt van Monmouth overgeplaatst, waar ze in alle rust kan herstellen.’

‘Ik begrijp het. Ik zal aan Charles Day vragen of de studio de kosten van haar behandeling voor zijn rekening kan nemen. Gezien de omstandigheden lijkt me dat nog wel het minste wat ze kunnen doen.’

‘Dat kan me niks schelen. Ik wil dat je contact opneemt met die idioot van een cliënt van je en hem het nieuws vertelt. Je weet toch wel dat het strafbaar is wat hij met mijn nichtje heeft gedaan?’

‘Jezus, David! Zo ver laat je het toch niet komen? Dan gaat niet alleen Cheska’s reputatie eraan, maar ook die van Bobby.’

‘Waar hangt die gluiperd eigenlijk uit?’

‘Ergens in het buitenland. Hij is op vakantie met zijn... vrouw en kinderen.’ Beschaamd sloeg Leon zijn ogen neer. ‘Hij zegt nooit tegen iemand waar hij heen gaat. Zelfs niet tegen mij.’

‘Wanneer komt hij terug?’

‘In de loop van volgende maand. Hij moet nog een album opnemen, voordat hij met de repetities voor zijn seizoen in het Palladium begint.’

‘Je liegt toch niet tegen me?’

‘Allemachtig, David! Vergeet niet dat Cheska ook mijn cliënt is en dat ze me heel wat meer waard is dan Bobby. Om over jou nog maar te zwijgen. Ik zweer dat ik het hem vertel zodra hij terug is. Maar als ik jou was, zou ik er niet te veel van verwachten. Trouwens, zwanger of niet, zonder hem is Cheska beter af. Kan ze dat kind niet laten adopteren?’

‘Meteen weer met je gedachten bij de zaak, hè, Leon?’ beet David hem toe.

‘Hoor eens, ik zweer dat ik zal doen wat ik kan. Ik ben hier net zo van ondersteboven als jij. Hoe gaat het met Greta?’

‘Nog hetzelfde.’ Verdrietig keek David hem aan.

'Wens haar maar het beste van me.'
'Als je maar geen reactie verwacht.'
'Wat zeggen de artsen ervan?'
'Volgens mij interesseert dat je geen barst, dus ik ga er geen woorden meer aan vuilmaken.' Hij stond op. 'Maar ik kan je wel vertellen dat ik je per direct ontsla als mijn impresario.'
Voordat Leon kon reageren, had David het kantoor al verlaten.

De dag voor kerstavond werd Cheska per ambulance overgebracht naar het Medlin Psychiatric Hospital, een paar kilometer buiten Monmouth. David reed er met de auto achteraan en werd bij de receptie opgewacht door LJ. Na een lang telefoongesprek met zijn moeder, die haar zoon wilde steunen waar ze maar kon, had ze beloofd erop toe te zien dat er goed voor Cheska werd gezorgd, terwijl David zich met Greta bezighield.
Het Medlin had net zo goed een hotel kunnen zijn. Het was een mooi gebouw in georgiaanse stijl op een prachtig stuk grond. De ontvangsthal en andere gemeenschappelijke ruimtes deden aan als een chic landhuis. Nadat David en LJ zich ervan hadden verzekerd dat het Cheska aan niets ontbrak, lieten ze haar met een verpleegkundige achter in haar kamer en liepen achter de receptioniste aan naar het kantoor van de chef de clinique.
'Goedemiddag, ik ben John Cox.' De grijsharige man glimlachte hartelijk en schudde hun de hand. 'Ga toch zitten. Ik heb hier Cheska's gegevens uit het ziekenhuis, maar ik zou graag wat meer achtergrondinformatie willen om een beter beeld te krijgen. Hebt u daar bezwaar tegen?'
'Helemaal niet,' antwoordde David met een bemoedigend knikje naar zijn moeder.
'Goed, dan wil ik graag bij het begin beginnen. Waar is ze geboren?'
David gaf zo goed mogelijk antwoord op de vragen, al vond hij het pijnlijk om het verleden op te rakelen.
'Dus ze is op haar vierde als actrice aan de slag gegaan?' wilde dokter Cox weten.

'Ja. Dat heb ik persoonlijk nooit een goed idee gevonden,' merkte LJ op.

'Heel begrijpelijk. Het levert veel druk op voor iemand die nog zo jong is. Vertel eens, heeft ze voor zover jullie weten weleens vaker problemen van deze aard gehad?'

LJ beet op haar lip. 'Nou, er was wel iets...' Ze aarzelde toen ze de vragende uitdrukking op Davids gezicht zag, maar vond dat ze nu moest doorzetten. 'Het gebeurde toen Cheska bij mij op Marchmont logeerde, toen ze nog heel jong was. Op een avond trof ik haar aan in de oude kinderkamer en was ze een teddybeer aan het verminken.'

'Kom nou toch, ma,' bemoeide David zich ermee. 'Overdrijf je nu niet een beetje? Je hebt hier nooit eerder iets over gezegd. Alle kinderen gaan toch weleens hardhandig om met hun speelgoed?'

'Je had haar gezicht moeten zien, David,' zei ze zacht. 'Het was bijna... maniakaal.'

De psychiater knikte en maakte een aantekening. 'Uit het ziekenhuisdossier begrijp ik dat Cheska getuige is geweest van het ongeluk van haar moeder?'

'Ja, dat denken we, althans,' antwoordde David. 'Zo niet, dan is ze op zijn minst vlak na het ongeluk naar buiten gekomen.'

'Ik begrijp het. Herinnert ze zich verder nog iets van die avond?'

'Ik zou het echt niet weten,' zei David. 'De eerste dagen na het ongeluk heeft ze geen woord gezegd. Sinds ze weer praat, is ze er nog niet over begonnen. Zelf durven we dat ook niet goed, omdat we haar niet van streek willen maken. Haar moeder ligt nog steeds in coma.'

'Vaak is het het beste om eerlijk te zijn tegen patiënten als Cheska. Als haar moeder ter sprake komt, hoeft u dat onderwerp niet uit de weg te gaan. Alles binnen het redelijke, uiteraard.'

David en LJ knikten.

'Is er verder nog iets waarvan u denkt dat het van nut kan zijn?'

'Tja, u zult al wel weten dat ze zwanger is. En heel erg verliefd op de vader van haar ongeboren kindje. Jammer genoeg ziet het er niet naar uit dat hij zijn verantwoordelijkheid zal nemen,' zei David.

'Arme Cheska. Geen wonder dat ze het moeilijk heeft. Heel erg bedankt voor de informatie, meneer en mevrouw Marchmont. Vanaf nu krijgt Cheska elke dag een uur therapie. Ik moet inschatten hoeveel grip ze heeft op de werkelijkheid. Zou ze bijvoorbeeld onder ogen zien dat ze zwanger is?'

'Absoluut.'

'Dat is al een stap in de goede richting. Laat het maar aan mij over, dan zien we wel hoe het gaat.'

'Waar ga je naartoe? Je laat me hier toch niet achter?' Cheska keek David verschrikt aan toen hij haar een kus op haar wang gaf.

John Cox stond op een discrete afstand achter David om hun omgang met elkaar te observeren.

'De dokters willen dat je hier blijft, zodat ze jou en de baby in de gaten kunnen houden,' zei David rustig. 'Het is maar tijdelijk, dat beloof ik.'

'Maar ik wil met jou mee naar huis. Het is Kerstmis, oom David!' De tranen sprongen haar in de ogen. 'Laat me alsjeblieft niet alleen.'

'Stil nu maar. Er is niets om je zorgen over te maken. LJ komt elke dag bij je op bezoek. En ik kom ook, wanneer ik maar kan.'

'Beloofd?'

'Beloofd, liefje.' Hij aarzelde en vroeg zich af of het wel verstandig was wat hij nu wilde zeggen. 'Cheska, voordat ik ga... Als je me iets wilt vragen over je moeder, dan...' Halverwege zijn zin hield hij op, want hij zag dat ze niet eens met haar ogen knipperde toen hij over Greta begon. Ze staarde hem alleen wezenloos aan en draaide zich vervolgens om om uit het raam te kijken. 'Tot ziens dan maar, liefje. Ik zie je snel weer.'

'Tot ziens, oom David,' zei ze over haar schouder.

Hij liep de kamer uit, op de voet gevolgd door dokter Cox.

'Maakt u zich maar geen zorgen, meneer Marchmont. Ik begrijp dat dat gesprek voor u misschien verontrustend was, maar voor mij is het juist hoopgevend. Het feit dat ze in staat is om emoties te uiten, zoals verdriet omdat u weggaat, is een stap in de goede richting.'

'Het voelt niet goed om haar hier achter te laten.'

'Daar hoeft u niet over in te zitten. Ze is hier vast heel snel gewend. Ze is in goede handen, daar kunt u op vertrouwen. Gaat u maar naar huis en probeer wat te ontspannen tijdens de kerstdagen, dan spreken we elkaar daarna weer.'

Het was al avond toen David en LJ op Marchmont aankwamen. Volkomen uitgeput, zowel emotioneel als fysiek, had hij ermee ingestemd om kerst bij haar te vieren.

'Ga zitten, dan schenk ik een stevige borrel in.'

Hij keek toe, terwijl ze voor hen allebei whisky inschonk.

'Alsjeblieft.' Nadat ze hem het glas in zijn hand had gedrukt, ging ze het vuur oppoken.

'Proost, en vrolijk kerstfeest. Je ziet er fantastisch uit, zoals altijd, ma. Jonger dan ik, op dit moment,' zei hij gekscherend.

'Deze plek houdt me op de been. Ik heb het zo druk dat ik geen tijd heb om oud te worden.'

'Weet je zeker dat je de bezoekjes aan Cheska er wel bij kunt hebben?'

'Natuurlijk, lieve schat. Trouwens, Mary heeft beloofd om ook te gaan.'

'Hoe moet het nu toch als ze over een paar maanden bevalt en voor een kleintje moet zorgen dat in alle opzichten van haar afhankelijk is? Ze is niet eens in staat om voor zichzelf te zorgen, laat staan dat ze de verantwoordelijkheid voor een kind aankan. En nu Greta er zo aan toe is...'

'Ja, dat baart me ook zorgen. Maar wat valt eraan te doen, behalve bidden dat ze weer beter wordt? Ze heeft nog best een tijd te gaan.'

'Ze lijkt wel een spook. Zo bleek, en dan die vreselijke glazige blik. Ze is zo kwetsbaar, ma. Bovendien heeft ze het nog niet één keer over Greta gehad. Ze reageerde niet eens toen ik daarnet over haar moeder begon.'

'Zoals ik vanmiddag al tegen die psychiater zei, vraag ik me af of ze misschien meer psychische problemen heeft en niet alleen geschrokken is van Greta's ongeluk.'

'Dat lijkt me sterk. Cheska is altijd heel stabiel geweest. Ze heeft zich jarenlang staande gehouden in de schijnwerpers, terwijl andere, veel volwassener mensen onder de druk bezwijken.'

'Misschien wel, maar zou dat niet deels het probleem zijn? Ik bedoel, wat weet ze nou van het echte leven af? Het is niet niets om op zo'n jonge leeftijd al zo beroemd te zijn. Je weet dat ik het er nooit mee eens ben geweest dat ze in al die films speelde. Als je het mij vraagt, heeft ze helemaal geen kind kunnen zijn.'

'Ja, maar Greta heeft altijd het beste met haar voorgehad,' verdedigde David haar zoals gewoonlijk.

'Hoe zit het met de vader van de baby? Die Bobby Cross?'

'Op de avond van het ongeluk wilde Greta aan Cheska vertellen dat hij getrouwd is. Of ze dat wel of niet gedaan heeft, weet alleen Cheska momenteel. Leon neemt contact met hem op zodra hij weer in het land is, maar eerlijk gezegd denk ik niet dat dat veel zin heeft. John Cox zal er ook wel met haar over beginnen. Misschien komen we dan meer te weten.'

'Wat zijn je plannen voor de komende dagen?'

'Op tweede kerstdag vertrek ik naar Cambridge, om Greta op te zoeken.' Hij haalde zijn schouders op. 'Haar specialist heeft laten weten dat ze niets hebben kunnen vinden tijdens de onderzoeken die ze hebben gedaan.'

'Dus haar toestand is nog onveranderd?'

'Kennelijk wel.'

'Zou je dan wel gaan? Ik wil niet harteloos overkomen, maar die arme vrouw ligt in coma. In Addenbrooke's is ze in goede handen en in deze toestand kan ze heus wel een paar dagen extra zonder jou. Je moet even afstand nemen, jongen. Dit is te veel voor je.'

'Nee, ma,' zei hij zacht. 'Ik moet nu bij de vrouw zijn van wie ik hou.'

32

'Zo, Cheska, hoe voel je je vandaag?' Van achter zijn bureau lachte John Cox haar toe.

'Prima,' antwoordde ze.

'Dat is mooi. Kun je je draai hier een beetje vinden?'

'Jawel, maar ik zou liever naar huis gaan.'

'Naar Marchmont?'

'Ja.'

'Dus je beschouwt Marchmont als thuis? Niet het appartement in Londen waar je met je moeder woonde?'

Zonder iets te zeggen staarde ze naar een beeldje op een plank.

'Wil je me misschien iets over je moeder vertellen, Cheska?'

'Ik heb weleens in een film gespeeld waarin een psychiater voorkwam.'

'Echt?'

'Ja. Hij probeerde mensen wijs te maken dat zijn broer krankzinnig was, zodat ze hem zouden opsluiten en hij al zijn geld kon inpikken.'

'Die films zijn niet echt, Cheska. Het zijn maar verzinsels. Niemand zegt dat jij krankzinnig bent. Ik probeer je gewoon te helpen.'

'Dat zei de psychiater in die film ook.'

'Laten we het dan eens over de baby hebben. Je weet toch wel dat je in verwachting bent?'

'Natuurlijk weet ik dat!' beet ze hem toe.

'Wat vind je daarvan?'

'Ik ben er heel blij mee.'

'Weet je dat zeker?'

'Ja.' Ze ging nerveus verzitten en keek uit het raam.

'Dan weet je dus ook dat je heel goed voor jezelf moet zorgen.

Geen maaltijden overslaan. Je kindje heeft jou nodig om goed te kunnen groeien.'

'Ja.'

'Hoe vind je het dat je dit kindje alleen moet krijgen, zonder de vader?' vroeg hij voorzichtig.

'Mijn kindje heeft wél een vader,' reageerde ze zelfverzekerd. 'Zodra hij terug is uit Frankrijk, gaan we trouwen.'

'Aha. Hoe heet je, eh... vriendje?'

'Bobby Cross. Hij is een beroemde zanger.'

'Wat vond je moeder van jullie trouwplannen?'

Weer negeerde ze de vraag.

'Volgens mij is het zo wel genoeg geweest voor vandaag. Morgen zie ik je weer. Trouwens, je krijgt vanmiddag bezoek van je oom.'

Op haar gezicht verscheen een oprechte glimlach. 'O, wat heerlijk. Komt hij me ophalen om naar Marchmont te gaan?'

'Vandaag nog niet. Maar binnenkort wel, dat beloof ik.'

Hij drukte op een knop op zijn bureau, waarna er een verpleegkundige in de deuropening verscheen.

Cheska stond op. 'Tot ziens,' zei ze, en ze liep achter de verpleegster aan de kamer uit.

Later die middag werd David meegetroond naar de spreekkamer van John Cox.

'Hoe gaat het met haar?'

'Zoals ik ook al tegen uw moeder heb gezegd, gaat het volgens mij al stukken beter. In elk geval reageert ze veel meer dan twee weken geleden. Ze lijkt meer oog te hebben voor haar omgeving. Maar ze weigert nog steeds over haar moeder te praten. Het is lastig te peilen of ze denkt dat Greta nog leeft of dood is. Ligt ze nog in coma?'

'Ja, er is nog geen verandering merkbaar.'

'Dit is vast heel moeilijk voor u, meneer Marchmont.'

'Het gaat wel,' reageerde David snel, voordat de psychiater hem ook nog onder de loep zou nemen. 'Gezien de omstandigheden is het misschien beter om er bij Cheska niet verder op aan te dringen om over haar moeder te praten. Zelfs al geeft ze toe dat ze zich het ongeluk nog kan herinneren, dan denk ik niet dat ze ervan opknapt om Greta aan de beademing te zien liggen.'

'Op dit moment lijkt mij dat ook beter,' zei dokter Cox met een zucht. 'Cheska zei vanmorgen nog tegen me dat ze met Bobby Cross gaat trouwen zodra hij terug is uit Frankrijk.'

'Dat zou kunnen betekenen dat Greta haar toch nog niet had ingelicht over Bobby.'

'Wie zal het zeggen? Ik stel voor dat we haar eerst door de bevalling heen loodsen en daarna verder kijken.'

David klopte op Cheska's deur.

'Kom binnen.'

Hij trof haar in een stoel bij het raam aan. 'Hallo, liefje, hoe gaat het?'

Met een glimlach draaide ze zich naar hem toe. 'Hallo, oom David. Kom je me ophalen om naar huis te gaan?'

Hij liep naar haar toe en gaf haar een kus op haar wang. 'Zo te zien voel je je alweer iets meer de oude. Het is fijn om te zien dat je aangekleed bent.'

'O, het gaat prima. Ik wil alleen weten wanneer ik naar huis mag. Bobby zal zich wel afvragen waar ik ben.' Opeens betrok haar gezicht. 'Weet je, ik heb iets gedroomd. Het was zo naar. Iemand zei tegen me dat Bobby niet meer van me hield, dat hij al getrouwd was en zelf kinderen had en dat hij daarom niet met me kon trouwen. Dat was toch wel een droom, oom David?' Wanhopig keek ze hem aan, op zoek naar bevestiging. 'Bobby houdt toch van me?'

Hij slikte moeizaam en knikte. 'Hoe zou hij nu niet van jou kunnen houden? Kom, geef me eens een knuffel.' Toen hij zijn armen om haar heen sloeg, voelde hij hoe tenger ze was. 'Hé, je wordt mager, jongedame. Je zou nu juist moeten aankomen, niet afvallen.'

'Dat weet ik. Het spijt me. Zeg maar tegen Bobby dat ik voortaan beter op mijn voeding zal letten. Hoe zit het met de bruiloft, oom David? We moeten echt getrouwd zijn voordat de baby komt.'

'Het is hier wel mooi, hè?' Hij liep naar het raam, wanhopig op zoek naar een ander gespreksonderwerp, omdat hij niet wist wat hij moest zeggen. 'De tuinen zijn hier prachtig. Je zou eens een wandeling kunnen maken. De frisse lucht zou jullie allebei goeddoen.'

'Ja, het is wel mooi.' Ze volgde zijn blik. 'Maar er zitten hier wel behoorlijk krankzinnige types tussen. 's Nachts, als ik probeer te slapen, hoor ik allemaal mensen kreunen. Het is verschrikkelijk. Ik zou veel liever op Marchmont zijn.'

'Hoe beter je voor jezelf zorgt en doet wat dokter Cox je aanraadt, hoe sneller ik je mee naar huis kan nemen. Heb je nog iets nodig, zolang je hier bent?'

'Een televisie zou wel fijn zijn. Soms verveel ik me nogal.'

'Ik zal kijken wat ik kan regelen.'

'Dank je. Oom David? Ben ik ziek? Zo voel ik me niet.'

'Nee, je bent niet ziek. Je hebt gewoon een grote schok te verwerken gehad en daardoor ben je een beetje verzwakt, dat is alles.'

Ze werd bleek. 'Ik ben zo in de war. Ik heb allerlei vreselijke nachtmerries en af en toe kan ik me niet meer herinneren wat echt is gebeurd en wat maar een droom was. Soms denk ik echt dat ik gek ben. Dat ben ik toch niet? Zeg alsjeblieft dat ik niet gek ben.' Er blonken tranen in haar ogen.

Hij ging op zijn knieën naast haar zitten en streek zacht over haar wang. 'Natuurlijk ben je niet gek, liefje. Je hebt alleen lange tijd onder grote druk gestaan. Je bent hier om tot rust te komen. Maak je maar nergens druk om en zorg maar goed voor jezelf en de baby. Beloof je dat?'

'Ik zal het proberen. Alleen ben ik soms zo bang. Dan voel ik me zo... alleen.'

'Dat ben je niet, Cheska. Je hebt je kindje, in je buik.' Hij keek op de klok naast haar bed. 'Nu moet ik ervandoor, lieverd. Volgende week kom ik weer op bezoek.'

'Goed. Ik hou van je, oom David.' Ze sloeg haar armen om hem heen. 'Jij vindt me toch geen slecht mens, hè?'

'Nee, Cheska, helemaal niet. Tot snel weer.' Hij drukte een kus op haar blonde haar en liep de kamer uit.

Tijdens de rit terug naar Londen ging hij in gedachten hun gesprek nog eens na. Het stond vast dat het beter met Cheska ging. Bij tijd en wijle had ze zelfs normaal geleken. Maar die fantasie over Bobby maakte hem kotsmisselijk.

Vier uur nadat hij bij Cheska was weggegaan, zat hij aan het bed van haar moeder.

Nadat David weer eens de hele week bij Greta had gewaakt, ging hij naar zijn huis in Hampstead. De winter was overgegaan in het voorjaar en de zomer, maar hij had er amper iets van gemerkt. Het ongeluk was nu bijna een half jaar geleden en de situatie was nog steeds hetzelfde. Op werkgebied had hij zijn meeste verplichtingen afgezegd. Hij presenteerde alleen nog zijn radioprogramma op vrijdagavond, zodat hij de rest van de week bij Greta kon zijn. De artsen in Addenbrooke's stonden versteld, omdat er uit de hersenscans en andere onderzoeken geen blijvend hersenletsel naar voren kwam. Ze konden hem alleen maar aanraden om zo vaak mogelijk tegen Greta te praten en haar voor te lezen, in de hoop dat dat een reactie zou uitlokken. Dat had hij met alle liefde gedaan, maar tot nu toe zonder resultaat.

Toen hij binnenkwam, ging de telefoon. Hij rende ernaartoe om op te nemen. 'Hallo?'

'David, met Leon. Hoe gaat het met Cheska?'

'Beter, maar dat heeft ze niet aan jou te danken,' antwoordde hij koeltjes.

'En met Greta?'

'Nog hetzelfde. Wat wil je precies, Leon? Je bent mijn impresario niet meer en als Cheska niet zo uit haar doen was, had ik haar allang aangeraden om je de laan uit te sturen.'

'Kunnen we het verleden niet achter ons laten? Ik dacht dat je wel zou willen weten dat ik Bobby gesproken heb en dat hij oprecht geschokt klonk. Hij gaf toe dat hij een korte flirt met Cheska heeft gehad, maar niet intiem genoeg om een kind te verwekken. Hij houdt bij hoog en laag vol dat hij de vader niet kan zijn en dat hij geen idee had hoe jong ze eigenlijk was.'

'Geloof je dat?'

'Ben jij gek! Maar wat moet ik eraan doen? Hij doet gewoon alsof zijn neus bloedt.'

David klemde zijn kiezen op elkaar. 'Als ik die klootzak ooit nog eens tegenkom, rijg ik zijn ballen aan een stokje, dat kan ik je wel vertellen! Heb je hem gevraagd bij Cheska op bezoek te gaan?'

'Ja, maar dat wil hij niet. Hij denkt dat het daar alleen nog maar erger van wordt. Volgens hem heeft ze alles uit zijn verband gerukt en hebben ze alleen een korte romance gehad, zonder beloftes.'

'Ik had niet anders verwacht, maar toch schrik ik ervan dat hij zo glashard liegt.'

'Die man heeft geen geweten, nooit gehad ook. Hoor eens, ik wil nog iets met je bespreken. Ik heb Charles Day gesproken. Hij vroeg of Cheska zich goed genoeg voelt om de première van *Please, Sir, I Love You* bij te wonen.'

'Wat heb je gezegd?'

'Dat dat me sterk leek. Zonder in detail te treden over haar situatie, natuurlijk. Charles denkt dat ze is ingestort door de schrik van het ongeluk van haar moeder. Van de baby weet hij niets.'

'Cheska is niet in staat om ergens naartoe te gaan. Bovendien neem ik aan dat Bobby Cross ook naar de première komt. Hoe haal je het in je hoofd, Leon?'

'Oké, rustig maar. Ik zeg wel tegen Charles dat ze zich niet goed genoeg voelt om te komen en dat hij tegen de kranten moet zeggen dat ze een zware griep onder de leden heeft. Wel jammer, hoor. Ze denken dat de film een enorm succes zal worden, aan beide kanten van de grote plas.'

'Dat is zeker jammer, Leon. Maar als bepaalde mensen Cheska niet zo hadden gemanipuleerd, had het niet zover hoeven komen.'

'Dat weet ik. Wat kan ik er nog meer over zeggen? Het spijt me echt.'

‘De volgende keer dat je Bobby ziet, zeg je maar dat hij beter bij me uit de buurt kan blijven. Ik sta niet voor mezelf in.’

Toen David de hoorn op de haak gooide, wist hij dat hij fysiek, mentaal en emotioneel aan het eind van zijn Latijn was. Het was moeilijk om optimistisch te blijven nu hij dag in, dag uit aan Greta’s bed zat en op aanraden van de artsen probeerde haar geheugen aan de praat te krijgen, zonder resultaat.

Hij begon de moed te verliezen.

33

Voor Cheska kropen de maanden voorbij. Op sommige dagen werd ze vol energie wakker bij de gedachte aan Bobby en de baby, op andere dagen zonk ze weg in een afgrond van somberheid. LJ kwam bijna dagelijks bij haar op bezoek, maar wilde vooral praten over het weer en de lammetjes die op de boerderij waren geboren, terwijl Cheska het alleen over Bobby wilde hebben. Zo nu en dan kwam oom David ook. Dan vroeg ze hem waarom ze niet weg mocht uit Medlin, want ze wist dat het een gesticht was voor krankzinnige mensen. Ze had weleens geprobeerd een praatje aan te knopen met de andere patiënten in de eetzaal, maar die gaven ofwel geen antwoord of bleven steeds maar hetzelfde zeggen.

David had beloofd dat hij haar mee naar huis zou nemen zodra de baby was geboren, en ze troostte zich met de gedachte dat dat niet lang meer zou duren. Ze schreef lange brieven aan Bobby en gaf die aan David mee om op de post te doen wanneer hij langskwam. Hij schreef nooit terug, maar ze wist dat hij het druk had en probeerde daar begrip voor op te brengen. Als ze eenmaal getrouwd waren, zou ze er ook aan moeten wennen dat hij regelmatig weg was.

Soms had ze 's nachts weer last van haar oude nachtmerries. Dan werd ze snikkend wakker en kwam er een verpleegster binnen om haar te troosten en een kop warme chocolademelk en een slaappil te geven.

Af en toe kwamen er fragmenten bij haar boven van iets verschrikkelijks wat ze had gedaan, maar die gedachten sloot ze buiten. Die zouden wel bij de nachtmerries horen.

In de laatste maand van haar zwangerschap was Cheska aan haar bed gekluisterd. Haar bloeddruk was gestegen en dokter Cox had haar strikte bedrust voorgeschreven. 's Avonds keek ze meestal naar de televisie die oom David voor haar had meegenomen.

Op een zondagavond zat ze in bed naar het journaal te kijken.

'Dan schakelen we nu over naar Minnie Rogers op Leicester Square, die vanaf de rode loper verslag uitbrengt van de première van *Please, Sir, I Love You.*'

Cheska sprong uit bed en zette het geluid harder.

'Hallo, allemaal.' De verslaggeefster glimlachte in de camera. Achter haar zag Cheska een menigte staan wachten achter dranghekken, net zoals ze zo vaak op haar eigen premières had gezien. 'Het wachten is nog op Bobby Cross, de hoofdrolspeler. Cheska Hammond, die de rol van Ava vertolkt, ligt in bed met de griep en kan er vanavond niet bij zijn. O!' Met een opgewonden uitdrukking op haar gezicht draaide de verslaggeefster zich om. 'Daar zul je hem hebben.'

Er stopte een grote zwarte limousine voor de bioscoop. Bobby stapte uit en glimlachte en zwaaide naar de gillende fans die dichter bij hem probeerden te komen. De tranen sprongen Cheska in de ogen en ze legde haar hand tegen het scherm om zijn gezicht te strelen.

Bobby stak zijn hand weer naar binnen in de auto. Het volgende moment stapte er een beeldschone, slanke blondine in een met lovertjes bezaaid mini-jurkje uit. Hij sloeg zijn arm om haar middel en drukte een kus op haar wang, waarna ze in de richting van de ingang liepen en onderweg bleven poseren voor de camera's.

'Bobby's fans zijn door het dolle heen! Hij is populairder dan ooit en speelt momenteel voor uitverkochte zalen in het Palladium,' vertelde de verslaggeefster ademloos. 'Vanavond is hij hier met Kelly Bright, het beroemdste model van Groot-Brittannië. Op dit moment gaan Bobby en Kelly naar binnen om zich bij de rest van de cast te voegen. Vanaf morgen draait de film in alle bioscopen, dus gaat dat zien! Terug naar de studio, Mike!'

Ergens diep vanbinnen steeg er bij Cheska een laag, dierlijk gegrom op. Ze haalde haar nagels meermaals over haar gezicht en begon haar hoofd te schudden. 'Nee... nee... nee! Hij is van mij... van mij... hij is van mij!' Ze begon steeds harder te schreeuwen.

Toevallig liep er net een verpleegster voorbij, die de commotie hoorde en de kamer in snelde. 'Wat is hier...'

Cheska was inmiddels met haar vuisten op het televisiescherm aan het beuken.

'Hou op, Cheska!'

Maar het meisje sloeg geen acht op haar en begon steeds harder te slaan.

De verpleegster probeerde haar weg te trekken. 'Kom, dan stop ik je weer in bed. Denk om de baby, Cheska. Alsjeblieft!'

Cheska zakte in elkaar. De verpleegster knielde naast haar, controleerde haar pols en zag opeens dat er zich een plas op de vloer vormde. Ze sprong op en drukte op de noodknop.

'Alsjeblieft, God, alsjeblieft,' prevelde David terwijl hij de parkeerplaats van het ziekenhuis op reed.

Op de kraamafdeling werd hij opgevangen door John Cox.

'Is alles... Is Cheska...' Hij kreeg de woorden niet uit zijn mond.

'Het gaat prima. Zodra de weeën begonnen, hebben we haar hierheen gebracht. Ongeveer een uur geleden heeft ze een meisje van iets meer dan vijf pond op de wereld gezet. Zowel moeder als kind maakt het goed.'

'Godzijdank.' Davids stem sloeg over van de spanning, na de vier uur durende dollemansrit vanuit Cambridge.

'Uw moeder is bij Cheska. Die wordt nu opgefrist, maar wilt u misschien haar kleintje even zien?'

'Heel graag.' Hij liep achter dokter Cox aan door een gang naar de kraamafdeling.

Toen ze binnenkwamen, stond er een verpleegster op, die naar hen glimlachte.

'We komen voor baby Hammond,' kondigde de dokter aan.

'Eigenlijk heet ze Marchmont, dokter,' corrigeerde David hem met een brok in zijn keel. Wat de omstandigheden ook mochten zijn en hoe ingewikkeld zijn familieband met dit kind ook was, er was zojuist een nieuw leventje op de wereld gekomen dat zijn achternaam droeg.

'Prima.' De verpleegster liep naar een wiegje, tilde er een piepklein bundeltje uit en gaf het voorzichtig aan David.

Hij keek naar het verfrommelde minigezichtje. De baby deed haar ogen open en staarde hem aan. 'Wat kijkt ze al wijs.'

'Ja, ze is een sterke meid,' merkte de zuster op.

Met betraande ogen drukte hij een kus op de wang van de baby. 'Ik hoop het voor haar,' mompelde hij.

34

Zes weken na de geboorte van Cheska's baby riep John Cox David tijdens zijn tweewekelijkse bezoek bij zich in zijn spreekkamer.

'Ik denk dat Cheska eraan toe is om naar huis te gaan.'

'Wat een heerlijk nieuws!'

'De bevalling lijkt haar in geestelijk opzicht goed te hebben gedaan. Sindsdien is ze met sprongen vooruitgegaan en komt ze helder en ontspannen over. Ze gaat goed met de baby om. Gisteren is de gynaecoloog geweest en hij heeft haar lichamelijk gezond verklaard. Het zou voor hen allebei natuurlijk veel beter zijn als Cheska in een natuurlijkere omgeving dan een psychiatrisch ziekenhuis zou wonen tijdens haar eerste schreden op haar pad als moeder.'

'Absoluut. Denkt u dat ze het mentaal aankan?'

'Ik kan alleen zeggen dat ze enorm vooruit is gegaan. Over haar moeder weigert ze nog steeds te praten, maar zelfs als we haar hier haar hele leven houden, is dat geen garantie dat ze ooit zal gaan praten over wat er die avond is gebeurd. Het goede nieuws is dat ze het sinds de bevalling niet meer over Bobby Cross heeft gehad. Dat lijkt me een goed teken. Natuurlijk heeft ze nog veel ondersteuning nodig, maar ik denk dat de zorg voor haar dochter haar een nieuw doel heeft gegeven. Nu heeft ze behalve zichzelf nog iemand om zich om te bekommeren.'

'Dat klinkt goed. Ik hoop dat u gelijk hebt.'

'De tijd zal het leren, maar het lijkt me het beste om te kijken hoe ze thuis vooruitgaat. Als er problemen zijn, weet u ons te vinden.' De dokter stond op. 'Zullen we Cheska het goede nieuws dan maar gaan vertellen?'

Cheska zat in haar kamer de baby een fles te geven en glimlachte toen David en dokter Cox binnenkwamen.

'Hallo, Cheska, hoe gaat het met jou en de baby? Jullie zien er goed uit,' zei David, die hen allebei stralend aankeek.

'Het gaat goed. O, en we hoeven haar geen "baby" meer te noemen, want ik heb eindelijk een naam uitgekozen. Ik wil haar Ava noemen, naar mijn personage in *Please, Sir, I Love You*. Dat past wel bij haar, vind je niet?'

'Het is een prachtige naam,' vond David. 'Ik heb goed nieuws voor je. Dokter Cox heeft gezegd dat ik jou en Ava mee naar huis mag nemen.'

'O, wat fijn! Ik kan niet wachten om haar Marchmont te laten zien.'

'Ik zal een verpleegster roepen om je te helpen met inpakken,' zei de dokter. 'Kom over een uur maar naar mijn spreekkamer, dan maken we de ontslagpapieren in orde.'

LJ stond in de kinderkamer op Marchmont. Na het telefoontje van David was ze meteen met Mary aan de slag gegaan om er iets gezelligs van te maken.

'Nou, alles staat hier klaar. Wat zal het heerlijk zijn, hè, om hier weer een baby te hebben?' zei ze tegen Mary, die het bedje aan het verschonen was.

'Zeker, mevrouw Marchmont.'

Twintig minuten later, toen de zon al onderging, zag LJ Davids auto aan komen rijden. 'Ze zijn er!' Verrukt klapte ze in haar handen. 'Ik ga naar beneden om ze te begroeten.' Ze vloog de trap af en haastte zich naar buiten. 'Welkom thuis, schatten. Ik ben zo blij dat jullie er zijn,' zei ze hartelijk, terwijl ze Cheska en de baby hielp met uitstappen.

'Ik ben ook heel blij om terug te zijn, tante LJ. Hier, wil je haar vasthouden?' Ze gaf het bundeltje aan LJ.

Die koerde tegen de baby en droeg haar naar binnen. 'Ze is nog mooier dan de vorige keer dat ik haar zag. Volgens mij heeft ze jouw ogen, Cheska. Weet je al hoe je haar gaat noemen?' Ze liepen de salon in.

'Ava.'

'Wat mooi, net als mijn favoriete filmster. Ik vond Ava Gardner geweldig in *The Angel Wore Red*.' Ze ging in een fauteuil zitten en hield de baby dicht tegen zich aan.

Het kleine gezichtje betrok en Ava zette een keel op.

'Ze heeft honger,' zei Cheska.

'Mary heeft al een paar flesjes klaargemaakt en in de koelkast gezet. Zullen we naar de kinderkamer gaan? Dan laat ik haar een flesje opwarmen en naar boven brengen.'

LJ keek naar Cheska, die in de kinderkamer haar baby de fles zat te geven. Ze was onder de indruk van het zelfvertrouwen waarmee ze met haar dochter omging, ook al was ze zelf in wezen nog een kind.

Nadat Ava was verschoond, legde Cheska haar in het bedje. 'Ziezo, die slaapt wel tot middernacht. Dat doet ze meestal.'

'Ga jij dan lekker naar bed,' stelde LJ voor. 'Ik blijf wel bij haar voor de late voeding. Je zult wel uitgeput zijn.'

'Ik ben inderdaad wel een beetje moe. Bedankt dat je me wilt helpen.'

'Van nu af aan moet je me van haar af slaan. Ik ben dol op baby's,' zei LJ grinnikend.

'Toen ik klein was, was ik bang voor deze kamer.' Cheska keek om zich heen.

'Hoe kwam dat?'

'Geen idee. Welterusten, LJ, bedankt voor alles.' Cheska gaf haar een kus op haar wang en liep de kamer uit.

De volgende ochtend liet Cheska de baby aan LJ en Mary over en ging ze zelf een lange wandeling maken. Ze fleurde helemaal op van de pure schoonheid van het landgoed. Het huis koesterde zich tegen de heuvels in de zon, de brede terrassen stonden vol met dieprode geraniums in potten. Het aangrenzende bos was een groene wildernis die over de rand van de vallei leek te tuimelen.

Ze was net op tijd terug voor de lunch en ging bij LJ en David op het terras zitten. 'Wat heerlijk dat Mary weer voor me kookt, na al dat smerige eten dat ik in Medlin kreeg,' zei ze tegen David.

'Ik vind je nog steeds te mager, fach.' Mary zette haar een bord vol mals lamsvlees en zachte nieuwe aardappeltjes voor. 'Je hebt behoefte aan frisse lucht, om weer wat kleur op je wangen te krijgen. Dat zei ik ook al tegen je moeder toen die hier voor het eerst kwam.'

LJ wierp haar een waarschuwende blik toe, maar Cheska leek er geen acht op te slaan dat Greta ter sprake kwam.

'Binnenkort wil ik toch echt terug naar Londen. Al mijn spullen staan daar nog, en ik wil ze graag ophalen.'

David keek naar zijn moeder om aan te geven dat ze op haar woorden moest letten.

'Zo mag ik het horen,' zei LJ. 'Zal ik dan een paar dagen op de kleine passen?'

'Als je het niet erg vindt. Ik heb besloten hier voorlopig met Ava te komen wonen, als dat mag. Ik ga tegen Leon zeggen dat ik me op de opvoeding van mijn kleine meid ga richten.'

'Zo, zo.' LJ keek triomfantelijk naar haar zoon. 'Natuurlijk mag dat. Je zou me geen groter plezier kunnen doen.'

'Maandag moet ik ook terug naar Londen, Cheska. Als je wilt, kun je wel met mij meerijden.' David vroeg zich af waarom hij zich daar zo ongemakkelijk bij voelde.

'Dank je, dat zou heel fijn zijn.'

Die middag belde David dokter Cox om hem over de plannen in te lichten.

'Zo te horen ziet ze eindelijk de realiteit onder ogen. Dat is geweldig nieuws, meneer Marchmont.'

'Dus ik moet haar laten gaan?'

'Ik zie niet in waarom niet. U gaat toch met haar mee?'

'Ja. Maar wat moet ik zeggen over haar moeder?'

'Is de situatie al veranderd?'

'Nee.'

'Dan zou ik gewoon afwachten tot Cheska erover begint, als ze dat al wil.'

'Ze zal toch wel merken dat Greta niet in hun appartement is? Moet ik dan eerlijk tegen haar zijn?'

'Wel als ze vraagt waar ze is. Het lijkt me wel beter als u haar daar 's nachts niet alleen laat.'

'Natuurlijk. Ik blijf bij haar.'

'Belt u me maar als u advies nodig hebt, maar laat haar het voortouw nemen. Het is belangrijk dat ze hier op haar eigen manier mee omgaat.'

'Goed. Ik hou u op de hoogte.'

De avond voordat Cheska met David naar Londen zou vertrekken, liep ze naar de kinderkamer en deed de deur open. Ze voelde zich nog steeds niet op haar gemak in de kamer, maar vanavond hoefde ze geen geesten onder ogen te komen. Er was alleen een baby'tje dat vredig in haar bedje lag te slapen.

Ze streelde de wang van haar dochter. 'Het spijt me dat ik je moet achterlaten, kleintje, maar LJ zal goed voor je zorgen,' fluisterde ze. 'Op een dag kom ik je halen, dat beloof ik. Dag, lieve Ava.' Ze boog zich voorover, gaf de baby een kus op haar voorhoofd en sloop de kamer uit.

Tijdens de rit naar Londen zaten Cheska en David gezellig met elkaar te kletsen.

'Het doet me goed dat het zoveel beter met je gaat, maar je moet in Londen niet te hard van stapel lopen, lieverd,' zei hij.

'Dat weet ik. Ik wil gewoon afscheid nemen van mijn verleden en met Ava een nieuw leven opbouwen op Marchmont.'

'Dat is heel dapper van je. Sinds je moeder bent geworden, ben je een stuk volwassener.'

'Ik moest wel, voor Ava. Oom David, er zijn een paar dingen... Dingen die ik je wil vragen,' zei ze langzaam.

Hij zette zich schrap. 'Brand maar los.'

'Was Owen mijn echte vader?'

Daar schrok hij van. Die vraag had hij niet verwacht, maar de afgelopen maanden waren er al genoeg leugens geweest en ze leek hem sterk genoeg om de waarheid aan te kunnen. 'Nee, dat was hij niet.'

'Ben jij dan mijn vader?'

Hij grinnikte. 'Nee, was dat maar zo.'

'Wie was mijn vader dan?'

'Een Amerikaanse officier. Net na de oorlog werden je moeder en hij verliefd op elkaar, maar hij vertrok naar Amerika en heeft nooit meer iets van zich laten horen. Trek het je alsjeblieft niet te veel aan, Cheska. Er mag dan wel geen bloedband zijn tussen ons, maar LJ en ik beschouwen jou en Ava als familie.'

'Bedankt dat je het me verteld hebt, oom David,' zei ze zacht. 'Ik moest het weten.'

Die middag kwamen ze om vijf uur aan bij het appartement in Mayfair.

'Weet je zeker dat je niet tot morgenochtend wilt wachten? We zouden ook naar mijn huis in Hampstead kunnen rijden en vroeg naar bed kunnen gaan,' zei David toen ze naar de voordeur liepen.

'Nee,' zei Cheska. Ze draaide de sleutel al om in het slot van de voordeur.

David liep achter haar aan naar binnen. 'Ik heb alles zo'n beetje bij het oude gelaten, de werkster is wel zoals gewoonlijk geweest,' zei hij toen ze het licht aandeed en de woonkamer in liep. Het lukte hem niet haar stemming te peilen.

'Wil je iets drinken? Mama had altijd whisky in huis voor als je langskwam.'

'Ja, lekker.' Dit was de eerste keer in al die maanden dat Cheska iets over Greta zei.

Ze liep naar de drankenkast, pakte een glas en schonk de whisky in. 'Alsjeblieft.' Toen ze hem het glas had gegeven, gingen ze samen op de bank zitten. 'Ik zou vannacht graag hier blijven. Blijf je dan bij me?'

'Natuurlijk. Zullen we uit eten gaan? Ik verga van de honger.'

'Eerlijk gezegd heb ik niet zo'n trek.'

'Zal ik dan even brood, ham en kaas halen bij de winkel op de hoek? Dan kunnen we binnen picknicken.'

'Dat lijkt me heerlijk.'

Toen hij weg was, stond ze op en liep langzaam de slaapkamer van haar moeder in. Daar pakte ze de grote, ingelijste foto van haarzelf van het nachtkastje. Ze liep naar de kleerkast en trok de deuren open. De bekende geur van Greta's parfum drong in haar neusgaten. Ze drukte haar gezicht in een zachte bontjas en begon te huilen.

Wat David haar in de auto had verteld, had haar grootste angst bevestigd. De ruzie met haar moeder in het Savoy was dus toch geen droom geweest. Als haar moeder niet had gelogen over haar echte vader, was het waarschijnlijk ook geen leugen dat Bobby getrouwd was.

Na de ruzie was ze achter haar moeder aan het hotel uit gelopen. En toen...

'O god,' jammerde ze. 'Het spijt me zo, mama. Het spijt me zo.'

Ze ging op het bed van haar moeder liggen en begon te hyperventileren. Ze drukte haar vuisten in het kussen en werd overvallen door een vreselijke, onbeheersbare woede.

Het was allemaal Bobby's schuld. Hier zou hij voor moeten boeten.

Toen ze de deurbel hoorde, probeerde ze zichzelf snel weer in bedwang te krijgen en liet haar oom binnen.

Onder het toeziend oog van Cheska maakte David in de keuken de sandwiches klaar, zette de borden op tafel en ging tegenover haar zitten. 'Je zult het wel vreemd vinden om hier weer te zijn,' zei hij, en hij nam een hap.

'Zeg dat wel,' beaamde ze. 'Oom David, mama is dood, hè? Dat kun je me wel vertellen, hoor.'

Hij verslikte zich zowat. Nadat hij erin geslaagd was de hap door te slikken, nam hij een slok van de smerige wijn die hij in de winkel had gekocht en keek haar aan. 'Nee, Cheska, ze is niet dood.'

'Leeft mama nog? Mijn hemel! Ik...' Ze keek om zich heen, alsof Greta elk moment uit de keuken kon komen. 'Waar is ze dan?'

'In het ziekenhuis.'

'Is ze ziek?'

'Ja, ze ligt al een paar maanden in coma. Weet je wat dat is?'

'Zo ongeveer, ja. In een van mijn films viel mijn broer uit een boom, stootte zijn hoofd en lag daarna jarenlang in coma. De regisseur zei dat het net zoiets was als Doornroosje, die honderd jaar bleef slapen.'

'Dat is een heel goede vergelijking,' vond hij. 'Ja, je moeder slaapt, en helaas weet niemand wanneer ze weer wakker wordt.'

'Waar is ze?'

'In Addenbrooke's Hospital in Cambridge. Wil je naar haar toe? Het is maar anderhalf uur rijden.'

'Ik... weet het niet.' Ze keek nerveus.

'Denk er maar eens over na. Ik weet zeker dat de artsen van je moeder heel blij zouden zijn als je kwam. Je weet maar nooit, misschien wordt ze wel wakker als ze jouw stem hoort.'

Opeens moest ze geeuwen. 'Ik ben heel erg moe, oom David. Laat ik maar eens naar bed gaan.' Ze stond op en kuste hem boven op zijn hoofd. 'Slaap lekker.'

'Welterusten, Cheska.'

David dronk zijn wijnglas leeg en stond op om de borden af te ruimen. Morgen zou hij dokter Cox bellen, zeggen wat er vanavond was gebeurd en hem om raad vragen. Dit was zonder enige twijfel een doorbraak. Niet alleen voor Cheska, maar misschien ook voor zijn lieve Greta.

Die nacht kroop hij met hernieuwde hoop in het logeerbed.

De volgende ochtend ging David om tien uur Cheska's kamer binnen en maakte haar voorzichtig wakker.

'Hoe heb je geslapen?'

'Heel goed. Ik zal wel moe zijn geweest van de rit.'

'En omdat je zes weken geleden een kindje hebt gekregen. Ik heb thee en geroosterd brood voor je klaargemaakt. Eet alles maar op, want gisteravond heb je je sandwich niet eens aangeraakt.' Hij zette een dienblad bij haar op schoot en ging op de rand van het bed zitten. 'Na de lunch moet ik naar Shepperton Studios om over de kerstspecial van dit jaar te praten. Heb je soms zin om mee te gaan?'

'Nee, bedankt. Ik heb hier nog een hoop te doen.'

Hij keek haar bedenkelijk aan. 'Ik vind het niet prettig om je alleen te laten.'

'Maak je maar niet druk, oom David. Ik red me wel. Vergeet niet dat ik nu volwassen ben en zelf een kind heb.'

'Je hebt gelijk,' gaf hij met tegenzin toe. 'Maar ik blijf wel even weg, dus misschien kunnen we vanavond bij de Italiaan om de hoek gaan eten? Dan kunnen we het erover hebben of je nog naar je moeder wilt voordat we vrijdag weer naar Marchmont rijden. Het leek dokter Cox een heel goed idee.'

'Oké.' Ze omhelsde hem spontaan. 'Bedankt voor alles.'

Later die middag, nadat Cheska haar oom had zien wegrijden, verliet ook zij het appartement. Eerst bracht ze een bezoekje aan de bank, daarna nam ze een taxi naar het kantoor van Leon.

'Schat! Wat een verrassing! Hoe gaat het met je?'

'Heel erg goed.'

'En met de kleine?'

'O, ze is een wolk van een baby.'

'Mooi zo. Je ziet er geweldig uit. Het moederschap heeft je goed gedaan.'

'Ava is nu op Marchmont. Oom David logeert bij mij in het appartement.'

'Weet je, ik word helemaal suf gebeld door regisseurs, zowel van hier als aan de andere kant van de grote plas. Voor *Please, Sir, I Love You* heb je zulke goede kritieken ontvangen dat iedereen met je wil werken. Misschien zou je eens kunnen overwegen om weer aan de slag te gaan als de baby wat ouder is.'

'Daar wilde ik het juist met je over hebben. Hollywood heeft dus nog steeds interesse?'

'Ja. Carousel Pictures wil dat je een screentest komt doen.'

'Ik zal eerlijk tegen je zijn, Leon. Na wat er allemaal gebeurd is, wil ik graag opnieuw beginnen. Dus als ze me nog steeds willen hebben, zou ik heel graag die screentest doen.'

'Dat weet ik wel zeker,' zei hij. 'Geef maar een seintje, dan regel ik het. Er is maar één telefoontje voor nodig.'

'Wat vind je ervan als ik er morgen naartoe vlieg?'

'Wat?' Verbluft keek hij haar aan. 'Ik dacht dat je zeker wel een paar maanden bij de kleine zou willen blijven.'

'Ach, ik kan er toch heen vliegen, die screentest doen en weer terugkomen? Als ze daarna nog steeds geïnteresseerd zijn, kan ik met Ava daarheen verhuizen.'

'Aha, op die manier. Wat vindt David hiervan?' vroeg hij voorzichtig, want zijn laatste gesprek met haar oom stond hem nog helder voor de geest.

'Volgens mij is hij allang blij dat het beter met me gaat. En tante LJ vindt het geen probleem om een paar dagen op Ava te passen.'

'Juist. Als je het echt zeker weet, kan ik wel even bellen. Over een uurtje zijn ze wel wakker in Hollywood. Dan kunnen we kijken wat er te regelen valt.'

'Prima.' Ze stond op. 'Vergeet niet wat je altijd hebt gezegd, Leon. Je moet het ijzer smeden als het heet is. Ik wil deze kans niet laten schieten.'

'Daar zeg je wat. Laat het maar aan mij over, dan laat ik je rond zes uur weten hoe we het gaan aanpakken.'

Die avond om tien voor half zeven ging de telefoon en Cheska nam meteen op.

'Met Leon. Het is allemaal geregeld. Morgenavond om half zes vertrek je vanaf Heathrow. Barbara, mijn secretaresse, wacht je op bij de balie van de British Overseas Airways Corporation, met je visum en je ticket. First class, natuurlijk. Op de eindbestemming word je door een vertegenwoordiger van Carousel opgewacht en naar je hotel gebracht. Je hebt een suite in het Beverly Wilshire, op hun kosten. Over geld gesproken, heb je nog iets nodig?'

'Nee,' zei ze. 'Vanmorgen heb ik nog wat opgenomen bij de bank.

Daar kan ik wel een tijdje mee vooruit.'

'Mooi zo. Ik hoop dat het goed gaat, schat. Er is nog wel één ding. Tegen de studio heb ik niets over je dochter gezegd. Ze zijn daar nogal ouderwets en ik wil niet dat je de schijn al tegen hebt voordat je de screentest hebt gedaan. Eerst zullen we maar eens een contract voor je regelen, daarna zien we wel verder.'

'Ik begrijp het.'

'Weet je wel zeker dat je hieraan toe bent? We kunnen het ook gerust nog even uitstellen tot je nog wat verder bent aangesterkt, hoor.'

'Het gaat prima met me, echt waar. Ik moet nu het succes van *Please, Sir, I Love You* te gelde maken, voordat ze me weer vergeten.'

'Dat is waar... Cheska, ik wilde nog even zeggen hoe erg ik het vind van je moeder. En dat het me spijt, van Bobby.'

'Waarom zou dat je spijten?'

'Omdat ik wist dat hij getrouwd was en een bepaalde reputatie had, maar niets tegen je gezegd heb. Ik heb je in de steek gelaten, Cheska. Daar voel ik me schuldig over.'

'Ach, ik denk dat hij straks degene zal zijn die spijt heeft. Dag, Leon. Ik bel je nog wel vanuit de States.'

Een uur later kwam David thuis en gingen ze samen naar het Italiaanse restaurant.

'Heb je een fijne dag gehad?' vroeg hij nadat ze besteld hadden.

'Ja, ik heb alles kunnen doen wat ik wilde,' antwoordde ze voorzichtig. 'Daardoor ben ik tot het besef gekomen dat ik mijn hele leven op mama geleund heb. Nu ze niet meer... hier is, moet ik op eigen benen leren staan.'

'Ja,' verzuchtte hij. 'Je zult helaas wel moeten, voorlopig althans.'

'Ik ben ook naar de bank geweest, omdat ik geen flauw benul had hoeveel geld ik heb. Ik blijk behoorlijk rijk te zijn, oom David.' Ze lachte even.

'Tja, je moeder heeft je inkomsten altijd zorgvuldig geïnvesteerd, dus ik durf te wedden dat het bedrag door de jaren heen flink is opgelopen. Daar hoef je je in elk geval geen zorgen om te maken.'

'Inderdaad. Oom David, ik heb besloten om morgen terug naar Marchmont te gaan. Ik heb hier niets meer te zoeken.'

'Natuurlijk. Maar als je tot vrijdag kunt wachten, kun je met mij meerijden en hoef je niet met de trein.'

'Bedankt voor het aanbod, maar ik mis Ava en wil eerder terug. Ik zal een koffer inpakken met alle spullen die ik daar wil hebben. Misschien kun jij die voor me meenemen?'

'Natuurlijk. Ik begrijp volkomen dat je terug wilt naar Ava. Als je de trein van twee uur neemt, zal ik tegen ma zeggen dat ze je om half zeven moet afhalen van het station in Abergavenny. Zelf zit ik de hele dag in bespreking, dus ik kan je helaas niet naar Paddington brengen.'

'Geeft niks, ik neem wel een taxi.'

'Eigenlijk had ik gehoopt dat je bij je moeder op bezoek zou willen. Donderdag ga ik naar Cambridge. Weet je zeker dat je niet met me mee wilt gaan?'

'Dat doe ik de volgende keer dat ik in Londen ben, beloofd. Ik... kan het gewoon nog niet aan. Kun je dat begrijpen?'

'Natuurlijk, lieverd. Ik wil nog even zeggen dat ik echt onder de indruk ben van hoe je overal mee omgaat. Je hebt een verschrikkelijke tijd achter de rug en het maakt me trots om te zien dat je zo goed herstelt.'

'Bedankt.'

'Als je maar niet vergeet dat ma en ik altijd voor jou en Ava klaarstaan, wat er ook gebeurt.'

Ze keek naar hem op. 'Wat er ook gebeurt?'

'Ja.'

35

Cheska wist dat ze weinig tijd had. Zodra haar oom die ochtend om negen uur het appartement verliet, ritste ze haar reistas dicht en hield een taxi aan om naar Addenbrooke's Hospital te gaan. Aanvankelijk had de chauffeur er niet veel trek in om helemaal naar Cambridge te rijden, maar hij draaide al snel bij toen ze hem een enorme fooi aanbood.

Nadat ze de chauffeur opdracht gegeven had om te wachten, maakte ze zichzelf bij de receptie bekend en werd verwezen naar afdeling zeven. Daar drukte ze op een bel en wachtte tot er een zuster kwam om open te doen.

'Ik ben Cheska Hammond, de dochter van Greta Marchmont,' zei ze. 'Mag ik mijn moeder zien?'

De Jamaicaanse verpleegster staarde haar geschokt aan. 'Cheska Hammond! Een paar weken geleden heb ik *Please, Sir, I Love You* nog gezien.' Ze kwam dichterbij, alsof ze Cheska van dichtbij wilde bekijken. 'Lieve help, je bent het echt!'

'Zou ik mijn moeder mogen zien?'

'Ik... ja. Neem me niet kwalijk. Kom toch binnen.' De zuster was duidelijk van haar stuk gebracht. 'Ik had geen idee dat je Greta's dochter was! Ik vond je geweldig in die film.' Nu ze op de afdeling liepen, ging ze zachter praten.

'Dank je.' Het enige wat Cheska kon horen, was het lage, onregelmatige gepiep van de apparaten en monitors naast de bedden.

'Welkom op de stilste afdeling van het ziekenhuis. Met mijn patiënten valt er helaas niet vaak een praatje te maken.' Bij een van de bedden bleef de zuster staan. 'Goed, hier is je moeder. Het gaat goed met haar, toch, Greta?' Ze boog zich over haar heen. 'Een tijdje terug had ze wel flink last van doorligplekken, maar die zijn nu weer weg.

Ik zal jullie alleen laten. Praat maar zoveel mogelijk tegen haar en hou haar hand vast. De patiënten reageren op stemmen en lichamelijk contact. Volgens mij is je moeder gewoon koppig en wil ze niet wakker worden, want haar hersenen functioneren prima. Roep me maar als je me nodig hebt.'

'Dank je.' Cheska ging in de stoel naast het bed zitten en staarde naar haar moeder. Greta was lijkbleek. De tere huid van haar magere armen was volgeplakt met pleisters om de naalden en slangetjes op hun plaats te houden waarmee ze verbonden was met de infusen die haar in leven hielden. Op haar slaap zat een kleine pleister met draden eraan, en op haar borst nog een. Aarzelend legde Cheska haar hand op die van haar moeder en merkte tot haar verbazing dat die warmer aanvoelde dan die van haarzelf. Ze mocht er dan uitzien alsof ze dood was, ze voelde springlevend aan.

'Mama, ik ben het, Cheska.' Ze beet op haar lip, want ze wist niet wat ze moest zeggen. 'Hoe gaat het met je?'

Ze speurde Greta's gezicht af naar een reactie, maar die kwam er niet.

'Mama...' Ze ging nog zachter praten. 'Ik wil dat je weet hoeveel spijt ik heb van die verschrikkelijke ruzie en... nog meer dingen. Het is nooit mijn bedoeling geweest om je pijn te doen. Ik... Ik hou van je.'

De tranen sprongen haar in de ogen en ze slikte moeizaam. 'Maak je maar geen zorgen, mama. Ik ga het Bobby betaald zetten wat hij ons heeft aangedaan. Voor ons allebei. Nu moet ik ervandoor, maar je moet weten dat ik heel erg veel van je hou. Bedankt voor alles. Ik ga zorgen dat je trots op me kunt zijn. Dag, mama. Tot snel weer.'

Nadat ze Greta voorzichtig een kus op haar voorhoofd had gegeven, stond ze op en liep naar de uitgang.

De verpleegster haastte zich naar haar toe. 'Zou ik je handtekening mogen voor mijn zoon? Hij is een grote fan van je en...'

Maar Cheska was de deur al uit en liep weg. Ze snelde het ziekenhuis uit en sprong in de wachtende taxi. Eenmaal terug in Londen vroeg ze de chauffeur haar af te zetten bij het Palladium. Daarna ging ze naar een kruidenierswinkel aan Regent Street en kocht een flesje van wat ze nodig had. Bij de bloemist twee deuren verderop kocht ze een grote bos rode rozen. Ze controleerde nog een keer of het flesje in haar zak zat en zette weer koers naar het Palladium.

Tijdens de opnames van *Please, Sir, I Love You* was ze een keer naar de studio ernaast geweest, waar ze een thriller aan het opnemen waren. Dat had haar op een idee gebracht. Het zou niet moeilijk moeten zijn. Ze liep de hoek om naar de artiesteningang en tuurde naar binnen. In het hokje van de portier zat een oude man een sigaret te roken.

'Neem me niet kwalijk, hou je de deur even voor me open?'

Toen ze zich omdraaide, zag ze een man staan met een grote doos in zijn handen. Ze deed wat hij gevraagd had en zag dat hij de doos op de vloer in het hokje kwakte. Zodra beide mannen zich bukten om de inhoud te inspecteren, glipte ze langs hen heen en liep snel de gang door. Ze wist precies waar ze moest zijn, want ze was meerdere keren op bezoek geweest bij oom David in kleedkamer nummer een. Ze deed de deur open, deed het licht aan en ademde diep in. Het vertrek rook naar hém, naar de muskusachtige aftershave die Bobby altijd gebruikte.

Ze koerste regelrecht op de kaptafel af en legde de rode rozen neer. Op het blad stond een pot Crowes Cremine, dat gebruikt werd om na de voorstelling de zware grime van het gezicht te halen. Toen ze de pot opendraaide, zag ze dat die nog maar voor een kwart gevuld was. Ze pakte het flesje uit haar zak, draaide het open en goot wat van de vloeistof in de pot crème. Daarna roerde ze het met een nagelvijl door.

De textuur veranderde in iets wat op hüttenkäse leek, maar ze betwijfelde of hij dat zou merken. Snel deed ze het licht uit en liep weer de gang in. De twee mannen stonden nog steeds in het hokje over de doos gebogen.

Cheska liep onopgemerkt langs hen heen en terug de straat op.

Bobby Cross kwam zijn kleedkamer in en snuffelde. Hij trok zijn neus op door de penetrante lucht die er hing en nam zich voor om tegen de schoonmakers te zeggen dat ze niet meer zo veel bleekmiddel moesten gebruiken. Toen viel zijn blik op de grote bos rode rozen op de kaptafel. Hij las het kaartje dat erbij zat. Normaal gesproken verwijderde de portier de kaartjes om ze te onderzoeken voordat Bobby ze te zien kreeg, maar dit kaartje was kennelijk aan zijn aandacht ontsnapt.

Jij begrijpt helemaal niets van de waanzin die liefde heet, dus zul je er ook nooit meer over zingen.

Bobby huiverde. Zulke briefjes kreeg hij wel vaker van gestoorde fans, en ze zaten hem nooit lekker. Hij verscheurde het kaartje en gooide het samen met de rozen in de prullenmand, voordat hij de grime op zijn gezicht aanbracht.

Nog high van de adrenaline, zoals altijd na een optreden, ging Bobby voor de spiegel in zijn kleedkamer zitten en dacht aan de nacht die voor hem lag. Hij zou uit eten gaan met Kelly en daarna... Daarna zouden ze naar zijn hotel gaan en zou zij hem helpen te ontspannen. Bij het vooruitzicht glimlachte hij naar zichzelf in de spiegel, en hij doopte werktuiglijk een watje in de pot Crowes Cremine om zijn grime te verwijderen.

Hij wreef de crème goed op zijn gezicht en ook over zijn oogleden, om zijn eyeliner en mascara eraf te krijgen. Een paar tellen later kreeg hij een raar, brandend gevoel in zijn ogen, dat zich verspreidde tot het voelde alsof zijn hele gezicht in brand stond. Hij schreeuwde het uit van de pijn.

Vlak voordat hij het bewustzijn verloor, ving hij nog een glimp op van zijn afzichtelijke spiegelbeeld.

LJ zag de laatste passagiers uitstappen op het station van Abergavenny en de trein wegrijden. Ze speurde het platform nog eens af, maar er was geen spoor van Cheska te bekennen. Misschien had ze David verkeerd verstaan toen hij zei dat ze met de trein van half zeven zou aankomen. Hoe dan ook had het geen zin om hier rond te blijven hangen. Die avond zouden er geen treinen meer aankomen.

Thuis ging ze eerst bij Ava kijken, die rustig lag te slapen in de kinderkamer, en daarna liep ze naar de bibliotheek en draaide Davids nummer.

'Hallo, ma. Is Cheska veilig thuisgekomen?'

'Nee, ze zat niet in de trein.'

'Wat raar. Misschien heeft ze besloten toch nog een nacht in Londen te blijven. Ik bel wel even naar het appartement.'

'Doe dat, en bel me daarna terug om te laten weten of ze daar is.'

'Zal ik doen.'

Vijf minuten later belde hij terug.

'En?' vroeg ze.

'Er wordt niet opgenomen. Misschien is ze even weg.'

'O jee, David. Ze zou echt niet 's avonds alleen door Londen moeten dwalen. Er zal haar toch niets zijn overkomen?'

'Natuurlijk niet, ma. Ik rijd wel even naar het appartement. Ik heb een sleutel, dus ik kan erin.'

'Bel me als je iets weet, oké?'

'Natuurlijk.'

David schrok wakker toen de telefoon in Greta's woonkamer ging.

'Weet je al meer, jongen?'

'Hallo, ma.' Hij probeerde wakker te worden. 'Hoe laat is het? Ik ben zeker op de bank in slaap gevallen, terwijl ik op Cheska wachtte.'

'Het is half negen 's ochtends.'

'Dan is ze dus de hele nacht weggebleven.'

'Moet je de politie niet bellen?'

'Wat moet ik dan zeggen? Ze is oud genoeg om te gaan en staan waar ze wil.'

'Ja, maar ze is nog maar een paar dagen geleden uit het ziekenhuis ontslagen. Ze kwam wel rustig over, maar ik weet zeker dat haar psychiater er niet gerust op zou zijn als hij wist dat niemand haar de afgelopen vierentwintig uur heeft gezien. Heb je Leon al gebeld? Ik weet dat jullie ruzie hebben gehad, maar hij is nog steeds Cheska's impresario. Misschien weet hij iets.'

'Ik heb hem gisteravond al een paar keer geprobeerd te bellen, zowel op kantoor als thuis, maar er werd niet opgenomen. Ik zal het zo nog eens proberen. Geen paniek, ma.'

'Ik doe mijn best. Hou me op de hoogte.'

Hij hing op en draaide Leons nummer nog eens. Deze keer nam hij wel op. 'Leon, met David. Ik heb gisteravond geprobeerd je te bellen.'

'Ik was in het ziekenhuis. Heb je het gehoord van Bobby Cross? Hij...'

'Die Bobby kan me niks schelen,' zei David boos. 'Heb jij misschien iets van Cheska gehoord?'

'Ze is een paar dagen geleden bij me geweest.'

'O ja?' vroeg David grimmig. 'En gisteren?'

'Natuurlijk niet. Ik vermoed dat ze nog maar net geland is in Los Angeles.'

'Pardon? Los Angeles?'

'Ja.'

David zweeg.

'Allemachtig, David. Je wilt toch niet zeggen dat je het niet wist? Cheska zei dat je bij haar in Mayfair logeerde en dat jij het een goed idee vond. Ze vertelde zelfs dat je moeder had aangeboden op de baby te passen tot ze weer thuis was.'

'Dat ik wát een goed idee vond?'

'De screentest voor Carousel Studios in Los Angeles.'

'Leon, dacht je nu echt dat ik het goed zou vinden als Cheska naar Amerika vloog en haar kind hier achterliet, een paar dagen na haar ontslag uit een psychiatrische instelling?'

'David, ik zweer dat Cheska zei dat je ervan op de hoogte was en...'

David gooide de hoorn op de haak en pakte hem toen weer op om zijn moeder te bellen. 'Ma, met David.'

Vier uur later ving LJ hem op bij de voordeur van Marchmont. 'Arme schat, je ziet er afgepeigerd uit. Kom binnen, dan vraag ik of Mary thee voor ons zet.'

'Doe mij maar iets sterkers.'

Ze liepen samen naar de salon en toen hij zat, schonk LJ een glas whisky voor hem in.

'Vertel nu eens precies hoe het zit, jongen.'

Nadat hij had herhaald wat Leon hem had verteld, schudde ze ongelovig haar hoofd. 'Waarom? Ik bedoel, waarom zou Cheska tegen ons liegen?'

'Misschien dacht ze dat we haar niet naar Amerika zouden laten gaan.'

'Nou ja, kun je haar dat kwalijk nemen?'

'Waarschijnlijk niet.' Gefrustreerd streek hij door zijn haar.

'En volgens Leon komt ze binnen een paar dagen weer terug?'

'Ja, dat zei hij.'

'Nou, David, ik hoop dat ik ernaast zit, maar ik heb een goede intuïtie en die zegt dat ze niet van plan is om terug te komen.'

'Kunnen we niet gewoon afwachten?' Hij slaakte een diepe zucht. 'Speculeren heeft geen zin, en ik ben te moe om nog helder te kunnen nadenken.'

'Natuurlijk. Nu weten we tenminste waar ze is.'

'Ik ga in bad en daarna vroeg naar bed. Zou Mary iets te eten voor me kunnen maken, denk je?'

'Vast wel. Maar voordat je gaat...' Ze gaf hem een krant. 'Heb je de *Daily Mail* vanmorgen gelezen? Er staat een groot stuk in over Bobby Cross. Kennelijk heeft hij gisteren een... ongeluk gehad.'

Hij wierp een blik op de voorpagina, waar een foto van Bobby op stond, en las het verhaal eronder.

POPSTER VERMINKT BIJ AANVAL DOOR GESTOORDE FAN

Zanger Bobby Cross is gisteravond in het ziekenhuis opgenomen met ernstige brandwonden in het gezicht. Hij werd door het theaterpersoneel bewusteloos aangetroffen in zijn kleedkamer en met spoed naar Guy's Hospital overgebracht, waar de artsen hem meteen hebben geopereerd in een poging zijn linkeroog te redden. Volgens een politiewoordvoerder was er bleekmiddel toegevoegd aan een pot gezichtscrème die meneer Cross gebruikte om zijn grime te verwijderen. Volgens de woordvoerder was de aanval 'ongekend wreed'. Vermoedelijk was dit het werk van een gestoorde fan. In zijn kleedkamer is een bos rode rozen aangetroffen, vergezeld van een kaartje met een dreigende boodschap.

David keek zijn moeder aan en wist precies wat er door haar heen ging. 'Nee, ma. Cheska mag dan wat problemen hebben gehad, maar dit? Geen sprake van. Het is gewoon een akelig toeval.'

'Zou je denken?'

'Ik weet het wel zeker. Hoe gaat het met Ava?'

'Die ligt lekker te slapen. Ze is echt een schat.'

'Nou, laten we hopen dat we snel iets van haar moeder horen. En dat ze terugkomt voor haar baby. Welterusten, ma.'

LJ zei niets toen hij de kamer verliet. Voor Ava's bestwil hoopte ze dat Cheska zo lang mogelijk bij haar kind vandaan zou blijven.

De volgende dag vertrok David al bij zonsopgang. Hij had een paar afspraken in Londen, maar was van plan om eerst nog bij Greta langs te gaan. Door alle omstandigheden was hij al meer dan een maand niet meer bij haar op bezoek geweest, al had hij wel elke dag de afdeling gebeld om te vragen of er nieuws was.

Dat was er nooit.

Tijdens de rit naar Cambridge liet Cheska hem maar niet los. Op de radio en in alle kranten ging het over de vreselijke verminkingen van Bobby Cross. Kennelijk verkeerde hij buiten levensgevaar, maar naar verluidt zouden zijn ogen en gezicht nooit meer volledig herstellen van de schade die er was aangericht.

Hoewel Bobby's muzikale talent beperkt was, had hij ontegenzeggelijk sexappeal. Het klonk misschien wreed, maar na dit voorval zou zijn tijd als tieneridool en filmster erop zitten. David hoopte dat zijn vrouw hem zou bijstaan, want hij had haar nu harder nodig dan ooit.

'Boontje komt om zijn loontje,' mompelde hij in zichzelf toen hij de auto voor het ziekenhuis parkeerde. Terwijl hij met zijn gedachten nog steeds bij Bobby zat, bedacht hij dat zijn eigen moeder hem altijd had geleerd om eerzaam en eerlijk te zijn. Hij had vrienden en collega's vaak een sluiproute zien nemen om te bereiken wat ze wilden, maar nu, op zijn drieënveertigste, wist hij dat de raad van zijn moeder de beste was die hij in zijn leven had gekregen. Onlangs had hij zich gerealiseerd dat al die list en bedrog zich altijd wel een keer wreekten.

Maar waarom kreeg Greta, die in haar leven zelden iets had gedaan om een ander te kwetsen, het dan zo zwaar te verduren?

Hij stapte uit, sloot zijn auto af en liep naar de ingang van het ziekenhuis, terwijl hij zich afvroeg of Cheska misschien toch iets te maken had met wat Bobby Cross was overkomen. Zijn moeder dacht van wel. Maar zij zou toch wel een iets te levendige fantasie hebben? Het zou toch wel toeval zijn?

In de lift naar afdeling zeven dacht hij eraan terug wat een lief meisje Cheska was geweest. Als je het hem vroeg, was ze dat nog steeds. Hij had haar nooit iets zien doen wat erop wees dat ze gewelddadig en gestoord genoeg was om zoiets te bedenken. Na het ongeluk van haar moeder was ze gek geworden van verdriet, maar dat sprak toch vanzelf?

Hij drukte op de bel en zag zijn favoriete verpleegster, Jane, glimlachend naar de deur komen lopen.

'Hallo, meneer Marchmont. Dat is alweer een tijdje geleden.' Ze ging hem voor over de afdeling en haar blonde paardenstaart zwiepte heen en weer onder haar verpleegsterskapje. Hij wist dat ze een zwak voor hem had. Als hij bij Greta zat, kwam ze hem vaak thee met biscuitjes brengen. Haar vriendelijke geklets was een verademing als je het vergeleek met zijn eenrichtingsgesprekken met Greta.

'Ik ben er een tijdje tussenuit geweest.' Dat leek hem de eenvoudigste verklaring. 'Is er nog nieuws?'

'Ik vrees van niet, al heeft de dienstdoende verpleegkundige vanmorgen wel een kleine beweging van haar linkerhand opgemerkt. Zoals u weet, is de kans echter groot dat dat maar een reflex was.'

'Bedankt, Jane.' Hij ging zitten en staarde naar Greta, die er nog precies hetzelfde bij lag als de vorige keer.

Jane knikte en liep weg.

'Hallo, lieve schat, hoe gaat het met je?' David pakte Greta's hand beet. 'Het spijt me dat ik een tijdje niet ben geweest. Ik had het druk. Maar ik heb je een heleboel nieuws te vertellen.' Hij keek naar haar serene gezichtsuitdrukking en speurde naar beweging, al was het maar een licht trekken van haar ooglid.

Er gebeurde niets.

'Greta, dit heb ik je de vorige keer al verteld, al klinkt het belachelijk, omdat je er nog niet eens oud genoeg uitziet om een dochter te hebben, laat staan een kleindochter. Maar Cheska is bevallen van een schattig dochtertje. Ze heeft haar Ava genoemd. Volgens mij komt ze nog wel een keer bij je op bezoek, als ze wat aangesterkt is. De baby is een plaatje. Ze lijkt heel veel op haar mama en slaapt erg goed, als je bedenkt dat ze nog maar een paar weken oud is. Cheska is een geboren moeder. Zelfs mijn ouwe moedertje was ervan onder de indruk.'

Zo ratelde hij maar door, net als altijd. Soms richtte hij zijn blik op de half verwelkte graslelie op de vensterbank boven haar hoofd en praatte hij daartegen, gewoon om maar even niet naar haar onbeweeglijke bleke gezicht te hoeven kijken. Tijdens het praten dwaalden zijn gedachten af naar andere dingen die hij nog te doen had.

'Je zei dat de baby Ava heet. Is ze vernoemd naar Ava Gardner, de filmster?'

'Nee, naar iemand anders, geloof ik,' zei hij automatisch, terwijl hij naar de plant bleef staren en sketches voor zijn programma bleef uitdenken. Hij had zich af zitten vragen welke beroemde gezichten hij zou uitnodigen voor de kerstspecial en was benieuwd of hij Julie Andrews zou kunnen strikken. 'Ik...'

Het duurde een paar tellen voordat zijn hersenen hadden verwerkt wat er zojuist gebeurd was. Hij rukte zijn blik los van de plant, doodsbang voor de gedachte dat hij zich haar stem maar had ingebeeld, en dwong zichzelf naar haar te kijken.

'Lieve hemel!' fluisterde hij toen hij voor het eerst in negen maanden in die prachtige blauwe ogen keek. 'Greta...'

Meer kon hij niet uitbrengen, want hij barstte abrupt in tranen uit.

DECEMBER 1985
MARCHMONT HALL, MONMOUTHSHIRE

36

Tegen de tijd dat David uitgepraat was, was de zon al lang onder. Hij haalde zijn zakdoek tevoorschijn en bette zijn ogen. Tijdens zijn relaas had hij Greta vaak aangekeken, die aan zijn lippen hing, en gevraagd of ze zeker wist dat hij verder moest gaan. Elke keer had ze die vraag met 'ja' beantwoord.

Hij had zijn best gedaan om alles zo goed mogelijk te vertellen, voor zover hij dingen wist of zich kon herinneren. Maar hoewel ze erop had aangedrongen dat hij haar niet zou sparen, vond hij het te ver gaan om haar te vertellen over zijn vermoedens dat Cheska een rol had gespeeld bij Greta's ongeluk. Het andere detail dat hij bewust had weggelaten, was zijn huwelijksaanzoek. Dat leek hem momenteel ook te veel om te verwerken, naast al het andere wat hij had onthuld.

Nu hij haar voor zich uit zag staren, vroeg hij zich af waar ze aan dacht. Zijn relaas zou al schokkend zijn voor een vreemde, maar dit ging om háár leven.

'Gaat het, Greta?'

'Ja. Of tenminste, zo goed en zo kwaad als het maar kan, na wat je me zojuist hebt verteld. Eerlijk gezegd herinnerde ik me een groot deel ervan toch al. Jij hebt er alleen orde in aangebracht. Wat ze Bobby heeft aangedaan...' Ze huiverde. 'Ze had hem wel kunnen vermoorden.'

'Denk je dat zij het was?'

'Dat weet ik bijna wel zeker. Die waanzin in haar ogen, in de bar van het Savoy, toen ik haar vlak voor mijn ongeluk vertelde dat Bobby al getrouwd was... Ze was ontzettend getroebleerd, maar ik had het niet door,' fluisterde ze. 'Ik wilde het niet zien, David. Ik heb zo veel fouten gemaakt. Hopelijk kan God het me vergeven. Ik had haar nooit zo mogen pushen.'

'Niet zo streng voor jezelf zijn, Greta. Maar goed, ik kan wel een stevige borrel gebruiken, wat jij?'

'Misschien wel,' zei ze. 'Een klein glaasje dan.'

'Ik maak wel een slappe gin-tonic voor je. Zo terug.'

Hij liep de kamer uit en de keuken in, waar Tor aan tafel *The Telegraph* zat te lezen. Nadat hij urenlang al die vreselijke herinneringen had zitten ophalen, voelde het alsof hij terugkeerde in een rustige, normale wereld.

'Hoe gaat het met haar?' vroeg Tor.

'Dat weet ik eigenlijk niet, maar na wat ik haar zojuist verteld heb, denk ik dat ze wel behoorlijk ondersteboven moet zijn. Het spijt me dat ik zo veel tijd met haar doorbreng.' Hij drukte een kus op haar hoofd. 'In Italië maak ik het goed met je, beloofd. Over een paar dagen gaan we al.'

Ze keek op en kneep even in zijn hand. 'Niets aan te doen. Laten we hopen dat Greta zich voortaan niet meer zo afhankelijk van je zal opstellen, nu ze zich alles weer herinnert.'

'Ja, laten we het hopen. Kan ik iets voor je inschenken?' Hij liep naar de hypermoderne koelkast en zette een glas onder de ijsblokjesmachine.

'Nee, dank je.' Ze was alweer verdiept in de krant.

Hij nam de drankjes mee naar de salon en zette het glas voor Greta neer.

'Dank je.'

Toen ze het glas oppakte om een slok te nemen, zag hij haar hand beven. 'Kan ik iets voor je doen?'

'Zo te horen heb je al ik weet niet hoeveel jaar niets anders gedaan dan mij helpen. En Cheska,' voegde ze eraan toe. 'Ik weet niet hoe ik je ooit kan bedanken. Je bent er voor ons allebei geweest, al die tijd dat ik in het ziekenhuis lag. Hoe hield je het vol? Ik voel me zo... schuldig, over zo veel dingen. Hoe kan ik het ooit goedmaken?'

'Dat heb je net gedaan. Ik heb altijd geweigerd de hoop op te geven, dus het geeft veel voldoening dat ik gelijk had. Hoe dan ook, dat is wel het laatste waar je je nu druk om moet maken. Je bent familie,

Greta, net als Cheska. In tijden van nood helpen we elkaar, toch? Zo gaat dat bij familie. Zeg nu niet dat jullie geen bloedverwanten van me zijn, want dat doet er niet toe.'

'LJ zal mij wel gezien hebben als de oorzaak van de ondergang van Marchmont. En in zekere zin ook die van haarzelf. Al voel ik me wel iets beter nu ik weet dat Owen mij net zozeer heeft gebruikt als ik hem. Al die jaren was hij verliefd op LJ. Dat heb ik nooit geweten. Eigenlijk is het heel triest, voor hen allebei.'

'Hadden ze maar niet zo koppig moeten zijn. Soms gaan die dingen nu eenmaal zo.'

Ze huiverde toen er zich in volle vaart een flashback aan haar opdrong. De herinnering was zó levendig dat die haar de adem benam.

'Wat is er?'

'Niets. Neem me niet kwalijk, ik denk dat ik een poosje op bed ga liggen.' Abrupt stond ze op en liep de kamer uit.

Hij vroeg zich af wat haar in vredesnaam te binnen was geschoten, maar bedacht toen dat het van alles kon zijn. 'Wat een wespennest,' mompelde hij in zichzelf, voordat hij zijn gin opdronk en bij Tor in de keuken ging zitten.

Greta zat op haar bed en wilde dat ze meteen weer naar beneden kon lopen om aan David te vragen of het klopte wat ze in haar flashback had gezien, dat hij ooit tegen haar had gezegd dat hij van haar hield en haar had gevraagd met hem te trouwen.

Ze deed haar ogen weer dicht en zag hen aan een tafel zitten… Ja, ja! Hij had haar de liefde verklaard in Monmouth, in The Griffin Arms. Ze zag het zo voor zich. Om de een of andere reden die ze nu niet kon bevatten, had ze zijn aanzoek afgeslagen. Wanhopig zocht ze de hoekjes vol spinrag in haar hoofd af, wanhopig om het zich te herinneren.

Heb geduld, hield ze zichzelf voor. Ze was er al wel achter dat sommige herinneringen vanzelf terugkwamen, terwijl andere een tijdje op zich lieten wachten. En er was nog iets gebeurd, later, waarvan ze wist dat het misschien wat meer duidelijk zou maken.

Ze deed haar ogen nog een keer dicht en probeerde zich te ontspannen om haar hersenen vat te laten krijgen op de herinnering die steeds wegfladderde. Hier en daar ving ze er al een glimp van op. Het was in het Savoy gebeurd... Dat zag ze aan het zware zilverwerk en het smetteloos witte linnen tafelkleed. Ze had met David zitten praten tijdens de lunch en was heel nerveus geweest omdat ze hem iets wilde vertellen. Toen had David iets tegen háár gezegd en was ze volkomen van haar stuk gebracht... Maar wát dan? Slecht nieuws, iets wat haar diep had geschokt...

Bobby Cross.

Toen Greta haar ogen opendeed, wist ze het weer precies. Ze had David willen vertellen hoe stom het van haar was geweest om zijn aanzoek af te wijzen, jaren eerder. Ze had hem willen vertellen dat ze van hem hield en willen vragen of hij nog iets voor haar voelde...

Die avond hadden ze afgesproken om iets te gaan drinken, maar Cheska was eerder aangekomen dan hij, precies zoals David had gezegd. Toen hadden ze die vreselijke ruzie gekregen. Ze besefte dat ze hem nooit had kunnen vertellen wat ze voor hem voelde, omdat ze een paar minuten later dat ongeluk had gekregen en in een niemandsland was terechtgekomen...

Dus had hij al die jaren niet geweten wat ze tegen hem had willen zeggen.

Was het te laat?

Misschien niet, dacht ze, terwijl ze de herinnering aan zijn aanzoek keer op keer in gedachten herhaalde en zich erin koesterde. Uiteindelijk viel ze met een gelukzalige glimlach in slaap.

'Zin om een luchtje te scheppen, schat?' vroeg David de volgende dag na de lunch aan Tor.

'Goed idee. Slaapt Greta?'

'Ja.'

Onderweg was Tor zo lief om vragen te stellen over wat hij Greta allemaal had verteld. De antwoorden hield hij zo kort mogelijk. Hij had het gevoel dat hij Greta in bescherming moest nemen, maar voelde zich ook schuldig omdat deze kerst niet helemaal verliep zoals zijn bedoeling was geweest. Voor hem, of voor Tor. De afgelopen maanden had hij zich er mentaal op voorbereid haar ten huwelijk te vragen, want hij zag inmiddels wel in dat hij te oud was om zich aan zijn droom van een volmaakte liefde met Greta te blijven vastklampen. Met Tor was hij gelukkig, op een praktische manier. Dus zou het wel zo netjes van hem zijn om hun verbintenis officieel te maken.

Al die voornemens gingen door hem heen, terwijl hij haar vragen zo goed mogelijk beantwoordde. Tegelijkertijd vroeg hij zich af wat Greta nog te binnen was geschoten, maar deed dat er eigenlijk wel toe? Zelfs al herinnerde ze zich haar verleden en de rol die hij daarin had gespeeld, dan nog had ze nooit van hem gehouden. Althans, niet zoals hij dat graag had gewild. Trouwens, hoewel hij wist dat zijn gevoelens voor Greta nooit over zouden gaan, bood Tor hem stabiliteit. Dat was heel verfrissend, als je het vergeleek met de krankzinnige periode waarover hij Greta gisteren had verteld.

Zijn huidige relatie mocht dan niet zo hartstochtelijk zijn, maar wat deed dat er nog toe, na al het verdriet dat hij in het verleden had doorstaan? Het gedeelte van zijn leven waarin hij tussen Greta en Cheska heen en weer had gedraafd omdat ze er allebei zo slecht aan toe waren, had hem zoveel stress bezorgd dat hij zich destijds had afgevraagd of hij ook gek begon te worden.

Hij wist dat Tor rusteloos werd en – terecht – vond dat het tijd was voor de volgende stap in hun relatie. Hij had zelfs de verlovingsring van zijn moeder meegenomen naar Marchmont, de ring die ook in zijn zak had gezeten op de avond dat hij Greta ten huwelijk had gevraagd. Hij lag in een lade in hun slaapkamer, klaar om op het juiste moment tevoorschijn gehaald te worden. Misschien kon hij beter wachten tot ze in het nieuwe jaar in zijn appartement in Italië waren. Dan zou dit alles achter hen liggen. Maar tegelijkertijd voelde hij wel aan dat het Tor niet lekker zat dat Greta hierheen was gekomen, laat staan wat er sindsdien allemaal was gebeurd.

'Volgens mij gaat het morgen dooien. Het zonnetje voelt zo warm aan.' Tor keek glimlachend naar hem op.

'Ik denk het ook,' zei hij. 'Maar het zag er prachtig uit, zolang het duurde.'

'Zeker weten.' Ze haakte bij hem in en ging op haar tenen staan om een kus op zijn wang te drukken. 'We hebben nog geen plannen gemaakt voor het komende jaar. Waar zou jij naartoe willen? Ik zat te denken dat we misschien wel naar China kunnen gaan om de reisroute van Marco Polo af te leggen, aangezien het daar de vorige keer niet van is gekomen. Of we kunnen naar Machu Picchu. Als we begin juni vertrekken, kunnen we een rondreis maken door Zuid-Amerika.'

Hij voelde niets dan liefde voor haar door wat ze zojuist had gezegd. Dat was de perfecte remedie tegen de afgelopen dagen. In plaats van erover te klagen hoe de kerst was verlopen en dat hij amper aandacht voor haar had gehad, trok ze hem mee naar de toekomst. In gedachten slaakte hij een zucht. Het verleden was voorbij. En Tor was zo geduldig geweest over die toestand met Greta, veel geduldiger dan menig andere vrouw was geweest. Hij was haar veel verschuldigd omdat ze altijd pal achter hem bleef staan.

'Het klinkt allebei geweldig, kies jij maar. Trouwens,' zei hij in een opwelling, 'ik wil je nog iets vragen.'

'O?'

'Als we komend jaar dan toch naar het buitenland gaan, kun je misschien maar beter snel je naam laten aanpassen in je paspoort.'

'Hoe bedoel je?'

'Ik wil dat je mijn vrouw wordt, Tor. Het spijt me dat ik niet voor je op mijn knieën kan, want als mijn reuma opspeelt door de sneeuw, kom ik misschien nooit meer overeind.'

'Meen je dat nu serieus?'

'Dat vraag je toch niet aan een komiek?'

Er ontsnapte haar een bijna meisjesachtige giechel. 'Meen je het?'

'Natuurlijk, Tor! Eigenlijk wilde ik wachten tot we in Italië waren, maar ik vond opeens dat ik het nu moest vragen. Wat zeg je ervan?'

'Ik... Weet je het zeker?' Ze leek verrast, bijna verdwaasd, door zijn aanzoek.

'Ja. Wil je het?'

'Ik denk het wel.'

'Lieve schat, we zijn al jaren samen. Waarom ben je zo geschokt?'

Ze wendde haar gezicht even af en ademde diep in voordat ze hem weer aankeek. 'Omdat ik dacht dat je het nooit zou vragen.'

Toen Greta wakker werd, voelde ze zich verkwikt en opgewonden. Hoewel ze een manier zou moeten vinden om om te gaan met wat David haar had verteld en wat ze zich nog meer had herinnerd, was ze blij dat hij ooit van haar had gehouden. Als dat destijds het geval was geweest, zou hij toch wel weer van haar kunnen gaan houden?

Ze ging in bad en besteedde extra aandacht aan haar kapsel, make-up en kleding voordat ze naar beneden ging om samen met de anderen iets te gaan drinken voor het eten.

Zodra ze de kamer binnenkwam, voelde ze dat er een uitgelaten sfeer hing. Op de salontafel stond een fles champagne in een wijnkoeler.

'We zaten al op je te wachten.' Ava liep op haar af en trok haar mee naar binnen. 'Oom David heeft een belangrijke mededeling.'

'Al denk ik dat we allemaal al wel weten wat het is,' zei Simon grijnzend.

'Sst!' Ava gaf hem een por in zijn ribben. 'Oom David, je hebt ons al bijna een uur in spanning laten zitten.' Ze gaf Greta een glas champagne. 'Voor de draad ermee.'

'Nou, het zit zo... Tor en ik hebben besloten om te gaan trouwen.'

Ava en Simon hieven het glas en slaakten een vreugdekreet. 'Eindelijk!' riep Ava.

'Gefeliciteerd,' zei Simon, waarna hij Tor een kus op haar wang gaf. 'Welkom in de familie.'

Greta bleef met stomheid geslagen staan en zag David naar haar kijken. Ze staarden elkaar hooguit een paar seconden aan voordat ze haar evenwicht hervond, een opgewekte glimlach op haar gezicht plakte en het gelukkige paar feliciteerde.

'Dit was me de kerst wel,' zei Ava een tijdje later aan tafel. 'Eerst kwam jouw geheugen weer terug, oma, en nu dit nieuws van oom David en Tor. Ik dacht dat er niet veel te vieren zou zijn nu LJ er niet meer is, maar dat zag ik verkeerd.'

'Ja,' zei Tor, 'laten we proosten op LJ.'

'Op LJ.'

Greta, die het bijna niet meer kon opbrengen om net zo enthousiast te doen als de rest, wendde voor dat ze erge hoofdpijn had en ging naar bed.

Eenmaal onder de dekens deed ze haar best om blij te zijn voor David. En voor Tor. Wat David ook voor haar had gevoeld, het deed er niet meer toe. Net zoals het er achteraf bezien niet toe deed wat zij voor Max, de vader van Cheska, had gevoeld. Dat lag achter hen, en ze kon niet van David verwachten dat hij zijn plannen voor haar omgooide.

Het was simpelweg te laat.

De volgende ochtend werd Greta vroeg wakker, na een rusteloze nacht. Toen ze naar beneden ging, trof ze Tor alleen in de keuken aan het ontbijt aan.

'Goedemorgen, Greta.'

'Goedemorgen.'

'Er is nog koffie, als je zin hebt.'

'Bedankt, maar op dit uur van de dag drink ik liever thee.' Ze zette de waterkoker aan. 'Dat zal wel komen doordat mijn roots in het noorden liggen.'

'Gisteravond was je opeens weg, maar ik wilde nog zeggen dat het me spijt dat de timing van ons nieuws nogal ongelukkig was, met het oog op wat jou is overkomen. Het lijkt me heel moeilijk om je alles zo snel weer te herinneren.'

'In bepaalde opzichten wel, maar er zitten ook voordelen aan.'

'Dus je kunt er wel goed mee omgaan?'

'Ik denk het. Hoe moet ik dat nu weten?' Ze haalde afwerend haar schouders op.

'Ja, je zult wel gelijk hebben. Hoe dan ook vind ik het knap dat je er zo stoïcijns onder blijft. Er zal ook wel een wereld voor je opengaan. Als je de schok eenmaal te boven bent, krijg je vast een veel bevredigender en actiever leven dan je de afgelopen jaren hebt gehad.'

'Ja, dat zal wel.'

'Volgens mij was dat een van de redenen dat David het nu een goed moment vond om me ten huwelijk te vragen. Omdat hij wist dat je na verloop van tijd een stuk onafhankelijker zou worden. Hopelijk vind je het niet erg dat ik dat zeg.'

'Helemaal niet,' zei Greta met een geforceerd glimlachje. 'Ik denk dat ik mijn thee maar mee naar boven neem. Ik moet nog een paar brieven schrijven.' Ze liep de keuken uit, voordat ze haar hete thee over Tor heen zou gooien om haar te laten ophouden met haar goedbedoelde, maar pinnige opmerkingen. Ze hoefde er niet aan herinnerd te worden dat ze de afgelopen jaren een blok aan Davids been was geweest. Hoewel ze het Tor niet kwalijk kon nemen dat ze zich daaraan ergerde, kon ze het niet aan om het nu ingepeperd te krijgen.

In haar kamer trof ze Mary aan, die haar bed aan het opmaken was.

'Hallo, fach, hoe is het met je?' Mary keek haar met iets van medeleven in haar ogen aan. Waarom, dat wist Greta niet zeker.

'Het gaat wel, dank je.' Ze vond dat iedereen maar eens moest ophouden om medelijden met haar te hebben. 'Goh, die David. Wat een heerlijk nieuws, hè?'

'Jazeker.' Mary's stem kreeg iets oppervlakkigs en ze wierp Greta een bevreemde blik toe. 'Niet helemaal wat ik verwacht had, moet ik zeggen.'

'Echt niet? Ik dacht dat het er al jaren aan zat te komen.'

'Misschien wel juist daarom. Als je van iemand houdt, hoef je er toch niet zo lang over na te denken of je met haar wilt trouwen? Zeker niet als je al de leeftijd van meneer David hebt.' Ze ging fluisterend verder. 'Niet dat ik Tor niet mag, hoor, maar... ik heb nooit het idee gehad dat hij echt van haar houdt. Ach, wat gaat mij het ook aan? Ik hoop dat ze heel gelukkig met elkaar zijn, juffrouw Greta. En dat jij eindelijk ook iets van geluk zult vinden. Je hebt al zo veel meegemaakt.'

'Dank je,' zei Greta, die duidelijk verschil voelde tussen Mary's warme, oprechte medeleven en dat van Tor.

'Ik hoop ook dat je vanaf nu wat vaker je gezicht op Marchmont zult laten zien. Ava kan alle steun goed gebruiken als de baby er is. Ik vond je altijd zo'n goede moeder voor die twee kleintjes van jou.'

'Is dat zo?' Het deed Greta goed dat te horen. 'Ach ja, het was misschien allemaal niet ideaal, vanwege Owens problemen, maar ik weet nu weer dat ik hier heel tevreden was.'

'Inderdaad...' Opeens bloosde Mary. 'Mag ik je een geheimpje verklappen? Vroeger vertelde ik je ook altijd alles. Herinner je je Jack Wallace nog, de opzichter van het landgoed?'

'Natuurlijk, Mary. Hij zat vaak bij jou in de keuken als je weer zo'n lekkere taart had gebakken.'

'Nou, hij heeft me ten huwelijk gevraagd en ik geloof dat ik ja heb gezegd.'

'O, Mary! Wat heerlijk voor je. Je zult je wel eenzaam voelen sinds Huw is gestorven.'

'Ja, en Jack ook sinds zijn vrouw niet meer leeft. Vind je het niet te snel? Ik ben pas drie jaar weduwe. Straks vindt iedereen me nog een sloerie!'

'Dat betwijfel ik.' Greta grinnikte. 'Neem dit maar aan van iemand die zojuist vierentwintig jaar van haar leven heeft verspild: als je gelukkig met iemand bent, moet je ervoor gaan. Het leven is te kort om je zorgen te maken over wat anderen van je vinden.'

'Dank je, juffrouw Greta,' zei Mary dankbaar. 'Zo, ik ben hier klaar, dus ik ga de lunch maar eens klaarmaken. Ik weet dat Tor me probeert te helpen, maar ik hou niet zo van al die bemoeienis in de keuken.' Met een snuif van irritatie beende ze de kamer uit.

Getroost door Mary's woorden nipte Greta van haar thee. Vroeger waren ze vriendinnen geweest en ze hoopte dat ze dat weer konden worden. Toen ze haar thee op had, ging ze naar beneden om David te zoeken. Ze vond dat ze hem de vorige avond nog niet fatsoenlijk had gefeliciteerd. Trouwens, voordat hij met Tor naar Italië vertrok, moest ze hem vragen haar de rest van het verhaal te vertellen.

Hij zat in zijn favoriete stoel bij de haard *The Telegraph* te lezen.

'Goedemorgen, Greta. Hoe gaat het?' Boven de krant keek hij haar vragend aan.

'Goed, dank je. Met jou?'

'Ook goed, behalve dan dat ik gisteravond veel meer champagne heb gedronken dan me lief is.'

'Ik wilde nog een keer tegen je zeggen dat ik dolblij ben voor jou en Tor. Ik hoop dat jullie heel gelukkig worden met elkaar. Dat verdien je.'

'Dank je, Greta. Hopelijk denk je niet dat ik nu opeens uit je leven verdwijn. Het duurt nog een paar jaar voordat Tor met pensioen gaat, dus waarschijnlijk verandert er voorlopig niets aan onze woonsituatie.'

'Maak je om mij maar geen zorgen,' zei ze, bruusker dan haar bedoeling was. 'Luister eens, heb je al plannen voor vanochtend?'

'Voor zover ik weet niet. Hoezo?'

'Nou, ik herinner me nu natuurlijk wel een heleboel van wat er voor het ongeluk is gebeurd, maar ik vroeg me af of je me nu alles zou willen vertellen. Want ik heb het idee dat je wat dingen voor me hebt achtergehouden. Met de beste bedoelingen, natuurlijk,' voegde ze er snel aan toe. 'Klopt dat?'

Hij vouwde de krant netjes op en legde hem op zijn schoot. 'Ja, dat klopt. Ik wilde je niet van streek maken. Je was zo kwetsbaar.'

'Vind je het goed als ik vertel wat ik nog weet van wat er nadien is gebeurd en dat jij de ontbrekende stukken invult? Het hoeft niet lang te duren. Ik vind het belangrijk om het hele verhaal te kennen. Over Cheska,' verduidelijkte ze.

'Oké.' Hij leek er niet al te happig op. 'Begin jij maar, dan doe ik mijn best. Ik ben alleen bang dat het allemaal een beetje te veel voor je is.'

'Welnee,' zei ze resoluut. 'Na anderhalf jaar werd ik dus uit het ziekenhuis ontslagen. Ava was hier op Marchmont en Cheska zat in Hollywood, toch?'

'Ja, en de zestien jaar daarna is er eigenlijk niets gebeurd wat je nu hoeft te weten. Een gedeelte hiervan weet je al, maar de nachtmerrie begon weer vlak voor Ava's achttiende verjaardag...'

AVA
APRIL 1980

37

Ava Marchmont liep langs de lange oprijlaan terug naar het landgoed. Vooral in de winter had ze een hekel aan die wandeling, zeker wanneer het sneeuwde. Tegen de tijd dat ze dan de keukendeur opentrok, waren haar voeten compleet gevoelloos en moest ze ze bij de kachel ontdooien. Maar gelukkig was de winter nu slechts een herinnering en kon ze van de tien minuten durende wandeling genieten, want het was voorjaar. Onderweg vielen haar de narcissen op die onder de bomen langs de oprijlaan in bloei stonden. De pasgeboren lammeren, waarvan ze bij enkele zelf had geholpen ze op de wereld te zetten, stonden inmiddels vast op hun poten en dartelden door de weilanden die aan de oprijlaan grensden.

Toen ze naar de strakblauwe lucht keek, voelde ze opeens een uitbarsting van geluk. Ze liet haar zware leren boekentas vallen, strekte haar armen boven haar hoofd uit en liet haar adem langzaam ontsnappen. De namiddagzon beroerde haar gezicht en ze zette haar bril af, zodat de wereld veranderde in een waas van groen, blauw en goud. Het verbaasde haar hoe haar kijk op de wereld zo compleet kon veranderen. Haar ogen hadden dezelfde kleur als die van haar moeder, zei LJ altijd. Alleen zou Ava willen dat ze ook net zo goed werkten als die van de meeste mensen. Ze droeg al vanaf haar vijfde een bril, omdat de meester niet begreep waarom zo'n slim meisje zo veel moeite had met lezen en schrijven. Totdat bleek dat ze ernstig bijziend was.

Ze zette haar bril weer op, raapte haar tas op en liep verder. Het was voorjaarsvakantie, dus de komende drie weken kon ze ontspannen en doen wat ze het liefste deed.

Al van kleins af aan hielp ze op de boerderij met het verzorgen van de dieren. Ze kon er niet tegen om een dier te zien lijden en als de boerenknechten het hoofd schudden, weigerde zij het dier op te geven en redderde ze net zo lang tot het weer gezond was. Als gevolg daarvan had ze nu haar eigen 'menagerie', zoals LJ het noemde.

Als eerste was er een ziek lammetje geweest, het kleinste van de worp, dat ze met de fles had grootgebracht tot het geen melk meer nodig had. Nu was Henry een wollig, oud schaap, en Ava was dol op hem. Daarnaast had ze nog een dik roze varken genaamd Fred, talloze kippen en twee opvliegende ganzen. Verder waren er nog de jonge hazen, die ze krioelend van de mijten uit de klauwen van de katten op het erf had gered. Ze had ze in schoenendozen meegenomen naar haar kamer en hun wonden verzorgd, ook al had LJ het hoofdschuddend aangezien en gezegd dat er weinig hoop was. Haar oudtante zei altijd dat kleine dieren eerder omkwamen van de angst dan door hun verwondingen en had vol verbazing toegekeken terwijl Ava hen met haar zachte aanpak weer gezond had weten te krijgen. Haar menagerie was ondergebracht in een grote, in onbruik geraakte stal. De meeste dieren werden er tam en begroetten hun redder in nood enthousiast wanneer ze aankwam.

Er was ook een kleine begraafplaats, op een rustig plekje onder een oude eik achter het huis. Elk sterfgeval werd herdacht met een kruis en tranen van Ava in overvloed.

Naarmate ze ouder werd, wist ze precies wat ze met haar leven wilde doen. Haar schoolprestaties waren wisselend, omdat vakken als tekenen of geschiedenis haar weinig interesseerden, maar ze uitblonk in alles wat met de natuur en biologie te maken had. De afgelopen maanden had ze hard moeten blokken, omdat ze wist dat ze hoge cijfers nodig had om toegelaten te worden tot de opleiding tot dierenarts. De komende drie weken zou ze echter met haar dieren doorbrengen, waar ze als je het haar vroeg veel meer van kon leren dan in een klaslokaal.

Ze bereikte de bocht in de oprijlaan waar Marchmont in zicht kwam.

Bij het zien van het dak dat glinsterde in de zon bedacht ze hoeveel geluk ze had dat ze hier woonde. Het huis had zo veel karakter en zag er zo uitnodigend uit dat ze nooit ergens anders zou willen wonen. Als ze eenmaal dierenarts was, wilde ze terug naar Marchmont en uiteindelijk haar eigen praktijk openen. In de buurt stond ze erom bekend dat ze graag dieren hielp, dus hopelijk zou dat een goede basis zijn voor haar eigen bedrijf.

Toen ze nog dichterbij kwam, zag ze tot haar opluchting dat de auto van de naaister er nog niet stond. Bij de gedachte aan de pasbeurt die haar te wachten stond, trok ze een gezicht. Ze kon zich maar drie gelegenheden herinneren waarbij ze een jurk had gedragen, maar deze zomer zou daar nog een vierde bij komen. Toch zou ze het met een lach moeten ondergaan. Per slot van rekening was het een heel bijzondere dag, want tante LJ werd vijfentachtig. Zelf zou ze een paar weken daarvoor achttien worden.

Ze deed de deur naar de keuken open. Jack Wallace, de opzichter, zat aan de grenen tafel thee te drinken, terwijl Mary deeg stond te rollen.

'Hallo, Ava, fach. Hoe was je dag?' vroeg Mary.

'Heerlijk, want hierna hoef ik drie hele weken niet naar school!' Ze giechelde en gaf de huishoudster een kus op haar wang.

'Denk maar niet dat je het makkelijk krijgt tijdens de voorjaarsvakantie,' zei Jack grijnzend. 'Nu Mickey naar de stad is verhuisd, heb ik je hulp nodig bij het ontluizen van de schapen.'

'Prima,' vond Ava, 'als je maar belooft dat ik volgende week mee mag naar de veeveiling.'

'Afgesproken, dametje. Zo, ik moet ervandoor. Bedankt voor de thee, Mary. Tot ziens, Ava.'

Ava wachtte tot Jack de deur achter zich had dichtgedaan. 'De laatste tijd komt hij wel heel vaak langs, Mary. Volgens mij heb je een aanbidder.'

'Kom nou toch, ik ben een getrouwde vrouw!' Ze bloosde. 'Ik ken Jack Wallace al sinds we allebei nog in de luiers zaten. Hij is gewoon een beetje eenzaam sinds zijn vrouw is overleden.'

'Nou, ik zou maar oppassen als ik jou was,' plaagde Ava haar. 'Ligt tante LJ te rusten?'

'Ja, al heb ik wel moeten dreigen haar in haar slaapkamer op te sluiten. Die oudtante van jou is veel te koppig voor haar eigen bestwil.'

'Ik breng haar wel een kop thee.' Ava liep naar het aanrecht, pakte de waterkoker en vulde die onder de kraan.

'Niet te lang treuzelen. De naaister is hier om vijf uur. Mijn hemel, ik zal blij zijn als we die verjaardag achter de rug hebben!'

Ava hoorde Mary's klaagzang aan, terwijl de vrouw het deeg in de juiste vorm bracht, en wist dat ze stiekem genoot van alle plannen en voorbereidingen. 'We helpen allemaal een handje mee, Mary. Maak je geen zorgen. Het is pas over een paar maanden. Als je zo doorgaat, krijg je nog een zenuwinzinking. Wat eten we vanavond?'

'Steak and kidney pie, het lievelingskostje van je oudtante.'

'Dan hou ik het wel weer bij een bord groenten.'

'Geef mij nu niet de schuld van die rare vegetarische opvattingen van je, fach. De mens eet al duizenden jaren vlees, net zoals katten muizen opeten. Dat is heel natuurlijk, het hoort bij de revolutie.'

'Volgens mij bedoel je de evolutie, Mary,' corrigeerde Ava haar grijnzend, terwijl ze kokend water in de theepot schonk.

'Mij een zorg. Geen wonder dat je zo bleek bent. Dit is niet goed voor een meisje in de groei. Al die tofoe van jou kan geen goed stuk rood vlees vervangen. Ik...'

Terwijl Mary bleef doorkletsen, glipte Ava de keuken uit met het dienblad met thee en liep de trap op naar LJ's kamer.

'Kom binnen!' klonk het nadat ze had geklopt.

'Hallo, heb je lekker uitgerust?' vroeg Ava toen ze het dienblad bij haar oudtante op bed zette.

'Ach, het zal wel.' LJ's felgroene ogen schitterden. 'Al dat gedut 's middags is niks voor mij. Ik voel me net een baby, of een hopeloos geval. Ik weet niet welke van de twee erger is.'

'Je hebt nog geen maand geleden een nieuwe heup gekregen, weet je nog? De dokter heeft gezegd dat je zoveel mogelijk rust moet nemen.' Ava schonk de thee in LJ's favoriete kopje en gaf het aan haar.

'Wat een gedoe! Ik was nog nooit een dag ziek geweest totdat die verrekte koe me een trap verkocht!'

'Alles loopt op rolletjes, echt waar. Mary loopt in de keuken te vloeken en te tieren en de naaister komt zo. Maak je maar nergens druk om.'

'Wil je soms zeggen dat ik vervangbaar ben?'

'Nee, LJ. Ik zeg alleen dat het nu het belangrijkste is dat je weer op krachten komt.' Ze gaf haar oudtante een kus op haar hoofd. 'Drink jij je thee maar op, dan kom ik na mijn pasbeurt terug om je de trap af te helpen.'

'Nou, ik zal je één ding vertellen, ik ga echt niet met die bespottelijke rollator naar mijn eigen feest,' zei LJ fel.

'Tante LJ! Je hebt nog weken de tijd om te herstellen, rustig nu maar. Trouwens, heb ook eens een beetje medelijden met mij. Ik moet een jurk aan!' Ava sloeg haar ogen ten hemel. 'Goed, dan ga ik er maar eens op oefenen om vrouwelijk te zijn.'

Toen Ava de kamer uit was, zette LJ haar kopje op het dienblad en liet zich weer achterover in de kussens zakken. Haar nichtje was altijd al een wildebras geweest, van kleins af aan. En zo verlegen ook, alleen op haar gemak bij haar naaste familie. Ze barstte alleen van het zelfvertrouwen als ze met haar dieren omging. LJ was dol op haar.

Bijna achttien jaar geleden, nadat LJ een paar weken had gewacht tot Cheska uit LA terugkwam, had ze haar plannen om emotionele afstand van het achtergelaten meisje te houden, overboord gegooid. In een tijd dat de meeste vrouwen van haar leeftijd voor de haard gingen zitten met een plaid over hun benen, verschoonde zij luiers, kroop achter een peuter aan over de vloer en stond op Ava's eerste schooldag op het schoolplein, samen met nerveuze moeders die haar kleindochters hadden kunnen zijn.

Het had haar weer iets gegeven om voor te leven. Ava was de dochter die ze nooit had gehad. Toevallig deelden ze een voorliefde voor het buitenleven, de natuur en dieren. Het leeftijdsverschil was enorm, maar leek er nooit toe te doen.

Ze had zich vaak afgevraagd hoe een vrouw als Cheska zo'n gevoelig, evenwichtig kind had kunnen voortbrengen. Toen Cheska jaren geleden naar LA was vertrokken, had ze niet eens het fatsoen kunnen opbrengen om David en LJ te laten weten dat ze goed was aangekomen. Een paar dagen later dan de bedoeling was geweest omdat Greta precies op dat moment uit haar coma was ontwaakt, had David op het punt gestaan om naar Amerika te vliegen en Cheska naar huis te halen toen er een brief was bezorgd, geadresseerd aan LJ, in Cheska's kinderlijke handschrift.

Beverly Wilshire Hotel
Beverly Hills
90212

18 september 1962

Lieve tante LJ,

Je zult wel een hekel aan me hebben omdat ik Ava, in jouw ogen, in de steek heb gelaten. Maar ik heb lang nagedacht over wat ik moest doen en ik geloof niet dat ik op dit moment een goede moeder voor haar kan zijn. Het enige waar ik goed in ben, is acteren. De studio heeft me een contract voor vijf jaar aangeboden.
Op deze manier kan ik tenminste betalen voor Ava's levensonderhoud en toekomst, maar ik krijg het zo druk met films maken dat ik niet veel tijd zou overhouden voor haar en een kindermeisje in dienst zou moeten nemen. Bovendien vind ik Hollywood geen geschikte plek om een kind groot te brengen.
Ik weet dat het veel gevraagd is, maar ik zou graag willen dat Ava op Marchmont blijft en daar de kindertijd op het platteland krijgt die ik zelf graag had gewild. Wil jij voor haar zorgen, tante LJ? Ik voelde me altijd zo veilig, daar bij jou, en ik weet zeker dat jij Ava veel beter zult opvoeden dan ik dat zelf kan.
Als het te zwaar voor je is, kan ik geld sturen zodat je een kindermeisje in dienst kunt nemen. Laat me maar weten wat je nodig hebt.
Waarschijnlijk denk je nu dat ik niet van Ava hou en niets om

haar geef. Ik zweer dat dat wel zo is, daarom probeer ik voor de verandering ook te doen wat het beste voor haar is, niet voor mezelf.
Ik zal haar vreselijk missen. Zeg alsjeblieft tegen haar dat ik van haar hou en dat ik zo snel mogelijk bij haar op bezoek kom.
Vergeef me alsjeblieft, tante LJ. Ik hoop dat je me zo snel mogelijk terugschrijft.

Cheska

Ze had de brief meerdere keren gelezen en zich afgevraagd of ze nu van het goede of het slechte in haar nichtje moest uitgaan.

Maar toen ze David belde en hem de brief voorlas, bevestigde hij haar grootste angst. 'Ma, ik zeg het niet graag, maar ik denk dat Cheska vooral met haar carrière bezig is, niet met Ava. Ik durf te wedden dat de studio er niet van op de hoogte is dat ze een baby heeft. Ze hebben een strenge gedragscode waar de acteurs en actrices zich aan dienen te houden en er staan allerlei clausules in de contracten om daarvoor te zorgen. Als Cheska of haar impresario zou zeggen dat ze op haar zestiende een ongehuwde moeder was, zou ze op de eerste de beste vlucht naar huis worden gezet.'

'Ik begrijp het. Lieve help, David. Ik bedoel, niet dat ik het erg vind om voor Ava te zorgen, want ze is een schatje, maar ik ben ook niet meer de jongste. Ik kan haar moeder niet vervangen.'

Aan de andere kant van de lijn bleef het lang stil voordat David antwoordde.

'Weet je, ma, gezien de omstandigheden lijkt dit me eigenlijk het beste. Cheska is... Cheska. Bot gezegd zouden we allebei doodongerust zijn als Ava bij haar in LA ging wonen. De vraag is alleen of jij dit wel aankunt.'

'Natuurlijk kan ik dat!' riep ze uit. 'Mary is ook dol op haar, dus zij kan me helpen. Het lukt me ook om het landgoed en de boerderij te runnen, dus een baby'tje erbij zal niet zo veel verschil maken.'

Zoals gewoonlijk stond hij versteld van haar zelfvertrouwen. Zijn moeder was echt niet klein te krijgen. 'Goed, dan annuleer ik mijn vlucht. Schrijf jij maar aan Cheska dat je ermee instemt. Natuurlijk moet ze wel financieel haar steentje bijdragen. Ik zal haar ook schrijven om dat te zeggen. Eerlijk gezegd ben ik opgelucht, ma. Omdat Greta's herstel zo moeizaam verloopt, zat ik er niet bepaald op te wachten om naar Los Angeles te vliegen.'

'Hoe gaat het met haar?'

'Ze krijgt fysiotherapie om weer spiermassa op te bouwen. Daar was bijna niets van over, nadat ze zo lang in bed had gelegen. Gisteren is het haar gelukt om een paar tellen te blijven staan.'

'Hoe is het met haar geheugen?'

'Niet zo best, ben ik bang. Af en toe heeft ze het over haar kindertijd, maar verder lijkt alles weg. Eigenlijk weet ik niet wat ik erger vind. Al die maanden dat ik tegen haar praatte en nooit een reactie kreeg, of dat ze me nu aanstaart alsof ik een volslagen vreemde ben.'

'Het zit je ook niet mee, jongen.' Ze slikte haar frustratie in. Haar mening over zijn toewijding aan Greta kon ze maar beter voor zich houden. 'Laten we hopen dat ze het zich weer snel herinnert.'

In de ruim zeventien jaar die volgden, was Cheska niet meer teruggekomen. Net als Greta's geheugen, helaas.

De eerste jaren had het contact met Cheska bestaan uit een maandelijkse cheque en zo nu en dan een pakketje voor Ava, met grote dozen Amerikaans snoepgoed en poppen met zwaar beschilderde gezichten, waar Ava niet naar omkeek, omdat ze de voorkeur gaf aan haar aftandse teddybeer. De boodschap was altijd hetzelfde: 'Zeg tegen Ava dat ik van haar hou en dat ik haar binnenkort kom opzoeken.'

Toen Ava oud genoeg was om het te begrijpen, legde LJ uit dat de pakketjes van haar moeder afkomstig waren. Daarna had Ava een paar weken lang gevraagd wanneer haar mama terugkwam, omdat ze elke keer schreef dat dat niet lang meer zou duren. Voor LJ zat er niets anders op dan opgewekt glimlachen en Ava ervan verzekeren dat haar moeder van haar hield.

Uiteindelijk kwamen er geen pakketjes meer en hield Ava op ernaar te vragen. LJ bleef het met haar over Cheska hebben, wanneer ze dat gepast vond. Ze wilde dat het kind begreep hoe het zat, voor het geval dat Cheska haar dochter ooit echt zou komen ophalen, ook al gruwde ze bij de gedachte.

Via David had ze vernomen dat het heel goed met Cheska ging. Ze had een aantal grote films gemaakt die in de Britse bioscopen hadden gedraaid – LJ had ze niet willen zien – en vijf jaar geleden had ze de hoofdrol gekregen in een nieuwe Amerikaanse soap. Het was een internationaal succes geworden, zodat ze nu een wereldberoemde televisiester was.

Hoewel LJ niets om televisie gaf, vond ze het niet eerlijk als Ava geen televisie kreeg, omdat al haar vriendinnen op school er wel een hadden. Op een avond, toen Ava dertien was, was ze haar slaapkamer binnengekomen en had ze Cheska's gezicht op het scherm gezien. Ze was naast Ava op bed gaan zitten en ze hadden samen verder gekeken.

'Je weet toch wel wie dat is, schat?'

'Natuurlijk, tante LJ. Dat is Cheska Hammond, mijn moeder.' Ze keek rustig verder. 'Deze serie heet *The Oil Barons*. Hij is echt hartstikke goed. De meiden op school zijn er weg van. Cheska is wel heel mooi, vind je niet?'

'Dat is ze zeker. Weten je vriendinnen op school dat ze je moeder is?'

Ava keek haar stomverbaasd aan. 'Natuurlijk niet! Dat geloven ze toch nooit?'

LJ wist niet of ze moest lachen of huilen. 'Ja, je zult wel gelijk hebben, lieverd.'

De rest van de aflevering keek ze mee naar de vrouw die ze als jong meisje had gekend en die nu rondparadeerde in dure kleding en in de mooiste appartementen en huizen verkeerde en, merkte LJ op, ook regelmatig met iemand in bed belandde.

Na afloop keek ze Ava aan. 'Is die serie wel geschikt voor jou? Het ziet er allemaal nogal pikant uit.'

'Doe niet zo ouderwets, tante LJ. Ik weet alles van seks, hoor. Daar hebben we op school over geleerd toen ik twaalf was. Ze hebben zelfs een filmpje laten zien.'

'Is dat zo?' Ze trok een wenkbrauw op en pakte Ava's hand. 'Als je zo naar je moeder kijkt, zou je dan willen dat je bij haar in Hollywood woonde en ook zo'n glamoureus leven leidde?'

'Nee, zeg!' Ava was in de lach geschoten. 'Ik weet wel dat Cheska mijn biologische moeder is, maar ik ken haar helemaal niet en kan niet zeggen dat ik haar mis. Jij bent mijn moeder en op Marchmont voel ik me thuis.' Ze had haar armen om LJ heen geslagen. 'Ik hou heel veel van jou.'

Door de jaren heen was LJ's leven om Ava gaan draaien. Haar moederinstinct was bij vlagen net zo sterk als het bij David was geweest. Soms sprak ze zichzelf bestraffend toe omdat ze zo aan het kind hing, net als Greta bij Cheska had gedaan, maar ze kon er niets aan doen. Ava was ook zo'n schat. Ze had alles voor haar over.

Nu hoorde LJ Ava's snelle voetstappen door de gang naar haar slaapkamer komen en schudde ze zichzelf wakker uit haar overpeinzingen. Misschien kwam het door de operatie, maar de laatste tijd had ze het gevoel dat er onheil op komst was. Ze kon het maar niet van zich af zetten. De afgelopen vierentachtig jaar had haar intuïtie haar immers maar zelden in de steek gelaten.

38

LOS ANGELES

'O, jij bent het,' zei Cheska kortaf door de telefoon, terwijl ze haar satijnen oogmasker afzette en op de wekker keek. 'Waarom bel je me in vredesnaam op zo'n onchristelijk tijdstip, Bill? Je weet dat dit de enige dag is dat ik kan uitslapen.'

'Sorry, schat, maar het is al half twaalf en ik moet je spreken. Het is dringend.'

'Betekent dat dat ze akkoord zijn met die extra twintigduizend per aflevering?'

'Zullen we samen gaan lunchen? Dan kan ik het uitleggen.'

'Je weet dat ik op zondag rust houd, Bill. Als het zo dringend is, kun je beter langskomen. Mijn masseuse komt om twee uur, dus vanaf drie uur kun je komen.'

'Oké. Tot dan, schat.'

Geërgerd gooide ze de hoorn op de vergulde haak en liet zich in de kussens zakken. Zaterdagavond was de enige dag van de week dat ze tot in de kleine uurtjes kon opblijven. De rest van de week was ze om half vijf haar bed uit en kwam de limousine van de studio haar om vijf uur ophalen.

Afgelopen nacht was...

Ze gaf een klopje op de andere kant van het kingsize bed en voelde alleen verfrommelde lakens. Toen ze opkeek, zag ze een stukje papier op een van de kussens liggen. Ze pakte het op en las het.

Vannacht was top. Liefs, Hank.

Ze rekte zich uit als een kat en dacht terug aan vannacht. Hank was de leadzanger van een geweldige nieuwe band. Gisteravond had hij opgetreden in de club waar ze met een paar vriendinnen naartoe was gegaan. Zodra ze zijn slanke lichaam, blauwe ogen en asblonde haar zag, wist ze dat ze hem moest hebben.

Zoals gewoonlijk had ze haar zin gekregen.

Normaal gesproken was het vooral de jacht die haar opwond en liep de seks op een teleurstelling uit. Maar afgelopen nacht was fantastisch geweest. Ze stapte uit bed en liep naar de aangrenzende badkamer om het bad te laten vollopen.

Toen ze in dit huis aan Chalon Road in Bel Air was komen wonen, vlak nadat ze de rol van Gigi in *The Oil Barons* in de wacht had gesleept, was er geen bewaking geweest. Nu werd ze van de buitenwereld gescheiden door een drie meter hoge muur die vierentwintig uur per dag werd bewaakt door middel van camera's en een alarmsysteem. Hoewel het uitzicht vanaf de bovenste etages spectaculair was – in de vallei beneden strekte heel Los Angeles zich uit – deed ze de jaloezieën niet open om het zonlicht binnen te laten. Die bleven altijd potdicht tot ze helemaal aangekleed was, want één keer was een fotograaf zo vindingrijk geweest om op een ladder te klimmen en had hij een foto van haar kunnen maken toen ze alleen een handdoek om had. Het kiekje had hij voor een fortuin verkocht aan de roddelbladen. Per slot van rekening was ze nu een van de beroemdste mensen van Amerika en misschien wel van de hele wereld.

Ze draaide de kraan dicht, zette de jacuzzistand aan en stapte in het bad. Ze liet zich in het water zakken en liet de stralen zacht haar lichaam masseren. Ze had geen idee waarom Bill haar zo dringend wilde zien. Er zou toch geen probleem zijn met het nieuwe contract? Hoofdschuddend zette ze die gedachte van zich af. Natuurlijk niet. Gigi was het populairste personage in *The Oil Barons*. Cheska kreeg meer fanmail dan welk ander castlid dan ook, werd vaker gevraagd voor publieke verplichtingen en verscheen vaker in de krantenkoppen dan alle andere acteurs bij elkaar.

Ze wist dat dat deels te wijten was aan haar beruchte privéleven.

De studio had haar al meerdere keren berispt als ze weer eens op de gevoelige plaat was vastgelegd met een jonge blonde minnaar. Dan mompelden ze iets over de normen waar ze zich volgens haar contract aan diende te houden, maar daar trok ze zich niets van aan. Wat zeurden ze nou? Dit leverde toch alleen maar meer publiciteit op voor de serie? Bovendien was haar privéleven precies wat het woord al zei: privé. Daar had de studio geen ene moer mee te maken.

In de spiegel zag ze een paar lijntjes onder haar ogen. Ze was moe, uitgeput zelfs, omdat ze negen maanden aan een stuk opnames had gehad. Godzijdank was de zomerstop al over een paar weken. Ze was dringend toe aan vrije tijd, rust en ontspanning. Misschien had haar rommelige, in de pers breed uitgemeten scheiding een half jaar geleden meer van haar gevergd dan ze zelf doorhad. Volgens de wet in Californië had je als echtgenoot recht op de helft van alles wat je wederhelft bezat. Omdat zij heel veel had, en haar waardeloze ex-man annex rockmuzikant geen rooie cent, was ze er flink ingestonken. Ze was het strandhuis in Malibu plus de helft van haar contanten en andere investeringen kwijtgeraakt aan Gene 'De Klootzak' Foley. Tijdens hun huwelijk had hij nog geen dag gewerkt, maar alleen met zijn langharige vrienden rondgehangen in het strandhuis, wiet gerookt, bier gedronken en haar zuurverdiende geld over de balk gesmeten in louche tenten in LA. Ze had spijt als haren op haar hoofd dat ze ooit met hem getrouwd was, maar destijds in Vegas had het zo lollig geleken om om drie uur 's nachts een predikant uit bed te plukken en erop te staan dat hij hen meteen in de echt verbond. Gene had een weggegooid lipje van een blik bier als trouwring gebruikt. De volgende dag was het in de hele wereld voorpaginanieuws geweest.

Eerlijk gezegd had hij haar aan Bobby doen denken...

Door dat ene impulsieve moment had ze op financieel gebied een hoop moeten inleveren. En ze had er altijd al een extravagante levensstijl op na gehouden. Ze kocht dure designerkleding en organiseerde enorme feesten, verzorgd door de besten in hun vak, wanneer ze maar wilde. Maar nu stond ze volgens haar accountant behoorlijk in het rood.

Vorige week had hij haar gebeld om te zeggen dat ze beter iets minder kon uitgeven. De bank was bereid haar limiet met nog eens vijftigduizend dollar te verhogen, mits ze een extra hypotheek op haar huis nam. Ze had de papieren die hij haar had gegeven ondertekend, zonder ook maar de kleine lettertjes te lezen.

Daarom had ze om opslag gevraagd voordat ze een nieuw contract aanging. De rol van Gigi was onmisbaar in *The Oil Barons*, dus had ze stevig onderhandeld. Bill, haar Amerikaanse impresario, had gezegd dat ze moest oppassen. Volgens hem konden studiobazen erg prikkelbaar reageren als de acteurs zichzelf belangrijker vonden dan de serie waarin ze speelden.

Ze pakte een handdoek en stapte uit bad. Het was toch belachelijk dat de meest gewilde tv-ster van Hollywood op de kleintjes moest letten? Terwijl ze zich aankleedde, troostte ze zich met de gedachte dat al haar financiële problemen opgelost zouden zijn met het nieuwe contract.

'Kom binnen, kom binnen.' Cheska zwaaide vanaf de bank naar Bill, terwijl haar Mexicaanse hulp in de huishouding hem naar de grote, comfortabele woonkamer met uitzicht op het zwembad bracht. 'Ik kan niet overeind komen, schat. Ik heb net een massage gehad en mijn teennagels laten lakken. Iets te drinken?'

'IJsthee lijkt me heerlijk.'

'Schenk er voor mij ook maar één in,' voegde ze eraan toe toen de hulp aanstalten maakte om naar de keuken te lopen.

Bill kwam naar Cheska toe en gaf haar een kus op haar wang. 'Hoe gaat het, schat?'

Ze glimlachte en rekte zich uit toen hij zijn aktetas op de glazen salontafel legde en ging zitten. 'Prima, hoor. Nou, wat is er zo dringend dat je op zondag je vrouw en kinderen alleen laat?'

'Het gaat over de serie.'

'Ja, dat dacht ik al.' Toen ze eens goed naar hem keek, zag ze de spanning op zijn gezicht. 'Er is toch niets ergs gebeurd?'

'Nou... De studio wil je contract helaas niet verlengen.'

Haar adem stokte.

Precies op dat moment kwam de hulp binnen met de ijsthee, en ze zeiden niets totdat ze de glazen op tafel had gezet en weer weg was.

'Dat zul je toch wel verkeerd begrepen hebben, Bill?'

'Irving heeft me vrijdag bij zich geroepen, en...' Hij aarzelde even, alsof hij probeerde te bedenken hoe hij dit het beste kon verwoorden. 'De nieuwe studiobaas is een nette gezinsman en hij wil dat zijn sterren het goede voorbeeld geven.'

'Ho even, Bill. Wil je nu zeggen dat de personages in *The Oil Barons* met iedereen het bed in mogen duiken, buitenechtelijke kinderen mogen krijgen, drugsverslaafd mogen zijn of met een gewelddadige man mogen trouwen, maar dat de sterren van onbesproken gedrag moeten zijn? Jezus!' Ze schudde haar hoofd en lachte verbitterd. 'Hoe hypocriet wil je het hebben?'

'Ik weet het, ik weet het,' suste hij haar. 'Maar het komende seizoen wordt de serie een stuk kuiser. Er gaan een paar dingen verdwijnen die je net noemde.'

'Net als de hoge kijkcijfers,' mompelde ze. 'Waarom denkt hij dat mensen naar de serie kijken?'

'Dat ben ik met je eens. Ik kan alleen maar zeggen dat ik het heel erg vind dat jij hier de dupe van wordt. Maar ik heb je al zo vaak gewaarschuwd dat de studio...'

'Dat de studio er niet van houdt als de hoofdrolspelers worden gezien in nachtclubs, als ze drinken, dansen of op wat voor manier dan ook plezier maken of een eigen leven hebben,' maakte ze nijdig zijn zin af.

'Laten we wel wezen, schat. De afgelopen maanden kwam je telkens te laat aan op de set, vergat je je tekst...'

'Omdat ik verdomme in scheiding lag!' Ze stompte in een sierkussen en smeet het op de vloer. Terwijl ze uit het raam staarde, kwamen die oude gevoelens weer naar boven waarvan ze had gehoopt dat ze nog maar een vage herinnering waren. Ze stopte ze weg, slikte moeizaam en keek hem weer aan.

'Hoe gaat Gigi... Ik bedoel...'

Dat was de hamvraag. Als de studio haar personage samen met een man met de noorderzon liet verdwijnen, was er nog een kans dat ze terug kon komen. Zo niet...

Hij haalde diep adem. 'Een auto-ongeluk. In het ziekenhuis wordt ze direct doodverklaard.'

'Ik begrijp het.'

Er viel weer een lange stilte, waarin ze zichzelf met moeite wist te beheersen. 'Dus,' zei ze uiteindelijk, 'dat is het dan? Ben ik op mijn vierendertigste al uitgerangeerd?'

'Niet zo overdrijven,' wierp hij tegen. 'Het lijkt de studio het beste om bekend te maken dat je zelf uit de serie stapt omdat je je op andere projecten wilt richten. Er is geen enkele reden waarom je niet meteen met andere dingen verder zou kunnen. Ik heb al wel wat ideetjes.'

Hij sprak met een zelfvertrouwen dat hij niet voelde. In Hollywood verspreidde slecht nieuws zich snel, en Cheska stond erom bekend dat ze lastig was.

'Ze denken toch zeker niet dat ik me zomaar laat ontslaan?' riep ze uit.

'Er is niets aan te doen, schat.'

'Ik zou de *National Enquirer* kunnen bellen om te zeggen waar die eikel van een Irving mee bezig is! Hij heeft me nooit gemogen, Bill. Niet sinds hij me probeerde te versieren en ik hem keihard heb afgewezen. Als mijn fans horen dat Gigi op verzoek van de studio uit de serie wordt geschreven, worden ze gek!'

Hij onderdrukte een zucht. Het was ook altijd hetzelfde liedje: al die sterren dachten dat ze onmisbaar waren voor de studio en voor het publiek. In werkelijkheid waren beide partijen nogal wispelturig en zou Gigi binnen de kortste keren vergeten zijn als een nieuw personage de aandacht van het publiek opslokte. Trouwens, Cheska was gewoon heel lastig, dat was ze altijd al geweest. Tot nu toe hadden de studio en hijzelf haar stemmingswisselingen en opvliegendheid voor lief genomen vanwege de kijkcijfers en hun aandeel in de winst.

'Hoor eens, niemand heeft er iets aan als je hier moeilijk over gaat doen, jijzelf al helemaal niet. Denk eens aan je carrière. Als je nog een toekomst in deze stad wilt hebben, zullen we ons hier echt bij neer moeten leggen.'

'Ik kan het gewoon niet geloven.' Verdwaasd wreef ze over haar voorhoofd. 'Ik bedoel, de kijkcijfers zijn nog steeds hoog, Gigi is het populairste personage. Ik...' Ze wrong haar handen. 'Waarom nou toch?'

'Dat heb ik al gezegd. Ik begrijp hoe je je voelt, maar we zullen dit achter ons moeten laten en naar de toekomst moeten kijken. Er zit niets anders op.'

Met een boosaardige schittering in haar ogen keek ze hem aan. 'Je wilt niet dat ik een slechte invloed heb op je band met de studio, zul je bedoelen.'

'Dat is niet eerlijk. Ik heb mijn best voor je gedaan, dat weet je. De afgelopen jaren heb ik een paar uitstekende deals voor je in de wacht gesleept.'

'Nou, als je niet beter kunt dan dit, wordt het misschien eens tijd voor wat anders. Ik bel wel een ander agentschap. Je bent ontslagen, Bill. Ga alsjeblieft weg.'

'Kom nu toch, dat meen je niet. Samen komen we hier wel uit. Dan kunnen we iets heel moois voor je regelen.'

'Houd toch op. Je hebt nu wel wat anders aan je hoofd. In jouw ogen ben ik toch maar een uitgerangeerde actrice met een slechte reputatie.'

'Klets niet zo!' riep hij uit.

Ze stond op. 'Van nu af aan verloopt het contact tussen ons uitsluitend via mijn accountant. Stuur alle cheques maar naar hem, zoals gewoonlijk. Dag, Bill.'

Hij keek Cheska aan. Haar kin stak uitdagend naar voren, haar ogen waren omfloerst van woede. Toen ze jaren geleden zijn kantoor binnen was komen wandelen, had hij haar een van de mooiste jonge vrouwen gevonden die hij ooit had gezien. Met de jaren was ze zelfs nog mooier geworden, maar achter die façade was altijd al een gestoord mens schuilgegaan. Ze was paranoïde over wat mensen van haar vonden, dacht dat iedereen het op haar voorzien had, zelfs wanneer het haar voor de wind ging. Maar ja, in deze stad barstte het ook van de onzekere vrouwen. Cheska spande alleen de kroon. Bill wist dat hij goed wegkwam, dus besloot hij er niet tegenin te gaan.

'Oké, wat jij wilt.' Met een zucht pakte hij zijn aktetas en liep naar de deur.

'Prima.'

'Laat het maar weten als je nog van gedachten verandert.'

'Dat gebeurt niet. Dag, Bill.'

'Het beste.' Hij knikte en liep de kamer uit.

Nadat ze de voordeur dicht had horen gaan, liet ze zich op de vloer zakken en schreeuwde het uit van woede.

39

Acht weken later kwam Cheska thuis van haar laatste draaidag. Na afloop was er op de set champagne en een enorme taart geserveerd en had de rest van de cast gezegd hoe erg ze haar zouden missen. Ze had haar kiezen op elkaar geklemd en zich met een glimlach door het feestje heen geslagen, alsof het haar eigen beslissing was geweest om op te stappen. Inmiddels zag ze wel in dat Bill gelijk had, dat ze alleen op die manier kon redden wat er nog te redden viel van haar trots en haar carrière. Ook al wist ze zeker dat ze er allemaal van op de hoogte waren dat ze was ontslagen.

Als iemand naar haar volgende project had geïnformeerd, had ze met een nonchalant handgebaar gezegd dat ze voor een welverdiende vakantie naar Europa ging, voordat ze zich weer wilde vastleggen. In werkelijkheid had ze niets in het vooruitzicht. Ze had de beste agentschappen van de stad gebeld – ICM, William Morris en ga zo maar door – bedrijven die een paar jaar geleden nog in de rij hadden gestaan om haar te vertegenwoordigen. Als ze nu belde, werd haar boodschap aangenomen door een secretaresse, maar de impresario's belden haar nooit terug.

Cheska had haar hulp gevraagd een glas champagne voor haar in te schenken en was in een fauteuil in de woonkamer gaan zitten. Ze vroeg zich af of ze een gruwelijke vergissing had begaan door Bill de laan uit te sturen. Moest ze hem bellen? Hem vragen haar te vergeven en voor haar op zoek te gaan naar geschikte rollen?

Nee, besloot ze. Haar trots was al genoeg gekrenkt, ze kon nu niet met hangende pootjes bij hem terugkomen. Er zat niets anders op dan haar eisen een beetje bij te stellen en op zoek te gaan naar een impresario met weinig ervaring, die graag een grote naam als de hare aan zijn lijst zou toevoegen.

Of was een tweederangs impresario erger dan helemaal geen impresario?

Waarschijnlijk wel.

'Shit!' Ze legde haar hand tegen haar slaap, want ze voelde een zware hoofdpijn opkomen.

Toen de hulp haar de champagne kwam brengen, nam ze een grote slok. Wat kon haar het schelen als de hoofdpijn daar erger van werd?

Natuurlijk was er ook nog het probleem van haar financiën. Ze was blut. Erger dan blut, zelfs. Ze had een schuld van tienduizenden dollars. Gisteren was ze naar Saks geweest om een jurk voor haar afscheidsfeest te kopen en was haar creditcard geweigerd. De verkoopster had de creditcardmaatschappij gebeld en was teruggekomen met de mededeling dat haar limiet overschreden was. Dus had Cheska een cheque uitgeschreven waarvan ze vrijwel zeker wist dat die niet gedekt was en was ze kokend van woede de winkel uit gelopen. Eenmaal thuis had ze haar accountant gebeld en hem gevraagd de volgende cheque die ze van Bill kreeg, direct naar haar door te sturen, zonder tussenkomst van de bank. Met die ruim twintigduizend dollar moest ze de komende weken wel door kunnen komen, als ze zuinig was.

Ze slaakte een kreet van wanhoop. Vanaf haar vierde had ze aan één stuk door gewerkt, en wat had dat haar opgeleverd? Een huis dat ze zou moeten verkopen om haar schulden af te betalen en een kast vol designerkleding die ze niet meer zou dragen. Haar vrienden in het vak, die in het verleden altijd gretig op haar uitnodigingen waren ingegaan, hadden haar de afgelopen weken stuk voor stuk laten vallen.

De reden was duidelijk: ze was op haar retour, dat hing als een goedkoop parfum om haar heen. In hun leven was geen ruimte voor mislukking. Stel je voor dat het besmettelijk was.

De rest van de avond zoop ze zich een stuk in haar kraag en de volgende ochtend werd ze wakker op de bank, met al haar kleren nog aan.

De daaropvolgende week was bijna ondraaglijk.

Ze zegde haar masseuse, privétrainer en kapper af. Ze ontsloeg de hulp en het bewakingsbedrijf, omdat ze wist dat ze die aan het eind van de maand niet meer zou kunnen betalen. Haar nagels braken af, haar haren hingen slap om haar gezicht en 's ochtends nam ze niet meer de moeite om zich aan te kleden.

Alsof haar financiële problemen en de verveling nog niet erg genoeg waren, staken die gevreesde gevoelens waarvan ze had gehoopt en gebeden dat ze voorgoed weg waren, weer de kop op. Ze had weer heftige dromen en werd vaak rillend en bezweet wakker.

Een paar dagen geleden had ze die bekende stem weer gehoord, de stem die haar tot al die vreselijke dingen had aangezet. Die had ze niet meer gehoord sinds ze uit Engeland was vertrokken, bijna achttien jaar geleden. Bovendien waren er nog meer stemmen bij gekomen. Die hadden het dit keer niet over andere mensen, maar over háár.

Je bent een mislukkeling, Cheska... Een dwaas, talentloos meisje... Je komt nooit meer ergens aan de bak... Niemand wil je nog, niemand houdt van je...

Ze liep van de ene naar de andere kamer in een poging de stemmen achter zich te laten, maar ze gingen overal met haar mee en lieten haar geen moment met rust.

Ze sloeg met haar vuist tegen haar voorhoofd om ze weg te krijgen. Ze gaf antwoord, schreeuwde net zo hard als zij, maar de stemmen hielden niet op...

Een paar dagen geleden had ze uit wanhoop de dokter gebeld om te vragen om een sterk kalmeringsmiddel, maar daar werd ze niet rustig van en de stemmen hielden ook niet op.

Ze wist dat ze aan het ontsporen was. Ze had hulp nodig, maar wist niet waar ze die zoeken moest. Als ze haar dokter over de stemmen vertelde, zou hij haar in het gekkenhuis laten opsluiten, net als die andere artsen toen ze zwanger was.

Na twee weken in die hel keek ze op een ochtend in de spiegel en zag dat ze er niet meer was.

'Nee! Nee! Alsjeblieft!'

Ze liet zich op de vloer zakken. Ze was weer onzichtbaar. Misschien was ze al dood... dat had ze al zo vaak gedroomd. Wat was er nog echt? Ze wist het niet meer. Haar hoofd barstte zowat uit elkaar, de stemmen dreunden door, lachten haar uit.

Als een bezetene rende ze door het huis, trok lakens over spiegels die te zwaar waren om te verplaatsen en draaide de rest met de spiegelzijde naar de muur. Daarna ging ze op de vloer in de woonkamer zitten en probeerde haar ademhaling weer onder controle te krijgen.

Ze wist dat ze zo niet door kon gaan. De stemmen hadden gelijk, er was geen toekomst voor haar.

'Help me, alsjeblieft! Help! Help!'

Er is niemand die je kan helpen, Cheska, niemand... Niemand houdt van je, niemand wil jou...

'Hou op! Hou op! Hou op!' Ze begon ritmisch met haar hoofd tegen de muur te bonken, maar haar kwelgeesten gingen door.

Een tijdje later ging ze rechtop zitten. Er zat niets anders op. Er was maar één manier om de rust te vinden waarnaar ze zo snakte.

Langzaam liep ze naar haar slaapkamer en pakte het potje uit de lade van haar nachtkastje. Ze ging op de vloer zitten en keek naar de onschuldig ogende gele schijfjes die haar aanstaarden van achter het bruine plastic. Hoeveel zou ze er moeten innemen om overal vanaf te zijn? Ze draaide de dop van het potje en schudde een van de pillen in haar hand.

De stemmen drongen weer haar oren binnen, maar deze keer lachte ze erom. 'Ik kan jullie tegenhouden!' riep ze triomfantelijk. 'Het is heel makkelijk...'

Ze legde de pil op haar lippen en proefde de brandende, kalkachtige textuur op haar tong. Op haar nachtkastje stond een glas water, waarmee ze de pil doorslikte. Ze schudde er nog drie uit het potje en keek omhoog naar de hemel, waar Jonny vast op haar wachtte. 'Mag ik nu naar jou toe, alsjeblieft? Ik wil niet naar beneden, naar hen toe. Als ik zeg dat ik spijt heb en dat ik in God geloof, laten ze me dan gaan?'

Voor deze ene keer bleef het stil in haar hoofd.

Er rolde een traan over haar wang. 'Het spijt me, mama. Het spijt me zo. Het was echt niet mijn bedoeling.'

En Ava dan? Je hebt je dochter in de steek gelaten… Wie kan je dat nu vergeven?

De stemmen waren weer terug.

'Alsjeblieft! Alsjeblieft!' smeekte ze de stemmen. Ze sloeg de pillen in haar hand achterover en wilde er net nog meer uit het potje schudden toen ze een ander geluid hoorde… een rinkelende bel, als die van de hellepoort.

Het gerinkel dreunde door in haar hoofd. 'Hou op, hou alsjeblieft op!' Het geluid kwam haar vaag bekend voor en geleidelijk aan drong het tot haar door dat de hel haar niet riep, maar dat er werd aangebeld bij de poort. Op de een of andere manier slaagde ze erin de hal in te lopen, waar ze op haar knieën zakte.

'Ga weg, ga alsjeblieft weg!' schreeuwde ze.

'Cheska, ik ben het. Oom David!'

Ze keek naar het beeldscherm. David? Dat kon niet, die woonde in Engeland. Het moesten de stemmen weer zijn. Ze probeerden haar erin te luizen.

'Cheska, laat me alsjeblieft binnen!'

Ze stond op en tuurde naar zijn gezicht op het scherm, voor de zekerheid. Ouder, zwaarder, met grijs haar dat zich aan de slapen terug begon te trekken, maar nog steeds met dezelfde glinstering in zijn ogen.

'Oké, oké.' Onvast liep ze de hal door om het alarmsysteem uit te schakelen, waarna ze op de zoemer drukte om hem binnen te laten.

David deed zijn best om zijn schrik te verbergen toen ze de voordeur opendeed. Haar haren waren vet en futloos, haar ogen stonden glazig, met donkere vegen eronder. Haar pupillen schoten alle kanten op, waardoor ze eruitzag als een opgejaagd dier. Midden op haar voorhoofd zat een enorme blauwe plek. Er slobberde een vuil sweatshirt om haar magere schouders en haar ooit zo welgevormde benen leken wel twee luciferhoutjes. Ze zwalkte heen en weer, alsof ze dronken was.

'Cheska, wat fijn je te zien.' Toen hij naar voren boog om haar een zoen te geven, rook hij haar ongewassen lucht.

'O, David, ik...' Met een smekende blik in haar blauwe ogen keek ze hem aan, waarna ze in tranen uitbarstte en zich weer op de vloer liet zakken.

Hij zag even aan hoe ze daar heen en weer zat te wiegen en knielde naast haar om haar te troosten. Toen hij haar probeerde aan te raken, begon ze te gillen en zag hij dat ze een potje pillen in haar vuist geklemd hield. 'Nu is de maat vol, ik ga een dokter bellen.'

Ze keek op. 'Nee! Ik... Het komt wel goed, echt.'

'Moet je jezelf nu eens zien. Het gaat helemaal niet goed.' Hij wrikte het potje uit haar greep en bekeek het etiket. 'Hoeveel heb je er ingenomen?'

'Drie of vier maar.'

'Zweer je dat?'

'Ja, David.'

'Goed, dan help ik je overeind.' Snel stopte hij het potje in zijn zak, daarna hielp hij haar met opstaan.

Ze redde het tot aan de woonkamer, waar ze op de bank in elkaar zakte en haar armen naar hem uitstak. 'Houd me alsjeblieft vast. Alsjeblieft, oom David.'

Hij deed wat hem gevraagd was.

Ze begroef haar gezicht in zijn schoot en bleef een tijdje stil liggen, waarna ze opkeek en zijn gezicht in zich opnam. Met haar hand volgde ze de lijnen van zijn ogen, neus en mond. 'Ben je het echt?'

Hij grinnikte. 'Dat mag ik wel hopen! Waarom vraag je dat?'

'O, omdat ik me de afgelopen dagen van alles heb ingebeeld. Mensen, plekken...' Opeens glimlachte ze. 'Als je het écht bent, ben ik heel blij dat je er bent.'

Met die woorden deed ze haar ogen dicht en viel prompt in slaap.

40

Na een tijdje duwde David Cheska's hoofd voorzichtig van zijn schoot en liet haar slapen. Zelf liep hij naar de keuken, waar hij zag dat de vuile werkbladen vol stonden met gebruikte glazen en kopjes. Hij haalde het potje pillen uit zijn zak en spoelde de inhoud door de afvalvermaler. Het was hem wel duidelijk wat ze had willen doen en hij dankte de hemel dat hij had besloten bij haar langs te gaan, op weg naar zijn oude vriend die iets hoger op de heuvel woonde.

De afgelopen jaren had hij af en toe in Hollywood gewerkt en had hij een paar keer met haar afgesproken om iets te gaan drinken. Hoewel ze Ava in de steek had gelaten, vond hij het belangrijk om contact te houden. Maar hij had het altijd erg lastig gevonden om in haar gezelschap te verkeren. Meestal had er wel ergens in huis een man rondgehangen en hij betwijfelde of hij tijdens al die bezoekjes meer dan een paar minuten alleen met haar had doorgebracht. Dat leek hem geen toeval. In Hollywood wist niemand dat Cheska een kind had. Het laatste wat ze wilde, was dat hij over Ava begon. Ze wist dat hij dat in het bijzijn van vreemden niet zou doen.

Plichtsgetrouw als hij was, had hij haar geschreven dat haar moeder kort na Cheska's vertrek uit Engeland uit haar coma was ontwaakt. Door de jaren heen had hij geprobeerd haar op de hoogte te houden van Greta's vorderingen. Maar Cheska leek het nooit over haar moeder te willen hebben. Als David over haar begon, kwam het gesprek altijd van één kant, met dooddoeners als 'je krijgt de groeten van je moeder', wat natuurlijk een leugen was, want Greta kon zich haar dochter niet eens herinneren.

Na een bezoekje aan Cheska voelde hij zich altijd ontzettend gedeprimeerd, omdat het wel duidelijk was dat haar verleden in Engeland voor haar niet meer bestond. Net zoals dat bij Greta het geval was.

Dat maakte hem verdrietig en gefrustreerd, maar zijn moeder zei altijd dat je geen slapende honden wakker moest maken, dus had hij zich daar uiteindelijk maar aan gehouden.

Terwijl hij een kopje afwaste en thee voor zichzelf zette, ging hij in gedachten de situatie na. Hij had geen idee wat Cheska ertoe had gedreven om zelfmoord te willen plegen. Tot nu toe had hij gedacht dat het haar voor de wind ging.

De afgelopen maand had hij in Hollywood doorgebracht voor een cameo in een grote film. Gisteren zaten de opnames erop en hij stond op het punt om terug naar Engeland te gaan. Voorlopig, althans. Na de vijfentachtigste verjaardag van zijn moeder was hij van plan een lang uitgesteld 'tussenjaar' te nemen, zoals tieners dat tegenwoordig noemden. Hij was eenenzestig en zijn carrière had zowel in de vs als in Engeland een punt bereikt waarop hij vond dat hij er best even tussenuit kon knijpen en weer terug kon komen wanneer hij zelf wilde. Dat had hij verdiend. Als hij het nu niet deed, zou hij er later misschien te broos voor zijn.

Bovendien was hij niet meer alleen.

Met een glimlach dacht hij aan haar: haar tengere, maar welgevormde figuur en donkere haar, opgestoken in een chignon. Haar bruine ogen, die warmte en intelligentie uitstraalden. Hij had haar al vanaf hun eerste kennismaking gemogen, tijdens een etentje bij een oude vriend van Oxford. Als vrijgezelle man werd hij bij dat soort gelegenheden vaak naast een alleen gekomen vrouw gezet, van wie de meesten hem koud lieten. Maar Victoria, of Tor, zoals ze graag genoemd werd, was anders. Eerst had hij gedacht dat ze halverwege de veertig was, maar ze bleek de vijftig al gepasseerd en had hem verteld dat haar man tien jaar daarvoor was gestorven en dat ze er nooit behoefte aan had gehad om te hertrouwen. Ze was lid van de wetenschappelijke staf op Oxford, gespecialiseerd in de Chinese oudheid, en haar man had Griekse en Latijnse taal en cultuur gedoceerd. Ze had haar hele leven in de academische wereld doorgebracht.

Op weg naar huis had hij bedacht dat zo'n cultureel onderlegde, belezen vrouw wel geen belangstelling zou hebben voor iemand die in de entertainmentwereld werkte. Hij had ook wel een uitstekende opleiding genoten, maar sindsdien verkeerde hij in heel andere kringen.

Toch had hij een week na hun ontmoeting een briefje van haar gekregen, waarin ze hem uitnodigde in Oxford voor een recital waarvan hij had gezegd dat hij er graag naartoe zou willen. Hij had een hotel in de buurt geboekt en zich afgevraagd of hij wel tussen haar intellectuele vrienden zou passen, maar het was echt gezellig geworden.

Later die avond, tijdens een rustig diner, had ze gezegd dat hij niet zo bescheiden moest zijn. 'Jij vermaakt mensen, David. Dat is een veel grotere gave dan een verhandeling over Confucius kunnen schrijven. Mensen aan het lachen maken en even hun zorgen laten vergeten is een prachtig talent. Trouwens, jij hebt ook aan Oxford gestudeerd. Vanavond kon je je prima redden bij mijn vrienden.'

Sindsdien hadden ze regelmatig met elkaar afgesproken, tot hij uiteindelijk had gevraagd of ze een weekend met hem weg wilde. Hij had haar meegenomen naar Marchmont, en LJ had haar meteen graag gemogen. Het verbaasde hem niet dat ze opgelucht was dat hij eindelijk een vriendin had, gezien haar nauwverholen frustratie om zijn voortdurende toewijding aan Greta. 'In hemelsnaam, schat, ze weet niet eens meer wie je bent!' was haar favoriete mantra.

'Ma, Tor is echt maar gewoon een vriendin,' had hij dat eerste weekend volgehouden.

De maanden daarna was hij zichzelf opnieuw gaan ontdekken, zijn liefde voor muziek en kunst, na een stevige zondagse lunch hand in hand over een landweggetje wandelen, boeken die ze allebei hadden gelezen en waarover ze tot diep in de nacht onder het genot van een fles wijn konden praten. Bovenal had hij het gevoel dat hij een vrouw had gevonden die zijn gezelschap net zo op prijs stelde als hij het hare.

Toen had Tor aangekondigd dat ze had besloten een sabbatical van een jaar op te nemen van Oxford om een aantal van de verre plekken te bezoeken waarover ze eindeloos had gedoceerd en geschreven, maar die ze nog nooit met eigen ogen had gezien. Op speelse toon had ze gevraagd of hij met haar mee wilde gaan. Hoewel hij er destijds om had moeten lachen, had hij er daarna nog eens goed over nagedacht en was hij tot het besef gekomen dat dit misschien wel precies was wat hij nodig had.

Toen hij zei dat hij met haar mee wilde gaan, waren haar ogen groot geworden van vreugde en ongeloof. 'Maar je carrière dan? En Greta?'

Natuurlijk wist Tor alles van haar af. Greta maakte nog steeds een groot deel van zijn leven uit. De afgelopen zeventien jaar was ze bijna elke zondag bij hem in Hampstead komen lunchen, of was hij bij haar op bezoek gegaan. Al had hij de laatste tijd niet zonder schuldgevoel wel een paar keer afgezegd omdat hij iets met Tor had afgesproken. Hij was zich er sterk van bewust hoe afhankelijk Greta van hem was. Ze kwam amper haar huis uit, omdat ze zich niet op haar gemak voelde in grote menigtes. Behalve van hem kreeg ze alleen zo nu en dan een beleefdheidsbezoekje van Leon, en nog minder frequent van LJ en Ava, als die in Londen bij hem op bezoek waren. Greta moest er niet aan denken om ook maar een nacht buiten haar veilige appartement in Mayfair door te brengen. In feite leefde ze als een kluizenares.

Het moment waarop ze na al die maanden in coma eindelijk haar ogen had opengedaan, zou hij nooit vergeten. De vreugde die hij had gevoeld toen al zijn liefde voor haar naar boven kwam en hij haar gezicht met kussen overlaadde, terwijl zijn tranen vrijelijk over haar bleke gezicht dropen, was snel omgeslagen in afgrijzen omdat ze hem met haar magere armen van zich af had geduwd en had gevraagd wie hij in vredesnaam was. Door de jaren heen had hij zich erbij neergelegd dat de situatie misschien nooit zou veranderen. Hij had weinig keus, want Greta's geheugen weigerde halsstarrig terug te komen.

Hij vond het helemaal niet erg dat ze zo afhankelijk van hem was. Hij hield immers van haar. Maar omdat ze er nooit blijk van had gegeven dat ze meer van hem wilde dan zijn vriendschap en steun, was de situatie al die jaren niet veranderd.

Omdat hij Tor had ontmoet, was de status van hun relatie nog eens extra verduidelijkt. Hij was eindelijk gaan inzien wat zijn moeder hem altijd al duidelijk had willen maken, dat het geen zin had om naar Greta te blijven smachten.

Ma had gelijk, hij moest de draad oppakken.

Zodra hij Tor ervan had verzekerd dat hij echt graag met haar op reis wilde gaan, waren ze hun route gaan uitstippelen. Ze hadden besloten eerst naar India te gaan en, omdat Tor een fervent wandelaarster was, van daaruit naar Lhasa in Tibet te vliegen om een paar weken in het Himalayagebergte rond te trekken. Daarna wilden ze de reisroute van Marco Polo door China afleggen, een reis waar Tor al jaren van droomde.

David spoelde de drab van zijn thee door de gootsteen. Thuis zou hij Greta moeten vertellen over zijn reisplannen. Ze was het gewend dat hij soms een paar weken achter elkaar naar Hollywood ging. Hij had haar vaak gevraagd of ze mee wilde gaan en Cheska misschien wilde bezoeken, maar dat had ze altijd geweigerd. Een half jaar was echter wel een heel lange tijd. Hij zou aan LJ en Ava moeten vragen of die bij haar langs wilden gaan zolang hij weg was.

Nu was hij bij toeval in een heel andere situatie beland, waarvan hij wist dat het moeilijk zou worden om zich er snel van los te maken. Hij belde Tony, zijn vriend, om te zeggen dat er iets tussen was gekomen en dat hij het vandaag toch niet ging redden.

Toen hij ophing, kon hij het niet laten om Cheska's huidige toestand, waarin ze als een wrak op de bank lag te slapen, te vergelijken met de prachtige vrouw die met haar beroemde gezicht televisieschermen, kranten en tijdschriften over de hele wereld sierde.

Er moest iets vreselijks gebeurd zijn waardoor ze naar het randje van zelfmoord was gedreven. Hij vroeg zich af hoe hij erachter kon komen wát precies. Zijn blik viel op de namen en nummers die in haar kinderlijke, krullerige handschrift op het notitieblok naast de telefoon waren geschreven. De derde in de lijst was Bill Brinkley, de impresario die ze in de arm had genomen nadat ze hierheen was verhuisd en Leon zonder pardon de laan uit had gestuurd. Hij zou toch wel weten wat eraan scheelde?

David draaide het nummer en vroeg of hij doorverbonden kon worden. 'Bill, met David Marchmont. Volgens mij hebben we elkaar al een paar keer op een feestje gezien.'

'Ja, dat weet ik nog. Hoe gaat het met je?'

'Heel goed, dank je.'

'Wat kan ik voor je doen? Ben je op zoek naar een nieuwe impresario? Ik wil je best mijn referenties toesturen.'

'Nee, bedankt, Bill.'

'Oké. Wat kan ik dan voor je betekenen?'

'Heb jij Cheska de laatste tijd nog gezien? Ze is mijn nichtje, maar dat wist je misschien al.'

'Echt? Dat wist ik niet. Maar aangezien ze me een paar maanden geleden heeft ontslagen en me heel duidelijk te kennen heeft gegeven dat ze niets meer met me te maken wilde hebben, heb ik haar niet gezien, nee.'

'O. Waarom heeft ze je ontslagen, als ik vragen mag?'

'Wist je dat nog niet? Ik dacht dat de hele stad het erover had.'

'Misschien ken ik de juiste mensen niet, maar ik weet van niets.'

'Het is ook nog niet officieel bekendgemaakt, dus hou het alsjeblieft voor je. Ongeveer een maand voordat de serie in oktober weer begint, willen ze bekendmaken dat Gigi dramatisch aan haar einde komt, om alvast een hype te creëren. Ze verwachten dat die aflevering een recordaantal kijkers zal trekken. Cheska heeft me ontslagen omdat ze mij er de schuld van geeft dat ze uit de serie is geschreven.'

'Ik begrijp het. Wie heeft haar nu onder zijn hoede?'

'Geen idee. Ik heb gehoord dat ze een tijdje naar Europa gaat voordat ze besluit hoe ze verder wil.'

'Juist. Mag ik vragen waarom ze haar contract niet hebben verlengd? Het blijft tussen ons, dat beloof ik. Ik ben haar oom, en… ik maak me zorgen om haar.'

'Nou…' Bill aarzelde. 'Goed dan, omdat je haar oom bent. Cheska werd te lastig. Ze stelde hoge financiële eisen, kwam vaak te laat aan in de studio en werd regelmatig op de gevoelige plaat vastgelegd met foute kerels. Ze heeft het zichzelf aangedaan, David. Maar zeg dat maar niet tegen haar, als je haar te pakken krijgt.'

'Natuurlijk niet. Fijn je gesproken te hebben, Bill. Bedankt voor je eerlijkheid.'

'Geen probleem. Het allerbeste daar in Engeland en als je Cheska ziet, doe haar dan de groeten van me. Ze is een lastige tante, maar ik heb een zwak voor haar. Ze was een van mijn eerste cliënten.'

'Zal ik doen, Bill. Dank je. Tot ziens.'

Hij hing op, liep naar de woonkamer en zag dat Cheska nog steeds lag te slapen. Er ontsnapte hem een zucht. Het was hem nu helemaal duidelijk. Weer voor zijn nichtje zorgen was wel het laatste wat hij had verwacht toen hij naar LA was gevlogen, maar nu kon hij haar niet zomaar de rug toekeren.

Hij liep naar zijn auto om zijn koffer te halen. Terwijl hij die aan het uitpakken was in de logeerkamer, vroeg hij zich af waarom het lot hem weer meesleurde naar het verleden, net nu hij voor het eerst sinds jaren zo had uitgekeken naar de toekomst.

41

Drie uur later werd Cheska wakker. Ondanks haar tegenwerpingen stond David erop haar dokter te bellen en hem te vragen haar te komen onderzoeken. Toen de dokter er was, vertelde David hem kort wat er gebeurd was en nam hem mee naar de woonkamer, waar hij verwachtte Cheska nog steeds op de bank aan te treffen. Ze was er niet. Hij liep de trap op en klopte op haar slaapkamerdeur. Toen hij de knop omdraaide, bleek hij op slot te zitten.

'Cheska, laat me erin. De dokter wil je onderzoeken.'

'Nee!' Ze klonk geërgerd. 'Het gaat prima. Stuur hem weg!'

Wat hij ook probeerde, hij kreeg haar niet zover dat ze de deur opendeed. Uiteindelijk liep hij maar weer naar beneden.

'Dan valt er weinig aan te doen, hè?' zei de dokter. 'Probeer haar morgen maar over te halen bij me langs te komen. Moedig haar in de tussentijd aan om iets te eten en laat haar zoveel mogelijk slapen. Zo te horen is ze depressief.'

'Ik zal mijn best doen,' zei David, terwijl hij de dokter uitliet.

Een uur later kwam Cheska naar beneden.

'Rustig maar, hij is al weg,' zei David op beheerste toon, terwijl hij de televisie uitzette. 'Waar sloeg dat in vredesnaam op?'

Ze plofte op de bank neer. 'Ik heb een hekel aan dokters. Ik vertrouw ze voor geen meter. Toen ik zwanger was, hebben jullie me in dat gesticht gestopt, waar de mensen de hele nacht schreeuwden en huilden. Dat laat ik nooit meer gebeuren.'

'Dat was op doktersadvies, Cheska. We hebben het voor je eigen bestwil gedaan. En die van Ava, uiteraard.'

Ze staarde voor zich uit, alsof ze ergens naar luisterde. Daarna keek ze hem met een glazige blik in haar ogen aan. 'Wat zei je?'

'Laat maar. Je moet iets eten en beter voor jezelf gaan zorgen. Je ziet er niet uit. En je huis is een varkensstal.'

'Dat weet ik.' Opeens glimlachte ze en stak haar armen naar hem uit. 'Ik ben zo blij dat je er bent. Je laat me toch niet alleen achter? Ik ben niet graag alleen.'

'Als je wilt dat ik blijf, zul je je wel moeten gedragen, jongedame.' Hij stond op om haar te omhelzen.

Ze kroop weg in zijn armen, net als toen ze nog een klein meisje was. 'Dat zal ik doen, oom David. Beloofd.'

De volgende dagen waren loodzwaar, omdat het hele verhaal eruit kwam. Cheska deed amper een oog dicht en verscheen op de vreemdste tijdstippen in zijn slaapkamer, rillend van angst omdat ze weer een nachtmerrie had gehad. Dan hield hij haar vast en troostte haar, terwijl zij haar hart uitstortte.

'Jezus, oom David, ze hebben me gewoon ontslagen! Mij, Cheska Hammond, de grote ster! Het is allemaal voorbij. Er is geen toekomst meer voor me weggelegd. Ik ben uitgerangeerd, zoals ze hier zeggen.'

'Kom nou toch, schat, doe niet zo raar. Er zijn zoveel acteurs die een serie verlaten en daarna ergens anders veel succes mee boeken. Er komt wel weer iets voorbij, dat weet ik zeker.'

'Ja, maar dat moet dan wel nú gebeuren, oom David. Ik heb geen rooie cent meer. Ik zit tot aan mijn nek toe in de schulden en de bank kan elk moment beslag leggen op mijn huis.'

'Wat is er dan gebeurd met al het geld dat je moeder voor je heeft geïnvesteerd? En het geld dat je sindsdien hebt verdiend?'

'Dat heb ik allemaal uitgegeven. En wat ik niet zelf heb uitgegeven, is naar die waardeloze ex van me gegaan, of naar de belasting. Er is niets van over, niets. O, oom David, ik heb er zo'n puinhoop van gemaakt.'

Hij sloeg zijn armen om haar magere lichaam en drukte haar dicht tegen zich aan. 'Ik help je wel.'

'Waarom zou je, na de manier waarop ik me vroeger gedragen heb?' jammerde ze.

'Omdat ik je heb zien opgroeien, Cheska. Zelf heb ik nooit kinderen gekregen, maar jij kwam nog het dichtst in de buurt. Als familie help je elkaar in tijden van nood.'

Met een betraand gezicht keek ze naar hem op. 'Jij bent altijd de vader geweest die ik nooit heb gehad. Dank je wel.'

Een paar dagen later belde hij Tor, die hem het daaropvolgende weekend in Oxford verwachtte, om de situatie uit te leggen.

'Geeft niets, schat. Gelukkig is het nu gebeurd en kun je er nog iets aan doen voordat we vertrekken. Voor hetzelfde geld hadden we al in de Himalaya gezeten en was je niet te bereiken geweest. Tegen die tijd zal Cheska toch wel stabiel genoeg zijn om haar alleen te kunnen laten?' vroeg ze gespannen.

'Ja. Dat moet wel, want ik ga deze reis voor niemand afzeggen. Ik laat je nog weten wanneer ik terugvlieg.'

'Pas goed op jezelf, David.'

'Zal ik doen. Jij ook, hè?'

Terwijl hij ophing, hoopte en bad hij dat zijn vaste voornemen niet op de proef gesteld zou worden. Dit reisje was voor hém bedoeld en voor de verandering wilde hij zijn eigen behoeften nu eens voor die van een ander laten gaan.

Gelukkig leek Cheska elke dag een beetje op te knappen. De dokter had slaappillen voorgeschreven, waardoor ze weer eens een nacht door kon slapen en wat kleur op haar wangen kreeg. David kreeg haar zover dat ze regelmatig at en zich 's ochtends aankleedde. Er waren nog steeds momenten waarop ze zich in haar eigen wereldje terugtrok, zelfs wanneer hij tegen haar zat te praten. Dan kregen die prachtige ogen weer die vreemde, glazige uitdrukking. Over Greta of Ava had ze het nooit, dus begon hij ook maar niet over hen. Tegen zijn moeder zei hij niet wat de echte reden was van zijn oponthoud in Los Angeles. Hij wist hoe erg ze van streek raakte als er nieuws over Cheska was.

Op een mooie, zwoele avond legde hij de telefoon neer, nadat hij Tor had verzekerd dat het al stukken beter leek te gaan met Cheska en dat hij hoopte binnenkort naar huis te kunnen vliegen. Toen hij zich omdraaide, zag hij Cheska achter zich staan.

'Wie had je aan de lijn?'

'Tor... Victoria, mijn vriendin.'

'Een vriendin, of jé vriendin?' vroeg ze een tikje ondeugend. 'Door de manier waarop je tegen haar praatte, vermoed ik het laatste.'

'Allebei, denk ik,' zei hij behoedzaam.

'Ik heb een wijntje opengetrokken op het terras. Heb je zin om naar de zonsondergang te komen kijken en me over haar te vertellen?'

Hij liep achter haar aan naar buiten. Het uitzicht vanaf het terras was verbluffend. In de vallei onder haar exclusieve optrekje in de heuvels fonkelden de lichtjes van Los Angeles tegen de donkerblauwe lucht met dramatische roze strepen en goudkleurige wolken. Hij ging tegen de reling geleund staan om het schouwspel in zich op te nemen.

'Wat ben jij een stiekemerd, oom David.' Glimlachend gaf ze hem een glas wijn. 'Toe dan, vertel op.'

En zo vertelde hij Cheska, die alles tot in de kleinste details leek te willen weten, alles over Tor en de reis die ze samen hadden gepland.

'Ze klinkt geweldig. Zo te horen ben je een beetje verliefd,' merkte ze op.

'Misschien wel. Als je zo oud bent als ik, ligt dat allemaal een beetje anders. We doen het rustig aan. Van die reis zullen we wel een stuk wijzer worden, want dan zitten we een half jaar met elkaar opgescheept.'

'Wanneer vertrekken jullie?'

'Half augustus, net na het verjaardagsfeest van mijn moeder.'

'Vroeger dacht ik altijd dat je verliefd was op mijn moeder,' mijmerde ze. 'Ik hoopte zelfs dat jullie ooit zouden gaan trouwen.'

'Ik heb haar een keer ten huwelijk gevraagd,' biechtte hij op, 'maar ze heeft me afgewezen.'

'Dat was dan dom van haar. Iedereen kon zien dat zij ook van jou hield.'

Haar opmerking verbaasde hem, maar hij zei niets. Hij was benieuwd of ze zou vragen hoe het nu met haar moeder ging, maar toen ze dat niet deed, besloot hij de draad van het gesprek op te pakken. 'Volgende maand wordt Ava natuurlijk achttien.'

'Mijn kleine dochtertje Ava, helemaal volwassen.' Ze zei het alsof ze zichzelf eraan moest herinneren wie Ava ook alweer was. 'Hoe gaat het met haar?'

'Heel goed. Ze is slim, mooi, en...'

'Lijkt ze op mij?'

'Ja, ik vind van wel. Ze heeft dezelfde kleur haar, maar zij draagt het kort en is een stuk langer dan jij. Qua karakter zou ze eerlijk gezegd niet meer van jou kunnen verschillen.'

'Gelukkig maar,' mompelde ze.

'Pardon?'

'O, niets. Vertel eens wat over haar. Wat vindt ze leuk, wat zijn haar ambities? Wil ze actrice worden?'

Hij grinnikte. 'Nee, ze wil dierenarts worden. Ze kan heel goed met dieren overweg.'

'O. Weet ze... wie ik ben?'

'Natuurlijk. LJ en ik hebben haar altijd bewust veel over je verteld. Ze is verslingerd aan *The Oil Barons*. Ze kijkt elke week.'

Cheska huiverde en hij gaf zichzelf een standje omdat hij erover begonnen was.

'En LJ? Die heeft ongetwijfeld een hekel aan me?'

'Welnee, helemaal niet.'

'Jullie vonden het vast moeilijk om te begrijpen waarom ik hierheen ging, zonder Ava, maar ik zag geen andere oplossing. Als ik het had gezegd, hadden jullie me nooit laten gaan. Ik moest afstand nemen van het verleden en met een schone lei beginnen.'

'Dat begrijpen we heus wel. Maar eerlijk gezegd is het de afgelopen jaren wel zwaar geweest voor LJ. Ze is een plaatsvervangende moeder voor Ava geworden en is volgens mij altijd bang geweest dat je je dochter op een dag terug zou willen. Mijn moeder houdt van haar alsof ze haar eigen kind is. Als ze al negatieve gevoelens voor je had, heeft ze die voor Ava's bestwil helemaal overboord gegooid.'

Ze zuchtte diep. 'Ik heb er echt een puinhoop van gemaakt, hè, oom David? Mijn carrière is niets meer waard, ik kan geen relatie houden en ik heb mijn eigen dochter in de steek gelaten.'

'Cheska, je bent pas vierendertig. De meeste mensen komen op die leeftijd nog maar net op gang. Je doet net alsof je al zo oud bent als ik.'

'Zo voel ik me ook. Ik werk me al dertig jaar uit de naad.'

'Dat weet ik. Ik zou willen dat ik je nooit aan Leon had voorgesteld. Het is allemaal mijn schuld dat het zo is gelopen.'

'Natuurlijk niet. Dit was gewoon het plan dat het leven met me had. Mag ik je iets vragen?'

'Brand maar los.'

'Vind jij... Vind jij dat ik... normaal ben?'

'Dat hangt ervan af wat je normaal vindt, Cheska.'

'Laat ik het zo stellen, denk jij dat ik misschien gek ben?'

'Je hebt altijd een heel ongewoon leven geleid. Zo veel spanning op zo'n jonge leeftijd kan nooit zonder gevolgen blijven. Als je je zorgen maakt, zou je altijd met iemand over je gevoelens kunnen gaan praten.'

'Ik peins er niet over! Dat nooit meer! Die zielenknijpers helpen je niet, ze bemoeien zich alleen met dingen die hen niets aangaan en maken alles nog erger. Het zit zo, oom David...' Ze haalde diep adem. 'Soms hoor ik... stemmen in mijn hoofd. En die, nou ja, zetten me tot bepaalde dingen aan. Ik... Ik...'

Hij zag dat ze opgefokt raakte. 'Wanneer hoor je die stemmen?'

'Als ik boos ben, of van streek, of...' Ze huiverde. 'Ik wil het er niet meer over hebben. Wil je het alsjeblieft tegen niemand zeggen?'

'Dat zal ik niet doen, maar ik vind echt dat je met iemand moet praten, Cheska. Misschien is er een eenvoudige oplossing, zoals even helemaal tot rust komen.' Hij zei het met een zelfvertrouwen dat hij niet voelde. 'Wanneer heb je ze voor het laatst gehoord?'

Ze leek in tweestrijd te staan. 'Ik had ze al jaren niet meer gehoord, maar toen... Ik zei toch dat ik het er niet meer over wil hebben?'

'Goed, lieverd, ik begrijp het.'

'Hoe zit het met... Ava's vader? Weet ze wie hij is?' veranderde ze abrupt van onderwerp.

'Nee, het leek ons allebei beter als je dat zelf zou vertellen.'

'Ze is toch veel beter af als ze van niets weet!' Haar blik kreeg iets dreigends. 'Ik ga het haar nooit vertellen.'

'Misschien zal ze het ooit wel willen weten.'

'Nou, dan...' Ze staarde even voor zich uit, terwijl ze met de kwastjes van het kussen waarop ze zat speelde. Daarna geeuwde ze. 'Ik heb slaap. Vind je het erg als ik naar bed ga?'

'Helemaal niet. Maar ik denk echt dat je eens moet overwegen om met iemand over je... probleem te praten,' zei hij tactvol.

Ze stond op. 'Oké, ik zal erover nadenken. Welterusten.' Nadat ze hem nog een kus op zijn hoofd had gegeven, liep ze het terras af.

De volgende ochtend werd David na een rusteloze nacht wakker omdat Cheska een dienblad op zijn bed zette.

'Kijk eens, een traditioneel Engels ontbijt, met alles erop en eraan. Ik weet nog hoe gek je daar vroeger op was.'

Hij ging rechtop zitten, wreef in zijn ogen en keek haar stomverbaasd aan. Ze droeg een nette zijden blouse en een spijkerbroek, haar make-up en kapsel waren onberispelijk en haar ogen straalden. Ze leek wel een compleet ander mens.

'Jeetje, Cheska, je ziet er geweldig uit!'

'Dank je,' reageerde ze blozend. 'Nu je het zegt, ik voel me ook heel goed. Door ons gesprek van gisteravond is er een last van mijn schouders gevallen.' Ze ging op het bed zitten en staarde naar haar handen. 'Ik ben zo dom en egoïstisch geweest. Dus vanmorgen ben ik opgestaan, heb een paar baantjes getrokken in het zwembad en heb besloten dat het tijd wordt dat ik mezelf eens bij elkaar raap.'

'Nou, vat dit niet verkeerd op, maar het is een hele transformatie. Het doet me goed je zo te zien.'

'Zullen we straks gaan lunchen in het Ivy? Voor mijn gevoel ben ik al weken niet meer de deur uit geweest.'

'Een prima plan, als ik tenminste nog ruimte over heb na dit enorme ontbijt.' Hij glimlachte.

'Vast wel.' Ze stond op. 'Dan zie ik je straks beneden. Ik ga Bill, mijn impresario, bellen om mijn excuses aan te bieden. Misschien wil hij me nog wel vertegenwoordigen.'

'Zo ken ik je weer.'

'O, en het lijkt me een goed idee als ik een afspraak maak met een therapeut. Al mijn acterende vrienden hebben er een. Het hoort erbij. Zoveel stelt het niet voor, toch?'

'Nee, Cheska, echt niet.'

Toen ze de kamer uit was, liet hij zich achterover in de kussens zakken. Er ontsnapte hem een zucht. Misschien zou ze haar angsten wel kunnen verwerken nu ze er openlijk over had gepraat. Natuurlijk was het nog maar een eerste stap, maar na de afgelopen week, waarin hij zich niet had kunnen voorstellen hoe hij haar zou kunnen achterlaten, was er weer een sprankje hoop.

Misschien zou hij dan toch nog op reis kunnen.

42

'Heb je alles, oom David?' vroeg Cheska toen hij met zijn koffer de trap af kwam.

'Ja, volgens mij wel.'

'Goed zo. De taxi staat al te wachten.'

Hij zette zijn koffer neer. 'Ik wil wel dat je me belooft dat je zo door blijft gaan. Weet je zeker dat je het wel redt? Ik kan altijd nog een dag of twee blijven, als...'

'Sst.' Ze legde haar vinger tegen zijn lippen. 'Natuurlijk red ik me wel. Bill heeft al wat dingen voor me geregeld, dus ik krijg het nog druk. Wie weet, misschien is mijn vertrek bij *The Oil Barons* achteraf bezien wel het beste wat me ooit is overkomen.'

'Als je maar belooft dat je naar die therapeut toe blijft gaan. Trouwens, er ligt een cheque voor je op de salontafel. Daarmee zou je het wel een paar maanden moeten kunnen uitzingen.'

'Dank je. Zodra ik weer aan het werk ben, betaal ik je terug. En nu opschieten, anders mis je je vlucht nog.' Ze liep met hem mee naar de taxi. Voordat hij instapte, sloeg ze haar armen om hem heen. 'Heel erg bedankt. Voor alles.'

'Doe niet zo raar. Pas nu maar goed op jezelf.'

'Zal ik doen. Een heel fijne reis gewenst met Tor. Stuur me eens een kaartje!'

'Tot ziens, Cheska. Ik bel je als ik weer in Engeland ben.'

Hij zwaaide door het raampje van de taxi tot hij haar niet meer kon zien.

Op de lange vlucht naar huis lukte het David niet om zich te ontspannen.

Voelde Cheska zich wel goed genoeg om alleen te zijn? Had hij langer moeten blijven? Ze had absoluut een opmerkelijke transformatie doorgemaakt en op het eerste gezicht leek de vrouw met wie hij de afgelopen paar dagen had doorgebracht heel evenwichtig en kalm.

Maar was die transformatie niet te vlug gegaan... was die niet te perfect geweest? Ze had hen allemaal al eens voor de gek gehouden, toen ze vanuit het ziekenhuis met Ava naar Marchmont was teruggekeerd en daarna halsoverkop naar LA was vertrokken. Hij hoopte maar dat ze naar de therapeut zou blijven gaan en bad dat ze binnenkort een acteerklus in de wacht zou slepen waar ze haar tanden in kon zetten.

Ook brak hij zich het hoofd over de vraag of hij zijn moeder moest vertellen waar hij de afgelopen dagen was geweest en in wat voor toestand hij Cheska had aangetroffen. Per slot van rekening was hij van plan om een paar maanden met Tor op reis te gaan en zou hij in geval van nood moeilijk te bereiken zijn. Daar draaide de vakantie voor hem juist om, de rest van de wereld even buitensluiten.

Uiteindelijk besloot hij het haar niet te vertellen. Ze zou er alleen maar door van streek raken en dat vond hij niet eerlijk, nu ze pas geopereerd was en binnenkort haar verjaardag zou vieren.

In elk geval was hij wel blij dat Cheska geen belangstelling leek te hebben om Ava te zien. Ze zat duizenden kilometers bij Marchmont vandaan en dat was maar beter ook.

Nu moest hij alleen nog aan Greta vertellen dat hij wegging.

Hij deed zijn ogen dicht en probeerde de slaap te vatten. Hij had gedaan wat hij kon. Nu was het zíjn beurt om gelukkig te worden.

Cheska keek de taxi na met een mengeling van verdriet en opluchting. Nadat ze haar oom die nacht had geprobeerd te vertellen hoe ze zich voelde en hem in vertrouwen had genomen over de stemmen in haar hoofd, was ze rustig en ontspannen in slaap gevallen. Totdat de stemmen haar wakker hadden gemaakt en hadden gezegd dat ze hem te dichtbij had laten komen, dat hij haar weer zou laten opsluiten als ze nog meer prijsgaf.

Ze had zwetend en rillend in bed gezeten. De stemmen hadden gelijk, het was een vergissing geweest om hem in vertrouwen te nemen. Dus had ze er alles aan gedaan om te zorgen dat hij naar huis ging. Het had veel moeite gekost om de stemmen te negeren, maar op de een of andere manier was ze erin geslaagd zich de afgelopen dagen normaal te gedragen, en nu was hij weg.

Haar leven was niet voorbij. De stemmen hadden gezegd wat haar te doen stond.

Ze ging naar Marchmont, om haar dochter te zien.

Zoals altijd voordat David op bezoek kwam, bracht Greta een uur in de plaatselijke kapsalon door om haar haren in model te laten föhnen. Hoewel ze zeker wist dat het hem niet opviel, voelde ze zich er wel beter bij. Daarna ging ze in de keuken aan de slag, om een Victoria sponge cake en haar speciale scones te bakken, waar David zo dol op was. Ze haalde haar beste theeservies uit de kast en wreef het op voordat ze het op de salontafel zette. Op haar horloge zag ze dat hij er binnen een uur zou zijn, dus ging ze naar haar slaapkamer om de rok en de blouse aan te trekken die ze eerder al had klaargelegd. Nadat ze nog een beetje mascara, rouge en lichtroze lippenstift had aangebracht, ging ze in de woonkamer zitten wachten tot de deurbel ging.

Ze had hem al weken niet meer gezien, omdat hij in Hollywood bezig was geweest met een film. Die schat vroeg altijd of ze mee wilde gaan, maar ze wist dat hij dat alleen deed om vriendelijk te zijn. Trouwens, de gedachte dat ze naar het vliegveld moest, twaalf uur in een krap vliegtuig moest doorbrengen en op een onbekende bestemming moest landen, was haar gewoonweg te veel. Ze moest al haar moed al bijeenrapen om één keer per week naar de supermarkt en de kapper te gaan. Na afloop haastte ze zich naar huis, waar ze een zucht van opluchting slaakte omdat ze weer in haar veilige appartement was.

David reageerde altijd heel lief als ze haar angst voor de buitenwereld aan hem probeerde uit te leggen. Volgens hem had het iets te maken met de avond van het ongeluk. Kennelijk was het nogal druk geweest toen ze voor het Savoy had staan wachten om over te kunnen steken. Op dat moment had iemand haar een duw gegeven en was ze op de weg gevallen, voor een auto.

Als je het haar vroeg, verklaarde dit deels waarom ze zo'n last had van pleinvrees, net als het feit dat ze maanden in afzondering had doorgebracht in het ziekenhuis. Ze wist nog dat ze op de dag dat ze naar huis mocht doodsbang haar handen voor haar oren had geslagen toen David haar door de rumoerige straten van Londen had geloodst.

Maar er was nog iets anders, een gevoel dat ze aan niemand kon uitleggen. Alle andere mensen in de wereld leken te weten wie ze waren. Waar ze ook naartoe gingen, ze droegen hun verleden met zich mee. Terwijl zij maar een leeg omhulsel was dat deed alsof ze menselijk was. Dus ook al had ze nog zo'n hekel aan drukte of lawaai, ze had er vooral last van dat ze er in het gezelschap van andere, normale mensen steeds aan werd herinnerd wat er bij haar ontbrak.

De enige uitzondering was David, misschien omdat ze hem als eerste had gezien toen ze was ontwaakt uit haar coma. Hij had haar vanaf het begin van haar nieuwe, miserabele bestaan gesteund en ze vertrouwde hem onvoorwaardelijk. Maar hoewel hij altijd geduld met haar had en er alles aan deed om haar geheugen op gang te brengen, voelde ze soms ook hoe gefrustreerd hij was. Als hij haar de zoveelste foto liet zien om haar aan haar verleden te herinneren en haar geheugen haar weer eens in de steek liet, zag ze dat hij daardoor van streek raakte.

Soms, als ze vanaf haar veilige plek achter het raam op de derde verdieping uitkeek over de drukke straat, had ze het gevoel dat ze in een schemerwereld leefde. De artsen beweerden dat ze het daar zelf naar maakte. Zij dachten dat ze het zich wel kon herinneren, want kennelijk was er nooit letsel waargenomen op de hersenscans die ze hadden gemaakt. Dat betekende dat ze zich haar geheugenverlies op de een of andere manier zelf had opgelegd, vanwege haar traumatische ervaring, aldus de artsen.

'Je bewustzijn heeft simpelweg besloten dat het zich niets wil herinneren,' had een specialist tegen haar gezegd, 'maar je onderbewustzijn weet alles nog.' Hij had hypnose voorgesteld, wat ze ruim drie maanden een kans had gegeven, zonder succes. Daarna was er een tablettenkuur gevolgd – antidepressiva, gokte ze – waarvan een andere specialist beweerde dat ze erdoor zou ontspannen en minder bang zou worden zich alles te herinneren. Het enige wat er gebeurde, was dat ze tot halverwege de ochtend sliep en zich de rest van de dag lusteloos voelde. En dan waren er nog de therapiesessies geweest, waarvoor ze in een kamer had gezeten met een vrouw die haar onnozele vragen stelde zoals hoe ze zich voelde, of wat ze de avond tevoren had gegeten. Dat had haar echt op de zenuwen gewerkt. Ze mocht zich dan niets meer herinneren van voor het ongeluk, haar geheugen was messcherp als het ging om alles wat er gebeurd was sinds ze was ontwaakt.

Uiteindelijk hadden ze allemaal de moed opgegeven, het dossier gesloten en haar onbegrepen aandoening achter slot en grendel opgeborgen.

Alleen David leek nooit de hoop op te geven dat haar geheugen op een dag zou terugkomen. Zijzelf had de moed allang verloren.

Een van de pijnlijkste dingen was nog wel dat ze, omdat de artsen geen oorzaak van haar aandoening konden vinden, gebukt ging onder schuldgevoel, alsof dit op de een of andere manier haar eigen schuld was. Een probleem dat ze best kon oplossen, als ze het maar graag genoeg wilde. Soms zag ze een blik in de ogen van andere mensen waaruit ze opmaakte dat zij er ook zo over dachten. Vooral bij LJ, die weinige keren dat ze Ava had meegenomen naar Londen om bij Greta op de thee te gaan. Dat vond Greta nog wel het ergste, dat er mensen waren die dachten dat ze deed alsof. Soms, tijdens die lange, eenzame avonden, vulden haar ogen zich met tranen van woede en frustratie omdat iemand ook maar kon denken dat ze zelf voor dit leven koos. Op haar somberste momenten wenste ze dat ze was verongelukt. Dan had ze sindsdien tenminste niet dit eenzame bestaan hoeven te verduren.

Zonder David had ze misschien wel een eind gemaakt aan dit halfbakken leven van haar. Niemand zou haar missen, er was niemand die haar nodig had. Ze was alleen maar een blok aan ieders been. Daarom zorgde ze er ook voor dat ze hem niet te veel opeiste, ook al zou ze zich wanneer hij opstond om weg te gaan het liefst in zijn armen storten, zeggen dat ze meer van hem hield dan ze ooit onder woorden zou kunnen brengen en hem vragen om altijd bij haar te blijven.

De woorden hadden al vaak op het puntje van haar tong gelegen, maar ze had zich altijd nog net kunnen inhouden. Wat zou ze hem aandoen? Een vrouw die al schrok als de telefoon ging, die nog liever doodging dan dat ze op stap moest met zijn vele vrienden, die zich nog in geen miljoen jaar kon voorstellen dat ze ooit buiten haar eigen wijk zou komen, laat staan in Amerika of zijn nieuwe appartement in Italië.

Ik heb hem alleen maar scones te bieden, dacht ze met een zucht toen er werd aangebeld.

'Hallo, Greta, wat zie je er weer beeldig uit.' David gaf haar op elke wang een kus en overhandigde haar een bos tulpen. 'Ik vond ze zo mooi dat ik ze wel moest kopen.'

'Dank je,' zei ze ontroerd.

'Je was altijd dol op tulpen,' merkte hij op toen hij het zichzelf gemakkelijk maakte in de woonkamer en naar de scones keek. 'O, wat lekker. Eigenlijk ben ik op dieet, maar hier kan ik toch geen nee tegen zeggen?'

'Ik kook even water voor de thee.' Snel liep ze naar de keuken. Ze had de waterkoker een paar minuten geleden nog aangezet omdat het dan korter zou duren voordat het water weer aan de kook was, want ze wilde geen seconde met David verspillen.

Ze bracht de theepot naar de kamer, zette hem op tafel en ging tegenover hem zitten. 'Hoe was het in Hollywood? Je bent langer weggebleven dan je had gezegd.'

'Ja, de opnames liepen uit, dat gebeurt wel vaker. Ik ben blij dat ik weer terug ben. Zoals je weet, is Hollywood geen plek waar ik lang zou willen blijven.'

'Ach, je hebt er tenminste wel een kleurtje aan overgehouden,' zei ze opgewekt, terwijl ze de thee inschonk.

'Zo te zien kun jij ook wel een beetje zon gebruiken, Greta. Ik weet dat ik het vaker zeg, maar misschien zou het je goeddoen om een wandeling te maken en een luchtje te scheppen. Het is heel mooi in Green Park, nu alle zomerbloemen in bloei staan.'

'Goed idee. Misschien doe ik dat wel.'

Ze wisten allebei dat ze loog.

'Heb je het de komende weken druk?' wilde ze weten.

'Nogal,' zei hij. 'Naast al mijn andere bezigheden ga ik dit weekend naar Marchmont voor de achttiende verjaardag van Ava, en natuurlijk viert mijn moeder in augustus dat ze vijfentachtig wordt. Ik neem aan dat jij je uitnodigingen ook al hebt ontvangen?'

'Jazeker. Ik heb teruggeschreven en Ava een kaart met wat geld erin gestuurd. Het spijt me, David. Ik... kan het gewoon niet.'

'Dat weet ik, maar het is wel jammer. We hadden je er allemaal graag bij willen hebben.'

Ze slikte moeizaam, want ze wist dat ze hem weer teleurstelde.

'Misschien een ander keertje,' zei David, die haar ongemak aanvoelde. 'Hoe dan ook, ik heb een nieuwtje.'

'O ja? Wat dan?'

'Ik heb besloten een sabbatical te nemen.'

'Stop je met werken?'

'Ja, in elk geval een tijdje.'

'Zo, dat is me het nieuwtje wel. Wat ga je dan doen?'

'Ik heb besloten dat ik iets van de wereld wil zien. Mijn vriendin Victoria, of Tor, zoals iedereen haar noemt, en ik gaan samen op avontuur. India, de Himalaya, Tibet, en dan de route van Marco Polo door China. Daarom neem ik ook maar geen tweede scone, al zijn ze nog zo lekker.' Hij grinnikte. 'Het is de bedoeling dat ik conditie opbouw voor de reis.'

'Zo... dat klinkt interessant,' wist ze uit te brengen, vastbesloten om niet te laten merken dat het voelde alsof ze een dolk in haar hart had gekregen.

'Ik blijf een half jaar weg, misschien langer. Daardoor zullen wij elkaar een tijdje niet kunnen zien, maar ik heb echt het gevoel dat het nu of nooit is. Ik word er niet jonger op.'

'Natuurlijk!' riep ze gemaakt enthousiast. 'Je hebt wel een vakantie verdiend.'

'Ik weet niet of ik het zo zou willen noemen, maar het zal me wel goeddoen om even uit de sleur te zijn. Weet je zeker dat je het wel redt, zonder mij?'

'Natuurlijk. Ik ben nu bezig aan alle boeken van Charles Dickens, dus daar ben ik nog wel even zoet mee. Daarna ga ik verder met Jane Austen. Een van de positieve dingen aan mijn geheugenverlies is dat ik alle klassiekers nog een keer kan lezen, alsof het de eerste keer is!' Ze wierp hem een stralende glimlach toe. 'Maak je om mij maar geen zorgen. Ik red me wel.'

Zijn hart ging naar haar uit, want hij wist dat ze zich groothield om hem geen schuldgevoel te bezorgen. Hij was haar reddingslijn, dat wisten ze allebei. Voor de zoveelste keer wankelde zijn voornemen om met Tor op reis te gaan.

Ze had het meteen door. 'Kom nu toch, David. Zo lang is een half jaar nu ook weer niet. Ik ben nu al benieuwd naar alle verhalen wanneer je weer terug bent. Als je maar geen enge ziekte oploopt of van een berg valt, oké?'

'Ik zal mijn best doen, dat beloof ik.'

Daarna kletsten ze nog wat over LJ en over Ava's plannen om voor dierenarts te gaan studeren, al waren ze allebei van streek en niet op hun gemak.

Na een tijdje durfde Greta het aan om de vraag te stellen die al op haar lippen brandde sinds hij het over zijn 'vriendin' had gehad. 'Zijn jij en die dame, die Tor, nu een stelletje?'

'Zo zou je het wel kunnen noemen,' zei hij eerlijk. 'De laatste tijd gaan we veel met elkaar om. Ze is heel aardig. Volgens mij zou jij haar ook graag mogen.'

'Dat zal vast wel.'

'Hoe dan ook...' Hij keek op zijn horloge. '... ik moet er helaas weer vandoor. Over een half uur heb ik een bespreking bij de BBC.'

'Natuurlijk.'

Hij stond op en zij volgde zijn voorbeeld. In stilte liepen ze naar de voordeur.

'Ik zal proberen nog een keer langs te komen voordat ik vertrek.' Hij gaf haar op elke wang een kus. 'Pas goed op jezelf, hè?'

'Ja. Tot ziens, David.'

Toen de deur achter hem was dichtgevallen, liep ze langzaam terug naar de woonkamer. Werktuiglijk zette ze de koppen en schotels op het dienblad en liep ermee naar de keuken om af te wassen. De sponge cake, die nog onaangeroerd was, gooide ze in de vuilnisbak. Nadat ze alles had opgeruimd, ging ze weer in de woonkamer op de bank zitten. Terwijl ze voor zich uit staarde, vroeg ze zich af hoe ze in vredesnaam verder moest als David weg was.

Hoewel LJ had geprobeerd Ava over te halen een feestje te geven voor haar achttiende verjaardag, had die dat resoluut geweigerd.

'Ik vind een etentje thuis met de familie veel leuker,' had ze volgehouden.

Met opgetrokken wenkbrauwen had LJ haar aangekeken. 'Meisje, toch, zou het niet andersom moeten zijn? Dat jij een groot feest geeft en ik een bescheiden etentje? Ik hoop niet dat ik het gras voor je voeten heb weggemaaid. We hadden de feesttent best twee keer kunnen gebruiken.'

'Nee, LJ, als ik de verhalen mag geloven, is het op de universiteit al één groot feest. Geef mij maar een etentje, echt waar.'

Zodoende zaten David, Tor, Mary en LJ op een prachtige avond in juli op het terras en brachten een dronk uit op Ava's gezondheid en geluk. Ze hadden allemaal geld ingelegd voor een prachtige saffieren hanger die goed bij haar ogen paste. Die avond ging Ava naar bed met het gevoel dat er oprecht van haar gehouden werd.

43

Een maand later trok Ava met een glimlach de gordijnen open en liet de augustuszon naar binnen stromen. Het beloofde een hete dag te worden. Het hele huishouden was al wakker en ze hoorde beneden het vage geluid van voetstappen. Nadat ze nog een vuile blik op haar jurk aan de deur van de kleerkast had geworpen, trippelde ze de hal door om te gaan douchen.

Twintig minuten later stond ze beneden thee te zetten voor LJ. Mary was bezig een enorme zalm in moten te snijden, vloekend en met haar haren strak in de krulspelden.

'Ik weet dat je tante heeft gezegd dat dit makkelijk zou worden, maar heeft zij weleens geprobeerd om voor meer dan vijftig mensen te koken? Als de gasten straks komen, stink ik nog steeds naar vis.'

'Rustig maar,' stelde Ava haar gerust. 'Je bent bijna klaar.'

'Ik wil gewoon dat alles tiptop in orde is. Als die twee nichtjes van me maar geen erwten over de gasten knoeien tijdens het opdienen.'

'Natuurlijk niet, Mary. Hier, neem een kop thee en ga even zitten.' Ava trok een stoel naar achteren en zette een mok op tafel. 'Die andere breng ik even naar LJ.'

Later die ochtend stond Ava in haar jurk voor de spiegel. Ze moest toegeven dat het meeviel. De jurk was gemaakt van korenbloemblauwe chiffon en viel in zachte plooien tot vlak onder haar knieën. Tor, de vriendin van David, had gezegd dat de kleur bij haar ogen paste, al waren die op dit moment rood en jeukerig omdat ze haar contactlenzen net had ingedaan. Ze pakte haar schoenen en liep de hal in om op de slaapkamerdeur van Tor te kloppen.

'Hoi, ik ben het maar,' zei ze toen ze binnenkwam. 'Jeetje, wat voel ik me belachelijk!' Ze ging op Tors bed zitten en keek naar haar, terwijl ze zich voor de spiegel opmaakte.

'Kraam toch niet zo'n onzin uit, Ava! Ik begrijp niet waarom je jezelf de hele tijd zo afkraakt. Je bent beeldschoon en slank, je hebt prachtig blond haar en schitterende blauwe ogen. Jammer dat je je contactlenzen niet vaker indoet.'

'Ze zitten gewoon niet lekker. Vind jij het prettig om al dat spul op je gezicht te hebben?' vroeg Ava, terwijl Tor haar lippen stiftte. 'Volgens mij heeft LJ zich nog nooit van haar leven opgemaakt.'

'Ach, volgens mij is er niets mis mee om de natuur een handje te helpen, als je je make-up maar niet gebruikt om je achter te verschuilen, zoals sommige vrouwen. Kom eens hier.' Tor wenkte haar, stond op van de kruk voor de spiegel en duwde Ava er met zachte hand op. 'Dan doe ik het voor.'

Tien minuten later staarde Ava naar haar eigen spiegelbeeld. Tor had een beetje mascara op haar wimpers gedaan, rouge op haar wangen aangebracht en haar lippen lichtroze gestift.

'Wauw! Ben ik dat?' Ze bracht haar gezicht dicht bij de spiegel en tuurde er ongelovig naar.

'Ja, lieverd. Dat ben jij. Dus voortaan wil ik niet meer horen dat je maar een grijze muis bent.'

'Toch vind ik het geen prettig idee dat er dieren worden gebruikt om cosmetica op te testen, alleen maar omdat vrouwen zo ijdel zijn.' Ava staarde nog steeds naar zichzelf in de spiegel. 'Ik lijk op... Ik lijk op...'

'Ja, Ava, je lijkt op je moeder, die als een van de mooiste vrouwen van de wereld wordt beschouwd. Zullen we gaan kijken of LJ nog ergens hulp bij nodig heeft?'

Ava glimlachte. 'Ja, dat doen we.'

Tegen alle verwachtingen in vond Ava het een gezellig feest. Het was een prachtige dag en de gasten dronken hun champagne op het terras, voordat ze zich voor de lunch naar de feesttent op het gazon begaven. Ava zat tussen LJ en David in en genoot van de vreugde van haar oudtante bij het zien van al haar oude vrienden die van heinde en verre waren gekomen.

'Dit is misschien mijn laatste kans om hen nog te zien voordat ze in hun doodskist liggen,' mompelde LJ op een gegeven moment. 'Goeie genade! De meesten lijken nu al halfdood. Ben ik echt al zo oud?'

Na de lunch kwam iedereen weer bijeen op het terras en liep er een oudere heer met een zongebruinde huid, stralende ogen en een wandelstok op LJ af. 'Laura-Jane! Lieve hemel, is het echt al meer dan zestig jaar geleden dat we elkaar gezien hebben? Volgens mij was dat toen de kleine David werd gedoopt.'

'Lawrence!' Ze kreeg een kleur van plezier toen hij haar op haar wang zoende. 'Sindsdien heb je altijd in Afrika gewoond, dus dat is niet erg verrassend.'

'Nu ben ik terug, hoor. Ik wil niet in het buitenland begraven worden.'

'Nee, dat geloof ik graag. Dit is mijn achternichtje, Ava.'

'Aangenaam.' Hij pakte Ava's hand en drukte er een kus op. 'Dit is mijn kleinzoon, Simon.'

Ava staarde naar de lange jongen die achter zijn grootvader tevoorschijn kwam. Hij was haar al eerder opgevallen, voornamelijk omdat hij een van de weinige gasten onder de zeventig was. Hij had brede schouders, dik blond haar en bruine ogen die waren omlijst door donkere wimpers.

Verlegen keek ze naar hem op. 'Hallo,' zei ze blozend.

'Lieverd, zou je het erg vinden om je plaatsje aan Lawrence af te staan, zodat we rustig bij kunnen praten?' vroeg LJ.

'Natuurlijk niet.' Ze stond op zodat Lawrence zich in de stoel kon manoeuvreren en bleef met haar mond vol tanden bij Simon staan.

'Wil je iets kouds te drinken?' vroeg hij. 'Ik heb het bloedheet in dit pak. Ik moest het van opa aan,' vertrouwde hij haar toe.

'Mijn oudtante stond erop dat ik een jurk zou dragen.'

'Nou, de kleur was een schot in de roos. Die past bij je ogen. Zouden we ergens een glas water kunnen krijgen?'

Ze speurde het terras af naar Megan en Martha, Mary's nichtjes die hier zouden moeten rondlopen met kannen vlierbloesemwater en sap. Aangezien ze nergens te bekennen waren, nam ze Simon mee naar binnen, de keuken in. Terwijl zij twee glazen vulde met ijs en het pure, heldere kraanwater, ging hij opgelucht aan tafel zitten.

'Wat is het hier lekker koel. Dank je,' zei hij toen ze hem het water voorzette.

'Ja, zo koel dat Mary, onze huishoudster, dit in de winter altijd onze vrieskist noemt.'

'Vind je het erg als ik mijn jasje en dasje uittrek? Ik voel me net een opgebonden kalkoen.'

'Nee, ga je gang.' Ze nam een slokje water en vroeg zich af of ze nu tegenover hem moest gaan zitten of niet. Hoewel ze op de boerderij vaak samenwerkte met de mannen, waren die stuk voor stuk jaren ouder dan zij. Omdat ze op een meisjesschool zat, kon ze zich niet herinneren dat ze ooit eerder alleen was geweest met een jonge man.

'Moet je nog ergens heen?' vroeg hij.

'Nee. Voorlopig niet, tenminste.'

'Zullen we hier dan nog een tijdje kletsen, voordat we weer naar buiten gaan en ik mijn stropdas weer om moet doen?'

'Natuurlijk,' zei ze, blij dat hij het voortouw nam.

'Waar woon jij?'

'Hier op Marchmont, bij mijn tante.'

'Dus je bent een echt plattelandsmeisje.'

'Ja.'

'Dan bof je maar. Ik ben geboren en getogen in Londen, maar ik verlang er al drieëntwintig jaar naar om op het platteland te wonen. Het gras bij de buren is toch altijd groener.'

'Ja, ik ben hier heel gelukkig. Ik zou er niet aan moeten denken om definitief in een stad te moeten wonen.'

'Daar is ook niks aan. Het lijkt me echt een cadeautje om hier elke ochtend wakker te mogen worden en de gordijnen open te doen. Het is hier prachtig.'

'Het regent wel vaak, hoor.'

'In Londen ook. Wat doe je hier?'

'Ik heb net eindexamen gedaan. Nu hoop ik dat ik word toegelaten tot het Royal Veterinary College in Londen. Als dat lukt, kom ik dus ook bij jou in de stad wonen,' zei ze met een ironisch glimlachje. 'Jij?'

'Ik zit in mijn laatste jaar op het Royal College of Music. Daarna mag ik me tot de grote schare muzikanten rekenen die hopen op hun grote doorbraak.'

'Wat speel je?'

'Piano en gitaar, maar eigenlijk wil ik vooral liedjes schrijven. Eerder in de trant van Paul Weller dan van Wagner. Maar mijn familie vindt een klassieke opleiding belangrijk. Ook al heb ik me grotendeels door de lessen heen gegaapt, ik denk wel dat ze gelijk hebben.'

'Knap van je, hoor. Ik heb totaal geen muzikaal talent.'

'Vast wel. Ik heb nog nooit iemand ontmoet die niets met muziek heeft, al is het maar meeneuriën met de radio. Heb je hier altijd gewoond?'

'Ja.'

'Je ouders ook?'

'Ik... Dat is een beetje een lang verhaal, maar ik beschouw LJ als mijn moeder.'

'O, sorry.' Hij glimlachte verontschuldigend.

'Geeft niks.'

'Als je nog maar net eindexamen hebt gedaan, ben je dus achttien. Ik had je ouder ingeschat. Je komt heel volwassen over.'

Ze voelde dat hij haar onderzoekend opnam en ging ongemakkelijk verzitten.

'Jeetje, dat klonk vast heel betuttelend uit de mond van iemand die de respectabele leeftijd van drieëntwintig al bereikt heeft!' Hij grinnikte. 'Het was trouwens als een compliment bedoeld.'

'Dank je,' zei ze glimlachend. 'Maar ik kan maar beter teruggaan naar LJ. Ze zal wel moe zijn na zo'n drukke dag.'

'Natuurlijk. Het was heel leuk je te spreken, Ava. Als je echt naar Londen komt, geef ik je graag een rondleiding.'

'Dank je.'

Een beetje licht in het hoofd liep ze de keuken uit. Ze vroeg zich af of dat door de champagne kwam die ze vanmiddag had gedronken, of door het gesprek met Simon, zonder enige twijfel de knapste jongen die ze ooit had gezien.

Er waren al wat gasten vertrokken en het viel haar op dat LJ grauw zag van de vermoeidheid. 'Zou je niet even naar boven gaan om uit te rusten?'

'Geen sprake van. Vandaag ga ik door tot ik erbij neerval. Bij wijze van spreken, dan.'

Ava liet haar achter in de bekwame handen van David en Tor en liep naar de keuken om Mary met de enorme berg afwas te helpen.

'Heb je een leuke dag gehad, fach?'

'Heel leuk,' zei Ava, die haar mouwen opstroopte. 'De zalm en de Eton mess waren heerlijk.'

'Het deed me goed om te zien dat er zo veel vrienden van je tante waren. Wie was die jongeman met wie je stond te praten? Ik zag hem tijdens de speeches al naar je kijken.' Mary stootte haar aan en knipoogde.

'Hij heet Simon en hij is de kleinzoon van ene Lawrence, een vriend van LJ. Hij zit op het conservatorium, maar hij is veel ouder dan ik.'

'Hoeveel ouder?'

'Vijf jaar.'

'O, dat kan niet beter! Zo'n jonkie is toch niks voor jou, daar ben je veel te volwassen voor.'

'Mary, hij deed gewoon beleefd. Er zat helemaal niets achter.'

'Waarachter?' vroeg Mary plagerig.

'Je weet best wat ik bedoel. Plaag me niet zo. Ik zie hem toch nooit meer.'

'Waar woont hij?'

'In Londen.'

'De stad waar jij gaat studeren.'

'Als ik word toegelaten.'

'Dat gebeurt heus wel, dat weet je net zo goed als ik. Let op mijn woorden...' Mary knikte wijs, met haar handen in het sop. '... je zult hem nog wel een keer zien.'

Later, toen de zon op spectaculaire wijze onderging boven de vallei, ging Ava bij LJ, David en Tor op het terras zitten. De laatste gasten waren vertrokken en ze praatten nog wat na over de dag.

'Ik kan jullie niet genoeg bedanken dat jullie dit mogelijk hebben gemaakt.' LJ stak haar hand uit naar haar zoon. 'Nu kan ik rustig sterven.'

'Houd toch op, ma,' zei David. 'Er zit nog volop leven in je.'

'Laten we hopen dat ik er nog ben als jullie terugkomen van jullie reis,' zei ze, ongewoon somber voor haar doen.

'Natuurlijk wel,' zei Tor. 'We blijven maar een half jaar weg. In die tijd zal er vast niets ergs gebeuren.'

'De komende weken ben ik hier nog,' merkte Ava op, toen ze Davids bezorgde gezicht zag.

'Trouwens, je hebt ons reisschema, ma. Je kunt altijd een bericht achterlaten bij de hotels waar we verblijven.'

'Dat zal vast niet nodig zijn, ik moet me niet zo aanstellen. Het zal wel door de champagne komen. Goed, dan ga ik maar eens naar bed. Mijn uiterste houdbaarheidsdatum mag dan verstreken zijn, ik heb echt een heerlijke dag gehad.'

'Ik loop wel mee,' zei Tor resoluut toen ze alle drie opstonden. 'David, blijf jij hier maar lekker met Ava zitten.'

Toen LJ en Tor weg waren, draaide David zich naar zijn nichtje toe. 'Ma maakt zich zorgen omdat we weggaan, hè?'

'Een beetje, misschien. Als je vijfentachtig bent, is het ook niet zo gek dat je bang bent dat je de volgende zomer niet meer haalt.' Ze haalde haar schouders op.

'Jeetje, wat ben je toch al volwassen.'

'Ach, ik ben opgevoed door een heel wijze vrouw.'

'Ik heb je grootmoeder trouwens opgezocht in Londen. Ik heb haar verteld dat ik een half jaar wegga.'

'Maak je maar geen zorgen, ik hou wel een oogje in het zeil.'

'En in Los Angeles heb ik je moeder gezien.'

'O ja?' Ze klonk niet erg geïnteresseerd. 'Hoe ging het met haar?'

'Nu wel goed, maar ze heeft het zwaar gehad.'

'Heeft ze weer een echtgenoot versleten?'

'Ava, kom op! Ze is je moeder.'

'Ik ken haar alleen uit de roddelrubrieken, net als iedereen. Het spijt me, oom David.'

'Ach, ik begrijp het wel. En ik veronderstel dat het goede nieuws is dat je bij ma veel beter af bent dan je ooit bij Cheska zou zijn geweest. Niet dat dat een excuus is, natuurlijk.'

'Als je maar weet dat tante LJ en oma zich wel redden als je weg bent. Ik wil niet dat je je ergens druk over maakt.' Ze geeuwde. 'Zo, ik ga LJ nog een nachtzoen geven en dan ga ik ook maar eens naar bed.'

'O, voordat ik het vergeet...' Hij haalde een dichtgevouwen papiertje uit zijn jaszak. 'Die jongeman, de kleinzoon van die oude vriend van ma, vroeg of ik je dit wilde geven.'

'Bedankt.' Ze nam het papier van hem aan.

Het deed hem goed om haar te zien blozen. 'Hoe heet hij?'

'Simon.'

'Hij deed me aan iemand denken, maar ik weet niet aan wie. Enfin, ik moest zeggen dat je hem maar eens moet bellen als je in Londen bent. Welterusten, lieverd.'

Ze drukte een kus op zijn wang.

Toen ze naar binnen liep, kon David een gevoel van onbehagen niet van zich afzetten. Het was nogal wat om een meisje van achttien te vragen tijdens zijn afwezigheid het fort te bewaken, terwijl ze zich op haar eigen toekomst zou moeten concentreren. Maar zoals Tor al gezegd had, had hij al die jaren voor hen klaargestaan en ging hij er maar een half jaar tussenuit...

Twee dagen later stapten David en Tor op het vliegtuig naar Delhi.

Toen hij tijdens het opstijgen uit het raampje keek naar het Engelse landschap dat snel onder hen verdween, pakte Tor zijn hand beet en gaf er een kneepje in. 'Ben je klaar voor ons grote avontuur?'

Hij rukte zijn blik los van het uitzicht en gaf haar een zoen. 'Reken maar.'

44

Twee weken na het feest zat LJ zoals elke middag een kopje thee te drinken op het terras. Hoewel ze nog nooit buiten Groot-Brittannië was geweest, betwijfelde ze of ze ergens anders een uitzicht zou kunnen vinden dat hier tegenop kon. Hoeveel jaren ze ook nog te gaan had, en volgens de dokter konden dat er heel wat zijn als ze goed voor zichzelf zorgde, ze wist dat ze hier op Marchmont als een tevreden mens zou kunnen sterven. In de augustuszon deed ze haar ogen dicht en doezelde wat, genietend van de warmte en het rustgevende geluid van het beekje onder haar. Nog even, dan was het september en werd het herfst, haar favoriete jaargetijde.

'Hallo, tante LJ.'

De stem kwam haar bekend voor, maar ze deed haar ogen niet open. Dit moest een dagdroom zijn.

'LJ.' Ze werd zacht door elkaar geschud. 'Ik ben het, ik ben terug.'

Ze knipperde tegen de zon. Toen ze zag wie er voor haar stond, trok alle kleur uit haar gezicht weg.

De vrouw kwam dichterbij en legde haar koude handen op die van haar. 'Ik ben het, Cheska.'

'Ik weet wie je bent, schat. Ik ben nog niet seniel,' zei ze zo bedaard mogelijk.

'O, wat heerlijk om terug te zijn.'

De handen verdwenen van de hare en werden stevig om haar schouders geslagen, waardoor ze zowat geen lucht meer kreeg. 'Waarom… Wat kom je hier doen?'

De wurggreep verslapte en Cheska ging op haar knieën voor LJ zitten, met een gekwetste blik op haar gezicht. 'Dit is mijn thuis, mijn dochter woont hier, en ik wilde mijn lieve tante LJ zien.' Ze aarzelde. 'Het lijkt wel of je niet blij bent me te zien.'

'Nou... Ik...' LJ slikte moeizaam. 'Natuurlijk ben ik wel blij. Ik ben gewoon... een beetje verbaasd, dat is alles. Waarom heb je niet geschreven om te zeggen dat je eraan kwam?'

'Omdat ik jullie wilde verrassen.' Ze stond op. 'O! Kijk dat uitzicht nu toch eens! Ik was helemaal vergeten hoe mooi het hier is. Kan ik misschien iets kouds te drinken krijgen? Ik ben op Heathrow in een taxi gestapt en meteen hierheen gekomen. Ik keek er zo naar uit om jullie allemaal te zien.'

'Mary kan vast wel iets voor je inschenken.'

'Mary! Hemeltje, werkt die hier nog steeds? Er is ook niets veranderd, hè? Ik loop wel even naar de keuken om iets in te schenken en haar gedag te zeggen. Tot zo.'

Toen Cheska het huis in liep, voelde LJ tranen in haar ogen opwellen. Niet van vreugde, maar van angst. Waarom uitgerekend nu David op reis was met Tor?

Na een tijdje kwam Cheska terug met een groot glas ijswater. 'Ik heb allemaal cadeautjes voor jullie meegebracht. Die liggen nog in de hal. Waar is... Is Ava er?'

'Die is ergens op het landgoed.'

'Zou ze verbaasd zijn om me te zien? Zou ze weten wie ik ben?'

'Dat weet ik wel zeker. Om allebei je vragen te beantwoorden.'

Cheska begon te ijsberen. 'Ze heeft toch geen hekel aan me? Omdat ik haar heb achtergelaten, bedoel ik. In het begin was het niet te doen om haar over te laten komen. En na een tijdje leek het me niet eerlijk om haar uit haar vertrouwde omgeving weg te halen, terwijl ze hier duidelijk gelukkig was. Dat begrijp je toch wel?'

LJ knikte langzaam. Ze voelde zich te verdoofd om ruzie te zoeken.

'Heb jíj een hekel aan me, LJ?'

'Nee, Cheska,' antwoordde ze vermoeid. 'Ik heb geen hekel aan je.'

'Gelukkig maar, want nu ik terug ben, ga ik het goedmaken dat ik al die jaren weg ben gebleven. Jeetje, wat is het warm! Als je het niet erg vindt, trek ik even iets luchtigers aan. Ik plak helemaal. Kan ik mijn oude slaapkamer gebruiken?'

'Daar slaapt Ava nu. Gebruik de oude kinderkamer maar. Dat is nu een logeerkamer,' zei LJ koeltjes.

'Oké. Als Ava terugkomt terwijl ik boven ben, zeg dan maar niets tegen haar, oké? Ik wil haar verrassen.'

Ava kwam uitgeput terug van een dag hard werken op de boerderij. Ze voelde zich opgetogen, want een week geleden waren haar cijfers bekendgemaakt en die waren ruim voldoende om toegelaten te worden tot het Royal Veterinary College in Londen. Bovendien was ze gisteren geslaagd voor haar rijexamen, dus mocht ze nu eindelijk in LJ's oude Landrover rijden.

LJ was net zo blij geweest als zij, al had Ava zich wel zorgen gemaakt over de kosten van de opleiding en haar toekomstige leven in Londen. Dat was de vorige avond tijdens het etentje om het te vieren ter sprake gekomen.

'Lieverd, je hebt me van kleins af aan geholpen op de boerderij en me nooit om een cent gevraagd. Trouwens, er is nog een erfenis van je grootvader. Dat is best een hoop geld, dus je kunt gerust op kamers gaan in Londen. Dat zou je grootvader ook hebben gewild. Ik ben zo trots op je, schat. Je hebt je droom waargemaakt.'

Toen Ava de keukendeur opendeed, zag ze dat Mary lamsrack stond klaar te maken.

'Hallo, Mary. Ik dacht dat LJ en ik vanavond alleen een salade zouden eten.'

Mary keek op en schudde haar hoofd. 'De plannen zijn gewijzigd, fach. Je hebt een gast. Ze zitten al op het terras. Je kunt maar beter even gedag gaan zeggen.'

'Wie is er dan?'

Mary haalde haar schouders op. 'Ga zelf maar kijken.'

Toen Ava de salon in liep, hoorde ze het geluid van LJ's stem, en nog een stem die haar vaag bekend voorkwam, met een licht Amerikaans accent. Ze daalde de treden naar het terras af en zag een vrouw met golvend blond haar met haar rug naar haar toe naast LJ zitten.

Ze bleef stokstijf staan, niet in staat zich te verroeren.

De vrouw moest haar voetstappen hebben gehoord, want ze draaide zich om.

De twee staarden elkaar lange tijd aan.

Toen hoorde Ava de stem van LJ, die gespannen en gemaakt klonk. 'Ava, lieve schat. Kom erbij, dan stel ik je voor aan je moeder.'

LJ sloeg de twee gade met een hart dat overkookte van emoties. Toen Ava het terras op was komen lopen, had LJ de argwanende blik in haar ogen gezien. Cheska was opgestaan en haar dochter om de hals gevlogen, maar Ava was als verdoofd blijven staan, niet in staat om te reageren. Daarna waren ze gaan zitten en hadden met elkaar gepraat alsof ze vreemden voor elkaar waren, wat natuurlijk ook zo was. Naarmate de avond vorderde en ze hadden gedronken van de champagne die Cheska had meegenomen, was Ava een beetje uit haar schulp gekropen.

Tijdens het avondeten zag LJ dat Cheska flink haar best deed om haar dochter in te palmen. Ze vertelde over haar leven in Hollywood, de mensen die ze daar had leren kennen en wat ze zoal had meegemaakt met de andere castleden van *The Oil Barons.*

Hoewel LJ het idee had dat ze Ava door en door kende, kon ze vanavond maar moeilijk hoogte krijgen van haar gevoelens. Op het eerste gezicht leek ze verrukt te luisteren naar de verhalen van haar moeder.

Na de koffie moest Cheska geeuwen. 'Sorry, ik ben afgepeigerd. Ik ga maar eens naar bed. Tijdens de nachtvlucht heb ik geen oog dichtgedaan.' Ze stond op en gaf LJ een kus op haar wang. 'Bedankt voor het heerlijke eten.' Daarna sloeg ze haar armen om Ava heen. 'Welterusten, schat. Ik hoop dat je de komende dagen niet al te veel plannen hebt. Ik wil zoveel mogelijk tijd met je doorbrengen. We hebben heel wat in te halen, vind je niet?'

'Ja. Welterusten, Cheska.' Ava knikte bedaard. 'Slaap lekker.'

Terwijl Cheska's voetstappen wegstierven in het huis, legde LJ boven tafel haar hand op Ava's arm. 'Gaat het, lieverd? Het spijt me dat ik je niet kon waarschuwen. Ik had geen idee dat ze zou komen. Je zult wel geschrokken zijn.'

Ava draaide zich naar haar toe. Haar gezichtstrekken waren in het flauwe licht niet goed zichtbaar. 'Daar kon jij ook niks aan doen. Ze is wel mooi, hè?'

'Ja, maar niet zo mooi als haar dochter.'

Ava grinnikte. 'En dan die verhalen. Kun je je voorstellen hoe het is om zo te leven?'

'Nee, schat, niet bepaald.'

'Zou ze lang blijven, denk je?'

'Ik zou het niet weten.'

'O.' Ava staarde naar een mot die bij het windlicht op de tafel fladderde en leidde hem de andere kant op, zodat hij in het donker verdween.

'Gaat het echt wel?'

'Ja. Ik bedoel, ze is best aardig, hoor. Ze lijkt me een gezellig mens, maar het voelt alsof ze niets met mij te maken heeft. Ik heb me altijd afgevraagd hoe het zou zijn om haar te ontmoeten, maar ik voelde eigenlijk... helemaal niks. Ik voel me er een beetje schuldig over.'

'Dat moet je niet doen. Je hebt tijd nodig om haar te leren kennen. Dat wil je toch wel?'

'Ik... denk het wel. Het enige probleem is dat ik haar volgens mij nooit als mijn moeder zal kunnen zien. Niet zoals het hoort, bedoel ik. Jij bent mijn moeder, dat zal nooit veranderen. Je zult wel doodmoe zijn, lieve LJ. Zal ik je naar boven helpen?'

Toen LJ in bed lag, ging Ava op haar vaste plekje op de rand zitten en drukte een tedere kus op het voorhoofd van haar oudtante. 'Maak je om mij maar geen zorgen, het gaat prima met me. Ik hou van je. Welterusten.' Ze liep de kamer uit en deed de deur zacht achter zich dicht.

LJ bleef in het donker voor zich uit staren. Ze was in de war en bezorgd en voelde zich voor het eerst echt vijfentachtig. Er waren dingen die ze Ava over haar moeder wilde vertellen, ze wilde haar waarschuwen dat Cheska niet was wie ze leek te zijn. Maar dat kon ze niet. Het zou klinken alsof ze jaloers was, en ze wilde niet dat Ava zich schuldig voelde als ze haar moeder wilde leren kennen. Gisteren had David nog gebeld vanuit Delhi, om te zeggen dat hij met Tor naar Tibet ging en de komende weken niet bereikbaar was. Zonder hem voelde ze zich kwetsbaar en onzeker.

Uiteindelijk viel ze in een rusteloze slaap. Op een gegeven moment schrok ze wakker van een vreemd geluid. Toen ze haar nachtlampje aandeed, zag ze dat ze nog geen uur had geslapen. En ja, ze hoorde iemand, of iets, zacht kermen. Daarna hoorde ze een schelle lach. Net toen ze haar wandelstok wilde pakken en zichzelf uit bed wilde hijsen, hield het gekerm op. Ze bleef ingespannen liggen luisteren, maar het geluid kwam niet meer terug.

Ze deed het licht uit en probeerde zich te ontspannen.

Die lach had ze al een keer eerder gehoord, heel lang geleden. Ze pijnigde haar hersens over waar en wanneer.

Toen schoot het haar weer te binnen.

Het was in de nacht dat ze Cheska in de kinderkamer had aangetroffen, toen ze die arme, weerloze teddybeer aan stukken had gescheurd.

45

Op zaterdagavond, een week na Cheska's aankomst, zat Ava met LJ op het terras limonade te drinken en naar de ondergaande zon te kijken.

'Wat hebben jullie vandaag gedaan, liefje?' wilde LJ weten.

'We zijn gaan winkelen in Monmouth. Cheska barst kennelijk van het geld en koopt steeds kleren voor me die ze bij me vindt passen. Alleen wordt ze elke keer herkend en om haar handtekening gevraagd. Eerst ging het nog wel, maar nu erger ik me er kapot aan. Ze is heel geduldig met haar fans. Dat zou ik nooit kunnen opbrengen.'

'Heb je het idee dat je haar beter leert kennen?'

'Ze is prettig gezelschap en we lachen wat af, maar het wil maar niet echt tot me doordringen dat ze mijn moeder is. Zo gedraagt ze zich niet echt, niet zoals jij. Ze is eerder een zus, denk ik. Soms lijkt ze nog heel jong.'

'Heeft ze al gezegd wanneer ze weer weggaat?' vroeg LJ voorzichtig.

'Nee, maar dat zal wel binnenkort zijn. Ze heeft allerlei verplichtingen in Hollywood. Eerlijk gezegd zal ik blij zijn als ze weg is. Ik heb nog een miljoen dingen te doen voordat ik naar Londen ga. Volgend weekend komen de kinderen uit het dorp hierheen en moet ik hen rondleiden over het landgoed. Ik kan me niet voorstellen dat Cheska dan een spijkerbroek aantrekt en me na afloop met de barbecue helpt.' Ze grinnikte.

'Nee, ze is niet geschikt voor het buitenleven.'

Een uur later voegde Cheska zich bij hen met een fles champagne die ze tijdens het winkelen had gekocht. Ze schonk drie glazen in. 'Om te vieren dat we na al die tijd weer bij elkaar zijn. Cheers, zoals jullie hier zeggen.'

'Ja, cheers,' zei LJ zwakjes. Cheska leek altijd wel een reden te vinden om een fles open te trekken, en LJ begon het beu te worden om te doen alsof ze ervan dronk. Haar maag kon helemaal niet tegen prik.

'Ik dacht dat je die mooie jurk wel aan zou hebben die ik vandaag voor je gekocht heb, Ava,' pruilde Cheska.

'Eigenlijk heb ik meestal deze spijkerbroek aan. Ik bewaar die nieuwe kleren wel voor een speciale gelegenheid. Je hebt zo veel voor me gekocht dat ik niet zou weten wat ik moest kiezen.'

'Ach, het kan geen kwaad om een goedgevulde kleerkast te hebben, toch? Wat denk je trouwens van een nieuwe bril? Deze staat je niet zo goed. Je hebt zulke mooie ogen. Die kleur heb je van mij, denk ik. Het is zonde om ze achter zo'n zwaar montuur te verstoppen.'

'Ik heb ook contactlenzen, maar dit is veel fijner.'

'Ik vind dat Ava's gezicht juist karakter krijgt door die bril,' merkte LJ op.

'Ja, natuurlijk. Hoe dan ook...' Cheska glimlachte. 'Ik moet jullie iets vertellen. Ik heb het afgelopen week zo goed naar mijn zin gehad dat ik besloten heb nog een tijdje te blijven. Als jullie het goed vinden, tenminste.'

'Heb je dan geen opnames voor je serie? En ga je je dan niet vervelen? Marchmont is bepaald geen Hollywood,' zei LJ langzaam.

'De opnames beginnen eind september pas weer. En natuurlijk verveel ik me niet, LJ,' zei ze geërgerd. 'Na LA kan ik de rust hier goed gebruiken. Bovendien heb ik mijn familie hier.' Ze pakte Ava's hand en gaf er een kneepje in. 'Het is alleen jammer dat die lieve oom David er niet is.'

Zeg dat wel, dacht LJ.

'Cheska, ik hoop niet dat je het erg vindt, maar de komende dagen heb ik al wat dingen gepland staan, dus zal ik niet zo vaak met je op pad kunnen als afgelopen week,' zei Ava.

'Natuurlijk vind ik dat niet erg. Dan ga ik gewoon van het landschap genieten en een beetje ontspannen.' Ze rekte zich uit en verzuchtte: 'O, wat is het fijn om weer thuis te zijn!'

De volgende dag stond Cheska erop Ava mee uit lunchen te nemen in een duur hotel in de buurt, ook al had Ava beloofd Jack te helpen op de boerderij. Toch had ze ermee ingestemd, in de hoop daardoor de rest van de tijd dat haar moeder op Marchmont logeerde van haar af te zijn.

'Niet te geloven dat je dierenarts wilt worden, schat.' Cheska huiverde en prikte een stukje rundvlees aan haar vork. 'Ik snap niet hoe je er ook maar aan kunt denken. Bij de aanblik van bloed val ik al bijna flauw.'

'Ach, ik val bijna flauw als ik jou die arme koe zie opeten,' kaatste Ava met een glimlach terug.

Cheska trok geïrriteerd een wenkbrauw op en vervolgde: 'Gisteren zei je dat LJ je studie betaalt. Waar haalt ze dat geld vandaan? Het kan heel duur zijn om in Londen te wonen. Ik vind dat ik dat zou moeten betalen.'

'Kennelijk heeft mijn grootvader, jouw vader, me iets nagelaten. Volgens haar is het een flink bedrag, ruim voldoende om alle kosten te dekken. Dus maak je maar geen zorgen.'

'Maar je grootvader...' Abrupt brak ze haar zin af. Ze had willen zeggen dat Owen was gestorven voordat zijzelf tien was. Hoe had hij dan geld kunnen nalaten aan een kind dat op dat moment nog niet eens geboren was?

Ava had niet door hoe ijzig haar moeder opeens keek en kletste vrolijk verder over haar droom om uiteindelijk een eigen dierenartspraktijk in de buurt te openen.

'Nou, zo te horen heb je alles gepland, hè, Ava? Helaas is het leven niet altijd zo voorspelbaar, maar daar kom je vanzelf nog wel achter.'

'Misschien wel, maar ik weet wat ik wil. Als ik me goed voorbereid, kan er toch eigenlijk niets misgaan?'

Haar moeder staarde nietsziend uit het raam.

'Gaat het wel?'

Na een tijdje keek Cheska haar dochter weer aan en glimlachte. 'Ik hoorde je wel, hoor, schat. Het komt vast allemaal op zijn pootjes terecht.'

Toen Ava de gordijnen in haar slaapkamer opendeed, werd ze begroet door een lichte septembernevel, die boven de vallei hing. Ze nam het prachtige uitzicht in zich op voor als ze straks in Londen zat en het niet meer kon zien. Zoals ze al tegen Cheska had gezegd, had ze de afgelopen dagen veel tijd doorgebracht op het landgoed om de boeren te helpen het hooi voor de winter op te slaan. Haar moeder zag ze alleen tijdens het avondeten, omdat ze allang weg was tegen de tijd dat Cheska halverwege de ochtend opstond. Een paar keer zag ze toen ze door het bos terug naar huis liep een tengere gestalte op de open plek staan, bij het graf van Jonny. Waarschijnlijk bewees Cheska de laatste eer aan haar tweelingbroertje, dat was gestorven toen hij nog heel jong was.

Ava kon amper geloven hoe snel de vakantie voorbij was gevlogen en vroeg zich af wanneer haar moeder weer terugging naar Hollywood. Dat zou nu vast niet lang meer duren.

Een week voordat Ava naar Londen zou vertrekken, zag ze op de terugweg van de boerderij Mary haastig over de oprijlaan op zich afkomen.

'Wat is er?' Haar hart begon wild te bonken.

'Je oudtante, fach. Ze is vanmiddag gevallen. Volgens Cheska is ze gestruikeld op de trap.'

'Goeie genade! Is alles in orde?'

'Volgens mij is ze alleen erg geschrokken. Dokter Stone is nu bij haar.'

Ava sprintte het huis in en de trap op. Hijgend trok ze de deur naar LJ's slaapkamer open. Aan het voeteneind van het bed stond Cheska met haar armen over elkaar geslagen, terwijl de jonge arts LJ's bloeddruk opnam.

'O, LJ!' Ze haastte zich naar het bed, ging er op haar knieën naast zitten en keek naar de asgrauwe kleur van haar oudtante. 'Wat heb je nu gedaan? Ik had toch gezegd dat je niet moest gaan hordelopen als ik er niet bij was?'

LJ wist een zwak glimlachje op te brengen om het binnenpretje dat

Ava en zij sinds haar heupoperatie met elkaar deelden.

'Hoe gaat het met haar, dokter?'

'Er is niets gebroken, alleen zwaar gekneusd,' antwoordde hij. 'Maar uw bloeddruk is helaas wel omhooggeschoten, mevrouw Marchmont. Ik ga uw medicatie verhogen en ik wil dat u me belooft dat u de rest van de week in bed blijft.' Hij wendde zich tot Ava en Cheska. 'Ze mag zich absoluut niet druk maken. Het is belangrijk dat ze zich rustig houdt, zodat we kunnen zien of haar bloeddruk daalt.' Hij wees met een vermanend vingertje naar LJ. 'Als u zich niet gedraagt, dan zal ik u in het ziekenhuis moeten laten opnemen.'

'Ik zal ervoor zorgen dat ze geen vin verroert, dokter.' Ava pakte LJ's hand stevig beet. 'Ik kan altijd later naar Londen vertrekken.'

'Welnee, ik zorg wel voor haar,' bemoeide Cheska zich er voor het eerst mee.

Ava keek op naar haar moeder en vond dat ze er op de een of andere manier een beetje vreemd uitzag. 'Ik dacht dat je terug moest naar Hollywood?'

'Dat is ook zo, maar ik kan jou er niet alleen voor laten staan. Ik ga mijn impresario bellen en laat hem de studio inlichten. Ze kunnen wel een tijdje om me heen filmen, of me uit de eerste paar afleveringen schrijven. Familie gaat altijd voor, nietwaar? En jij mag het begin van je studie niet missen. Vind je wel, LJ?'

'Nee, natuurlijk niet.' Haar oudtante schudde vermoeid haar hoofd. 'Maar vergeet niet dat ik Mary ook nog heb. Voor mij hoef je echt niet te blijven, Cheska. Ga maar gewoon terug naar Los Angeles, zoals gepland.'

'Ik zou niet durven, lieve LJ. Je moet er maar mee leren leven dat ik een tijdje voor verpleegster ga spelen.'

'Laat jij me even uit, Ava?' vroeg dokter Stone.

'Natuurlijk. Ik ben zo terug.'

'Probeer u de komende vijf minuten te gedragen, mevrouw Marchmont.'

'Daar zorg ik wel voor.' Cheska glimlachte naar hem. 'Tot ziens, dokter. Bedankt voor alles.'

Hij bloosde en mompelde iets bij wijze van afscheid.

Ava liep met hem mee de trap af. 'Weet u zeker dat het goedkomt met haar?'

'Als ze maar rust houdt, heb ik goede hoop. Het probleem met een hoge bloeddruk is dat die een beroerte tot gevolg kan hebben. Je oudtante heeft een flinke smak gemaakt en hoewel ze heel kwiek is voor haar leeftijd, heeft die heupoperatie haar veel energie gekost.' Bij de voordeur draaide hij zich naar haar toe. 'Zag ik nu goed dat dat Gigi uit *The Oil Barons* was?'

'Ja.'

'Is ze familie van jullie?'

'Mijn moeder, om precies te zijn.'

Met opgetrokken wenkbrauwen keek hij haar aan. 'Dat wist ik helemaal niet. Maar goed, ik weet zeker dat ze goed voor je oudtante zal zorgen. Wel handig dat zij hier is, nu je oom weg is en jij naar Londen gaat. Morgen kom ik weer langs. Tot dan.'

De dokter ging weg en Ava deed de voordeur achter hem dicht. Toen ze zich omdraaide, zag ze haar moeder op de trap staan.

'Ik wilde net een kop thee gaan halen voor LJ,' merkte Cheska op.

'Goed idee. Ik ga een tijdje bij haar zitten.' Op dat moment zag ze de tranen in de ogen van haar moeder. 'Wat is er?' Ze liep de trap op, naar haar toe.

'Ava, ik voel me zo schuldig. Ik bedoel... Ik liep vlak achter haar en toen... struikelde ze ineens.' Ze liet zich op een traptrede zakken en barstte in snikken uit.

Ava ging naast haar zitten en sloeg een arm om haar schouders. 'Niet huilen. Daar kon jij toch niets aan doen?'

Cheska keek haar aan en pakte haar hand beet. 'Ava, wat LJ ook tegen je zegt, ik hou van je. Heel erg veel.' Haar ogen waren zo groot als schoteltjes. 'Dat weet je toch wel?'

'Nou, ik... Ja, Cheska,' zei Ava verbaasd.

Haar moeder staarde weer voor zich uit. 'We doen zo veel dingen... Dingen die...' Ze huiverde en raapte zichzelf weer bij elkaar.

‘Het spijt me, ik ben gewoon geschrokken. En ik zou graag willen dat je me moeder noemt, in plaats van Cheska.’

‘Ik… Natuurlijk. Ga maar even in de keuken zitten… moeder. Dan ga ik naar LJ toe.’

‘Dank je.’ Cheska stond op en liep met hangende schouders door de hal naar de achterzijde van het huis.

Van haar stuk gebracht door het vreemde gedrag van haar moeder liep Ava de trap op en ging naast LJ zitten. Die zag nog steeds bleek, maar leek al iets opgewekter. ‘Hoe gaat het?’ vroeg ze zacht.

‘Beter, geloof ik. Is je moeder beneden?’

‘Ja.’

‘Ava, ik…’

‘Wat is er?’

‘Nou, het is geen fijn gespreksonderwerp, maar we moeten het er toch over hebben.’

‘Waarover?’

‘Over wat er met jou gebeurt als ik doodga.’

De tranen sprongen Ava in de ogen. ‘Alsjeblieft, LJ. Niet nu.’

‘Luister eens naar me.’ Haar oudtante pakte haar hand stevig beet. ‘Als het zover is, gaat Marchmont naar je oom David, maar in mijn testament staat ook dat jij hier mag blijven wonen. David heeft tegen me gezegd dat hij hier zelf niet wil komen wonen. Als hij komt te overlijden, vindt hij net als ik dat Marchmont naar jou toe moet gaan. Dat heeft hij ook in zijn testament gezet. Zoals je weet, is er ook nog wat geld over van de nalatenschap van je grootvader. Dat is voor jou, Ava, en… voor niemand anders.’

‘Maar mijn moeder dan? Zouden Marchmont en het geld niet naar haar toe moeten gaan als oom David overlijdt?’

LJ slaakte een diepe zucht. ‘Ava, er zijn heel veel dingen die je niet weet over je verleden en over je moeder.’

‘Vertel het me dan. Ik bedoel, ik weet niet eens wie mijn vader is.’

‘Dat komt nog wel, misschien. Het belangrijkste is… wees alsjeblieft op je hoede voor Cheska.’

‘Waarom?’

Opeens liet LJ haar hand los, waarna ze zich uitgeput achterover in de kussens liet zakken. 'Vraag maar aan je oom, die legt het wel uit.'

'Maar LJ, ik...'

'Het spijt me, ik moet niet zo overdrijven. Let maar niet op mij. Ik ben gewoon geschrokken, dat is alles.'

'Ik ga nergens heen tot je je beter voelt. Op de universiteit hebben ze er vast wel begrip voor als ik een paar dagen later begin.'

'Nee, ik knap wel weer op,' zei LJ resoluut. 'En ik sta niet toe dat je je toekomst vergooit, over mijn lijk. We hebben nog een paar dagen voordat je vertrekt.'

'Ja, dus dan zien we tegen die tijd wel hoe het met je gaat,' hield Ava al net zo koppig vol.

'Kijk eens aan, een lekker kopje hete thee.' Cheska kwam met een dienblad de kamer in. 'Deze rol kende ik nog niet, die van verpleegster,' zei ze, terwijl ze LJ het kopje overhandigde.

Die nacht lag Ava in bed te woelen en te piekeren over wat LJ had gezegd. Was oom David maar hier, dan had hij kunnen uitleggen wat ze bedoelde.

De dagen daarna ging LJ goed vooruit. Haar bloeddruk daalde en de dokter zei tegen Ava dat hij tevreden was over haar herstel tot nu toe. Hij was zo attent om elke dag bij haar op bezoek te gaan en daarna nog een kop koffie met Cheska te drinken om haar gerust te stellen.

'Volgens mij kun je morgen met een gerust hart naar Londen gaan. Je moeder zorgt echt heel goed voor haar. Samen met Mary, natuurlijk.'

Die avond deed Ava met een zwaar gemoed haar koffer dicht.

Morgenochtend vroeg zou ze vertrekken. Ze was niet alleen nerveus over haar nieuwe leven en hoe het haar zou vergaan in de stad, weg van alles wat ze kende, maar maakte zich ook grote zorgen om haar oudtante.

Ze ging haar warme chocolademelk op bed brengen.

'Ha, lieve schat. Ben je helemaal ingepakt en klaar voor vertrek?' vroeg LJ glimlachend.

'Ja.' Ava zette de chocolademelk op het nachtkastje en ging op het bed zitten. Toen ze eens goed naar haar oudtante keek, zag ze tot haar opluchting dat ze niet meer zo'n grauwe kleur had en dat haar ogen helder stonden. 'Wil je echt niet dat ik nog even blijf? Het is nog maar de introweek, we hebben nog geen college, of zo. Ik...'

'Ava, hoe vaak moet ik nu nog zeggen dat ik me wel red en dat het de goede kant op gaat? Trouwens, het studentenleven draait niet alleen om college. In de introweek moet je nieuwe vriendschappen sluiten en plezier maken. Ik wil dat je ervan geniet.'

'Dat zal ik vast ook wel doen, maar...' Ava slikte moeizaam toen de tranen haar in de ogen sprongen. 'Ik ga je zo missen.'

'Ik jou ook, lieve schat, maar ik hoop dat je af en toe vijf minuutjes de tijd neemt om me een brief te schrijven en te vertellen wat je daar allemaal uitspookt.'

'Natuurlijk doe ik dat. Wacht even.' Ze haalde een papiertje uit de zak van haar spijkerbroek. 'Dit is het telefoonnummer van mijn studentenhuis. Als er iets is, hoef je maar te bellen en dan geven ze de boodschap aan me door. Mary heeft dit nummer ook. Ik zal het in de lade van je nachtkastje leggen. En ik bel je elke zondag, rond zes uur.'

'Zit er maar niet mee als het er niet van komt.' Ze legde haar hand tegen de wang van haar achternichtje en streelde er zacht over. 'Lieve Ava, vanaf het eerste moment dat ik je zag, heb je me niets dan plezier bezorgd. Ik ben apetrots op je.'

Ze omhelsden elkaar en bleven een hele tijd zo zitten, omdat ze elkaar geen van beiden hun tranen wilden laten zien.

'Nou, je moet morgen vroeg op, dus hup, naar bed jij. Pas goed op jezelf, lieverd.'

Ava stond op en gaf haar een nachtzoen. 'Dat zal ik doen. Pas jij ook goed op jezelf. Ik hou van je.'

Zelfs Cheska stond de volgende ochtend om acht uur op om Ava uit te zwaaien.

'Maak je maar geen zorgen, ik beloof je dat ik goed voor LJ zal zorgen. Volgens dokter Stone ben ik ervoor in de wieg gelegd om verpleegster te worden,' zei ze, terwijl ze meisjesachtig giechelde. 'Dus ga nu maar. Heel veel plezier op de universiteit. Ik vind het jammer dat ik zelf nooit van het studentenleven heb kunnen proeven.' Ze omhelsde Ava. 'Ik hou van je, schat. Niet vergeten, hè?'

'Nee hoor,' zei Ava toen ze in de wachtende taxi stapte. 'Houd me op de hoogte over LJ, oké? Ik bel vanavond. Tot dan!'

De taxi scheurde de oprijlaan af, bij Marchmont vandaan.

46

Die eerste week zonder LJ en Marchmont was Ava blij dat ze werd meegesleept in een wervelwind van nieuwe dingen, zowel positief als negatief. Er was zo veel te leren, bijvoorbeeld hoe de metro en de bussen in Londen werkten, en dat haar leeftijdsgenoten het leuk vonden om zuipwedstrijden te houden tot ze flauwvielen. Bovenal kostte het haar moeite om te wennen aan het onophoudelijke geraas van het verkeer buiten haar benauwde kamer op schoenendoosformaat. Aan de andere kant mocht ze alle mensen die ze tot nu toe bij haar opleiding had leren kennen graag en begon er al een band tussen hen te ontstaan. Ze was het niet gewend om de hele tijd onder de mensen te zijn, dus was ze nog een beetje verlegen in grote groepen. Maar door alle activiteiten die voor de nieuwe instromers waren georganiseerd, voelde ze zich aan het eind van de week al een stuk ontspannener.

Het mooiste was nog wel dat er bij aankomst een brief van Simon op haar had liggen wachten. Hij schreef dat hij zijn belofte die hij in de zomer had gedaan, wilde nakomen en heel graag met haar wilde afspreken om haar een rondleiding te geven door Londen.

Die eerste lange, benauwde nachten, toen ze nog met elke vezel van haar lichaam terugverlangde naar de ruimte en frisse lucht op Marchmont, dacht ze vaak aan hem. Nadat hij dat briefje aan oom David had gegeven, had ze hem geschreven om hem haar nieuwe adres te geven, maar sindsdien had ze hardnekkig geprobeerd er niet aan te denken dat hij haar misschien wel leuk vond. Dat hij haar nu weer had geschreven, bezorgde haar een huivering van plezier.

Pas op donderdag durfde ze het aan om hem met de betaaltelefoon aan het einde van de hal te bellen om iets af te spreken. Zondag zou hij haar komen ophalen om haar alle bezienswaardigheden te laten zien.

Op zondagochtend moest ze zich haar bed uit slepen, want ze was na het introfeest pas om drie uur naar bed gegaan.

'Ik moet echt leren om niet alles op te drinken wat me wordt voorgezet,' mompelde ze tegen zichzelf, toen ze haar hoofd voelde bonken. Ze nam twee hoofdpijntabletten en staarde naar de inhoud van haar kleerkast. Voor het eerst in haar leven dacht ze er goed over na wat ze zou aantrekken. Ze koos voor een felroze broek en een dure kasjmieren trui die Cheska voor haar had gekocht. Toen ze zich had aangekleed, vond ze echter dat ze te veel op haar moeder leek en koos in plaats daarvan voor een spijkerbroek en een T-shirt. Haar ogen prikten veel te erg om haar contactlenzen in te doen – daardoor zouden ze alleen maar rood worden en gaan tranen – dus zette ze haar bril op.

Om elf uur liep ze onzeker de entreehal van haar gebouw in, die er voor de verandering verlaten bij lag. Alle anderen waren zeker nog hun kater van de vorige avond aan het uitslapen. Simon stond buiten op haar te wachten, ze zag hem door de glazen deuren staan. Met wild bonkend hart hield ze zichzelf voor dat hij alleen contact met haar had opgenomen uit beleefdheid omdat zijn familie de hare kende. Ze trok de voordeur open en liep naar hem toe.

'Hoi, Ava. Jeetje, wat zie jij er anders uit!' Simon gaf haar op elke wang een zoen.

'Is dat zo?'

'Dit is veel beter, want ik zie dat je nu jezelf bent. Die bril staat je prachtig. Je lijkt heel erg op de mooie schooljuf die ik had toen ik zeven was. Ik ben jarenlang smoorverliefd op haar gebleven en sindsdien heb ik een zwak voor meisjes met een bril!'

'Dank je... geloof ik.' Met een verlegen glimlachje keek ze naar zijn spijkerbroek en sweatshirt.

'Op weg hiernaartoe bedacht ik dat het geen zin heeft om je mee te nemen naar de gebruikelijke toeristische trekpleisters. Die kun je altijd nog bekijken. Ik ga je het Londen laten zien waar ík zo gek op ben, oké?'

'Klinkt goed.'

Ze nam zijn uitgestoken arm aan, en samen liepen ze weg over de straat die er op zondagochtend rustig bij lag.

Toen Ava die avond om zeven uur thuiskwam, was ze bekaf. Simon mocht dan een jongen uit de stad zijn, maar ironisch genoeg hadden ze zowat de hele dag gelopen. Ze hadden door Hyde Park gewandeld en waren op Speaker's Corner blijven staan om naar toekomstige redenaars te luisteren die hun radicale politieke ideeën verkondigden. Sommige daarvan waren zó bizar dat ze weg hadden moeten lopen voordat ze de slappe lach kregen. Daarna hadden ze langs de Theems gelopen, via het pad van Westminster naar Hammersmith, waar ze in een pub langs de rivier waren gestopt om te lunchen.

Ze had genoten van elke seconde. Want in plaats van naar oude monumenten te kijken of zich te verdringen tussen de toeristen om een schilderij in een galerie goed te kunnen zien, hadden ze over van alles en nog wat gepraat. Omdat hij ervoor had gekozen haar mee te nemen naar plekken waar ze de ruimte hadden, was ze zowel in fysiek als in mentaal opzicht dat beklemmende gevoel kwijtgeraakt en voelde ze zich nu helemaal ontspannen.

Het was warm genoeg geweest om op het terras van de pub te gaan zitten. Tijdens het eten had hij haar meer verteld over de klus die hij net in de wacht had gesleept, in een musical in het West End.

'Het is niet echt mijn eerste keuze, want zoals je weet, wil ik liedjes schrijven,' gaf hij een tikje beschaamd toe. 'Maar ze zochten echte muzikanten die konden zingen en een paar instrumenten konden bespelen, dus stelde een kennis van me voor dat ik auditie zou doen. Dat deed ik, en ik werd nog aangenomen ook. Dat verbaasde mijzelf nog het meest, kan ik je vertellen, maar aan de andere kant kan ik er de rekeningen van betalen. Als de musical eenmaal draait, heb ik overdag de tijd om eigen werk te schrijven. Ik heb nu zelfs een impresario.' Hij sloeg zijn ogen ten hemel.

'Waar gaat de musical over?'

'Over vier beroemde zangers uit de jaren vijftig en zestig. Al hun hits zitten erin, dus er zullen wel veel dertigers en veertigers op afkomen.'

'Wanneer gaat de musical draaien?'

'Over een week of drie. Als je wilt, mag je wel naar de première komen.'

'Heel graag.'

'Als je je maar niet te veel voorstelt van mijn acteerprestaties, hoor.'

'Misschien word je wel beroemd.'

'Dat is wel het laatste wat ik wil. Ik zou graag ooit mijn eigen opnamestudio openen, waar ik liedjes voor andere mensen kan schrijven en produceren. Zelf blijf ik het liefst uit de schijnwerpers.'

'Ik ook,' was ze het hartgrondig met hem eens.

Aan het eind van de dag bracht hij haar weer naar haar studentenhuis in Camden en gaf haar een zoen op haar wang. 'Succes komende week, Ava. Probeer niet te vaak in slaap te vallen tijdens de colleges,' zei hij grijnzend.

'Komt goed. Heel erg bedankt voor vandaag. Ik heb het echt naar mijn zin gehad.'

Toen ze zich omdraaide om naar binnen te gaan, pakte hij haar arm beet en trok haar weer naar zich toe. 'Luister, ik weet hoe druk die eerste weken kunnen zijn, maar als je tijd hebt, zou ik je graag nog eens zien.'

'Echt?'

'Ja! Waarom kijk je zo verbaasd?'

'Omdat ik dacht dat je je grootvader hiermee een dienst wilde bewijzen. Dat hij had gezegd dat je me mee uit moest nemen, omdat hij bevriend is met mijn oudtante.'

'Dan schat je me veel minder egoïstisch in dan ik ben. Ik vond het echt leuk, vandaag. Wat denk je van vrijdagavond? Zal ik je om zeven uur oppikken?'

'Weet je het zeker?'

'En of ik het zeker weet.'

Ava lag op haar bed over Simon te dagdromen. Waarschijnlijk was ze ingedut, want toen ze haar ogen opendeed, was het al donker. Op de wekker op haar nachtkastje zag ze dat het al tien uur geweest was.

'Verdorie!' vloekte ze. Het was veel te laat om nog naar Marchmont te bellen, zoals ze had beloofd.

Ze liep naar de gemeenschappelijke keuken om een kop thee te zetten, nam die mee naar haar kamer en nipte ervan terwijl ze alles klaarlegde voor haar eerste college, de volgende ochtend. Daarna plofte ze weer op het bed neer en nam zich voor om LJ de volgende dag te bellen.

Nadat Cheska warme chocolademelk naar LJ had gebracht, ging ze weer naar de bibliotheek beneden. Na dagenlang zoeken had ze die middag eindelijk de sleutel van de bureaulade gevonden, onder een bloempot. Dat de sleutel was verstopt, sterkte haar in haar vermoedens dat LJ haar privédocumenten in die lade bewaarde.

Ze ging achter het bureau zitten, stak de sleutel in het slot en draaide hem om. Nadat ze de lade had opengetrokken, haalde ze er een uitpuilende groene dossiermap uit. Er zaten allerlei papieren in, die ze doorbladerde tot ze had gevonden wat ze zocht. De overige papieren legde ze opzij om later te bekijken, en ze opende een dikke envelop en vouwde het papier erin open. Bovenaan stond: *Dit is het testament van Laura-Jane Edith Marchmont.*

Ze begon te lezen.

> *Het landgoed Marchmont laat ik na aan mijn zoon, David Robin Marchmont. Na zijn dood is het mijn wens dat het landgoed in zijn geheel wordt overgedragen aan mijn achternicht, Ava Marchmont, overeenkomstig het testament van mijn zoon.*

Cheska voelde de woede in zich opborrelen, maar deed haar best die de kop in te drukken en verder te lezen. Pas in een van de codicils trof ze haar eigen naam aan.

Een paar minuten later kookte ze van woede. Ze ramde met haar vuist op het bureau en las de tekst voor de zekerheid nog eens door.

Als beheerder van het trustfonds van Cheska Marchmont (bekend onder de naam Hammond), aan haar nagelaten door haar vader, Owen Jonathan Marchmont, is het mijn plicht om dit trustfonds in te trekken. In het testament van Owen Marchmont (zie bijlage) staat dat het geldbedrag alleen aan Cheska Marchmont toekomt 'op voorwaarde dat zij tot haar eenentwintigste levensjaar minstens één keer per jaar op bezoek komt op Marchmont'. Hierbij bevestig ik dat Cheska sinds haar zestiende niet één keer op Marchmont is geweest en dat er derhalve niet aan deze voorwaarde is voldaan. Daarenboven heeft zij haar dochter aan mijn zorg overgelaten en al jaren geen contact meer met een van ons beiden gezocht. Daarom zie ik geen andere mogelijkheid dan me aan de door Owen Marchmont gestelde voorwaarde te houden en het trustfonds over te dragen aan Cheska Marchmonts dochter Ava, die haar hele leven op Marchmont heeft gewoond. Naar mijn mening is zij de rechtmatige erfgenaam van dit bedrag.

Het document was ondertekend door LJ en een getuige.

'Vuil kreng!' schreeuwde Cheska, waarna ze als een bezetene door de map begon te bladeren, tot ze had gevonden wat ze zocht. Het was een afschrift van een beursagentschap, waarop vermeld stond welk bedrag er was gespaard in wat háár trustfonds had moeten zijn: ruim honderdduizend pond.

Ze bekeek nog een paar bankafschriften. Op het meest recente zag ze dat er meer dan tweehonderdduizend pond was overgemaakt naar de rekening die op naam stond van het landgoed.

Op dat moment stortte ze helemaal in. 'Ik ben zijn dochter!' snikte ze. 'Dit had allemaal van mij moeten zijn. Waarom hield hij niet van me? Waarom?'

Herinner het je, Cheska, herinner het je...

De stemmen waren terug.

'Nee!' Ze sloeg haar handen voor haar oren, weigerend naar de stemmen te luisteren.

Op een druilerige oktoberochtend, een paar dagen nadat Ava vertrokken was, zag LJ Cheska in de stoel bij het raam zitten toen ze wakker werd.

'Jeetje, wat ben ik suf. Hoe laat is het?'

'Elf uur geweest.'

'Elf uur 's ochtends? Goeie genade! Zo lang heb ik van mijn leven nog niet uitgeslapen.'

'Het zal je goeddoen. Hoe voel je je?'

'Belabberd, eerlijk gezegd. Stokoud en ziek. Word maar niet oud, Cheska. Het is geen pretje.'

Cheska stond op, liep de kamer door en ging op de rand van het bed zitten. 'Hopelijk vind je het niet vervelend dat ik dit vraag, maar ik zie geen andere mogelijkheid. Wat is er gebeurd met het geld dat mijn vader me in een trustfonds heeft nagelaten?'

'Nou, ik...' LJ kromp ineen toen er een pijnscheut door haar linkerarm trok.

'Het is er toch nog wel? Ik heb het namelijk nogal dringend nodig.'

LJ kon amper geloven dat Cheska haar hier nu naar vroeg, over haar heen gebogen als een soort beeldschone wraakengel, terwijl zij hier zwak, ziek en weerloos lag. De pijn werd heviger en ze voelde een vreemde tinteling aan de linkerkant van haar hoofd. Het kostte haar moeite om adem te halen en antwoord te geven op Cheska's vraag.

'In het testament van je vader stond als voorwaarde dat je hier minstens één keer per jaar op bezoek moest komen. Dat heb je toch niet gedaan?'

Cheska's gezicht werd harder. 'Nee, maar je zou me toch niet vanwege zo'n stomme voorwaarde de erfenis ontnemen waar ik recht op heb?'

'Ik... Kunnen we dit later bespreken? Ik voel me echt niet zo goed.'

'Nee!' Haar ogen schoten vuur. 'Dat geld is van mij!'

'Ik geef het aan Ava. Vind je niet dat zij het verdient? Trouwens, ik dacht dat je geld zat had. Ik...' Haar adem stokte, want de pijn trok nu via haar nek naar haar hoofd.

Cheska leek niets in de gaten te hebben. 'Hoe zit het dan met Marchmont? Als de dochter van mijn vader ben ik de directe erfgenaam. Dan moet het landgoed toch naar mij gaan? Niet naar oom David?'

'Cheska, ik ben de wettige eigenaar van Marchmont en kan het nalaten aan wie ik maar wil. En natuurlijk is David als echte bloedverwant van je vader de rechtmatige erfgenaam.'

'Nee! Ik ben de dochter van Owen! Ik heb zelfs een geboorteakte waarmee ik dat kan bewijzen. Je hebt niet alleen het geld in mijn trustfonds aan mijn dochter gegeven, maar ook nog eens mijn huis aan mijn oom. En ik dan? Wanneer maakt iemand zich eindelijk eens druk om mij?' riep ze uit.

Inmiddels zag LJ haar door een rood waas. Voor haar ogen dansten felgekleurde patronen heen en weer. Ze wilde antwoord geven... het uitleggen... maar toen ze haar mond opendeed, kwamen de woorden er niet uit.

'Je hebt altijd al een hekel aan me gehad, hè? Nou, dit ga je niet winnen, lieve tante, want...'

LJ schoot overeind, kreunde zacht en viel achterover in de kussens. Roerloos en lijkbleek bleef ze liggen.

'LJ?' Cheska schudde haar ruw door elkaar. 'Luister naar me! Ik weet heus wel dat je maar doet alsof, zodat je er niet over hoeft te praten! LJ! LJ?'

Toen haar tante bewegingloos bleef liggen, sloeg de woede op Cheska's gezicht om in ontzetting.

'LJ! Word in hemelsnaam wakker! Het spijt me, ik wilde je niet overstuur maken. Alsjeblieft! Het spijt me! Het spijt me zo!' Ze sloeg haar armen om LJ's slappe schouders heen en begon hysterisch te snikken.

Zo trof Mary hen aan, nadat ze Cheska's kreten beneden had gehoord. Zij was degene die een ambulance belde en samen met de twee andere vrouwen naar het ziekenhuis in Abergavenny ging.

47

De eerste dagen vond Ava de hoorcolleges zowel doodeng als vermoeiend, omdat dit voor haar een heel nieuwe manier van leren was. In de collegezaal, omringd door tachtig andere studenten, deed ze haar best om precies te verstaan wat de hoogleraren zeiden en alles zo goed mogelijk te noteren, waarna ze zich naar huis haastte om alles netjes en in de juiste context op te schrijven. Toch genoot ze van elke seconde, maakte nieuwe vrienden en begon aan het studentenleven te wennen.

De afgelopen drie dagen had ze elke avond naar Marchmont gebeld, maar geen gehoor gekregen. Dat baarde haar niet al te veel zorgen, want er waren maar twee telefoons in huis, één in de studeerkamer en de andere in de keuken. Als iedereen buiten of boven was, konden ze de telefoon niet horen. Maar toen er de vierde avond weer niet werd opgenomen, werd ze toch ongerust. Toen ze op vrijdagavond weer geen gehoor kreeg, zocht ze Mary's nummer op in haar adressenboekje en draaide dat. Er werd opgenomen door Mary's man Huw, met zijn zware accent.

'Huw, sorry dat ik stoor, maar ik maak me een beetje zorgen. Op Marchmont neemt er niemand op. Gaat het wel goed daar?'

Na een korte stilte zei hij: 'Ik dacht dat je het al wel gehoord zou hebben, juffrouw Ava. Drie of vier dagen geleden heeft je tante een beroerte gehad en sindsdien is je moeder bij haar in het ziekenhuis. Mary is ook elke avond bij haar op bezoek geweest, daarom zul je wel geen gehoor krijgen als je naar huis belt.'

'Mijn hemel! Hoe ernstig is het? Loopt ze gevaar? Ik...'

'Maak je maar niet te druk, fach. Ik weet niet precies hoe het zit, behalve dan dat de toestand van je tante stabiel is en dat ze daar goed verzorgd wordt. Geef me het nummer maar waar je vandaan belt, dan vraag ik of Mary je terugbelt zodra ze thuis is.'

'Kun je me misschien vertellen in welk ziekenhuis mijn tante ligt? Dan bel ik daar ook meteen naartoe.'

'Het ziekenhuis in Abergavenny. Wacht je dan rustig af? Mary zal over een kwartiertje wel thuis zijn.'

Geschokt en in de war omdat niemand haar had verteld dat LJ in het ziekenhuis lag, belde ze het inlichtingennummer om het nummer van het ziekenhuis op te vragen. Ze werd doorverbonden met het ziekenhuis en, na wat wel een eeuwigheid leek, met de afdeling waar LJ lag. Op dat moment was haar kleingeld echter op en piepte de telefoon, net toen de hoofdzuster eindelijk aan de lijn kwam. Gefrustreerd gooide ze de hoorn op de haak, keek op haar horloge en zag dat het tien over zeven was. Ze had om zeven uur buiten het studentenhuis afgesproken met Simon. Omdat ze niet bij de telefoon weg wilde gaan voor het geval dat Mary terugbelde, vroeg ze een van de meiden in haar hal om tegen hem te gaan zeggen waar ze was. Net toen de telefoon ging, kwam hij door de dubbele deuren naar binnen.

'Hallo? Mary? Wat is er gebeurd? Hoe gaat het met haar? Waarom heeft niemand me ingelicht? Ik...' Van pure angst en frustratie barstte ze in tranen uit.

'Rustig maar, fach,' stelde Mary haar gerust. 'Je moeder stond erop dat we je niet van je studie af zouden houden. Het leek haar beter om te wachten tot we goed nieuws kregen, zodat je je geen zorgen zou maken. Al heb ik wel tegen haar gezegd dat ik dacht dat je het meteen zou willen weten... Hoe dan ook, zoals je al van Huw begrepen hebt, heeft je oudtante een beroerte gehad. De afgelopen dagen heeft ze op de intensive care gelegen, maar het zal je goeddoen om te horen dat ze vanavond is overgeplaatst naar een gewone afdeling en dat de artsen zeggen dat ze buiten levensgevaar is.' Toen ze Ava hoorde snikken, voegde ze eraan toe: 'Rustig maar, kleintje.'

'Ik wist wel dat ik haar niet alleen had moeten laten. Weet je zeker dat het goed met haar komt?'

'De dokters zeggen van wel.'

‘Ik stap meteen op de trein naar huis. Ik neem wel een taxi op het station, dan kan ik meteen door naar het ziekenhuis.’

‘Dat heeft geen zin, want je mag nu toch niet naar haar toe. Het bezoekuur is voorbij, ze gaat zo slapen. Kom maar naar Marchmont, dan laat ik je moeder weten dat je eraan komt.’

‘Oké,’ zei Ava, die probeerde zichzelf weer in de hand te krijgen. Vanuit haar ooghoek zag ze Simon staan. ‘Zeg maar dat ik er niet voor middernacht ben.’

‘Dat zal ik doen, fach. Doe voorzichtig op die lange reis, dan zie ik je morgen.’

‘Bedankt, Mary.’

Ava hing op, veegde ruw haar tranen weg en draaide zich om naar Simon.

‘Ligt je oudtante in het ziekenhuis?’

‘Ja. Niet te geloven dat mijn moeder het me niet verteld heeft. Het spijt me heel erg, maar ik moet meteen naar huis.’

‘Natuurlijk. Zal ik je brengen? Het is echt een pokkeneind met de trein.’

‘Dat is heel lief van je, maar ik red me wel. Ik ga mijn spullen pakken.’

‘Ava...’ Toen ze weg wilde lopen, pakte hij haar arm beet. ‘Ik wil het graag. Ik haal thuis mijn auto even op, dan zie ik je over een half uur bij de voordeur, oké?’

‘Oké,’ zei ze dankbaar.

‘Maar ik waarschuw je, het is niet bepaald een Rolls-Royce,’ zei hij nog, voordat hij zich omdraaide en de deur uit liep.

Vijf uur later stuurde Simon zijn stokoude Mini over de hobbelige oprijlaan naar Marchmont. Onderweg had de verwarming het begeven en Ava zat te klappertanden, maar of dat nu door de kou of door de spanning kwam, wist ze niet.

Mary had soep en brood voor hen klaargezet in de keuken en Simon schrokte zijn portie naar binnen terwijl zij maar wat met de hare speelde, misselijk van de zenuwen.

Toen ze Simon naar een van de logeerkamers boven bracht, was Cheska nergens te bekennen. ‘Heel erg bedankt dat je me hierheen hebt gebracht,’ zei ze.

‘Geen probleem.’ Hij omhelsde haar stevig. ‘Probeer een beetje te slapen, oké?’

‘Ja. Welterusten.’

De volgende ochtend trof Ava Mary in de keuken aan.

‘Hoe gaat het, fach? Kom, geef me eens een knuffel.’ Ze veegde haar handen af aan haar schort.

‘Mary, waarom heeft niemand me ingelicht? Als ze was gestorven…’

‘Ik weet het, ik weet het. Maar ze is nu buiten levensgevaar, en ik weet zeker dat ze ervan zal opknappen als ze jou ziet.’

‘Vind je dat we contact moeten opnemen met oom David?’

‘Dat heb ik ook aan je moeder gevraagd, maar die zei dat we hem beter niet kunnen storen tijdens zijn vakantie. Nu je oudtante aan de beterende hand is, denk ik ook dat we hem beter met rust kunnen laten. Anders komt hij halsoverkop naar huis, dat weet je net zo goed als ik. Ik ga je moeder zo ontbijt op bed brengen, dat doe ik elke dag. Waarom loop je niet even mee, dan kun je haar gedag zeggen.’

‘Ik zet eerst een kop thee voor Simon en mezelf.’ Ava zette de waterkoker aan.

‘Simon?’

‘Ja, hij was gisteravond zo vriendelijk om me een lift hierheen aan te bieden.’

‘Dezelfde Simon die hier was voor de vijfentachtigste verjaardag van je oudtante?’

‘Die, ja.’

‘Dat is wel heel aardig van hem, hè? Ik zei toch dat je hem nog eens zou zien.’ Ze kreeg pretlichtjes in haar ogen. ‘Nou, dan zie ik je zo boven wel.’

Nadat Ava de thee op Simons nachtkastje had gezet omdat hij nog lag te slapen, liep ze naar de kamer van haar moeder. Ze haalde diep adem, klopte aan en liep naar binnen. Cheska zat in bed te ontbijten.

'Ava, lieverd! Geef je moeder eens een kus.'

Dat deed ze.

Cheska klopte op het bed, ten teken dat ze moest gaan zitten. 'Ik ben doodop. Sinds die arme LJ een beroerte heeft gehad, ben ik dag en nacht in het ziekenhuis geweest. Het was echt kantje boord.' Ze gaapte overdreven.

'Waarom heb je me niet laten weten dat ze een beroerte had gehad?'

'Omdat ik je niet ongerust wilde maken, lieverd. Trouwens, ik was hier om voor haar te zorgen, dus het had geen zin om je van je studie af te houden.'

'Mocht er nog eens zoiets gebeuren, dan wil ik dat je me meteen waarschuwt, moeder. LJ betekent alles voor me, dat weet je.'

'Ja, dat weet ik. Dat hoef je niet telkens te zeggen! Hoe dan ook, ze is nu aan de beterende hand. En ik voel me belabberd.'

'Vandaag hoef je niet bij haar op bezoek. Ik ga wel.'

'Heel graag, als je het niet erg vindt.' Ze gaapte weer. 'Ik denk dat ik maar hier blijf om wat slaap in te halen. Wil jij het dienblad terugbrengen naar Mary en zeggen dat ik niet gestoord wil worden?'

'Natuurlijk. Dan zie ik je straks wel weer.'

Simon stond erop Ava naar het ziekenhuis in Abergavenny te brengen en zei dat hij buiten op haar zou wachten, hoe lang het ook duurde. Op de afdeling stelde ze zichzelf voor aan de verpleegster achter de balie en vroeg of ze haar oudtante mocht zien.

'Het is nog geen bezoekuur, maar omdat je van zo ver bent gekomen, kan ik wel een uitzondering maken,' zei de zuster vriendelijk.

'Hoe gaat het met haar? Volgens mijn moeder is ze inmiddels buiten levensgevaar.'

'Ja, dat klopt. Dokter Simmonds, de specialist, loopt ergens op de afdeling rond. Ik ga hem wel even halen, dan kun je met hem praten voordat je naar haar toe gaat.'

Ava wachtte gespannen af.

Toen de dokter aankwam, schudde hij haar de hand. 'Juffrouw

Marchmont, ik ben dokter Simmonds. Loop maar even mee, dan kunnen we onder vier ogen praten.'

Ze liep achter hem aan naar een kleine spreekkamer. De dokter deed de deur achter haar dicht en bood haar een stoel aan. Daar liet ze zich dankbaar op neerzakken, want haar benen voelden aan alsof ze van watten waren gemaakt.

'Juffrouw Marchmont... of mag ik Ava zeggen? Zoals je moeder je al wel verteld zal hebben, heeft je oudtante een beroerte gehad. Ze heeft het ergste achter de rug, maar heeft nog wel een lange weg te gaan. Waarschijnlijk zal ze nog wel een week in het ziekenhuis moeten blijven. Daarna zou ik graag zien dat ze in een verpleeghuis wordt opgenomen. Daar kunnen ze de intensieve fysiotherapie bieden die mevrouw Marchmont nodig heeft, in een minder steriele omgeving dan het ziekenhuis. Ik heb goede hoop dat ze door middel van de juiste zorg weer zal kunnen leren praten. Of ze haar linkerarm weer volledig zal kunnen gebruiken, durf ik niet te zeggen, maar wie weet? Je oudtante is een indrukwekkende dame. Ze heeft een ijzeren wil.'

'Dat klopt.' Ze was zich rot geschrokken van wat ze zojuist had gehoord. 'Dus ze kan niet praten?'

'Op dit moment niet, nee. Dat komt helaas vaak voor na een beroerte. Ik heb je moeder al een lijst gegeven van goede verpleeghuizen in de buurt. Het lijkt me verstandig als jullie daar alvast eens een kijkje gaan nemen.'

'Oké. Bedankt voor uw uitleg. Mag ik nu naar haar toe?'

'Natuurlijk. Ik breng je wel.'

LJ lag te slapen.

Ava stond stilletjes naast haar bed naar haar te kijken. Ze zag er zo broos uit, zo oud.

'Blijf maar zo lang als je wilt,' zei dokter Simmonds voordat hij wegliep.

Ze ging naast het bed zitten en pakte de hand van haar oudtante beet. 'Hé, lieve LJ. Ik heb net met de dokter gepraat en hij zegt dat je het heel goed doet. Volgens hem mag je hier over een tijdje al weg, en dan ga je naar een plek waar je met wat meer comfort om je heen kunt herstellen. Fijn, hè?'

Ze voelde een lichte druk op haar hand en zag dat LJ's ogen open waren en dat er niets dan blijdschap in te lezen stond, nu ze haar geliefde achternichtje zag.

'Het spijt me zo dat ik niet eerder gekomen ben, maar niemand had me verteld dat je ziek was. Nu ben ik er, en ik beloof dat ik bij je blijf tot je hier weg mag.'

Ze zag dat LJ probeerde woorden te vormen die niet wilden komen. Het viel haar op dat de linkerkant van het gezicht van haar tante omlaaghing, alsof één kant van haar mond permanent vertrokken was in een norse uitdrukking. 'Volgens de specialist zul je over een tijdje weer kunnen praten, maar maak je daar nu maar geen zorgen om. Zal ik je vertellen over Londen en de universiteit?'

Meer dan een kwartier lang vertelde Ava zo opgewekt mogelijk over haar nieuwe leven, terwijl ze LJ's slappe linkerhand stevig vastklampte en probeerde niet van streek te raken als ze haar oudtante zag worstelen om te reageren. Uiteindelijk wist ze niets meer te zeggen en zag ze LJ zwakjes met haar rechterhand gebaren.

'Ben je voor dirigent aan het spelen?' plaagde Ava haar.

LJ schudde gefrustreerd haar hoofd en bleef hetzelfde gebaar maken.

Na een tijdje drong het tot Ava door wat ze bedoelde. 'Wil je een pen?'

LJ knikte en wees naar de lade naast het bed. Toen ze had opgeschreven wat ze wilde zeggen, gaf ze Ava het velletje papier. In een kriebelig handschrift stond erop: *Ik hou van je.*

'Hoe was het?' vroeg Simon toen Ava weer in de auto stapte.

'Vreselijk. Ze kan niet praten en haar linkerarm is verlamd. Maar volgens de specialist ziet het er veel erger uit dan het is. Ik...' Haar dappere houding liet haar even in de steek. 'Daar hou ik me maar aan vast,' wist ze uit te brengen.

'Ja.' Hij pakte haar hand en kneep er stevig in. 'Doe dat maar, lieverd.'

Toen ze terugkwamen op Marchmont, stond Mary net op het punt om naar huis te gaan. 'Er staan een runderstoofschotel en dumplings in de oven voor je gast, en voor jou een salade met kaas in de koelkast. Morgen kom ik weer, dan maak ik een lekkere lunch voor jullie. Hoe ging het met je tante?' vroeg ze, bij het zien van Ava's bleke gezicht.

Ava kon alleen haar schouders ophalen.

'Ik weet het, fach, maar ze komt er wel weer bovenop. Daar moet je in geloven.'

'Heb je mijn moeder vandaag nog gezien?'

'Een uur geleden nog. Ze wilde net in bad gaan. Nou, dan zie ik jullie morgen weer. Simon, zorg je goed voor Ava? Ze heeft heel wat te verwerken.'

'Natuurlijk.'

Toen Mary weg was, zette Ava het eten op tafel.

'Gaat je moeder altijd om twee uur 's middags in bad?' vroeg Simon nadat hij de eerste hap had genomen.

'Dat zou me niets verbazen. Vanmorgen was ze heel moe, omdat ze de hele week bij LJ in het ziekenhuis is geweest. Ik zal hier nog een poosje moeten blijven, Simon. Ik kan LJ niet in de steek laten, in elk geval niet tot ze het ziekenhuis uit mag. En ik weet dat je terug moet voor de repetities.'

'Ik hoef morgen pas weg, dus zullen we vanmiddag een wandeling gaan maken? Misschien knap je wel op van de frisse lucht. Trouwens, ik ben heel benieuwd naar het landgoed.'

Net toen ze wilde reageren, kwam Cheska de keuken binnen.

'Daar ben je! Ik dacht al dat ik een auto hoorde, maar...' Haar stem stierf weg toen haar blik op Simon viel.

'Moeder, dit is een vriend van me, Simon Hardy. Simon, dit is mijn moeder, Cheska Hammond.'

Zijn mond viel open. 'Dé Cheska Hammond? Gigi uit *The Oil Barons*?'

Cheska staarde hem bevreemd aan, maar het volgende moment leek ze haar evenwicht te hervinden en brak er een glimlach door op haar beeldschone gezicht. 'Ja, dat ben ik. Wat leuk om je te ontmoeten! Ik weet zeker dat we elkaar al eens eerder hebben gezien. Ik...' Ze keek hem nog eens goed aan. 'Denk je niet?'

'Nee, dat had ik nog wel geweten.' Hij glimlachte, stond op en stak beleefd zijn hand naar haar uit.

In plaats van die aan te nemen, gaf ze hem op elke wang een zoen. 'Heel aangenaam kennis met je te maken, Bobby.'

'Ik heet Simon, mevrouw Hammond.'

'Zeg maar Cheska, hoor.' Ze liep naar de koelkast. 'Dit lijkt me een goed moment voor champagne.'

'Ik hoef niet, moeder.'

'Ik ook niet,' zei Simon.

'Echt niet?' Pruilend keek Cheska hen aan, met de fles al in haar hand. 'Maar het is zo fijn dat je er bent. Dat moeten we vieren.'

'Straks, misschien. Het is pas drie uur 's middags.' Ava kon niet geloven dat haar moeder zich zo gedroeg, na wat er met LJ was gebeurd.

'Doe niet zo flauw, Ava. Maar oké, dan bewaren we die fles wel voor straks. Wat gaan we vanmiddag doen?'

'Ava en ik wilden gaan wandelen, zodat ze me het landgoed kan laten zien,' zei Simon.

'Briljant! Precies wat we nodig hebben, een beetje frisse lucht. Ik vind het heerlijk om te wandelen in deze tijd van het jaar. In de herfst is het altijd zo mooi, vind je niet? Ik trek even iets makkelijks aan, dan zie ik jullie hier over tien minuten.'

Ava keek verward toe, terwijl Cheska zowat de keuken uit huppelde. Voor zover zij wist, wandelde haar moeder nooit verder dan het bos dat aan het huis grensde en had ze een hekel aan kou.

'Mijn hemel, je moeder is Cheska Hammond,' mompelde Simon hoofdschuddend. 'Waarom heb je dat niet gezegd?'

'Doet het er dan toe?' snauwde ze, waarna ze meteen haar excuses aanbood.

'Nee, natuurlijk doet het er niet toe. Maar het is toch logisch dat ik ervan opkijk dat er zomaar opeens een wereldberoemde actrice de keuken binnen komt wandelen?'

'Nou ja, nu weet je het.'

'Nu snap ik waarom je me meteen zo bekend voorkwam. Je bent net zo mooi als zij.'

'Dan gaan we ons maar omkleden,' zei ze en abrupt stond ze op. 'Ik ga een paar rubberlaarzen voor je zoeken.'

Tien minuten later liepen ze met zijn drieën de treden van het terras af.

Cheska zag er een beetje belachelijk uit in een oude parka en een stel rubberlaarzen die haar veel te groot waren. 'Waar zullen we beginnen?' vroeg ze, terwijl ze bij Simon inhaakte. 'Het bos is prachtig, zeker in dit jaargetijde. Daarna zouden we langs de beek kunnen lopen.'

'Klinkt goed,' vond hij.

Ava sjokte achter hen aan, verbijsterd dat Cheska nog niet eens naar LJ had gevraagd, en onthutst over de manier waarop ze met Simon omging. Ze zag dat hij in de ban was van hun ontmoeting en de aandacht die ze hem gaf.

Hoewel hij nooit officieel zijn bedoelingen met Ava had uitgesproken en haar nooit meer had gegeven dan een kus op haar wang en een knuffel, ging er een pijnlijke steek van jaloezie door haar heen toen ze hen lachend voor haar uit zag lopen. Cheska zou toch niet op die manier naar Simon kijken? Ze had zijn moeder wel kunnen zijn.

Maar toen rekende ze het nog eens na. Cheska was pas zestien geweest op het moment dat Ava geboren werd, dus was ze maar elf jaar ouder dan Simon. Bovendien zag ze er tien jaar jonger uit. Ava huiverde van afschuw, omdat haar moeder zodra ze Simon in het oog had gekregen, was veranderd van de uitgeputte vrouw van vanochtend in een sprankelend meisje.

'Laat ze het maar lekker uitzoeken,' mompelde ze in zichzelf.

Toen ze terugkwamen van de wandeling, zei Ava dat ze terug wilde naar het ziekenhuis, voor het bezoekuur van die avond.

'Ik breng je wel,' bood Simon meteen aan.

'Dat hoeft niet, hoor. Je hebt al genoeg gedaan voor vandaag,' vond Cheska. 'Ava kan er zelf wel naartoe rijden in de Landrover, nietwaar, schat? Maak je geen zorgen, ik hou Simon wel gezelschap. Misschien trakteer ik hem wel op mijn roerei met gerookte zalm. Op zondag komt altijd heel Hollywood bij me brunchen. Iedereen is dol op mijn geheime recept!'

'Het is echt geen enkele moeite…'

'Laat maar, Simon.' Ava had de sleutels van de Landrover al van het haakje gepakt. 'Tot straks.'

Ava zat in de stoel naast LJ's bed en probeerde er niet aan te denken dat Simon en Cheska nu alleen op Marchmont waren. In elk geval zag LJ er al een stuk opgewekter en helderder uit dan vanmorgen. Ava had een paar notitieblokken en pennen meegenomen, evenals haar oudtantes lievelingsroman van Jane Austen. LJ krabbelde korte antwoorden op Ava's vragen neer:

Ja, ik voel me al beter.
Volgens de dokter mag ik morgen op een stoel zitten.
En ze gaan me douchen!

Toen Ava zag dat LJ moe werd, sloeg ze *Emma* open en begon voor te lezen. Tegen het einde van het bezoekuur rinkelde er een bel om de bezoekers te waarschuwen en zag ze dat LJ was ingedut. Ze kuste haar voorzichtig op haar wang en verliet het ziekenhuis, al zag ze ertegenop om naar huis te gaan.

Bij aankomst trof ze Simon en Cheska grinnikend aan de keukentafel aan. Tussen hen in stond een lege champagnefles.

'Hallo, schat. Simon en ik hebben een heerlijke avond gehad, nietwaar, Simon? Hij heeft me alles verteld over zijn debuut op West End en hij heeft me uitgenodigd voor de première. De muziek van de jaren zestig is natuurlijk helemaal van mijn tijd.'

'Misschien kunnen jullie allebei komen?' Zijn diepbruine ogen richtten zich op Ava.

'Als LJ tegen die tijd uit het ziekenhuis is,' zei ze kortaf.

'Wil je iets drinken, schat?' Cheska gebaarde naar een pas geopende fles wijn.

'Nee, dank je. Als jullie het niet erg vinden, ga ik maar eens naar bed. Welterusten.' Ze liep naar de deur en liet hen alleen.

48

De volgende dag stond Cheska erop dat Simon zou blijven lunchen, maar hij zei dat hij echt terug moest naar Londen.

'Morgen beginnen de voorbereidingen in het theater, dus het wordt een lange week.'

'Ik kan niet wachten om de voorstelling te zien,' zei Cheska, die samen met Ava achter hem aan liep naar de auto. 'Misschien kunnen we na afloop een hapje gaan eten?'

'Volgens mij word ik dan verwacht op de afterparty, Cheska. Maar bedankt voor je gastvrijheid. Ava...' Hij wenkte haar, maar Cheska bleef om hen heen hangen. 'Laat je het me weten als je terugkomt naar Londen?'

'Ja,' zei ze en ze knikte.

'Ik...' Hij keek van haar naar haar moeder en haalde zijn schouders op. 'Doe je oudtante de groeten van me en zorg goed voor jezelf.'

'Zal ik doen.'

'Wat een charmeur, hè?' zei Cheska toen ze naar binnen liepen.

'Ja.'

'Zo volwassen ook, voor zo'n jonge man.'

'Ik ga naar het ziekenhuis,' zei Ava kortaf, want ze had geen zin om de lofzang op Simon nog verder aan te horen. 'Ga je mee?'

'Vandaag maar niet, denk ik. Simon en ik hebben het gisteravond nogal laat gemaakt. Je zei dat het al een stuk beter met LJ ging, dus ik denk dat ik na de lunch nog maar een paar uur ga rusten.'

De dagen daarna bracht Ava zoveel mogelijk tijd in het ziekenhuis door, en het deed haar goed om haar oudtante vooruit te zien gaan. Aan het eind van de week riep de specialist haar bij zich in zijn spreekkamer en zei dat hij dacht dat LJ er binnenkort aan toe was om het ziekenhuis te verlaten.

'Hebben jullie je al verdiept in de verpleeghuizen die ik heb aangeraden?'

'Nog niet, maar dat gaan we zeker doen, nu u denkt dat ze weg mag,' zei ze, terwijl ze opstond. 'Bedankt voor alles.'

'Ik doe gewoon mijn werk, juffrouw Marchmont,' antwoordde hij en hij liep met haar mee naar de deur. 'Hoe gaat het trouwens met die charmante moeder van je? Ik heb haar de hele week nog niet gezien.'

'Ze is heel moe omdat ze vorige week zo veel tijd heeft doorgebracht met mijn oudtante, dus ik heb het overgenomen.'

'Wil je haar de groeten van me doen?'

'Natuurlijk.'

'En laat me even weten welk verpleeghuis het wordt. Ik ga ervan uit dat ze er woensdag naartoe kan.'

Thuis draaide Ava de nummers van de drie tehuizen die de dokter had aangeraden. Een ervan zat vol, maar de andere twee hadden plek voor LJ op de datum die dokter Simmonds had voorgesteld. Hoewel ze haar moeder de afgelopen dagen zoveel mogelijk uit de weg was gegaan omdat ze het beu was steeds maar aan te moeten horen hoe geweldig Simon was, ging ze nu toch naar haar op zoek. Ze trof haar aan in de bibliotheek, waar ze een map met papieren zat door te nemen.

'Ga je vanmiddag mee naar de verpleeghuizen die de dokter heeft aangeraden? LJ wordt woensdag uit het ziekenhuis ontslagen.'

'Ik... Moet dat echt? Ik ga ervan uit dat jij wel een geschikte plek kunt uitzoeken, schat. Het moet natuurlijk wel in de buurt zijn, want als jij weer naar de universiteit gaat, zal ik degene zijn die haar het meeste bezoekt.'

Ze zag dat haar moeder er met haar gedachten niet bij was. 'Oké, dan ga ik zelf wel kijken en laat ik het je nog weten.'

'Dank je, Ava. Is er verder nog iets?'

'Nee hoor. Ben je niet blij dat het beter gaat met LJ?'
'Heel blij.' Cheska knikte en verdiepte zich weer in de papieren.

Die woensdag reed Ava met LJ mee in de ambulance naar het verpleeghuis dat ze had uitgekozen. Cheska had gezegd dat ze daar ook heen zou komen, in de Landrover. En inderdaad, toen ze aankwamen, stond ze al op het parkeerterrein.

Het verpleeghuis lag in een goed onderhouden park. Het personeel was vriendelijk en LJ had een zonnige kamer met een prachtig uitzicht over de tuinen. Tijdens het kennismakingsbezoek had Ava tot haar grote vreugde gezien dat er net zoveel jonge als oude patienten waren.

'We helpen hier allerlei mensen,' had het afdelingshoofd gezegd. 'We zijn geen eindstation voor bejaarden, maar een revalidatiecentrum voor alle leeftijden.'

Ava pakte LJ's koffer uit en legde haar spulletjes neer zoals ze het graag had. Cheska zat in een stoel en leek er met haar gedachten niet bij. Inmiddels hadden Ava en LJ hun eigen manier van communiceren ontwikkeld. LJ kneep in Ava's hand of trok een wenkbrauw op en wees beverig met haar goede hand naar wat ze wilde. Als ze het op die manier niet duidelijk kon maken, schreef ze het op.

'Schat, ik denk dat we maar eens gaan, zodat LJ de kans krijgt om hier te wennen.' Cheska staarde uit het raam en wrong nerveus in haar handen.

'O, ik wilde nog even blijven, moeder. Ga jij maar naar huis, dan bel ik Tom de Taxi als ik weg wil.'

'Nee, ik wacht wel,' zei Cheska resoluut.

LJ kneep in Ava's hand, schudde bijna onmerkbaar haar hoofd en wees naar de deur.

'Weet je zeker dat je het wel redt?'

Ze knikte.

'Morgen kom ik weer. Als je iets nodig hebt, schrijf je het maar op en geef je het aan het afdelingshoofd. Straks bel ik haar, dan kan ze doorgeven wat ik voor je mee moet nemen.'

LJ keek haar geërgerd aan.

'Jaja, ik moet je niet zo betuttelen.' Ava drukte een kus op het voorhoofd van haar oudtante. 'Ik kan gewoon niet wachten tot je weer naar huis mag. Ik hou van je.'

LJ lachte haar scheve glimlachje en zwaaide zo aandoenlijk dat Ava tranen in haar ogen kreeg.

Buiten beet ze op haar lip toen Cheska de auto van het slot deed. 'Ik vind het echt vreselijk om haar hier achter te laten.'

'Doe niet zo raar. Ze is in goede handen, dat heb je zelf gezien. Het kost ook een fortuin, dus het moet wel een goed tehuis zijn.'

'Ik weet het, sorry. Het zal wel komen doordat ik weet dat ik binnenkort weer naar Londen moet.'

'Ik ben er toch?' Cheska startte de auto en zette hem met geweld in zijn achteruit.

De drie dagen daarna ging Ava elke middag bij LJ op bezoek om zich ervan te verzekeren dat haar oudtante zich op haar gemak voelde in het tehuis. Het personeel was erg vriendelijk en de fysiotherapie hielp enorm. Hoewel LJ nog niet kon praten, kon ze met behulp van een wandelstok al wel weer korte stukjes lopen in de tuin.

Ga terug naar Londen. Het gaat al beter met me.

Ava las het briefje en zag LJ naar haar kijken en knikken. Daarna schreef ze nog een briefje, dat ze aan haar nichtje gaf.

Morgen!

'Maar LJ, ik wil pas weg als je weer thuis bent.'

Doe het nu maar. Je mag me niet ongehoorzaam zijn.

'Dat ben ik niet, maar...'

Ik ben nog steeds je tante.

'Goed dan, omdat je zo aandringt. Maar volgend weekend kom ik weer.'

Dat zullen we nog weleens zien.

Later die avond, toen Ava tegen haar moeder zei dat ze dacht dat LJ voldoende was aangesterkt en dat ze weer naar Londen ging, kondigde Cheska aan dat zij ook naar de hoofdstad wilde.

'Ik ga naar de voorstelling van Bobby... Simon, bedoel ik. Daarnaast wil ik een bezoekje brengen aan mijn oude impresario. Nu ik toch in Engeland ben, zou het zonde zijn om niet te kijken wat er hier mogelijk is.'

'En LJ dan? Je zou toch bij haar op bezoek gaan als ik weg was?'

'Kom nou toch, Ava. Ik wil maar één nachtje naar Londen! Mary is hier nog, en LJ redt het heus wel vierentwintig uur zonder ons. We zouden voor de voorstelling bij het theater kunnen afspreken om nog iets te gaan drinken. Natuurlijk moet ik nog wel een nieuwe outfit kopen. Het is tenslotte een première. Ik heb er zo'n zin in!'

De volgende ochtend nam Cheska met een kus en een glimlach afscheid van Ava. 'Tot woensdagavond. Maak je om LJ maar geen zorgen. Ik ga nu meteen naar haar toe.'

'Oké. Doe haar de groeten van me.'

'Dat zal ik doen.'

De volgende ochtend trok Cheska een getailleerde zijden blouse aan die goed bij haar ogen kleurde en een stukje van haar decolleté prijsgaf. Daarna liep ze naar beneden om dokter Stone op te vangen, die net was aan komen rijden in zijn auto.

Toen hij weg was, reed Cheska naar Monmouth en liep de ontvangstruimte in van Glenwilliam, Whittaker and Storey, het notariaat dat de belangen van het landgoed behartigde.

'Goedemorgen, ik ben Cheska Hammond. Ik heb een afspraak met meneer Glenwilliam.'

'Eh, ja... mevrouw Hammond...' stamelde de receptioniste. 'Gaat u zitten, dan laat ik meneer Glenwilliam weten dat u er bent.'

'Dank u.' Cheska nam plaats in de wachtruimte. Een minuut later ging de deur open en kwam er een man van begin dertig tevoorschijn. Ze stond op.

'Mevrouw Hammond, aangenaam. Loopt u maar mee naar mijn kantoor.'

'Dank u. Ik had iemand verwacht die wat meer belegen was,' zei ze met een koket lachje.

'Eh... nee, dan hebt u waarschijnlijk mijn vader in gedachten. Die is een paar jaar geleden met pensioen gegaan. Ik heb de praktijk overgenomen.'

'Ik begrijp het.' Ze liep achter hem aan naar zijn kantoor.

'Gaat u zitten.'

'Dank u.'

'Wat kan ik precies voor u betekenen?'

'Mijn oom is momenteel in het buitenland voor een lange vakantie. Ik kan hem niet bereiken.' Langzaam sloeg ze haar benen over elkaar, en ze zag de notaris haar bewegingen volgen met zijn blik. 'Nu mijn tante LJ zo ziek is...' Haar ogen vulden zich met tranen en ze pakte een zakdoekje uit haar tas.

'Probeert u zich maar niet te druk te maken, mevrouw Hammond.'

'Alles komt nu op mij neer, dus ik kan wel wat goede raad gebruiken.'

'Ik zal mijn best doen om u te helpen,' beloofde hij haar, verdrinkend in die beroemde blauwe ogen.

'Dat stel ik zeer op prijs, meneer Glenwilliam. Zoals u vast wel weet, is het een dagtaak om het landgoed te runnen. Mijn tante heeft dat al die jaren goed gedaan, maar door haar ziekte zijn er de afgelopen tijd nogal wat dingen bij ingeschoten. Er ligt nog een hele stapel onbetaalde rekeningen en er zijn hekken die meteen gerepareerd moeten worden. Gisteren kwam Jack Wallace, de opzichter van de boerderij, naar me toe. Er moet dringend iets gebeuren.'

'Echt?' Hij trok een wenkbrauw op. 'Daar kijk ik van op. Ik ben nog niet zo lang geleden bij uw tante geweest en toen leek het erop dat alles gesmeerd liep, zoals altijd.'

'Laten we het er maar op houden dat schijn soms bedriegt. Hoe dan ook, ik heb geld nodig om de lonen uit te betalen en een aantal rekeningen te voldoen.'

'Dat hoeft geen probleem te zijn. We dragen al jarenlang zorg voor de zakelijke kant van het landgoed. Als u me de rekeningen geeft, ben ik bevoegd om die te betalen van de rekening van Marchmont. Daar staat genoeg geld op. Zodra uw tante opgeknapt is...'

'Dat is het probleem juist.' Ze liet haar tranen weer de vrije loop. 'Ik denk niet dat mijn tante nog volledig zal herstellen. In elk geval niet zodanig dat ze het landgoed nog kan bestieren. Nu mijn oom het land uit is, ben ik haar naaste familie. Ik wil graag doen wat ik kan, totdat hij terug is.'

'Ik begrijp het. Maar zoals u al zei, is het een heel karwei om Marchmont te runnen. Hoe moet het dan met uw acteercarrière?'

'Familie gaat voor, nietwaar? Ik zal gewoon vrijaf moeten nemen tot mijn oom weer terugkomt.'

'Dat lijkt me een beetje drastisch, mevrouw. Zoals ik al zei, hebben wij door de jaren heen al vaker het bewind gevoerd over Marchmont. Dat willen we met alle liefde weer doen, tijdelijk althans.'

'Nee, dat lijkt me niet de oplossing, meneer Glenwilliam. Het spijt me als ik bot overkom, maar ik wil niet telkens bij u hoeven aankloppen als ik geld nodig heb voor hooi of veevoer, ook al moet ik zeggen dat u prettig gezelschap bent.'

'Ik begrijp het.' Hij trok zijn stropdas recht. 'Dus u wilt in feite een tijdelijke volmacht?'

'Is dat zo? Kunt u uitleggen wat dat precies inhoudt?'

'Als iemand door de arts onbekwaam wordt verklaard om zijn eigen financiële zaken te regelen, kan er een volmacht worden toegekend aan een naast familielid of een rechtspersoon. De gevolmachtigde krijgt dan toegang tot de financiën en mag namens de betreffende persoon handelen.'

'Ik begrijp het. Kunt u dat voor me regelen?'

'In theorie wel. Maar voordat we zoiets doen, moet ik proberen contact op te nemen met uw oom.'

'Die maakt jammer genoeg een rondreis door de Himalaya en China. Het kan wel weken of maanden duren voordat u hem te pakken krijgt. Natuurlijk heb ik het zelf ook al geprobeerd, maar tot nu toe zonder succes.' Ze sloeg haar benen nog eens over elkaar, nu de andere kant op, en zag zijn blik weer in die richting schieten.

'Ik begrijp dat dat de zaken er niet makkelijker op maakt, mevrouw. Maar weet u wel zeker dat u dit wilt? Marchmont is een enorme verantwoordelijkheid. Zeker voor iemand die weinig ervaring heeft met dat soort dingen, neem me niet kwalijk dat ik dat zeg.'

'Ik weet heel zeker dat ik dit wil, voorlopig althans. Als mijn oom weer terug is, zien we wel verder.'

'Dan ga ik de papieren opmaken die uw tante moet ondertekenen.'

'Dat kan lastig worden. Op dit moment kan ze niet eens een kopje naar haar mond brengen, laat staan haar handtekening zetten. Ze kan ook niet meer praten.'

'In dat geval moeten we haar arts vragen een brief te schrijven waarin hij bevestigt dat ze momenteel niet in staat is haar eigen zaken af te handelen.'

'Die heb ik hier. Dokter Stone heeft mijn tante al bezocht. In deze brief bevestigt hij wat ik zojuist heb verteld.'

'Ik begrijp het.' Hij vouwde de brief open en las wat erin stond. 'Ik moet er wel bij zeggen dat het om een tijdelijke volmacht gaat, tot uw tante hersteld is, of... Nou ja, in het uiterste geval treedt haar testament in werking.'

'Natuurlijk,' fluisterde ze, terwijl ze haar ogen neersloeg. 'Dan gaat het landgoed naar mijn oom David, nietwaar?'

'Precies,' bevestigde hij. 'Ik kan niet genoeg benadrukken dat dit een hele verantwoordelijkheid is, mevrouw Hammond.'

'Dat weet ik, maar ik wil er alles aan doen om mijn tante te helpen. Er valt vast een last van haar schouders als ze weet dat Marchmont in goede handen is. Mocht het nodig zijn, dan kan ik altijd op Jack Wallace en op u rekenen om me goede raad te geven. Nietwaar, meneer Glenwilliam?' Ze schonk hem haar verleidelijkste glimlach.

'Natuurlijk. Als u me nodig hebt, hoeft u maar te bellen. Ik zal de papieren in orde maken.'

Thuis pleegde Cheska een telefoontje. 'Nee, incontinent is ze niet, maar ze kan niet praten. Hebt u misschien een plaatsje voor haar? Geweldig. Dan kom ik haar graag maandagmiddag brengen, als u het goed vindt. Ja, dat zal ik doen. Tot dan.'

Die nacht durfde ze niet te gaan slapen. Ze was te bang voor de dromen die ze onherroepelijk zou krijgen.

Op maandagochtend reed ze met Tom de Taxi naar Monmouth. Ze zei dat ze zelf wel thuis kon komen, ging naar het kantoor van meneer Glenwilliam om de envelop met de tijdelijke volmacht op te halen en liep daarna de hoek om, naar de bank. Daar regelde ze dat er een groot bedrag van de rekening van Marchmont naar die van haar zou worden overgeboekt. Nadat ze had gevraagd waar ze een auto kon huren, volgde ze de routebeschrijving van de bankbediende op weg naar de autogarage.

Ze betaalde voor een huurauto, stapte in en reed in de richting van het verpleeghuis waar LJ verbleef.

Later die dag ging ze terug naar Marchmont, liep naar haar slaapkamer en pakte haar spullen. Daarna zocht ze de huishoudster beneden op. 'Mary, zoals je weet, vertrek ik morgen naar Londen. Ik dacht dat je vandaag misschien wel wat eerder zou willen stoppen en morgen een vrije dag zou willen nemen. Dan kun je eens wat tijd doorbrengen met die man van je. Je hebt zo hard gewerkt, de laatste tijd. Trouwens...' Ze haalde haar portemonnee uit haar handtas. 'Waarom gaan jullie vanavond niet samen uit eten? Bij wijze van bedankje, namens mij.' Ze hield haar twee briefjes van twintig pond voor.

Verbaasd keek Mary haar aan. 'Moet ik dan niet op het huis passen als je een paar dagen weg bent?'

'Welnee, ik sluit de boel heus wel goed af voordat ik vertrek. Doe het nu maar.'

'Dat is heel gul van je, juffrouw Cheska. Je hebt gelijk, het zou inderdaad fijn zijn om wat meer tijd door te brengen met Huw. En natuurlijk ga ik ook bij mevrouw Marchmont op bezoek, terwijl je weg bent.'

'Nu je het zegt, toen ik vandaag bij haar was, zei het afdelingshoofd dat LJ morgen naar het ziekenhuis in Abergavenny wordt overgebracht, zodat de specialist wat onderzoekjes kan doen om te kijken hoe ze vooruitgaat. Het lijkt me beter als je pas later deze week naar haar toe gaat.' Ze glimlachte vriendelijk. 'Denk nu voor de verandering eens niet aan Marchmont en ons allemaal, dan kun je er daarna weer met frisse moed tegenaan.'

'Oké,' stemde Mary vertwijfeld toe. 'Dan ga ik nu maar. Het avondeten staat in de oven,' zei ze, terwijl ze haar schort uittrok. 'Veel plezier in Londen. Geef je Ava een kus van me?'

'Natuurlijk.'

Toen Mary naar haar cottage liep, zat de situatie haar niet lekker. Juffrouw Cheska was altijd al een apart type geweest, maar aangezien ze het nichtje van mevrouw Marchmont was, durfde Mary niet in te gaan tegen wat haar was opgedragen.

Die nacht dwaalde Cheska door de verlaten gangen op Marchmont. De stemmen in haar hoofd, en één in het bijzonder, waren hardnekkig aanwezig.

Dit zou van jou moeten zijn, je moet ervoor vechten... Ze haat je, ze heeft altijd al een hekel aan je gehad...

Ze liet zich op het bed vallen in de oude kinderkamer, waar ze ooit samen met Jonny vredig in een wiegje had liggen slapen. Ze was dol op hem geweest. Tot hij was weggegaan.

'Maar je bént niet weg, hè, Jonny? En je zult ook nooit weggaan!' riep ze huilend uit, met haar benen gekruist zoals ze als kind altijd had gezeten, maar nu met haar vuisten tegen haar ogen gedrukt om de tranen en de stemmen tegen te houden.

'Ze gaan nooit weg, hè? Jij gaat nooit weg!' schreeuwde ze wanhopig. 'Laat me met rust, laat me met rust...'

Toen de stemmen in haar hoofd tot een ondraaglijk volume aanzwollen, drong het opeens tot haar door wat haar te doen stond.

Als je de herinneringen vernietigde, konden ze je niet meer kwellen.

Dat was het!

Ze klapte de grote koffer dicht die ze had ingepakt om de volgende ochtend naar Londen te vertrekken en sjouwde die naar de voordeur. Daarna ging ze de salon in, pakte het doosje aanmaakhout en lucifers van de schoorsteenmantel en liep weer naar boven. Op haar dooie gemak trok ze de prullenmand naar zich toe en zette die onder het oude hobbelpaard dat volgens haar tante nog van David was geweest. Daarna pakte ze een prentenboek waar ze als kind dol op was, scheurde de bladzijden eruit en maakte daar proppen van, die ze een voor een in de prullenmand gooide.

Ze ging op haar knieën zitten, streek een paar lucifers af en liet ze op het papier vallen. Dat vatte meteen vlam en ze ging op de rand van het bed zitten kijken hoe de vlammen aan de beschilderde flank van het houten paard likten. Tevreden stond ze op om te vertrekken.

'Vaarwel, Jonny,' fluisterde ze.

Tegen de tijd dat ze de kamer uit liep, stond het hobbelpaard al in lichterlaaie.

49

Toen Ava na haar laatste hoorcollege terugkwam in haar kamer, sprong ze snel onder de douche, trok een strakke zwarte jurk aan die Cheska in Monmouth voor haar had gekocht, stiftte haar lippen en rende weer naar buiten om de bus naar Shaftesbury Avenue te nemen.

In de theaterlobby was het al een drukte van belang en ze baande zich een weg naar de bar, waar ze met haar moeder had afgesproken.

'Lieverd!' Een stralende Cheska sloeg haar armen om haar heen en gaf haar op elke wang een zoen. 'Ga zitten. Dorian heeft champagne besteld.'

'Dorian?'

'Mijn nieuwe impresario. Of eigenlijk is hij niet echt nieuw. Hij heeft het overgenomen van Leon Bronowski, die me onder zijn hoede had toen ik jaren geleden nog in Londen acteerde. Hij kan niet wachten om je te ontmoeten. Kijk, daar zul je hem hebben.'

'O.' Ava zag een kalende man van middelbare leeftijd in een flamboyant rood fluwelen jasje met een goudkleurige halsdoek op hen afkomen.

'Juffrouw Marchmont... Ava.' Hij pakte haar hand en drukte er een kus op. 'Ik ben Dorian Hedley, de impresario die straks de verantwoordelijkheid draagt voor de nu al glansrijke carrière van je moeder. Goeie god, Cheska, ze zou je dubbelganger kunnen zijn! Champagne, Ava?'

'Een klein glaasje, graag.' Ze wendde zich tot Cheska, die er verbluffend uitzag in een glinsterende nachtblauwe avondjurk. Daarbij vergeleken voelde zij zich maar saai en gewoontjes. 'Ik dacht dat je al een impresario had in Hollywood?'

'Dat klopt, maar... Ach, ik ben al een tijdje toe aan iets anders.

Dorian hier heeft me ervan overtuigd dat ik naar dat gevoel moet luisteren. Nietwaar, Dorian?'

'Jazeker. Wij Britten raken al onze kwaliteitsacteurs kwijt aan de Verenigde Staten, dus ik ben blij dat ik er misschien in ben geslaagd er eentje toe te verleiden om terug te komen.'

'Dus... moeder, blijf je in het Verenigd Koninkrijk wonen?'

'Ik wil het erop wagen. Vanmiddag liep ik Dorians kantoor binnen, gewoon om gedag te zeggen, en we raakten aan de praat en blijken over veel dingen hetzelfde te denken. Dorian was ook van plan om vanavond naar de première te gaan, want een cliënt van hem heeft een rol in de voorstelling, dus zijn we iets gaan drinken en heeft hij me ervan overtuigd dat mijn toekomst hier in Engeland ligt.' Ze pakte Ava's hand. 'Heerlijk, toch? Ik bedoel, nu kunnen we samen in Londen gaan wonen.'

Ava fronste haar wenkbrauwen en dacht aan LJ. 'Natuurlijk.' Ze ging er stilletjes bij zitten, terwijl Cheska en Dorian het over verschillende televisieprogramma's hadden, giechelden om roddels en gemene dingen zeiden over een bekende actrice. Ze wilde dat ze niet gekomen was, want ze voelde zich hier helemaal niet op haar plaats.

Na een poosje klonk er een bel om aan te geven dat de voorstelling over twee minuten zou beginnen en voerde Dorian hen mee naar een loge aan de linkerzijde van het podium. Toen Ava naar de tribunes beneden keek, zag ze mensen fluisterend omhoogwijzen naar haar moeder.

Het licht werd gedimd en al snel werd de zaal gevuld met de klanken van rock-'n-roll uit de jaren vijftig. Simon kwam op en Ava's blik bleef de hele tijd op hem gericht toen hij en de andere acteurs een aantal van de bekendste popsterren uit dat tijdperk imiteerden.

Na de pauze ging de voorstelling verder met de jaren zestig. Het licht werd gedimd en Simon nam gekleed in een spijkerbroek en een vest plaats achter de microfoon.

Ava was betoverd door zijn mooie, warme stemgeluid, waarmee hij een ballade zong. Het viel haar op dat haar moeder naar voren leunde en zwaar ademde, met haar blik op Simon gericht.

'Yes, that's the madness, the madness of love...'

Zo zaten moeder en dochter zij aan zij, ieder verloren in hun eigen herinneringen. Voor Cheska vervaagde de herinnering aan al het vreselijks dat ze de vorige dag had gedaan. Dat was maar een droom geweest, dit was de werkelijkheid. Hij was bij haar teruggekomen, ditmaal voorgoed.

Ava dacht terug aan die keer dat ze samen met Simon langs de Theems had gewandeld, aan hoe ze zich bij hem op haar gemak had gevoeld. Tegelijkertijd was ze zich ervan bewust dat hij een knappe, getalenteerde man was die na vanavond de vrouwen voor het uitzoeken zou hebben. Hij was duidelijk veel te hoog gegrepen voor haar.

Aan het einde van de voorstelling kreeg de cast een staande ovatie.

Cheska klapte het hardst van iedereen. 'Je vindt het toch niet erg om met ons backstage te gaan, Ava?' vroeg ze toen ze de zaal uit liepen. 'Ik moet tegen Bobby zeggen hoe goed hij het heeft gedaan.'

'Je bedoelt Simon, moeder,' corrigeerde Ava haar.

Eenmaal achter de schermen ging Dorian naar zijn cliënt toe en beende Cheska in de richting van Simons kleedkamer. Zonder aan te kloppen ging ze naar binnen, waar ze al een hele horde mensen aantrof die hem wilden feliciteren. Hoewel hij al met iemand stond te praten, baande ze zich een weg naar hem toe, sloeg haar armen om hem heen en gaf hem op elke wang een zoen. 'Schat, je was geweldig! Wat een debuut! Morgen ben je het gesprek van de dag, dat weet ik zeker.'

'Eh... bedankt, Cheska.'

Ava, die vanwege de drukte bij de deur was blijven staan, zag dat hij opkeek van de uitbundige reactie van haar moeder. Het volgende moment zag hij haar, glimlachte en liep langs Cheska heen naar haar toe. 'Hallo, hoe gaat het met jou?' vroeg hij zacht.

Ze glimlachte verlegen. 'Prima, dank je. Je was echt heel goed.'

'Bedankt. Ik...'

Op dat moment kwam Cheska tussenbeide, met een ongewoon schrille stem. 'Tot straks op het feest, Simon.'

'Eh... Het is alleen voor genodigden, vrees ik.'

‘Ik ben er als gast van Dorian, mijn impresario. Kom, Ava, laat Simon ook eens met iemand anders praten.’ Cheska duwde haar zowat de kleedkamer uit naar de artiesteningang, waar Dorian al op hen stond te wachten. Tegen Ava zei ze: ‘Het spijt me, schat, maar Dorian heeft geen kaartje meer voor jou. Waarom kom je morgen niet naar het Savoy? Dan kunnen we samen ontbijten.’

‘Ik moet naar college, moeder.’

‘Nou, dan gaan we samen lunchen, of dineren. Dat spreken we morgen wel af. Fijne avond nog, schat.’

Ava zag dat ze haar arm in die van Dorian haakte, die haar geluidloos een fijne avond wenste terwijl hij al werd meegetrokken, de straat op.

Een beetje moedeloos liep Ava naar de bushalte om terug te gaan naar het studentenhuis.

Op haar kamer zag ze dat er een briefje onder de deur door was geschoven.

> *Sorry, ik was vergeten te zeggen dat er tijdens de lunch ene Mary voor je heeft gebeld. Ze vroeg of je haar zo snel mogelijk terug wilde bellen. Groetjes, Helen van hiernaast.*

Haar mond werd droog en haar hart begon wild te bonken. LJ…

Ze graaide wat kleingeld bij elkaar en liep naar de telefoon. Het was al elf uur geweest, dus ze hoopte maar dat Mary nog wakker was. Gelukkig nam ze al snel op.

‘Mary, met Ava. Ik heb je bericht net pas ontvangen. Wat is er aan de hand?’

‘Ava, godzijdank!’

‘Zeg het nu, alsjeblieft! Is er iets met LJ?’

Aan de andere kant van de lijn klonk er een snik. ‘Nee, er is niets met LJ.’

‘Godzijdank! Maar… wat is er dan?’

‘Het gaat om Marchmont.’

‘Wat is daarmee?’

'Er is een vreselijke brand geweest. O, Ava, Marchmont is afgebrand.' Nu begon Mary echt te huilen.

'Is er iemand... gewond geraakt?'

'Ze kunnen je moeder niet vinden. Omdat de brand vannacht is uitgebroken, weten ze niet...'

'Met mijn moeder is alles in orde, Mary. Ik heb haar net nog hier in Londen gezien.'

'O, wat een opluchting! Ik wist wel dat ze daarnaartoe zou gaan, maar ik dacht dat ze vanmorgen pas zou vertrekken, en...' Ze maakte haar zin niet af. 'Nou, het is in elk geval goed nieuws dat ze vannacht niet thuis was.'

'Ze zei dat ze in het Savoy logeert. Ik zal er meteen naartoe bellen en een bericht voor haar achterlaten. Op dit moment is ze op een feest. Ik heb geen idee hoe laat ze terugkomt.'

'Ava, ik denk echt dat we moeten proberen contact op te nemen met je oom David. Heeft hij jou een lijst met telefoonnummers voor noodgevallen gegeven?'

'Ja. Ik zal kijken waar hij nu zou moeten zitten en daar een boodschap voor hem achterlaten. Al weet ik niet wanneer hij die zal ontvangen. Volgens mij zit hij nog steeds in Tibet. Morgen neem ik de eerste trein terug naar Marchmont.'

'Nee, Ava! Je hebt al te veel van je eerste semester gemist. Dat zou je oudtante met me eens zijn, daar ben ik van overtuigd. Trouwens, je kunt nu toch niets doen.'

De telefoon piepte ten teken dat ze bijna door haar geld heen was. 'Het spijt me, ik moet ophangen. Ik heb niet zoveel geld meer en ik moet mijn moeder nog bellen. Ik spreek je morgen weer.'

Nadat ze had opgehangen, pakte ze meteen de hoorn weer van de haak en draaide het inlichtingennummer. Ze kreeg het telefoonnummer van het Savoy en liet daar een bericht achter voor Cheska: dat ze zowel Mary als haar onmiddellijk moest bellen. Terwijl ze op onvaste benen naar haar kamer liep, brandden er tranen in haar ogen bij de gedachte dat haar geliefde Marchmont tot aan de grond toe was afgebrand.

Ze vroeg zich af hoe ze ooit de slaap moest vatten, kroop onder de dekens en bleef huiverend liggen piekeren over hoe alles toch zo in de soep had kunnen lopen sinds haar moeder naar Marchmont was gekomen.

De volgende ochtend om tien uur klopte Ava op de deur van Cheska's suite in het Savoy. Toen ze had gebeld, had ze te horen gekregen dat juffrouw Hammond niet gestoord wenste te worden, dus had ze besloten nog maar een college over te slaan en er zelf naartoe te gaan.

'Moeder, ik ben het, Ava.'

Vrijwel meteen ging de deur open en stortte Cheska, die mascaravegen op haar wangen had en wier haar alle kanten op piekte, zich in Ava's armen.

'O god! O god! Ik heb Mary net gesproken. Dit vergeeft LJ me nooit! Waarom moest dit nu net gebeuren toen ik daar de leiding had? Nu geven ze mij natuurlijk de schuld, dat weet ik zeker!'

Het viel Ava op dat haar moeder een verwilderde blik in haar ogen had.

'Natuurlijk niet. Het was toch maar een ongeluk?'

'Ik... Ik weet het niet. Ik weet het niet...'

'Moeder, rustig nou. Alsjeblieft. Hier heeft niemand wat aan, jij al helemaal niet.'

'Maar ik... O god...'

'Hoor eens, ik... Ik denk dat ik beter een dokter kan bellen. Ik...'

'Néé!'

Ava schrok van de felheid waarmee Cheska reageerde. Ze zag haar moeder haar tranen wegvegen en haar neus in een doorweekte zakdoek snuiten. 'Er hoeft geen dokter te komen. Het komt wel goed nu jij er bent, echt.'

'Oké, wil je dan een glas brandy, of zo? Dat helpt goed tegen de schrik, geloof ik. Zal ik een glas bestellen?'

Cheska wees naar een kastje in de hoek van de weelderig ingerichte woonkamer. 'Kijk daar maar in.'

'Natuurlijk. Ga jij je even opfrissen, dan schenk ik een borrel voor je in en kunnen we bespreken hoe het verder moet.'

Cheska staarde haar dochter aan. 'Hoe kan ik ooit zo'n evenwichtig kind hebben gekregen?' vroeg ze zich hardop af, alvorens zich terug te trekken in de badkamer.

Ava schonk de brandy in en ging op de bank zitten tot haar moeder terugkwam, nog steeds bleek, maar onberispelijk. 'Zo, ik weet alleen dat er brand is geweest. Kun jij me misschien vertellen wat er precies is gebeurd?'

'Nou, ik ben maandagavond ongeveer om acht uur weggegaan van Marchmont. Mary zei dat Jack Wallace haar belde toen hij in de kleine uurtjes enorme rookwolken uit de ramen op de bovenverdieping zag komen. Hij heeft de brandweer nog gebeld, maar tegen die tijd had de brand al flink om zich heen gegrepen.'

'Hoe erg is het?'

'Behoorlijk erg, als ik Mary moet geloven. Het dak is compleet in de as gelegd en het interieur grotendeels ook, maar kennelijk staan de gevels nog overeind. Jack heeft tegen Mary gezegd dat die gespaard zijn gebleven omdat het stortregende. Daar zullen we dan maar blij om zijn.'

'Weten ze hoe de brand is ontstaan?'

'Volgens Mary is er misschien kortsluiting geweest. Een deel van de bedrading was al heel erg oud. Maar Ava...' Ze huiverde. 'Het ergste is nog wel dat ik daar nog had kunnen zijn. Ik heb pas die avond in een opwelling besloten om eerder naar Londen te vertrekken. Eigenlijk had ik gisteren pas willen gaan.'

'Hoe is het met de dieren? Zijn die in orde?'

'Vast wel. Jack zal er wel op letten dat ze goed verzorgd worden. De brand heeft alleen het huis getroffen.' Ze sloeg haar handen voor haar gezicht. 'Ik wil het niet zien. Ik moet er niet aan denken om dat prachtige huis helemaal zwartgeblakerd te zien.'

'Toch moeten we naar Wales. Nu meteen.'

Cheska haalde haar handen voor haar gezicht weg en keek haar vol afgrijzen aan. 'Bedoel je dat je wilt dat ik nu naar Marchmont rijd? Nee, dat kan ik niet aan.' Ze begon weer te huilen.

'Dan ga ik zelf wel.'

'Néé! Alsjeblieft, Ava.' Cheska pakte haar hand beet. 'Ik heb je hier nodig, bij mij. Laat me niet alleen, alsjeblieft. Geef me gewoon even de tijd om van de schrik te bekomen. Ik kan het nu gewoon nog niet aan, echt niet.'

Ava zag dat Cheska elk moment weer hysterisch kon worden, dus schoof ze dichter naar haar toe en sloeg een arm om haar heen. 'Oké,' verzuchtte ze. 'Ik blijf bij je.'

'Jack Wallace zei dat we toch niets kunnen doen. Hij zorgt voor de boerderij, net als altijd, en meneer Glenwilliam regelt alles met de verzekeringsmaatschappij.'

'Toch kunnen we er maar beter zo snel mogelijk naartoe gaan, zodra je een beetje gekalmeerd bent. Volgens Mary wil de politie met je praten om erachter te komen of je iets vreemds is opgevallen voordat je van Marchmont vertrok.'

'Kunnen ze niet hiernaartoe komen? Ik ben veel te overstuur om te rijden. Trouwens, ik heb vrijdagochtend een belangrijke afspraak. Gisteravond heb ik op de afterparty een regisseur ontmoet die me heel graag wil casten voor zijn nieuwe serie.'

'Kun je die afspraak niet verzetten?' Ava was geschokt dat haar moeder op dit moment ook maar aan haar carrière kon denken.

Cheska zag de uitdrukking op Ava's gezicht. 'Natuurlijk wel, als het nodig is. En ik heb het verpleeghuis vanmorgen ook nog gebeld. Het gaat heel goed met LJ. Het lijkt me beter als we haar niets vertellen tot ze sterk genoeg is om het aan te kunnen, dus zullen we de komende dagen maar niet bij haar op bezoek gaan. Als we nu zouden gaan, zouden we het nooit voor haar kunnen verzwijgen.'

'Je zult wel gelijk hebben, al vind ik wel dat we het haar binnenkort moeten vertellen. Ik ben allang blij dat ze in het verpleeghuis was, anders...' Ze huiverde. 'Arme oom David. Wat zal hij ervan zeggen als hij erachter komt dat zijn moeder een beroerte heeft gehad en dat Marchmont afgebrand is? Ik heb een bericht voor hem achtergelaten, maar het is maar de vraag wanneer hij dat ontvangt.'

'O, dat heb je al gedaan? Nou ja, tot hij terugkomt, zullen wij het moeten afhandelen. Dat lukt ons wel, toch? Samen komen we er vast wel uit.'

'Ja. Hoor eens, moeder, vanmiddag heb ik college. Als we vandaag toch niet naar Marchmont gaan, vind je het dan goed als ik daarheen ga? Ik loop enorm achter.'

'Kom je daarna dan weer naar me toe? Beloof je dat?'

'Als je dat wilt.' Ava stond op, gaf haar moeder een kus en verliet het hotel. Het was een opluchting om de bijtende oktoberlucht te voelen en weer op straat te zijn, waar alles nog bij het oude leek.

Toen Ava na haar hoorcollege zoals afgesproken terugging naar het hotel, bleek haar moeder roomservice te hebben besteld, met champagne in overvloed.

'Ik dacht dat we wel een film konden kijken,' stelde ze voor, terwijl ze de drankjes inschonk en de zilveren cloches van allerlei gerechten haalde. 'Ik wist niet wat je lekker vond, dus heb ik meerdere dingen besteld.'

'Ik moet nog een essay schrijven, moeder, en morgen heb ik vroeg les. Na het eten moet ik echt naar huis.'

'Nee! Alsjeblieft, Ava. Ik wil vannacht niet alleen zijn. De politie heeft me laten weten dat ze morgenmiddag hiernaartoe komen. Ik ben doodsbang. Misschien geven ze mij wel de schuld.'

'Daar geloof ik niks van. Ze willen gewoon informatie.'

'Alsjeblieft, blijf hier slapen. Ik weet nu al dat ik vreselijke nachtmerries krijg.'

'Oké dan,' gaf Ava met tegenzin toe, bij het zien van de wanhoop in de ogen van haar moeder.

Na het eten keken ze nog een film en daarna moest Ava geeuwen. 'Bedtijd,' zei ze. 'Ik slaap wel op de bank.'

'Zou je het erg vinden… om bij mij in bed te slapen?' vroeg Cheska. 'Het is een kingsize bed. Ik wil vannacht gewoon niet alleen zijn. Vanwege die nachtmerries. Kom maar mee.'

Ava liep achter haar aan de woonkamer uit, naar de vorstelijke slaapkamer.

Cheska verdween en kwam terug in een satijnen nachthemd. 'Kleed jij je niet om?'

'Ik heb niets bij me.'

'Je kunt wel een nachthemd van mij lenen, schat. Ik heb er meerdere. Kijk zelf maar.'

Ava liep de inloopkast in en hapte verbaasd naar adem. Aan het kledingrek hingen allerlei mantelpakjes en jurken. Op de planken lagen keurig opgevouwen blouses, ondergoed en nachthemden. Zelfs voor iemand met zo'n extravagante levensstijl als haar moeder was dit wel erg veel om mee te nemen als je van plan was om maar één nacht weg te blijven.

Tenzij Cheska nooit van plan was geweest om nog terug te gaan naar Marchmont...

Te uitgeput en in de war om daar zelfs maar over na te denken, koos Ava een van haar moeders meest kuise nachthemden uit en trok het aan.

Toen ze weer de slaapkamer in liep, zat Cheska rechtop in bed. Ze gaf er een klopje op. 'Kom erbij.'

'Zal ik het licht uitdoen?' vroeg Ava toen ze naast haar zat.

'Liever niet. Praat met me, Ava.'

'Waarover?'

'Ach, als het maar iets leuks is.'

'Ik...' Ze kon niets bedenken.

'Oké, dan vertel ik jou wel een verhaaltje, als je ondertussen maar met me knuffelt. Dit is leuk, toch? Net alsof we op een slaapzaal slapen,' zei Cheska toen ze in Ava's armen wegkroop.

Vol smart dacht Ava aan haar prachtige slaapkamer op Marchmont, die nu zwartgeblakerd was en blootgesteld aan de elementen. Al haar dierbaarste bezittingen waren in vlammen opgegaan. Nee, dit was niet leuk. Helemaal niet, zelfs.

'Goed, er was eens...'

Ava luisterde maar met een half oor naar het sprookje dat haar moeder vertelde, iets over een elfje genaamd Shuni dat in de Welshe bergen leefde. Ondertussen flitsten er gruwelijke beelden aan haar geestesoog voorbij: Marchmont in brand, LJ in een verpleeghuis, David die niet te bereiken was…

Uiteindelijk dommelde ze in. In de verte hoorde ze de stem van haar moeder en voelde ze een hand over haar voorhoofd strijken.

'Misschien is het maar beter zo, schat. Hoe dan ook, morgen komt Bobby met ons brunchen. Heerlijk, toch?'

Ava wist zeker dat dit een droom moest zijn.

50

Toen Ava wakker werd, was Cheska's kant van het bed leeg. Ze ging rechtop zitten en wreef in haar ogen. Gisteravond had ze te veel champagne gedronken en nu had ze hoofdpijn. Op haar horloge zag ze dat het al bijna tien over half elf was. Met een kreun drong het tot haar door dat ze haar college had gemist.

'Hé, slaapkopje.' Met een glimlach kwam Cheska de inloopkast uit, alsof ze zo van de set van *The Oil Barons* stapte. Haar kapsel en make-up waren onberispelijk en ze droeg een van haar mooiste pakjes. 'Mijn gasten zijn er over een kwartier al. Wil je nog douchen?'

Verward staarde Ava haar aan. 'Je gaat nu toch niet brunchen? De politie komt straks en we moeten echt zo snel mogelijk plannen maken om naar huis te gaan.'

Cheska ging op de rand van het bed zitten. 'Ik zei toch al dat we niets kunnen doen op Marchmont, schat? Een uur geleden heb ik Jack Wallace nog gebeld en volgens hem is alles onder controle. Hij vindt, net als ik, dat het beter is als we voorlopig hier blijven. Ik heb het verpleeghuis al gebeld en gevraagd of ze daar tegen LJ willen zeggen dat we buikgriep hebben en haar niet willen aansteken. Een leugentje om bestwil. Nu maakt ze zich in elk geval geen zorgen omdat we niet op bezoek komen. Laat dat gesprek met de politie vanmiddag maar aan mij over, dan zien we daarna wel verder.' Er werd op de deur van de suite geklopt en Cheska sprong op. 'Daar zul je de roomservice hebben. Ik heb zes flessen champagne besteld. Dat zal toch wel genoeg zijn?'

'Ik zou het niet weten, moeder,' zei Ava hulpeloos.

'Ach, we kunnen altijd nog meer bestellen.' Met die woorden huppelde ze de slaapkamer uit en deed de deur achter zich dicht.

Ava slaakte een zucht van wanhoop om de stemmingswisselingen van haar moeder en sleepte zichzelf het bed uit. Haar gebruikelijke energie leek haar in de steek te laten en elke spier in haar lichaam schrijnde toen ze de luxe badkamer in liep om te gaan douchen.

Onder de verkwikkende straal probeerde ze wijs te worden uit het gedrag van haar moeder, maar dat lukte niet. Gisteravond was Cheska nog een hoopje ellende geweest, nu deed ze alsof er geen vuiltje aan de lucht was.

Terwijl ze zich aankleedde, hoorde ze in de kamer ernaast mensen lachen. Ze ging op het bed zitten en schudde haar hoofd. Ze moest er niet aan denken om naar binnen te gaan. Er gleed een traan over haar wang en ze deed een schietgebedje dat David haar bericht snel zou ontvangen.

Opeens werd er op de deur geklopt.

'Wie is daar?'

'Lieverd, ik ben het. Wat is er aan de hand?' Simon kwam binnen en liep naar haar toe.

Verbaasd keek ze op, benieuwd wat hij hier deed. 'Heeft Cheska het niet verteld?'

'Hoe bedoel je?'

'Dat Marchmont afgebrand is? Dat er van mijn prachtige huis alleen nog een hoopje as over is?'

Er viel een korte stilte, waarin hij deze informatie op zich liet inwerken. 'Nee, daar heeft ze niets over gezegd. Ik hoorde haar net wel tegen Dorian zeggen dat er iets gebeurd was, maar meer ook niet. Jezus!' Hij haalde een hand door zijn dikke, blonde haar. 'Dus Marchmont is helemaal afgebrand?'

Ze veegde met haar hand langs haar ogen en neus. 'Ja, en ze lijkt er niet eens mee te zitten! Hoe kan ze nu gewoon een feestje geven? Waar haalt ze het lef vandaan?'

Hij ging naast haar op het bed zitten. 'Ik vind het echt erg voor je. Zijn er gewonden gevallen?'

'Nee, het huis was leeg.'

'Dat is tenminste nog iets. Het zal vast binnen de kortste keren opnieuw opgebouwd zijn. Als de verzekering eenmaal uitkeert...'

‘Daar gaat het niet om! Alles is weg! Mijn oudtante zit in een verpleeghuis, mijn oom hangt god weet waar uit en mijn moeder doet net alsof het kerst is! Ik… weet me gewoon geen raad.’

‘Ik beloof je dat ik je zal helpen waar ik maar…’

‘Schat! Wat is er aan de hand?’ Cheska verscheen in de deuropening.

‘Ze is van streek vanwege de brand in Marchmont,’ antwoordde Simon. ‘Zoals te begrijpen is.’

‘Natuurlijk.’ Cheska ging naast hem op het bed zitten. ‘Ik weet dat je ervan geschrokken bent, schat, maar voor Bobby is het niet zo gezellig als je de hele tijd zit te huilen, toch, Bobby?’

‘Ik heet Simon, en dat maakt me helemaal niets uit.’

‘Kom eens mee, Simon,’ zei ze op vleierige toon. ‘Ik wil iets met je bespreken.’

‘Straks, als Ava een beetje bedaard is, oké?’

‘Als je maar niet te lang wacht. Ik wil je aan iemand voorstellen.’

Toen Cheska weg was, draaide hij zich naar Ava toe. ‘Het spijt me dat ik op de avond van de première niet zo lang met je kon praten.’

‘Geeft niet.’ Ze haalde haar schouders op. ‘Je had het druk.’

‘Je moeder weet wel hoe ze beslag op iemand moet leggen, zeg. Volgens mij wil ze een ster van me maken.’

‘Dat zal haar nog wel lukken ook,’ zei ze ongelukkig. ‘Ze kan heel goed haar zin doordrijven.’

‘Dat kan wel zijn, maar ik heb je gemist. Zullen we een keer na mijn werk uit eten gaan?’

‘Dat lijkt me leuk, maar door alles wat er nu gaande is, kan het misschien nog wel even duren voordat dat ervan komt. Ik ben van plan een dezer dagen naar Wales te gaan.’

‘Natuurlijk. Ik snap dat je nu wel wat anders aan je hoofd hebt.’ Hij tilde haar kin een stukje op en kuste haar vluchtig op haar mond. ‘Maar als je in de gelegenheid bent, zouden we…’

Op dat moment hoorden ze dat Cheska hem riep vanuit de woonkamer.

‘Ga nu maar,’ zei Ava.

Met een zucht knikte hij. 'Ze wil me aan de een of andere platenproducent voorstellen, voordat hij vertrekt. Ga je mee?'

'Nee, dat trek ik nu niet, sorry.'

'Oké, ik begrijp het. Als ik iets voor je kan doen, bel je me, beloofd?'

'Beloofd.'

'Dag, lieverd. Pas goed op jezelf.'

'Ik zal het proberen.'

Nadat ze hem had nagekeken, liep ze naar de badkamer, deed de deur op slot en draaide alle kranen helemaal open, om het gelach uit de woonkamer te overstemmen.

Hoewel de situatie Ava helemaal niet lekker zat, voelde ze zich toch schuldig omdat ze niet op de brunch was verschenen, dus stelde ze haar moeder toen ze wegging gerust door te zeggen dat ze de volgende dag 's middags vrij was en haar zou komen opzoeken. 's Ochtends ging ze naar college, maar ze kon zich niet concentreren, en na afloop ging ze met tegenzin naar het Savoy.

Cheska was nog vol van haar bespreking bij de BBC van die ochtend. 'Ze gaan een speciale rol voor me schrijven. Ik kijk er zo naar uit! Ik vind dat we maar eens moeten gaan winkelen om het te vieren. Aangezien ik in Londen blijf, heb ik ook nieuwe kleren nodig.'

'Is de politie gistermiddag nog geweest?'

'Ik heb afgebeld,' zei Cheska luchtig. 'Ze komen morgen pas. Kom, dan gaan we de stad in.'

Dat was normaal gesproken al geen hobby van Ava en na alles wat er gebeurd was, leek het haar niet erg gepast. Maar zoals gewoonlijk wilde Cheska niets van haar bezwaren weten. Dus sjokte Ava een tijdje later achter haar moeder aan door Harrods, terwijl Cheska in de kledingrekken neusde als een vogel die op zoek was naar een worm.

'Schat, kun je deze even vasthouden?' Cheska trok de zoveelste dure jurk uit het rek en duwde die in Ava's toch al uitpuilende armen.

'Maar al die kleren in het hotel dan, moeder?'

'Die zijn oud. Dit is een nieuw begin, dus wil ik er op mijn best uitzien. Hier, trek dit eens aan.' Ze had een rood jackje en een bijpassende rok uit het rek getrokken.

'Ik heb al genoeg kleren.'

'Daar gaat het niet om. Dit soort kleren koop je niet uit praktische overwegingen. Trouwens, het grootste deel van je kleding lag op Marchmont en zal de brand wel niet overleefd hebben. Nu je in Londen woont, heb je veel flitsender outfits nodig.'

Toen Ava het jack aantrok, viel haar oog op het prijskaartje. Het kostte bijna achthonderd pond.

'Wat vind je hiervan?' Haar moeder kwam het pashokje binnen in een hip, nauwsluitend zwart-met-crèmekleurig pakje met grote schoudervullingen. 'Een beetje te zakelijk, vind je niet?' Ze draaide een rondje voor de spiegel.

'Je ziet er prachtig uit, moeder.'

'Dank je. Nou, ik kan er nog even over nadenken, terwijl ik al die andere kleren pas.' Ze keek naar Ava, in haar rode jackje en rok. 'Dat staat je prachtig. We nemen het.'

Voor Ava's gevoel uren later liepen ze Harrods uit en hielden een taxi aan. Cheska had niet kunnen kiezen welke outfit ze het mooist vond, dus had ze ze alle vijf gekocht, plus bijpassende schoenen en een paar handtassen. Alles zou later bezorgd worden in de suite in het Savoy.

'Naar Beauchamp Place, San Lorenzo, graag,' zei Cheska tegen de taxichauffeur.

'Waar gaan we naartoe?'

'Ik heb met Dorian afgesproken voor een vroeg diner.'

'Wil je echt dat ik meega? Ik moet dringend een essay afmaken.'

'Natuurlijk wil ik dat je meegaat, schat. Dorian wil je spreken.'

In het restaurant zat hij al aan een tafeltje op hen te wachten. Hij stond op, gaf hun allebei een kus en schonk wat witte wijn voor hen in. Na de nodige prietpraat wendde hij zich tot Ava. 'Schat, je moeder en ik hebben je hulp nodig.'

'Echt? Wat moet ik dan doen?'

'Nou, het ziet ernaar uit dat Cheska een grote rol in de wacht heeft gesleept, die zelfs speciaal voor haar geschreven is. Het gaat om een nieuwe soapserie die in het voorjaar bij de BBC in première gaat. Nu moeten we een beeld van haar opbouwen in de media. Uitleggen waarom ze naar huis is gekomen en daar een positieve draai aan geven.'

'Wat heeft dat met mij te maken?'

'Omdat haar personage uit *The Oil Barons* zo bekend is, is Cheska bijna niet los te zien van die rol. We moeten ervoor zorgen dat het Britse publiek dat beeld loslaat en gaat kijken naar Cheska zelf, naar wie zij is. Een goede vriendin van me werkt bij de *Daily Mail,* ik deel vaak interessante nieuwtjes met haar. Zij kwijlt al bij de gedachte aan het verhaal over jou en Cheska.'

'Welk verhaal?'

'Je bent je er vast wel van bewust dat niemand op dit moment zelfs maar weet dat je bestaat. Maar daar zal snel verandering in komen zodra Cheska elke zondagavond op televisie komt. Daarom is het beter als jij het verhaal in je eigen woorden vertelt: een bekende actrice zet een dochter op de wereld als ze zelf nauwelijks meer dan een kind is, maar moet haar achterlaten omdat haar een carrière in Hollywood wacht. Moeder komt terug naar Engeland en wordt met haar dochter herenigd. Dat wordt gegarandeerd voorpaginanieuws. Wat vind je ervan?'

'Dat klinkt vreselijk.' Ze huiverde. 'Ik wil helemaal niet dat de hele wereld van mijn privéleven afweet.'

Cheska pakte haar hand beet. 'Dat weet ik, schat. Maar als ik bij jou in Engeland wil blijven, zal ik toch de kost moeten verdienen. Dat kan alleen door hier als actrice aan de slag te gaan. Als de pers zelf achter jouw bestaan komt, gaan ze helemaal los. Dan maken ze me kapot, dat weet ik zeker.'

Ava wilde bijna zeggen dat ze het best nog een tijdje had kunnen uitzingen als ze niet zoveel geld had uitgegeven aan haar suite en die enorme berg kleding bij Harrods. 'Ik zal tegen niemand zeggen dat ik je dochter ben, dat beloof ik. Ik doe dit echt liever niet, moeder.'

'Dat begrijp ik,' bemoeide Dorian zich ermee, 'maar we moeten dit heel zorgvuldig aanpakken, dat is het beste voor je moeder. De journalist die ik in gedachten heb, zou er een artikel van maken vol... medeleven. Natuurlijk mag je het lezen voordat het ter perse gaat.'

'Je vindt het toch niet erg, schat? Het is maar één artikel, met een foto erbij. Alsjeblieft? Je moet me helpen. Mijn hele carrière hangt ervan af.'

'Sorry, ik doe het niet.'

'Je wilt je moeder toch wel helpen waar je kunt?' drong Dorian aan.

'Natuurlijk wel, maar... ik ben bang. Ik heb nog nooit van mijn leven met een journalist gepraat!'

'Ik ben erbij, Ava. Laat mij het woord maar doen,' zei Cheska.

Ava voelde zich overdonderd. Als ze weigerde, stond haar ongetwijfeld een heleboel gemok en gezeur te wachten en dat kon ze er nu echt niet bij hebben. Ze was uitgeput. 'Goed dan,' zei ze, al voelde het helemaal niet goed.

'Dank je, schat,' zei Dorian opgelucht. 'Dat is dan geregeld. Ik ga Jodie vanavond bellen om af te spreken wanneer ze naar het Savoy komt. Zullen we dan maar bestellen? Ik verga van de honger.'

Na het eten, waar Ava alleen wat in had zitten prikken omdat haar maag zich telkens omkeerde bij de gedachte aan hoe ze haar hadden gemanipuleerd, rekende Dorian af en zei dat hij ervandoor moest om een optreden van een van zijn cliënten te gaan bekijken. Ava bleef opgelaten zitten wachten tot Cheska haar koffie op had.

'Heb je morgen iets te doen?' vroeg Cheska toen ze de kille straat in Knightsbridge op liepen.

'Ja. De hele dag.'

'Echt? Ik dacht dat je wel bij het gesprek met de politie zou willen zijn. Ze komen 's middags.'

'Ik kan niet. Ik heb nog een heleboel werk in te halen en ik moet nog iets regelen zodat ik dit weekend bij LJ op bezoek kan. Dat wil ik echt niet nog langer uitstellen.' Toen ze zag hoe aangeslagen haar moeder eruitzag, voegde ze eraan toe: 'Ik kan rond vijf uur wel naar het Savoy komen.'

'Dat zou fijn zijn, schat.' Cheska hield een taxi aan. 'Neem jij deze maar.' Ze drukte een briefje van twintig pond in Ava's hand.

'Ik kan wel met de bus gaan, hoor.'

'Nee, ik wil dat je een taxi neemt. Je weet toch dat ik van je hou?'

Ava sloeg haar ogen neer en knikte. Wat moest ze anders?

'Weet je, Ava, jij was er niet bij toen ik erachter kwam dat ik in verwachting was van jou. Ik was nog maar vijftien en doodsbang. Ik kon bij niemand terecht. Vergeet niet dat abortus in die tijd nog strafbaar was. Niet dat ik dat anders overwogen zou hebben,' verduidelijkte ze snel, 'want je was echt gewenst. Maar je grootmoeder had net dat ongeluk gehad en lag in coma, en ik had geen flauw benul hoe ik een baby moest grootbrengen. Toen ik naar Hollywood ging voor een screentest en daar een contract in de wacht sleepte, kreeg ik van mijn impresario te horen dat ik niemand over jou mocht vertellen. Ik weet dat ik daar niet mee akkoord had moeten gaan, maar begrijp je hoe naïef en kwetsbaar ik was? Ik was nog jonger dan jij nu.'

Ava voelde de blik van de taxichauffeur op hen gericht. 'Daar hebben we het een andere keer nog wel over.'

'Tot morgen, schat.' Cheska zwaaide opgewekt toen de taxi wegreed.

Ava liet zich achterover zakken op de achterbank. Haar hoofd tolde van het akelige besef dat haar moeder haar weer te slim af was geweest.

Op haar kamer probeerde ze haar essay af te maken, maar haar gedachten bleven maar afdwalen. Ze begreep helemaal niets van haar moeder. Uiteindelijk legde ze haar pen neer en liet haar hoofd op haar half afgemaakte essay rusten, terwijl ze zich afvroeg wie ze in vredesnaam om raad kon vragen.

Ze wilde Mary niet ongerust maken en op dit moment kon ze ook niet bij LJ terecht. Simon dan? Ze wist het gewoon niet.

'Oom David,' verzuchtte ze toen ze doodmoe in haar bed kroop. 'Laat het alsjeblieft niet lang meer duren voordat je mijn bericht ontvangt.'

Cheska deed de deur van de suite open en begroette haar dochter met een glimlach. 'Inspecteur Crosby stond net op het punt om weg te gaan. Kom nog even gedag zeggen.'

Ava liep achter haar moeder aan naar de woonkamer. De inspecteur zag er ontspannen uit en borg net een dossier op in zijn aktetas.

'Dit is mijn dochter Ava, inspecteur.'

Ava schudde hem de hand. 'Weet u al waardoor de brand is veroorzaakt?'

'Dat wordt nog onderzocht, maar het ziet ernaar uit dat het brandstichting was. De onderzoekers denken dat de brand in een van de slaapkamers is ontstaan. Maakt u zich geen zorgen, want we nemen deze zaak heel serieus. Marchmont Hall is niet alleen het huis van uw familie, maar ook een belangrijk monument en...'

'Je kunt je wel indenken dat ik geschokt was,' onderbrak Cheska hem. 'Zoals ik al tegen inspecteur Crosby zei, was de dader misschien wel een indringer die het op mij gemunt had. Beroemdheden zoals ik trekken vaak stalkers aan, zoals je weet. Ik had wel levend kunnen verbranden!'

'Er lopen inderdaad rare vogels rond, mevrouw Hammond,' vond ook inspecteur Crosby. 'En op Marchmont is amper iets aan de beveiliging gedaan.' Tegen Ava voegde hij eraan toe: 'Voor de zekerheid heb ik natuurlijk wel aan je moeder gevraagd of ze heeft gerookt of een kaars aangestoken en per ongeluk de lucifer kan hebben laten vallen.'

'Is dat zo, moeder?'

'Ava! Je weet best dat ik niet rook, en ik zou het me heus nog wel herinneren als ik iets had gedaan wat deze brand had kunnen veroorzaken.'

'U bent er goed vanaf gekomen, mevrouw Hammond,' zei de inspecteur. 'Zou ik misschien een aantal gesigneerde foto's kunnen krijgen, voor de mannen op het werk?'

'Natuurlijk, ik zal er een paar pakken.'

Een beetje opgelaten bleef Ava bij de inspecteur staan.

'Ik wist helemaal niet dat Cheska Hammond een dochter had. Je lijkt sprekend op haar,' merkte hij op.

‘Dank u. Hoe gaat het nu verder met Marchmont?’

‘Het onderzoek is bijna afgerond. Volgende week verwacht ik de uitslagen ervan. Ik moet nog een paar losse eindjes nagaan, dan zien we wel waar dat toe leidt.’

‘Maar u gaat ervan uit dat er een indringer is geweest die met opzet brand heeft gesticht?’

‘Dat lijkt op dit moment de enige verklaring… tenzij je moeder haar eigen huis in brand wilde steken,’ zei hij gekscherend.

‘Het huis is van mijn tante, inspecteur.’

‘Kijkt u eens.’ Cheska kwam terug met de foto’s.

‘Dank u, daar zullen de mannen heel blij mee zijn.’ Hij borg de foto’s zorgvuldig op in zijn aktetas en stak zijn hand uit. ‘Het was aangenaam kennis met u te maken, mevrouw Hammond. En met uw dochter.’ Hij wierp een blik op Ava. ‘We houden contact.’

‘Het voelt net alsof ik het afgelopen uur in de beklaagdenbank heb doorgebracht!’ jammerde Cheska toen hij de deur achter zich had dichtgedaan. Ze liet zich op de bank zakken en kreeg een angstige blik in haar ogen. ‘Je denkt toch niet… Je denkt toch niet dat hij mij ergens van verdenkt?’

‘Nee, moeder.’

‘Ik voelde me net een crimineel door de vragen die hij stelde.’

‘Maak je maar geen zorgen. Tegen de tijd dat ik aankwam, was hij duidelijk al een van je grootste fans.’

‘Zou je denken?’

‘Ja. Maar nu moet ik er weer vandoor.’

‘Waarnaartoe?’

‘Naar huis. Ik heb het nog druk.’

‘Dat kan niet! Jodie is er over een kwartier.’

‘Wie is Jodie nu weer?’

‘Die journaliste. Het duurt niet lang, dat beloof ik. Ik bestel wel iets voor je via de roomservice.’

‘Ik heb geen trek.’

‘Champagne, dan? Ik laat wel iets komen.’

‘Nee, bedankt.’

‘Hoor eens, schat, ik weet dat je dit niet wilt, maar je hebt het beloofd. Laat mij het woord maar doen, dat ben ik gewend. Oké?’

Anderhalf uur later liep Ava kotsmisselijk het Savoy uit. Cheska had erop gestaan om tijdens het interview naast haar te zitten en haar hand vast te houden. Zo nu en dan sloeg ze haar arm om Ava’s schouder, helemaal in haar rol van toegewijde moeder. Ava had heel weinig gezegd en zo kort mogelijk antwoord gegeven op de vragen die haar waren gesteld. Er was een fotograaf gekomen en nadat de foto’s waren gemaakt, was Ava opgestaan, had haar moeder een kus gegeven en was vertrokken. Cheska had nog iets gemompeld over dat ze morgen met Simon had afgesproken en dat ze na afloop goed nieuws voor Ava had.

In de bus naar huis dwong Ava zichzelf onder ogen te zien dat Cheska verliefd was op Simon. En hij misschien ook wel op haar. Eenmaal terug in haar kamer ging ze een paar minuten op haar bed liggen, met tranen in haar ogen, maar al snel besloot ze dat het geen zin had om erover te piekeren. Morgen zou ze naar Wales gaan, nam ze zich voor, om LJ te zien. Hoewel ze wist dat ze haar tante niets mocht vertellen over de rampspoed die op Marchmont had toegeslagen, had ze behoefte aan haar troostende aanwezigheid. Terwijl ze haar ogen dichtdeed en de slaap probeerde af te dwingen, schoot haar weer te binnen waar de brand volgens de rechercheurs was ontstaan. Opeens voelde ze tot in het diepst van haar wezen dat haar moeder loog.

51

'Meneer Glenwilliam, ik heb David Marchmont voor u aan de lijn.'

'Dank je, Sheila.'

'Glenwilliam?'

'David, wat ben ik blij dat je belt.'

'We zijn net terug in ons hotel in Lhasa, na een tocht door de Himalaya. Ik hoorde dat zowel jij als Ava me heeft gevraagd zo snel mogelijk contact op te nemen. Haar kon ik niet bereiken op het nummer in Londen dat ze opgegeven heeft, dus nu bel ik jou. Wat is er gebeurd? Is er iets met mijn moeder?'

'Nee, met haar gaat het goed, voor zover ik weet. Of nou ja, ze zit wel in een verpleeghuis...'

'Een verpleeghuis?'

'Ja, maar dat is een geluk bij een ongeluk. Een van de redenen dat ik je te pakken probeerde te krijgen, is dat Marchmont een paar dagen geleden verwoest is bij een brand.'

'Lieve help! Zijn er gewonden gevallen?'

'Dat niet.'

'De hemel zij dank. Bedankt dat je contact met me opgenomen hebt, Glenwilliam.'

'Tja, mevrouw Hammond zei wel dat ik je niet zou kunnen bereiken, maar het leek me toch beter om...'

'Cheska? Is die dan terug in het Verenigd Koninkrijk?'

'Ja, al zit ze nu kennelijk weer in Londen. Natuurlijk is Ava daar ook, vanwege haar studie.'

'Allejezus, wat een puinhoop! Mijn moeder zit in een verpleeghuis, Marchmont is in rook opgegaan en Cheska is weer in Engeland. Is ze nu bij Ava?'

'Volgens je huishoudster logeert mevrouw Hammond in het Savoy.

Ik heb meerdere keren naar het hotel gebeld, maar ze belt niet terug. Ik moet haar dringend spreken. Nu zij een tijdelijke volmacht heeft over Marchmont, kan ik zonder haar toestemming niets doen. En...'

'Een volmacht? Cheska? Hoezo dan?'

'Het spijt me, ik geloof dat ik een beetje te snel ga. Je moeder zit in een verpleeghuis omdat ze in september een beroerte heeft gehad. Het leek de artsen en mij het beste als mevrouw Hammond tijdens haar herstel de financiële belangen van Marchmont zou behartigen.'

'Een beroerte? Hoe ernstig is ze eraan toe?'

'Voor zover ik begrepen heb, herstelt ze goed. Maar er is nog iets wat ik met je wil bespreken.' Hij aarzelde even. 'Er is namelijk een aanzienlijk bedrag van de rekening van het landgoed afgeschreven. Ik wilde controleren of dit op verzoek van mevrouw Hammond is gebeurd, en waarom.'

'Wat? Waarom heb je Cheska in vredesnaam een volmacht gegeven?' barstte David uit. 'Had je niet kunnen wachten tot je mij gesproken had?'

'Het spijt me, maar ik wist niet wanneer ik je weer zou kunnen bereiken, en mevrouw Hammond was heel overtuigend. Natuurlijk heb ik aangeboden zelf het beheer van het landgoed op me te nemen tot jij terugkwam, maar ze wilde het met alle geweld zelf doen. Er zat niets anders op. De arts van je moeder had een verklaring opgesteld waarin stond dat ze niet in staat was het landgoed nog te beheren.'

'Ik durf te wedden dat jullie je gewoon hebben laten inpalmen door haar beroemde gezicht en legendarische charmes. Heeft ze soms ook gevraagd wie het landgoed na de dood van mijn moeder zou erven?'

Er viel weer een stilte. 'Volgens mij wel, ja.'

'En dat heb jij haar verteld?'

'Ze leek er al van op de hoogte te zijn, David. Ik heb het alleen bevestigd.'

'Luister, ik vlieg zo snel mogelijk naar huis. Eerst ga ik naar Londen om met Cheska te praten en uit te zoeken wat er in vredesnaam aan de hand is. Ik laat het je weten als ik geland ben. Tot dan.' Hij gooide de hoorn op de haak en liet zich met een kreun achterover op het bed vallen.

Tor kwam net de badkamer uit. 'Jeetje, wat is het lekker om gewoon te kunnen douchen, na je wekenlang met water uit een emmer te hebben gewassen en op zo'n akelig matje te hebben geslapen. Hé, wat is er met jou aan de hand? Het lijkt wel of je een spook hebt gezien!'

'Ik wist wel dat het niet goed was om zo lang geen contact met het thuisfront te hebben. Het is één grote chaos in Engeland!'

'Maar schat, dat was juist de bedoeling. Even loskomen van alles, gewoon samen zijn.'

'Als er iets met haar is gebeurd...' Zijn schouders begonnen te schokken.

Ze ging naast hem zitten en sloeg haar armen om hem heen. 'Met wie? Wat bedoel je? Praat dan met me!'

'Mijn moeder heeft een beroerte gehad. Volgens Glenwilliam zit ze in een verpleeghuis. En Cheska is naar huis gekomen.'

'Cheska? Is ze op Marchmont?'

'Nee, Tor. Tot overmaat van ramp is daar brand uitgebroken. Het huis is afgebrand. Ik weet niet hoe erg het is, maar Glenwilliam heeft Cheska een volmacht gegeven en zij is nu naar Londen vertrokken, nadat ze volgens Glenwilliam "een aanzienlijk bedrag" van de rekening van het landgoed heeft opgenomen.'

'Goeie genade! Zo te horen kunnen we maar beter zo snel mogelijk terug naar Londen vliegen. Ik bel de receptie wel, dan kun jij een stevige borrel voor jezelf inschenken. Doe mij er ook maar een.'

Hij stond op en liep naar de minibar. Daar schonk hij een flinke hoeveelheid gin in een glas, deed er wat tonic en ijs bij en nam een grote slok.

Een kwartier later hing Tor de telefoon op en begon ze kleren in zijn reistas te proppen. 'Je vertrekt vanavond, via Peking naar Londen. Het is een lange overstap, maar iets beters kon ik zo snel niet voor elkaar krijgen. Je komt zondag aan het begin van de avond aan op Heathrow, plaatselijke tijd.'

‘En jij dan?’

‘Er was nog maar één plaatsje vrij in het vliegtuig, schat. Ze kijken nu wanneer ik kan vertrekken, dus ik kom zo snel mogelijk achter je aan.’

‘Dit is allemaal mijn schuld,’ verzuchtte hij wanhopig. ‘Als ik niet met alle geweld deze reis had willen maken, had ik misschien wel doorgehad dat Cheska iets in haar schild voerde.’

Ze zorgde dat hij op het bed ging zitten en nam zijn handen in de hare. ‘David, je hebt bijna je hele leven voor Greta, Cheska en Ava gezorgd, terwijl ze niet eens je echte familie zijn. Dat je nu eens een keer tijd voor jezelf hebt genomen, wil nog niet zeggen dat jou iets te verwijten valt. Dat mag je niet vergeten.’

‘Dank je, schat. Ik zal het proberen.’

‘Zo, ga nu maar eens douchen. Over een kwartier moet je al naar het vliegveld.’

Ava zat achter haar bureau en deed een wanhoopspoging om haar essay af te maken zodat ze het nog kon inleveren voordat ze naar Marchmont vertrok.

Er werd op de deur geklopt. ‘Telefoon voor je, Ava.’

Ze liep naar de telefoon.

‘Hallo?’

‘Met Mary. Sorry dat ik stoor, maar ik weet me geen raad. Toen ik je gisteravond probeerde te bellen, nam er niemand op.’

‘Is er iets met LJ?’ Haar hart sloeg over.

‘Niet in paniek raken, Ava. Ze is niet dood, voor zover ik weet, tenminste. Maar ze is… vermist.’

‘Vermist? Hoe bedoel je?’

‘Gisteravond ging ik naar het verpleeghuis om haar te bezoeken, maar het afdelingshoofd was verbaasd me te zien. Ze had verwacht dat ik wel zou weten dat mevrouw Marchmont een paar dagen geleden door haar nicht ergens anders naartoe was gebracht, maar ze wist zelf niet waarheen.’

‘Wat? Wil je nu beweren dat Cheska haar uit het tehuis heeft gehaald zonder ons in te lichten?’

'Ja. Maandag al, voordat ze naar Londen vertrok. Tegen mij zei ze dat ik maar een paar dagen niet op bezoek moest gaan, omdat je oudtante voor onderzoek naar het ziekenhuis in Abergavenny moest.'

'Dan zal ze daar toch wel zijn?'

'Nee, ik heb er al naartoe gebeld, en mevrouw Marchmont wordt volgende week pas op controle verwacht.' Er klonk een onderdrukte snik door de telefoon.

'Dan is het heel simpel. Ik ga nu mijn moeder bellen om te vragen waar LJ naartoe is gebracht, en waarom.'

'Ik heb gisteravond nog geprobeerd haar in het Savoy te bereiken, maar volgens de receptioniste wilde ze niet gestoord worden. O, Ava, wat zou je moeder toch met haar gedaan hebben?'

'Dat weet ik niet, maar ik beloof je dat ik er wel achter kom. Probeer niet in paniek te raken, Mary. Het komt vast goed met haar. Heb je al iets van oom David gehoord? Volgens zijn reisschema zou hij nu ongeveer in zijn hotel in Lhasa moeten zijn.'

'Nog niet, maar ik weet zeker dat hij ons belt zodra hij het bericht ontvangt.'

'Hij moet zo snel mogelijk naar huis komen, Mary. Hij is de enige die hier wijs uit kan worden. Ik was van plan om vanavond naar Wales te gaan, maar nu moet ik eerst bij mijn moeder langs. Zodra ik haar heb gezien en weet waar ze LJ heeft ondergebracht, laat ik het je weten.'

'Dank je, fach. Doe je wel voorzichtig?'

'Hoe bedoel je?'

'Ik... Nou ja, ik wil alleen maar zeggen dat je moeder misschien niet helemaal is wie je denkt.'

Ava bedacht verbitterd dat ze daar zelf ook al achter was gekomen.

Simon klopte op de deur van Cheska's suite.

'Kom binnen!'

Toen hij aan de klink voelde, bleek de deur niet op slot te zijn. 'Hallo?' Hij liep naar binnen.

'Hier ben ik, schat,' klonk haar stem vanuit de slaapkamer. 'Kom maar verder.'

'Oké.' Hij deed de deur open. 'Het spijt me dat ik wat later ben, Cheska. Ik...'

Bij de aanblik die hem in de kamer wachtte, viel hij stil. Cheska lag op het bed, slechts gehuld in een zwarte beha, een slipje en doorschijnende kousen die met een jarretelgordel op hun plaats werden gehouden. In haar hand hield ze een glas champagne.

'Hallo, schat.' Ze glimlachte naar hem.

'Waar is die platenproducent aan wie je me wilde voorstellen?' vroeg hij, terwijl hij overal probeerde te kijken behalve naar haar.

'Die komt wat later. Kom eens hier, schat. We hebben heel wat te vieren.' Ze stak haar armen naar hem uit.

Verbouwereerd liet hij zich op een stoel zakken.

'Doe niet zo verlegen, Bobby. Dat was je vroeger toch ook nooit?'

'Ik weet niet waar je het over hebt, Cheska. En voor de zoveelste keer, ik heet Simon.'

'Natuurlijk. Hier, neem een glas champagne. Daar word je rustig van.'

'Nee, bedankt. Hoor eens, volgens mij is hier sprake van een misverstand.'

'Hoe bedoel je?'

'Ik geloof...' Hij zocht naar de juiste woorden. 'Volgens mij wil je dingen van me die ik je gewoonweg niet kan geven.'

'Zoals?' vroeg ze met een verleidelijke glimlach. 'Als je het hebt over je lichaam, je hart en je ziel, dan heb je gelijk. Die wil ik inderdaad. Ik hou van je, Bobby, dat heb ik altijd gedaan. Ik weet dat je boos bent om wat ik je heb aangedaan, maar ik ga het goedmaken, dat zweer ik. Trouwens, je gezicht is weer helemaal genezen.' Ze stond op en liep naar hem toe. Verstijfd van de schrik bleef hij zitten, terwijl zij schrijlings bij hem op schoot kroop. 'Vergeef me alsjeblieft, Bobby.' Ze leunde naar voren om hem in zijn hals te zoenen.

'Nee!' Hij kwam weer bij zijn positieven, sprong overeind en duwde haar van zich af, zodat ze bijna achteroverviel.

Ze wist haar evenwicht te bewaren en keek hem verleidelijk aan. 'Ik weet dat je een spelletje met me speelt. Je hield er altijd al van om me te plagen. Geef nu maar toe, Bobby. Dan laten we het verleden achter ons en beginnen we opnieuw. Ik ga naar Londen verhuizen, zodat we samen kunnen zijn. Ik heb een prachtig appartement in Knightsbridge gezien dat ik voor ons wil huren. En ik heb net een grote rol in een televisieserie gekregen en straks heb jij een platencontract en...'

'Hou op!' Hij pakte haar bij haar schouders en schudde haar door elkaar.

Ze bleef op die dromerige manier naar hem glimlachen. 'O ja, vroeger deed je me soms ook al graag pijn. Dat vind ik niet erg. Wat je maar wilt, schat. Wat je maar wilt.'

Hij voelde haar voet langs zijn been op en neer wrijven. 'Hou je mond!' Hij sloeg haar in haar gezicht. Niet hard genoeg om haar pijn te doen, maar ze werd er wel stil van.

Gekwetst keek ze hem aan. 'Heb ik iets verkeerd gedaan, Bobby? Praat met me.'

Hij loodste haar naar de stoel en zorgde dat ze ging zitten. 'Cheska, voor de laatste keer, ik ben Bobby niet. Ik ben Simon Hardy. We kennen elkaar nog maar een paar weken. We hebben geen verleden samen, en ook geen toekomst.'

'Ik... O, je bent nog net zo wreed als vroeger. Vind je me niet meer aardig? Zeg nu wat ik verkeerd heb gedaan.'

'Je hebt helemaal niets verkeerd gedaan, Cheska. Het kan gewoon niets worden tussen ons, dat is alles.'

'Geef me dan een kans om te laten zien hoe gelukkig ik je kan maken.'

'Nee. Ik kan geen relatie met je beginnen.'

'Waarom niet?'

'Omdat ik verliefd ben op iemand anders.'

Even staarde ze wezenloos voor zich uit, toen keek ze hem weer aan, met een van haat vertrokken gezicht. 'Nu doe je het weer.'

'Nee, Cheska. Ik heb dit nog nooit eerder gedaan. Bij jou, of bij wie dan ook.'

'Lieg niet tegen me! Al die nachten die we samen hebben doorgebracht. Je zei dat je van me hield, dat je altijd van me zou blijven houden, en toen... en toen...' Haar stem stierf weg.

'Hoor eens, ik heb geen idee waar je het over hebt, maar ik ga er nu vandoor.' Hij liep in de richting van de deur.

'Wie is ze? Is het die vrouw van je die je jarenlang verborgen hebt gehouden, of die sletterige visagiste met wie je tegelijk met mij rotzooide?'

'Ik heb geen idee waar je het over hebt. Het spijt me dat het zo is gelopen.'

'Als je nu weggaat, zweer ik dat ik het je betaald zet, net als de vorige keer.'

Toen hij zich omdraaide, zag hij de duistere blik in haar glazige ogen. 'Volgens mij heb je hulp nodig, Cheska. Tot ziens.'

In de bus naar het Savoy buitelden Ava's gedachten over elkaar heen. De afgelopen weken had ze het humeur van haar moeder regelmatig binnen een oogwenk zien omslaan, maar ze had gedacht dat ze zich zo raar gedroeg omdat ze in zo'n eigenaardige wereld had geleefd en zo beroemd was. Iedereen die haar ontmoette, voelde zich vereerd en bekeek haar vol ontzag. Ze waren allemaal dol op haar. In eerste instantie had Ava zich ook door haar laten betoveren.

Maar nu wist ze dat haar moeder tegen haar en Mary had gelogen over het feit dat ze LJ uit het verpleeghuis had gehaald. En wat de brand betrof... Ze zuchtte toen ze uit de bus stapte en voor het rode voetgangerslicht ging staan wachten totdat ze kon oversteken naar het Savoy. Geloofde die inspecteur nu echt dat Cheska er niets mee te maken had? Had hij zich door haar laten inpalmen, net als iedereen?

Het punt was dat ze hoe dan ook weinig kon doen. Cheska was haar moeder, dus ze kon hem moeilijk bellen om te zeggen dat ze haar verdacht.

Terwijl ze huiverend door de mistige avond het korte straatje naar het Savoy door liep, probeerde ze te bedenken wat ze tegen haar moeder zou zeggen. Als ze Cheska ergens van beschuldigde, begon die altijd te huilen, zodat zij zich schuldig ging voelen en haar excuses aanbood. Net toen ze daaraan dacht, zag ze een bekende gestalte door de draaideuren van het hotel komen.

Ze trok zich terug in de schaduw van het gebouw, maar Simon had haar al gezien en liep naar haar toe.

'Ava, hallo.'

Ze zag dat hij gespannen was en zwaar ademde. 'Gaat het?'

'Ja, ik geloof het wel.'

'Laat me raden, je bent net bij mijn moeder geweest.' Ze wendde haar blik af en probeerde te doen alsof het haar niet kon schelen.

'Dat klopt. Ze zei dat ze me aan iemand wilde voorstellen. Een platenproducent.'

'Fijn voor je. Ik hoop dat het goed is gegaan.'

'Hij was er niet.'

'Wat vervelend.'

'Ava, wil je alsjeblieft niet doen alsof ik een vreemde voor je ben? Het is niet wat het lijkt, dat zweer ik je.'

'Je bent vandaag al de tweede die zoiets tegen me zegt.'

'Dat spijt me dan, maar door wat er zojuist boven is gebeurd, denk ik dat je moeder een volkomen verkeerd beeld van me heeft.'

'Wat is er dan gebeurd?'

'Ik moet nu naar het theater, want vanavond treden we vroeger op dan anders, voor het goede doel. En wat ik je te vertellen heb, vergt nogal wat uitleg.'

'Probeer het toch maar.' Haar blik was op haar voeten gericht. Als ze hem maar niet hoefde aan te kijken.

'Ik denk dat je moeder... op me valt.'

'Heb je dat nu pas door?'

'Ja. Nee, bedoel ik. Het was me wel opgevallen dat ze erg vriendelijk deed, maar ik dacht dat dat door jou kwam.'

'Hoezo dan?'

'Nou, het komt toch wel vaker voor dat moeders het vriendje van hun dochter met open armen ontvangen?'

'Maar je bent mijn vriendje niet, Simon. We hebben zelfs nog nooit gezoend.'

Hij pakte haar zacht bij haar bovenarmen beet en trok haar naar zich toe. 'Kijk me eens aan, Ava.'

'Simon, als je iets met mijn moeder wilt beginnen, moet je het zelf weten. Als je maar niet verwacht dat ik blij voor je ben.'

'Maar ik wil helemaal niet... Natuurlijk niet, suffie! Ik deed gewoon aardig tegen haar vanwege óns. Om de weg vrij te maken, zogezegd.'

'Waarvoor?'

'Voor ons! Hoor eens, ik wilde me niet opdringen omdat je een stuk jonger bent dan ik. Het leek me beter als we elkaar rustig leerden kennen, zo ongedwongen mogelijk, maar je had toch wel door dat ik je leuk vond?'

'Ik weet het niet.' Van pure ellende schudde ze haar hoofd. 'Ik ben gewoon heel erg in de war, over heel veel dingen.'

'Dat begrijp ik,' zei hij zacht. 'Kom, geef me eens een knuffel. Alsjeblieft?'

Ze bleef stokstijf staan toen hij zijn armen om haar heen sloeg.

'Wat doe je hier eigenlijk?' vroeg hij.

'Kennelijk heeft Cheska mijn oudtante uit het verpleeghuis gehaald. Nu weet niemand waar ze is. Waarom zou ze zoiets doen?'

'Dat weet ik niet, maar na wat ik boven heb gezien, weet ik wel dat ze ze niet allemaal op een rijtje heeft.'

'Dat klopt.' Er ontsnapte haar een snik, waarop hij haar nog dichter tegen zich aantrok. 'Als ze LJ iets heeft aangedaan, dan zweer ik...'

'Ava, ik wil niet dat je zonder mij naar je moeder toe gaat. Kom na de voorstelling maar naar het theater, rond half tien. Dan gaan we van daaruit samen hierheen om de confrontatie met haar aan te gaan. Beloof je dat?'

'Als jij denkt dat dat beter is.'

'Dat weet ik wel zeker.'

Na Bobby's vertrek had Cheska zich in een mum van tijd aangekleed. Ze ging naar beneden om hem achterna te gaan naar het theater. Het was haar schuld niet dat hij haar het verleden nog steeds kwalijk nam. Ze moest het hem nog eens uitleggen, het rechtzetten en hem duidelijk maken hoe de toekomst eruit kon zien. Vanuit de lift liep ze door de lobby en door de draaideuren de straat op. Toen ze stond te wachten tot de portier een taxi voor haar aanhield, zag ze Bobby een paar meter verderop staan. Hij omhelsde een vrouw, maar ze kon niet goed zien wie. Pas op het moment dat hij de kin van het meisje optilde, zag ze dat het Ava was, haar dochter.

'Verrader!' siste ze, kokend van woede. Ze zag dat ze zich bij haar vandaan draaiden en richting de Strand liepen. Bobby had zijn arm beschermend om haar schouders geslagen. Cheska wimpelde de portier en de wachtende taxi af en ging achter hen aan. Langs de hoofdweg bleven ze staan. Hij drukte een kus op Ava's voorhoofd, omhelsde haar nog een keer en liep weg, uit het zicht. Ava bleef staan wachten tot het verkeerslicht op groen sprong en ze kon oversteken.

Er kwam een herinnering bij Cheska op. Ze was hier eerder geweest.

De stemmen gaven haar in wat ze moest doen, net als de vorige keer, al die jaren geleden.

Vlug beende ze op haar dochter af.

52

David kwam volkomen uitgeput en op van de zenuwen aan op Heathrow. Zodra hij door de douane was, liep hij snel naar de taxistandplaats.

'Naar het Savoy Hotel, graag.'

De taxi schoot goed op tot aan het begin van de Strand, waar het verkeer vastliep. Op de achterbank probeerde hij zijn gedachten op een rijtje te zetten en hij vroeg zich af wat hij precies ging zeggen als hij oog in oog stond met Cheska.

'Zal ik u hier afzetten, meneer? Verderop is er iets gebeurd. Als u het laatste stukje loopt, bent u er sneller dan als u hier blijft wachten.'

'Ja, prima.'

Hij klauterde met zijn reistas uit de auto en ging te voet verder, kriskras tussen de auto's die bumper aan bumper stonden door naar de andere kant van de straat. Er was een ongeluk gebeurd bij de verkeerslichten vlak bij de ingang van het Savoy.

Er had zich een groepje mensen verzameld op de weg, rondom iemand die daar lag, vlak bij het trottoir. Hij haalde diep adem en liep met afgewende blik langs het groepje heen, want dit riep afschuwelijke herinneringen bij hem op. Toen hij eenmaal op het trottoir liep, zorgde iets ervoor dat hij toch bleef staan en omkeek. De brancard werd net in de ambulance getild en hij ving een glimp op van blond haar en een gezicht dat hem maar al te bekend voorkwam.

'O god, nee!' riep hij uit, terwijl hij zich een weg baande door de menigte. Hij klom op de treeplank van de ambulance en legde aan de broeder uit wie hij was.

'We gaan zo vertrekken, meneer. Dan kan het verkeer weer doorrijden. Gaat u mee?'

'Ja. Hoe ernstig is het?' wilde David weten.

‘Ga zelf maar met haar praten. Ze is bij kennis en goed aanspreekbaar. We brengen haar naar de spoedeisende hulp om te controleren of ze niets gebroken heeft. De auto heeft haar schouder geraakt en ze heeft een bult op haar hoofd, maar verder lijkt het goed te gaan. Het verkeer reed zo langzaam dat de klap minimaal was.’ Boven het geloei van de sirene uit riep de broeder: ‘Ava, kijk eens wie er voor je is.’

David ging naast zijn nichtje zitten en pakte haar hand beet. ‘Ava, ik ben het, oom David.’

Haar ogen vlogen open. Ze stelde scherp en toen het tot haar doordrong wie hij was, keek ze hem verbaasd aan. ‘Oom David. Ben je het echt, of hallucineer ik door het ongeluk?’

‘Ik ben het echt, lieverd.’

‘Je bent thuis! Godzijdank!’

‘Inderdaad, en vanaf nu regel ik alles. Maak je maar nergens zorgen over. Weet je misschien waar je moeder is?’

‘Nee, niet echt. Ik wilde haar net gaan opzoeken in het Savoy om te vragen wat ze met LJ heeft gedaan, maar Simon hield me buiten tegen.’

‘Hoe bedoel je, wat ze met LJ heeft gedaan?’

‘Ze heeft haar uit het verpleeghuis gehaald en ons niet verteld waar ze nu is. Het spijt me, oom David, ik...’

Meer kon ze niet zeggen voordat ze bij het ziekenhuis aankwamen.

‘Ik zou me niet al te veel zorgen maken, meneer,’ zei de broeder toen ze de brancard uit de ambulance haalden. ‘Ze komt erg helder over. Sterkte.’

Terwijl Ava werd weggereden, vulde David de benodigde papieren in. Hij ging gespannen in de wachtkamer zitten en nam in gedachten door wat ze over LJ had gezegd. Zou ze echt uit het verpleeghuis zijn gehaald, of had Ava gewoon hardop liggen dromen? Hij bukte zich en haalde zijn adressenboekje uit zijn reistas. Daarna liep hij naar de betaaltelefoon om Mary te bellen. Hoewel hij maar net genoeg muntgeld had om even met haar te kunnen praten, bevestigde ze tot zijn schrik wat Ava had gezegd. Hij zei tegen haar dat ze ziekenhuizen en andere verpleeghuizen in de buurt moest af bellen om te vragen of LJ daar misschien was binnengebracht. Cheska zou haar toch niet echt uit de weg hebben geruimd? Zijn moeder moest ergens zijn en wat hij er ook voor moest doen, hij zou haar vinden. Eerst moest hij zeker weten dat het goed kwam met Ava, daarna zou hij naar het Savoy gaan om zijn nicht op te zoeken, ook al moest hij daarvoor de deur van haar kamer inbeuken. Natuurlijk was er nog een prangende vraag: had Ava gewoon een ongeluk gehad? Of had Cheska er om wat voor verknipte reden dan ook een rol in gespeeld?

Waarom was hij weggegaan? Hij had kunnen weten dat Cheska misschien zou overwegen om terug naar Engeland te komen. Ze was blut, haar carrière in Hollywood was zo goed als voorbij. Die arme, onschuldige Ava. Zij wist niets van de duistere kant van haar moeder en had nu de volle laag gekregen. Om over zijn moeder nog maar te zwijgen...

Na een poosje kwam de arts naar hem toe.

'Hoe gaat het met haar?' wilde David weten.

'Het goede nieuws is dat er zo te zien niets is gebroken in haar schouder, maar ze lijkt wel een lichte hersenschudding te hebben door de klap op haar hoofd. We houden haar een nachtje ter observatie. Ik heb net een bed op de ziekenzaal voor haar geregeld. Als het goed is, mag ze morgenochtend weer naar huis. Kom maar even mee, dan kunt u haar zien. Ze zit een kop thee te drinken.'

De dokter loodste hem mee naar de zaal en trok het gordijn opzij. 'Ik laat jullie even alleen. Ik moet naar mijn andere patiënten toe,' zei hij verontschuldigend.

David ging naast Ava zitten. Die zag er al een stuk beter uit dan eerder die avond. 'Hoe gaat het, lieverd?'

'Al met al valt het mee, op die vreselijke hoofdpijn na. Volgens de dokter ben ik goed weggekomen.'

'Zeg dat wel.'

'Oom David, is oma ook niet bij het Savoy aangereden?'

'Ja, dat klopt.'

Ze huiverde. 'Wat een akelig toeval, vind je niet?'

'Jazeker, maar meer is het ook niet,' zei hij, al geloofde hij het zelf niet eens helemaal.

‘Hoe laat is het?’

‘Net negen uur geweest.’

‘O nee! Ik had met Simon afgesproken, na zijn voorstelling. We moeten erachter zien te komen waar LJ is. Ik maak me zo’n zorgen om haar. Kun jij hem bij het Queen’s Theatre opvangen en uitleggen wat er gebeurd is? Dan kun je daarna misschien naar mijn moeder toe.’

‘Simon?’ Hij krabde op zijn hoofd. ‘Wie is dat ook alweer?’

‘Je hebt hem ontmoet toen LJ vijfentachtig werd. Je zei nog dat hij je aan iemand deed denken.’

‘Ach ja, dat is waar ook. Ik bedacht later dat hij op iemand lijkt die Bobby Cross heet.’

‘Bobby?’ Met gefronst voorhoofd keek ze hem aan. ‘Dat is apart, zeg. Zo noemt Cheska hem steeds.’

‘Is dat zo?’

‘Ja. Simon was daar vandaag omdat Cheska had gezegd dat ze hem aan een platenproducent wilde voorstellen. Ik kwam hem tegen toen hij het Savoy uit kwam. Hij vertelde dat ze hem min of meer besprongen had.’

David had zich al afgevraagd of het nog erger kon, maar dat bleek dus inderdaad zo te zijn.

‘Zou jij naar Simon toe willen gaan? Het is hier niet ver vandaan.’

‘Het lijkt me beter dat ik hier bij jou blijf.’

‘Nee, ik voel me al een stuk beter. Ik zou er pas echt van opknappen als ik wist dat met LJ alles in orde is. Maar pas wel een beetje op met Cheska. Simon was echt geschrokken van haar gedrag.’

‘Maak je om mij maar geen zorgen. Ik ken je moeder al sinds ze een klein meisje was. Maar ja, ik zou wel graag met Simon willen praten, om erachter te komen hoe het precies zit. Al heb ik al wel een vermoeden.’

De verpleegster trok het gordijn opzij en meldde dat er boven een bed voor Ava klaarstond. ‘Kun je in de rolstoel gaan zitten, of zullen we je er op de brancard heen rijden?’

‘Doe de rolstoel maar,’ zei Ava, die van de brancard krabbelde en ging staan. 'Zie je wel? Het gaat prima met me, oom David. Ga alsjeblieft uitzoeken waar LJ is.'

'Op dit tijdstip mag u toch niet mee naar de afdeling, meneer,' viel de zuster haar bij. 'Over twintig minuten gaat het licht daar uit, voor de nacht.'

'Mag ik dan het telefoonnummer van de afdeling, zodat ik straks kan bellen om te vragen hoe het met Ava gaat?'

'Natuurlijk. Dat kunt u bij de receptie navragen. Kijk, daar is uw koets al, edele dame,' zei de verpleegster gekscherend toen er een portier aankwam met de rolstoel.

Ava ging erin zitten en David gaf haar nog een kus op haar wang. 'Als er problemen zijn, hebt u de nummers waarop u me kunt bereiken,' zei hij tegen de verpleegster, voordat ze door de hal wegliep met Ava.

'Dag, oom David. Kom je het morgenochtend vertellen als je meer weet?'

'Dat doe ik, beloofd.' Hij blies haar een kusje toe en ze verdween achter de deuren van de lift.

Buiten hield hij een taxi aan en gaf het adres van het Queen's Theatre aan Shaftesbury Avenue op, terwijl hij wijs probeerde te worden uit wat Ava hem zojuist had verteld.

Na de benefietvoorstelling haastte Simon zich naar zijn kleedkamer. Hij had gehoopt dat hij inmiddels al omgekleed zou zijn en klaar om naar Ava toe te gaan, maar er hadden een paar jonge leden van het koningshuis in de zaal gezeten, die ambassadeur waren van het goede doel, dus had de cast nog even moeten wachten om aan hen voorgesteld te worden. Op zijn horloge zag hij dat hij maar beter op kon schieten. Nog voordat hij de deur door was, was hij al bezig het overhemd van zijn kostuum open te knopen, dus duurde het even voordat het tot hem doordrong dat hij een ongenode gast had.

'Hallo, schat. Ik wilde nog even tegen je zeggen dat ik begrijp waarom je zo boos op me bent. Het is vreselijk wat ik je heb aangedaan, maar je had me zo gekwetst dat ik...'

'Het spijt me, Cheska, maar zoals ik al zei, heb ik geen idee waarover je het hebt. Het lijkt me echt beter als je nu weggaat.' Hij ging met zijn rug naar haar toe aan de kaptafel zitten.

'Kom nou toch, Bobby,' flikflooide ze, terwijl ze zo dicht achter hem kwam staan dat hij haar in de spiegel kon zien. 'Je weet toch nog wel hoe gezellig we het samen hebben gehad?' Haar handen gingen naar zijn schouders en ze begon hem te masseren.

'Ik zeg het nog één keer, Cheska.' Hij schudde haar van zich af, kwam overeind en ging voor haar staan. 'Ik heb geen idee wie die Bobby is. Ik heet Simon. Als je nu niet weggaat, roep ik de beveiliging erbij.'

Haar gezicht betrok. 'Zet je me eruit? Na alles wat we samen hebben meegemaakt? Na wat je me hebt aangedaan? Ik heb je wel gezien, met Ava. Walgelijk!'

'Wat? Hoe kun je dat nou walgelijk noemen? Ik ben verliefd op haar! Het zit er dik in dat ik mijn leven met haar wil delen. Als jij dat niet ziet zitten, heb je pech.'

Lachend gooide ze haar hoofd achterover. 'Kom nou toch, Bobby. Je weet best dat je niets met haar kunt beginnen.'

'Waarom niet?'

Triomfantelijk keek ze hem aan. 'Omdat ze je dochter is! Wat dacht je dan?'

Ontzet staarde hij haar aan. 'Jij bent echt gestoord, weet je dat?'

'Gestoord? Welnee. Jij bent hier de slechterik. Je hebt me zwanger gemaakt en in de steek gelaten. Hoor je me? Terwijl ik pas vijftien was.'

'Cheska, ik denk echt dat je me met iemand anders verwart,' zei hij zo rustig mogelijk, want hij zag de waanzin in haar ogen. Toen ze dichterbij kwam, schuifelde hij richting de deur.

'Je bent altijd al een gore leugenaar geweest!' riep ze schel. Uit het niets gaf ze hem een harde pets in zijn gezicht. En nog een, en nog een, tot hij erin slaagde haar polsen vast te pakken.

'Hou op!'

Haar hoofd vloog omlaag en ze beet hem in zijn hand.

Met een brul liet hij haar los, waarna ze hem weer besprong. Ze viel aan als een wild dier, met haar lange, rode nagels naar zijn gezicht klauwend. Toen ze hem een knietje gaf, slaakte hij een kreet van pijn en klapte dubbel om op adem te komen. Op dat moment voelde hij haar handen om zijn keel, die begonnen te knijpen.

'Jij verdient het niet om te leven,' hoorde hij haar zeggen. Er dansten vlekken voor zijn ogen toen haar ijzeren greep zich verstrakte en ze hem bleef uitmaken voor alles wat mooi en lelijk was. Te verdwaasd om zichzelf te verdedigen zakte hij in elkaar en nam haar mee in zijn val.

Lieve help, dacht hij, ze gaat me vermoorden. Dit overleef ik niet…

Terwijl hij het bewustzijn begon te verliezen, zag hij een gestalte binnenkomen en Cheska van achteren beetpakken. Opeens verdween het beklemmende gevoel om zijn keel. Hoestend en proestend zoog hij zoveel mogelijk lucht naar binnen.

Iemand die hij herkende, maar niet direct kon plaatsen, hield Cheska stevig bij haar schouders vast, ook al verzette ze zich hevig en schopte ze hem. 'Cheska, hou op! Genoeg! Oom David is bij je. Alles komt goed.'

Ze verslapte in de armen van de man en zakte als een lappenpop tegen hem aan. 'Het spijt me, oom David. Ik wilde niemand pijn doen, echt niet. Bobby was gewoon niet zo aardig tegen me, snap je? Je gaat me toch geen straf geven?'

'Natuurlijk niet,' zei hij. 'Ik ga voor je zorgen, zoals altijd.'

Simon voelde de duizeligheid wegtrekken en ging zitten om naar de man te kijken die Cheska in zijn armen hield en over haar haren streelde.

'Zal ik je naar huis brengen en in bed stoppen? Volgens mij ben je doodmoe.'

'Dat klopt,' zei ze.

Terwijl de man haar in een stoel zette, keek hij Simon aan. Cheska was nu apathisch. Ze staarde wezenloos voor zich uit en leek geen greintje agressie meer in zich te hebben.

Simon besefte dat zijn redder in nood David Marchmont was,

Ava's oom die bij zijn vele fans bekendstond als Taffy.

'Gaat het?' mimede David boven Cheska's hoofd.

'Volgens mij wel. Ik ben nog heel.' Simon pakte een tissue om het bloed te stelpen van de bijtafdruk die Cheska in zijn hand had achtergelaten. 'Ze overviel me, maar het gaat alweer.'

David liet Cheska in de stoel zitten en hielp Simon overeind. 'Ava heeft vanavond een ongelukje gehad. Het gaat goed met haar, maar misschien kun je naar St. Thomas's Hospital bellen om te vragen hoe het nu met haar is,' fluisterde hij. 'Morgen wil ik met je praten, dus ik stel voor dat we elkaar om tien uur bij het ziekenhuis zien. En nu...' Dat laatste zei hij op luidere toon, waarbij hij zich naar Cheska omdraaide. '... ga ik...'

Maar Cheska was al opgestaan en naar de deur gelopen. Voordat ze haar konden tegenhouden, was ze al weg. David rende nog achter haar aan door de gang, maar zag haar door de artiesteningang in de nacht verdwijnen. Een paar tellen later, toen hij op de drukke straat naar links en naar rechts keek, was ze nergens meer te bekennen.

'Verdomme!' vloekte hij. Hij had haar nooit los moeten laten. Nu kon hij alleen maar hopen dat ze terug zou gaan naar het Savoy. Hij besloot er een taxi naartoe te nemen, voor het geval dat ze probeerde haar spullen te pakken en ervandoor te gaan.

Toen de taxi bij het hotel aankwam, stapte hij uit en gaf de portier een fooi. Daarna kwam er iets bij hem op en draaide hij zich weer om. 'Hebt u vanavond misschien mijn nichtje, Cheska Hammond, het hotel uit zien komen? Weet u toevallig of ze al terug is?'

De portier kende hem nog van vroeger. 'Nu u het zegt, meneer, ze kwam iets na half zeven naar buiten en vroeg me een taxi aan te houden. Dat deed ik, maar volgens mij had ze zich bedacht, want ik zag haar richting de Strand lopen. Misschien had ze daar een bekende van haar gezien. Ik weet het nog precies, want het was vlak voor dat akelige ongeluk bij de oversteekplaats. De taxichauffeur die ik had aangehouden, baalde natuurlijk als een stekker omdat hij zonder ritje zat en ruim een half uur moest wachten tot de weg weer vrij was. Maar ik heb haar nog niet zien terugkomen, meneer.'

'Bedankt.' David stopte hem nog een bankbiljet toe. Binnen liep hij naar de receptie en legde uit dat hij met zijn nichtje had afgesproken in haar suite, maar dat ze nog niet terug was. 'Zou u me misschien binnen kunnen laten, zodat ik in alle rust op haar kan wachten? Het kan nog wel even duren voordat ze terugkomt.'

'Normaal gesproken doen we dat niet, maar voor u kunnen we vast wel een uitzondering maken. Ik overleg het even met de manager.'

Hij bleef ongeduldig staan wachten, nog steeds verbijsterd over wat de portier hem had verteld. Morgen moest hij dringend met Ava en Simon praten, maar als Cheska hen samen bij het hotel had gezien…

Het lukte hem een dankbaar glimlachje op te brengen toen de receptioniste zei dat hij naar Cheska's kamer mocht gaan.

Terwijl hij door de weelderig ingerichte vertrekken dwaalde, zag hij allemaal tasjes van Harrods en diverse designerwinkels ongeopend in de inloopkast staan. God wist wat ze voor deze suite betaalde en hoeveel ze tot nu toe al had uitgegeven. Het was hem wel duidelijk hoe ze die uitspattingen bekostigde.

Hoewel hij snakte naar een warme douche, wilde hij niet dat Cheska hem in een onbewaakt ogenblik zou overvallen, dus schonk hij een flink glas whisky voor zichzelf in en ging zitten wachten.

53

Greta was al diep in slaap op het moment dat er werd aangebeld. Toen ze het licht aandeed, zag ze dat het al bijna middernacht was. De tweede keer dat de bel ging, werd ze overspoeld door angst. Wie kon dat in vredesnaam zijn, op dit tijdstip? Er werd weer aangebeld, en nog eens, en daarna werd er hard op de deur gebonkt. Ze trok haar kamerjas aan en trippelde nerveus naar de voordeur.

'Moeder, ik ben het, Cheska! Laat me erin! Mag ik alsjeblieft binnenkomen?'

Verstijfd van schrik bleef Greta staan. Dit was de dochter over wie David haar had verteld, de dochter die ze al jaren niet meer had gezien omdat ze een beroemde televisiester was in Hollywood.

'Alsjeblieft, mama, doe open. Ik...' Greta hoorde een luide snik. 'Ik kom weer naar huis.'

Er ging een huivering van angst langs Greta's ruggengraat.

'Mama, alsjeblieft, ik smeek het je. Ik ben het, je kleine meisje, en ik heb je nodig. Ik heb je nodig, mama...' Er klonk nog meer gesnik.

Greta bleef als aan de grond genageld staan, verscheurd tussen de irrationele angst die ze voelde, het idee dat ze de buren overlast bezorgde en haar fascinatie omdat de dochter die ze scheen te hebben, bij haar voor de deur stond.

Naarmate het gesnik luider werd, overwon de angst voor de buren het. Ze liep naar de deur en maakte alle sloten open, behalve de ketting. Door de opening keek ze of Cheska het echt was. 'Hallo? Cheska?' Ze tuurde door de kier, maar zag niemand.

'Ik ben hier, mama, ik zit op de vloer. Ik ben te moe om op te staan. Mag ik alsjeblieft binnenkomen?'

Toen ze omlaagkeek, zag ze een blonde vrouw die ze meteen herkende van de televisie. Ze haalde diep adem, schoof de ketting van de deur en deed langzaam open.

Cheska, die tegen de deur geleund zat, tuimelde zowat het appartement in. 'Mama! O, mama, ik hou van je. Wil je me alsjeblieft vasthouden, net als vroeger?' Ze stak haar armen uit.

Greta pakte ze beet en sleepte haar dochter het appartement in, duwde de deur dicht en deed hem weer op slot. Het goede nieuws was dat Cheska er helemaal niet angstaanjagend uitzag. Integendeel zelfs, ze leek wel een bang, verdrietig meisje.

'Houd me alsjeblieft vast, mama. Niemand houdt van Cheska. Niemand houdt van me.'

Opgelaten bleef Greta staan, in de hoop dat ze zich iets zou herinneren, wat dan ook, van de dochter die ze op de wereld had gezet. Van de dochter die ze volgens David in haar eentje had opgevoed en van wie ze zielsveel had gehouden, tot ze na haar ongeluk in het ziekenhuis was beland en Cheska naar Hollywood was vertrokken.

Ze had zich vaak afgevraagd waarom haar dochter nooit bij haar op bezoek was gekomen of contact met haar had gezocht. Terwijl ze naar de vrouw staarde, wenste ze dat de gevoelens die ze ooit voor Cheska had gehad weer zouden oplaaien. Maar het was weer net als die eerste keer dat ze haar ogen had opengedaan en David had gezien. Cheska voelde als een vreemde voor haar. Toch deed ze wat haar gevraagd was en ging op haar knieën zitten om haar armen om haar dochter heen te slaan.

'O, mama… Ik heb je nodig. Jij beschermt me toch wel? Laat ze me alsjeblieft niet meenemen.'

Voor Greta zat er niets anders op dan haar gebrabbel aan te horen. Het was een vreemde gewaarwording dat er een volwassen vrouw die net zo groot was als zij op haar schoot zat en zich als een kind gedroeg. Maar misschien was dit voor een moeder wel heel normaal.

Na een tijdje stelde ze zachtjes voor om naar de woonkamer te gaan. 'Wil je misschien iets eten? Of een kopje ovomaltine? Dat drink ik 's avonds graag.'

'Dat weet ik, mama. Dat dronken we altijd samen, weet je nog?'

vroeg Cheska toen Greta haar op de bank installeerde.

'Natuurlijk weet ik dat nog,' loog Greta. Omdat ze Cheska zag rillen, haalde ze een deken uit de kast en sloeg die om haar heen.

'En die sandwiches die je voor me maakte als ik 's avonds laat terugkwam van de opnames? Wat deed je daar ook alweer op? O ja, Marmite! Dat vond ik altijd zo lekker.'

'Echt?' Onzeker keek Greta haar aan. 'Ik kan wel een paar boterhammen voor je smeren, als je wilt.'

Op weg naar de keuken verbaasde ze zich erover dat Cheska niet leek te weten dat ze zich niets meer herinnerde. Ach ja, dan moest ze maar doen alsof. Terwijl ze de waterkoker aanzette, bekroop diezelfde angst haar weer, maar die schudde ze snel van zich af. Dit was haar dochter, dus kon ze geen bedreiging vormen.

Nadat Cheska de boterhammen en de ovomaltine op had, stelde Greta voor om naar bed te gaan, omdat het al een uur 's nachts was.

'Mag ik bij jou slapen, mama? Net als vroeger? Ik wil niet alleen zijn. Ik heb zulke erge nachtmerries...'

'Die heeft iedereen weleens, maar je mag best bij me slapen, als je wilt. Ik pak even een nachthemd voor je.'

Ze liep naar haar kleerkast en wilde dat ze tegen David kon zeggen dat Cheska eindelijk bij haar was. Het leek haar nogal vreemd om in één bed te slapen met een volwassen vrouw die ze helemaal niet kende, maar het was fijn dat ze iemand had om voor te zorgen, iemand die haar nodig leek te hebben.

Nadat Cheska zich had omgekleed, stapten ze allebei in bed.

'Dit is fijn. Hier voel ik me veilig. Volgens mij kan ik nu wel slapen.'

'Goed zo. Je ziet er heel moe uit, dus ik denk dat je wel wat slaap kunt gebruiken.'

'Ik ook. Welterusten, mama.' Cheska gaf haar een kus op haar wang. 'Slaap lekker.'

Greta deed het licht uit en bleef in het donker naar de gestage ademhaling van haar dochter liggen luisteren. Toen ze haar wang aanraakte waar Cheska haar een kus had gegeven, sprongen de tranen haar in de ogen.

De volgende ochtend zat Simon al naast Ava's bed op het moment dat David in het ziekenhuis aankwam.

'Hallo, oom David. Volgens de arts gaat het weer goed met me en mag ik naar huis,' zei Ava, die hem een kus gaf. 'Jullie kennen elkaar al, hè?'

'Ja,' zei Simon, met een ironische blik op David.

'Van het feestje van LJ, en gisteravond in het theater?' vroeg ze verder.

'Inderdaad,' beaamde David.

'Waar is LJ nou?' Ze keek van de een naar de ander.

'Jammer genoeg hebben we dat niet aan je moeder kunnen vragen,' zei David. 'Ze is gisteravond niet teruggekomen naar het Savoy.'

'O jee.' Ze legde haar hoofd in haar handen. 'Dus nu zijn er twee mensen vermist.'

'Heb je dit al gezien, David?' Simon gaf hem een exemplaar van de *Daily Mail.*

Op de voorpagina zag hij tot zijn verbazing een grote foto van Cheska staan, helemaal opgedoft en met haar armen om Ava heen geslagen, die er maar opgelaten bij stond.

> *Gigi's verloren dochter: het hartverscheurende relaas van de wereldberoemde soapster Cheska Hammond, die na achttien jaar is teruggekeerd naar Engeland, op zoek naar de baby die ze destijds heeft achtergelaten. Lees verder op pagina 3.*

Snel bladerde hij verder.

> *Cheska Hammond, ooit de grootste filmster van Engeland, nu wereldberoemd als Gigi in* The Oil Barons, *is definitief terug in Engeland. Het verhaal achter haar terugkeer is nog schrijnender dan dat van de films waarin ze heeft gespeeld.*
> *Ik tref Cheska in haar suite in het Savoy. Net zo adembenemend als op het scherm, maar met een kwetsbaarheid waardoor ze amper ouder lijkt dan het kind waarvoor ze is teruggekeerd,*

maakt ze me deelgenoot van haar indringende verhaal.
'Op mijn vijftiende kwam ik erachter dat ik zwanger was. Ik ben naïef geweest en heb misbruik van me laten maken door een oudere man [de naam van de vader weigert ze nog steeds prijs te geven, red.]. Op dat moment ging het me in mijn carrière natuurlijk voor de wind. De opnames van Please, Sir, I Love You *waren net afgerond en Hollywood lonkte. Ik had net als veel meisjes in mijn situatie voor een abortus kunnen kiezen, ook al was dat destijds nog strafbaar.'*
Cheska's lippen trillen bij de herinnering, ze krijgt tranen in haar ogen. 'Ik kon het gewoon niet. Ik kon mijn kindje niet doodmaken. Ik had een grote fout gemaakt, maar het was mijn eigen verantwoordelijkheid en ik kon dat kleine, onschuldige wezentje niet vermoorden omdat ik iets stoms had gedaan. Kort daarna raakte mijn moeder ernstig gewond bij een auto-ongeluk en werd ik nog vastbeslotener om mijn kindje op de wereld te zetten. Dus bleef ik tijdens mijn zwangerschap in de luwte en sprak af dat mijn tante na de geboorte voor Ava zou zorgen. Als de studio in Hollywood achter haar bestaan was gekomen, was mijn carrière geruïneerd en had ik mijn kind niet kunnen onderhouden.' Cheska moet even op adem komen en slikt haar tranen weg. 'Ik heb haar achtergelaten in Wales, in een prachtig huis op het platteland, in de wetenschap dat ze daar in goede handen was. Natuurlijk stuurde ik elke cent die ik kon missen daarheen om in haar levensonderhoud te voorzien.'

Aangezien Ava het artikel al had gelezen, bleef ze stilletjes zitten en tuurde naar Davids gezicht om zijn reactie te peilen.

'Ik heb heel vaak naar mijn tante geschreven om te vragen of Ava in de vakantie naar Los Angeles mocht komen, zodat ik kon zien of het haar daar beviel, maar daar was mijn tante niet zo happig op. Dat begreep ik ook wel. Het zou heel verwarrend zijn voor zo'n jong kind. Dus besloot ik met pijn in mijn hart dat Ava daar beter

af was. Tot ik hoorde dat mijn tante ernstig ziek was, tenminste. Op dat moment heb ik alles uit mijn handen laten vallen en ben ik teruggegaan om voor haar en mijn kindje te zorgen. Nu ben ik vastbesloten om hier te blijven.'

Ik zie Cheska voorzichtig een hand op de schouder van haar dochter leggen. De inmiddels achttienjarige Ava, het evenbeeld van haar moeder, glimlacht naar haar. Het is duidelijk dat ze een sterke band met elkaar hebben. Ik vraag Ava hoe ze het vindt dat haar moeder terug is.

'Heel fijn. Ik ben blij dat ze er weer is.'

Ik vraag of ze niet verbitterd is omdat haar moeder haar zo lang alleen heeft gelaten. Daarop schudt ze haar hoofd. 'Nee, helemaal niet. Ik heb altijd geweten dat ze er was. Ze stuurde me mooie cadeaus en schreef me vaak brieven. Ik begrijp waarom ze het zo heeft gedaan.'

Cheska en ik praten verder over haar toekomstplannen. Ze haalt haar schouders op. 'Ik hoop dat ik zo snel mogelijk weer aan de slag kan. Er zit misschien een rol in een televisieserie aan te komen en ik zou graag het theater in gaan. Dat lijkt me nog een hele uitdaging.'

Als ik haar naar haar liefdesleven vraag, giechelt ze verlegen. 'Er is wel iemand, maar meer wil ik daar nog even niet over kwijt.'

Daarmee neem ik afscheid van de actrice die in Hollywood net zozeer bekendstond om haar privéuitspattingen als om haar televisieoptredens. Als ik de rustige, tevreden vrouw zie die nu zo liefdevol naar haar dochter kijkt, wordt het me duidelijk dat het moederschap haar volwassener en milder heeft gemaakt. Welkom thuis, Cheska. Net als Ava zijn we blij dat je er weer bent.

Nadat David klaar was met lezen, vouwde hij de krant stevig dicht en keek naar Ava om haar reactie te peilen.

'Ik ging bijna over mijn nek toen ik het las. Maar dat kon niet, want dan had de dokter gedacht dat ik nog steeds ziek was en me langer willen houden.' Ze lachte zwakjes en deed haar best om het luchtig te houden. 'Het belangrijkste is nu waar Cheska is gebleven. Ze is vannacht toch niet bij jou geweest, Simon?'

'Natuurlijk niet!'

'Dat kan ik bevestigen,' zei David. 'En ik ben laaiend omdat ze jou dát heeft laten doen.' Hij wees naar de krant.

'Ik heb haar gesmeekt me niet te dwingen, maar het is heel moeilijk om haar iets te weigeren. Je moest eens weten hoe vreemd ze zich de afgelopen weken heeft gedragen.' Wanhopig schudde ze haar hoofd. 'Het leek alleen nog maar erger te worden nadat ze jou had leren kennen, Simon.'

'Mooi is dat.' Hij glimlachte naar haar en keek David weer aan. 'Maar Ava heeft gelijk. Gisteravond, toen ze me aanviel in mijn kleedkamer... Sorry, maar ik kan het niet anders noemen, Ava... zei ze volgens mij dat ik jouw vader was. Hoe gestoord wil je het hebben?'

'Dat is minder gek dan het lijkt, als Cheska dacht dat jij haar eerste liefde, Bobby Cross, was,' legde David uit. 'Je lijkt inderdaad veel op hem.'

'Bobby Cross... Simon, jij speelt hem toch in die musical?' vroeg Ava.

'Het moet niet gekker worden,' mompelde David. 'Heeft Cheska dat ook gezien?'

'Ze was samen met Ava bij de première. Ik heb haar uitgenodigd toen ik op Marchmont was. Ik had Ava een lift naar Wales gegeven omdat ze haar oudtante wilde bezoeken nadat die een beroerte had gehad. Het was gewoon beleefd bedoeld naar Cheska toe, David, niet meer en niet minder,' zei hij nadrukkelijk.

'Dat begrijp ik. En jij kon niet weten van haar verleden.'

'Oom David...' Ava had ingespannen zitten luisteren. 'Was die Bobby Cross mijn vader?'

Het duurde even voordat hij antwoord gaf. 'Dat klopt, Ava. Het spijt me dat ik je dit moet vertellen. Dat had je moeder moeten doen, maar gezien de omstandigheden lijkt het me beter als je het weet, want het verklaart een hoop. Die arme Simon is het slachtoffer geworden van een heel verwarde en gekwelde ziel. Ik vergeef het mezelf nooit dat ik jullie in de steek heb gelaten. Wat een puinhoop. Het spijt me ontzettend.'

'Doe niet zo raar, oom David. Het belangrijkste is nu dat we mijn moeder vinden.' Haar hoofd tolde nog door wat hij had gezegd, maar ze besloot er pas over na te denken als Cheska en LJ weer terecht waren. 'Wanneer heb je haar voor het laatst gezien?'

'Dat was in Simons kleedkamer. Ik had haar gekalmeerd en hielp Simon net overeind toen ze de deur uit rende, voordat ik haar kon tegenhouden. Heb je enig idee waar ze naartoe kan zijn gegaan?'

'Nee, maar... de afgelopen weken heb ik me behoorlijk ellendig gevoeld en wilde ik alleen maar naar LJ toe. Waar zou mijn moeder zich veilig voelen?'

'Ik heb geen flauw idee. Jij?' David keek Simon aan.

'Ik ken die vrouw amper. Naar Marchmont kan ze niet meer terug, dus waar zou ze zich dan thuis voelen?'

'Oma woont toch nog steeds in het appartement waar Cheska is opgegroeid?' wilde Ava weten.

'Greta? Maar Cheska heeft haar moeder al sinds het ongeluk niet meer opgezocht,' zei David.

'Dan weet ik het ook niet meer.' Ze haalde haar schouders op.

'Wacht, misschien heb je wel gelijk. Simon, kan ik Ava aan jou overlaten?'

'Natuurlijk.'

'Waar gaan jullie naartoe?' vroeg David, terwijl hij opstond.

'Ik neem Ava mee naar mijn veilige haven. Dat wil zeggen, naar mijn smoezelige eenkamerappartement in Swiss Cottage,' zei hij en hij glimlachte. 'Ik zal mijn telefoonnummer voor je opschrijven.'

David bedankte hem, gaf Ava een kus en vertrok met de mededeling dat hij contact zou opnemen als hij iets nieuws te melden had.

'Simon?' vroeg Ava zacht.

'Ja?'

'Je zei toch dat je me mee zou nemen naar jouw huis als ik hier weg mag?'

'Ja.'

'Eigenlijk ga ik liever naar mijn eigen huis. Zou je me straks na je optreden naar Marchmont kunnen brengen?'

'Natuurlijk, als je denkt dat je dat aankunt.'

'Ik zal wel moeten. O god.' Opeens liet ze haar reserves varen en vulden haar ogen zich met tranen. 'Wat een ellende allemaal! Neem me niet kwalijk, hoor,' mompelde ze beschaamd.

'Ava, je hoeft je niet te verontschuldigen. Je hebt het vreselijk voor je kiezen gekregen.' Hij sloeg zijn armen om haar heen en hield haar vast terwijl ze het uitsnikte.

'Ik... Beloof me alsjeblieft dat ik nooit meer bij Cheska in de buurt hoef te komen. Ze is knettergek, Simon. Ik ben doodsbang, want ik weet me geen raad.'

'Ik beloof het. Nu je oom er weer is, regelt hij alles wel, dat weet ik zeker. Als je je straks goed genoeg voelt, breng ik je naar Wales en gaan we LJ vinden, dat zweer ik.'

'Bedankt, Simon. Je bent een schat.'

'Jij ook. Ik vind je echt geweldig, Ava.' Vol bewondering streelde hij haar zachte blonde haar.

54

David klopte aan bij Greta. Zoals gewoonlijk tuurde ze door de kier die de deurketting openliet naar buiten, zag dat hij het was en deed met een grote, verwelkomende glimlach open.

'David, wat een verrassing! Ik dacht dat je pas over een paar maanden thuis zou komen.'

'De plannen zijn gewijzigd. Hoe gaat het?'

'Prima,' zei ze, zoals altijd. 'Eerlijk gezegd ben ik blij dat je er bent. Ik heb een gast. Ze stond midden in de nacht bij me voor de deur, en we moeten stil zijn...' Terwijl ze hem voorging naar de woonkamer, begon ze zachter te praten. '... want ze ligt nog te slapen.'

'Cheska?' vroeg hij opgelucht.

'Hoe wist je dat?'

'Zomaar. Of liever gezegd, Ava dacht al dat ze misschien naar jou toe zou komen. Hoe kwam ze op jou over?'

'Om heel eerlijk te zijn, zou ik het niet weten.' Ze deed de deur van de woonkamer achter hen dicht. 'Toen ze hier aankwam, was ze nogal van slag en zei dat ze naar huis wilde.'

'En nu slaapt ze nog, zei je?'

'Ja. Ze heeft zich niet meer verroerd sinds ze vannacht naast me in slaap viel. Ze moet wel heel moe zijn, dat arme ding.'

'Heeft ze verder niks tegen je gezegd?'

'Waarover?'

'Hoe ze zich voelde? Waardoor ze zo van streek is geraakt?'

'Niet echt, nee. Jeetje, David. Dit lijkt wel een kruisverhoor.' Ze grinnikte nerveus. 'Is alles in orde?'

'Ja, prima.'

'Nou, het is heel fijn om je te zien. Hoe was je vakantie?'

'Het was... ongelofelijk, fantastisch. Maar daar gaat het nu niet om. Greta, denk je dat Cheska jou vertrouwt?'

'Kennelijk wel, anders was ze vannacht niet naar me toe gekomen. Ik ben haar moeder, dat heb je zelf gezegd,' zei ze een beetje bezitterig.

'Kun je je haar herinneren?'

'Jammer genoeg niet. Maar ze lijkt me best aardig. Mocht het nodig zijn, dan vind ik het geen enkel probleem als ze hier nog een poosje blijft. Ik vond het best fijn om vannacht voor haar te zorgen. Daardoor voelde ik me nuttig.'

'Moet je horen, ik wil dat je haar iets vraagt wanneer ze wakker wordt.'

'O? Wat dan?'

Hij dacht even na hoe hij dit moest verwoorden. 'Het lijkt erop dat ze mijn moeder uit een verpleeghuis heeft gehaald en ergens anders heeft ondergebracht. Daardoor weten we niet waar ze is.'

'Waarom vraag je het haar niet gewoon?'

'Dat zou ik kunnen doen. Maar als ze jou vertrouwt, denk ik dat ze het eerder tegen jou zal zeggen.'

Ze trok een bedenkelijk gezicht. 'Wat is er aan de hand, David?'

'Het is ingewikkeld. Ik leg het een andere keer wel uit, beloofd. Maar op dit moment vrees ik dat Cheska bang wordt als ze mij ziet, en ervandoor gaat.'

'Je doet net alsof ze een klein kind is, in plaats van een vrouw van... Hoe oud is ze nu precies?' Ze maakte in gedachten een rekensommetje. 'Vierendertig? Ze zit toch niet in de problemen, hè?'

'Niet echt, nee. Al gaat het tussen ons gezegd op dit moment niet zo goed met haar.'

'Wat scheelt er dan aan?'

'Je zou kunnen zeggen dat ze een beetje in de war is,' zei hij tactvol. 'Volgens mij heeft ze een zenuwinzinking, of iets dergelijks.'

'O, op die manier. Arme meid. Ze zei wel dat ze het gevoel had dat er niemand van haar hield, dat ze helemaal alleen was.'

'Ik ga er natuurlijk voor zorgen dat ze de hulp krijgt die ze nodig heeft. Maar zou je haar eerst misschien een kopje thee kunnen brengen en kunnen vragen of ze nog weet naar welk verpleeghuis ze mijn moeder heeft laten brengen?'

'Natuurlijk. Dat zal ze toch geen bedreigende vraag vinden?'

'Nee hoor,' stelde hij haar gerust.

'Zal ik haar nu wakker maken?'

'Ja, het is tenslotte al bijna middag.'

'Oké.'

'O, Greta, zeg maar niet dat ik er ben.'

Toen ze naar de keuken liep om thee te zetten, sloop hij naar de voordeur, draaide de sleutel om en stopte die in zijn zak. Als Cheska probeerde te vluchten, kon ze geen kant op. Hij vroeg zich af of het beter zou zijn om Greta de waarheid te vertellen. Maar aangezien ze zich niets kon herinneren over Cheska, wist hij niet hoe ze zou omgaan met wat er van haar dochter was geworden en met de rol die zij daarin had gespeeld.

David hoorde haar zacht op de deur van de slaapkamer kloppen en naar binnen gaan. Gespannen wachtte hij af tot ze terugkwam. Tien minuten later was het zover.

'Hoe gaat het met haar?' Hij draaide zich bij het raam naar haar toe. De afgelopen minuten had hij als een gekooid dier door de woonkamer geijsbeerd.

'Ze is een beetje huilerig.'

'Heb je gevraagd waar LJ is?'

'Ja. Ze zei dat ze heus wel weet waar ze is,' zei ze een tikje afwerend. 'Volgens haar heeft ze haar naar een goed verpleeghuis gebracht, The Laurels, vlak buiten Abergavenny. Maar ze zei ook dat LJ en jij de laatste tijd niet zo aardig voor haar zijn geweest.'

'Dank je, Greta,' zei hij opgelucht. 'Wat is ze nu aan het doen?'

'Ik heb voorgesteld dat ze uit bed komt en in bad gaat.' Ze kneep haar ogen tot spleetjes. 'Wat is er aan de hand?'

'Niets. Cheska heeft gewoon hulp nodig, dat is alles. Ze is een beetje... neerslachtig.'

'Dat klinkt me bekend in de oren. Ze heeft me gevraagd of ze nog een tijdje mag blijven, en ik heb ja gezegd. Zo wil ik het graag, David.

Het is fijn om wat gezelschap om me heen te hebben. Trouwens, ze is mijn dochter.'

'Greta, vertrouw me alsjeblieft. Cheska kan niet bij je blijven. Ik moet haar nu meenemen, zodat ze de hulp kan krijgen die ze nodig heeft.'

'Ik ga nergens naartoe.'

Toen ze opkeken, bleek Cheska in een geleende broek en blouse van haar moeder in de deuropening te staan.

'Hallo, Cheska. Je moeder zei dat je vannacht goed geslapen hebt.'

'Dat klopt, ik voel me al een stuk beter. Ik blijf hier bij mama, oom David. Je kunt me niet dwingen om weg te gaan.'

'Schat, luister eens naar me. We willen alleen maar het beste voor jou. Laat me je dan tenminste meenemen naar een dokter, alsjeblieft.'

'Geen dokters!' krijste ze, waardoor Greta zich een hoedje schrok. 'Je kunt me niet dwingen! Je bent mijn vader niet!'

'Nee, daar heb je gelijk in. Maar als je niet meegaat, zal ik toch echt tegen de politie moeten zeggen dat jij die brand op Marchmont hebt gesticht. Zo is het toch, Cheska?'

'Wat? Hoe kun je dat nu zeggen?'

Hij probeerde een andere benadering. 'Lieve schat, als ik verwachtte dat ik een huis en een geldbedrag zou erven omdat ik het enige nog levende kind van de vorige eigenaar was, zou ik misschien ook wel boos worden als de waarheid anders bleek te liggen. Misschien zelfs wel zó boos dat ik in mijn woede gekke dingen zou doen.'

Argwanend keek ze hem aan. 'Echt waar?'

'Ik snap dat je overstuur was omdat je vond dat je erfenis van je was afgepakt. Had het maar met mij besproken, dan had ik Marchmont zo aan je gegeven. Dat meen ik.'

Ze keek hem aan en leek een beetje gedesoriënteerd. Na een korte aarzeling knikte ze, alsof ze opgelucht was. 'Ja, ik was van streek, want die erfenis was voor mij bedoeld. Ik was het beu om steeds maar buitengesloten te worden. Dat was gewoon niet eerlijk. Maar dat was niet het enige...'

'Wat was er dan nog meer?'

'Het kwam door… de stemmen, oom David. Daar heb ik in LA ook al over verteld. Ze hielden maar niet op en ik moest ze het zwijgen opleggen. Dus leek dit me het beste. Ga je het aan de politie vertellen? Niet doen, alsjeblieft. Straks moet ik nog naar de gevangenis.'

Hij zag de doodsangst in haar ogen. 'Dat zal ik niet doen, dat beloof ik, maar dan moet je nu wel rustig met me meegaan.'

'Ik weet het niet, ik…'

Langzaam liep hij naar haar toe. 'Kom maar met me mee, schat, dan gaan we proberen je beter te maken.' Hij stak zijn hand naar haar uit.

Ze wilde hem bijna aanpakken, maar slaakte opeens weer een kreet. 'Nee! Ik heb je al vaker vertrouwd, oom David, en je vertelt altijd alles door! Straks stop je me weer in het gekkenhuis en laten ze me nooit meer vrij.'

'Dat zou ik je nooit aandoen, dat weet je zelf ook wel. Ik wil alleen dat je hulp krijgt. Ik beloof dat ik je zal beschermen.'

'Leugenaar! Denk je soms dat ik niet weet wat je doet als ik je hand aanneem? Ik vertrouw je niet! Ik vertrouw niemand!' Ze draaide zich naar Greta toe. 'Mama, mag ik alsjeblieft bij jou blijven?'

Greta keek naar David, geschokt door wat ze net had gehoord en gezien. 'Misschien is het beter als je met oom David meegaat, liefje.'

'Verrader!' schreeuwde Cheska, en ze spuugde naar haar moeder. 'Jullie kunnen me niet dwingen! Ik ga niet mee!' Ze spurtte de kamer uit en de hal door, naar de voordeur.

Greta wilde achter haar aan gaan, maar David hield haar tegen. 'Ik heb de deur op slot gedaan, dus ze kan er niet uit. Het is beter als jij hier blijft en haar aan mij overlaat.'

Ze hoorden Cheska wanhopig aan de voordeur morrelen. Toen ze hem niet openkreeg, begon ze er aan één stuk door op te bonken.

'Het spijt me, Greta. Zou je misschien een ambulance kunnen bellen? Volgens mij kunnen we wel wat hulp gebruiken.' David liep de woonkamer uit en sloot haar er met behulp van de sleutel in op.

'Cheska,' smeekte hij toen hij op haar afliep, 'probeer alsjeblieft te kalmeren. Begrijp je dan niet dat ik wil dat je beter wordt?'

‘Dat wil je helemaal niet! Jullie hebben altijd al een hekel aan me gehad, jullie allemaal! Je kunt me niet dwingen! Laat me eruit, nu!’

‘Kom op, schat. Hier heeft niemand wat aan. Je arme moeder al helemaal niet.’

‘Mijn moeder! Waar is zij de afgelopen jaren dan geweest?’

‘Dat weet je toch nog wel, Cheska? Ze is jaren geleden zwaargewond geraakt omdat ze werd aangereden buiten het Savoy. Net als Ava, gisteravond. Al vind je het misschien fijn om te horen dat het goed met haar gaat. Kun je nu ophouden met op de deur bonken, voordat de buren de politie bellen?’

Toen ze dat hoorde, draaide ze zich om, vluchtte de badkamer in en deed de deur op slot. ‘Ik blijf hier! Je krijgt me niet te pakken! Dat lukt niemand!’

‘Goed, liefje, blijf daar maar, dan wacht ik hier buiten op je.’

‘Ga weg! Laat me met rust!’

‘David?’ riep Greta vanuit de woonkamer. ‘Waarom heb je me opgesloten? Wat is er in vredesnaam aan de hand?’

‘Greta, heb je al gebeld?’ vroeg hij toen het hysterische gesnik vanuit de badkamer steeds harder werd.

‘Ja, ze kunnen er elk moment zijn, maar...’

‘Voor je eigen veiligheid is het beter als je daar blijft, Greta. Vertrouw me maar.’

Vijf minuten later arriveerde de ambulance. Nadat David de situatie in het kort aan de broeders had uitgelegd, knikten ze rustig, alsof ze elke dag met dit soort situaties te maken kregen. Waarschijnlijk was dat ook zo, bedacht hij.

‘Laat haar maar aan ons over,’ zei een van de broeders. ‘Steve, haal jij beneden even een dwangbuis, voor het geval dat?’

‘Ik betwijfel of ze uit vrije wil de badkamer uit zal komen,’ verzuchtte David.

‘Dat merken we vanzelf. Gaat u maar bij haar moeder in de kamer hiernaast zitten, meneer.’

David deed de deur van de woonkamer van het slot en ging naar Greta toe, die bleek en bibberend op de bank zat. Hij ging naast haar zitten en omhelsde haar. 'Het spijt me zo, Greta. Ik weet dat het moeilijk te begrijpen is, maar dit is echt het beste voor Cheska.'

'Is ze krankzinnig? Zo klonk het wel.'

'Ik zou eerder zeggen dat ze… getroebleerd is. Maar na verloop van tijd en met de juiste hulp zal het vast wel beter met haar gaan.'

'Is ze altijd al zo geweest? Is dit mijn schuld?'

'Het is niemands schuld. Volgens mij heeft Cheska altijd problemen gehad. Je moet jezelf niets verwijten. Sommige mensen worden gewoon zo geboren.'

'Vanmorgen toen ik wakker werd, was ik zo gelukkig,' fluisterde ze. 'Het was fijn om iemand om me heen te hebben. Ik voel me hier zo eenzaam, in mijn eentje.'

'Dat weet ik. Maar nu ben ik er weer. Dat is tenminste iets, toch?'

Ze keek op en glimlachte flauwtjes. 'Ja, dat is tenminste iets.'

Nadat de ambulancebroeders Cheska op alle mogelijke manieren uit de badkamer hadden geprobeerd te lokken, zat er niets anders op dan de deur in te beuken. Greta en David krompen in elkaar toen ze haar hoorden krijsen omdat ze haar in de dwangbuis stopten.

Er werd even op de deur van de woonkamer geklopt en een van de broeders stak zijn hoofd naar binnen. 'We gaan ervandoor, meneer. Het lijkt me beter als u niet met haar meerijdt in de ambulance. We hebben haar een kalmerend middel gegeven en brengen haar nu naar de psychiatrische afdeling van het Maudsley Hospital in Southwark, waar ze nader zal worden onderzocht. Misschien kunt u of haar moeder daar later vandaag naartoe bellen.'

'Natuurlijk. Zal ik haar nog gedag komen zeggen?'

'Dat zou ik niet doen, meneer. Ze ziet er niet goed uit.'

Een half uur later ging David bij Greta weg, met de belofte haar te bellen als hij nieuws had. Eenmaal in het Savoy legde hij aan de receptioniste uit dat Cheska was weggeroepen vanwege een noodgeval en niet meer terug zou komen. Hij zei dat hij vannacht in de suite zou logeren en haar spullen zou inpakken.

Boven belde hij inlichtingen en kwam erachter dat er in een straal van vijftien kilometer rondom Abergavenny vier verpleeghuizen waren die The Laurels heetten. Nadat hij alle nummers had genoteerd, begon hij te bellen. Pas bij het laatste nummer had hij beet.

'Goedemiddag,' zei hij tegen de vrouw die opnam. 'Ik vroeg me af of u daar een bewoner hebt die Laura-Jane Marchmont heet.'

'Met wie spreek ik?' vroeg de vrouw bot.

'Met haar zoon. Is ze daar?'

'Ja, ze is vorige week binnengebracht.'

'Hoe gaat het met haar?'

'Prima. Niet erg spraakzaam, maar dat wist u al.'

Hij kromp ineen door haar gebrek aan tact. 'Ik kom bij haar op bezoek. Kunt u me het adres geven?'

'Hoe moet ik nu weten of u echt bent wie u zegt? Ze is hier door een vrouwelijk familielid heen gebracht. U kunt wel een wildvreemde zijn.'

'Ik zei toch dat ik haar zoon ben?' Het kostte hem moeite haar geen uitbrander te geven. 'Er zal toch wel vaker familie op bezoek komen bij de bewoners?' Op dat moment besefte hij dat hij in het luchtledige praatte. De vrouw had al opgehangen.

Hij belde Mary om te zeggen dat ze het adres in het telefoonboek moest opzoeken en er zo snel mogelijk naartoe moest gaan.

Op haar beurt vertelde ze dat Simon Ava na zijn voorstelling van die avond naar Marchmont zou brengen en dat ze bij haar zouden komen logeren. 'Ik zal het adres opzoeken, dan kunnen Simon en Ava er morgen meteen naartoe,' beloofde ze. 'Waar is Cheska nu?'

'In het ziekenhuis. Ze had haar toevlucht bij Greta gezocht en is met geweld afgevoerd in de ambulance. Het was... verschrikkelijk.'

'Rustig maar, meneer David. In het ziekenhuis is ze nu het beste af. Kom jij binnenkort ook deze kant op? Die politie-inspecteur belde gisteren. Ik heb tegen hem gezegd dat je terug bent en hij wil je graag spreken. Volgens mij willen ze Cheska nog een keer ondervragen. Zij heeft die brand zeker gesticht?'

'Ja, dat denk ik wel.'

'God vergeef me, want ik hou van haar, maar ik hoop echt dat ze haar nog een hele tijd in dat ziekenhuis houden. Die arme Ava had geen idee hoe slecht haar moeder eraan toe was.'

'Dat weet ik. Deze keer ga ik ervoor zorgen dat ze nooit meer iemand kwaad kan doen. Doe Ava de groeten als je haar ziet en zeg maar dat ik morgen ook kom. Laten we maar bidden dat mijn moeder nog onder de levenden is. Te oordelen naar de vrouw die ik net aan de lijn had, is daar iets niet in de haak. Bedankt voor alles, Mary. Dat meen ik.'

'Je hoeft me niet te bedanken, David. O, dat was ik nog bijna vergeten te zeggen. Tor heeft me vanavond gebeld. Ze zit in Peking en landt morgenochtend om acht uur op Heathrow.'

'Dan haal ik haar op en rijden we samen naar Marchmont. We kunnen in Lark Cottage logeren.'

'Ik zal de verwarming alvast aanzetten. Tot morgen, meneer David. Pas goed op jezelf, hè?'

Hij hing op en liep naar een stoel. Toen hij eenmaal zat, legde hij zijn hoofd in zijn handen en barstte in snikken uit.

Simon bracht de auto tot stilstand voor een vervallen rijtjeshuis aan een smal straatje in een armoedige buitenwijk van Abergavenny.

'Weet je zeker dat het hier is? Cheska zou haar toch niet op zo'n plek achterlaten?' zei Ava en ze beet op haar lip.

'Heel zeker.' Boven de versnellingspook pakte hij haar hand beet. 'Kom, dan gaan we haar halen.'

Aan weerskanten van de voordeur zag Ava rottend vuilnis liggen. Simon drukte op de bel, maar die deed het niet, dus klopte hij hard op de deur.

Er werd opengedaan door een dikke vrouw van middelbare leeftijd in een vuile overall. 'Ja?'

'We komen voor de oudtante van mijn vriendin, Laura-Jane Marchmont.'

'Ik had jullie niet verwacht, het is hier een zwijnenstal. Mijn schoonmaakster heeft pas de benen genomen. Kunnen jullie morgen terugkomen?'

'Nee, we willen haar nu zien.'

'Dat zal helaas niet gaan.' Ze sloeg haar armen over elkaar. 'Ga weg.'

'Goed, dan bel ik de politie wel, want Laura-Jane Marchmont staat officieel te boek als vermist. Aan u de keuze,' zei hij dreigend.

Ava keek dankbaar naar hem op en was als een kind zo blij dat hij erbij was.

De vrouw haalde haar schouders op en liet hen binnen.

Ze liepen achter haar aan door de smalle gang, waar een misselijkmakende geur van urine en gekookte kool hing.

'Dat is de gemeenschappelijke woonkamer,' vertelde de vrouw, terwijl ze langs een klein vertrek vol aftandse stoelen rondom een oude zwart-wittelevisie liepen. Er zaten vier bejaarde patiënten te slapen bij een aflevering van *Tom and Jerry*.

Ava's blik schoot langs de gezichten en ze schudde haar hoofd. 'Ze is hier niet.'

'Nee, ze ligt boven in bed.'

Simon en Ava sjokten achter haar aan de trap op.

'Hier is het.' Ze ging hen voor, een zwakverlichte kamer in. Er stonden vier bedden in gepropt en Simon en Ava gingen bijna over hun nek van de geur van ongewassen lichamen. 'Je tante ligt daar.'

Ava kreeg een brok in haar keel toen ze LJ roerloos in bed zag liggen, met een grauwe huid en ongekamde haren. 'O, LJ, wat hebben ze met je gedaan? Ik ben het, Ava.'

De ogen van haar oudtante gingen open, en Ava zag dat er een nietsziende, treurige blik in lag.

'Ken je me nog? Zeg alsjeblieft van wel.' De tranen stroomden over haar gezicht toen ze zag dat LJ haar lippen probeerde te bewegen. Haar hand kwam onder de dekens vandaan, en ze reikte naar haar.

'Wat zegt ze?' wilde Simon weten.

Ava leunde dichter naar haar toe en bestudeerde LJ's lippen.

'Ze zegt "huis", Simon. Ze zegt dat ze naar huis wil.'

DECEMBER 1985
MARCHMONT HALL,
MONMOUTHSHIRE

55

David en Greta bleven een tijdje zwijgend zitten, ieder verzonken in hun eigen gedachten. 'Dat was het zo'n beetje,' verzuchtte David, en hij dronk zijn whisky op. 'Heb ik je weleens verteld dat Ava een klacht heeft ingediend bij de autoriteiten tegen die akelige plek waar Cheska mijn arme moeder had gedumpt? Kort daarna werd het tehuis gesloten en werd de eigenaresse in staat van beschuldiging gesteld.'

'Volgens mij niet, nee. Het verbaast me niets dat het een tijdje heeft geduurd voordat die arme LJ er weer bovenop was,' zei ze. 'Maar ook al had Cheska het wel verdiend, ik ben toch blij dat de politie geen rechtszaak tegen haar heeft aangespannen toen bleek dat zij de brand had gesticht. Ik denk dat ze daar echt aan onderdoor zou zijn gegaan.'

'Het was wel hun bedoeling om een rechtszaak aan te spannen, Greta. Dat hadden ze mijn moeder, als de wettige eigenaresse van Marchmont, ook aangeraden. De inspecteur kwam erachter dat Cheska had gelogen over de tijd waarop ze in het Savoy was gearriveerd. Bij de receptie kreeg hij te horen dat ze pas na vier uur 's nachts had ingecheckt. Daarna vertelde Mary hem dat Cheska had gezegd dat ze maar een paar dagen vrij moest nemen terwijl zij er niet was. Dat was op zichzelf al verdacht.'

'Ik begrijp het. Hoe heb je dan kunnen voorkomen dat de politie vervolgstappen ondernam?'

'Dat kwam vooral door ma. Het zou een publicitaire nachtmerrie zijn geworden en ze maakte zich zorgen om Ava, want die had al genoeg moeten doorstaan. Wat voor de politie de doorslag gaf, was dat Cheska op een psychiatrische afdeling verbleef en niet in staat was om terecht te staan. Daardoor liepen we natuurlijk wel het verzekeringsgeld mis, maar dat was voor ons van ondergeschikt belang.'

'David...' zei ze aarzelend. Ze wist dat ze de verdenkingen moest uitspreken die al door haar hoofd spookten sinds hij haar over Ava's ongeluk bij het Savoy had verteld. 'Denk je dat Cheska mij die avond een duw heeft gegeven?'

'Ik...' zuchtte hij, twijfelend over wat hij nu moest zeggen. Uiteindelijk ging hij voor de waarheid. Daar had ze hem immers om gevraagd. 'Achteraf bezien denk ik dat dat heel goed mogelijk is, ja. Zeker gezien wat er met Ava is gebeurd, zou het wel heel toevallig zijn als Cheska er niets mee te maken had. Maar natuurlijk zullen we het nooit kunnen bewijzen. Het spijt me heel erg, Greta. Het is vast vreselijk voor je om zelfs maar aan die mogelijkheid te denken.'

'Het is inderdaad moeilijk te geloven, maar ik zal me erbij neer moeten leggen dat Cheska echt een zieke geest had. Jeetje, David...' Ze drukte haar vingers tegen haar slapen. 'Je moest eens weten hoe schuldig ik me voel nu ik weet dat dit allemaal speelde en dat jij er nooit iets tegen mij over gezegd hebt. Ik heb al die jaren in mijn eigen wereldje geleefd, en jij moest maar doen alsof Cheska gewoon een zenuwinzinking had gehad en had besloten haar carrière aan de wilgen te hangen en een rustig leventje in Zwitserland te gaan leiden.' Ze keek hem aan. 'Is dat wel waar?'

'Min of meer. Al mag ze daar helaas niet weg wanneer ze wil. Ze zit op een kleine, gesloten psychiatrische afdeling in een sanatorium in de buurt van Genève. Ik moest haar wel laten opnemen, voor haar eigen bestwil en die van iedereen.'

'Vind je... Vind je dat ik schuld heb aan haar... problemen? Ik had haar nooit zo moeten pushen toen ze klein was, dat weet ik. Nu ik me alles weer herinner, ben ik bang dat ik een monster heb gecreëerd!'

'Als je het echt wilt weten, denk ik niet dat die eigenaardige kindertijd erg bevorderlijk voor haar was, gezien haar geestelijke problemen. Maar vergeet niet dat er altijd al iets mis met haar is geweest. Cheska heeft onder meer last van waanideeën en paranoia. Als kindsterretje leefde ze in een droomwereld, maar jij kon ook niet weten dat ze moeite had om fantasie en werkelijkheid uit elkaar te houden. Kijk maar naar Shirley Temple. Die was ook al op heel jonge leeftijd beroemd, maar heeft later succesvolle relaties gehad en veel goed werk gedaan als diplomaat. Dus nee, je moet het jezelf echt niet kwalijk nemen. Op dat moment dacht je dat je er goed aan deed.'

'Ik heb haar in de steek gelaten, David. Ik had moeten zien wat het met haar deed. Als ik heel eerlijk ben, heeft zij de dromen waargemaakt die ik zelf ooit had.'

'We hebben haar allemaal in de steek gelaten, op de een of andere manier,' zei hij zacht. 'Omdat ze zo mooi en beroemd was, waren de mensen om haar heen blind voor wat er met haar aan de hand was. Ze was een briljante actrice, ook in haar privéleven. En ze was heel geraffineerd. Ze kon elke situatie naar haar hand zetten en ons van alles wijsmaken. Zelf ben ik er in elk geval maar al te vaak in getrapt. De enige die zich niet echt voor de gek liet houden, was mijn lieve ouwe moedertje. God, wat mis ik haar.'

'Dat geloof ik graag. Ze was een geweldige vrouw. Ik zou willen dat ik haar voor haar dood nog had kunnen bedanken voor alles wat ze voor Cheska, Ava en mij heeft gedaan.'

'Volgens mij was ze er klaar voor om te gaan,' zei hij. 'Op het laatst zijn er tenminste geen ziekenhuizen aan te pas gekomen. Als het mijn tijd is om te gaan, hoop ik dat ik net als ma in mijn slaap wegglijd.'

'Houd maar op.' Ze huiverde. 'Ik moet er niet aan denken dat jij er niet meer zou zijn. Maar gelukkig wordt Marchmont nieuw leven ingeblazen. De volgende generatie.'

'Ja, daar ben ik ook blij om.'

'Wat een chaos heeft Cheska aangericht,' zei ze hoofdschuddend. 'En we zijn niet eens je bloedverwanten. Je leven had heel anders kunnen verlopen als je destijds geen medelijden met me had gehad en me naar Marchmont had gestuurd.'

'Maar dan was het ook heel saai geweest! Ik heb er nog geen seconde spijt van.' Hij gaf een kneepje in haar hand.

Op dat moment kwam Tor binnen. 'Hoe gaat het met je, Greta?'

'Nogal van mijn stuk gebracht, om eerlijk te zijn. Er is heel veel wat ik me liever niet zou herinneren.'

'Daar kan ik inkomen. Willen jullie nog een kopje thee of warme chocolademelk voor het slapengaan?'

'Nee, bedankt, schat,' zei David.

'Nou, ik ga maar eens naar boven. Het zal wel door al die frisse lucht komen, maar ik ben helemaal uitgeteld.'

'Ik kom ook zo.'

'Oké.' Ze wenste hun allebei welterusten en liep de kamer uit.

'Ik ben blij dat je eindelijk gelukkig bent,' zei Greta. Het lukte haar om een glimlachje te produceren.

'Ja, Tor is echt een rots in de branding. Hoe zit het met jou, Greta? Ik hoop dat je de verloren tijd nog kunt inhalen, nu je er weer helemaal bij bent.'

'Ik heb al zo veel jaren verspild, maar het zal nog wel even duren voordat ik verwerkt heb wat er de afgelopen dagen allemaal is gebeurd,' gaf ze toe. 'Het is net alsof de sluizen nu opengezet zijn, en ik slaap erg slecht. Er komen steeds herinneringen in me op, als een film die ik lang geleden gezien heb.'

'Het is heel traumatisch voor je geweest en ik vind dat je er tot nu toe heel knap mee omgaat. Maar het lijkt me wel verstandig dat je naar je arts gaat als je weer in Londen bent. Je kunt misschien wel wat hulp gebruiken, al is het maar een tijdje.' Hij stond op en gaf haar een nachtzoen. 'Goed, ik ga maar eens naar bed. Jij?'

'Ik denk dat ik nog even blijf zitten, maar ga jij maar gerust. Slaap lekker, en nogmaals bedankt voor alles wat je voor mij en mijn lastige familie gedaan hebt.'

Toen hij weg was, staarde Greta door het raam naar de duisternis. Nu David over Londen en het einde van de vakantie hier was begonnen, was ze opeens doodsbang. Zelfs nu ze haar herinneringen terug had, was het een deprimerende gedachte om terug te moeten naar haar lege bestaan. Ze zou met het schuldgevoel moeten leren leven, om nog maar te zwijgen van het feit dat haar eigen dochter vrijwel zeker had geprobeerd haar te vermoorden, waardoor ze de afgelopen vierentwintig jaar als een leeg, nutteloos omhulsel door het leven was gegaan. Maar ze vond het vooral vreselijk dat ze daar thuis mee in het reine moest zien te komen, voor de zoveelste keer in haar eentje.

'Kom op, Greta. Het is je al vaker gelukt, dus dat lukt nu ook wel weer,' sprak ze zichzelf toe. In een poging positief te blijven bedacht ze dat de wereld misschien niet meer zo angstaanjagend zou lijken en ze zich misschien wat meer op haar plaats zou voelen nu ze zich alles weer herinnerde. Het zou kunnen dat David gelijk had, dat dit het begin van een nieuw leven was. Ze glimlachte bij de gedachte aan hem, aan het verleden dat ze deelden en dat ze net weer had teruggevonden. Hij had van haar gehouden... maar nu was het te laat.

Ze stond op en deed het licht uit. Dit was niet het moment om egoïstisch te zijn. David was gelukkig met Tor, en als iemand het verdiende om gelukkig te zijn, was hij het wel.

'Telefoon voor je, meneer David,' zei Mary de volgende ochtend toen ze haar hoofd door de deuropening van de salon stak. David zat bij de haard *The Telegraph* te lezen. 'Iemand uit Zwitserland.'

Terwijl hij naar de bibliotheek liep om de telefoon aan te nemen, keerde zijn maag zich om. De avond voordat hij op Marchmont was aangekomen, had hij nog naar het sanatorium gebeld om te vragen hoe het met Cheska was en om een kerstwens aan haar over te brengen. Hij had te horen gekregen dat ze last had van bronchitis, zoals wel vaker de afgelopen jaren, maar dat ze rustig was en antibiotica kreeg.

Sinds hij haar vijf jaar geleden had vergezeld tijdens de vlucht naar Zwitserland, was hij een paar keer bij haar op bezoek geweest. Het had hem beter geleken dat ze het land uitging en in de luwte verdween, want anders was de pers er zeker bovenop gedoken als uitkwam dat ze was opgenomen. De instelling kostte een fortuin, het was namelijk eerder een luxehotel dan een ziekenhuis, maar nu wist hij tenminste dat ze goed verzorgd werd.

Hij nam de telefoon op. 'Met David Marchmont.'

'Dag, monsieur Marchmont, u spreekt met dokter Fournier. Het spijt me dat ik u lastigval, zo rond de feestdagen, maar ik moet u helaas mededelen dat uw nichtje vannacht is opgenomen op de intensive care in Genève. Haar klachten zijn verergerd en uitgelopen op een longontsteking. Ik denk dat u beter hierheen kunt komen.'

'Loopt ze gevaar?'

De dokter aarzelde even. 'Ik denk dat u beter kunt komen,' herhaalde hij. 'Zo snel mogelijk.'

David sloeg zijn ogen ten hemel en stak in gedachten een tirade af. Meteen voelde hij zich schuldig omdat hij zich druk maakte over zijn plannen met Tor die nu in de soep liepen, terwijl Cheska er duidelijk slecht aan toe was. 'Natuurlijk. Ik stap zo snel mogelijk op het vliegtuig.'

'Het spijt me, monsieur. U weet dat ik het niet zou zeggen als...'

'Ik begrijp het.'

David noteerde de gegevens van het ziekenhuis waar Cheska was opgenomen, belde de plaatselijke reisagent en vroeg haar de eerste de beste vlucht voor hem te boeken. Terwijl hij de trap op liep om zijn tas te pakken, ertegen opziend om het aan Tor te vertellen, kwam Greta net naar beneden.

'Goedemorgen,' zei ze.

'Goedemorgen.'

Ze keek hem aan. 'Gaat het wel goed met je?'

'Nee, Greta. Het spijt me dat ik alweer slecht nieuws voor je heb, maar het gaat om Cheska. Ze is met een longontsteking opgenomen op de intensive care in Genève. Ik heb net de reisagent gebeld en ga er met de eerste de beste vlucht naartoe. Ik ga nu mijn spullen pakken.'

'Wacht even. Bedoel je dat Cheska ernstig ziek is?'

'Voor zover ik van de dokter begreep wel, ja. Eerlijk gezegd snap ik er niets van. Toen ik een paar dagen geleden belde, zeiden ze dat ze een beetje last had van bronchitis. Kennelijk is ze sindsdien hard achteruitgegaan.'

Ze staarde hem aan en knikte. 'Dat komt helaas wel vaker voor. Zo is het ook met haar tweelingbroertje Jonny gegaan, weet je nog?'

'Ja. Laten we er maar het beste van hopen.'

‘Ik ga wel.’

‘Wat?’

‘Ik ga wel. Per slot van rekening is ze mijn dochter. Ik vind dat je al genoeg voor haar hebt gedaan. En voor mij.’

‘Maar je hebt het de afgelopen dagen al enorm voor je kiezen gehad, Greta. Om nog maar te zwijgen van het feit dat je de afgelopen vierentwintig jaar amper je appartement uit bent geweest…’

‘Doe nu niet alsof ik een klein kind ben! Ik ben een volwassen vrouw. En ik wil er juist vanwege de afgelopen dagen naartoe. Jij hebt plannen met Tor, ik heb toch niets omhanden. Trouwens, ik wil het graag. Ondanks alles hou ik van Cheska…’ Haar stem brak, maar ze kreeg zichzelf weer in de hand. ‘Ik wil er gewoon voor haar zijn, oké?’

‘Als je dat echt wilt, bel ik de reisagent terug en laat ik het ticket op jouw naam zetten. Maar dan moet je nu wel je spullen gaan pakken.’

‘Ga ik doen.’

Een uur later was Greta klaar voor vertrek en liep ze door de gang om op de deur van Ava’s slaapkamer te kloppen.

Ava lag op haar bed een boek te lezen. ‘Hallo,’ zei ze. ‘Ik moest van Simon in bed blijven. Afgelopen nacht heb ik amper een oog dichtgedaan. Het lijkt wel of die kleine meer dan twee armen en twee benen heeft. Ik zal blij zijn als de bevalling achter de rug is.’

Greta wist nog hoe ellendig zij zich tijdens de laatste weken van haar zwangerschap had gevoeld, en opeens kwam er iets bij haar op. ‘Ava, je hebt wel een erg dikke buik, zelfs voor iemand die vierendertig weken zwanger is. Je krijgt toch zeker geen tweeling?’

‘Niet dat ik weet, maar eerlijk gezegd heb ik na de twaalf weken geen echo meer gehad en heb ik mijn laatste afspraken gemist. Niet tegen Simon zeggen, hoor, anders doet hij me wat. Ik had het gewoon te druk in de praktijk om naar Monmouth te gaan.’

‘Laat je toch maar eens onderzoeken, schat. Dat is heel belangrijk. Je kindje moet nu op de eerste plaats komen.’

‘Dat weet ik,’ verzuchtte ze. ‘Het punt is dat we nog helemaal niet van plan waren om een gezin te stichten. We zijn allebei nog zo druk met onze carrière.'

'Daar weet ik alles van. Toen ik er op mijn achttiende achter kwam dat ik zwanger was, vond ik dat vreselijk.'

'Echt? Nou, dan kan ik je een geheimpje verklappen, want ik vond het ook vreselijk! Maar dat vond ik zo egoïstisch van mezelf dat ik het maar tegen niemand heb gezegd. Bedankt, oma, ik voel me al een stuk beter nu je dit tegen me gezegd hebt. Hield je wel van je kindjes toen ze er eenmaal waren?'

'Ik was dol op ze.' Ze glimlachte bij de prachtige herinnering die er in haar opkwam. 'Achteraf bezien waren die eerste jaren de gelukkigste van mijn leven. Enfin, ik weet niet of je het al gehoord had, maar ik vlieg vanavond naar Genève. Je moeder is ziek.'

Ava's gezicht betrok. 'Nee, dat wist ik niet. Is het ernstig?'

'Dat weet ik pas als ik er ben, maar ik denk niet dat de dokter een van ons erbij had geroepen als ze er niet slecht aan toe was.'

'Dat denk ik ook niet, nee. Ik weet eigenlijk niet hoe ik me zal voelen, mocht ze...'

'Dat geloof ik graag, na alles wat ze je heeft aangedaan. Nu ik me alles weer herinner, wil ik dat je weet hoe erg ik het vind wat er met jou is gebeurd. En dat ik er niet voor je ben geweest, als grootmoeder.'

'Daar kon jij ook niks aan doen, oma. Dat is de schuld van Cheska, omdat ze je bijna had vermoord. Sinds die tijd heb je een rotleven gehad. Ik kan me niet eens indenken hoe het moet zijn als je je niets meer herinnert.'

'Vreselijk,' gaf Greta toe. 'Hoe dan ook, voordat ik wegga, wilde ik nog even zeggen dat ik je graag wil helpen waar ik maar kan, als de baby er eenmaal is. Je hoeft me maar te bellen, dan kom ik.'

'Bedankt, dat is heel lief.'

'Zo, nu moet ik ervandoor. Zorg goed voor jezelf en je kindje, hè?' Ze leunde voorover om haar kleindochter een kus te geven.

'Jij ook. Wens Cheska maar het beste van me,' zei Ava voordat Greta de kamer verliet.

'Goed, dan ga ik maar.' Greta stond bij de voordeur, op het punt om in de taxi naar Heathrow te stappen. Ze gaf David, Tor, Simon en Mary een afscheidsknuffel en bedankte hen allemaal omdat ze haar hadden uitgenodigd. 'Ik bel zodra ik er ben.'

David droeg haar tas naar de auto en pakte haar hand beet toen ze het portier aan de passagierskant opentrok. 'Weet je zeker dat je niet wilt dat ik meega?'

'Heel zeker.' Ze gaf hem een kus op zijn wang.

In een opwelling sloeg hij zijn armen om haar heen. 'Wat een reis hebben we samen afgelegd, Greta,' fluisterde hij. 'Pas alsjeblieft goed op jezelf. Ik ben heel trots op je.'

'Bedankt, dat zal ik doen. Tot ziens.' Voordat hij de tranen in haar ogen kon zien, stapte ze in de taxi.

Het eerste wat Greta opviel toen ze het ziekenhuis binnenliep, was de geur. Het deed er niet toe in welk land het ziekenhuis stond of hoe duur en chic het er was, het rook overal hetzelfde. Die geur deed haar denken aan haar eigen lange ziekenhuisopname, na het ongeluk. Ze stelde zichzelf voor bij de receptie en werd door een vrouw in een keurig mantelpakje begeleid in de lift en overgedragen aan de nachtzuster op de intensive care.

'Hoe gaat het met haar?' wilde Greta weten. Ook de akelige stilte, slechts verbroken door het geluid van alle apparatuur, kwam haar bekend voor.

'Haar toestand is helaas kritiek. Door de longontsteking zitten haar longen vol met vocht. We doen wat we kunnen, maar tot nu toe slaat de behandeling niet aan,' zei de zuster met haar afgemeten Zwitserse accent. 'Het spijt me, ik had graag beter nieuws voor u gehad. Hier is ze.'

Het broze figuurtje in bed werd omringd door allerlei machines. Cheska droeg een zuurstofmasker dat veel te groot leek voor haar tere, hartvormige gezicht. Misschien verbeeldde Greta het zich, maar het leek wel of haar dochter gekrompen was. De botjes in haar polsen schemerden door haar dunne, witte huid heen.

'De arts komt elk kwartier bij haar kijken. Hij zal er zo wel zijn.'

'Dank u.'

Toen de verpleegster weg was, bleef Greta een tijdje naar haar dochter kijken. Ze zag eruit alsof ze heel vredig lag te slapen.

'Mijn kleine meisje, hoe kan ik je ooit duidelijk maken hoeveel ik van je hou? Je moet weten dat jij er niets aan kon doen. Ik had het moeten zien aankomen, ik had het moeten weten,' fluisterde ze. 'Het spijt me zo...'

Ze stak haar hand uit en streelde Cheska's wang. Op dit moment zag ze er net zo onschuldig en kwetsbaar uit als toen ze nog een klein kind was. 'Je was zo'n lieve baby, je maakte het me nooit moeilijk, weet je dat? Ik was dol op je. Je was zo mooi. Dat ben je nog steeds.'

Omdat Cheska roerloos bleef liggen, vervolgde Greta: 'Ik herinner me alles weer, Cheska. Ik weet weer wat er allemaal gebeurd is en hoeveel fouten ik gemaakt heb. Ik heb jou niet op de eerste plaats gezet. In die tijd vond ik geld en roem belangrijker. Daarom heb ik je zo gepusht, omdat ik niet begreep wat dat met je deed. Ik had niet door hoe moeilijk je het had... Vergeef me alsjeblieft, voor alles wat ik verkeerd heb gedaan.'

Opeens rilde Cheska en hoestte ze, een diep, rochelend geluid dat ze zo goed kende uit die laatste dagen met Jonny die zo'n martelgang waren geweest.

'Lieve schat, ik moet er niet aan denken dat je nu gaat, want volgens mij kan ik voor het eerst de moeder zijn die je altijd nodig hebt gehad. Je bent al zo veel kwijtgeraakt. Eerst Jonny, je tweelingbroertje op wie je zo dol was. Ik weet nog dat je hem overal achternaliep. En daarna je vader...'

'Jonny...'

Er kwam een vreemd, rauw geluid achter het zuurstofmasker vandaan en Greta zag dat Cheska haar ogen wijd open had.

'Ja, schat, Jonny. Hij was je broertje en...'

Cheska bracht haar arm zwakjes naar haar gezicht. Ze tikte tegen het zuurstofmasker en schudde haar hoofd.

'Dat mag volgens mij niet af, schat. De dokters hebben gezegd...'

Cheska probeerde het masker zelf van haar gezicht te trekken.
'Laat mij maar.' Greta boog zich naar voren en trok het weg bij Cheska's mond. 'Wat wilde je zeggen?'
'Jonny, mijn broertje. Hield hij van me?' vroeg ze met raspende stem.
'Ja, hij was dol op je.'
'Hij wacht op me. Hij zal me opvangen.' Haar ademhaling werd nog moeizamer.
Greta duwde het zuurstofmasker weer op zijn plek. 'Ja, dat weet ik zeker, maar vergeet niet dat ik van je hou en dat ik wil dat je...'
Op dat moment kwam de dokter binnen om Cheska te onderzoeken. Ze leek alweer in slaap te zijn gevallen.
'Kan ik u even spreken, mevrouw Hammond?'
'Eigenlijk heet ik Simpson, maar natuurlijk kan dat.'
De dokter gebaarde dat ze beter de kamer konden verlaten.
'Dag, lieve schat.' Ze stond op, gaf Cheska een kus op haar voorhoofd en liep de kamer uit.
'Dag, mama,' klonk het op fluistertoon van achter het masker. 'Ik hou van je.'

56

Toen de telefoon op oudejaarsdag rond lunchtijd ging, nam Mary op. 'Hallo?'

'Mary, met Greta. Cheska is vannacht om drie uur overleden.'

'O, wat vreselijk voor je.'

Aan de andere kant van de lijn bleef het een hele tijd stil. 'Is David er?' vroeg Greta uiteindelijk.

'Nee, sorry. Die is vanmorgen met Tor naar zijn appartement in Italië vertrokken. Daar kun je hem vast wel bereiken. Zal ik het nummer geven?'

'Nee, laat hem maar van zijn vakantie genieten. Is Ava er dan misschien?'

'Die ligt te rusten. Simon loopt hier wel ergens beneden rond.'

'Mag ik hem dan even?'

Mary ging hem zoeken.

Simon luisterde naar wat Greta te zeggen had en beloofde het voorzichtig aan Ava te vertellen wanneer ze wakker werd. 'Ik vind het echt heel erg voor je, Greta.' Met een zucht legde hij de telefoon neer.

'Het einde van een tijdperk, hè?' zei Mary.

'Ja. Maar heel binnenkort breekt er een nieuw tijdperk aan, dat mogen we niet vergeten.'

Toen Mary hem zag weglopen, met zijn handen diep in zijn zakken, wist ze dat hij gelijk had.

David en Tor keken naar de prachtige vuurwerkshow boven de haven van Santa Margherita Ligure.

'Gelukkig nieuwjaar, schat,' zei David, en hij trok haar tegen zich aan.

‘Gelukkig nieuwjaar.’ Na een paar tellen maakte ze zich van hem los en ging op het piepkleine balkonnetje zitten.

‘Wat is er?’ Met gefronst voorhoofd keek hij haar aan. ‘Je zit ergens mee. Sinds we hier zijn, doe je al een beetje afstandelijk. Wat scheelt eraan?’ Hij ging tegenover haar zitten.

‘David, ik...’ Ze wreef over haar voorhoofd. ‘Dit is niet het juiste moment.’

‘Als het slecht nieuws is, komt er nooit een goed moment. Vertel het nu maar.’

‘Nou... het gaat over ons.’ Ze nam een slok champagne. ‘We zijn nu bijna zes jaar bij elkaar.’

‘Ja, dat klopt. Nu wil ik het eindelijk officieel maken.’

‘Ik was ook heel blij en vereerd toen je me vroeg... in het begin. Ik hou heel veel van je, David. Dat weet je toch wel?’

‘Natuurlijk,’ zei hij verward. Het was niets voor haar om op deze manier tegen hem te praten. ‘Maar hoe bedoel je, in het begin?’

‘Tijdens de kerstdagen is me iets duidelijk geworden, nadat je me ten huwelijk had gevraagd.’

‘Wat dan?’

‘Je zegt wel dat je van me houdt en in zekere zin geloof ik dat ook wel, maar eerlijk gezegd denk ik dat je verliefd bent op iemand anders. Dat je dat altijd al bent geweest.’

‘Op wie dan?’

‘Schat, hou je nu niet van de domme. Op Greta, natuurlijk.’

‘Greta?’

‘Ja, Greta. En wat misschien nog wel belangrijker is, volgens mij is het wederzijds.’

‘Kom nou toch! Hoeveel champagne heb je op?’ Hij grinnikte. ‘Greta heeft nooit van me gehouden. Ik heb je toch verteld dat ik haar een keer ten huwelijk heb gevraagd en dat ze me toen heeft afgewezen?’

‘Ja, maar sindsdien is er veel veranderd. Geloof me nu maar, ze houdt van je. Dat is me heel duidelijk geworden toen ik jullie tijdens de kerstdagen samen zag.’

'Overdrijf je nu niet een beetje?'

'Nee, je hele familie heeft het in de gaten. Als twee mensen van elkaar houden, moeten ze bij elkaar zijn. David...' Ze stak haar hand uit en gaf een kneepje in de zijne. 'Geef nu maar toe dat er voor jou altijd maar één vrouw is geweest. Ik wil je geen schuldgevoel aanpraten, maar volgens mij kunnen we beter realistisch zijn. We hebben samen zes fantastische jaren gehad, waarvan ik geen moment spijt heb, maar volgens mij heeft onze relatie haar beste tijd gehad. Dat is me de afgelopen dagen heel duidelijk geworden. Ik wil geen tweede keus zijn, en zo zou het voor mij wel voelen.'

'Alsjeblieft, Tor, je ziet het helemaal verkeerd! Ik...'

'David, we hadden toch al gezegd dat er zelfs na onze bruiloft voorlopig niets zou veranderen. Ik heb mijn leven in Oxford, jij in Londen en op Marchmont. We hebben veel aan elkaar gehad, dat was heel fijn. En ik ben dol op je, maar...'

'Laat je me nu in de steek?'

'Doe niet zo dramatisch, David. Nee, ik laat je niet in de steek. Ik hoop dat we altijd met elkaar bevriend zullen blijven. Als Greta en jij het aandurven om voor jullie gevoelens uit te komen, hoop ik oprecht dat ik op de bruiloft mag komen.' Ze schoof de verlovingsring van haar vinger en gaf die aan hem. 'Zo, dat is eruit. Zullen we nu de stad ingaan om het nieuwe jaar in te luiden?'

Op een sombere dag, begin januari, kwam Greta weer aan op Heathrow. Ze had besloten geen formele begrafenis voor Cheska te regelen. In dat geval had de familie naar Genève moeten komen en was er een kans dat de media er lucht van zouden krijgen. In plaats daarvan droeg ze Cheska's urn nu mee in haar koffer en was ze van plan die bij haar volgende bezoek aan Marchmont naast Jonny's graf te begraven.

In haar appartement was het steenkoud, aangezien er bijna twee weken niemand was geweest. Nadat ze de boiler en de centrale verwarming had aangezet, zette ze een kop thee en ging op de bank zitten om haar handen aan de mok te warmen. Ze wist niet zeker wanneer David terugkwam uit Italië en had iedereen op Marchmont gevraagd hem pas in te lichten als hij weer in eigen land was.

De klok tikte en ze hoorde de doffe plof van de leidingen die volliepen met warm water.

Verder was het stil.

Ze nam een slokje thee en brandde haar tong. Het kwam bij haar op hoeveel er was veranderd sinds ze twee weken geleden naar Marchmont was vertrokken. Daarvoor was ze leeg geweest, gevoelloos. Nu raasden er zo veel emoties door haar heen dat ze zich afvroeg hoe ze die in bedwang moest houden.

Na Cheska's overlijden had ze ernaar gesnakt om met David te praten, omdat hij de enige was die haar verdriet zou begrijpen. Nu was ze allebei haar kinderen kwijt. Hoewel het voor haar dochter misschien maar beter was dat ze nu was verlost van haar getroebleerde geest, knaagde het aan haar dat ze haar meisje was kwijtgeraakt, zo kort nadat ze haar herinneringen weer had teruggekregen.

Toch was ze vastbesloten om zich niet meer zo afhankelijk op te stellen van David. Pas nu ze zich het verleden weer herinnerde, zag ze in wat hij door de jaren heen voor haar had gedaan en betekend. Ook al had ze hem nog nooit zo hard nodig gehad als nu, ze moest hem loslaten.

De week daarna kroop voorbij. Om deze sombere periode door te komen, schreef ze een brief aan David, waarin ze hem uitvoerig bedankte voor zijn steun in de afgelopen jaren, en vertelde dat Cheska vredig was heengegaan. Daarna schreef ze een brief aan Ava, want ze wilde ook aan haar duidelijk maken dat haar moeder op het laatst niet geleden had en dat ze haar het beste had gewenst.

> *Ik weet dat je nooit veel aan me gehad hebt, maar zoals ik op Marchmont al zei, wil ik je graag helpen met de baby, mocht je me nodig hebben.*

David belde haar meteen nadat hij zijn brief had gelezen, vroeg hoe het met haar ging en vertelde dat ze gelijk had gehad, Ava kreeg inderdaad een tweeling. Het kostte Greta al haar kracht om te zeggen dat het goed met haar ging en dat ze zijn advies had opgevolgd en probeerde een nieuw leven op te bouwen. Hij vroeg nog of ze zin had om over een paar dagen met hem te gaan lunchen in het Savoy, maar ze zei dat ze al plannen had om er even tussenuit te gaan en hem wel zou zien wanneer ze terug was, in de tweede week van februari.

Ava schreef haar een brief terug, waarin ze zich erover beklaagde dat de dokter had gezegd dat ze thuis moest blijven. Ze zei ook dat ze hoopte dat Greta binnenkort op kraamvisite zou komen.

Greta schrobde haar appartement tot alles blonk, bakte taarten waarvan niemand zou proeven en schreef zich in voor yoga- en schilderlessen in het buurthuis. Ook begon ze vestjes, slofjes en mutsjes te breien, net als ze jaren geleden voor haar eigen kindjes had gedaan, om de tijd te doden op Marchmont. Daarna haakte ze nog twee sjaals en stuurde alles in een grote doos naar Ava.

Ze kon dit best, hield ze zichzelf voor. Het had alleen tijd nodig.

Eindelijk werd het februari en hoorde ze van Simon dat ze overgrootmoeder was geworden. Ava had het leven geschonken aan een jongetje, Jonathan, en een meisje, Laura.

'Zeg maar tegen haar dat ik dolblij voor jullie ben, Simon. Als ik iets kan doen, hoor ik het natuurlijk graag. Ik weet hoe vermoeiend het kan zijn, met twee van die kleintjes.' Toen ze had opgehangen, huilde ze van vreugde… en van verdriet omdat Cheska haar kleinkinderen niet meer kon leren kennen.

Een paar dagen later wilde ze net naar een soapserie gaan kijken, met haar bord op schoot, toen de telefoon ging.

'Oma?'

'Ja. Hallo, Ava, hoe gaat het met je? Gefeliciteerd, lieverd!'

'Dank je. Ik denk dat je wel weet hoe ik me voel, want je hebt het zelf meegemaakt. Ik heb last van slaapgebrek, ben helemaal hyper en voel me net een melkmachine.' Ze zuchtte. 'Maar ik ben nog nooit zo gelukkig geweest.'

‘Daar ben ik blij om, lieverd. Zoals je weet, was ik dol op mijn kindjes.’

‘Dat zei Mary ook al. Ze zei dat je zo’n goede moeder was.’

‘Echt?’

‘Ja. Trouwens, nog bedankt voor de prachtige sjaals en al die andere spulletjes. Die komen echt goed van pas. Het is hier steenkoud en Laura en Jonathan spugen alles onder. Wat ben jij handig, zeg. Ik zou willen dat ik zo goed kon breien.’

Greta glimlachte. ‘Ik kan het je wel een keer leren, net als LJ het mij geleerd heeft. Het is heel makkelijk.’

‘Daar belde ik juist voor… Eerlijk gezegd vind ik het best zwaar, momenteel. Dat zal er vast niet beter op worden als ik over een paar maanden weer aan het werk ga. Dus ik vroeg me af of je misschien hiernaartoe zou willen komen om me te helpen. David zei dat je net terug bent van vakantie en het heel druk hebt in Londen, dus je moet het gewoon zeggen als het niet kan, hoor. Maar ik vraag het toch maar, want ik neem liever geen kindermeisje in dienst. Ik ben echt ten einde raad.’ In dat laatste zinnetje klonk de verpletterende vermoeidheid door die Greta zich nog zo goed herinnerde.

‘Natuurlijk, dat wil ik met alle liefde doen, schat. Wanneer wil je dat ik kom?’

‘Zo snel mogelijk. Simon zit tot over zijn oren in het werk omdat hij een album aan het produceren is en Mary doet haar best, maar die heeft het al zo druk met het huishouden dat ik haar niet tot last wil zijn.’

‘Zal ik dit weekend komen? Dan kan ik eerst hier nog wat dingen afhandelen.’

‘Dat zou geweldig zijn. Heel erg bedankt, oma. Laat maar weten hoe laat je trein in Abergavenny aankomt, dan stuur ik iemand om je op te halen.’

Toen Greta had opgehangen, slaakte ze een vreugdekreetje.

De volgende dag ging ze ter voorbereiding op haar lunch met David naar de kapper. De rest van de middag en avond was ze bezig haar spullen te pakken. Nu zag ze er tenminste niet meer tegen op om David te zien en zijn verhalen over Tor aan te horen. Voor de verandering had zij immers ook plannen.

Ze troffen elkaar aan hun vaste tafeltje in de Grill Room.

Het viel haar meteen op dat hij was afgevallen. 'Ben je op dieet?'

'Nee, ik denk dat het genetisch bepaald is. Sommige mensen worden met de jaren dikker, andere juist dunner. Maar wat zie jij er goed uit, Greta. Wil je champagne?'

'Ja, waarom ook niet? Wat een geweldig nieuws, hè, van Ava?'

'Nou en of. Heb je de tweeling al gezien?'

'Nog niet, maar morgen ga ik naar Marchmont om een handje te helpen. Zo te horen zit Ava er helemaal doorheen.'

'Het verbaast me dat je daar tijd voor hebt, met je drukke nieuwe leven.' Hij glimlachte.

'Tja, mijn kleindochter heeft me nodig. Hoe gaat het met jou?'

'O, wel goed. Ik heb het druk met mijn boek en met bedenken wat ik na mijn pensioen ga doen.'

'En met Tor?' vroeg ze luchtig.

'Prima, voor zover ik weet. We hebben elkaar al een tijdje niet gezien.'

'Heeft ze het druk in Oxford?'

'Dat zou goed kunnen. We zijn uit elkaar, Greta.'

'Echt? Waarom?'

'Tor heeft de relatie verbroken. Ze zei dat er geen toekomst in zat en eerlijk gezegd denk ik dat ze gelijk had.'

'Dat verbaast me,' zei ze toen de champagne werd gebracht. 'Ik had verwacht dat je druk bezig zou zijn met de voorbereidingen voor de bruiloft.'

'Ach, het is maar beter dat het nu is gebeurd, voordat we een boterbriefje gingen halen. Hoe dan ook...' Hij tikte met zijn glas tegen het hare. '... proost, op de pasgeborenen... en op jou, Greta. Ik ben echt trots op je.'

'O ja? Wat lief van je.'

'Ja. Je hebt heel wat meegemaakt, zeker sinds de kerst. Zo te zien ga je daar heel goed mee om.'

'Zo zou ik het niet willen noemen. Soms vraag ik me echt af wat voor zin het allemaal heeft, maar we moeten er maar wat van zien te maken, nietwaar?'

'Ja, dat is zo. Al moet ik zeggen dat ik erg verdrietig ben sinds Cheska overleden is, zeker omdat het zo kort na het overlijden van mijn moeder is gebeurd.'

'Het heeft wel iets weg van het lopen van een marathon, hè? Pas als je de finish bereikt hebt, heb je tijd om in te storten. Misschien heb je daar nu wel last van.'

'Zou kunnen.' Hij leek niet erg overtuigd en haalde zijn schouders op. 'Dat ik met mijn autobiografie bezig ben, helpt ook niet. Daardoor moet ik de hele tijd aan vroeger denken.'

'Kom ik er ook in voor?' vroeg ze plagerig.

'Zoals beloofd heb ik jou, Cheska en Ava erbuiten gehouden. Dus dan blijft er niet zo veel over. Jullie hebben allemaal zo'n grote rol in mijn leven gespeeld. Maar goed, zullen we iets bestellen?'

Greta at met smaak, maar het viel haar op dat hij maar wat in zijn eten prikte. 'Gaat het echt wel goed met je?' vroeg ze fronsend. 'Je lijkt jezelf niet helemaal. Komt het door Tor? Je zult haar wel vreselijk missen.'

'Nee, daar ligt het niet aan.' Hij vouwde zijn servet zorgvuldig op tot een klein driehoekje.

'Wat is er dan?'

'Het komt door wat ze zei toen ze de relatie beëindigde.'

'Wat dan?'

'Ik...'

'Voor de draad ermee, David. Wat het ook is, je kunt me niet choqueren. Daar ken ik je al veel te lang voor.'

'Het zit zo...' Hij aarzelde weer. 'Ze zei dat het geen zin had om met onze relatie door te gaan omdat ik altijd al op iemand anders verliefd ben geweest.'

'Echt? Op wie dan?'

Hij sloeg zijn ogen ten hemel. 'Op jou, natuurlijk.'

'Op míj? Hoe komt ze daar nu bij?'

'Omdat het waar is. Ze had gelijk.'

'Oké, nu heb je me toch weten te choqueren,' zei ze na een lange stilte.

'Je hebt er zelf om gevraagd. Nu weet je het dus. Ik zei nog tegen haar dat jij nooit hetzelfde hebt gevoeld voor mij, maar...'

'David! Natuurlijk voel ik wel hetzelfde voor jou! Al jaren, zelfs. Ik was van plan om het tegen je te zeggen, op die vreselijke dag dat Cheska me vrijwel zeker van de stoep heeft geduwd, nadat ik haar had verteld dat Bobby Cross al getrouwd was. Hoewel ik me daarna natuurlijk niets meer kon herinneren, ben ik opnieuw verliefd op je geworden.'

'Meen je dat nou?' Hij keek haar zo angstig aan dat ze bijna in de lach schoot.

'Nee, ik maak maar een grapje! Natuurlijk meen ik het, suffie. De afgelopen twee maanden ben ik bij je uit de buurt gebleven, omdat ik je niet meer tot last wilde zijn.'

'Ik dacht dat het kwam doordat je me niet meer nodig had, nu je je alles weer herinnerde.'

'Jij weet net zo goed als ik dat ik je altijd nodig heb gehad. Ik hou van je, David.'

Toen hij de blijdschap op haar gezicht zag, drong het eindelijk tot hem door wat ze tegen hem zei en grijnsde hij terug.

'Nou ja, zeg,' zei hij.

'Nou ja.'

'Daar zitten we dan.'

'Ja, daar zitten we dan.'

'Beter laat dan nooit, zullen we maar zeggen. Het heeft maar veertig jaar geduurd voordat het zover was. Maar het was het wachten waard.'

'Vind ik ook. David, ik ben zo stom geweest. Ik zag gewoon niet wat er vlak voor mijn neus was.'

'Dat hoor je wel vaker.'

'O, Taffy,' viel ze opeens terug op zijn koosnaampje. 'Had ik het maar gezien, dan had alles heel anders kunnen lopen.'

'Ach, we hebben de rest van ons leven nog voor ons, nietwaar?'
'Ja.' Voor het eerst in jaren voelde dat voor haar ook echt zo.
'Zal ik je morgen dan om te beginnen maar naar Marchmont brengen? Dan kunnen we samen kennismaken met de tweeling.'
Toen hij boven de tafel zijn hand naar haar uitstak, pakte ze die aan. 'Ja,' zei ze glimlachend. 'Dat lijkt me een heel mooi begin.'

DANKWOORD

Claudia Negele van Goldmann Verlag, Jez Trevathan en Catherine Richards van Pan Macmillan, Knut Gørvell, Jorid Mathiassen en Pip Hallén van Cappelen Damm, Donatella Minuto en Annalisa Lottini van Giunti Editore, en Nana Vaz de Castro en Fernando Mercante van Editora Arqueiro.

'Team Lulu', mijn zusterorde, Olivia Riley, Susan Moss, Ella Micheler, Jacquelyn Heslop, mijn lieve zus Georgia Edmonds, aan wie dit boek is opgedragen, en mijn moeder Janet.

In het bijzonder bedank ik Samantha en Robert Gurney omdat ik hun prachtige huis en hun twee beeldschone dochters in mijn film mocht gebruiken. Stephen, mijn echtgenoot en impresario, en mijn 'fantastische vier', Harry, Isabella, Leonora en Kit.

Tot slot bedank ik mijn lieve lezers over de hele wereld. Zonder jullie steun had dit boek nooit een tweede kans gekregen.

NOOT VAN DE AUTEUR

Tijdens de kerst van 2013 werd me gevraagd of ik *Not Quite an Angel* opnieuw zou willen laten uitgeven, het boek dat voor het eerst in 1995 was verschenen onder mijn oude schrijversnaam, Lucinda Edmonds.

Een jaar eerder had ik met veel plezier *The Italian Girl* (eerder verschenen als *Aria*) bewerkt, en te midden van het feestgedruis begon er zich in mijn gedachten een beeld te vormen van een besneeuwd Welsh landschap en een prachtig huis met een enorme kerstboom in de ontvangsthal...

Ik sloeg het stof van het enige beduimelde exemplaar dat ik nog had, las het voor de eerste keer in achttien jaar en werd aangenaam verrast door hoe meeslepend het verhaal was. Door de jaren heen heeft mijn schrijfstijl zich echter wel ontwikkeld, dus ik wist dat ik er nog iets beters van zou kunnen maken. Nu begrijp ik waarom sommige schrijvers jaren over een roman doen. Soms kun je als auteur pas echt vanuit een ander perspectief naar een manuscript kijken als het een tijd is blijven liggen. Zodoende ging ik aan de slag, me er op dat moment nog niet van bewust waar ik aan begon. Ik ging er zo in op dat ik uiteindelijk een vrijwel nieuwe roman heb geschreven, *The Angel Tree.*

Hoewel er veel elementen uit het origineel overeind zijn gebleven, heb ik de eigenschappen en dialogen van belangrijke personages herschreven, de setting verbeterd en enkele compleet nieuwe hoofdstukken en plotlijnen toegevoegd. Bovendien heb ik een personage nieuw leven ingeblazen, omdat ik er altijd spijt van heb gehad dat dat in het oorspronkelijke boek was gesneuveld. Ik beschouw het als een voorrecht dat ik de kans heb gekregen om dit verhaal een tweede leven te geven. Ik hoop dat je ervan genoten hebt.

Lucinda Riley, 2015